U0606621

在故宫看见中国史

少年版1

祝勇 著

作家出版社

图书在版编目（CIP）数据

在故宫看见中国史：少年版 / 祝勇著. — 北京：作家出版社，2024.1

ISBN 978-7-5212-2687-4

I. ①在… II. ①祝… III. ①中国历史 — 少年读物 IV. ①K209

中国国家版本馆 CIP 数据核字（2024）第001589号

在故宫看见中国史：少年版

作　　者：祝　勇
责任编辑：兴　安
作者肖像摄影：孙佳妮
装帧设计：今亮後聲 HOPESOUND 2580590616@qq.com
出版发行：作家出版社有限公司
社　　址：北京农展馆南里10号　　　邮　　编：100125
电话传真：86-10-65067186（发行中心及邮购部）
　　　　　86-10-65004079（总编室）
E-mail:zuojia@zuojia.net.cn
http://www.zuojiachubanshe.com
印　　刷：北京盛通印刷股份有限公司
成品尺寸：170×240
字　　数：300千字
印　　张：30.5
版　　次：2024年1月第1版
印　　次：2024年1月第1次印刷
ISBN　978-7-5212-2687-4
定　　价：128.00元（全二册）

目录

第一章　变革者的咒语

第一节・幸存者公孙鞅 – 001
第二节・魏国的变法 – 003
第三节・正确的君主 – 005
第四节・一场豪赌 – 016
第五节・不堪一击的魏国 – 024
第六节・车　裂 – 027
第七节・嬴政时代的战争 – 030
第八节・嬴　政 – 034
第九节・对立的看法 – 037
第十节・变革者的咒语 – 045

第二章・汉匈之战

第一节・一场重要的辩论 – 047
第二节・“超级大国” – 052
第三节・战争的开始 – 058
第四节・沙漠风暴 – 063
第五节・石头般坚硬的朝代 – 071
第六节・上帝之鞭 – 081
第七节・历史中的《史记》– 089

第三章・在云不停留的地方，佛停留

第一节・从前有座山 – 093
第二节・山上有座庙 – 098
第三节・穿透千年的耐心 – 109
第四节・佛的语言 – 114

第四章・大唐王朝的至暗时刻

第一节・一道深深的伤口 – 125

第二节・丢掉的不是一件御衣 – 128

第三节・丽人行 – 133

第四节・十八学士登瀛洲 – 140

第五节・知识改变命运 – 150

第六节・最伟大的诗人 – 153

第七节・一只香囊 – 159

第五章・澶渊：战争与和平

第一节・瀛州之战 – 167

第二节・一个重要人物的出场 – 175

第三节・澶州的死结 – 184

第四节・曹利用的三根手指 – 188

第五节・120 年的辉煌 – 192

第六节・寇准的末路 – 203

第六章・欲望与恐惧

第一节・完颜亮的“三大志向” – 209

第二节・迁都燕京 – 216

第三节・蓬蓬勃勃的造陵运动 – 220

第四节・完颜亮之死 – 225

第一章

变革者的

咒语

第　一　节

幸存者公孙鞅

公叔座病重的时候，把他的得意门生公孙鞅举荐给魏惠王。那时，一缕薄阳穿透帷帐的缝隙，落在他苍白的脸上，为那老脸涂上一层粗糙的粉，连嘴唇都是白的，泛着一层起伏不定的膜。那嘴唇颤抖着，说了一句对魏惠王至关重要的话：

“（我的）中庶子卫鞅，年虽少，有奇才，愿君举国而听之！”[1]

公叔座是魏国的相国；中庶子，是弟子兼助手的意思。那一年，公孙鞅已经在公叔座的身边度过了四个寒暑，并已赢得了公叔座的赏识，他“好刑名之学”[2]，习杂家之言，好李悝（kuī）之教，兼兵家之术，是一个饱学之士。在公叔座的心中，只有把公孙鞅送到相国的位置上，自己才能安然地闭上眼睛。

《资治通鉴》在写到魏惠王反应时，只用了三个字：“王默然。”[3]

这份默然里包含的潜台词是：没把公叔座当回事儿。

魏惠王显然没把窝头当成干粮。他眼前的这个“鞅”是那么的年轻，年轻得完全可以忽略不计。

很多年后，就是这个不入魏惠王法眼的年轻人，帮助秦国强大起来，并一举灭掉了魏国。黑压压的秦军攻过来的时候，魏惠王捶胸顿足，悔之晚矣。

---

1 〔北宋〕司马光：《资治通鉴》，第一册，第 14 页，北京：中华书局，2007 年版。

2 〔北宋〕司马光：《资治通鉴》，第一册，第 14 页，北京：中华书局，2007 年版。

3 〔北宋〕司马光：《资治通鉴》，第一册，第 14 页，北京：中华书局，2007 年版。

但那时的公孙鞅还不叫商鞅，他只是一个微不足道的晚辈，他的身上没有显露出丝毫的主宰未来的迹象。

对于公叔座的好言相劝，魏惠王终于不耐烦了，他起身告辞。

公叔座急了，叫身旁的人全部退下，然后对魏惠王说："大王如果不用公孙鞅，就一定要杀死他，不可让他踏出国境半步。"[1]

魏惠王嘴上答应了，心里却在笑。他笑公叔座一定是病得糊涂了，满嘴胡话。

[1] 原文见〔西汉〕司马迁：《史记》，第1763页，北京：中华书局，2000年版。

第　二　节

魏国的变法

乐观主义者康德认为，历史发展具有合目的性，即，历史是遵循趋利避害的原则，有理性地发展的。他的意思是，历史是一种会思维的动物，而且头上长着一对敏锐的眼睛，可以在纷乱的局势中，分出哪些情况是利、哪些情况是害，从而使错误自然地被淘汰，以选优的方式，得到最好的结果。然而，当我们深入到历史的细节中，我们便会发现情况要复杂得多，历史中的每一个环节，未必都像他所说的那样经过仔细算计，步步为营。历史是那么地杂芜不堪，充满偶然，历史面对各种可能性进行的选择，未必都像康德所说的那样经过明察秋毫、深思熟虑，相反，它可能是盲目的、冲动的、漫不经心或饥不择食的。在历史中，没有人知道下一步是什么，就像阿甘的母亲教育阿甘，人生就像巧克力，你永远无法知道下一颗是什么滋味。尽管两点之间直线最短，但是世界上没有一条江河是笔直的，历史也同样不是一条直线，按既定方针办，向着一个明确的目的地飞奔。历史没有先见之明，也不能选择捷径，在目的未明之前，一切都处于昏昧之中。

此时的魏惠王就处于这样的昏昧中。如果他能够预知这个不起眼的年轻人在历史中的作用，他断然不会轻易放他走掉，遵照公叔座的嘱咐将他杀掉，也不失为一种明智的选择。倘如此，魏国的历史、秦国的历史，春秋战国的历史，乃至后世一连串的历史，都将发生环环相扣的变化，至少那个名叫嬴政、远在赵国充当人质、看不到任何未来的丑陋儿童，不会在38岁上就完成统一大业，笑傲天下，成为中国的第一个皇帝，迎来中国历史的一次巨大的变迁。在这里，我们遭遇了许多级别不同的拐点——如果说秦国具有吞并六国的实力，得自卫鞅变法这个拐点，那么魏惠王之放跑公孙鞅，就是这个拐点中的一个小拐点。历史的道路就在公叔座与魏惠王会面的一刹那分出了许多种可能，魏惠王选择了对自己最坏的一种，反过来说，是对秦国最好的一种。

实际上，在东周列国中，魏国的变法走在了最前列，它的“总设计师”，是魏文侯。三家分晋之后，魏文侯的改革，成就了战国时代一位重要的改革家李悝。在政治上，李悝主张废止世袭贵族特权，提出“食有劳而禄有功，使有能而赏必行，罚必当”的名言，将无功而食禄者称为淫民，要“夺淫民之禄，以来四方之士”。这是中国历史上第一次对世袭制度发起的挑战。由于废除世袭制度，一批高级废物被赶出政治舞台，一些出身于一般地主阶层的人，则可以因战功或才能而跻身政界，当代的官方史书将这一斗争诠释为地主阶级对奴隶主贵族的斗争，为以后封建制代替奴隶制开辟了道路。经济上，李悝则主张“尽地力”“平籴（dí）法”[1]，为魏国的复兴积累物质基础。李悝汇集各国刑典，著成《法经》一书，通过魏文侯予以公布，使之成为法律，以法律的形式肯定和保护变法，固定封建法权。《法经》这部奇书后来没能存世，根据《晋书·刑法志》的记载，我们知道它共分 6 篇，为《盗法》《贼法》《囚法》《捕法》《杂律》《具律》。我们无法知道它们的具体内容，但它们在魏国产生的“政治效益”和“经济效益”却无须怀疑。如果魏惠王把魏文侯和魏武侯制定的改革路线坚定不移地坚持下去，战国时代最强大的国家可能就是魏国，而不是后来崛起的秦国。在这场龟兔赛跑中，魏国跑在了前头，又在魏惠王那里停住了脚步，他笑得太早了，以至于把已经到手的优势拱手让人。

魏惠王的态度让公叔座至为失望，公叔座从魏惠王轻蔑的表情中看出了这个王国的不可救药，终于，他对公孙鞅讲出了实情，并让他赶快逃走。

公孙鞅逃走的时候，身上只带了一本书，就是李悝的《法经》。

公孙鞅就这样从魏惠王的眼皮底下消失了，他回来的时候，身后带着秦国的浩荡军队。

[1] 参见〔东汉〕班固：《汉书》，第 948、949 页，北京：中华书局，2000 年版。

第　三　节

正确的君主

公元前 361 年，84 岁的斯巴达王阿吉西劳在攻打埃及的战役中阵亡，阿吉西劳成为斯巴达最后的英雄。这一年，在欧亚大陆的东方，遥远的黄土地上，野兽出没，处于原始的静谧中。那个被魏惠王轻视的公孙鞅，正穿越无边的尘埃，一步步走向秦国的国土，走向秦孝公那篇文采飞扬的《求贤令》。

这一年，刚刚即位的秦孝公 21 岁，公孙鞅大约 29 岁。秦孝公求贤若渴，是因为他为秦国改革的进程缓慢而焦虑，而改革难以推进的主要原因，是缺乏一位像李悝那样强势的改革家。

看到秦孝公的《求贤令》，公孙鞅就看到了自己的希望，以至于当公孙鞅通过秦孝公的宠臣景监终于见到了秦孝公，几次游说秦孝公无果时，公孙鞅也没有泄气。关于公孙鞅与秦孝公的三次对话，《史记》里有详细的谈话纪要，这里不再复述，只需强调，公孙鞅在最后一次面试时，他用欲擒故纵的办法，首先用五帝、三王之道试探秦孝公，当秦孝公觉得远水不解近渴，被眼前这个近于迂腐的家伙说得昏昏欲睡时，公孙鞅的心里便有了底，知道了秦孝公对从前的帝道与王道心存不满，便在最后时刻一翻手，拿出了他的撒手锏，那就是霸道和法治。秦孝公阴沉的目光蓦然被他点亮了，他立刻意识到公孙鞅的价值。

公孙鞅终于有了施展自己口才的机会，在秦孝公面前发挥得淋漓尽致。

那一年，公孙鞅 29 岁，秦孝公 21 岁，嬴政小朋友还没有出生。

公孙鞅从此成了秦国的人。

他是卫国国君的姬妾所生的公子，人们叫他：卫鞅。

现在我们可以暂时驻足，像奔入秦地的卫鞅那样，打量一下秦孝公那篇决定历史的《求贤令》。两千多年后，我们仍然能为秦国国君的一片赤诚所打动。

《求贤令》全文如下：

昔我缪公自岐雍之间，修德行武。东平晋乱，以河为界。西霸戎翟，广地千里。天子致伯，诸侯毕贺，为后世开业，甚光美。会往者厉、躁、简公、出子之不宁，国家内忧，未遑外事，三晋攻夺我先君河西地，诸侯卑秦，丑莫大焉。献公继位，镇抚边境，徙治栎阳，且欲东伐，复缪公之故地，修缪公之政令。寡人思念先君之意，常痛于心。宾客群臣有能奇计强秦者，吾且尊官，与之分土。[1]

在这短短的200多字里，秦孝公首先简要回顾了先王们创业的伟大历史。随着烽火戏诸侯的周幽王被犬戎和申侯组成的联合部队杀死于骊山之下，西周王朝彻底灭亡。周平王于是放弃丰、镐，东迁洛邑[2]，开创了中国历史上的春秋时代。在这个历史节骨眼上，秦襄公出兵，参加到保护周平王的行列中，为了对秦襄公旗帜鲜明的政治立场进行表彰，周平王将“岐以西之地”正式赏赐给了秦襄公，并且允许他与其他诸侯“通聘享之礼”，与其他诸侯享有同等地位，秦国的建国史，自此开始。

没有人相信秦襄公会去岐西之地就任，只要打量一下那片荒蛮的土地，再有雄心的人都会陡然折了底气。那是包含了今天甘肃东南和陕西中部的一片高原，整日风沙漫卷，不仅气候恶劣、物产匮乏，而且历来是北方游牧强敌横行之地，所以周平王对秦襄公说：

戎无道，侵夺我岐、丰之地，秦能攻逐戎，即有其地。[3]

[1]〔西汉〕司马迁：《史记》，第145页，北京：中华书局，2000年版。

[2] 今河南洛阳附近。

[3]〔西汉〕司马迁：《史记》，第129页，北京：中华书局，2000年版。

也就是说，秦国一开始就被安插在一片是非之地，必须在绵诸、翟、豲、邽、冀、大荔、乌氏、朐衍等戎、狄部落之间杀出一条血路，才能在夹缝中求得生存之机。

但秦襄公前往岐西之地的脚步没有犹豫，毕竟，那是一块属于自己的封地，从那一天开始，秦人不仅使自己站稳了脚跟，而且开始了争霸的历史。只是这一条血路，杀得太不容易。

孙皓晖在他的长篇巨制《大秦帝国》里写道："老秦人是从西周末年和春秋时代的戎狄海洋中杀出来的部族，其勇猛剽悍与顽强的苦磨硬斗是天下所有部族都为之逊色的。那时候，汪洋大海般的蛮夷部族从四面八方包围蚕食中原文明，若非齐桓公九合诸侯、尊王攘夷，中原文明将被野蛮暴力整个吞没。正是如此，孔子才感慨地说，假如没有管仲，中原人都将成为袒着胳膊的蛮夷之人！其时戎狄部族和东方蛮夷气势正旺，他们剽悍的骑兵使中原战车望而生畏。虽然是依靠一百多个诸侯国同心结盟最终战胜，却也使中原诸侯大大地伤了元气。但就在那血雨腥风的数百年间，秦部族却独处西陲浴血拼杀，非但在泾渭上游杀出了一大块根基，而且在戎狄骑兵攻陷镐京时奋勇勤王，以骑兵对骑兵，杀得东进戎狄狼狈西逃，从而成为以赫赫武功立于东周的大诸侯国。老秦人牺牲了万千生命，吃尽了中原人闻所未闻的苦头，也积淀了百折不挠傲视苦难的部族品格。秦孝公和他的臣子们都知道，雨天行军对于山东六国是不可思议的，但对于老秦人却是十分寻常。而且目标就在本土之内，根本不用携带粮草辎重，沿途城池便可就近取食。以秦军的耐力，旬日之间便可抵达陇西大山。如果战事顺利，秦军班师之后立可全力防范东部，由两面受敌变为一面防御。"[1]

那是一个虎狼的时代，落后就要挨打，自力更生、奋发图强是唯一的生存之道。西周时代的诗酒年华早已荡然无存。春秋战国 500 多年，整个中国成为一个血腥的战场，争战与杀戮，不仅是需要，而且是习惯，斩首十万八万，

[1] 孙皓晖：《大秦帝国》，第一部《黑色裂变》，上卷，第 79 页，河南文艺出版社，2008 年版。

早已不再是新鲜事，其中：公元前293年，白起击韩、魏于伊阙，斩首24万；公元前273年，白起击魏于华阳，斩首15万；公元前260年的长平之战，白起杀卒45万。这三笔账相加，仅白起一人，就给84万人判处了死刑，而战国中期七个诸侯国的人口总和，也只有2000万—2500万人，平均每个诸侯国，只有三四百万人。爱德华·吉本在《罗马帝国衰亡史》中评价罗马帝国皇帝图拉真时说："在人类对自身的杀戮者发出的欢呼声仍高于对人类的造福者的情况下，对显赫军功的追求便将永远是最伟大人物的一大罪行。"[1] 温情的面纱已被撕去，所有的语言，都具有铁的属性，寒冷、锋利、坚硬，仁、义、礼、智、信，这些动人的词语不仅多余，而且是有害物质，所有心慈手软的人都被淘汰出局，只有比他者多一分阴险与凶猛，才能在这个世界上生存下去，只是身处西戎和中原诸强夹缝中的秦国人，体魄更加凶悍，心肠更加冰冷和狠毒，似乎每一个秦人，都长着敏锐的鹰眼和锋利的狼爪。

朱熹在谈到《诗经·秦风·无衣》诗时说道："秦人之俗，大抵尚气概，先勇力，忘生轻死，故其见于诗如此。"[2] 清代魏源也说："秦地迫近西戎，修习战备，高上气力……"

《诗经·小雅·车攻》的前两句是：

我车既攻，
我马既同。[3]

意思是，我行猎的车已经加固，我行猎的马已选备齐。行猎，当然是为了炫耀武力。《诗经》里的这首诗，记录的正是秦国车马的威风凛凛。

秦国的车，秦国的马，我们都可以在西安的兵马俑看见（故宫博物院亦

[1] ［英］爱德华·吉本：《罗马帝国衰亡史》，上册，第23页，北京：商务印书馆，1997年版。

[2] 《诗经·无衣》，朱熹《集传》。

[3] 《诗经》，下册，第450页，北京：中华书局，2011年版。

藏有秦兵马俑两件，我在《故宫的古物之美》一书中提及，此不赘）。此外，秦国军队的那份浩荡凛然，我们从秦国石鼓的文字上依然可以领略。

战国　吾车石　故宫博物院藏

这一组石鼓，又称陈仓石鼓，或“岐阳石鼓”，共十只，每只高二尺，直径一尺多，在唐代就已出土，现全部藏于故宫博物院，是故宫博物院真正的“镇馆之宝”，亦曾在中央电视台《国家宝藏》节目中亮相。

它的文物价值，不在于它的花岗岩石材，而在于它上面镌刻的文字——在每只鼓上，分别刻四言诗一首，一律是大篆，又称“籀书”，是秦统一中国之前的字体，介于西周金文和秦小篆之间，是我国文字发展链条上的重要一环。这些石鼓文，笔势稳健，雍容和穆，散发出古朴浑厚的气韵。它们是我国最早的刻石，石上所刻文字堪称篆书之祖，无论是在历史学、考古学、文字学，还是在文学史、书法艺术史上，都占据着无可取代的地位，因此，康有为称它们为“中华第一古物”。

后人以诗文的前两个字为每只鼓起了名字，分别是：

乍原石、而师石、马荐石、吾水石、吴人石、吾车石、汧殹石、田车石、銮车石、霝雨石、音训石。

这十只石鼓中，吾车石前两句是：

我车既攻，我马既同。

这八个字，与《诗经·小雅·车攻》前两句，竟然神奇地吻合。

它以实物的角度，佐证了《诗经》的真实性。

石鼓上原刻有718字，历经千年风雨沧桑，现在只剩下327字，其中的

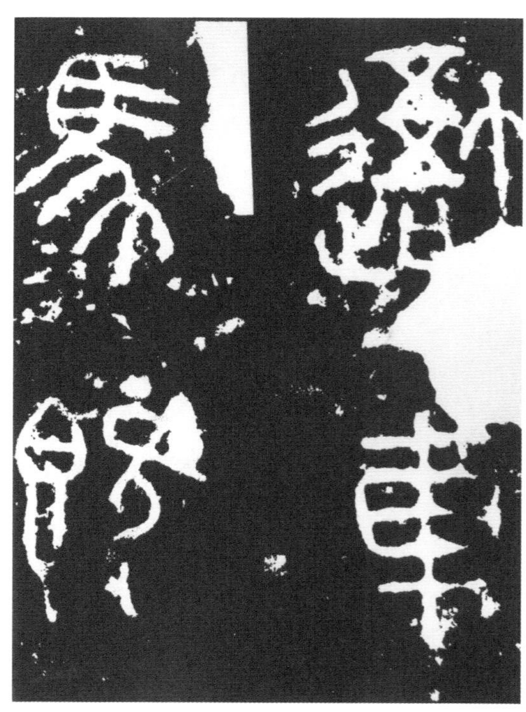

明拓　孙克宏旧藏本

石鼓文　故宫博物院藏

马荐石，已经文字全失。所以，历代拓本就显得无比重要了。在故宫博物院，除了这十只珍贵的石鼓，还有石鼓文的明代拓本，此外，故宫博物院还藏有元代书法家、文学家周伯琦的摹本。

那个时代不属于孔孟这样的理想主义者，那个时代已经摒弃了感情，向着动物本能回归，人与人、国与国之间，只剩下尔虞我诈的算计和赤裸裸的利害关系，除了利益，一切都是靠不住的，对于孔孟，那才是真正的生不逢时，只有鲁仲连、吕不韦式的纵横家能够空手套白狼，浑水摸鱼捞上一把，而孙子的兵书最有立竿见影的效用。难怪当公孙鞅出现在秦孝公面前，试图劝说秦孝公效法尧舜、遵从王道时，秦孝公的脸上流露出鄙夷的神情，只有霸道与法治，能够暗合他心中的野心，没有什么学说比起韩非子在《孤愤》《五蠹（dù）》中宣扬的严酷无情的打击方式更能成为君王意志的最佳注解。

秦襄公之后，秦国历经秦文公、秦宪公（亦作“秦宁公”）[1]、秦德公、秦武公、秦宣公、秦成公、秦穆公（亦作“秦缪公”）[2]、秦康公、秦共公、秦桓公、秦景公、秦哀公、秦惠公、秦悼公的百年独孤式的奋力开拓，以水滴石穿的决心，冲击着西北坚硬的版图，不仅站稳了岐山，而且开地千里，兼国十二，向西称霸诸戎，向东也逐步扩张。

齐景公曾经问孔子：秦穆公时代，秦国很小，而且地处偏远，他是靠什么称霸的呢？子曰：

> 秦，国虽小，其志大；处虽辟，行中正。[3]

孔子在评价秦国时忽略了一点，那就是秦国这种锲而不舍贯穿了所有的君

---

[1] 《史记·秦本纪》与《史记·秦始皇本纪》中作“秦宁公”，林剑鸣根据出土资料证明应为“秦宪公”，见林剑鸣：《秦史稿》，第52页注四，上海：上海人民出版社，1981年版。

[2] 《史记·秦本纪》与《史记·秦始皇本纪》中作“秦缪公”，见〔西汉〕司马迁：《史记》，第134页，北京：中华书局，2000年版。

[3] 〔西汉〕司马迁：《史记》，第1540页，北京：中华书局，2000年版。

王，无一例外。不同时代的秦王，恪守着相同的誓言，凭借着这历时数百年的坚持，使得秦国这个弱不禁风的小国在西北的风霜中一点点成熟和坚韧起来。因此，孔子对秦国做了如下预言：

以此取之，虽王可也，其霸小矣。[1]

接力棒传到秦厉共公手里时，天下已经进入战国时代，放眼中原，这场淘汰赛的胜者已所剩无几。在秦国的东面，晋国的国力在没有休止的内斗中被一点点耗尽，曾经强悍一时的齐国也在两姓交替的倾轧中煎熬，另一强国楚国则出现了一连串平庸的国君，只有越王勾践独霸东方，却因距离秦国太远，而无法对秦国构成威胁。在经历 16 位国君不间断的努力之后，秦国这个雪球已经越滚越大，悬在高原上，蓄势待发。秦厉共公之后，秦国又经历了秦躁公、秦怀公、秦灵公、秦简公、秦惠公、秦出子及秦献公等七君，才进入秦孝公的时代。此时，战国时代已经飞逝了超过三分之一的时间了。

秦襄公立国，秦国国都从遥远荒僻的西部一路东迁，在秦襄公时代，就从当时的国都西犬丘[2]，先后迁到秦邑[3]、汧（qiān）邑[4]；秦文公时代，迁到汧渭之会，即汧河与渭河的交汇处[5]，是秦人进入关中的第一都邑；秦宪公时代，

---

[1] 原文见〔西汉〕司马迁：《史记》，第 1541 页，北京：中华书局，2000 年版。

[2] 今甘肃省陇南市的礼县。2002 年 9 月 2 日甘肃省有关文物考古专家向记者披露，经过 8 年多时间的发掘和研究论证，甘肃礼县大堡子山发现的古墓群被专家一致认定为秦始皇祖先的第一陵园——西垂陵园；礼县也被认定是中国古代重要史书《史记》所记载的秦人发祥地“西犬丘”所在地。至此，考古学和先秦历史学上的两大千古谜团终于大白于世。

[3] 今甘肃省天水市。

[4] 今陕西省陇县。

[5] 2004 年，考古工作者在陕西省原凤翔县长青镇孙家南头村发现的大量先秦墓葬证明，掩埋在茫茫迷雾中的汧渭之会就在当年汧河与渭河交汇的原凤翔县长青镇一带。

又向东，迁到平阳[1]；秦德公时代，再迁到雍城[2]，在那里建造宏伟的城邑与宫殿，“饮马于龙门之河”。此后，国都又不断东迁，秦灵公时代，进入八百里秦川腹地，到达泾阳[3]；秦献公时代，又到达今天的西安城，建都栎阳[4]，以表达他们向东进取的决心。有一种说法是，栎阳只是相当于秦国的前敌指挥中心，秦王并不经常居住在栎阳，真正的都城，还是在雍城，到秦孝公时代，把都城从雍城直接搬到了咸阳[5]，从此，至秦朝灭亡，咸阳作为秦都达 143 年之久。东至华山，西至甘肃西部，北至榆林，南至秦岭，尽入秦国版图。

故宫博物院曾藏有一件秦公簋（guǐ），1959 年由故宫博物院拨交中国历史博物馆，现藏于中国国家博物馆。秦公簋通高 19.8 厘米，口径 18.5 厘米，足径 19.5 厘米，为圆形，盖与器身相合成一略扁而圆的形体，盖顶有圆形捉手，面饰瓦纹，缘以细密的勾连纹。至于“秦公”是哪一位秦公，20 世纪的历史学家分别有不同的判断，其中：郭沫若先生认为是秦襄公，王国维先生认为是秦德公，李仲操先生认为是秦宣公，马衡先生认为是秦穆公，王辉先生认为是秦景公……当下认同“景公说”（秦景公前 576 年—前 537 年在位）的学者较多。

这件器物面铸刻着后来流传甚广的四个字：

鼏（mì）宅禹迹

意思是在大禹治理过的地方建邦立业，以表明秦人不是漂泊在华夏边缘的戎狄，他们本身就是来自东方，是华夏文明的核心成员。

在秦公簋的簋盖上，共有铭文 54 字，器身有铭文 51 字，共 105 字，字

---

[1] 今陕西省宝鸡市阳平镇。

[2] 今陕西省凤翔区。

[3] 今陕西省咸阳市。

[4] 今陕西省西安市阎良区。

[5] 今陕西省咸阳市。

春秋　秦公簋　中国国家博物馆藏

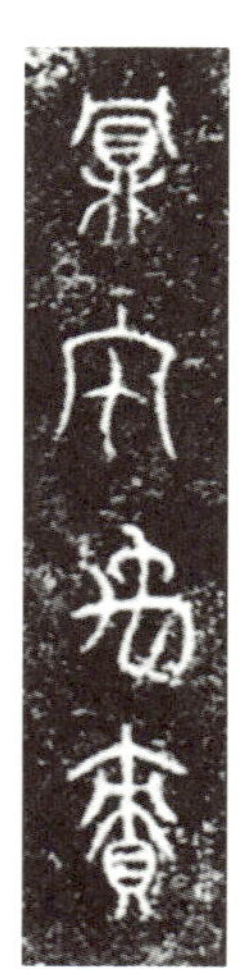

鼏宅禹迹拓片

体与石鼓文颇为相近，它的大概意思是：秦国建都华夏，已历十二代，威名远震；秦（景）公继承其祖先功德，抚育万民，武士文臣，人才济济，使自己永保有四方，乃作此器以为颂。

秦孝公的《求贤令》全面回顾了先辈们的光荣历史，却没有言及他所面临的困境。一切都隐藏在他“思念先君之意”的潜台词中。那个被一代代的君王辛苦积累的优势再度流失了，放眼东望，东方各国开始了改革自强，试图超越秦国。《史记》中说“孝公元年，河山以东强国六”[1]，分别是齐、楚、燕、韩、赵、魏。其中改革最有力的，当数魏、赵、楚三国，此时的秦国，尽管国力仍在增强，但和其他国家相比，未免相形见绌，保守势力仍然拖累着秦国，使秦国不能迈开脚步，连秦简公时代允许官吏像贵族一样佩剑、承认私田这样的微型改革，都难以为继。发展缓慢，内斗不休，终于让秦孝公坐不住了，他感觉到了不进则退的滋味。这一方面是因为秦国建立于周平王东迁、开创东周的时代，它的历史比东方各国，如齐、鲁、燕等，短了整整一个西周时代，更因为秦国地处边陲，在华夏核心文明圈与边塞游牧文明圈的交叉点上，中原人士不愿意前往，因而人才奇缺，成为秦国发展的障碍。21 世纪什么最贵？人才。早在公元前 4 世纪，秦孝公就深刻地意识到了这一点。

卫鞅就是在这个节点上来到秦国的。他在正确的时间出现在了正确的地点，并且遇上了一个正确的君主，他，就是秦孝公。

[1] 〔西汉〕司马迁：《史记》，第 145 页，北京：中华书局，2000 年版。

第 四 节

一场豪赌

在秦国国都栎阳的市场南门竖起了一根三丈高的木杆，卫鞅说，如果有人能把这根木杆移到北门，就奖赏十金。百姓不为所动，不是嫌钱少，是不明白卫鞅的意图。卫鞅只说，赏金增加到五十金。终于，有人动心了，从人群中走出来，扛起木杆，摇摇晃晃地把它移到北门。他成功了，卫鞅给了他五十金。这个事件就结束了。卫鞅的用意十分简单，他想告诉百姓，他言必信，行必果。

到达秦国后，卫鞅是在观察了数年之后，才开始变法的。那些年中，他一直像一个冷静的刀客，躲在黑暗里，看着别人厮杀，自己一声不吭。终于，他决定出手了。他一出手，所有的人就都看见了他，因为他的动作太生猛了。那一年，是公元前 359 年。

卫鞅的变法，是从立规矩、明赏罚开始的。在他看来，农业是国民经济的命脉，因此，欲强盛秦国，首先要固农，于是，他出台了一系列的农业改革措施，废除旧有的井田制，实行土地私有，一律按土地数量大小和质量好坏来收税，一方面鼓励开拓农田，一方面做到了赋税平等；他制定了《垦草令》，强迫各行各业转事农业，对于努力从事农业、在农业生产中获得丰收的，免除本人的徭役或赋税，而对于从事工商业或因为懒惰而陷入贫困的，则一律充为官府的奴婢。

《垦草令》在秦国成功实施后，秦孝公于公元前 356 年任命卫鞅为左庶长，在秦国国内实行第一次变法，其主要内容有：改革户籍制度、实行什伍连坐法、明令军法奖励军功、废除世卿世禄制度、建立二十等爵制、严惩私斗、奖励耕织重农抑商、改法为律制定秦律、推行小家庭制，等等。

战国　大良造鞅镦　故宫博物院藏

在故宫博物院，藏有一件与卫鞅直接相关的青铜器，名叫“大良造鞅镦”。镦（duì），是矛戟柄末端的平底金属套。大良造鞅镦，是卫鞅作为大良造（卫鞅于秦孝公十年被封大良造）铸造的镦，高 5.7 厘米，宽 2.4 厘米，重 0.08 千克，器身刻画铭文 4 行，共 13 字，记录了这件兵器的制作时间和地点，具体铭文如下：

十六年，大
良造庶长
鞅之造。雍。
矛。

大意是：秦孝公十六年（公元前 346 年），大良造（“大良造”为爵名）、庶长（“庶长”为官名）鞅（即卫鞅）监造此镦。雍是铸造地或存放地。

变法最狠的一招，是卫鞅没收了贵族曾有的特权，贵族只有在战场上浴

血奋战，建立军功，才能重新获得贵族的身份，而那些平民百姓，只要有军功，就可以升为贵族——他甚至为他们准备了新的爵名，比如勇爵，战斗中未获首级者、获一首级者、获满额（33 颗首级以上）者、战死者，都有明确的赏罚标准。比如：作战时能杀得敌人甲士一人，并取得其首级者，赐爵一级，并且赐田一顷、宅九亩；得一甲首者，若为官可当 50 石俸禄之官，得二甲首者可为百石之官；等等，他们在战场上的表现在经过一系列复杂的运算程序之后，会变成他们的地亩钱粮或者狱讼刑罪。这些规定，让我们明白了秦国百姓为什么奋勇上前线、白起为什么那么疯狂地斩获敌人首级。

稍早于卫鞅的变法，公元前 431 年到公元前 430 年的那个冬天，在远得没有任何音讯的巴尔干半岛上，伯里克利进行了一场演说，以纪念那场在雅典与斯巴达之间展开的残酷战争的牺牲者。他说，“权力不是掌握在少数人手中，而是置于全体人民，法律之前，人人平等”[1]。希腊文中的“民主”（demokratia）一词是“人民”（demos）和“权力”（kratos）的合成词，这是“民主”一词的词源，也是英文“民主”（democracy）一词的真正源头。

那一年（公元前 431 年），著名的帕特农神庙已经建造完成，伫立在雅典城的最高处，直到今天，无论在城市的哪个角落，都能一眼望见。那一排排的廊柱，仿佛竖琴的琴弦，被爱琴海的风所弹奏，发出和谐的音律——我知道那片海，为什么被称作“爱琴海”了。那是西方人心目中的理想国，以至于 14 世纪中期至 16 世纪末的艺术大师们，如达·芬奇、拉斐尔、提香和米开朗基罗，在复兴希腊罗马古典文化的名义下发起他们的文艺复兴运动，从而缔造了欧洲文明的又一个辉煌时代。

伯里克利那次著名演讲 75 年后，卫鞅变法也同样拿贵族开刀。战争，给了卫鞅重新分配爵禄的机会，官场裙带的链条被卫鞅无情地斩断了，那些占尽血缘优势的人与爵禄渐行渐远，而那些真正勇武的战士开始走到最重要的位置上。

[1] ［古希腊］修昔底德：《伯罗奔尼撒战争史》，上册，第 147 页，北京：商务印书馆，2011 年版。

然而，卫鞅还没有罢手，他使出了更狠的一招——爵位与封地脱钩。贵族的封地被收归国有，重新分配使用，那些不可一世的贵族们，几乎一无所有了。

卫鞅一亮相，就打倒了一大片，迅雷不及掩耳，令秦国上下目瞪口呆。

卫鞅把他的刀刃毫不避讳地直指贵族当权者，但他的对手并不好对付——他们有权，有势力，人多势众，不会坐以待毙，等着别人来动他们的奶酪。那不是一般的奶酪，是由不计其数的别墅庄园、豪车美女、钟鸣鼎食、绫罗绸缎、出行时威严的仪仗，以及无孔不入的特权共同打造的高级奶酪，他们对这种高品质奶酪的享有是天经地义的，老子英雄儿好汉，先辈用功勋换来的特权是取之不尽的宝藏，作为后裔的他们世世代代分享不完，他们什么也不需要做，却什么都会拥有，一个都不能少，从来没有人站出来质疑，他们不愿意平白无故地失去它们，去成就卫鞅这个外来务工人员的业绩。司马迁没有记录卫鞅开始出手的日子，他是怎样度过的。我们可以想象他所背负的压力——即使是举重冠军，也举不起那份重量。

这不是一场冒险，是豪赌，不成功，便成仁。

卫鞅没有低估他所面对的凶险，为防不测，他制定了周密的保安措施，每当出门的时候，他为自己准备十几辆车跟随其后，车上满载着披甲的武士，还有持矛和戟的卫士排在车队的两旁，把卫鞅的车围得水泄不通。即使如此，他紧绷的神经也难以松弛下来。

卫鞅从哪里来的这份冲动和决心？隔着两千多年的时光，我们已经无从查考，中国的史书只负责记录史实，从史书的繁体字间搜索出历史人物内心的蛛丝马迹无异于缘木求鱼。我们可以找出许多原因，但是我想，有一个重要的因素——他当年被魏惠王拒绝的那份难堪会一直残留在他的脑海里，纠缠着他；从卫鞅后来的举动分析，他很可能是一个自我感觉良好的人，一个冷酷、强硬、独自决断的人，他坦然中裹藏着凌厉，他对自己非常自信，但是他越是自信，在魏国受挫的辛酸记忆就越是挥之不去，那份记忆折磨着他，催促着他赶快通过一项伟大的事业来证明自己的价值，只有功成名就之时，记忆中的伤痕才能被抹平，成为一段非凡的经历，成为荣耀的注解、骄傲的资本。魏惠王的傲慢帮助卫鞅完成了一次人格的反弹，进而帮助了秦国的事业。

眼下，必须要狠，卫鞅对犯法的人从不留情面，犯死罪者，不是腰斩就是车裂，犯活罪者，不是剁手就是削鼻，还要把罪行刻在犯人的脸上。郭沫若在《十批判书》中描述嬴秦刑罚之恐怖时写道："刑的严酷与花样之多，恐怕也是古今无两。单是死刑，据可考见的也就有十二种之多。有弃市，有戮死，有腰斩，有车裂。有坑，有磔（zhé），有凿颠、抽胁、釜烹，有戮尸，有枭首，有具五刑。特别是具五刑可谓集刑戮之大成。它是'先黥（qíng）劓（yì），斩左右趾，笞杀之，枭其首，菹其骨肉于市'，此外还要'夷在族'。犯了诽谤詈（lì）诅之罪的人是'先断舌'，大率是断舌以代劓或黥吧。"[1]

他的法令就是他手中锋利的刀刃，除了制造尸首，就是制造大量的肢残者，那些因为犯法而变得缺胳膊少腿、缺眼少鼻的人，都是义务的法律宣讲员。他崇尚暴力，崇尚极端的暴力，闪展腾挪之际，他所有的对手——无论是国内，还是国外——肢体翻飞，木桶一般散架，他热爱这样的残酷。这份残酷，正与秦孝公的野心一拍即合。他的暴力不是草莽剑客的快意恩仇，而是国家的意志得到全面贯彻。卫鞅新法的每一个文字，最终都将变成淋漓的鲜血。

卫鞅经常在渭河之滨以极刑处理囚犯，疯狂的一次是他连续斩首数百人，直到刀斧手的手砍酸了，连刀都举不起来了，才肯罢休。

卫鞅在表明法的威严，也是为自己壮胆。

只有凶狠能够掩饰他内心的忐忑。

但贵族们不会坐以待毙。

果然，有人往刀口上撞了。为了这个冒失鬼，卫鞅等了很久，守株待免，等着他自投罗网。但那个人来者不善，让卫鞅倒吸了一口凉气——此人不是别人，是秦孝公的亲儿子、当今秦国的太子。太子是下一任的国君，即秦惠文王，或许为尊者讳，他犯了什么法，《史记》中没有记载，这反而让人生疑，

---

[1] 郭沫若：《十批判书》，第 463、464 页，北京：东方出版社，1996 年版。

战国·秦　商鞅青铜方升　上海博物馆藏

他一定是犯了什么上不了台面的错误。

太子犯法，却是对卫鞅的铁面的一次考验。面对太子的挑战，卫鞅不能折腰，不能回头，回头就是死路一条。既然变法的主要矛头是指向贵族当权者，那么，在太子面前，卫鞅的利刃，就不能有丝毫的犹豫。于是，他板着脸，回敬了一句话："法之不行，自上犯之"[1]。意思是说，新法不能推行，原因就在于上面的人在触犯它。但是，如果在太子脸上刻字，太子将如何继承王位呢？这给卫鞅出了一个天大的难题，反复思量之后，他决定采取一种变通的方式惩罚太子，就是对他的太傅公子虔处以刑罚，同时对他的太师公孙贾处以黥刑，太子本人的身体完好无损，但他的尊严被侵犯、被惩罚了，他是一个犯人、一个曾经受到卫鞅惩罚的犯人。

所有人都瞪大了眼睛，他们没有想到卫鞅贯彻新法的意志如此坚决。太子挡不住卫鞅，就没人挡得住他了。

新法实行了 4 年，公子虔又犯了法，他的鼻子被削下来，成为新法的纪念品。

儒家相信"人之初，性本善"[2]，而卫鞅代表的法家则把人的本性假设为恶；儒家主张通过礼仪教化驯服潜意识里的邪念，法家认为只有通过严厉的惩

[1] 〔西汉〕司马迁：《史记》，第 1766 页，北京：中华书局，2000 年版。

[2] 孔子没有直接提到性善或性恶，孟子则坚持"性善"说，认为："人性之善也，犹水之就下也；人无有不善，水无有不下。"

治来约束恶的本能；儒家树立“仁爱”的楷模，而法家则寻找“反面典型”来杀一儆百；志在树立道德榜样的儒家为人的存在提供了一个上限，法家则为人的存在设置了一道底线。

这不免让人联想到意大利政治思想家和历史学家马基雅维里在1513年12月问世的惊世之作《君主论》。他对政治的思考，与法家思想有颇多共同语言，比如他认为，对政治的思考，必须是建立在对“人心险恶”的观察之上，“一般来说，人都善于忘恩负义，反复无常……避险则惟恐不及，逐利则不甘人后”。“人们对于失去父亲要比失去父亲的遗产忘得更快。”[1] 基于这样的观察，他摆出了一副政治中的道德杀手的姿态，认为，“某些状似德性的东西，如果君主身体力行，那就成了他的劫数；某些状似邪恶的品质，如果君主身体力行，反而会带来安全和安宁”。

卫鞅做秦相的第10个年头，赵良与卫鞅有过一段耐人寻味的谈话，在那次谈话中，赵良对卫鞅说：“当年五羖大夫做秦相的时候，即使疲倦至极也不坐车，天再热也不张伞，坚持在国都里步行，不让车骑随从，也不带兵器，百姓们对他的感情很深，他死的时候，秦国百姓没有不流泪的，孩子们的歌声也戛然而止，整个国都一片沉默。他在国内推行教化，在诸侯中施行王道，所以四面八方的戎族，没有不前来归服的。治理国家，本应时时刻刻把百姓放在心上，用礼仪道德教化他们，像虞舜那样实行王道，百姓才会发自内心地爱戴你，而先生您，却热衷于推行霸道，暴用民力，大筑宫阙，连年征战，用严酷的刑罚管束和残害百姓，百姓们心里有怨气，却因为害怕刑罚而缄口不言，只能把怨怒积压在心底，这样下去，先生就危险了。《尚书》说，‘依靠德行的就昌盛，依靠武力的就灭亡’。如今，公子虔已经8年不出门了，等的就是复仇的那一天，先生又杀死了祝懽，还对公孙贾处以黥刑。秦孝公一旦死去，这些贵族精英就可以利用民怨，向您发出致命一击，先生如果不改弦更张，必

[1] ［意］马基雅维里：《君主论》，第72页，沈阳：辽宁教育出版社，1998年版。

将在劫难逃。”[1]

赵良的警告，像一缕烟儿，从卫鞅的眼前飘过去，根本无法进入卫鞅的心里。卫鞅认为自己不需要回答，因为事实会给他最好的回答——新法实行10年，秦国已经脱胎换骨了，国家强盛，百姓富足，“道不拾遗，山无盗贼”，“勇于公战，怯于私斗”[2]，国家进入“大治”。李斯后来在著名的《谏逐客书》中评价商鞅变法时说：

> 孝公用商鞅之法，移风易俗，民以殷盛，国以富强，百姓乐用，诸侯亲服，获楚、魏之师，举地千里，至今治强。[3]

变法10年之后的公元前350年，秦国把国都从雍迁到咸阳，城墙宫殿在地平线上耸立起来，成为君王最好的纪念碑，以气势恢宏的语言，歌颂着秦孝公的功绩。前往咸阳的道路上，华丽的马车卷起漫天的烟尘，车上载着争先恐后来拍秦孝公马屁的各国使臣。

然而，如赵良所说，总有一天，太子会成为这个国家的君主。

卫鞅没有给自己留半分退路。

---

[1] 原文见〔西汉〕司马迁：《史记》，第1768页，北京：中华书局，2000年版。

[2] 〔西汉〕司马迁：《史记》，第1766页，北京：中华书局，2000年版。

[3] 〔西汉〕司马迁：《史记》，第1979页，北京：中华书局，2000年版。

第　五　节

不堪一击的魏国

终于，卫鞅率领秦国的军队，打回了魏国。

卫鞅的变法，用的几乎都是李悝的套路。卫鞅是否见过李悝，我们不得而知，然而，卫鞅来到公叔座身边的时候，距离李悝的改革不过数十年的光景，改革的气氛，他是体会过的，也曾认真研习过李悝的著作，并把它活学活用到秦国的改革中，只是在秦国推行得更加彻底、猛烈，甚至残酷，魏国的改革稍有松懈，就被秦国超越了。现在，卫鞅要用李悝的武器打垮李悝的国度。

卫鞅对秦孝公说，征服魏国意义重大，因为魏国的地理位置太重要了，它处在山岭险要的西部，建都安邑，跟秦国以黄河为界，独占了崤山以东的地利。在有利的条件下，可以向西，侵犯秦国；在不利的条件下，可以向东，扩大土地。只要打败魏国，秦国就能占领黄河和崤山的险要地带，向东控制各国诸侯，囊括四海，并吞八荒，完成帝王的伟业。[1]

那时，魏国的公子申刚刚在与齐国的战争中被俘，大将庞涓也在马陵道战死，惊魂未定，边境线上又荡起滚滚的烟尘，尘埃落定，露出秦军士兵棱角分明的面孔。黑压压的秦军，像黏稠的河流，自西边席卷过来。魏国慌忙派遣公子卬前来迎战。扎稳营帐，他收到卫鞅的信使送来的一封信。他匆匆展开信函，下面写着：

“我当初与公子私交甚好，现在各为其主，不忍心互相残杀，愿亲自与公

[1] 原文见〔西汉〕司马迁：《史记》，第1766页，北京：中华书局，2000年版。

子相会，订立盟约，我们在一起畅饮，然后罢兵，使秦魏两国永久相安。”[1]

幻想总是属于弱者，公子印相信了卫鞅，是因为他对这份唾手可得的和平心存幻想。他们分别只带着少数随从，如约而至，两人推杯换盏，共叙友情，几乎忘记了这里是战场。酒酣耳热之际，一团团的黑影挡住了公子印眼前的阳光，定睛看时，发现是一群武装到牙齿的秦国军人，是事先埋伏好的，公子印还没来得及反抗，那些训练有素的军人就像拎小鸡一样把他拎走了。

在故宫博物院青铜器馆，可以看见魏国的兵器。那是一件春秋前期铸造的梁伯戈，一件铜锈斑驳的青铜戈，戈援的前部呈圭角状，栏上两面各饰一兽头，威武霸气。但此时的魏国，已经不像从前的魏国那样披坚执锐，攻无不克。此时的魏军没有了主将，已然乱成一团。秦军冲进来了，马踏连营，无数个魏军士兵的脑袋纷纷背叛了它们的身体，狂叫着，在空中兴奋地飞扬、翻滚，又噼噼啪啪落在地上，掷地有声，节奏分明，紧扣着秦军进攻的鼓点声。地上的头颅越来越多，秦军的马蹄想躲也躲不开，不经意就会踩扁一个，那扁下去的脑壳就像被踩碎的西瓜一样溅出通红的汁液。这使秦军的马蹄变得谨慎起来，因为那些沉甸甸的头颅不是废品，而是秦军将士记功簿上的资本，经过官府的运算，它们将成为他们日益发达的地位和越来越多的个人资产。秦国人在魏国人的哭喊声里笑着，他们热爱战争，热爱厮杀与流血，热爱卫鞅的严酷，热爱秦国赐予他们的一切。

卫鞅也得到了他应该得到的奖赏，他成为於、商等 15 个城邑的封主，从此，人们称他：商鞅。

不堪一击的魏国，成了秦军收割的田野，每当他们需要收成的时候，都会像勤劳的农民一样，成群结队地如约而至，他们挥汗如雨，就是为了收割更多的魏国脑壳，战争对他们来说，完全是一种力气活，跟田野里的春种秋收没有什么区别。魏惠王的脸，因失血过多变得无比苍白。这时他一定会想起公叔座当年对他说的话：“大王如果不用公孙鞅，就一定要杀死他，不可让他踏

[1] 原文见〔西汉〕司马迁：《史记》，第 1766 页，北京：中华书局，2000 年版。

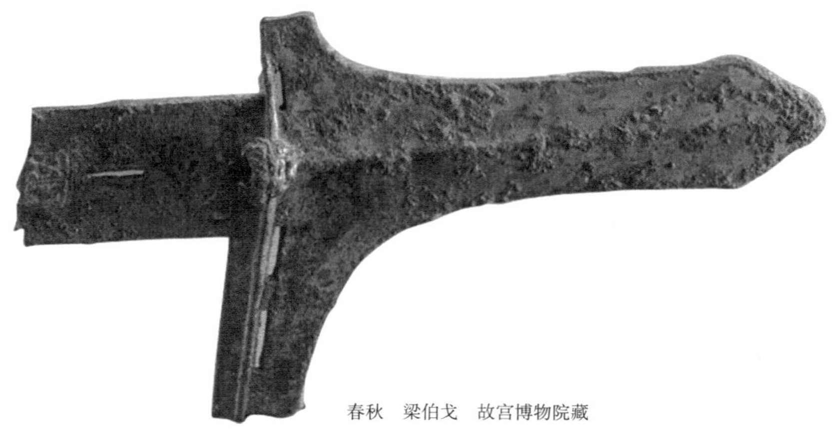
春秋　梁伯戈　故宫博物院藏

出国境半步。”他用了十几年的时间才闹明白，公叔座之言并非病重时的昏话，而是推心置腹的告诫，那微小的失误，已在时间中生长成天大的错误，他无论费多大的力气也无法弥补。终于，他苍白的脸颤抖着，说出了一句话：

“快，快把黄河以西的土地全部献给秦国，然后向秦国求和。”

魏国就这样将从前的国都安邑扔在了身后，屁滚尿流地把国都迁到更加“安全”的大梁。

就这样，秦国在“饮马于龙门之河”之后，又饮马黄河。对于秦国来说，这是一个关键性的步骤。古老的中国，无论多么分崩离析，始终有着统一的冲动，这与黄河和长江这两条贯穿性的大河有着密切的关系。它们仿佛两条丝带，把华夏捆绑成一个整体。德国社会学家马克斯·韦伯甚至认为，即使出于治河的目的，中国也需要统一，因为这一浩瀚的工程，依靠任何一个诸侯国的力量都是无法完成的，是黄河强制着中国的统一，而黄土高原上的秦人，只不过是执行了黄河的意志而已。无论怎样，据有了黄河，秦国通往东方的道路就更加畅通无阻了。

魏惠王割让土地的行为无异于饮鸩止渴，因为它使秦国的羽翼更加丰满，而秦国的羽翼丰满以后，魏国灭亡的日子就不远了。

第　六　节

车　裂

公元前338年，秦孝公死，太子登基，为秦惠文王，就是当年那个被商鞅惩罚过的倒霉蛋儿，商鞅的末日，到了。

没了鼻子的公子虔，一刻也没有忘记复仇，那些饱受商鞅新法折磨的贵族们"慧眼识珠"，立刻推举他为代表，向新国王进言，要杀掉商鞅。于是，公子虔瓮声瓮气地对秦惠文王说：

"大臣过于权重，国家就要危险；左右人等过于亲近，大王自身就要危险。如今秦国上下，连女人和孩子都知晓商鞅变法，没有人知道大王之法，这不等于商鞅成了君王，而大王反而成了大臣吗？因此，商鞅这小子是大王身边最凶恶的敌人，是睡在大王身边的猛兽，一定要将他打倒，再踏上亿万只脚，让他永世不得翻身！"[1]

没有鼻子的公子虔把嘴的功能发挥到了极致。他在这里用了诡辩术，把商鞅与秦惠文王截然分开，实际上，商鞅变法是政府行为，而不是个人行为，他所有法令的出台都代表政府，也代表秦王，也就是说，商鞅之法，就是秦王之法，不存在"女人和孩子都知晓商鞅变法，没有人知道大王之法"的问题，所以公子虔的所有说辞都是恶意中伤。公子虔关于"商鞅成了君王，而大王反而成了大臣"的假设万分狠毒，它将商鞅置于欺君罔上、大逆不道的处境中，百口莫辩。根据《史记》的记载，公子虔的门徒甚至告发说商鞅意欲谋反，就更离谱了。不过这类造谣中伤正中秦惠文王的下怀，因为叛逆和谋

[1] 原文见《战国策》，上册，第62页，北京：中华书局，2012年版。

反，是君王诛杀臣子最好的借口，这可以为秦惠文王堂而皇之地摆脱徇私报复的嫌疑，用商鞅推行的法律，将商鞅绳之以法。

秦国的警察迅速展开抓捕商鞅的行动，但他们落空了，商鞅不在家，不在办公室，不在咸阳的任何一家茶楼、夜店，消息灵通的商鞅正带着母亲家眷，在逃亡的道路上飞奔。他们逃到关口时，夜色暗下来，商鞅要住店，店掌柜说，根据商鞅的法令，住店必须有身份证，如果你没有身份证我就不敢留你，否则我就犯法了。商鞅说，我就是商鞅啊！店掌柜说，没有身份证你就是个屁。商鞅不甘心地说，我也是有身份证的人啊！然后叹了一口气，说，没想到我的法也有弊端啊！[1]

这时商鞅走投无路了，他决定去魏国。他当然知道自己是怎样率军攻打魏国的，去魏国凶多吉少，但总比留在秦国好，他别无选择。商鞅气喘吁吁地赶到邺的时候，没想到邺的守令襄疵说，商鞅诱捕公子卬，然后击破魏国军队的做法有点阴损，所以他根本不打算收留他。[2]商鞅只好逃回秦孝公赐给他的封地——商邑，动员邑内的徒属，发兵攻打郑国，冲杀之际，追捕他的秦兵从后路抄上来，商鞅于是率领身边的将士，向西南方向逃跑，希望能退回商邑，然而刚到彤地，他们就被追兵围住了，伴随着兵刃相撞的声音，身边的军士一个个倒下了，殷红的血从他们身体的各个部位喷溅出来，在粗糙的土地上越漫越大，变成许多怪异的图形，在阳光下熠熠发光，只有商鞅一个人还站着，在鲜血的图案中心，悚然发呆。

在咸阳，秦惠文王为囚犯商鞅准备了一道隆重的刑罚——车裂。所谓车裂，就是五马分尸，它的操作程序是把犯人的头和四肢分别绑在五辆车上，套上马匹，分别向不同的方向拉，这样把人的身体硬撕裂为五块。有时，执行这种刑罚时不用车，而直接用五头牛或马来拉。值得一提的是，车裂并非古代中国的专利，中世纪的英国亦曾有极类似车裂的刑罚，称为 hanging，

---

[1] 原文见〔西汉〕司马迁：《史记》，第 1769 页，北京：中华书局，2000 年版。

[2] 原文见《吕氏春秋》，下册，第 826 页，北京：中华书局，2011 年版。

drawing and quartering，用以处死叛逆者。即使在春秋战国时期，车裂也是极端残酷的刑罚。孔子的后人子高曾向齐王进谏，要求他取消车裂之刑，认为它是无道之君的刑罚，只有桀纣那样的昏暴之君才热衷于此，齐王听取了子高的意见，取消了车裂之刑。

但是，这一刑罚直到唐代才从中国绝迹。秦惠文王是此刑的高级发烧友，公子虔也是，他们愿意保留此刑，并把它奉献给商鞅。一百多年后，嬴政也把这一酷刑奉献给了嫪毐（lào ǎi），直到他听见嫪毐的每一根骨头在身体里碎裂的声音，才感到心满意足。秦惠文王此时的心情如出一辙，他把商鞅的冷酷与凶残加倍归还给商鞅。商鞅狠，秦惠文王比他更狠，只有更狠的人，才能笑到最后。

贵族们兴致勃勃地观看了行刑的过程，仿佛在欣赏一场刺激的演出。我想，公子虔一定是其中最热心的观众。他两只赤裸的鼻孔喷着冷气，在他洋洋得意的目光中，商鞅的四肢和头颅被牢牢捆扎在五匹马的屁股上，那些不安分的屁股有着极强的离心倾向，向五个不同的方向拉直了商鞅的身体，一阵剧痛立刻吞没他的身体。但他无法找到具体的痛点，似乎身体的每个关节都发出剧痛。五匹马在向五个相反的方向用力，而商鞅身体里的疼痛却从五个方向向他的心脏聚拢。终于，他听见了各个关节相互脱离的声音，他的皮肉，像皮筋一样越拉越长——他成了长臂长腿的巨人。他气若游丝，想喊叫，却喊不出来。没有人知道，死亡到底在何时降临。

不知商鞅在身体撕裂前的最后时刻会想到什么，是为自食其果而感到后悔，还是为青出于蓝而胜于蓝感到欣慰。

第　七　节

嬴政时代的战争

商鞅的全家被一一杀死，无一幸免。家族复仇还没开始就已结束了，秦惠文王把残忍进行到底，是商鞅教他这么做的。

商鞅用自己的牺牲，证明了他的变法实际上是一把双刃剑，它使秦国强盛，采用的却是极端的手段，当严酷的刑罚迫使他人就范，他自己的安全，也同样难保。这个国家的臣民，包括商鞅本人，用自己的血，为秦国的战车润滑，使它们越跑越快，势不可挡，这是后人——包括司马迁——面对秦国的强大和统一，心情复杂的原因。

那些肉消失了，被埋掉、腐烂了，但他的细胞却渗透到空气中，被秦国人呼吸，并进入他们的身体，像肥料催生植物一样，让秦国的国民越长越威猛，让秦国的国君一代比一代更加好战。他强调唯军为荣的先军政治，让秦国冲破了西部群山的捆绑，占领了黄河，打开了向东的缺口，像一群野狼一样冲向东部的平原。在他们看来，国家强盛固然必须发动战争，国家衰弱就更应该发动战争，唯有把“毒”输给敌人，国家才能安治。

商鞅死后，他的余党仍然活跃在秦国的政坛上，进行着没有商鞅的商鞅变法，新法一直坚持了下去，使秦国通过这种残酷的自律日益强壮起来，变成一只强大而冷酷的怪兽，在山河大地上纵横驰骋。一个又一个新的商鞅自各国投奔秦国，成为秦国的将相之材，这些人有：张仪、犀首、陈轸（zhěn）、乐池、樗（chū）里疾、甘茂、魏章、甘罗、范雎（jū）、蔡泽、吕不韦等，这些名字在司马迁的《史记》中出没，仿佛一些关键性的按钮，联动着秦国这个设计精密的巨型武器，随时准备向对手发出毁灭性的一击。如果我们仔细爬梳《战国策》，我们会发现更多的类似人物。这些人来路不同、形貌各异，却有一个共同的特点——没有一个人是秦国本土人，他们不远万里，来到秦国，就是因为秦国有包容他们的胸怀，能够为他们提供用武之地，甚至把这些异国人提升到相国的位置上，相比之下，身处楚国的屈原，处境就可怜得多，壮志未酬，却投身冰冷的江水，以自我毁灭的方式表达自己的爱国之志。

只有在李斯时代，有人谏请秦王嬴政驱逐客卿，逐客的理由，不外乎那些投奔者都不是秦国人，没有资格代表秦国理政，李斯自己，也在逐客的名单之内。李斯急了，立刻给嬴政写下了一篇谏文，就是那篇著名的《谏逐客书》，李斯或许并不知道这篇谏文会引起什么样的后果，但他义无反顾。

直到今天，我们诵读李斯两千多年前铿锵有力的文字，依然能够感受到他的壮怀激烈：

> 夫物不产于秦，可宝者多；士不产于秦，而愿忠者众。今逐客以资敌国，损民以益仇，内自虚而外树怨于诸侯，求国无危，不可得也。[1]

没有史料记录秦王嬴政读完这篇谏文时的心情，或许，在那一刻，他经历了复杂的内心较量，终于做出了一项艰难的决定，那就是听从李斯的意见，收回了驱逐客卿的成命。那些客卿的命运就这样被改写了，秦国的历史，甚至后世的历史，都在他这一决定中被修改了。在历史的大拐点中，这又是一个小拐点，如果没有这个小拐点，秦统一六国的事业就不可能功德圆满。

对于魏惠王来说，商鞅的死并不是福音，因为秦惠文王腾出手来，就要收拾魏国，于是开始更加积极地向秦国割让土地。公元前 332 年，就是马其顿亚历山大率师攻下腓尼基的泰尔城，斩杀万人，把全部市民卖为奴隶，又攻入埃及，建亚历山大港的那一年，魏国把阴晋地区割让给秦国。

公元前 330 年，魏国又把河西地区献给秦国。但这份慷慨并没有令秦国满意，公元前 329 年，秦军渡过黄河，攻取汾阴城和皮氏城。

---

[1] 原文见〔西汉〕司马迁：《史记》，第 1981 页，北京：中华书局，2000 年版。

公元前 328 年，张仪被任命为秦相，魏国乖乖交出上郡 15 县给秦国。

……

公元前 305 年，屈原反对楚怀王与秦国订立黄棘之盟，但是楚国还是彻底投入了秦国的怀抱。屈原亦被楚怀王逐出郢（yǐng）都，开始了流放生涯。楚国没有《求贤令》，楚怀王面对屈原这样的能臣无比麻木，所以，尽管屈原主张彰明法度，举贤任能，改革政治，联齐抗秦，但他没有商鞅的“幸运”，没能像商鞅拯救秦国那样拯救楚国，终于，楚怀王被秦国诱去，囚死于秦国。顷襄王即位后，屈原继续受到迫害，并被放逐到江南。公元前 278 年，秦国大将白起带兵南下，攻破了楚国国都，诗人屈原流泪写下《哀郢》。故楚国破之日，纪南一带的天空中飞来悲雀无数，遮云蔽日，凄啼不止，仿佛一场天谴，或者提前敲响的丧钟。

不爱楚国的楚怀王给爱楚国的屈原留下的，只有死路一条，那就是以死明志。屈原没有让楚怀王失望，在同年五月，投身汨罗江。

依靠商鞅变法打下的家底，秦国的羽翼终于丰满了，正式走上讨伐六国的征途：

嬴政执政的第 17 年，即公元前 230 年，秦军俘获了韩王安，韩国灭亡。

第 19 年，即公元前 228 年，邯郸这座名城落入秦军之手。不久，出逃的赵王迁被迫献出赵国的地图降秦。赵国灭亡。

第 22 年，即公元前 225 年，在秦军主力南下攻楚之时，嬴政派出年轻将领王贲，率军围攻魏都大梁[1]。魏军紧闭城门，坚守不出。由于大梁城防经过多年修建，异常坚固，秦军强攻不下。王贲想出了水攻的办法。秦军大批士卒被安排去挖掘渠道，将黄河、鸿沟的水引来，灌注到大梁。3 个月后，大梁的城墙壁垒全被浸坍，魏王嘉只得投降。魏国灭亡。

第 24 年，即公元前 223 年，秦军攻占楚都寿春[2]，楚昌平君死，项燕自杀，

---

[1] 今河南开封。

[2] 今安徽寿县。

楚国灭亡。

第 25 年，即公元前 222 年，王贲奉命攻伐燕国在辽东的残余势力，俘获燕王喜，燕国灭亡。

第 26 年，即公元前 221 年，嬴政命令王贲挥戈南下，矛头指向东方六国中的最后一个：齐国。秦军南下过程中，几乎没有遇到过任何抵抗。王贲率军长驱直入，抵达临淄，齐王建不战而降。齐国灭亡。至此，秦国走完了削平群雄、统一六国的最后一程。

秦国的战车带着强大的势能从黄土高原上俯冲下来，形成巨大的重力加速度，越来越快，连他的驾驭者都不能把握这种速度了，战争的密度越来越大，想停都停不下来。

秦孝公在位 24 年，发动 6 次战争，平均每年 0.25 次。

秦惠文王在位 27 年，发动 17 次战争，平均每年 0.63 次。

秦武王在位 4 年，发动 2 次战争，平均每年 0.5 次。

秦昭襄王在位 56 年，发动 48 次战争，平均每年 0.86 次。

秦孝文王在位 1 年，没有来得及发动战争。

秦庄襄王在位 3 年，发动 3 次战争，平均每年 1 次。

没有一个国家能够承受这种冲击力，只有扩大受力面，才能减轻压强。公元前 318 年，魏国与韩国、赵国、燕国、齐国以及匈奴联合抗击秦国，依然不是秦国的对手。

它们的盾，比不上秦国的矛。

经过 500 年的奋斗崛起，秦国的权力终于传递到嬴政的手里。那一年是公元前 246 年，距离天下一统，只剩下 26 年。

嬴政执政 26 年中共发动 31 次战争，平均每年 1.19 次。

嬴政时代的战争，密得让人透不过气来。

值得注意的是，被称之为“暴军”的秦国军队在秦始皇克制谨慎的命令下，从未屠城，这是前所未闻绝无仅有的。

第八节

嬴政

郭沫若先生在《十批判书》里对嬴政有这样的描述：鸡胸，长着一个起伏的马鞍鼻，眼睛细长形似马目，正中眼珠子喷薄欲出，严重的气管炎导致他嗓音嘶哑，听来如旷野“豺声”。[1]

他的这副尊容，得自他父亲的遗传。他的父亲异人，同样地不招人待见，连其祖父秦昭襄王都不屑于正眼看他。出于战略的需要，为了取得赵国的信任，秦昭襄王要挑一个人质送给赵国，结果异人凭借着他的出奇制胜的长相以压倒性的“优势”脱颖而出。这注定了出生于赵都邯郸的嬴政未来的人生必然曲折，充满抑扬顿挫。

嬴政的母亲曾经是吕不韦的小妾。在嬴政出生的前一年，公元前 260 年，也就是白起率领秦军在长平大破赵括率领的赵军，坑杀 45 万人的那一年，吕不韦这个二道贩子把她也当作高档商品赠给了异人这位落难的秦国王孙，以至于嬴政的生父到底是吕不韦还是异人，两千多年来没有一个人搞清楚。吕不韦是把异人当成升值股来投资的，结果他的投资取得了丰厚的回报，秦昭襄王死后，秦孝文王即位，秦孝文王最宠爱的妃子华阳夫人没有儿子，吕不韦通过行贿让她答应立异人为太子，华阳夫人的枕边风显示了威力，秦孝文王正式立异人为太子（异人后来更名子楚），大喜过望的吕不韦于是帮助子楚（从前的异人）逃出赵国，回到秦国，而秦孝文王即位只三天就一命呜呼了。

为免有错，我查了几种史籍，记载大同小异。比如《史记》上说“十

[1] 郭沫若：《十批判书》，第 449 页，北京：东方出版社，1996 年版。

月己亥即位，三日辛丑卒”[1]，己亥、庚子、辛丑，刚好三天。《资治通鉴》就不说那么详细了，只说：“十月己亥，王即位，三日薨。”[2]《纲鉴易知录》说：“孝文王即位三日而薨（hōng），子楚立。”[3]他应当是中国历史上最短命的皇帝之一，任期只有三天。但他也只能算是“之一”，因为中国历史上在位时间最短的皇帝，是金朝的末代皇帝完颜承麟，登极不足一个时辰，就被冲入蔡州城的蒙古军队杀死。

不管怎样，秦孝文王之死，让子楚（异人）这个最不被看好的丑男终于当上国君，称秦庄襄王。

这一年，嬴政 10 岁。

3 年后，父亲死了，这个受尽欺凌的鸡胸少年居然成为秦国的最高领导人，即使最伟大的预言师也不可能预见到这一点。人生充满了不可思议，历史也是一样。唯一没有变化的是嬴政的母亲，她依然年轻，依然丰饶多姿水性杨花，深宫里空旷的长夜该叫她如何忍受？那个名叫嫪毐的男宠，就这样乘虚而入，被吕不韦以“宦官”的身份送入后宫。丑陋的长相、在赵国经受的欺侮、母亲的污秽……所有这一切，对嬴政的心理发展造成严重的创伤，塑造出一种特殊的人格，心理学家把它称为抑郁型人格。他一方面自卑，另一方面却自尊心强大；一方面内向，另一方面却充满攻击力，只要遭遇一定的刺激，这种攻击力就会爆发出来。无论嬴政后来的业绩多么辉煌，他始终无法摆脱心中的孤独和绝望情绪。他嗜杀成性，是因为他生性敏感多疑，不是他要这么做，是他的抑郁型人格在指挥他这么做。

实际上，整个秦国，都被这种人格包围着，因为这个国家的早年岁月，不仅要经受西戎的洗劫，还要以弱国的身份受到东方各国的排斥和嘲弄，这一大国崛起的过程，是对早年受挫经历的强力反弹，他们暴力征服的过程，

---

[1]〔西汉〕司马迁：《史记》，第 157 页，北京：中华书局，2000 年版。

[2]〔北宋〕司马光：《资治通鉴》，第一册，第 66 页，北京：中华书局，2009 年版。

[3]〔清〕吴乘权等辑：《纲鉴易知录》，第一册，第 258 页，北京：中华书局，2012 年版。

也是他们进行自我心理治疗的过程，只有血腥的征伐，才能使他们心里的卑贱感和屈辱感得以平复。齐国没有这样的力量，是因为它的仙山琼阁是那么地令人流连忘返；楚国没有这样的力量，是因为那一片神巫之地早已被诗歌与音乐浸泡得柔软缠绵，水淋淋、软塌塌的；燕国没有这样的力量，是因为它的历史太久了，在西周之初就建立了，秦国白手起家时，燕国已有几百年的历史和成熟的文明，金樽美酒让他们醉眼迷离，不再去眺望远方的路。只有秦国是一片贫瘠的沙地，所以才能贪婪地吸吮东方多余的水分。对于秦国——它的国君、臣民来说，多愁善感的音律和缜密深刻的思想都是多余的，它们可以属于郑、属于鲁，唯独不属于秦，秦国只需要在艰苦甚至残酷中锻造自己的力量，所以秦国选择了法家，也正因如此，当公元前 238 年，嬴政 22 岁，在雍都蕲年宫举行隆重的加冕典礼，开始亲政的时候，他首先想起的就是早已死去的商鞅，巧合得很，那一年，刚好是商鞅殉难 100 周年。

第　九　节

对立的看法

秦惠文王对商鞅恨之入骨，却不恨他的思想，秦惠文王之后，每一代国君都不掩饰他们对商鞅思想的一往情深，这是因为没有一种思想比法家思想更适合于秦国的统治者，所以他们坚定不移地坚持着商鞅思想，几百年不动摇，而嬴政，不仅对商鞅无限崇敬、无限热爱，而且把商鞅的主义推向一个新的高峰。

这可以说是一种为独裁者量身定制的思想武器。它固然如前面所说，鼓励农业、剥夺贵族特权，打破阶层的限制，英雄不问出处，使有才能者为国家所用，奖惩分明，从而激活了死气沉沉的秦国社会，然而，为了便于统治，他又发明了全民相互监视的体制，五家为“伍”，十家为“什”，先是划小社会单元，再把这些单元编织成一个完整的网络，采用网格固沙法，完成对整个社会的控制，一家有罪，九家检举，否则十家连坐，从而打造一个没有“污点”的、绝对“纯正”的理想社会，使国家的意志得到不折不扣的贯彻。这样，商鞅制定的奖惩制度，像一张大网，把整个社会罩住，法网恢恢，疏而不漏，连商鞅自己，都没有逃过新法的惩治。

这样的奖惩结构，必然培养鼓励告密的机制。新法规定：告发坏人的，跟斩了敌人首级一样受赏，可以“赏爵一级，益田一顷，益宅九亩”[1]；不告发坏人的，性质就十分严重了，要处以腰斩；窝藏坏人的，将“与降敌同罚”[2]，也就是“诛其身，没其家”，这就是店掌柜不敢窝藏逃亡的商鞅一家的原因。

---

[1]《商君书》，第 144 页，北京：中华书局，2011 年版。

[2]〔西汉〕司马迁：《史记》，第 1765 页，北京：中华书局，2000 年版。

正是这种鼓励告密的机制，使思想和行动上的异端在这个国家内部没有立足之地，从而使全国人民与“中央”保持高度一致，“中央”的政策能够令行禁止，发挥最大的效用，从而使秦国以最小的社会成本走向强盛。

如前所述，商鞅变法是秦国由弱变强的拐点，这一拐点孕育了另一个更大的拐点，就是秦统一天下。秦统一全国货币、车轨、文字、度量衡，废除了周朝的分封制度，建立以郡县制为核心的中央集权制，把全国权力归于他一人，从而为历代王朝奠定了政府组织规范，以后无数精明的皇帝只能在他设计的框架内小修小补，而无力进行彻底的变革，这种独创性，是秦始皇对中国历史的伟大贡献之一。

度量衡是怎么统一的呢？秦孝公十八年（公元前 344 年）商鞅变法时就定下了标准器，秦始皇采用的就是商鞅定的标准器，分发到各郡县，在上面加刻一道诏书，要求各地不折不扣地执行中央的政策。

类似的诏书，除了直接刻在标准器上，有时也刻在（青）铜版上，镶在标准器的上面，称为“诏版”。这样的“诏版”，“四隅有孔，中微凸起”（马衡语），仿佛瓦片的样子。四周穿孔，是为了用钉子把“诏版”钉在标准器上，有点像今天的铜牌商标。“诏版”上刻的“诏书”，字体多是古隶、秦隶，与石鼓上的大篆不同。那时候纸张还没有发明，代表官方意志的，不是盖着大红章的文件，而是刻着诏书的青铜“诏版”。在今天的故宫博物院，就藏有秦代诏版，上面刻篆书铭文 3 行 27 字，文字已然不全，残存的文字如下：

……帝，其于久远也，如后嗣为之者，不称成功盛德，刻此诏，故刻左，使勿疑。

统一容积的标准器是“量”，统一重量的标准器则是“权”。所谓“权衡”，就是用“权”来衡量。

故宫博物院也藏有秦“权”，青铜铸造，高 3.5 厘米，宽 4.7 厘米，呈圆锥形，平底，顶上有一桥形扁钮。两侧面刻有篆书铭文 14 行 40 字，记录的是始皇二十六年（公元前 221 年）统一度量衡的诏文，是见证了这一历史事

秦二世诏书铜版　故宫博物院藏

秦二世诏书铜版铭文　故宫博物院藏

件的重要实物资料。

《论语》说："谨权量，审法度，修废官，四方之政行焉。"[1]

何为"权力"，何又为"权威"，这些实物，已经说得明白。

20 世纪 30 年代，钱穆先生在北京大学讲《秦汉史》，对秦始皇作了如下评价："秦自始皇二十六年并天下，至二世三年而亡，前后仅十五年。然开后世一统之局，定郡县之制。其设官定律，均为汉所因袭。其在政治上之设施，关系可谓极大。……对于文教上之影响，亦复匪浅。……物质上之种种建设，亦至伟大。"[2]

西方历史学家常把秦始皇与拿破仑相提并论，在他们看来，秦始皇不仅是中国历史上的"千古一帝"，更是世界史上的"千古一帝"。就他取得的成就而言，很难找出能出其右的君主。大体说来，罗马帝国与秦统治时期的人口、面积差不太多。但罗马帝国统治时间比较短，恺撒死后，帝国分崩离析。秦王朝则不然，这是秦始皇独具影响的原因。然而，秦的铁腕、血腥的统治手段、网格固沙式的社会模板，也从此成为经典，被后代独裁者推崇和复制。

经过一段时间的强制执行之后，鼓励告密的机制已经渐渐地融化在中国人的血液中，落实在他们的行动上，成为一种习惯、一种本能，甚至一种正义。告密有功，而不告密却是可耻的。体制化的告密，正是始于商鞅变法，从而开创了中国人蔚为壮观的告密史。对于告密，每一个亲历"文革"时代的人都不会陌生。"文革"也因此把商鞅所代表的法家抬到至尊的祭坛上，以无辜者的生命与鲜血来祭献。[3]

---

[1] 〔先秦〕孔子：《论语》，见《论语·中庸·大学》，第 239 页，北京：中华书局，2011 年版。

[2] 钱穆：《秦汉史》，第 35 页，北京：生活·读书·新知三联书店，2005 年版。

[3] 1973 年 9 月，以《学习与批判》创刊号发表了上海市委写作组以"石仑"笔名发表的《论尊儒反法》一文为起点，革命的"知识界"据此虚构出一部"儒法斗争史"，并把这一"斗争历史"描述得活灵活现，认为"儒家是维护没落的奴隶主贵族统治的反动学派，法家是代表新兴的地主阶级利益的进步学派"，儒家提倡"礼治"，法家提倡"法治"，儒家主张守旧，法家主张革新，儒家和法家的斗争不是学术主张之争，而是两种思想、两条路线的斗争，"是奴隶主阶级和地主阶级之间在思想政治战线上一场剧烈的阶级斗争"，进而拉开了"批林批孔"的大幕。

如果说选择商鞅的铁血法治是秦国走向强盛难以回避的阵痛，那么当一个统一的新国家成功分娩，法家学说就未必适应大变迁后的中国社会了，打天下那套战无不胜的经验，未必可以用来坐天下，所以如贾谊才说，“仁义不施，而攻守之势异也”[1]。

秦始皇太迷恋他的酷政了，而没有做出适应时代的调整，这个独占海内的超级大帝国已经失去了文化的调适能力和政治的弹性。在焚书坑儒、修筑长城、北征匈奴、南伐南越这些“功绩”的背后，我们听得见460多名儒生被活埋时的哭喊、40余万人修筑长城时的喘息、70余万人兴建阿房宫时的呻吟……千万子民，只为他一人所用，只有他一人的生存有意义，而百姓的生存毫无价值。秦国的强大，最终变成他一人的强大，与百姓何干？从这个意义上说，独裁者的成就，同时也是他的罪孽。更何况，所谓强大，不过是帝国的表象而已，它的体力早已透支，就像秦始皇本人，希图通过仙药苟延残喘。终于，秦始皇称帝不到20个年头，这个庞大的帝国就在起义者的呐喊中灰飞烟灭，不可一世的秦朝，居然成为中国历史上历时最短的小朝代，连那“覆压三百余里、隔离天日”[2]的阿房宫，都转眼就不见了踪影。所以杜牧才说：“使六国各爱其人，则足以拒秦；使秦复爱六国之人，则递三世可至万世而为君，谁得而族灭也？”[3]

在商鞅（公孙鞅）走投无路的时候，秦国选择了商鞅，而历史，则选择了秦国，选择了强横的秦始皇，从而使中国的历史走向了另一个方向，这是康德所期许的最好的选择，还是贾谊所唾弃的最坏的选择？是历史必然，体现了康德所说的合目的性，还是在偏离了历史的原有轨道之后，由一连串的偶然推导

---

[1]〔西汉〕贾谊：《过秦论》，见朱东润主编：《中国历代文学作品选》，上编第二册，第9页，上海：上海古籍出版社，1980年版。

[2]〔唐〕杜牧：《阿房宫赋》，见朱东润主编：《中国历代文学作品选》，中编第一册，第362页，上海：上海古籍出版社，1980年版。

[3]〔唐〕杜牧：《阿房宫赋》，见朱东润主编：《中国历代文学作品选》，中编第一册，第362页，上海：上海古籍出版社，1980年版。

出的离奇结局？自秦始皇功成名就的那一天起，对秦始皇的争论就一刻也不曾停止，就像毛泽东所说："中国历来分两派，一派讲秦始皇好，一派讲秦始皇坏。"[1]

说秦始皇坏的，以郭沫若为代表，他在《十批判书》中的《吕不韦与秦王政批判》一文里，一出手便扼住了专制帝王的命门，他以吕不韦和秦始皇的对立，揭示了民本主义和专制独裁的水火不容："吕氏说'天下非一人之天下也，天下之天下也'，而秦始皇则是：天下，一人之天下也，非天下之天下也。他要一世至万世为君，使中国永远是嬴姓的中国。"[2]《吕不韦与秦王政批判》写于 1943 年，郭沫若批秦始皇，矛头直指蒋介石。此文之写作，缘于一个叫程憬的人在中央大学《社会科学季刊》上发表了一篇《秦代政治之研究》，为秦始皇歌功颂德，实际上是为蒋介石拍马屁。这篇马屁文章让郭沫若出离愤怒，一口气完成了 4 万多字的《吕不韦与秦王政批判》。郭沫若恐怕做梦都没想到，20 多年后，历史让他扮演了程憬的角色，在新的形势下，与另一位史学大师翦伯赞"咸与维新"，以浑厚有力的音色，共同加入赞颂秦始皇的时代大合唱。

毛泽东对秦始皇的态度，早在 1938 年就已经表明："如果说，秦以前的一个时代是诸侯割据称雄的封建国家，那末，自秦始皇统一中国以后，就建立了专制主义的中央集权的封建国家。"[3]

1966 年 8 月 5 日，毛主席召见江青，让她手记七律一首，题目是《读〈封建论〉呈郭老》，与郭沫若"商榷"：

> 劝君少骂秦始皇，焚坑事业要商量。
> 祖龙魂死秦犹在，孔学名高实秕糠。
> 百代都行秦政法，十批不是好文章。

---

1. 1973 年 9 月 23 日，毛泽东接见埃及副总统沙菲时的谈话。见金春明《文化大革命史稿》。
2. 郭沫若：《十批判书》，第 461 页，北京：东方出版社，1996 年版。
3. 毛泽东：《中国革命和中国共产党》，第 28 页，见《毛泽东选集》，第 618 页，北京：人民出版社，1966 年版。

熟读唐人封建论，莫从子厚返文王。

毛泽东在 1964 年 6 月 24 日一次接见外宾的谈话，可以总结他对秦始皇的看法：孔夫子有些好处，但也不是很好的。我们认为应该讲公道话。秦始皇比孔夫子伟大得多。孔夫子是讲空话的。[1]

这些对立的看法，仿佛一束束的强光，打在秦始皇的起伏不平的塑像上，他的局部被夸大了，每一个凹槽都清晰毕现，而更庞大的整体，却隐在黑暗中。在纷纭的评说中，我想，黄仁宇评价 20 世纪主宰中国历史的三位政治领袖的一段话，放在秦始皇身上同样有效。他说："到目前为止，我们对蒋介石、毛泽东与邓小平的看法亦无非出自个人之爱憎。可是他们代表广大的群众运动，所得的成果又大都已成为事实，不可逆转，那我们就应当考虑这些群众运动之积极性格及其前后连贯的出处，不能全以本人之恩怨当作历史之转折点了。"[2]

既然秦国统一天下的事业已经在秦始皇手里最终完成，那么，对秦始皇的个人好恶都不重要了，重要的是思考这一历史转折点前后的逻辑关系。我们需要用历史理性置换个人感情。

贾谊之所以能如此不留情面地批评秦始皇，也并非只是出于个人好恶，而是透露了当时社会意识形态的变化。继之而起的大汉王朝汲取了秦朝的教训，对维系统治的核心思想做出了调整，摒弃了法家的严刑峻法，从主张"仁爱"的孔子学说中找到思想资源，刘邦是中国历史上第一位祭祀孔子并重用儒士的皇帝，汉武帝则从原来"以黄老为主、百家为辅的局面，变成了以儒家为主、兼容百家的局面"[3]，并最终转向了"独尊儒术"，从而开启了儒学成为官方核心意识形态的新时代，大汉王朝也避免了像暴秦那样猝死，一口气活了 400 多年。

然而，这不过是用一种专制代替另一种专制而已。

---

[1] 陈晋主编：《毛泽东读书笔记解析》，下册，第 1155 页，广州：广东人民出版社，1996 年版。

[2] ［美］黄仁宇：《中国大历史》，第 2 页，北京：生活·读书·新知三联书店，1997 年版。

[3] 王葆玹：《西汉经学源流》，第 138 页，台北：东大图书公司，1994 年版。

兵马俑

第　十　节

变革者的咒语

仿佛对变革者的咒语，自商鞅始，直到清末，菜市口的铡刀收割了那6颗贮满变法思想的头颅，中国的政治改革家很少有好下场的。变法失败后全身而退的王安石，也是郁郁而终。

商鞅死后130年（公元前208年），辅佐秦始皇竭尽忠心的秦相李斯被拉到咸阳市上腰斩，他的罪名与商鞅如出一辙：谋逆。

风吹乱了李斯的长发，他回过头，对同刑的次子说："我多么想和你再牵着那条大黄狗，一道出上蔡东门，去追逐狡兔啊，那样的日子，还会再来吗？"[1]

说完，二人抱头痛哭。

---

[1] 原文见〔西汉〕司马迁：《史记》，第1992页，北京：中华书局，2000年版。

第二章

汉匈

之战

第　一　节

一场重要的辩论

匈奴，一个让人感到不寒而栗的名字，它唤起人们对于速度、力量和硬度的联想，说到这个名字，人们就会想到天边滚雷般的马蹄声，圆月弯刀的寒光，还有浓浓的血，飞溅到天空中，像烟花一般绽放。所以，当汉武帝说出他要出兵匈奴的决定时，很多人的身体都抖了一下，他们认为皇帝一定是疯了。他太年轻了，只有 21 岁，那张年轻的脸，还没有经过失败的打磨。

公元前 202 年 2 月，定陶，刘邦沿着宫殿的台阶，缓步走到宫殿的高处，他转过身，看到匍匐在他脚下的黑压压的群臣，和看不到头的帝国疆域。从沛县起兵，到登上帝位，刘邦只用了 7 年时间。此时，他只剩下唯一的敌人——匈奴，这个几乎和大汉帝国同时崛起、像噩梦一样纠缠着大汉帝国的草原帝国。即使在宫殿里，他也听得到匈奴人越来越近的马蹄声。登基第二年的秋天，匈奴单（chán）于冒顿（mò dú）率他的草原军团跨过了长城，把胜利的旗帜插在了大汉帝国边疆重镇晋阳[1]的城头。刘邦坐不住了，他决定给匈奴人一点厉害尝尝。

十几年前，秦始皇统一天下以后，同样只剩下匈奴这唯一的敌人，他一面修筑地球上最浩大的防御工程——长城，一面派遣蒙恬出征匈奴。那时匈奴人的领袖，是头曼单于，头曼打不过蒙恬，向更北的草原逃窜，躲藏了十几年，刘邦心想，匈奴人打不过大秦帝国，而大秦又打不过大汉，那么匈奴一定打不过大汉帝国，刘邦被这个简单的三段论蛊惑着，率领 32 万大军扑向晋阳。

[1] 今山西太原。

但他忘了，那只是推理，与现实无关。所以，在平城[1]以东的白登山掉进了草原军团的口袋阵，被40万匈奴军队围得水泄不通时，他的内心充满了不解与绝望。一连7天，得不到任何救援，虽然最终乘着大雾侥幸逃脱[2]，却使他陷入更深的恐惧中不能自拔。刘邦的一生曾经经历过无数次的仓皇逃窜，仿佛他是被绑在马背上的木偶，东奔西跑不停地奔波，又像一个执着的赌徒，在每一次赔光老本后希望能卷土重来，柏杨形容他像苍蝇一样，失败后兜一个圈子，收拾残军，又转回来战斗[3]，唯独这次逃亡，比起当年鸿门宴的死里逃生，以及被项羽围困荥阳时的那次狼狈的逃亡更加令他感到后怕，因为在他眼中，匈奴人是比以往任何敌人都更加凶悍的敌人，望着草原的地平线上浮起来的黑压压的骑兵，他就陡然没了底气。匈奴人尖利的长矛曾经不止一次地穿越漆黑的宫阙深深地刺进了他的心窝，那是他的梦。醒来后，他捂着胸口，大口地喘气，为他从噩梦里"逃脱"而倍感庆幸。

那场著名的平城之战，从祖父文帝和父亲景帝一遍一遍的讲述中，汉武帝准确地知道了那场战斗的每个细节。他从来没有经历过战争，但他听得到平城之战的战士们绝望的嚎叫。那叫声，会在每一个北风呼啸的夜晚，抵达宫殿的深处。那是从匈奴高原吹过来的风，夹杂着冰雪的寒气，和胡笳一般的幽咽。很多年中，汉武帝没有踏实地睡过。

所以，那天，御史大夫韩安国再度以当年高帝（刘邦）北征匈奴的失败史来说服汉武帝，不要随便去碰匈奴人的时候，汉武帝的脸上露出不屑的神情。他看透了这些大臣们的怯懦，对于他们来说，懦弱已经成为一种习惯。当然，他们的担心不是没有道理的。自平城之战后，刘邦就再也没动过征服匈奴的心思，面对匈奴人的不断入侵、挑衅，他的回应措施只有一个——把帝国的公主进献给匈奴单于。

---

1 今山西大同。

2 参见〔东汉〕班固:《汉书》，第2778页，北京：中华书局，2000年版。

3 柏杨:《中国人史纲》，第249页，长春：时代文艺出版社，1987年版。

这就是世界上“以女人换和平”的最初蓝本，对于大汉来说，有一些屈辱，但别无选择。帝国边疆的那条布满尸体的道路上，开始有女人妖娆的身影穿过，几百年中络绎不绝。唐朝诗人杜甫在缅怀汉元帝时期的王昭君的那首诗，让后人永远记住了那个怀抱琵琶，在斜阳荒草中寂然行走的汉家女子的眼泪与忧伤：

画图省识春风面，环佩空归夜月魂。
千载琵琶作胡语，分明怨恨曲中论。

而历史学家翦伯赞则在诗中对这种“以女人换和平”的政策成效给予正面评价：

汉武雄图载史篇，长城万里遍烽烟。
何如一曲琵琶好，鸣镝无声五十年。

刘邦死后，面对匈奴人不断入边，杀掠百姓、畜产的行为，文帝和景帝都按先皇帝的既定方针办，乖乖地把帝国的财物和女人进献给匈奴，以息事宁人，连吕后这样强势的女人，面对冒顿单于的侮辱，都只能卑词求和，他们没有别的办法。这一方面是因为国力所限，另一方面则因为中国皇帝的治国理念，往往表现出强烈的静态取向，把帝国的运转方式固定化，如同乡野里的农民，视野中的景象一成不变，对于外部世界的刺激，他们的基本反应是排斥、恐惧和不信任，封闭的生活状态让他们感到安全、轻松，长城给他们筑了一条安全的篱笆，也像金箍，套在他们的头上，但对于这一切汉武帝并不甘心，因为汉武帝不是一个一般的皇帝，而是一个干大事的皇帝。这可能是因为他的父亲汉景帝为了让他平稳登基而杀了很多人，包括功高而倔强的大臣周亚夫，汉武帝是在穿越宫廷的血腥之后登上皇位的，他一开始就比着唐尧虞舜，自称夙夜不敢闲暇安乐，深思万事之端绪[1]。或许正是为了洗去权力的血腥味，使自己手中的权力拥有足够的合法性，他发誓要干一番大事业给天下看看。或许，汉武帝的性格里，早就埋藏着冒险和进取的基因，一旦登上皇位，这种基因就可以毫无节制地释放出来。他听取董仲舒的建议，“罢黜百家，表彰六经”，把春秋战国时代被边缘化的儒家学说提升为帝国的核心价值；他创建太学、乡学，设立举贤制度，形成了中国独特的文官制度；盐铁贸易收归国家控制，这一制度延续至今……先帝积累的家底使汉武帝有了本钱，有了一份与超级大国相匹配的狂傲与自信。

而匈奴，还是他心头的一块病，只有战争能够治好它，其实那场战争早就在他的想象里爆发了，只是没人知道而已。

不打败匈奴，他的帝王事业就不完整。

在朝廷上，汉武帝感觉到了自己的势单力孤，他知道，时机还没有成熟。他还要忍。汉武帝第一次流露出攻打匈奴的意图一年以后，公元前 133 年，大臣王恢最先向韩安国所代表的保守势力发起了挑战，那一天，王恢的眼睛紧紧盯着韩安国，没有丝毫的躲闪。他说：今以陛下之威，海内为一，然而匈奴仍然不断进犯，原因只有一个，就是对大汉没有丝毫的惧怕，从这个意义上说，我们越是退缩，就越会助长匈奴人的威风，只有主动迎战，才能使他们有所顾忌。面对满朝的疑虑，王恢说，从战术上讲，诱敌深入，然后击破它，并非不可能。王恢还说：当年高帝披坚执锐，之所以不报平城之怨，不是他没有这份力量，而是天下初定，他想让天下休养生息而已，而今匈奴人屡次入侵，烧杀抢掠，朝廷无动于衷，这不是仁德，是怯懦，是苟且偷安。

韩安国反驳道：用兵，讲究的是以饱待饥，以逸待劳，如今我们轻举卷甲，长途奔袭，就算是到了匈奴人的地盘，也成强弩之末了，如何能够战斗？倘若补给中断，岂不重演平城的悲剧吗？

王恢说：臣所说的击破匈奴，并非孤军远征，而是诱敌深入，我们精选骁

[1] 参见〔东汉〕班固：《汉书》，第 1899 页，北京：中华书局，2000 年版。

骑、壮士，事先设伏，占据险要地形，布好战阵，一定可以打败匈奴，活捉单于。[1]

那也是一场战斗，用语言进行的战斗，那一战，准备充分的王恢赢了。

终于，一纸诏书，终结了朝廷上关于战与和的争论，终结了所有的怯懦与犹疑。诏书上写道：

> 匈奴逆天理，乱人伦，暴长虐老，以盗窃为务，行诈诸蛮夷，造谋藉兵，数为边害。故兴师遣将，以征厥罪。[2]

汉武帝当时并不知道，这纸诏书所发动的战争，将使欧亚大陆的地缘政治形势发生根本的改变。

[1] 参见〔北宋〕司马光：《资治通鉴》，第 202、203 页，北京：中华书局，2009 年版。

[2] 〔西汉〕司马迁：《史记》，第 2236、2237 页，北京：中华书局，2000 年版。

第 二 节

"超级大国"

对于大汉帝国来说，匈奴从来都不是一个容易对付的对手。他们自称是狼的后代，身体里充满狼的基因。他们没有固定的家，马背就是他们的家，每到秋高马肥的时候，一种到外面的世界闯荡的冲动就会油然而生。他们征服世界，并非出于扩大版图的渴望，而是源于他们血管里的冲动。所以匈奴人没有固定的版图，也很少修建城堡，他们的马走到哪里，他们的版图就扩大到哪里，如乌单所说："凡是太阳能够照到的地方，只要我需要都能被征服。"[1] 他们称首领为"单于"，"单于"的意思，就是"像天子一样广大的首领"。的确，没有人能阻挡他们，因为他们勇猛善战，打仗对他们来说跟打猎是一回事，所以他们从来不惧怕战争与杀戮，不会像中原的农民那样舍不得瓶瓶罐罐，相反，他们享受着冲杀的快感。每当长城上的汉军士兵看见塞外草原上被狂风吹得起伏不定的草尖后面，匈奴骑兵黑压压的影子露出来时，心就会不停地打战，他们会下意识地摸摸自己的脖子，没有人知道，不久之后，自己的脑袋是否会成为匈奴骏马上绚丽的饰物。

匈奴人的巢穴，据说在诺颜山上。诺颜山在今蒙古人民共和国首都乌兰巴托附近，在长安城的正北方的草原深处，到长安城几乎是一条北南纵贯的直线，因此，匈奴人的目光，可以居高临下，从他们的老巢直抵长安。几个世纪以来，在他们目光的引导下，他们的骑兵也一次又一次地从高原上俯冲下来，穿越秦国修建的长城防线，像来自高原的沙尘暴，横扫黄河边的城池和乡

---

[1] 转引自高洪雷：《另一半中国史》，第 37 页，北京：文化艺术出版社，2010 年版。

村。被黄仁宇称为第一帝国的秦汉帝国[1]被他们的长鞭抽打得血肉模糊，却没有人知道那只挥鞭的手掩藏在哪里。浩瀚的草原，湮没了他们神秘的来路。

我从来不曾去过乌兰巴托，不知道诺颜山究竟是一座怎样的山，但对于诺颜山老巢的各种想象却始终纠缠着我，仿佛那个四海为家、来去无踪的草原部落，也因此有了一个凝聚点，而匈汉之间的战略对峙，仿佛也有了一种形象的表达——它首先是一种目光的对峙，那些来自高纬度、高海拔地区的凛冽目光，一刻也没有停止过对繁华的长安城的扫视，像扫视一只不安分的猎物，相比之下，来自长安城的目光却少了许多攻击性，它们对遥远而空无的北方没有兴趣，他们把凶狠留给了被黄河串连起来的东西横贯的战争带上，直到高唱《大风歌》的汉高祖刘邦重新收拾起狼藉了数百年的旧山河，他也没有勇气真正打量一下压在他头上的那个草原帝国。

关于匈奴人的来历，司马迁给出了自己的解答——夏时的荤粥，殷商时的鬼方，西周时的猃狁，春秋战国时期的戎、狄等反复入侵黄河农耕地区的北方民族，统统都是匈奴的前身。[2]这样一来，史书中那些令我们发昏的北方游牧民族的来龙去脉，就化繁为简、一目了然了，那个正式被中原的史书称为"匈奴"的强大部落在中国的北方大漠崛起的时间，也是在公元前 3 世纪，和大汉帝国、罗马帝国几乎不分先后。

考古学家从诺颜山匈奴墓葬中发现了一幅匈奴人的刺绣画像，让我们看清了匈奴人的相貌：头发浓密、梳向后方，前额宽广，眼睛巨大，眼珠虽然绣成

---

[1] 黄仁宇把中国历史划分为以秦汉为主的第一帝国、以唐宋为主的第二帝国和以明清为主的第三帝国。

[2] 关于匈奴的起源，《史记·匈奴列传》有明确的记载："匈奴，其先祖夏后氏之苗裔也，曰淳维。唐虞以上有山戎、猃狁（xiǎn yǔn）、荤粥，居于北蛮，随畜牧而转移。"见〔西汉〕司马迁：《史记》，第 2205 页，北京：中华书局，2000 年版。王国维否定了匈奴起源自夏后氏的观点，但对于匈奴源自山戎、猃狁等古代蛮族的看法还是很赞同的。不仅如此，王国维还进一步通过对甲骨文和金文的研究，运用音韵考证认为商代的鬼方和西周初期的昆夷也都是匈奴的祖先。他在《鬼方昆夷猃狁考》中提出："见于商、周间者曰鬼方，曰混夷，曰獯鬻（xūn yù）。在宗周之季则曰猃狁。入春秋后则始谓之戎，继号曰狄。战国以降又称之曰胡，曰匈奴。"王国维的观点成为近现代匈奴研究的金科玉律，至今国内的大多数学派都沿袭了王国维的学说。也有学者不同意王国维的看法，例如蒙文通在《周秦少数民族研究》等文中，认为鬼方、畎夷、荤粥、猃狁并非匈奴，真正和匈奴同族的，应该是义渠。

黑色，但瞳孔却用蓝线绣成，面孔严肃，显得很威严[1]，与《汉书》卷六十八《金日䃅传》中，对本为“匈奴休屠王太子”的金日䃅“长八尺二寸，容貌甚严”[2]的描述十分相似。

柏杨说：“西汉王朝时代最强的敌人——匈奴汗国，在公元前3世纪露面，而在公元前2世纪崛起，从此像毒蛇一样，缠到中国人身上，引起国困民贫的数百年血战。”[3]

根据《史记·匈奴列传》的记载，公元前209年，也就是刘邦受楚怀王之命西征灭秦的前一年，冒顿单于杀死了自己的父亲头曼。头曼本想废掉冒顿，把他送到月氏国做人质。刚到了月氏国，头曼就向月氏国发动了攻击，明摆着是要置冒顿于死地。冒顿偷了匹快马，侥幸逃回匈奴。回来后，头曼不动声色，让他做了万骑之首。冒顿于是制造了许多鸣镝，用来训练骑射——鸣的意思是响声，镝的意思是箭头，鸣镝就是响箭，它射出时，箭头能发出响声。鸣镝由镞锋和镞铤组成，具有攻击和报警的用途。冒顿后来就趁着和父亲头曼一起打猎的时机，用鸣镝射杀了头曼，左右也按照平时训练好的要求，用飞舞的鸣镝，将头曼万箭穿心，冒顿就这样自立为单于。[4]他设立了首脑郡（单于庭），统御匈奴。这个首脑郡的位置，应在大汉帝国的代郡[5]和云中郡[6]的正北方，但具体地点一直是个谜，既没有史料证明，也没有出土文物确证。

著名匈奴史学家林幹认为，它的位置可能在今蒙古人民共和国首都乌兰

---

[1] 参见林幹：《匈奴通史》，第149页，北京：人民出版社，1986年版。

[2] 〔东汉〕班固：《汉书》，第2004页，北京：中华书局，2000年版。

[3] 柏杨：《楚汉相争·匈奴崛起》，《柏杨白话版资治通鉴》，第2卷，第155页，沈阳：万卷出版公司，2011年版。

[4] 参见〔东汉〕班固：《汉书》，第2228页，北京：中华书局，2000年版。

[5] 今河北省蔚县一带。

[6] 今自山西之怀仁、左云、右玉以北，内蒙古各县，内蒙古鄂尔多斯左翼、喀尔喀右翼、四子王旗，皆其地。

巴托附近[1]，因为苏联和蒙古的考古学家已经在离乌兰巴托70英里处的诺颜山，发现了数十个匈奴贵族（或单于）的墓葬，出土的属于公元前3世纪以前及以后的大批铁器，包括兵器（铁刀、铁剑、铁镞）、生产工具（铁镞、铁铧）和生活用具（铁马嚼、铁环、铁片、铁钉），以及铁块、铸铁的模型与炼铁炉等，除了铁器，还有大量铜器，包括铜镞、铜刀、铜剑、铜炉、铜壶、铜鼎、铜钟、铜镜等。[2]

故宫博物院藏有一件匈奴人的腰间饰物——虎食马纹饰牌。这件青铜饰物出品于西汉晚期，通长13.4厘米，高8.3厘米，透雕虎食马纹饰，老虎站立着，张开大口，咬住马的颈部，马头内转，身体弯曲，表现出极大的痛苦。

从诺颜山第6号匈奴墓葬中，考古学家甚至发现了古希腊人制造的丝织品，以及3幅足以反映匈奴对西方各族的交换关系的刺绣画[3]，这些考古发现，透露了来自那个神秘帝国的消息——匈奴帝国在公元前3世纪在大漠南北兴起的时候，物质文化已开始进入铁器和铜器时代，并且与西域相沟通，直到汉武帝派遣张骞"凿空"西域，中原王朝才夺回对西域和丝绸之路的控制权。

此时，在欧亚大陆的另一端，另一个强大帝国——罗马帝国也在异族的不断入侵中饱受煎熬。当代历史学家艾兹赫德在《世界历史中的中国》一书中写道："汉朝和罗马都始于公元前3世纪，都是由位于西部边缘地区、保守、思想相对落后的贵族国家，向各自文明地域的军事扩张而建立起来的。"[4]自罗马在公元前3世纪统一亚平宁半岛后，就没有放松过对北非迦太基的战争，战争一直打到公元前146年——刚好是汉武帝的时代，罗马以饥饿围困迦太基，才突破城外的防线，接下来，双方进行了残酷的巷战，巷战持续了六天六夜，战死者多达8.5万人，城破那天，罗马元老院下令火烧迦太基城，大火一直燃

[1] 参见林幹：《匈奴通史》，第33页，北京：人民出版社，1986年版。

[2] 参见林幹：《匈奴通史》，第140、141页，北京：人民出版社，1986年版。

[3] 转引自李尚奎：《西汉时期匈奴在丝绸之路上的地位和作用》，原载《昌吉学院学报》，2009年第5期。

[4] ［英］S. A. M. 艾兹赫德：《世界历史中的中国》，第6页，上海：上海人民出版社，2009年版。

虎食马纹饰牌　故宫博物院藏

烧了 16 天才熄灭，残存的 5 万迦太基人被卖为奴隶，迦太基城彻底毁灭。

屋大维掌握政权后，罗马通过一系列的扩张，使罗马超出了一个城邦的概念，成为一个帝国。罗马疆域的全盛期是图拉真统治时期，罗马帝国此时的疆域“西至大西洋边；北至莱茵河和多瑙河；东至幼发拉底河；南边则直到阿拉伯和非洲的沙漠地带”[1]，控制着大约590 万平方公里的土地。这是一个东西宽度近乎 5000 公里、南北长度超过 3000 公里的广阔地带，《罗马帝国衰亡史》的作者爱德华 · 吉本形容它“位于温带中北纬 24 到 56 之间最美好的地区”，“其中大部分都是肥沃的熟地”[2]。

艾兹赫德在《世界历史中的中国》一书中写道：大汉帝国和罗马帝国“都和相对野蛮的社会共存，并受到它们的威胁”，“然而，不同的是，在西方，野蛮力量带来了罗马帝国的覆亡（或者至少是强迫罗马帝国向南部巴尔干半岛和安纳托利亚退缩），在中国则没有，两个帝国在社会病理特征上不一样”[3]。

---

[1] ［英］爱德华 · 吉本：《罗马帝国衰亡史》，上册，第 20 页，北京：商务印书馆，1997 年版。

[2] ［英］爱德华 · 吉本：《罗马帝国衰亡史》，上册，第 26 页，北京：商务印书馆，1997 年版。

[3] ［英］S. A. M. 艾兹赫德：《世界历史中的中国》，第 19、20 页，上海：上海人民出版社，2009 年版。

第　三　节

战争的开始

当冒顿单于远远地看到马邑城下挂着的那颗人头时，脸上露出了无法掩饰的笑容。那是他和大汉的叛臣聂壹达成的默契——他会把犯人的头颅剁下来，挂在城下，那将是他发出的信号，意思是："马邑长吏已死，可以马上出兵！"聂壹心甘情愿地杀死马邑的县令，把这座城池和人民献给单于，冒顿已经习惯了胜利，丝毫没有想到，那是汉人的计策。

果然，冒顿单于带着十万骑兵杀来了，尘土蒙在他们的脸上，被热血点燃的目光射出焦灼的光，他们需要城市里的一切——金钱、器物、女人，需要他们在草原上缺乏的一切，更重要的，他们需要杀人，去满足刀的渴望。但是，当他们距离马邑还有百里的时候，他们发现许多田野间散布着许多羊，却不见牧羊人，这令他们十分奇怪，他们抓来了一名尉史，从他口中得到一份重要情报——汉军已在前面严阵以待了，冒顿单于大惊，说："抓到了尉史，真是天意！"于是，带着他的骑兵，迅速回撤。汉军看见单于撤兵了，立刻在后面追击，没有追上，只能无功而返。

如果冒顿单于知道，在马邑附近的山谷中，埋伏了30余万大汉军队，他一定会惊出一身冷汗。这30余万大军，以御史大夫韩安国为护军将军，大行令王恢为将屯将军，太中大夫李息为材官将军。这次，他们做了精心的准备，汉武帝在宫殿里等待着他们战胜的消息。

这一次无功而返，让汉武帝十分愤怒。他决心杀掉王恢，王恢没有想到，他的极力主战，换来的竟是自己的死路，他向丞相行贿千金，希望保住自己的脑袋，但汉武帝决心已下，他说：“今不诛恢，无以谢天下。”[1]王恢听到这句话，绝望了，以一根白绫，终结了自己的生命。

他用王恢的血，重塑自己北伐的信心。

反对出击匈奴的韩安国，不仅没有因言获罪，反而被任命为护军将军，汉武帝的文学侍从司马相如在《上林赋》中批评汉武帝的奢侈，汉武帝不仅没有生气，反而称赞他的赋写得好，这些都表明了汉武帝的宽容与开明，相比之下，力主开战的王恢，在汉武帝的眼里却死有余辜，后来司马迁为战败投降的李陵辩解，也被施以宫刑，这至少表露了他在对待匈奴的问题上的焦虑，他可以宽容不同的见解，却不能容忍战场上的闪失，他有着不可救药的完美主义倾向，在与匈奴作战这个问题上，他没有给自己留余地，也不会给自己的臣子们留任何的余地。

汉武帝的精神世界，可以分为截然相反的两极——一方面，他侠骨柔肠，另一方面，又无比地冷酷、独断、铁血；一面是海水，一面是火焰；只有两极，没有中间地带；对待同志如春天般温暖，对待敌人则像严冬一样残酷无情。温暖的血肉与坚硬冰冷的石头，在汉武帝的内部居然能够混合成一体。这种反差极大的性格，或许是最适合于皇帝的性格，因为皇帝需要恩威并施，需要翻云覆雨，需要为所欲为。相反，那些中庸的皇帝，只有中间地带，没有两极，因而性格平庸、稳定，在日常生活中，他们可以成为一个好人，但在极权体制内，他们绝对无法成为一个称职的皇帝，比如南唐李煜、宋代赵佶、明代朱允炆，皆是如此。他们该暖的地方不暖，该狠的地方不狠，如温吞水，犯不下大恶，也做不成大的事业。

汉武帝这种人的性格特点是，压力越大，就越强硬。重压对于他们来说从来都不是坏事，相反是他们证明自身力量的机会。这种性格的形成，或许与汉武帝的成长环境有关。与那些深宫里娇生惯养的皇子们不同，汉武帝的成长充满了艰辛。汉武帝的母亲王娡出身于一个贫苦的农民家庭，嫁入皇室

[1] 参见〔北宋〕司马光：《资治通鉴》，第203页，北京：中华书局，2009年版。

前，已经生有一子两女，后来她改嫁太子，生下汉武帝刘彻，又带着刘彻再度“改嫁”景帝。所以汉武帝的童年，即使处于宫廷，仍然备受轻视。称帝后，汉武帝从韩嫣口中得知自己还有姐姐流落在闾巷，便立刻驾车去寻找，在市井间引起不小的骚动后，皇帝的车马终于停在他姐姐贫寒的家门口。汉武帝命人将自己从未谋面的姐姐扶出来，自己下车，站在姐姐面前，说：“姐，你为何要藏起来啊？”没有说完，就哽咽了。他把姐姐恭恭敬敬扶上马车，一起到长乐宫拜见母亲，他们的母亲王娡，此时已是太后，她老早就站在宫门口，对女儿翘首以盼，当她终于看到女儿的身影时，突然号啕大哭，哭声颤动，在宫殿上缭绕了很久。

汉武帝凶狠的一面，在某种程度上是被血腥的匈奴人逼出来的。汉武帝知道，攻击是最好的防守，只有凶恶可以使自己变得更加安全，于是，面对匈奴——狼的后裔，汉武帝毫不客气地露出自己的獠牙。

沉寂的荒漠一般不会起风，然而一旦起风，就意味着有惊天动地的事件将要发生。

我们已经无法知道，是哪一个士兵第一眼看到草原远方露出来的黑压压的骑兵，这一次，轮到匈奴人尖叫。总之，在风暴的间隙，越来越多的匈奴人发现，大汉王朝的骑兵，像一团团的乌云压了过来，草原上的狂风，是他们带来的，风旋转着，草叶在疯狂地舞蹈，发出令人胆寒的沙沙声，那是死亡的讯息。

汉武帝元光六年，公元前 129 年。根据汉武帝的指令，车骑将军卫青，率一万骑兵出上谷；轻骑将军公孙贺，率一万骑兵出云中；太中大夫、轻骑将军公孙敖，率一万骑兵出代郡；卫尉、骁骑将军李广，率一万骑兵出雁门，四路大军，跨出长城，深入浩渺的匈奴腹地，向匈奴发起进攻。

应当说，在战术方面，大汉军队的战斗能力是具有一定优势的。大汉时代，马镫尚未出现，所以无法在马上发力进行砍刺搏斗；而汉时弓弩却相当先进，强弩装备了各作战部队，射程可达 300 米。那时骑兵专门有一种可在马上用脚张开上弦的弩，威力巨大，在它们的强大攻击下，箭镞如暴雨般倾泻，使敌军队形混乱、指挥失效，在骑兵的第一波冲击之后，步兵可以冲上去，进行近距离的白刃战。由于匈奴装备落后，它们的弓射程近，射击精度又比不过汉军的强弩，这种战法对于匈奴的骑兵十分有效。但据说匈奴人后来开始使用马镫，使他们的骑射效率大大提高，为横扫欧洲奠定了基础。

在战略上，汉匈双方的地位正好相反。通常来说，机动能力强的一方往往占有战略上的主动权，匈奴对汉正是这样。汉有连绵数千里的固定防线即边郡，而匈奴则处在一种无固定战略支撑点的机动进攻状态，尽管从军事实力（包括总兵力和战斗能力）上讲，汉不逊于匈奴，但匈奴人可以集中优势兵力打击敌人，形成以多打少。在这种情况下，汉军只能增援，命令附近的军队，或直接派遣中央军前往救援，然而，在通信落后的汉代，这样做很容易变成各部分头冒进，结果又成了让匈奴局部以多打少，救援部队反让匈奴吃掉了；如匈奴军队不够，探知军情后会立即撤退——史料记载，匈奴可以在一昼夜行进 300 里，只需 3 天时间，匈奴军队就可以出现在 1000 里外，对那里的汉军再次形成以多打少的局面。匈奴可以迅速转移而汉军不能，原因在于匈奴军队的补给方式更加有效。匈奴出征时，一般每名战士带两匹马，随身只带上够吃 20 天的肉干，20 天后他们基本上是就食于敌，十分利于机动，而且他们攻破城池后只是掠夺而不守城。这种类似于“游击战”的战法，使匈奴军队时常居于主动，而汉军处处被动，有劲儿使不出来。[1]

但这一次不同了，这一次汉军改变了战略，卫青等率领的四路大军，同样采取的是“游击战”“运动战”的战法，以“游击”对“游击”，以“运动”对“运动”，试图变被动为主动，在“运动”中寻求战机，歼灭敌人。

对于没有经历过大战役的卫青、霍去病他们来说，这无疑是一次挑战，对于汉武帝这位年轻的皇帝来说，它的冒险性就更大，因为是他在朝廷上力排众议，决定出塞作战，一旦失败，他的政治威信将受巨大影响。我相信那些日子，在未央宫，他一定度日如年，焦急地等待着来自边关的消息。

战争并没有取得圆满的结果，只有卫青没有辜负汉武帝的期望，直捣龙

[1] 参见《汉战匈奴的军力分析》，原载铁血 tiexue.net,http://bbs.tiexue.net/post_2935006_1.html。

城，一举斩杀数百名匈奴人，此外，公孙敖折损了7000骑兵，李广受伤就擒，被卧放在两马之间的绳网上，被押送回匈奴人的营帐，幸好李广敏捷地飞跃到匈奴士兵的马背上，一连射杀几名追兵，才穿越草原，奔回长安，从此，他留下了一个绰号“飞将军”，800年后，被那个名叫王昌龄的唐代诗人写进那首著名的边塞诗《出塞》，至今仍被吟诵：

秦时明月汉时关，万里长征人未还。
但使龙城飞将在，不教胡马度阴山。

历史学家认为，龙城之役在汉匈交战史上具有划时代的意义。它打破了自汉初以来“匈奴不可战胜”的神话，大大鼓舞了汉军士气，成为汉匈战争的转折点，为以后汉朝在经历两百年苦战之后最终打垮匈奴打下了基础。

如同对王恢一样，对于李广和公孙敖，汉武帝一点也没有客气，他下令把他们抓起来，听候处置。后来李广出钱，才赎了罪，变成了一介平民。

第　四　节

沙漠风暴

战争开始的第二年，汉武帝元朔元年，公元前128年，产房传喜讯，怀胎十月的卫子夫为汉武帝生了一个儿子——汉武帝的皇长子刘据，年近而立始得长子的武帝兴奋异常，一出生便命人为刘据作《皇太子赋》，等于提前昭告天下这个刚出生的婴儿就是太子，并将他的母亲卫子夫由夫人立为皇后。

就在那一年，匈奴又像往常一样，在辽西、渔阳、雁门多个进攻点上，向大汉帝国发起攻击，卫青再次被任命为车骑将军，从雁门出塞，带领3万骑兵攻打匈奴。这一场面，让人想起印度诗哲泰戈尔的一句话：人类的历史耐心地等待着被虐待者的胜利。

将近两千年以后，我来到昔日的战场，那天，我在山西作家协会副主席、散文家张锐锋安排下，与作家方方、蒋韵一同前往与宁武关、偏关合称为"外三关"的雁门关。我们乘车，穿越反反复复的山岭与沟壑之后，才到山阴县城，再向东南方向行驶，到达勾注山脉的山脚。数百座汉墓封土堆，散落在旷野荒郊，在黄土地上凸地，需仔细辨别，才能与丘陵区别开来。在这些汉墓中，就埋葬着跟随卫青、霍去病远征的汉朝将士的骨骸。从他们身边经过，我们不知何时进入一条漫长的狭谷，就是雁门古险道，两侧峰峦叠嶂，怪石凌空，无穷无尽的陡峭山梁，是漫长而枯燥的序曲，在那些山梁的后面，雁门关远远地露出它凌厉的檐角时，我相信每个人的心头都会骤然一惊。

那时是初冬，风呼呼地刮着，割得脸疼。但这种荒芜景象，正好符合我们的心意，因为除了我们，这里没有游人，没有旅行团、导游和小卖铺，破损的城楼，正是汉代的形象，粗粝的风，抹去了时间的痕迹——它仿佛依然停留在汉代，天空很蓝，我相信马背上的卫青抬头时，看到的是一片相同的天空。雁门关蹲伏在峡谷的中间，像一把铁钳，把汉朝通向草原的道路死死地卡住，它夸张的飞檐使它看上去又像一只敏捷的飞鹰，蹲伏中积攒着能量，转眼之间就会破空飞去。

那一天，脚下踩着粗糙的石路，我想象着卫青的铁骑从上面踏过的情景，空气中晃动着战马的嘶鸣声。部队冲出峡谷，前面就是一望无际的草原了，凶狠的匈奴骑兵随时可能围拢过来，不再有城墙给自己提供保护了，但是我相信，冲向草原的那一刻，卫青没有丝毫的犹豫，有的只是“报君黄金台上意，提携玉龙为君死”[1]的决绝。

从这一天开始，卫青一次一次地率领他的骑兵，面色沉静地从边塞出发，像一股股的潮水，向匈奴帝国发起不间断的冲击。而胜利，也开始离这个从不气馁的王朝越来越近了。卫青在这次战役中，杀死了几千名匈奴军人；第二年，匈奴集结大量兵力，进攻上谷、渔阳。汉武帝派卫青率大军进攻久为匈奴盘踞的河南地（黄河河套地区）。这是西汉对匈奴的第一次大战役。卫青率领 4 万大军从云中出发，采用“迂回侧击”的战术，西绕到匈奴军的后方，迅速攻占高阙[2]，切断了驻守河南地的匈奴白羊王、楼烦王同单于王庭的联系。而后，卫青又率精骑，飞兵南下，进到陇县西，形成了对白羊王、楼烦王的包围。匈奴白羊王、楼烦王见势不好，仓皇率兵逃走。汉军活捉敌兵数千人，夺取牲畜 100 多万头，完全控制了河套地区。因为这一带水草肥美，形势险要，汉武帝在此修筑朔方城[3]，设置朔方郡、五原郡，从内地迁徙10 万人到那里定居，还修复了秦时蒙恬所筑的边塞和沿河的防御工事。这样，不但解除了匈奴骑兵对长安的直接威胁，也建立起了进一步反击匈奴的前方基地。《史记》《汉书》盛赞此仗汉军“全甲兵而还”，卫青立有大功，被封为长平侯，食邑 3800 户。

---

[1]〔唐〕李贺：《雁门太守行》。

[2] 今内蒙古杭锦后旗。

[3] 今内蒙古杭锦旗西北。

卫青是卫子夫同母异父的弟弟，作为一个私生子，卫青的青少年时代所受的屈辱是可想而知的。走投无路之际，卫青只好回到平阳侯曹寿的府上，回到了作为奴婢的母亲生活和战斗过的地方，曹寿是汉朝功臣，他的夫人，是汉武帝的姐姐平阳公主（阳信长公主），卫青于是成了平阳公主的家奴。卫青不会想到，正是在这里，身为歌奴的姐姐卫子夫会应选入宫，而自己，也见到了汉武帝，并使自己一生的命运发生了扭转。

那一年，是公元前136年，恺撒还没有出生[1]，汉武帝只有20岁，大汉帝国已经走过了60多年的光辉岁月，泥土般温柔敦厚的王朝已经开始显露它石头的质地。但是，没有卫青、霍去病的汉朝称不上真正的汉朝，汉武帝也称不上真正的汉武帝，他们是汉武帝的一部分，汉武帝刘彻等待着他们的出场。

出身寒微的皇帝至少有一个好处——不计较别人的出身，刘邦正是如此，所以他的身边聚拢了一批能臣，连受过胯下之辱、被项羽看不上眼的韩信，他都不嫌弃，正是这些良臣名将，帮助他打败项羽，成就霸业。此时的汉武帝，与他的先祖如出一辙，他对人才有一种天生的敏感。汉武帝之所以在汉朝十二帝中最“成功”，与秦始皇并称为“秦皇汉武”，不仅因为他活了70岁，在中国古代皇帝中已堪称高寿，而他的继任者，没有一个能够与他媲美——昭帝刘弗陵活了21岁，宣帝刘病已和元帝刘奭（xiè）都活了43岁，成帝刘骜（ào）活了46岁，哀帝刘欣活了26岁，平帝刘衎（kàn）活了14岁，而孺子刘婴只活了21岁，就被王莽杀死篡权了——荒淫的生活与阴谋者的暗箭，使九五之尊的皇帝成了人世间最高危的职业，汉武帝之成功，更缘于他的心胸宽广，用人之际，英雄不问出处，像卫青这样出身低微的人，只要被一连串的因缘巧合送到他的面前，就会被他抓住不放，如果没有这样的心胸，卫青这样的将军，即使有天大的本领，也只能像一滴水消失在大海，永远不会被人注意。

使用卫青，对于汉武帝来说，具有一定的冒险性，因为卫青是“外戚”，

[1] 恺撒约出生于公元前100年。

至少在汉武帝的心里，吕后家族专权的时代并不遥远，卫青的军权过大，对于大汉江山构成的威胁可想而知。但任何事情都有好坏两面，汉武帝用人不疑，拜卫青为大将军、大司马，位在丞相之上，再次显示了他喜欢冒险的性格。除了卫青的才能，汉武帝还看准了卫青一点，那就是他谦虚谨慎、戒骄戒躁的风格，卫青不是贪得无厌的人，胜利之际，他心里想的，首先是奋力拼杀的将士，自己从不邀功，可谓吃苦在前，享受在后，皇帝只有对公孙敖、韩说、公孙贺、李蔡封侯，又封李诅、李息、豆如意等为关内侯，卫青才肯接受封赏；他更知道，自己充其量不过是一块不错的铁坯，是汉武帝把他铸造成一把钢刀，对于汉武帝，他除了报效，绝无他想。当然，汉武帝并不盲目，他还有另一手，那就是后来提拔霍去病，对卫青起到制衡的作用。对于霍去病受重用，卫青也毫无妒意，而是乐观其成，这不仅因为霍去病是卫青的外甥、卫青另一个同母异父的姐姐卫少儿的孩子，更因为卫青有不同寻常的胸襟。正是他们彼此的相得益彰，使大汉帝国能够在匈奴人的压力下，顽强崛起。

元朔六年，公元前 123 年，霍去病已经 18 岁了，那一年，他以校尉的身份，跟随卫青出征。这一年，卫青领军，开始了漠南之战。所谓“漠南”，地域大概为今中国内蒙古自治区。相对于蒙古高原而言，这一地区属于边缘，但它与长城遥相对应，二者之间布满戈壁和戈壁草原。自古以来，漠南为北方游牧民族和中原地区都十分重视的要塞。霍去病带领 800 骑兵，脱离大军在茫茫大漠里奔驰数百里奇袭匈奴，打击匈奴的软肋，斩敌 2028 人，杀匈奴单于祖父，俘虏单于的国相及叔叔。这是霍去病经历的第一场战役，他以不凡的战绩向世人宣告，大汉王朝最耀眼的一代名将，已经横空出世。

卫青一生中 7 次出击匈奴，共斩杀、俘虏敌军 5 万多人，在卫青的征战生涯中，最令他自豪的，或许是元狩四年（公元前 119 年）春天的那次漠北之战。所谓“漠北”，位于今天的蒙古国高原，海拔较高，多在 1500 米左右，是匈奴人的主要活动区域，后来成为政治和军事中心，单于龙庭就设在这里。那一次，匈奴单于伊稚斜采纳赵信的建议，远走漠北，认为汉军不能穿过沙漠，即使穿过，也不敢多作停留。赵信对伊稚斜单于说：“汉军横穿大沙漠，必然人困马乏，我军可以以逸待劳，擒获敌军。”于是将己方的辎重运到遥远的北方，把精锐部队调到沙漠以北，等候汉军。

在这种情况下，汉武帝把征伐匈奴的使命交给了卫青和霍去病。他挑选了10万匹精壮战马，由大将军卫青、骠骑将军霍去病各率精锐骑兵5万人，分作东西两路，远征漠北。为解决粮草供应问题，汉武帝又动员了私人马匹4万多、步兵10余万人负责运输粮草辎重，紧跟在大军之后。

如果说出击匈奴的决策是一项冒险，那么这次出击，则是冒险中的冒险。如一位作家所说，战场是最容易犯错误的地方。在战争中，军人承受着常人在常态生活中体会不到的巨大的压力。危机重重，千钧一发，生死攸关，在鲜血、烽烟和呐喊中，一个人很容易乱了方寸。然而，战场又是一个不能犯错误的地方，每犯一个错误都得付出惨重的代价。[1]

卫青和霍去病当然知道，他们不能犯错，匈奴人不允许他们犯错，在千里万里之外的沙漠地带，他们一旦犯错，将死无葬身之地，汉武帝更不允许他们犯错，犯错的结果，已经被王恢所证明。然而，战场上的变数太多了，“天气、地理、后勤、敌情、我情……一招不慎，满盘皆输。战争需要军人把自己的大脑变成一台超高性能的计算机，在战场的厮杀呐喊中能进行调整精确的计算”[2]。

所幸，上天在不经意间，给卫青这个在社会最底层长大的孩子一个出色的大脑，他不仅勇猛，更有高度的判断力。一出边塞，卫青就从俘虏口中得知了单于的住地，他没有犹豫，决定亲自率精兵挺进，袭击伊稚斜，命依靠软磨硬泡才被汉武帝同意参战的老将李广与右将军赵食其合兵一处，由东路进军。然而想到东路绕远，水草也少，李广的心就凉了，他请求说：“我的部队是前将军的部队，而今大将军却改命我部为东路军。我自少年时就开始与匈奴作战，今天才有机会正面对付单于，所以愿意做前锋，先去与单于死战。”卫青没有因他的哀求而动容，汉武帝曾不止一次地暗中告诫他，李广年纪已老，也

[1] 张宏杰：《大明王朝的七张面孔》，第28页，桂林：广西师范大学出版社，2006年版。

[2] 张宏杰：《大明王朝的七张面孔》，第29页，桂林：广西师范大学出版社，2006年版。

不够多谋，不要让他与单于正面作战，恐怕他不能完成擒获单于的任务。而公孙敖不久前失去侯爵，在卫青看来，让他与自己一同正面与单于作战立功，最为合适。卫青的这一决定，让李广非常失望，力请卫青改变初衷，但卫青铁青着脸，没有同意他的请求。李广把愤怒郁积在心里，未向卫青告辞，就动身出发了。

卫青率大军，顶着塞外粗粝的寒风，向北跋涉了1000余里，再横穿大沙漠，匈奴单于列阵整齐的军队，终于出现在他的面前了。卫青坐在马背上，表情没有丝毫的变化，但我想他的内心定会激动起来，缓缓地，他举起战刀，在一声撕破喉咙的呐喊中，奔向那棵他渴望已久的头颅。在他身后，5000骑兵向匈奴阵营冲去，1万匈奴骑兵也冲过来迎战，转眼之间，双方就纠缠在一起，亲密无间，不分彼此了。夕阳是暗红色的，像一颗即将坠落的头颅，卷起的尘沙如一阵阵的浪涛，扑打在他们脸上，让双方士兵几乎睁不开眼睛，只能依稀看到许多模糊的影子。刀在铠甲上划过，发出的声音让人头皮发麻，血在飞，与飞起的黄沙搅和在一起，变得黏稠无比，像黑色的乌鸦，成群结队地掉落在战士们的身上、脸上。渐渐地，黏稠的人影变得稀薄起来，空气的透明度高了，那是因为活着的人在减少。伊稚斜开始示弱了，乘坐6匹健骡，在约数百名精壮骑兵的保护下直冲汉军防线，向西北方向飞奔而去。这时，天已完全黑了下来，匈奴兵也四散逃走，卫青派出轻骑兵，乘着夜色追击伊稚斜，自己率大军跟随其后。天将明时，汉军已追出200余里，呈现在他们眼前的，是一片空旷的大漠，没有一点单于的影子，他们于是到颜山赵信城，夺得匈奴的存粮供应军队。停留一日之后，将该城和所余的粮食全部烧光，然后带着斩杀和俘获19000余人的战绩，班师而还。

而霍去病，或许是活捉伊稚斜单于的愿望过于强大，他没有率兵返回，而是抱定了“独孤求败”的决心，向着草原的深处一路杀去，消失在卫青的视野里。直到他们返回长安，卫青才知道，他们一路高歌，杀到今蒙古肯特山一带。根据《蒙古秘史》记载，后来的一代天骄成吉思汗就埋葬在肯特山起辇（niǎn）谷，这座山在中国汉代称狼居胥山。在这里，霍去病暂作停顿，率大军进行了隆重的祭天地仪式，史称“封狼居胥”。“封狼居胥”之后，霍去病继续率军深入追击匈奴，一路打到翰海[1]，他们才勒住战马的缰绳。

霍去病“封狼居胥”，从此成为中国历代军人一生中的最高追求，这一年，霍去病只有22岁。此仗后，汉武帝益封霍去病5800户。汉武帝下令给他建造府第，但霍去病却拒绝了，留下了一句千古名言：“匈奴未灭，何以家为？”

而李广与右将军赵食其率领的东路军，则因没有向导，在沙漠中迷失了道路，所以落到卫青的后面，没能赶上对单于的关键一战。这让卫青十分气愤，因为如果李广的部队及时到位，匈奴单于伊稚斜就不可能逃脱。在归途中与东路军会合后，卫青命李广马上到大将军处听候传讯。李广说道：“校尉们没有罪，是我自己迷了路，我现在自己到大将军幕府去受审。”又对他的部下说：“我从少年时开始作战，而大将军却将我部调到东路，路途本就绕远，又迷失了道路，难道这不是天意吗！况且我60多岁了，不能再在那些小吏面前受辱！”于是拔出战刀，在脖子上划出一道血红的伤口。那伤口张开着，仿佛一张不甘心的嘴，欲言又止。右将军赵食其一人被交付审判，其罪当死，赎身后，成了一介平民。

大汉帝国的军队，像潮水一样，从草原上退去了。草原又恢复了昔日的平静，广阔的草原上，飘荡起酥油茶的芳香和悠扬的歌声。此后，匈奴女人们用婉转悠扬的嗓音传唱起一支哀怨的歌：

失我焉支山，
使我嫁妇无颜色。
亡我祁连山，
使我六畜不蕃息。
……

[1] 今俄罗斯贝加尔湖。

歌里所唱的焉支山，位于今甘肃省山丹县城东南40公里处，曾是匈奴人的地盘。这里出产一种名叫“红蓝花”的植物，能做染料，成为匈奴妇女的主流化妆品，后来由出使西域的张骞引进内地。《五代诗话·稗史汇编》：“北方有焉支山，上多红蓝草，北人取其花朵染绯，取其英鲜者作胭脂。”正是这种“红蓝草”，使得因风吹日晒而显得粗糙的脸蛋变得粉红生动起来，中原人后来才用“焉支”的谐音“胭脂”，来指代这种化妆品，焉支山，有时也写作“胭脂山”。至今为止，甘肃省张掖市修缮卧佛寺，还是使用这种染料涂抹雕梁画栋。这支曲调哀婉的《匈奴歌》，表达了匈奴女人对于丢失焉支山的痛切之情，后来被大汉帝国收入乐府诗集。不重视文字的匈奴人不会想到，有朝一日，自身会在人类的血液里被稀释得无影无踪，而他们随口所唱过的一首歌，却能在另外一种语言中，获得永恒的生命力。

第　五　节

石头般坚硬的朝代

卫青七征匈奴之后，匈奴被彻底击败，大汉帝国北方不安分的狼烟终于熄灭了。史书以“匈奴远遁，漠南无王庭”来概括这一段和平岁月。

然而，不出几十年，匈奴人就卷土重来了。这并非仅仅因为匈奴人好战，更是因为草原上的资源有限，而南方的温暖富庶，使草原部落南下掠夺的欲望很难泯灭。公元 48 年，匈奴分南北两部、南匈奴统治地区包括今甘肃庆阳、宁夏、山西、陕西、河北省北部、内蒙古呼和浩特至包头一带，依附东汉称臣，北匈奴则反汉。正好南匈奴请求汉朝出兵讨伐北匈奴。朝廷便任命窦宪为车骑将军，沿着卫青、霍去病走过的道路，征讨北匈奴。永元三年，公元 91 年，右校尉耿夔（kuí），司马任尚、赵博等，率兵出居延塞，在金微山[1]大破北单于，斩首 5000 余，旷日持久的对匈奴人的战争，终于打出了最后的一拳，不可一世的匈奴人颤巍巍地倒下，然后，向着远方远遁，从此彻底在大汉帝国的视野中消失。

从卫青“龙城之战”，到霍去病“封狼居胥”，大汉帝国敢于跟匈奴掰手腕了，至少在刘邦、文帝、景帝的时代，他们是不敢想的，越来越多的匈奴王公大臣开始向大汉投降，在汉武帝的功臣表中，有 20 多位是匈奴人因降汉而受封的，后来在大汉王朝中占重要地位的金日磾，就是匈奴贵胄的后裔。再后来，连匈奴单于呼韩邪都向大汉称臣，并在公元前 51 年亲自到长安朝见皇帝。

[1] 即今阿尔泰山。

在我的朝代排行榜中，周代是最富思想性的朝代，晋代是最狂放的朝代，唐代是最诗意的朝代，宋代是具画面感的朝代，而汉朝，则是一个最为勇猛和壮烈的朝代，以至于从才华横溢的唐代诗人的身上，还能看到汉代军人精神的光芒。其中包括：王昌龄的《从军行》写道：

大将军出塞，白日暗榆关。
三面黄金甲，单于破胆还。

很多人认为，诗中的“大将军”是指李广，实际上，任大将军一职的不是李广而是卫青，李广也从来没正面对过单于，没有这样的战法，更没有过如此辉煌的胜利。

卢纶的《塞下曲》写道：

月黑雁飞高，单于夜遁逃。
欲将轻骑逐，大雪满弓刀。

杜甫的《广州段功曹到得杨五长史谭书功曹却归聊寄此诗》写道：

卫青开幕府，杨仆将楼船。
汉节梅花外，春城海水边。
铜梁书远及，珠浦使将旋。
贫病他乡老，烦君万里传。

汉代英雄，跨越了近千年的时光，就这样在唐代诗人的心里扎了根，成了他们永恒的题材，并通过一行行的诗句，融入后世中国人的血液。

霍去病的辉煌是短暂的，他像一颗流星，把耀眼的光芒凝聚在短暂的时刻里。“封狼居胥”、打入翰海仅仅两年后，元狩六年，公元前 117 年，24 岁的骠骑将军霍去病就去世了。

关于他的死因，《史记》和《汉书》都没有记载，这类正史只对犯罪或非正常死亡的人才记载死因，对老死、病死等正常死亡的人往往只有简简单单一个字——“薨（或卒）”。

褚少孙在《史记》卷二十《建元以来侯者年表第八》中补记：“光未死时上书曰：‘臣兄骠骑将军去病从军有功，病死，赐谥景桓侯，绝无后，臣光愿以所封东武阳邑三千五百户分与山。’”这是历代史书中对霍去病死因的唯一记载。

然而，对于霍去病神秘死因的猜测，却从来都不曾停止。于是，有了如下难以确证的说法：

一、在漠北之战中，匈奴人将病死的牛羊等牲口埋在水源中祭祀，诅咒汉军，因此水源区产生了瘟疫，而霍去病在此处饮食了带有病菌的水，而后病倒；

二、因为他杀死李敢，汉武帝为庇护他，让他去朔方城避避风头，在他前往朔方的途中感染了瘟疫而死；

三、数次领兵出征的劳累，长时间处于艰苦的环境，对霍去病的身体造成不可治愈的伤病，并最终摧毁了他。

霍去病的死，令汉武帝非常悲伤。他调来铁甲军，列成长长的军阵，从长安城内一直排到茂陵霍去病墓地。他还下令将霍去病的坟墓修成祁连山的模样，彰显他力克匈奴的奇功。

霍去病去世 11 年后，汉武帝元封五年，公元前 106 年，卫青去世。他和夫人平阳公主，也都葬在汉武帝坟墓——茂陵的旁边，没有与他们的皇帝分开。

需要说明的是，卫青，这个平阳公主家里从前的奴仆，后来的妻子正是他从前的主人——平阳公主。在嫁给卫青之前，平阳公主分别嫁给了平阳侯曹寿和汝阴侯夏侯颇，却两度守寡。褚少孙的《史记》补述里载：汉匈大战之后，正逢平阳公主寡居，要在列侯中选择丈夫，许多人都说大将军卫青合适，平阳公主笑着说：他是我从前的下人，又做过我的随从，怎么能做我的丈夫呢？左右说：今非昔比了，他现在是大将军，他的姐姐是皇后，3 个儿子也都封了侯，哪还有比他更配得上您的呢？汉武帝听说后，不禁笑着说：当初我娶了他的姐姐，现在他又娶我的姐姐，这倒是很有意思。于是，当即允婚。

嫁给卫青之后，《史记》对平阳公主的称呼从“公主”升格为“长公主”，也许这正是汉武帝刘彻对姐姐婚姻坎坷的一种补偿。但是这次婚姻只维持了不到 10 年，卫青就病逝了。

平阳公主第三次成了寡妇，她再也没有改嫁，死后，她与卫青合葬在茂陵边的卫青墓中，他们在死后以这样的方式，实现着对彼此的不离不弃。

第一次到西安茂陵，我就被它的气势震撼了。那是一座巨大的墓冢，现在残存的高度就有 46.5 米，至少相当于一座 15 层楼房的高度。墓冢用夯土筑成，仿佛一座巨大的建筑，挺立在大地上。汉武帝死后，他的霸气仍然透过他的陵墓显露无遗。据说当时陵园有许多殿堂、房屋等建筑，仅陵园管理人员就多达 5000 人，经过两千年后，四周已经一片空旷，这反而更加凸显了它的庄严稳重、古朴苍凉。那些豪华的宫殿消失了，在时间中不堪一击，而帝王的墓葬却留了下来，在大地上裸露出来，像石头一样抵抗着毁灭——皇帝们用死的方式延续了他们的时间。从这个意义上说，坟墓比宫殿更有纪念碑的意义，这或许正是古代帝王不惜血本营造坟墓的原因之一。在帝王们看来，即便是死，也要与自己、与帝国的地位相匹配，所以他们死得很负责，从来都不潦草。西安市北面渭河北岸的咸阳原上，排列着 11 座汉陵中的 9 座，依次是：汉武帝茂陵、汉昭帝平陵、汉成帝延陵、汉平帝康陵、汉元帝渭陵、汉哀帝义陵、汉惠帝安陵、汉高帝长陵、汉景帝阳陵，仿佛尼罗河边的胡夫金字塔，11 位大汉帝国皇帝在这里列队，那些在王朝世袭表上响当当的名字，在这里密密麻麻地挨在一起，像结实的心跳，勾勒出大地上最壮阔的曲线。历史就是在跨过这些墓冢之后完成它的宏伟叙事的，并最终形成我们今天的共同记忆。那些曾经温热的血肉，被石头和泥土收留，它们并没有真正地消失，通过高高堆起来的黏土，通过在风中沙沙作响的青草，我们依然可以与他们交谈。很多前往西安的游客都喜欢蜂拥至秦兵马俑和唐代的华清池，但我觉得这些硕大的墓冢才是最值得一访的，它们让我们看到属于大汉王朝的狂放与嚣张。

《历代帝王图》中的汉昭帝　唐　阎立本　美国波士顿博物馆藏

前漢昭帝

马踏匈奴　石雕
陕西茂陵博物馆藏

在旷野上寻找，走不多远，就可以看见卫青、霍去病、霍光、金日磾（dī）等昔日英雄的墓冢。在霍去病的墓前，列置着巨大的石刻象生，这些石人、石马、石象、石虎等石刻，形体巨大，让我们感到惊悚不已，其中最有名的一件，当然是"马踏匈奴"。抛开它们的艺术造诣不谈，它们巨大的体量，就透露出这个王朝不可一世的雄心，直到今天，似乎仍有无穷无尽的能量贮存在它们身体里，会在某一时刻突然迸发出来。

来自草原帝国的圆月般的弯刀，可以削铜断铁，唯独不能攻克石头的密度。汉朝就是一个刻在石头里的朝代。山东武梁祠，50多幅汉代画像石，全部阳刻，细线铲底，浮现出汉王朝战争、狩猎、车马出行、乐舞的浩荡场面，让今天的人看了依旧热血沸腾；著名的汉碑，是中国墓碑发展的成熟、鼎盛阶段，无论是形制，还是书体、文体、墓碑的发展都极尽完美，其中以《麃（biāo）孝禹碑》《华山庙碑》《礼器碑》《史晨碑》《曹全碑》《张迁碑》等为代表。

在故宫博物院，存有《华山庙碑》四个传世拓本中的两件，即"关中本"

明拓 《华山庙碑》 故宫博物院藏

和“四明本”。《礼器碑》《史晨碑》《曹全碑》《张迁碑》，故宫博物院亦藏有明拓本。

王澍在《虚舟题跋》中以“雄古、浑劲、方整”三种品格来形容和区分汉碑，而康有为在《广艺舟双楫・本汉》中则为它们的“骏爽、疏宕、高深、丰茂、华艳、虚和、凝整、秀额”惊叹不已；霍去病墓石刻，更准确地表达了那个时代的气魄与胸怀，比起罗马帝国时代的英雄雕像，比如罗马第一个正式皇帝屋大维（奥古斯都）的全身纪念像[1]，丝毫也不逊色。没有一个朝代能够复

[1] 约作于公元前 19—前 13 年，1836 年出土于罗马近郊普里马港，现藏罗马梵蒂冈博物馆。

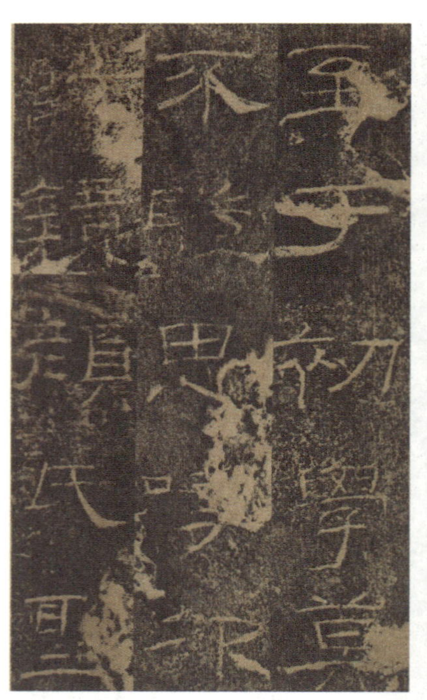

明拓 《礼器碑》 故宫博物院藏

东汉 《史晨碑》拓片 故宫博物院藏

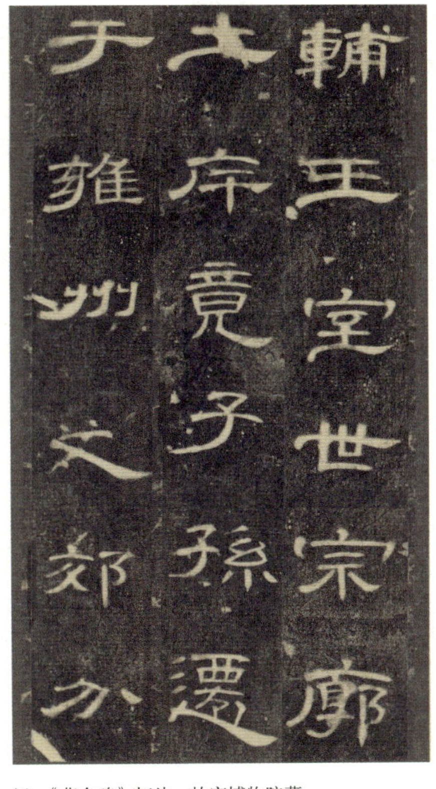

汉 《曹全碑》拓片 故宫博物院藏

制出这样大气雄浑的作品，没有一个朝代比汉代更富于雄性气质，也没有一个朝代像汉代那样表现出对石头的迷恋。与石头的汉代相比，宋代则属于木构时代，它优美、轻灵、典雅，却显得忧伤和脆弱，经不起风雨的侵袭、雷火的煅烧和刀刃的切割，宋代木构建筑保存至今的寥寥无几，它把在时间中的发言权留给了石头，留给了比它早了一千年的汉代。

无独有偶，屋大维亲手缔造的罗马帝国表现出与大汉帝国相同的爱好，那就是对石头的热衷，因为没有一种材质，比石头更能体现权力的强制性，体现皇帝们对于帝国永恒的渴求，正如汤因比在《历史研究》中所说的，“大一统国家的历史告诉我们，它们都几乎着魔似的追求不朽”，“提布卢斯曾歌咏‘永恒的城墙’，而维吉尔则让他笔下的朱庇特在说到埃涅阿斯未来的罗马后裔时宣布：‘我不给他们设置任何空间和时间的界限。我给他们一个无限的帝国。’”[1]。关于帝国的石头属性，屋大维曾经自豪地宣称：“我接受了一座用砖建造的罗马城，却留下一座大理石的城。”[2]

辉煌的古希腊时代过去了，濒海临风的帕特农神庙被血腥的古罗马斗兽场取代，成为那个时代最深刻的形象。公元前后的一二百年间，东方西方的专制者在大陆的两端遥遥对称，仿佛孪生兄弟，具有如此相似的秉性，在他们之间，巨大的地理和文化差距似乎不存在了，如果把屋大维、尼禄与秦始皇、汉武帝互换位置，我想他们对新的岗位一定不会陌生，他们的所作所为都将与那个铁血的帝国严丝合缝。

从武帝时代开始，大汉帝国经历两百年的战争，不断地向匈奴出拳，终于把匈奴彻底打服了，汉武帝不仅仅是在跟匈奴掰手腕，也是在跟历史掰手腕——他不接受逆来顺受的命运，历史的流向，硬是在他的手里改了道，可见他是一个多么强势的皇帝。当然，汉武帝的这份执拗，也使整个帝国付出了惨痛的代价，就在匈奴部落在蒙古高原站不住脚的时候，汉王朝的命运，也即将宣告终止了。

而匈奴人在大汉的轮番冲击之下最终远走他乡，在世界历史上产生的一系列连锁反应，才刚刚开始。

[1] ［英］阿诺德·汤因比：《历史研究》，第 236 页，上海：上海人民出版社，2000 年版。

[2] 秦颂编著：《世界上下五千年》，第 116 页，北京：北京出版社，2006 年版。

第　六　节

上帝之鞭

北匈奴灭亡近400年后，匈奴人突然出现在罗马城下，这一年，是公元451年。

匈奴的消逝与他们的突然出现，让欧洲人惊讶不已。没有人知道，他们从哪里来，又要到哪里去；更没有人知道，他们曾经书写了怎样的历史，又即将书写怎样的历史。他们是那么地神秘，又那么地率性，没有规律，像汤因比所说，"匈奴是一股从西域倾泻下来的雪水"，没有人能够真正地掌控他们。我的朋友王族在他的著作《上帝之鞭》中写道："他们变得无声无息，像一场飓风一样在一瞬间骤停，四周出现了让人难耐的宁静。昨天，他们还在荒原上纵马奔驰，引吭高歌，但一夜之后，他们却消失殆尽，不留一丝痕迹。400多年过去了，世上几乎没有任何有关匈奴的消息，人们都以为他们已经从这个世界上彻底消失了。但他们说出现就出现了，让人觉得他们似乎是变着戏法从地底下钻出来似的，顷刻间便威风凛凛地立于你面前，让你惊讶不已。""他们在突然间神秘地消失，又在突然间神秘地出现，这期间的生存，大概要比通常能看得见的坚持、忍耐、等待还要复杂得多。"

在被大汉帝国打败的匈奴人眼中，东面是大海停止之处，也是他们的脚步停止之处，他们的道路，只能向西延伸，尽管出发的时候，他们并不知道西面的路有多远，也不知道这条路，他们将走400年。

他们一路吹奏着胡笳，向西挺进。越往西走，他们眼中的世界就越辽阔。太阳坠落之处，并不是世界的尽头。一个空前广阔的大陆，就在他们的苦难漂泊中，一段一段地展开，他们目睹了这片大陆上美丽的森林、湖泊、草原，以及它的万物生灵。对于这片世界上最广袤的草原，格鲁塞在他著名的

《草原帝国》中这样描述："从中国东北边境到布达佩斯之间、沿欧亚大陆中部的北方伸展的一个辽阔地带。这是草原地带，西伯利亚森林从它的北缘穿过。草原上的地理条件只容许有很少几块耕地存在，因此，居民只得采取畜牧的游牧生活方式……"[1] 这片草原，使匈奴这个濒于绝境的游牧民族发现了新的天堂，这是他们的世界，他们仿佛不是外来者，而天生就该是它的主人。

我们不得不佩服这个民族的凝聚力，历经颠沛而没有散架，这表明它有着一种非同寻常的自我控制力量，在西进路途中与一个又一个文明的碰撞中，没有受到同化或者改变。在他们前进的道路上，横亘着一个又一个的险境、一场又一场的战争，但没有什么能够阻挡他们的步伐，像王族所写："走了很长的路，历经了 400 多年的时间，他们没有被改变，一如早先漠北高原上因饥饿和渴望而冒险的狼。引人注目的，还是他们身上的匈奴血性，以及经由攻打罗马而体现出的冒险精神。他们似乎仍走在一条如同故乡一般熟稔的路上。信念没有变，感觉便不会变，他们偶尔从饮酒的间隙，或在纵马奔驰的一个偶然的念头中，便又想起了西域，但这偶然间的念头，仍不及飘过额际的一朵雪花带来的清爽更让他们心动：一朵晶莹的雪花，可以让他们神思飞扬；一次在第一场雪落下时的畅饮，可以让他们举杯尽兴，在大醉之后或独自高歌，或群舞至天亮。"[2]

鸣镝（dí）的声音，掠过浩瀚的草原，与马蹄的节奏形成美妙的和声。作家高建群在长篇小说《最后一个匈奴》的前言中写道："他们的马是小而难看的。但它不知道疲乏，走时像闪电一般。是在马上度过他们的一生。有时骑着，有时侧身坐在马背上像妇女一样。他们在马背上开会、做买卖、吃、喝，甚至于把前身倒在马颈上睡觉。在战场上，他们袭击敌人时会发出可怕的叫声。如果发现有抵抗，他们很快地逃走，但以同样的速度再回来时，则一直向前冲击，推倒他们面前的一切障碍。他们不知道如何攻下一个要塞和

[1] ［法］勒内·格鲁塞：《草原帝国》，第 4 页，北京：商务印书馆，2004 年版。

[2] 王族：《上帝之鞭——成吉思汗、耶律大石、阿提拉的征战帝国》，第 28、29 页，桂林：广西师范大学出版社，2007 年版。

击破一个防御的阵地。但他们的射击术是无可比拟的，他们能从惊人的距离射出他们似铁一样坚硬和能致命的尖骨头制的箭。”[1]

从公元 91 年到 290 年长达两百年的岁月中，中外的史书中都找不到对这个民族的记载。当《波斯史》中提到 3 世纪末匈奴人出现在阿兰人眼中时，这个民族，依然是两百年前的苍狼形象，只是它饥饿得太久，所以它的面目显得更加凶狠和狰狞……从出生于公元 325—330 年的罗马历史学家阿密阿那斯·马西林那斯（Ammianus Marrcellinus）的著作《罗马帝国史》中，我们可以打探到匈奴人在欧洲的最早的消息。这部书记载了被大汉帝国击败的匈奴人一路向着顿河和多瑙河的肥美草原挺进的历史，他们在歼灭阿兰人以后，又于公元 374 年隆冬，向东哥特人发起进攻。哥特人，是日耳曼民族的一支，于公元 3 世纪进入黑海草原地区，以德涅斯特河为界，河东称东哥特，河西称西哥特。匈奴人很快荡平了东哥特，西哥特人则惊恐万状地登上独木舟，渡过多瑙河，蜂拥入罗马境内，请求帝国皇帝的庇护，最终因无法忍受他的残酷统治而发动起义，法伦斯和 4 万禁卫军全数战死。在公元 470 年，西哥特人攻陷罗马。这一战，动摇了罗马的根基，罗马再也无法控制辖下的诸族和领土。而此时，匈奴人回到喀尔巴阡山以东，进行休整。

公元 400 年，匈奴人乌尔丁带领大军攻入匈牙利追击哥特人，并越过阿尔卑斯山进入了意大利，这支可怜的哥特队伍在法洛伦斯被西罗马军队消灭了。匈奴人只是来意大利转了一下，顺便赶走了匈牙利原住民凡达尔人、瑞维人和最先被匈奴人灭国的阿兰人。这 3 族人进入高卢，与当地人战斗后于 409 年越过比利牛斯山，进入伊比利亚半岛，并建立了 3 个国家。与此同时，阿勒立克带领的哥特人也南下逃避匈奴的大军，在 408 年、409 年、410 年三次围攻罗马，而在 410 年攻入城中，这是历史上罗马城的第二次沦陷。

公元 441 年，匈奴人在他们的最后一位单于阿提拉的率领下，攻入了东罗马帝国（也被称为拜占庭帝国）的首都君士坦丁堡。弱国无外交，东罗马

[1] 高建群：《最后一个匈奴》，第 6 页，北京：北京十月文艺出版社，2010 年版。

帝国割地赔款，以每年进贡 2100 磅黄金，同时割让巴尔干半岛大部分领土的屈辱条件，得以苟延残喘。6 年后，阿提拉又率大军进入东罗马，攻破 70 余座城市，前锋直逼达达尼尔海峡和希腊的温泉关。

公元 451 年，阿提拉统领着由东哥特人、日耳曼人、勃艮第人、阿兰人和法兰克人共同组成的匈奴联军，向西罗马帝国发起挑战。在打通高卢的门户——美茨以后，阿提拉率领大军以迅雷不及掩耳之势直捣高卢的心脏——奥尔良。50 万大军进入高卢，罗马大将阿契斯北上抵挡，并联合了所有受匈奴压迫的蛮族王国。双方在加泰罗尼亚平原上会战，这也许是欧洲历史上最壮观的一次战役吧，我们完全可以想象战役的惨烈，史料记载，一日之间，死亡人数竟达 16 万之众，另有史料说，死亡人数高达 30 万人，以至于一位历史学家叹息道："帝王们一小时的疯狂完全可以把整整一代人全给消灭了。"[1]"不论是现代还是过去，再没有任何一次战争能和它相比。"[2]这场战役，连阿提拉都感到胆寒了，他决定放弃这场战役，退回到匈牙利草原上自己的王庭[3]去。这是他一生中绝无仅有的失败。

但是，阿提拉没有决定就此停止他的脚步。第二年，他又开始了征战。他决心把西罗马帝国撕成碎片。他首先剑指意大利的门户——阿奎莱亚，把它变成了一座废墟，然后，匈奴人如浪潮一般，很快就将米兰和帕维亚两座城市淹没。阿提拉发起的攻击太猛烈了，让意大利人觉得他们是神，他们的行为，似乎并非人所为，而是神的一种表演。终于，阿提拉率队由南向北强渡多瑙河，向罗马发起了进攻。

惊恐和绝望的罗马人给阿提拉起了一个绰号：上帝之鞭，意思是他们自己犯了太多的错误，所以上帝用鞭子来教训自己。

在欧洲，还流行着一句描写阿提拉的凶恶、狂傲的话，说凡是他的马蹄踏

---

[1] ［英］爱德华·吉本：《罗马帝国衰亡史》，下册，第 84 页，北京：商务印书馆，1997 年版。

[2] ［英］爱德华·吉本：《罗马帝国衰亡史》，下册，第 84 页，北京：商务印书馆，1997 年版。

[3] 公元 445 年，阿提拉在多瑙河东的大平原上（今匈牙利境内）设立了王庭，其统治范围，西起莱茵河以东，东至中亚细亚。参见林幹：《匈奴通史》，第 261 页，北京：人民出版社，1986 年版。

过的地方连草都不长了。[1]

一位叫约丹勒斯（哥特人）的历史学家，用一段准确的文字给我们留下了阿提拉的画像：

> 他是典型的匈人：矮个子，宽胸部，大头颅，小而深的眼睛，扁鼻梁。皮肤黝黑，几乎近于全黑，留着稀疏的胡须。他发怒时令人害怕，他用他给别人产生的这种恐惧作为政治武器。确实在他的身上有着与中国史学家们所描述的六朝时期的匈奴征服者一样的自私和狡猾。他说话时，故意带着重音和含混不清的威胁性语调，是他战略的第一步；他所进行的系统征服（阿奎莱亚被夷为平地，在阿提拉通过之后再没有恢复过来）和大屠杀的最初目的是想教训一下他的对手们。[2]

从这段文字，可以体会阿提拉给西方人心理上造成的恐惧，阿提拉被描述为一个丑陋的暴君形象。而匈牙利人则在自己的历史中把阿提拉当作自己的祖先，并上溯 35 代至亚伯拉罕——诺亚的儿子。[3] 公元 1000 年，匈牙利正式建国，“匈”是“匈奴”的意思，“牙利”是“人”的意思，“匈牙利”的意思，就是“匈奴人”。

匈奴大军围困罗马城的时候，西罗马帝国的皇帝瓦棱帝拈三世早就屁滚尿流地开溜了，把帝国交给了西罗马教皇利奥一世。然而，就在阿提拉率领的大军令整个罗马城都瑟瑟发抖的时刻，他突然间放弃了攻打的计划，一个以女人换和平的计划在他的心里油然而生——他看上了罗马帝国的公主霍诺莉娅。这无疑令西罗马教皇大喜过望。美丽的霍诺莉娅公主，于是成为罗马人的王

[1] [英] 爱德华·吉本：《罗马帝国衰亡史》，下册，第 90 页，北京：商务印书馆，1997 年版。

[2] 转引自王族：《上帝之鞭——成吉思汗、耶律大石、阿提拉的征战帝国》，第 37 页，桂林：广西师范大学出版社，2007 年版。

[3] 陈序经：《匈奴史稿》，第 535 页，北京：中国人民大学出版社，2009 年版。

昭君，被送给匈奴人的单于。西罗马帝国就这样躲过一劫。

至于阿提拉为什么在罗马城下突然停止他狂傲的脚步，一直是一个历史之谜。学者们给出了各种猜测，在这些猜测中，我也不妨给出我自己的猜测：这缘于阿提拉的轻狂与自负——在他眼中，罗马已是他触手可及的果实，只要他想要，他随时可以纳入囊中。这个由恺撒缔造的帝国，在阿提拉的眼中竟然像豆腐渣一样不值一提。

他不会想到，当他抱着霍诺莉娅公主转身离去，他再也没有征服罗马的机会了。

第二年，阿提拉又娶了一个日耳曼美女，名字叫伊尔狄科。新婚之夜，阿提拉死在这个美女的床上。这个场面被法国19世纪画家维莱克勒画在他的油画《阿提拉之死》中，吉本在他著名的《罗马帝国衰亡史》里，也讲述了这惊心动魄的一幕：

> 他们的婚礼是在多瑙河彼岸的木结构的皇宫里，按野蛮人的仪式和风俗进行的；那位又醉又困的国王到半夜以后才离开筵席，回到新床上去。他的侍从到第二天下午仍一直听任他去享乐或休息，对他不加干扰，一直到出奇的安静引起了他们的恐惧和疑心；于是，在大声叫喊企图吵醒阿提拉无效之后，他们破门冲进了皇帝的寝宫。他们只看到发抖的新娘，用她的面纱捂住脸坐在床边，为她自己的匕首和半夜里便已咽气的死去的国王悲伤。他的遗体被庄严地陈列在大平原中央一个用丝绸扎成的灵堂里；几个经过挑选的匈奴人的步兵队伍，踏着拍子绕着灵堂转圈，向这位活得光荣、至死不败的英雄，人民的父亲，敌人的克星和全世界的恐惧对象唱着葬礼歌。这些野蛮人，根据他们的民族习俗，全都剪下一绺头发，在自己脸上无端刺上几刀，他们要用武士的鲜血，而不是用妇人的眼泪来哀悼他们理应受此殊荣的英勇的领袖。阿提拉的遗体被分别装在一金、一银、一铁三口棺材里，在夜间偷偷埋掉；从各国掳掠来的战利品都扔进他的坟墓里去；破土挖坟的俘虏都被残暴地杀死；仍是那些刚刚还悲不自胜

的匈奴人，现在却在他们的国王的新坟前，毫无节制地大吃大喝，寻欢作乐。[1]

根据在君士坦丁堡流行的传说，就在阿提拉死去的那个夜晚，马基安在睡梦中看到阿提拉的弓被折断了[2]，对于罗马人来说，弓被折断，意味着不再有飞镝密如暴雨地穿越丛林，飞入他们的城堡，打断他们的奢侈生活，这无疑是一个最好的消息。

在罗马，还流传着另一种说法：阿提拉是被霍诺莉娅公主毒死的。《最后一个匈奴》写道：传说在匈牙利草原上，有一种鸩鸟，它的羽毛是极毒的。而霍诺莉娅公主高绾的发髻上，就插着这样一根羽毛。"当阿提拉喝酒时，公主便将羽毛轻轻地在他的酒面上掠一下。而我们知道，阿提拉以及他的那些草原兄弟，都是些嗜酒如命的人。这样，阿提拉便在抱着骷髅头酒具，在一次一次的饮酒中，最后慢性中毒而亡。"[3]势不可当的阿提拉就这样，在新婚之夜迎接了死亡的来临。霍诺莉娅公主也成为拯救西罗马帝国的民族英雄。

阿提拉死后，霍诺莉娅公主默默地离开了匈牙利草原。匈奴人的身影，在历史中再度消失了。根据高建群的叙述，在东哥特人与格比德人的叛变中，阿提拉的长子被杀。他的另一个儿子腾吉齐克，重新回到了俄罗斯草原，后来，他集聚力量，准备仿效阿提拉重新开始一场西征的时候，在多瑙河下游与东罗马帝国作战时战败被杀。公元 468 年，腾吉齐克的人头，曾被悬挂在君士坦丁堡马戏场里，任人指点，任人嘲笑。[4]

8 年后，饱受匈奴蹂躏，并受到匈奴引发的蛮族西迁影响的西罗马帝国，也彻底走上了绝路，公元 476 年，罗马雇佣兵领袖、日耳曼人奥多亚克废黜

---

1 ［英］爱德华·吉本：《罗马帝国衰亡史》，下册，第 94 页，北京：商务印书馆，1997 年版。

2 ［英］爱德华·吉本：《罗马帝国衰亡史》，下册，第 94 页，北京：商务印书馆，1997 年版。

3 高建群：《最后一个匈奴》，北京：北京十月文艺出版社，2010 年版。

4 高建群：《最后一个匈奴》，北京：北京十月文艺出版社，2010 年版。

了只有 6 岁的西罗马皇帝罗慕洛，西罗马帝国正式灭亡。

匈奴人的马蹄踩踏过、匈奴人的车轮碾轧过的草原上，牧草黄了又青、青了又黄，如波涛一样在风中起伏的草原，遮蔽了历史的所有痕迹。

第　七　节

历史中的《史记》

无论多么庞大的事物都是有尽头的，只有无尽的岁月是一个例外。匈奴——这个巨大的膨胀体，在公元 5 世纪，还是抵达了它的尽头，最终像一个气球一样，说破就破了。所谓的“战无不胜”、所谓的“永恒”，都是不存在的，无论是了不起的人，还是伟大的事业，概莫能外。

无论是卫青、霍去病；无论是冒顿、伊稚斜、阿提拉；也无论是霍诺莉娅、伊尔狄科，他们在那个血性的年代里狭路相逢，以自身的意志，书写了波澜壮阔的历史，另一方面，既然选择了鲜血与牺牲，他们就必然种下他们自身的悲剧。英雄们驰骋千里，却冲不破自身命运的限度——无论他们多么成功，尽头都在等待着他们。他们的成功，必然是悲剧性的，他们是悲剧英雄，创造了一个个悲壮、凄美的经典场面，正是这些悲剧性的场面，使历史在一幕幕荒诞的闹剧之外，平添了几许壮烈与崇高。

汉武帝的形象定格在他的伟业中。他大幅度地扩大了大汉帝国的疆域，其面积远远超出了秦朝的范围。他通过行政手段，把它的疆域牢牢地焊在大地上，同时，又通过卫青、霍去病，有效地阻止了北方野蛮力量的南侵，让这股雪山上倾泻下来的“洪水”更改了河道，冲向欧洲，从而保全了中原的文化，没有让其在匈奴的铁蹄中溃散和消解，使华夏文明自秦汉一路延伸下来，生生不息。而灿烂的古罗马文明，连同更早的古希腊文明，则在匈奴铁骑的冲击下烟消云散了。汉武帝的功绩是历史性的，巨大、完整的中国版图，就是他的纪念碑。

然而，李陵降胡和司马迁受刑，却不能不说是汉武帝政治生涯中的重大败笔，汉武帝事业的尽头，就在这些败笔中显现了。卫青去世 17 年后、汉武帝天汉二年、公元前99年，北方战云再起，汉武帝派李广利率领3万骑兵、“飞将军”李广的孙子李陵率领5000步兵，深入塞外，抗击匈奴。但李广利天生不是当军人的料，一看见凶悍的匈奴军队就浑身发抖，一交手就溃不成军，置李陵的孤军奋战于不顾，急匆匆地跑了。李陵以步兵与匈奴骑兵抗衡，飞翔的箭镞，在空中嗷嗷叫着，奔向匈奴人的命门，在他们的额头扎出一个个血窟窿。弓箭本是匈奴人的长项，李陵却用得得心应手，让匈奴骑兵吃尽了苦头，然而，匈奴人有6万骑兵，站在那里让李陵射，李陵也射不完，终于，箭镞尽了，匈奴大军围了上来，李陵束手就擒。

李陵的被擒令一向自负的汉武帝感到奇耻大辱。朝廷上，善于察言观色的群臣纷纷指责李陵有罪。当武帝问到太史令司马迁时，司马迁说：“李陵带去的步兵不满五千，他深入到敌人的腹地，打击了几万敌人。他虽然打了败仗，可是杀了这么多的敌人，也可以向天下人交代了。李陵不肯马上去死，准有他的主意。他一定还想将功赎罪来报答皇上。”

司马迁或许没有想到，为李陵的辩解，就是对李广利的变相指责，而李广利不是别人，是汉武帝宠妃的哥哥，与皇帝有着非同寻常的裙带关系。听完司马迁的一番表白，汉武帝立刻变了脸，将司马迁下狱。在狱中，司马迁又饱受当时名声很臭的酷吏杜周的残酷折磨。后来，又将司马迁处以腐刑。

司马迁几乎失去了活下去的勇气，在给他的朋友任安的书信（《报任少卿书》）中，他说自己没有颜面到父母坟前祭扫，预想以后时间越长，污垢越重，他的日子，“肠一日而九回”。他想死，但他还有一个余念未了，就是写作《史记》。为了这部书，他决定忍受屈辱，苟活下来。

14年后，大汉帝国的军队马踏匈奴的一系列连锁反应之一——《史记》，诞生了，就在车骑将军卫青率一万骑兵出上谷，第一次征剿匈奴的38年后，汉武帝征和二年，即公元前91年，司马迁完成了那部壮丽的史书——《史记》，为中国的史学文化提供了一个辉煌的起点，此后，以《史记》为范本进行的历史书写，在穿越了23个朝代之后，一直延续到了今天。

这又是一种“凿空”——文化上的“凿空”。这一点，卫青、霍去病是无论如何也想不到的。

而汉武帝的限度，已经潜伏在李陵降胡和司马迁受刑这两次重大事件中——与汉武帝晚年的一系列政治事件一样，汉武帝看起来是胜者，实际上却一败涂地。这是因为他看不到自己的限度，相反，他的自信与野心都随着一连串的胜利而日益膨胀。他的胜利越是辉煌，他的失败就越是可悲。

他雄心万丈，又好大喜功；他只接受胜利，而不接受失败；他希望现实完全符合他个人的意愿，而容不下丝毫的失败与缺憾。他像一个守财奴，守护着他的功名与业绩，不希望它们受到一星半点的折损。这是权力者的洁癖，它所带来的，唯有残暴与乖戾——他企图通过残暴与乖戾，对失败与缺憾进行防范和惩戒，使现实趋于他想象中的完美——因为害怕出现吕后专政那样的事情，他下令将所有为自己生过孩子的后宫女子全部处死；他因梦见有人谋害自己而掀起了宫廷内部的残杀，他的皇后卫子夫和太子刘据，都在这场祸患中含冤自杀。他的理想世界，是容不得任何“污垢”的，而这种政治洁癖带来的后果，却是难以置信的污秽与残暴。或许，对于百姓来说，生活在有政治洁癖的帝王时代一定是痛苦的，而生活在那些看上去并不伟大、没有英雄梦和诗人气质的帝王时代则是幸运的。所幸汉武帝晚年终于醒悟过来，但失妻丧子的残酷现实几乎把“战无不胜”的汉武帝送到崩溃的边缘。那是他的劫数，他在劫难逃。

两年后，他颁布了著名的“罪己诏”——《轮台诏》，对自己的所作所为做了深刻的忏悔：“朕即位以来，所为狂悖，使天下愁苦，不可追悔。自今事有伤害百姓，糜费天下者，悉罢之”。意思是说：“朕自即位以来，干了很多狂妄悖谬之事，使天下人愁苦，朕后悔莫及。从今以后，凡是伤害百姓、浪费天下财力的事情，一律废止！”又建起了“思子宫”和“归来望思之台”，以寄托对儿子的哀思，天下闻而悲之。

又过了两年，汉武帝死在了五柞宫，终年70岁，他的世界，蜷缩成一个丘陵，以后的两千年里，被雨水冲出一道道深深浅浅的沟壑，上面长满了青草，在瑟瑟的风中，讲述一个帝王曾经的光荣与梦想。

在无尽的岁月中，一个生命的尽头，又必将是另一个生命的开始。

第三章

在云不停留的

地方，

佛停留

第　一　节

从前有座山

白带山上的那座寺庙，早在北齐时代就有了。[1]

那时，那座寺庙还不叫云居寺，叫智泉寺。从北齐至今，一千数百年来，那座寺庙盖了毁，毁了盖，仿佛轮回，或者，诀别之后的不期而遇。

从清代画家邹一桂《房山云居寺图轴》中，大致可以看见云居寺当时的样子。根据画家在自题中的记录，画家曾经扈（hù）从乾隆圣驾到此，奉旨作画，深感北方烟峦与南方绝异，特意留此副本，作为记录。这是你今天能够看到的，关于云居寺的最早的一张“照片”，尽管作为一幅美术作品，它是画家的主观情绪的表达，寺院的空间关系，并不准确。

南北朝时期，文化伴随着战车奔走，燕山南北，胡汉之间的文明碰撞交融进入了一个空前活跃的时期。如果我们的视野再度放大，我们会看到，一位王子在菩提树下禅定，随着佛陀感化世人了悟无上菩提，一种宗教在印度次大陆应运而生，又在东汉时期，像风中夹杂的种粒，带着远方的秘密使命，在中国落地生根。这个已经在礼制思想下建立了现实秩序的文明国度，慷慨地笑纳了来自佛陀的理想。这一在它的诞生地印度只是片断存在的宗教，在进入中国以后，居然生长出繁茂的根系，而纷乱的北齐、北魏，刚好是佛教在中国开花的季节。

在西部沙漠中一个名叫敦煌的小镇，公元 4—5 世纪就开始掘窟造像，在

[1] 《大辽燕京涿州范阳县白带山云居寺释迦舍利塔记》记载：“原此寺，始自北齐。”转引自杨亦武：《云居寺》，第 12 页，北京：华文出版社，2003 年版。

以后的10个朝代中，一层一层地累积起来。几乎与此同时，佛教造像艺术，在秦岭中的麦积山、在中原的龙门、在蒙古草原南缘的云冈，多点绽放。远方的种粒，不仅在中国落地生根，而且它的根系日益膨胀，跨越重重关山，在遥远的大房山中，人们也能看到释迦庄严亲切的坐姿。

白带山，从前的名字是莎题山，是大房山山麓中的一座名山，它的名字，是因山上遍布的莎题草而得来的。莎题草是多年生草本植物，有三棱形的茎和叶线形的叶子，根茎可入药，叫“香附”。拒马河从它的西面流过来，在高山岩石间切割出十渡的十里画廊。几乎与佛教传入中国同时，这个对异质文明高度敏感的地区，在白带山附近的六聘山，就出现了一座佛教寺院——天开寺。与不同战争的喧嚣不同，佛教的影响竟然以一种如此宁静的方式蔓延过来。北齐年间，白带山已有建寺的迹象。[1]

佛教在开花的季节遭遇了最初的风雨。第一个转折，出现在公元5世纪的北魏太武时期。北魏太武帝拓跋焘的灭佛行动，成为这个朝代被历史铭记的原因之一。当拓跋焘率领他的军队挺进长安，这座照耀过秦时明月的古城便经历了一场浩劫。《隋书》记载：“太武帝西征长安，以沙门多违佛律，群聚秽乱，乃诏有司，尽坑杀之，焚破佛像。长安僧徒，一时歼灭。”[2]所有的经书、造像，也都在大火中变成一片灰烬。历史上称为“魏武之厄”。这一年，是公元445年。

100多年后，在血泊中艰难站立的佛教再度迎来灭顶之灾。

北周武帝建德年间，下令废佛，3年中，关、陇地区的佛教徒们变成一片尸体。建德六年（公元577年），在征灭北齐后，又在北齐境内毁佛像，焚经卷，逼迫僧人还俗，在僧人的身后，庄严的佛法圣地变成一片废墟。历史上称为“周武之厄”。

就在这时，一个在南岳的顶峰修行的僧人匆匆下来，住半山道场，大集徒

---

1 杨亦武：《云居寺》，第6页，北京：华文出版社，2003年版。

2 〔唐〕魏征撰：《隋书》，第二册，第732页，北京：中华书局，2000年版。

众，劝勉勤修法华、般舟三昧，语极苦切，他，就是静琬的师父慧思。关于慧思的传说很多，据说他曾经在南岳与达摩相见，坐而论法。或许因为法难给他带来椎心之痛，他想出了一个办法，那就是把经书刻在石头上，藏诸深山，这样，无论那些高耸的火焰如何宣扬着权力的傲慢，它们也不可能成为经书的真正对手。

在这篇题记中，静琬表达了他在此山镌凿一部《华严经》的决心，以“永留石室，劫火不焚”。他不惜一切追求的目标，是“万代之后，法炬恒明”。

终于，这位云游四方的僧人把目光投向燕山山脉中这座不大引人注目的山——白带山，这不仅因为这里山水清幽，又被错综复杂的山形深深地隐藏起来，还有一个原因，这里的汉白玉，十分适合刊刻佛经，当地人早已有了刻经的传统，这一点，可以从韩村河出土墓志中得以证明。

静琬开始刊刻事业的时候，师父慧思已经圆寂，一个新的朝代已经照亮他的额头，人们称之为——隋。分崩离析的旧时代结束了，南北朝的残忍冷酷让位给了大隋的绮丽奢靡。佛难之后，刻经在许多地方已成风尚。

隋文帝杨坚对佛教有着坚定的信仰。从唐代阎立本所绘《历代帝王图》中，可以看见杨坚的形象。这卷《历代帝王图》，从右至左，共绘有13位帝王的形象，分别是：前汉昭帝、汉光武帝、魏文帝曹丕、吴主孙权、蜀主刘备、晋武帝司马炎、陈宣帝陈顼（xū）、陈文帝陈蒨（qiàn）、陈废帝陈伯宗、陈后主陈叔宝、北周武帝宇文邕、隋文帝杨坚、隋炀帝杨广。画家阎立本通过这13位皇帝的形象，浓缩了中国从汉魏六朝这三百年的动荡，到隋代走向统一的历史进程。画卷中的帝王，多半冠带轩冕、威严肃穆、睿智颖悟，一派雍容大度的神态，相比之下，隋文帝杨坚，身材高挑，长脸庞，头略倾，眼神不固定，似在左右溜转，紧闭双唇，一副很有心计的样子。

《历代帝王图》中的隋文帝　唐　阎立本　美国波士顿博物馆藏

据说杨坚出生时，有一个名叫智仙的尼姑进行护持[1]，他的第二个儿子、隋炀帝杨广也曾经被尼姑养到 13 岁，这使他对佛教同样抱有一种炽热的忠诚。

《隋书》还写道：早在大业三年（公元 607 年），隋炀帝就诏天下州郡七日行道，总度千僧，他亲制愿文，称菩萨戒弟子。后来隋炀帝东征高句丽时，萧皇后还曾到白带山，叫她的弟弟萧禹刻经供奉。

灭佛的危险暂时消除了，但在回忆中，它仍然触目惊心。为了抵御那仅在想象中存在的危险，静琬开始了漫长的刻经历程。他得到了萧皇后和她的弟弟、内史侍郎萧禹的帮助，他们分别捐来了成千匹的绢，在他们的带动下，朝野上下也纷纷施舍财物。尽管如此，静琬仍然没有想到，这件事，要做一千多年。

一个人的生命，远远不够。

他同样没有想到，结束一项事业，比开始它更难。

[1] 参见《金石续编》卷三《栖岩道场舍利塔碑》；《广弘明集》卷十七王劭《舍利感应记》；《法苑珠林》卷四。

第　二　节

山上有座庙

静琬的刻经事业开始于隋大业年间。在静琬眼中，幽州北山上那些被杂树遮蔽的山石，在经过开采与锤造之后，变成了有灵魂的生命。他决定为它们找一个可靠的避难所。石经山上的雷音洞，成为它们最初的归宿。

石经山的山路上，是静琬留给我们的一条古道。这条在隋大业年间开凿的古道，是将刻好的石经运上雷音洞的必经之路。古道的石头上有流水的纹路，许多细小的苔藓，寄居在纹路里，或许已经度过了几个朝代。我踩着它们爬上高处，突然变得开阔的视野，会令我感到一阵晕眩。在古道的每一个转角，我停下来，把气喘匀，把目光投向层层叠叠的山峦时，我重复的刚好是运经人一千多年前的动作。那时令我感到震撼的不仅仅是远处环绕的高大伟岸的峰群，而是山上的人，是他们像山一样坚定的意志。

天下名山僧占多，僧人对于修行之所的选择是苛刻的，在佛难当头的时刻，更是如此。对于近 1 亿年前燕山造山运动留下的大宗遗产，静琬欣然笑纳。大房山成为纷乱的版图上一个预留的缺口，虚怀若谷的山林慷慨地容纳了走投无路的佛教僧侣。

在云不停留的地方，佛停留。

于是，在燕山的庇护下，静琬的事业悄然开始；佛教，也在大山的臂弯里，得到了一个喘息的机会。清凉的山洞，隔绝了人间的一切苦难。

在 392 米的海拔中，他们在石经山上开凿了第一个洞窟——雷音洞，以后的岁月里，又开凿出另外 8 个洞窟。从日本人关野贞和常盘大定拍摄的照片看，1924 年以前，洞前搭了瓦棚，如今，瓦棚早已不见踪影，洞前是一个方形平台，平台前围着一道石栏，两边连着蜿蜒的小径，可达邻近的洞窟。

雷音洞位于石经山的中心，这个在许多人看来并不宏阔，甚至有些幽暗的洞窟，只有被放置在整个佛教建筑史中，它的不同凡响才能显露出来——德国海德堡大学学者雷德侯指出，“雷音洞是融合佛塔及佛殿的一种综合性建筑”。它的地位就像佛塔之地宫、寺院之本堂，属佛门重地。“雷音洞的正面显示了木结构寺院建筑的典型形式”，中国现存最早的木结构佛寺是山西的南禅寺，比雷音洞大约晚了 170 年，大殿正面三间宽的设计，配合中间衬着两扇窗户的大门，与雷音洞十分相似，但它是木质的，而雷音洞是在山上开凿的石洞，这一点显示了雷音洞的特别之处。如果拿雷音洞与敦煌、龙门、云冈或其他地区的佛教石窟相比，雷音洞也完全不同，因为那些石窟中没有一个在四方形的窟内另加四根石柱形成内围圣域，而雷音洞中的千佛柱，由青石雕刻，上面雕刻着 1056 尊佛像，所以雷德侯说，雷音洞“将两种最重要的佛教建筑类型，即塔和正殿融为一体”[1]。

另外，雷音洞也不像一般佛教洞窟那样，在洞壁上进行彩绘，而是以文字代替图像，原因在于文字是中国文化的核心。他们镶嵌在雷音洞四壁上的 146 块经石，在历经 14 个世纪以后，只有部分受到雨水侵蚀，多数保存完好。密密麻麻的文字，以中文讲述着来自印度的佛教经典，这种“以文字代替图像的做法，可视为佛教中国化的另一种方式”[2]。

据说石窟里原来还有供台及佛像，20 世纪初，法国学者 Vaudescal 曾在供桌上见过木制、泥塑以及铜铸的佛像，当然，除了“一尊两米高的铜制大佛和一尊弥勒石雕像”以外，其他都是当时的人新做的，他还抱怨，许多从前中国学者提到的桌、椅、供瓶、石雕香炉等也都不见了，关野贞和常盘大定拍摄的照片，记录了雷音洞 1924 年以前的状况，从其中一张照片我们可以看到，有两排佛像供奉在双层供桌上，每排四或五尊，面对着北壁。此外，还能认出

---

1. ［德］雷德侯：《雷音洞》，见［美］巫鸿主编：《汉唐之间的视觉文化与物质文化》，第 263 页，北京：文物出版社，2010 年版。
2. ［德］雷德侯：《雷音洞》，见［美］巫鸿主编：《汉唐之间的视觉文化与物质文化》，第 264 页，北京：文物出版社，2010 年版。

贤劫千佛名经手稿

南无信戒佛
南无樂實佛
南无具成德佛
南无上慈佛
南无甘露主佛
南无聖讚佛
南无威德佛
南无善行報佛
南无无憂佛
南无威儀佛
南无一切德海佛
南无斷魔佛
南无過疑道佛
南无水王佛
南无衆上王佛
南无菩提相佛
南无隨日佛
九百佛已竟
南无善滅佛
南无智喜佛
南无如衆王佛
南无愛日佛
南无華明佛
南无持勢力佛
南无喜明佛
南无法自在佛
南无善業佛
南无大旋佛
南无衆相佛
南无世自在佛
南无滅癡佛
南无善月佛
南无梨陁法佛
南无度憂佛
南无世意佛
南无妙足佛
南无華瓔佛
南无信聖佛
南无真實佛
南无樂高音佛

南无至妙道佛
南无明法佛
南无大慈佛
南无至窮滅佛
南无弥樓明佛
南无廣照佛
南无見明佛
南无善喜佛
南无寶明佛
南无樂福德佛
南无畫相佛
南无盡魔佛
南无不壞意佛
南无淨魔佛
南无愛明佛
南无智音佛
南无清淨佛
南无梵命佛
南无神相佛
南无持地佛
南无羅睺月佛
南无藥師子佛
南无福德明佛
南无好音佛
南无梵音佛
南无意无錯佛
南无名讚佛
南无德流布佛
南无德樹佛
南无无量佛
南无无邊辯相佛
南无應供養佛
南无樂安佛
南无愛身佛
南无憂鉢羅佛
南无无邊辯光佛
南无德精進佛
南无天主佛
南无信淨佛

南无人月佛
南无甘露明佛
南无大明佛
南无樂智佛
南无窮滅佛
南无天王佛
南无妙華佛
南无一切德成聚佛
南无甘露音佛
南无利慧佛
南无勝音佛
南无善義佛
南无行善佛
南无妙色佛
南无善濟佛
南无離畏佛
南无名聞佛
南无上意佛
南无大見佛
南无善音佛
南无无等意佛
南无菩提意佛
南无槃陁音佛
南无勢德佛
南无妙行佛
南无雷音雲佛
南无善智佛
南无德積佛
南无法相佛
南无虛空佛
南无慈音差別佛
南无聖王佛
南无辯才輪佛
南无日面佛
南无无垢佛
南无華德相佛
南无寶施佛
南无不高佛
南无自在王佛

南无羅睺佛
南无妙意佛
南无一切主佛
南无山王佛
南无德聚力佛
南无妙音聲佛
南无住義佛
南无智无等佛
南无善手佛
南无思解脫義佛
南无梨阿行佛
南无无過佛
南无華藏佛
南无樂説佛
南无衆王佛
南无辯才日佛
南无寶月明佛
南无无畏佛
南无梵音佛
南无慧濟佛
南无金剛軍佛
南无樹王佛
南无福德力佛
南无聖愛佛
南无瑞相佛
南无善愛目佛
南无具足佛
南无大音佛
南无智音佛
南无祠音佛
南无一切德光佛
南无衆意佛
南无善窮佛
南无日名佛
南无一切德集佛
南无辯才國佛
南无愛月佛
南无師子力佛
南无无量淨佛
南无不壞佛

南无藥王佛
南无侍叉伽佛
南无日光佛
南无妙意佛
南无金剛衆佛
南无善住佛
南无梵音佛
南无雷音佛
南无婆陰佛
南无梵王佛
南无梨陁目佛
南无寶德佛
南无不沒音佛
南无音德佛
南无莊嚴辭佛
南无華積佛
南无力行佛
南无上示色佛
南无月燈佛
南无菩提王佛
南无菩提眼佛
南无慧國佛
南无清涼照佛
南无妙音聲佛
南无无畏藏佛
南无大尊佛
南无大炎佛
南无樹力佛
南无善明佛
南无端嚴佛
南无威儀佛
南无天王佛
南无殊勝佛
南无福德光佛
六百佛已竟
南无燈王佛
南无上天佛
南无至解脫佛
南无羅睺日佛
南无牟尼淨佛
南无金齊佛

南无德手佛
南无流布王佛
南无德藏佛
南无德王佛
南无慧頂佛
南无意行佛
南无師子佛
南无道相佛
南无安隱佛
南无大香佛
南无龍德佛
南无莊嚴佛
南无華持佛
南无師子佛
南无勇智佛
南无華開佛
南无得精佛
南无明曜佛
南无威德王佛
南无无盡佛
南无无畏无滿佛
南无寂上佛
南无慧德佛
南无導師佛
南无上施佛
南无智勢力佛
南无帝王佛
南无威德佛
南无名聞佛
南无无塵垢佛
南无師子軍佛
南无名聲佛
南无大藏佛
南无梵聞佛
南无智頂佛
南无地王佛
南无金臨佛
南无莫能勝佛
南无善光佛
南无衆德天王佛

一些面向西壁的坐佛。而今，石窟内几乎空无一物[1]，只有壁上的佛经，保持着原初的形貌。

《贤劫千佛出贤劫经》，是静琬的事业开始不久留下的石经，静琬把它镶嵌在雷音洞石壁的最上层，足见此经的重要。因为每块经书的摆放位置，静琬都是经过了仔细权衡的。

镶嵌在雷音洞南壁上的经书，是《八戒斋法》——一种用来规范俗众日常修行的经书，也是静琬刻经早期留下的遗迹。在雷音洞有限的空间内，容纳了包括佛经、修行法门和有关戒律等 3 类经典，这使雷音洞成为经、律、论汇集的佛教重地。

海德堡大学学者雷德侯说："静琬把佛教经典珍藏于此石窟，其思想可溯源至中国人将圣典藏诸名山的传统。中国有许多有关神仙秘籍消失后又奇迹式地被发现于山洞的传说故事。"[2]

了解了这一洞窟的特别之处，我们就可以想象当年信徒们诵念佛经的场面：由于中央四根石柱共刻了两段佛名经，信徒们念佛名时，一面围着每根柱子，以右肩对着它，往右绕一个小圈，当他们从一根柱子转到下一根，就以身体右侧面对中央的神佛以及埋藏地下的佛舍利，行了一回右旋礼。等这些礼仪全部结束，他们就结束念佛，脱离佛界，而由石壁上镌刻的普贤、观世音和文殊三位菩萨引导进入修行法门。雷德侯说，所有超越时空的佛陀都到雷音洞护持众生。如果有人忏悔，诸佛都会听闻；如果有人誓愿，诸佛同来作证。诸佛神力汇集雷音洞，有如宇宙交会点，他们会领导和保佑在雷音洞开始的伟大刻经事业顺利成功。[3]

---

[1] ［德］雷德侯：《雷音洞》，见［美］巫鸿主编：《汉唐之间的视觉文化与物质文化》，第 262 页，北京：文物出版社，2010 年版。

[2] ［德］雷德侯：《雷音洞》，见［美］巫鸿主编：《汉唐之间的视觉文化与物质文化》，第 262 页，北京：文物出版社，2010 年版。

[3] ［德］雷德侯：《雷音洞》，见［美］巫鸿主编：《汉唐之间的视觉文化与物质文化》，第 265 页，北京：文物出版社，2010 年版。

绚丽的隋朝如昙花般一闪即逝，唐朝接踵而至，静琬的事业远没有结束。为了刻经事业长久开展，他决定在白带山下、智泉寺消失的地方，重建寺院。刻经的事业越是进展，他就越需要更多的钱。一筹莫展中，静琬不会想到，这项浩瀚的事业，因一场意外的雨而发生转折。贞观五年（公元 631 年）六月里的那场夜雨，为静琬提供了最大的援助。在那场雨中，上游河岸崩塌，数千株巨大的松柏被山洪卷着呼啸而下，刚好在白带山下停住了脚步。在山民们的共同努力下，这些木材变成庙宇间的梁柱，一千几百年以后的燕子，仍然绕着它们飞翔。

静琬是在公元 7 世纪的阳光里登上白带山的，那时，他被山中的云陶醉了，真的好似一条白色丝带。山中的云为他带来一个诗意的名字：云居寺。

在一块唐高祖武德八年（公元 625 年）的题记当中，静琬就发愿要刻制《涅槃经》等 12 部重要佛典。之后的岁月里，静琬的名字时常会在石刻中出现，他反复表达自己对于未来法难的担忧，并且提醒后人，不要轻易开启藏经的洞窟。3 年之后，《涅槃经》已经完成。静琬在雕刻《华严经》时，再次表明了自己的心愿是“度苍生一切道俗”。又过了 6 年，静琬撰写了他的最后一则题记，他在题记末尾再次提醒后人，这些刻经是为防法难而刊刻的，非到万不得已，决不可打开洞口。

此时，一个名叫玄奘的高僧，西出阳关，已经在路上奔走了 4 年。在大唐帝国的禁令中，他以偷渡的方式，孤身投入大漠，沿着古老的丝绸之路，经过西域，穿越葱岭（今帕米尔高原），横穿广袤的中亚大草原，终于抵达了天竺北境，即越过今之新疆北路，经中亚地区、阿富汗而进入印度境内，沿途瞻礼圣迹，迤逦南行，就在静琬开始刻经事业这一年，终于抵达摩揭陀国。

在那里，他留学那烂陀寺，入戒贤论师门下，习瑜伽师地论等，又学显扬、婆沙、俱舍、顺正理、对法、因明、声明、集量、中、百等论，钻研诸部，凡经五年。其后，遍游天竺，历谒名贤，叩询请益，寻求梵本。游学 12 年，还那烂陀寺，依戒贤之命讲“摄大乘论”“唯识抉择论”。贞观十九年（公元 645 年）正月，才经由今之新疆南路、于阗、楼兰而返回长安，往返共历 17 年，行程 5 万里。

在长安等待他的，是一场由文武百官全部参加的盛大典礼。[1]

从伯希和、斯坦因收藏的敦煌绘画中，我们可以看到那些携带经卷的行脚僧的形象，比如现藏巴黎吉美博物馆的北宋绢本《僧人与绊虎》，在这两幅早于公元10世纪的绘画中，僧人背负着沉重的书箱，脚踏草履，上身倾斜，艰难地前行，他们表情坚毅，微微翕动着双唇，吟诵佛经，“显露出一种炽烈的情感，表现出他们在漫漫长路和大漠风沙中所经历的难以想象的艰辛”。英国著名美术史家 Roderick Whitfield 认为，“这种写实主义手法是宋代的特点，……这一特点与初唐时期佛教徒肖像表现出来那种理想主义风格形成鲜明对比”[2]。

我们无法确定画中的行脚僧是否就是玄奘，但是我们无疑会从中取得关于西行僧人的视觉线索，甚至在故宫博物院藏的那幅家喻户晓的《清明上河图》中，细心的人依然能够发现一个孤独的行脚僧的形象。在汴河的春天，在熙熙攘攘的十字街头，在一群行人、小贩、挑夫、井边的打水者当中，这位离群的人物似乎超脱世外，作为这个城市的一个异类，他却又普通到不会被人特别留意，周围的人们甚至可以完全忽略其存在。Roderick Whitfield 认为，很明显，在一幅描绘 11 世纪中期城市面貌的画卷中，他不可能是玄奘，但我们完全可以将其认作是绘画中惯用的行脚僧形象，他在沙漠中行走数月，历经千辛万苦，从西域将佛教智慧带回中土。[3] 故宫博物院前副院长杨新先生认为，这一身装扮，很像是敦煌壁画里那个到西天取经的唐僧玄奘的装扮。张择端不可能看到敦煌壁画，那只能说明从唐代到北宋，行脚僧的装束没有多大改变。[4]

日本镰仓时代（14 世纪）的挂轴《行脚僧玄奘》，描绘的是日本僧侣心目

---

1. 玄奘事迹参见〔后晋〕刘昫等撰：《旧唐书》，第 4 卷，第 3475 页，北京：中华书局，1999 年版。
2. ［英］Roderick Whitfield：《张择端〈清明上河图〉中的一个人物》，见故宫博物院编：《〈清明上河图〉新论》，第 120、121 页，北京：故宫出版社，2011 年版。
3. ［英］Roderick Whitfield：《张择端〈清明上河图〉中的一个人物》，见故宫博物院编：《〈清明上河图〉新论》，第 125 页，北京：故宫出版社，2011 年版。
4. 杨新：《〈清明上河图〉赞》，见故宫博物院编：《〈清明上河图〉新论》，第 19 页，北京：故宫出版社，2011 年版。

《清明上河图》(局部)　北宋　张择端　故宫博物院藏

中的玄奘形象。这位镰仓时代的画家或许对腰带上挂刀或者别的小器具的习俗不熟悉，导致其中一个物件多少有些意外地变成了一把剑。程式化的骷髅项链，理论上穿有16颗串珠，暗指玄奘往返天竺所历经的考验。[1]

然而，玄奘带回的佛教，在它的故乡印度“已堕落到末期的烦琐哲学与咒术宗教”，如胡适所说，“中国人的思想习惯吃不下这一帖药，中国的语言文字也不够表现这种牛毛尖上的分析”。[2]

正因如此，佛教在它的故乡印度只是一种文明的过客，玄奘的取经与译经，却为中国的佛学提供了一个新的起点。佛教的中国化，就从这时开始。“我们中国人可以跳过这些拘滞的文字，可以自己创造了。经论文字不过是

[1] [英] Roderick Whitfield：《张择端〈清明上河图〉中的一个人物》，见故宫博物院编：《〈清明上河图〉新论》，第125页，北京：故宫出版社，2011年版。

[2] 胡适：《中国中古思想史长编》，第313、314页，上海：华东师范大学出版社，1996年版。

一些达意的符号（象），意义已得着了，那些符号可以丢掉了。”[1]

禅宗六祖慧能就是在这一时期，恰到好处地出生在太行山东麓大道上的涿州（公元638年）。不识字的慧能，师从五祖弘忍时诵出的偈子“菩提本无树，明镜亦非台。本来无一物，何处惹尘埃”，在他生前身后广为流传。

《旧唐书》记载：“弘忍卒后，慧能往韶州寺。”[2]同为弘忍弟子的神秀曾经上书武则天，建议她力邀慧能北上，慧能说，自己形貌丑陋，如北上入宫，怕当今圣上不再敬重佛法。[3]

慧能作为在我国历史上有重大影响的思想家之一、代表东方思想的先哲，与孔子、老子并称为“东方三圣人”。

南宋画家梁楷绘有《六祖斫竹图》轴，描绘六祖慧能在劈竹的过程中“无物于物，故能齐于物；无智于智，故能运于智”的状态。这是梁楷中年以后的作品，笔笔见形，笔路起倒；峰回路转，点染游戏；欲树即树，欲石即石，“心之溢荡，恍惚仿佛，出入无

《六祖斫竹图》轴　南宋　梁楷　日本东京国立博物馆藏

1 胡适：《中国中古思想史长编》，第313、314页，上海：华东师范大学出版社，1996年版。

2 〔后晋〕刘昫等撰：《旧唐书》，第4卷，第3476页，北京：中华书局，1999年版。

3 〔后晋〕刘昫等撰：《旧唐书》，第4卷，第3476页，北京：中华书局，1999年版。

间”。梁楷似乎也参禅入画，视画非画了。

在东汉时期传入中国的佛教，在盛唐时期超越了那些古奥的文字，在中国落地生根，变成“顿悟也可以成佛”的禅宗，变成樵夫村妇在一个不起眼的小庙随时可以进入的生命启示。在经历了诸多大的灾难之后，佛教在唐代中国进入了它的黄金时期。慧能圆寂 60 多年后（公元 779 年），一个名叫贾岛的婴儿出生在距离云居寺不远的山沟里。在今天房山周口店村西北的贾岛峪，仍然可以找到许多与贾岛有关的遗迹。

贾岛的出生地范阳，是大唐帝国的北部边疆——河北道幽州范阳县，今北京房山境内；他少年出家为僧，法号无本。据说贾岛峪西北的一处山岭上的那棵千年古松，就是贾岛当年乘凉作诗之处。在这棵树下，他吟出这样一首诗：

偶来松树下，高枕石头眠。
日出僧未起，寒暑不知年。

贾岛的诗，禅意十足，它们洗尽铅华的色泽，与盛唐俗世的繁华绮丽相映成趣，透露出唐代僧侣澄明安详的心境，如菩提，如莲花。

我很早就会吟诵贾岛的这首诗，如今，我坐在贾岛吟诗的山林里，而贾岛，则变成了空山里的一阵风。不远处的幽燕名刹——木岩寺，是北魏天安二年（公元 467 年）建的，距贾岛的时代已有 300 多年。寺的不远处，大房山的褶皱里，一群僧人仍然埋头于刻经的事业。那便是贾岛所不知的世事。贾岛把自己的诗句刻在人们的心上，以至于韩愈在洛阳的一个午后偶然听到贾岛吟出的诗句，也情不自禁地倒吸了一口凉气。

而佛教经典的庄严与神圣，仍然是不可轻意否定的。百姓们燃起的一炷香里，也包含了对它们的敬意。玄奘用他的顽强和耐心走完了取经之路。玄奘回到长安的时候（公元 645 年），静琬已经在 6 年前（公元 639 年）圆寂。他的路，仍然看不到头。刊刻石质经书，不仅是对灭佛者的权力的挑战，也是向自身发出挑战，“是为追求永恒进行的一次努力。它不需要盛气凌人的说教，它只需要实实在在的劳作，以超人的耐性去抗衡岁月的无涯”[1]。

在静琬消失的地方，玄导、僧仪、惠暹（xiān）、玄法等僧人接续出现，在40卷的《大品般若经》、4卷的《楞伽阿跋多罗宝经》、4卷的《思益梵天所问经》、1卷的《佛地经》等一系列重要经书之后，经书的世界不断增长，而这些面孔，却不断地消失。石经的繁衍与生命的消失，形成两种截然相反的运动，他们用自己的死，换取了石经的永恒。

唐末会昌五年，公元845年，刻经主持人、云居寺方丈真性法师圆寂了。真性座下有七位大弟子，共同将真性的遗体火化，并且在寺外的杖引河左岸建塔安葬了师父。弟子们计划再为真性立一块碑。他们找来了工匠，选好了石料，还没来得及雕刻，就听到了皇帝灭佛的消息。

僧人们担心的，真的变成了现实，唐武宗李炎，居然重演了当年“魏武之厄”与“周武之厄”的历史，再度灭佛。

法难来势汹涌，云居寺虽然远离政治中心，却也不能幸免。寺院毁弃，僧人隐匿山林。直到35年之后，云居寺前任住持真性的神道碑才得以立于墓塔之前，这时他的7位弟子中的6位已经先后离开人世，只有宝定一人尚在人间。

在遥远的长安，在毁坏寺院、焚烧经书的狂潮中，玄奘自天竺取回的佛经却安然无恙。玄奘圆寂前，为了防范他辛苦取回和翻译的佛经被后人付之一炬，在长安慈恩寺内建起一座佛塔，专门存放经书，还特别邀请唐太宗和唐高宗两位皇帝各自书写了一块碑记，放在塔内，唐武宗果然对先祖的这两块碑记心怀忌惮，这批珍贵的佛经就这样死里逃生。这座塔，叫大雁塔。

会昌法难之后，云居寺虽然得以恢复，但是衰落之势已经不可逆转。唐末到五代的战乱，对云居寺造成了极大的破坏，石经刊刻也被迫停顿了下来。

静琬开创的刻经事业，似乎至此已经山穷水尽了。

只有隋唐两代留下的数千块石经依然完好，静静地躺在石窟里，远远地打量着世间的磨难。

---

[1] 祝勇：《山寺闲居》，《祝勇作品集》之《北方：奔跑的大陆》，第154页，北京：中国文联出版社，2009年版。

第　三　节

穿透千年的耐心

静琬、玄奘、慧能、贾岛，一位又一位伟大的僧侣先后圆寂，甚至中国历史上多元文化的高峰的隋唐盛世也转眼成空，只有佛陀不死，宋辽之际，文明衔接带上的房山再度陷入动荡中。就在云居寺的刻经事业气若游丝的当口，谁也不会想到，澶（chán）渊之盟后，入主北京的契丹人，不仅没有废佛，反而对中原王朝的文化传统照单全收，山穷水尽的云居寺刻经事业，突然间柳暗花明。

辽圣宗时期，辽国雕刻了汉文大藏经《契丹大藏经》，简称《契丹藏》。它以同时代的北宋大藏经《开宝藏》为底本，在内容上比《开宝藏》更加全面，甚至还收录了宋朝新译经三十一帙，直接反映了佛教对于辽宋时期民族融合起到的特殊作用。从史料上，我们可以查到部分刻工的名字，他们是：穆咸宁、赵守俊、李存让、樊遵……在故宫博物院出版的《中国版画全集》中，收录有现存《契丹藏》中唯一完整的一幅版画——《契丹藏大法炬陀罗尼经第十三》。画面中间为弥勒佛，左右为观音及大势至，后立八大菩萨及八大神将，供案前为善威光天子及眷属，左右二金刚守护，画面谨严而凝重。

当辽圣宗耶律隆绪得知云居寺刻经的事迹之后，立即委派瑜伽大师可元在云居寺主持刻经，并且下拨专门的款项进行资助，云居寺的石经刊刻，立刻呈现出猛烈的复兴势头。

《契丹藏》很快成为云居寺刻经的官方底本。此后，辽朝圣宗、兴宗、道宗三代皇帝，都对刻经给予了资助。这一时期，云居寺僧众继续了唐代先辈的事业，刊刻《大般若经》剩余的80卷，《大宝积经》全部120卷。至此完成了《般（读“波”）若》《涅槃》《华严》《宝积》四大部经书。房山石经，

《契丹藏大法炬陀罗尼经第十三》 雁北地区文物工作站藏

在隋唐之后达到了又一个高峰。

公元 1092 年的冬天，辽朝高僧通理大师来到了云居寺，在白带山亲眼看到了静琬留下的遗迹。通理大师是辽代禅宗的代表人物，他 7 岁出家，23 岁便因为资质聪慧，得到一位禅宗高僧的嫡传。通理来到云居寺的时候，皇家提供的刻经经费已经用完，那时《契丹藏》的刊刻却还没到一半。通理不愿看到静琬开创的事业半途而废，他没有求助皇家，而是在第二年春天开设戒坛，放大乘十善戒，两三个月的时间度徒数十万。信众们捐赠的钱款，被通理用来续造石经。

通理和弟子一起，对刻经进行了改革，由大板改为小板，大字改为小字，并且借鉴了印版的优点，将单面刻经改为双面刻经。这样一来不仅提高了效率，而且节省了费用。而且通理一改过去刻经重经而轻律、论的习惯，将主要精力放在律、论的镌刻上，使得房山石经真正成为经、律、论完备的佛学宝库。在不到两年的时间里，通理刻经 4080 片，成为云居寺历代刻经数量最多、速度最快的人。

在通理来到云居寺的时候，静琬藏在东峰之上的灵柩已经被僧人发现。通理十分敬仰静琬的事迹，他认为静琬曾经计划刊刻 12 部经的遗愿早已完成，甚至刊刻四大部经也已成就，可以入土为安了。在续刻石经的同时，他购买石料，修建石塔，按照佛教传统礼葬了静琬法师的遗体。从大唐贞观十三年（公元 639 年）到大辽大安九年（公元 1093 年），一共是 454 年。这 454 年的岁月，静琬的遗体静默地躺在灵柩之中，没有入土，也没有进塔，直到通理到来。两个陌生的个体，因为共同的信仰和志愿，跨越了时间的长河，灵犀相通。

直到这时，人们才能真正理解那个“佛”字中所蕴含的深意——“人”字，是告诉你，佛不是天生的，人人都可以成佛；“弓”则代表着成佛路上的曲曲折折；而那一撇一竖则表明，尽管成佛的道路上充满曲折，但有两条规律是亘古不变的，一条为因，另一条为果。种善因得善果，种恶因得恶果。

世世代代生活在大房山里的人们或许不会想到，这座看上去蛮荒粗粝的大山，已经不动声色地占领了佛教文化的制高点。

在通理之后，云居寺依然屡遭劫难，刻经也时常停顿。但是总会有人翻开尘封已久的经卷，主动拿起先辈刻经的工具。那金属撞击石板的声音，不断回荡在白带山上……金代，后继者们完成了《契丹藏》的全部刊刻。元代，高丽僧人慧月看到雷音洞内有经版破损，便雕造了5块经版[1]，镶嵌在雷音洞内。明代，云居寺内有了更遥远的僧人，他就是来自中天竺（印度）的僧人桑谒巴辣。这是对佛教的包容性和太行山东麓大道这一地域文化多元性的最佳证明。道教南北两派的代表人物陈风便和王志玄刻造《玉皇经》等4部道教经典，送至白带山和佛教典籍一起藏入石窟之中。明末万历年间，一些在北京的南方籍官员自行刻造石经，然后运送到白带山上。由于山上的洞窟早已存满石经，他们专门在雷音洞左侧开凿了一个新的洞窟，贮藏石经。

刻经事业历经隋、唐、辽、金、元、明6个朝代，绵延1039年，几经劫难之后，终于刊刻佛经1122部、3572卷、14278块，分别藏于石经山9个藏经洞和云居寺地穴之中。这是藏经九洞，藏经221部、398卷、共347块。明崇祯四年（公元1631年），刻经事业的积极支持者、当年连只字片语都被收藏家奉为珍宝的明代著名书法家董其昌在宝藏洞洞额题写了“宝藏”二字之后，宝藏洞的洞门轻轻关上，漫长的石经刻造事业，终于结束。

从这些石经中，发现了以玄奘法师西天取回的真经为底本刊刻的近千卷经书。在浩瀚的沙漠中跋涉的玄奘或许不会想到，他带回的经书，将在一个他不知道的山里变成永恒的石经，从而拥有了抵抗所有灾变的力量。这是一次神奇的接力，用一个跨越千年的时间奇迹，接续了一个跨越千山的空间奇迹。玄奘更不会想到，在雷音洞第九洞不远处，曾经有一座十分简易的“唐僧殿”，用来供奉自己的伟业。这座“唐僧殿”建于明代，后被破坏，从民国时期的老照片中，还可以看到它完整的形貌。

[1] 这5块经版是：雷音洞右壁《弥勒上生经》4块经版中的两块、《胜鬘（mán）经》4块经版中的一块，前壁《维摩经》33块经版中的两块。慧月留下了“高丽国比丘等达牧书字，慧月修补经石五介”的题记。慧月刻经事迹，详载于元人贾志道撰《重修华堂经本记》中。参见杨亦武：《云居寺》，第90页，北京：华文出版社，2003年版。

云居寺石经的全称为:《房山云居寺石刻佛教大藏经》。《大藏经》是一切佛经的总汇，它由经藏、律藏和论藏三部分组成，又称《三藏》。除石经外，云居寺还收藏了大量的纸经和木版经，成为收藏《大藏经》的圣地。

《房山大藏经》中，除了玄奘万里迢迢带回的千卷经书以外，更包括辽金时代镌刻的、中国历史上最早一部《大藏经》——《契丹大藏经》。这部浩瀚的经书失传已久，但它在丢失1000多年以后重新回到这个世界上——这是《大智度论》，是《契丹藏》的复刻本，经版刻于辽代大安中期，是我国现存最早一部刻本藏经，在历史中早已杳无音信，却在云居寺地宫中被发现。这是《一切佛菩萨名集》，汇集了佛教经典中一切佛菩萨的名号，是一部非常完整的佛菩萨名集，山西应县木塔下发现的《契丹藏》残卷中，就有这一名集的第六卷，有力地证明了云居寺石经中的这些辽金刻石，就是《契丹藏》的复刻本。这令我们难以置信——因为我们自己已不相信奇迹，所以再也不能像他们那样创造奇迹。因为目光短浅，我们难以理解14个世纪以前一个瘦弱僧人的义无反顾，更对穿透千年的耐心与决绝哑口无言。

在漫长的时光链条中，哪怕有丝毫的气馁和放弃，都会使刻经的事业半途而废。比这1万多块石经更大的奇迹是，1000年中，人们用坚忍不拔的手，杜绝了这样的偶然。

如果说玄奘创造了一项空间的奇迹，那么静琬就创造了一项时间的奇迹。

一代代的刻经人，用1000年的时光，干成了一件功德无量的大事。

《乾隆版大藏经》 故宫博物院藏

第 四 节

佛的语言

云居寺的文化奇迹，还并不限于石经。除石经之外，云居寺还刊刻纸本经卷22万卷和7万多块木版经。其中，纸本经卷绝大多数为明代刻本和手抄本，这是中国仅存的明版经卷。木版经中，清代印刷《龙藏》木版经，又称《清藏》《乾隆版大藏经》，为清代官刻汉文《大藏经》，以明朝《永乐北藏》及《南藏》为底本，全藏共分正藏和续藏两类，是我国历代官刻《大藏经》极为重要的一部。《龙藏》的编刊工程浩大，负责其事的官员、学者、高僧等达60余

人，监造人员 80 余人，还募集刻字、印刷和装帧等优秀工匠 860 余人，雍正十一年（公元 1733 年）奉敕（chì）编校，雍正十三年（公元 1735 年）在北京贤良寺开刻，至乾隆三年（公元 1738 年）刊刻完成。全藏共收录经、律、论、杂著等1670 种，7240 卷[1]，5600 多万字。全藏字体秀丽，镌刻精湛，如出于一人之手。

它的经版，是中国仅存的一部《大藏经》版。自宋至清，木刻汉文《大藏经》各代频出，唯有《龙藏》经版保存至今，其印本完整者亦极鲜见。经版原藏故宫博物院武英殿，几经辗转，于 1989 年移至云居寺。经版虽已移出，但在故宫博物院，还收藏有全藏印本，经折装，径纵 36.2 厘米，每版 25 行，每行 17 字，卷首版五折面，龙牌一折面，写着：“大清雍正十三年四月

[1] 统计数字不一，此据《中国版画全集》，第一卷，第 105 页，北京：紫禁城出版社，2008 年版。

《乾隆版大藏经》（局部） 故宫博物院藏

初八日”。

满文版《大藏经》的刊印本，如今也只存二部，一部藏于拉萨布达拉宫，一部分藏于两岸故宫博物馆，其中北京故宫博物馆藏有 76 函、台北故宫博物馆藏有 32 函。

《大藏经》为佛教禅宗经典的总集，简称为藏经，又称为一切经，有多种版本，比如乾隆藏、嘉兴藏等。满文版《大藏经》，清代乾隆三十六年（公元 1771 年）年底开始翻译，并于乾隆五十五年（公元 1790 年）翻译完成，予以刊印，使佛教经典有了完整的满文刊印本。

故宫博物院还收藏着大量的皇家写经本。郑欣淼先生在《天府永藏——两岸故宫博物院文物藏品概述》一书披露：“康熙初年定制，每月朔望两日，

织锦插套及包袱装《心经》 故宫博物院藏

皇帝要熏沐恭书《心经》一部。每遇皇帝、太后万寿节（即生日）等，皇帝要御笔写经恭祝太后，臣工奉敕敬书《华严经》《宝积经》等进献。因此宫中收藏各种写经颇多，仅御笔《心经》一种就有 1100 余部，其中乾隆皇帝写经多达 600 余部。这些写经都选用上好的金粟藏经纸、磁青纸、黑漆腊笺、洒金笺、菩提叶等，纸质坚厚光洁，并用上等泥金、徽墨精写，绘佛像、韦驮等。有不少是极为罕见的绝妙精品。”[1]

比如这部“织锦插套及包袱装《心经》”，就是嘉庆御笔亲书。此卷《心

[1] 郑欣淼：《天府永藏——两岸故宫博物院文物藏品概述》，第 288 页，北京：紫禁城出版社，2008 年版。

织锦御笔《妙法莲花经》函套　故宫博物院藏

经》以五彩织金锦作书衣，外护以硬纸函套，表面亦裱装同样的织金彩锦，内外一致。经册为传统经折式装帧，在隋唐，佛教徒为了唪诵经文的方便，将传统的卷轴式改为经折式。宋以后的佛、道经典，大都采用这种“经折装”。因这套《心经》是嘉庆御笔抄录，所以函套之外更包以云龙纹锦缎包袱，束以绦带，绦带上书：“乾隆六十三年（公元 1798 年）二月朔日”，正是嘉庆在月朔之日所抄《心经》一卷。繁复的包装，既显示出它的豪华，又表现出对佛经的尊崇。

类似的手抄经卷，还有乾隆时期“织锦御笔《妙法莲花经》函套”。这套《妙法莲花经》是乾隆三十年（公元 1765 年）御笔亲书，应是乾隆为庆祝其母崇庆太后而抄录的，共 7 卷，亦是采用“经折装”，经文以金汁正书于磁青纸上。根据汉传大乘佛教经典的惯制，每册扉页上都绘有金彩说法图，末页上绘有韦驮天护法像。经卷外面护有经函，为硬板折合式，因为函板有一定厚度，所以各面相接合及折角处的边缘一律剔成斜角，前后板与右板内折部分

织锦万寿云头《佛说十吉祥经》 故宫博物院藏

更分别剔挖成凸凹如意云头形状，不仅显示出包装的古雅优美，而且可使函套在合起时扣合更加紧密，不易松脱，美观与实用达成完美统一。

除皇帝以外，于敏中、陈邦彦、刘统勋、和珅这些大臣也会奉敕写进各种经卷，其中亦不乏佳作。如故宫博物院藏这套“织锦万寿云头《佛说十吉祥经》”，内装的就是乾隆朝大学士于敏中所书《佛说十吉祥经》玉版及其墨拓，书扉及封底为楠木夹板，其上减地剔雕云水、蝙蝠等图案，正中镌刻经名。经本为方册经折式，其内金字玉版与墨拓各为一页之版心，四周以黄绫包衬。这种装帧方式，版本学上称为“袍套装”（亦称“惜古衬”），俗称“金镶玉”。与前面所提“织锦御笔《妙法莲花经》函套”不同的是，函板顶端剔挖成的如意云头被制作成方形，透露出“极简主义”倾向，与大清王朝的繁复美学不尽相同。但函板表面粘裱的是万寿纹样织绵，内里以黄云锦缎为衬，其奢华程度丝毫未减。

大山庇护了刻经者，而坚硬的石头则保护了佛的语言——它们以沉默的

《三高游赏图》页　南宋　梁楷　日本东京国立博物馆藏

方式，传诵着“地狱不空，誓不成佛”的地藏誓言。

当年那位在菩提树下禅定的王子，早已于 2500 年前涅槃，弟子们在火化他的遗体时从灰烬中得到了一块头顶骨、两块肩胛骨、四颗牙齿、一节中指指骨舍利和 84000 颗珠状真身舍利子。所谓舍利，是梵语的音译，指佛祖释迦牟尼佛圆寂火化后留下的遗骨和珠状宝石样生成物。佛祖的这些遗留物被信众视为圣物，争相供奉。

谁也没有想到，1981 年，当云居寺文物保管所工作人员在清理石经山雷音洞地面时，在雷音洞四根千佛柱中间位置一块方形石板下的洞穴里，意外地

《三高游赏图》页　南宋　梁楷　日本东京国立博物馆藏

发现了明代庋藏佛舍利石函，在其中的羊脂玉函里发现了两粒状如红色粟米的佛舍利。

据史书记载，隋炀帝得知静琬刻经之事后，赐予舍利以为表彰。因当时战事频仍，静琬生怕舍利遭劫，将舍利安放于雷音洞中。经专家反复考证，确认为释迦牟尼遗骨。云居寺佛舍利，与北京八大处牙舍利、陕西法门寺佛指舍利并称为“海内三宝”。

日本著名佛学家冢本善隆在《石经山云居寺与石刻大藏经》一文中说：“完整保存于幽燕奥地一处的石刻大藏经，是超过敦煌遗书和日本奈良写经的重要原典。”[1]

佛教在传入中国两千多年后，历经无数困厄与摧残，在静琬、玄奘、通理这些僧人的坚守和努力下，已经变成一棵枝繁叶茂的大树，深深地扎根在这片土地上。

另一名日本著名学者沟口雄三认为，中华文明圈之所以长期稳定，其内部具有融合性而非排他性的儒教、道教和佛教的文化起了相当重要的整合作用。[2]也就是说，僧人们在大房山的隐秘角落里一钎一锤地刻写石经，他们所表现出的不仅仅是佛教自身的韧性，也表现出中华文明超强的韧性。这种韧性，正是中华文明在无论多大的挫折面前，都没有像其他古文明那样毁灭的原因。

除《六祖斫竹图》轴，南宋画家梁楷还画过《三高游赏图》页，画面上绘制的是佛、道、儒三老同行的和谐场景，画上题云：御前图画梁楷笔。简单的线条，细腻的走笔，却已然诠释了那个时代的真谛。远道而来的佛教教义就以这样不知不觉的方式穿插于中国的山河之间，与中国本土的儒家、道家思想不期而遇。实际上，佛教在文化上遇到的真正对手，是儒家。佛教中的轮回世界与儒教中的现实世界形成了严重的对立，对立的结果，是佛、儒两家在唐宋之际都有了空前的发展。

景教是基督教的一支，公元 5 世纪由叙利亚人聂斯托利创建，所以又称聂斯托利派，后来被宣布为异端，在东罗马帝国受到排斥，开始向东发展。大房山猫耳山脚下的景教寺院——“十字寺”始创于晋代，是中国除西安大秦寺之外现存的唯一一座景教古寺。

就在高丽僧人慧月到达云居寺 66 年之前[3]，公元 1275 年，如诗如画的大宋江山被蒙古铁骑撕得粉碎，21 岁的马可·波罗闯进了草原上那个由金碧辉煌的石头宫殿与五彩缤纷的帐篷组成的世界帝国的都城——元上都，为

---

[1] 转引自杨亦武：《云居寺》，第 103 页，北京：华文出版社，2003 年版。

[2] 参见［日］沟口雄三：《中国的冲击》，第 93 页，北京：生活·读书·新知三联书店，2011 年版。

[3] 慧月到达云居寺的时间应为元顺帝至正元年（公元 1341 年）四月。

此，他已经在道路上奔波了将近 4 年。也是这一年，另一个文明奇迹始于房山——一位名叫列班·扫马的景教徒，从十字寺启程，以丝毫不逊于玄奘和静琬的坚韧，循着马可·波罗的来路，沿丝绸之路南路，即河西走廊与塔克拉玛干沙漠南部边缘，毅然决然地踏上了前往耶路撒冷朝圣的旅途。

第四章

大唐王朝的

至暗时刻

第　一　节

一道深深的伤口

在承平年代生活久了的人，是无法想象战乱的痛苦的，像 20 世纪的战乱，即使我们通过各种影像一再重温，却依旧是一知半解，没有切肤之痛。非但不痛，那些战火纷飞的大场面，甚至让我们感到刺激与亢奋。我们是带着隔岸观火的幸灾乐祸来观看战争的，因为战争越惨烈就越有观赏性，这也是战争大片的票房居高不下的原因所在。看热闹不嫌事儿大，这是时间赋予人们的优越感，每一个和平年代的居民，都会有这样的优越感，连唐朝皇帝李隆基也不例外，因为在他的朝代里，战争早已是明日黄花，自从公元 618 年李渊在长安称帝，建立大唐王朝，137 年来，这个王朝从来没有发生过大规模的战争，皇室内部的夺权斗争，以及"不教胡马度阴山"的民族战争不计在内。因此，所有的战争，在他眼里都变成了一部传奇，他自己，永远只是一名观众。也因此，当一匹快马飞越关山抵达临潼，把安禄山起兵造反的消息报告给唐玄宗时，唐玄宗一下子就蒙圈了，脸上分明写着 4 个字：我，不，相，信！

那是大唐天宝十四载（公元 755 年）十一月十五日，唐玄宗正与杨贵妃一起泡温泉，那景象，被唐代画家周昉画进了《杨妃出浴图》。只是周昉所绘《杨妃出浴图》今已不传，我们能够看到的传为周昉的真迹，有著名的《簪（zān）花仕女图》卷和《挥扇仕女图》卷。前者描写唐贞观元年间宫廷贵族妇女于春夏之交在庭园嬉游之情景，现藏辽宁省博物馆；后者描绘宫廷贵妇夏日纳凉、观绣、理妆等生活情景，运笔细劲古拙，流动多姿，设色浓丽，风格典雅，现藏北京故宫博物院。而贵妃出浴，几乎成为中国古代人物画的经典题材，许多画家——比如明代的唐寅，都曾画过同题的作品。

但在故宫，却收藏着一件关于唐玄宗、杨贵妃的文物，就是唐玄宗赐给

《簪花仕女图》（局部） 唐 周昉
辽宁博物馆藏

杨贵妃的珍珠宝石绣花鞋。抗战时期，故宫文物南迁，这双绣花鞋就随着80箱故宫文物迁至四川乐山，一双精美绝伦的绣花鞋，竟然两次避乱入川，见证着中华历史上的两次大灾难。这双绣花鞋在当时的唐玄宗的眼前，是"芙蓉如面柳如眉"[1]，是"肌理细腻骨肉匀"[2]，华清池的云遮雾罩里，他听不见"渔阳鼙（pí）鼓"，看不见远方的生灵涂炭、血肉横飞。这注定是一场空前惨烈的战争，惨烈到完全超乎唐玄宗的想象。这场战争不仅将要持续8年，而且像一台绞肉机，几乎将所有人搅进去，让几乎每一个人，都经历一次家破人亡的惨剧，连唐玄宗自己也不例外。对于战争的亲历者而言，战争从来不是一场游戏，更不是在戏台上唱戏，而是生与死的决斗，是血淋淋的现实，是一场醒不过来的噩梦。此时，在芳香馥郁的华清池，在"侍儿扶起娇无力"[3]的销魂时刻，在帝国的另一端，安禄山的叛军已从今天的北京、唐朝时被称为"范阳"的那座边城，军容浩荡地出发，迅速荡涤了河

[1]〔唐〕白居易：《长恨歌》，见《白居易诗选》，第22页，北京：人民文学出版社，2005年版。

[2]〔唐〕杜甫：《丽人行》，见《杜甫诗选注》，第30页，北京：人民文学出版社，2017年版。

[3]〔唐〕白居易：《长恨歌》，见《白居易诗选》，第21页，北京：人民文学出版社，2005年版。

北、河南，仅用33天，就攻陷了大唐王朝的东京洛阳，灯火繁华的“牡丹之都”，立刻变成一片血海。那血在空中飞着，在初冬的雨雪里飘着，落在旷野里的草叶上，顺着叶脉的抛物线缓缓滑落，在夕阳的光线中显得晶莹透亮，轻盈的质感，有如华清池温泉里漂浮的花瓣。

连远在庐山隐居的李白都闻到了那股血腥味，于是写下这样的诗句：

> 俯视洛阳川，茫茫走胡兵。
> 流血涂野草，豺狼尽冠缨。[1]

安禄山用他的利刃在帝国的胸膛上划出一道深深的伤口。直到那时，早已习惯了歌舞升平的人们才意识到，所谓的盛世，竟是那样虚幻。战争与和平，其实只隔着一张纸。

《簪花仕女图》（局部） 唐 周昉
辽宁博物馆藏

[1] 李白：《古风五十九首·其十九》，见《李太白全集》，上册，第100页，北京：中华书局，2011年版。

第　二　节

丢掉的不是一件御衣

《旧唐书》说："安禄山，营州柳城杂种胡人也。"[1]营州，是今天辽宁省朝阳市，距离都城长安，可以说是地远天荒。说他是"杂种胡人"不是骂人，因为他真是"杂种"。他父亲是粟特人，母亲是突厥人，血统跨越了北方草原和西域，也使身为混血的安禄山同时具有了粟特人的精明和突厥人的剽悍。

在中国乃至整个欧亚大陆的历史上，粟特人无疑是一个独特的种族。他们的本土位于中亚阿姆河与锡尔河之间的泽拉夫尚河流域，西方古典文献将这里称为粟特地区（Samarkand），从人种上说，粟特人属于伊朗系统的中亚古族，他们的语言是东伊朗语的一支，属于印欧语系。

在中国古代文献中，粟特人被称为"昭武九姓"，其实他们有时候不止 9 个国家。他们先后臣属于不同的王朝，如波斯的阿契美尼德王朝、希腊的亚历山大帝国、塞琉古王朝、康居国、大月氏部、贵霜帝国等，从来不曾建立自己的帝国，但在异族王朝的统治下，粟特人"非但没有灭绝，而且更增强了自己的应变能力，不仅保存了独立的王统世系，而且成为中古时代控制陆上丝绸之路的一个独具特色的商业民族"。

公元 3 至 8 世纪，大致在中国的汉唐之间，受战乱影响，同时受商业利益驱动，粟特人开始大批东迁，从西域北道，经过今天的据史德[2]、龟兹、焉

---

[1]〔后晋〕刘煦等撰：《旧唐书》，第 3651 页，北京：中华书局，2000 年版。

[2] 今新疆维吾尔自治区巴楚县东。

耆[1]、高昌[2]、伊州[3]，或从南道的于阗（tián）[4]、且末、石城[5]进入河西走廊，经敦煌、酒泉、张掖、武威，向东南走，经过原州[6]，入长安，进洛阳，或向东北走，经灵州[7]、并州[8]、云州[9]抵达幽州[10]。

安禄山的父辈，应该就是沿着后一条路到达营州的。唐中宗景龙年间（公元707—710年），恒州获鹿县[11]本愿寺的石幢上，对安、史、石、毕、罗等姓的粟特人有所记载。天宝初年，突厥第二汗国内乱，又使一些原在突厥境内的粟特人归降到河北地区。颜真卿《康公神道碑》里的"康公"，就是指粟特首领康阿义屈达干。碑文写："公讳阿义屈达干，姓康氏，柳城人。其先世为北蕃十二姓之贵种……"他率领5000余帐、驼马羊牛20余万进入幽州，被安禄山所用，"范阳节度使安禄山潜怀异图，庶为己用，密奏公充部落都督，仍为其先锋使"。

唐玄宗对安禄山颇为喜爱，原因之一，是安禄山长得白，长得胖，憨态可掬，用今天的话说，就是"萌萌哒"。他体重曾达330斤，走路时，得有两人架住他的肩膀，他才走得动。孔子曰："三人行，必有我师。"安禄山曰："三人行，我才走得动。"所以我想，谋杀安禄山其实挺容易，只要左右两个人跑掉，他就寸步难行了。唐玄宗偏爱他，特许他在华清池泡温泉，但对安禄山

---

1. 今新疆维吾尔自治区库车市。
2. 今新疆维吾尔自治区吐鲁番市。
3. 今新疆维吾尔自治区哈密市。
4. 今新疆维吾尔自治区和田市。
5. 今新疆维吾尔自治区鄯善县。
6. 今宁夏回族自治区固原市。
7. 今宁夏回族自治区灵武市。
8. 今山西省太原市。
9. 今山西省大同市东。
10. 今北京市。
11. 今河北省石家庄市鹿泉区。

来说，这是一个力气活儿，出浴时，要两个人帮忙抬他的肚子，阉官李猪儿用头顶住他的肚子，才能给他系上衣带。胖虽胖，受唐玄宗之命跳起《胡旋舞》时，他却动作敏捷，迅疾如风。这有点不可思议，但史书上就是这么写的。这是缘于粟特人的天性。荣新江先生在《中古中国与粟特文明》一书中说："能歌善舞的粟特人以及他们翻领窄袖的衣着，深深影响着唐朝社会，引导着时代的风尚。"[1]所以，不仅唐玄宗喜欢他，杨贵妃喜欢他，把他当作自己的养儿，连杨贵妃的三个姐姐——虢国夫人、秦国夫人和韩国夫人都跟他眉来眼去。

原因之二，是安禄山会"来事儿"，会揣摩人的心思。这天分，来自他父系的遗传，因为擅长做生意的粟特人，语言能力超强，安禄山的血管里流着商人的血，嘴甜，善投机，为了利益甚至可以不择手段，这是他的本性，也是本能。开元二十年（公元 732 年），安禄山还是一个盲流，整日里偷鸡摸狗，有一天被范阳节度使张守珪逮个正着，本来要用乱棍打死的，假若那时就将安禄山打死，安禄山后来就当不上平卢、范阳、河东三镇节度使，一手掌握帝国北部边境的东半部，也就没有"安史之乱"了。但事情发生了戏剧性的反转，反转的原因，就是安禄山的那张巧嘴。

当时，安禄山没有喊饶命，假如喊饶命，他必死无疑。关键时刻，语言要讲求效用，安禄山的语言就非常有效，他是这样说的："将军不是想灭奚和契丹吗？为何要杀壮士呢？"一句话就戳到了张守珪的心窝子里。的确，对于张守珪来说，杀死一个偷鸡摸狗的小贼最多只对维护地方治安有所帮助，作为一方节度使，消灭奚和契丹才是他的最大责任，既然眼前小贼生得勇武，何不用他去与异族作战呢？历史学家说，这是安禄山一生发迹的起点。这一年，安禄山 30 岁。

原因之三，也是最重要的，是唐玄宗有战略上的考虑。为了防止边患，唐玄宗感到巨大压力。他开始提拔草根出身的胡人（陈寅恪先生称之为"寒

[1] 荣新江：《中古中国与粟特文明》，第 10 页，北京：生活·读书·新知三联书店，2014 年版。

族胡人”）驻守边疆，因为这些人不但骁勇善战，而且没有政治背景，不会互通关节，只能依靠军功来升迁。东北军镇的安禄山、西北军镇的哥舒翰因此有了在体制内飞升的机会。但这样做也是有漏洞的：它将帝国的安危维系于将领个人是否忠诚。这一隐患，在日后险些倾覆了大唐的基业。

为了表达对安禄山的亲切关怀，唐玄宗不断赐给他豪宅美食、绫罗绸缎、金银器物。衣食住行，样样照顾周全，好像不是安禄山巴结唐玄宗，而是唐玄宗巴结安禄山。以食而论，“玄宗每食一味，稍珍美，必令赐与”[1]。至于住，唐玄宗指示有关部门，为安禄山在亲仁坊建筑豪宅，“但穷壮丽，不限财力”。至于室内器物用具，更是不计其数。翻阅段成式《酉阳杂俎（zǔ）》、姚汝能《安禄山事迹》，看到唐玄宗屡次赏赐安禄山的大礼包，我感到触目惊心。把“儿子”惯到了这个地步，唐玄宗显然有些溺爱了。他解释说：“胡眼大，勿令笑我。”意思是，胡人大方，不要让他笑我小气。

天宝十三载（公元754年），在长安，唐玄宗送给安禄山一个更大的红包——当安禄山即将离别长安，唐玄宗为了表达依依惜别之情，竟然脱下自己的御衣披在安禄山的身上。这让安禄山亦喜亦忧。喜的是黄袍加身，绝对是个好兆头；忧的是他的谋反之心，早已被人看透，这一下更加欲盖弥彰。

中书令（后任宰相）张九龄第一次见到安禄山就断言：“乱幽州者，必此胡也。”[2]那是开元二十一年（公元733年），安禄山在张守珪手下当兵的第二年。

后来担任宰相的李林甫看出安禄山“阴狭多智”，“揣知其情伪”[3]。杨国忠知道安禄山不会一直甘居其下，为了早点把安禄山踩下去，他三番五次对唐玄宗说安禄山要谋反，唐玄宗都一笑了之。杨国忠干脆把安禄山的宾客李超等人抓起来，关到御史台的监狱里，然后，他们就一个接一个地从人间消失了。

---

[1] 〔唐〕姚汝能：《安禄山事迹》，北京：中华书局，2015年版。

[2] 〔唐〕姚汝能：《安禄山事迹》，北京：中华书局，2015年版。

[3] 〔唐〕姚汝能：《安禄山事迹》，北京：中华书局，2015年版。

安禄山得到消息，到华清宫见到他爹唐玄宗，像一个无辜的孩子一样向唐玄宗投诉："杨国忠要杀我！杨国忠要杀我！"[1]人都是同情弱者的，安禄山的哭诉，让唐玄宗同情心瞬间泛滥，不仅保护安禄山的意志更加坚定，而且立刻提拔他做左仆射，同时提拔了他的两个儿子。他并不知道，安禄山根本不是弱者，他已为反叛悄悄准备了10年，兵强马壮，蓄势待发。

安禄山感受到了朝廷的凶险，在得到唐玄宗钦赐的御衣之后，他一刻不敢逗留，以最快的速度，策马出了长安城，过了潼关，也不敢稍加停歇。他匆忙上了船，顺黄河而下。沿途的船夫接到命令，手执绳板，提前站在岸边等候，人换船不停。这只船恍若一支射出的箭，飞出潼关，奔向着他的巢穴——范阳。

终于，在第二年，慷慨地把御衣送给安禄山的唐玄宗，赤身裸体地听到了安禄山造反的快报。那一刻，即使泡在暖洋洋的温泉里，他也会感到彻骨冰凉。不知他是否会意识到，自己丢掉的可能不是一件御衣，而是整个江山。

[1]〔后晋〕刘昫等撰：《旧唐书》，第3652页，北京：中华书局，2000年版。

第　三　节

丽人行

关于“安史之乱”爆发的原因，历史学家给出了不同的解释，涉及政治、经济、军事、民族各方面。集中论述的，有加拿大汉学家蒲立本先生的专著《安禄山叛乱的背景》。公元754年，也就是安禄山反叛之前一年，户部统计全国共960多万户，“这是唐朝户口的最高纪录”[1]。黄仁宇先生分析说：这和初唐的300多万户比较，人口突然增了两倍。[2]实际上的人口数量比这还多，因为中唐时曾任宰相的杜佑说，户口统计存在瞒报漏报的现象。7世纪初期，开始均田制，原则上加入版册上的户口，就要授田。下级政府向人民抽税，就要保障他们有田，所以除了最初登记的300多万户之外，以后的增加，就非常地吃力。这造成大量无田的人口流离失所，沦为“黑户”，辗转流徙，任人宰割。

与底层民众的艰难生存形成对比的，是皇帝、贵族的奢靡生活。国家财富被集中在少数人手里，使其成为私产，国家无法有效支配和使用，更不可能用之于民。黄仁宇先生说：唐朝的财富，在民间经济系统之外，去勉强地支持一种以皇室为主体的城市文化，虽有大量资源却无合理征集分配的体系，其结局仍非国家之福。玄宗有子女59人，他又在长安西北角建立“十王宅”和“百孙院”。李林甫也有子女50人。《旧唐书》说他“京城邸第、田园水硙，

1. 范文澜：《中国通史》，第三册，第292页，北京：人民出版社，1978年版。
2. 黄仁宇：《赫逊河畔谈中国历史》，第120页，北京：生活·读书·新知三联书店，1997年版。

《挥扇仕女图》 唐 周昉 故宫博物院藏

利尽上腴”[1]。他在长安城东拥有一座薛王别墅，“林亭幽邃，甲于都邑”，“天下珍玩，前后赐与，不可胜纪”。生活也愈发糜烂，“晚年溺于声妓，姬侍盈房”[2]。《旧唐书》感叹：“宰相用事之盛，开元以来，未有其比”[3]。

关于那些皇宫豪宅的内部生活，杜甫在诗里描述：“紫驼之峰出翠釜，水精之盘行素鳞。”[4]——“紫驼之峰”和“素鳞”是贵族的菜肴，“翠釜”和“水精之盘”是精美的食器。美食与美器相映生辉，成为多么完美的组合，不仅好吃，而且好看。然而，下一句诗却发生反转：“犀箸（zhù）厌饫（yù）久未下，鸾刀缕切空纷纶。”[5]——因为饱而生腻（“厌饫”），所以那犀牛角制成的筷子（“犀箸”）举在半空，迟迟不肯落下，而切肉用的“鸾刀”，细细地切（“缕切”）了半天，也是白忙一场（“空纷纶”）。

这首名为《丽人行》的乐府诗，犹如一部大片，通过一组组特写镜头，把皇室贵族的生活细节放大给我们看。“朱门酒肉臭，路有冻死骨”的社会现实，

---

[1] 〔后晋〕刘昫等撰：《旧唐书》，第 2195 页，北京：中华书局，2000 年版。

[2] 〔后晋〕刘昫等撰：《旧唐书》，第 2196 页，北京：中华书局，2000 年版。

[3] 〔后晋〕刘昫等撰：《旧唐书》，第 2195 页，北京：中华书局，2000 年版。

[4] 〔唐〕杜甫：《丽人行》，见《杜甫诗选注》，第 30 页，北京：人民文学出版社，2017 年版。

[5] 〔唐〕杜甫：《丽人行》，见《杜甫诗选注》，第 30 页，北京：人民文学出版社，2017 年版。

被它呈现得更加纤毫毕见。即使在今天看来，依然惊心动魄。

唐玄宗被自己开创的盛世所迷惑，曾经励精图治的他，进入了奢靡之期。天宝年间，那个降旨把宫女放回家的节俭皇帝，到了开元年间（唐玄宗一生曾用先天、开元、天宝三个年号），竟成为一个不折不扣的美女收藏家，下令宦官在全国范围内搜集美女，为了满足他的个人欲望，甚至设置了一个官职，叫“花鸟使”，让我想起他的祖母武则天当年为了寻找美男子而设立的部门——“控鹤监”。关于“花鸟使”，诗人元稹写过一首诗，叫《上阳白发人》，诗曰：

天宝年中花鸟使，撩花狎鸟含春思。
满怀墨诏求嫔御，走上高楼半酣醉。
醉酣直入卿士家，闺闱不得偷回避，
良人顾妾心死别，小女呼爷血垂泪。
十中有一得更衣，永配深宫作宫婢……

那些妖娆美丽的民间女子，在华丽的宫殿里，虚度年华，默然老去，最终沦为元稹诗中“闲坐说玄宗”的白头宫女。她们的形象，留在了唐画上，从北京故宫博物院藏《挥扇仕女图》、台北故宫博物院藏《宫乐图》、辽宁省博

《宫乐图》 北宋 佚名 台北故宫博物院藏

物馆藏《簪（zhān）花仕女图》中，可以目睹她们的美丽与哀伤。皇帝一人的贪欲，造成了人间多少刻骨铭心的痛苦。宫殿的华丽，丝毫掩盖不了它的自私与冷漠。当过宰相的元稹，对它的揭露，不留一分情面。

安禄山却从另外的角度解读宫殿——唐玄宗，以及长安贵族的奢靡生活，让安禄山开了眼界，激发了安禄山的欲望——同样是人，差距咋这么大呢？用阿 Q 的话说就是为什么和尚摸得我摸不得？虽然我们经常把欲望归结为食与色，但一个人的欲望，却起源于他的眼睛。食欲与色欲，归根结底都是有极限的，只有一个人的眼界没有止境，在它的激发下，欲望会成为无底洞，乃至远远超出人的实用需求。

因此，当安禄山由边塞来到长安，体验到皇宫的富丽奢华，他的心里就埋下了反叛的种子。尽管安禄山与皇帝、贵妃的关系曾亲密无间，但那些都是靠不住的，唐玄宗、安禄山都不过是在演戏罢了，他们演得认真，是因为双方都在这出戏里获得了安全感——安禄山找到了最大的靠山，唐玄宗则找到了一条看家护院的猎狗。说白了，他们都为了自己。但这样的平衡是脆弱的，一旦安禄山的翅膀变硬，他一定会与皇帝撕破脸，向皇权的位置发起冲击。

天宝初年，安禄山执掌的三镇兵力超过 18 万人，反叛时可能超过 20 万人，他们许多是北方少数民族，一律都是精兵强将，一直征战杀场，肌肉毛发里散发着无尽的野性，事变 3 年前，李白到幽州，看到安禄山军队厉兵秣马，就倒吸一口凉气，写下“戈鋋（chán）若罗星”[1]的诗句，而中央和内地控制的兵力仅八万多人，且不堪一击。以至于很多年后，司马光坐在自己的独乐园里写《资治通鉴》，写到这一幕时，仍嘬了嘬牙花子，感叹道：

时承平日久，议者多谓中国兵可销，于是民间挟兵器者有禁，子弟

[1]〔唐〕李白：《经乱离后，天恩流夜郎，忆旧游书怀赠江夏韦太守良宰》，见《李太白全集》，下册，第 486 页，北京：中华书局，2011 年版。

为武官，父兄摈不齿。猛将精兵，皆聚于西北，中国无武备矣。[1]

此时的帝国，各种社会矛盾一直被掩盖着，宛如火山爆发前的景象，宁静、平和，风不吹，草不动，人人都很矜持。但这样的平衡也是脆弱的，火山爆发只是一瞬间的事，一旦爆发，就会天塌地陷，人变虎狼。

诗人李白敏锐地意识到，他正置身一个危险的时代，或者说，这是一个适于隐居的时代。从表面上香艳浮华、实际上凶险丛生的长安城出来，他就去了庐山。只有唐玄宗还沉浸在“天下太平，圣寿无疆”（陈王府参军田同秀忽悠皇帝之语）的巨大幻觉里，没有听到他的帝国早已拉响了警报。

“居安思危”，虽常被挂在嘴上，但对于历朝历代的皇帝来说，都是“居安”易、“思危”难，因为趋利避害是人类的本能，对于安乐，人是本能地接受，对于危害，则本能地排斥。因此，所谓的“安”，可以掩盖一切的“危”。

然而，一幕幕的前车之鉴让我们明白，所有只“居安”不“思危”的人都是自己给自己找麻烦，当真正的乱流汹涌而来，任何人都不可能躲过去，无论他是唐玄宗、杨贵妃，还是李白、颜真卿。

[1] 〔宋〕司马光：《资治通鉴》，第三册，第 2659 页，北京：中华书局，2015 年版。

第　四　节

十八学士登瀛洲

还有一个更深层的原因，就是早在初唐时期，帝国政治就已显露出文胜于武的势头。李世民本人是一个不折不扣的文艺青年，他有一种观点，叫“戡（kān）乱以武，守成以文”。他做秦王时，就在长安城里设立了文学馆，身边就围绕了一大批文化人，有人称他为“大唐诗歌俱乐部主席”[1]。文学馆里收纳的贤才，包括杜如晦、房玄龄、于志宁、苏世长、姚思廉、薛收、褚亮、陆德明、孔颖达、李玄道、李守素、虞世南、蔡允恭、颜相时、许敬宗、薛元敬、盖文达、苏勖（xù）等十八人，并称“十八学士”。这十八人分成三组，每日六人值宿，与李世民一起，讨论文献，商略古今，天下士夫，无不以入选文学馆为无上荣光，这十八学士，从此被称作“十八学士登瀛洲”。瀛洲者，神仙之所居也，《史记》中说：“海中有三神山，名曰蓬莱、方丈、瀛洲，仙人居之。”[2]入文学馆，相当于登上了海上仙山，天下士人，没人不对此垂涎三尺。

画家阎立本专门为李世民身边的这个文化群体画像，就是《十八学士图》轴，绢本，设色，现藏台北故宫博物院。阎立本《十八学士图》轴，以图像史的方式，为唐代重文风尚提供了历史的证物。

唐太宗的时代过去了，“十八学士登瀛洲”的精雅与辉煌流逝了，却仍留下儒者的风范，供后人追忆和怀想。“十八学士图”后来成为中国绘画的经典题材，一代一代的画家以自己的绘画语言，不断对这一历史记忆进行重构。

---

[1] 王晓磊：《六神磊磊说唐诗》，第 24 页，北京：北京十月文艺出版社，2017 年版。

[2]〔西汉〕司马迁：《史记》，第 176 页，北京：中华书局，2000 年版。

《十八学士于志宁书赞图》 唐 阎立本 台北故宫博物院藏

《十八学士图》 宋 佚名 台北故宫博物院藏

《宋人十八学士图》轴四件，画面上的英才大儒、文人高士，坐在松柏槐荫之下，庭院中芍药鲜艳、萱花怒放，人们或围几而坐，或抚须而立，赏花论诗，弈棋品茶，神态优雅闲适，仿佛沉醉于画境中，无比地风流俊雅。

宋徽宗也绘有《十八学士图》，画上的文人或游园赋诗，或奏乐宴饮，或戏马观鹤，气氛比前面所述的《宋人十八学士图》轴热闹许多，人物造型姿态丰富而生动，富于动感，彰显了当时文人学士轻松愉悦的生活情趣，也把他人物画、花鸟画、山水画的综合能力发挥到了极致。

其他著名的《十八学士图》，还有南宋刘松年《十八学士图》卷，画上人物同样神态生动，衣褶清劲，精妙入微。

以上所说的这些《十八学士图》，都曾是清宫收藏，录入《石渠宝笈三编》，现在都藏于台北故宫博物院。

李世民开创的“十八学士”传统，在后世也继承下来。唐玄宗开元时，就曾延续这一传统，在上阳宫食象亭，以张说、徐坚、贺知章、赵冬曦、冯朝隐、康子元、侯行果、韦述、敬会真、赵玄默、毋煚（wú jiǒng）、吕向、咸廙（yì）业、李子钊、东方颢（hào）、陆去泰、余钦、孙季良为“十八学士”。五代楚国君王马希范在位时，也以幕僚拓跋恒、廖匡图、李弘皋、徐仲雅等十八人为学士，号称“天策府十八学士”。

有学者这样评价 7 世纪的初唐，是中国历史上最令人扬眉吐气的一段时光，630 年唐将李靖破突厥，唐太宗李世民被四夷君长推为“天可汗”，当日高祖李渊已退位为太上皇，仍在凌烟阁置酒庆贺，高祖自弹琵琶，太宗则当众起舞，这种欢乐场面在中国历史上可谓绝无仅有。大唐的文治武功，无不达其极。当时“东至于海，南及五岭，皆外户不闭，行旅不赍（jī）粮，取给于道路”，最为历来史家所艳称。

大唐的兴盛固然有多种主观与客观上的原因，但有一点不可忽视，即在中国的历代王朝中，唐代的知识分子政策极为优遇宽松，极大地调动了知识分子的积极性和创造力。唐太宗崛起于兵戈之间，他深知能在马上得天下，但不能在马上治天下，故在大唐王朝建立后，积极地罗致文士，隋朝在汉代以来已废弃的九品中正制度的基础上，设进士、明经二科以取士，唐朝更大力推行科

《十八学士图》（局部） 北宋 赵佶 台北故宫博物院藏

《十八学士图》（局部） 南宋 刘松年 台北故宫博物院藏

举制度。科举制度使士人有凭个人才能得以晋升的机会，所谓“朝为田舍郎，暮登天子堂”，士人不必再像汉代那样求推举，不必再像南北朝那样由门户高低来决定一生的命运，个人才能已在某种程度上得到统治者的重视，因此，士人的潜能得到了前所未有的发挥。

当唐太宗站在金銮殿上，看着新录取的进士鱼贯而入时，高兴地说：“天下英雄，入吾彀（gòu）中矣。”他们或驰骋沙场，或关心政治，终于成就了大唐既恢宏高扬，又华光流丽的气概，雄视千古，为中华民族的骄傲。[1]

唐朝是诗的王朝，作诗被看作是一项神圣的事业，耍拳弄棒则低俗得多。唐诗的兴盛，政府是重要推手，因为唐朝科举取士注重诗歌。唐代科举，分明经、进士两科，明经考试各部儒家经典，此外还考《老子》，进士科考试

[1] 参见阴山工作室的博客，http://blog.sina.com.cn/yinshans。

在初唐时期为“时务策”五条，涉及国家现实问题，使读书人从故纸堆中爬起来，面向社会，观察、思考问题，设计解决办法。唐高宗调露二年（公元680年），为进士科加试了杂文、帖经，形成了杂文、帖经、策问三场考试制。所谓杂文，主要是指诗赋，不像明经科那样侧重于死记硬背，而是应试者的文学才华。因此，唐朝科举最荣耀尊贵的，是进士科。

后来在文学史里赫赫有名的大诗人，都试图通过科举考试来争取“进步”，像王昌龄、崔颢、刘长卿、颜真卿、王维，都是开元年间进士及第的。孟郊中进士，用“春风得意马蹄疾，一日看尽长安花”来炫耀自己的胜利，其实那一年，他已经46岁高龄。杜牧中进士也不忘嘚瑟，及第后立刻寄诗给长安故人：

东都放榜未花开，三十三人走马回。

秦地少年多酿酒，已将春色入关来。[1]

黯然落榜的，有孟浩然、杜甫等。孟浩然成绩不好，是因为他不会考试，临场发挥差；杜甫则是运气不好，两次考试都赶上坏考官，12 年后，36 岁的杜甫第三次走向考场，这一次运气更差，因为当时的帝国宰相不是别人，正是李林甫，李宰相嫉贤妒能，所以那一届考生一个都没录取，他用一个好听的说法忽悠皇帝，叫"野无遗闲"，意思是全天下的人才都已经被朝廷用尽了，再也网罗不到了。李白没有考，是他根本没有资格考，因为唐代科举，要出示身份证，也就是要核实考生身份，但李白没有谱牒，身份成谜，连祖上的名字都确认不了，还有一条原因，是他家庭出身不好，他父亲是商人，从《旧唐书》中我们知道了，唐代"工商之家，不得预于士"。

至玄宗一朝，崇尚文化已经形成一种社会风气，唐玄宗虽然采取了一系列措施来平衡文武关系，但并未改变士人对军事的轻视和厌恶。尤其是"府兵制"废除以后，许多人从强制兵役中解脱出来，寄情于文学与艺术。

其实李林甫也并不完全是吹牛，有学者统计，北宋王安石编《唐百家诗选》中近 90% 的诗人参加过科举考试，进士及第者 62 人，占入选诗人总数的 72%。而《唐诗三百首》中入选诗人 77 位，进士出身者 46 人。[2]

正因如此，唐朝的诗人，才成为那个朝代的主角。

《文化的江山》[3]里说：盛唐气象，并非那些帝王将相，而是唐诗的江山。

试问有唐一代，有多少帝王？翻一下二十五史里的《唐书》就知道了。

他们从字里行间，列队而出，向我们走来，除了李世民、武则天，我们还认识谁？还有一位李隆基。对不起，我们知道他，是因为杨贵妃，一首《长恨歌》便盖过了他的本纪。他是王朝的太阳，光芒万丈，可在《长恨歌》里，

[1] 〔唐〕杜牧：《及第后寄长安故人》，见《杜牧选集》，第 11 页，上海：上海古籍出版社，2016 年版。

[2] 参见西川：《唐诗的读法》，原载《十月》，2016 年第 6 期。

[3] 刘刚、李冬君：《文化的江山》，第一册，第 7 页，北京：中信出版集团，2019 年版。

美是太阳，集中在杨贵妃身上，留一点落日余晖，让他来分享。

文化的江山里，没有统治者的位置，要坐文化的江山，帝王也要写诗。

一个强大、自信的王朝，是必然走向“文治”的。有唐一代，科举考试与时代审美观之间的相互作用、彼此促进，使唐诗以更快的速度、更广的普及面，形成了内容与形式、情感与辞藻的完美结合。

他们风流俊雅，不尚暴力，其实正是代表了中华文明的精神风范。中国传统的审美记忆中找不见史泰隆式的肌肉男，而是将这种力量与担当，收束于优雅艺术与人格中，他们的美，是一种从红尘万丈中超拔出来的美。只有文明之国，才崇尚这种超越物理力量的精神之美。

第 五 节

知识改变命运

但犹如一枚硬币的两面，文化繁荣的表象背后，掩饰不住唐朝武力的衰弱，尤其是中央政权的武力衰弱。日本历史学家桑原骘藏在《中国人的文弱和保守》一书中写道："在唐代，热望于文官科举考试的人很多，而热望于军人武举的几乎没有。当时军人的地位是极其低下的，一家人中若有个当兵的，他的父母兄弟都会看不起他。唐代的兵役制与日本的相同，守卫京城的士兵都是从地方上挑选的，称之为'卫士'或'侍官'。当时，人们恶言相加的时候，便骂对方是'侍官'。在日本的话，基本相当于'贱民'或者'隐亡'（火葬场焚尸工）之类。军人地位之低下真是难以想象！"

当文官士人对兵事不屑一顾的时候，以藩镇为基地的地方武装势力却在潜滋暗长，与朝廷的状况相反，在藩镇地区，崇尚的不是文化，而是拳头。在实用主义的世界里，没有什么比拳头更管用。因此，在安禄山控制的河北地区，人们不相信理想，只相信拳头。谁的腰硬，谁就是爷。陈寅恪先生在《唐代政治史述论稿》中说，在武人的支配下，河北地区无论在文化上或政治上，都与朝廷控制的区域判然有别。在河北，军事技能掩盖了对儒家经典论著学习的锋芒，成为最受重视的学习项目。在其他地方，为了参与科举考试而读书，仍被认为是提升地位的最佳途径。[1]

他们拼命抓权，军权、财权、人事权，他们一个也不放过，一点一点地掏空了朝廷的权力。而朝廷用兵，只能依赖他们，从而形成了恶性循环，终于

[1] 陈寅恪：《唐代政治史述论稿》，第25—28页。

导致了“安史之乱”爆发。

“安史之乱”爆发的原因很复杂，藩镇之强横与朝廷之文弱，是一个重要的诱因，否则以安禄山之狡猾，绝不会铤而走险。“安史之乱”平定后，藩镇的问题依然长期存在，不仅威胁着大唐王朝安定团结，更让藩镇的老百姓在当地节度使的统治下过着水深火热的生活。以淮西为例，百姓连夜里点灯的权利都没有，互相串门就是死罪，后来朝廷军队打来，废除了这些苛法，“蔡人始知有生民之乐”[1]。

李贺写过一首《公无出门》，从中可以看到藩镇割据最真实的景象：

> 天迷迷，地密密。
> 熊虺（huǐ）食人魂，
> 雪霜断人骨。[2]

到唐宣宗时代，皇帝“雅好儒事，留心贡举”[3]的“积习”未改，士大夫则不愿谈论武事，甚至与武将接触，都觉得掉档次。五代孙光宪这样评论那个时代：

> 唐自大中（公元847—860年）以来，以兵为戏者久矣，廊庙之上，耻言韬略，以橐鞬（gāo jiān）为凶物，以钤匮（qián kuì）为凶言。[4]

橐鞬者，弓箭袋也；钤匮者，兵书匣也。连这些都成了不祥之物、不吉

[1]〔北宋〕司马光：《资治通鉴》，第二百四十卷。

[2]〔唐〕李贺：《公无出门》。

[3]〔后晋〕刘昫等撰：《旧唐书》，卷十八下。

[4]〔五代〕孙光宪：《北梦琐言》，第282页，北京：中华书局，2002年版。

之兆，一旦遭遇战争，怎么打得赢？

即使在当时，也有人对此看不过眼，其中就包括大诗人杜牧。杜牧二十三岁写《阿房宫赋》，二十六岁做弘文馆校书郎，但与别的诗人不同，他酷爱兵法，注过《孙子》，他不是纸上谈兵，有一次献计平虏，被唐武宗时期的宰相李德裕采纳，大获全胜，只是由于党争，才没被李德裕重用，成就一番事业。面对这种重文轻武的风气，杜牧发表评论说：在当下，士大夫只要一论及军事，就会被认为粗鄙怪异。即使他们的国家正遭受军事上的威胁，文士依然毫不担心，将平定叛乱之事交给武人。在杜牧看来，军队是国家兴衰的关键，倘若军队由饱学之士掌握，便能建立稳定的帝国；军队若由不学无术的武人统率，国家就要土崩瓦解。[1]

杜牧之后，文化人谈论兵事的更是少而又少，以文成名倒是陷入了疯狂。

五代王定保《唐摭言》中记录了一个故事，是说唐代诗人孙定，生于行伍之家，长于军营之中[2]，他有一个族弟叫孙储，长得仪表堂堂，要去参加科举考试，孙定见到他，嘲笑他说："十三郎仪表堂堂，好个军将，何须以科第为资！"意思是，老弟仪表堂堂，当个军将不是挺好吗，何必去参加科举考试呢？其实是瞧不起这个武将，嘲笑他不配去参加科考。可见当时，即使军队中人，也是看不起武将的。孙储也是因此才要参加科举考试，用知识来改变命运。

[1] 〔唐〕杜牧：《樊川文集》，第149—151页，上海：上海古籍出版社，1978年版。

[2] 参见李胜：《有关唐代诗人孙定材料的三则考辨》，原载《北京大学学报》（哲学社会科学版），2005年第1期。

第　六　节

最伟大的诗人

兵荒马乱之际，李白和张旭在溧阳[1]相遇了，酒楼上，他们的话题离不开这场战乱，也离不开颜氏兄弟。张旭说："河北十七郡，只有颜真卿、颜杲（gǎo）卿两弟兄不愧是忠臣。"李白说："高仙芝不战而走，损失惨重，这已是一输；而朝廷不让他戴罪立功，却听信宦官之言，遽弃干城之将，这又是一失。这样一输一失，贼势便又猖狂起来。"[2]说罢，李白望着窗外纷乱的杨花，愁眉不展，愁肠百结。

颜杲卿被安禄山所杀，是天宝十五载（公元756年）正月的事。因为颜氏兄弟的"起义"，河北十七郡在一天之内复归了朝廷，牵制了安禄山叛军攻打潼关的步伐，所以安禄山命史思明率军杀个回马枪。经过6个月的苦战，常山城陷，颜杲卿被俘，押到洛阳，被安禄山所杀。六月初九，潼关失守，使得叛军进军长安的道路"天堑变通途"。4天后，玄宗西逃，又过4四天，长安陷落。

长安陷落后不久，王维、杜甫分别被叛军俘获。王维被押解到洛阳，安禄山劝他投降，王维又是拉肚子（提前服药），又是装哑巴，算是躲过一死，被关在菩提寺里。他听说雷海青之死，悲痛中口占一首《凝碧池口号》，广为流传，一直传到唐肃宗的耳朵里。唐肃宗听到"万户伤心生野烟，百官何日再朝天"这样的诗句，一定感同身受，也知道王维身在曹营心在汉，收复洛阳

[1] 现为江苏省常州市代管的县级市。

[2] 参见安旗：《李白传》，第252页，北京：人民文学出版社，2019年版。

后，非但没有处死王维，还给他升了官，做尚书右丞，王维从此多了一个称号：王右丞。

长安城破，杜甫带着家小逃向鄜州[1]。冯至先生在《杜甫传》中描述当时的情景：

我们看见这唐代最伟大的诗人，掺杂在流亡的队伍里，分担着一切流亡者应有的命运。这次逃亡，起于仓促，人人争先恐后，杜甫由于过分地疲劳，陷在蓬蒿里不能前进。这时和他一同逃亡的表侄（他曾祖姑的玄孙）王砅已经骑马走出十里，忽然找不到杜甫，于是呼喊寻求，在极危急的时刻把自己乘用的马借给杜甫，他右手持刀，左手牵缰，保护杜甫脱离了险境。十几年后杜甫在潭州遇到王砅（lì），回想过去这一段共患难的生活，他觉得，当时若没有王砅的帮助，也许会在兵马中间死去了。他向王砅说："苟活到今日，寸心铭佩牢！"后来他与妻子会合，夜半经过白水东北六十里的彭衙故城，月照荒山，女儿饿得不住啼哭，男孩只得采摘路旁的苦李充饥。紧接着是连绵不断的雷雨天气，路径泥泞，没有雨具，野果是他们的糇粮，低垂的树枝成为他们夜间寄宿的屋椽。走过几天这样的路程，到了离鄜州不远的同家洼，友人孙宰住在这里，当他在黄昏敲开孙宰的门时，面前展开了一幅亲切而生动的画图：主人点起灯烛迎接这一家狼狈不堪的逃亡者，立即煮水给行人洗脚，还忘不了剪些白纸条儿贴在门外给行人招魂。两家妻子彼此见面，主人预备了丰富的晚餐，把睡得烂熟了的孩子们也叫醒来吃。这段遇合，杜甫在一年后写在《彭衙行》里，真实而自然，和他后来许多五言古诗一样，作者高度地掌握了这种诗的形式，发挥他写实的天才，无论哪一代的读者都能在里边感到一片诚朴的气氛，诗中人物的一举一动、一言一笑，都历历如在目前。

他在同家洼休息了几天，把家安置在鄜州城北的羌村。由于长期的淫雨，鄜州附近的三川山洪暴发，淹没了广大的陆地，远方是兵灾，眼前是洪水，他

[1] 今陕西省富县。

喘息未定，听到的是万家被难的哭声。[1]

杜甫安顿好妻子儿女，就立刻赶往灵武投奔肃宗。在路上，他落入了乱军之手，被押到长安。身陷叛军，家人不知死活，杜甫写下了缠绵悱恻的一首诗：

今夜鄜州月，闺中只独看。
遥怜小儿女，未解忆长安。
香雾云鬟湿，青辉玉臂寒。
何时倚虚幌，双照泪痕干。[2]

杜甫和妻子，相隔六百里，却音讯全无，只能在不同的地方看着相同的月亮思念对方。杜甫的诗，像《月夜》这样细腻、深情的并不多，但这诗的确是出自杜甫。生死未卜之际，他最想念的，是爱妻的“香雾云鬟湿，青辉玉臂寒”。有人说：“他以为自己不会写情诗，她也以为他不会写情诗。但是乱世之中，他挥笔一写，一不小心，就写出了整个唐朝最动人的一首情诗出来。”[3]

9个月后，杜甫才趁乱逃跑。这过程，杜甫记在诗里：

西忆岐阳信，无人遂却回。
眼穿当落日，心死著寒灰。
雾树行相引，莲峰望忽开。
所亲惊老瘦，辛苦贼中来……[4]

---

[1] 冯至：《杜甫传》，第60—61页，北京：人民文学出版社，1980年版。

[2] 〔唐〕杜甫：《月夜》，见《杜甫诗选注》，第72页，北京：人民文学出版社，2017年版。

[3] 王晓磊：《六神磊磊读唐诗》，第166页，北京：北京十月文艺出版社，2017年版。

[4] 〔唐〕杜甫：《自京窜至凤翔喜达行在所三首》，见《杜甫诗选注》，第82页，北京：人民文学出版社，2017年版。

《虢国夫人游春图》（宋摹本） 唐 张萱 辽宁博物馆藏

这是三首组诗中的一首，组诗的名字叫《自京窜至凤翔喜达行在所》，连杜甫自己都称“窜”，可见逃亡过程的狼狈与惊慌。逃出长安城，他迎着落日向西走，一边走，一边紧张地四下张望（“眼穿当落日，心死著寒灰”）。远树迷蒙，吸引他向前方走，不知过了多久，他终于透过树影，看到了太白山的巨大轮廓（“雾树行相引，莲峰望忽开”），不禁心中一喜，凤翔就要到了。

青山苍树间，王维和杜甫曾各自奔逃，像一只只受惊的鸡犬，他们的才华，在这个时刻完全无用。那时的帝国，不知有多少人像他们一样在奔逃，连唐玄宗也不例外。或者说，皇帝的逃，导致了所有人的逃，以皇帝的车辇为圆心，逃亡的阵营不断扩大，像涟漪一样，一轮一轮地辐射。

连唐玄宗都不能避免家破人亡的惨剧。马嵬（wěi）驿[1]，唐玄宗的大舅子杨国忠被愤怒的士兵处死，纷乱的利刃分割了他的尸体，有人用枪挑着他的头颅到驿门外示众。而唐玄宗最宠爱的杨贵妃，也没有保全性命，在哗变士兵们的压力下，唐玄宗在驿站里与杨贵妃洒泪相别。关于杨贵妃的死法，文献中说法不一，《旧唐书》记，杨贵妃被“缢死于佛室”，因为唐玄宗希望，杨贵妃“在善地受生”。白易居在《长恨歌》中写下这一幕：

[1] 马嵬驿，即马嵬坡，位于陕西省兴平市西约 11 公里，距西安咸阳机场约 39 公里，距西安北站约 53 公里。

六军不发无奈何，宛转蛾眉马前死。

花钿委地无人收，翠翘金雀玉搔头。

君王掩面救不得，回看血泪相和流……[1]

也有人认为，杨贵妃也可能死于乱军之中，这可从一些唐诗中的描述看出。杜牧笔下的“喧呼马嵬血，零落羽林枪”、温庭筠所写“返魂无验青烟灭，埋血空生碧草愁”等很多诗句，都暗示着杨贵妃死于刀光之灾。

我想补充的，是唐代画家张萱的名作《虢国夫人游春图》里的虢国夫人，画面中央那位淡描娥眉、不施脂粉、身着淡青色窄袖上衣、披白色花巾、穿描金团花的胭脂色大裙的虢国夫人，在得知哥哥杨国忠、妹妹杨贵妃的死讯后，带着孩子逃至陈仓，县令薛景仙闻讯，亲自带人追赶。虢国夫人仓皇中逃入竹林，亲手刺死儿子和女儿，然后挥剑自刎，可惜下手轻了，没能杀死自己，被薛景仙活捉，关入狱中。后来，她脖子上的伤口长好，堵住了她的喉咙，把她活活憋死了。

皇族尚且如此，小民的命运，就不用说了。“靡靡逾阡陌，人烟眇萧瑟。所遇多被伤，呻吟更流血”[2]“四海望长安，颦眉寡西笑。苍生疑落叶，白骨空相吊”[3]。百姓的生命，像树叶一样坠落。呻吟、流血、闪着寒光的骷髅，已成为那个年代的常见景观。

“安史之乱”的惨状，像纪录片一样，记录在李白、杜甫、白居易的诗里。

[1] 〔唐〕白居易：《长恨歌》，见《白居易诗选》，第22页，北京：人民文学出版社，2005年版。

[2] 〔唐〕杜甫：《北征》，见《杜甫诗选注》，第92页，北京：人民文学出版社，2017年版。

[3] 〔唐〕李白：《经乱后将避地剡中，留赠崔宣城》，见《李太白全集》，下册，第545页，北京：中华书局，2017年版。

第　七　节

一只香囊

唐玄宗仓皇入蜀的经历，被描绘在台北故宫博物院珍藏的一件古代画卷上，就是《明皇幸蜀图》卷。“明皇”，应当是唐明皇，也就是唐玄宗李隆基；“幸蜀”，不过是向蜀地逃难的一种委婉说法而已。此图原来被定名为《关山行旅图》，后因台北故宫博物院李霖灿先生考辨，认为这《关山行旅图》，其实就是失传已久的《明皇幸蜀图》。但李霖灿先生认为，台北故宫博物院藏本所藏这一卷，为宋人摹本。

关于它的作者，一说是唐代大书画家李思训，人称“大李将军”，一说是李思训的儿子李昭道，人称“小李将军”。从画史记载上看，大李将军、小李将军皆有《明皇幸蜀图》见于记载，至于台北故宫博物院藏《明皇幸蜀图》卷是大李将军所绘，还是小李将军所绘，众说不一。宋代著名词人叶梦得在《避暑录话》中写：

> 《明皇幸蜀图》，李思训画，藏宗室汝南郡王仲忽家，余尝见其摹本，方广不满二尺，而山川、云物、车辇、人畜、草木、禽鸟无一不具。峰岭重复，径路隐显，渺然有数百里之势，想见为天下名笔。宣和间，内府求画甚急，以其名不佳，独不敢进。

叶梦得说，《明皇幸蜀图》卷的作者是大李将军李思训，但李思训去世于开元四年（公元 716 年），而“安史之乱”爆发，唐玄宗自延秋门逃出长安，避寇入蜀，是在天宝十五载（公元 756 年），那时李思训已经去世 40 年，难道李思训可以未卜先知吗？所以元人汤垕（hòu）在《画鉴》中说：

《明皇幸蜀图》 唐　李昭道　台北故宫博物院藏

青綠關山迥
崎嶇道路長
客人各結束行
李自周詳總
爲名和利那
辭勞與忙年
陳失姓氏北宋
近乎唐
甲午新秋
御題

思训卒在开元八年前，不及幸蜀之时，岂以小李而误耶？

意思是，文献上记载的《明皇幸蜀图》卷，是把“小李将军”误记为“大李将军”，它的作者，应当是小李将军李昭道。

从叶梦得的字里行间其实不难推测出其中的缘由，即当时宋人临摹这一卷《明皇幸蜀图》后，宣和内府“求画甚急”，只是因为“明皇幸蜀”的名字里包含着一段国破家亡的历史，不吉利（“其名不佳”），所以不敢将这件摹本交给宣和内府（“独不敢进”）。后来就改了一个名字，叫《明皇摘瓜图》，看上去很有闲情逸致。到明清之际，又隐去了“明皇”的称谓，改成一个更加中性的名字——《关山行旅图》。这就是后世文献中为什么不见《明皇幸蜀图》，而“变成”了《关山行旅图》的原因。李霖灿先生爬梳文献，追根溯源，最终恢复了它《明皇幸蜀图》的本名。

李霖灿先生把画卷中的人物确定为“明皇”，而不是普通的行旅者，主要根据是画中的“三花马”。李白诗曰：“五花马，千金裘，呼儿将出换美酒”。所谓“五花”“三花”，说的是马的“发型”，将马鬃剪成五瓣的叫“五花马”，剪成三瓣的就叫“三花马”，李霖灿先生称之为“马颈之上三鬃坟起”。白居易诗中写：“凤笺书五色，马鬣（liè）剪三花”。李霖灿先生以李世民“昭陵六骏”之一“飒露紫”的大型浮雕为证据，认为“三花马”很可能是“代表帝王坐骑的特殊标志”[1]。其实，“昭陵六骏”中的六匹骏马，包括现藏美国费城宾夕法尼亚大学博物馆的“飒露紫”“拳毛䯄（guā）”，以及“白蹄乌”“特勤骠”“什伐赤”“青骓（zhuī）”，全部都是“三花马”。

不只在“昭陵六骏”中出现了“三花马”，在唐代，许多画家都画过“三花马”。比如前面提到的《虢国夫人游春图》中，就有“三花马”出现。唐三彩中，也可见“三花马”巍然伫立。

有“三花马”作证，《明皇幸蜀图》的人物，就基本可以确定是唐明皇，而

[1] 李霖灿：《〈明皇幸蜀图〉后记》，见李霖灿：《中国名画研究》，第23页，杭州：浙江大学出版社，2014年版。

飒露紫 美国费城宾夕法尼亚大学博物馆藏

拳毛騧 美国费城宾夕法尼亚大学博物馆藏

白蹄乌 陕西省博物馆藏

特勤骠 陕西省博物馆藏

什伐赤 陕西省博物馆藏

青骓 陕西省博物馆藏

“昭陵六骏”

《昭陵六骏图》(局部) 金 赵霖 故宫博物院藏

画幅左方峭壁上的栈道，则证明那里是蜀道无疑了。只不过小李将军笔下“留情”，没有描绘唐玄宗仓皇辞庙狼狈的一面，而是将其粉饰为一派帝王游春行乐景象。画家把一群负管行李的侍从安排在画幅中心，人马都在休息，布置成一个有趣的“歇晌”场面，把骑马正要过桥的唐明皇及他的嫔妃、随从压缩在画幅的右角，以一种愉悦、轻松的气氛，遮蔽了“安史之乱”的严酷现实。[1]

绘画之外，唐玄宗面对的那个真实世界是：入蜀途中，百姓分离逃散，没有人接驾，唐玄宗一行，连饱饭都吃不上，看见有人，甚至连唐玄宗本人都放

[1] 参见蒋海鹏:《浅析〈明皇幸蜀图〉》，原载《青海师专学报》(教育科学版)，2004年第4期。

下身段，赶上前问：“卿家有饭否？”

唐玄宗与一位名叫郭从谨的老百姓有一场对话，可以当作对这场变乱的最佳总结，这事记在司马光《资治通鉴》里。郭从谨说：

“自顷以来，在廷之臣以言为讳，惟阿谀取容，是以阙门之外，陛下皆不得而知。草野之臣，必知有今日久矣，但九重严邃，区区之心，无路上达。事不至此，臣何由得睹陛下之面而诉之乎！”

唐玄宗说：“此朕之不明，悔无所及！”[1]

天宝十五载（公元 756 年）七月十三，太子李亨在灵武迫不及待地举行了登基大典，成为史书里的那个唐肃宗。一年后的至德二载（公元 757 年），安禄山死，十月里，肃宗派军队把已成太上皇的李隆基接回长安城。对杨贵妃的“芙蓉如面柳如眉”，他一刻不曾忘记。他悄悄地派出一个宦官，去马嵬驿寻访杨贵妃的墓地，当年用一条紫褥子一裹，就草草地埋葬了杨贵妃，怎么也得补上一口棺材吧。没过多久，宦官回来了，说，两年多过去了，贵妃的遗体早就腐烂了，只剩下一只香囊，带回来给玄宗，唐玄宗李隆基把这只香囊藏在衣袖里。唐玄宗身边的人都被赶走了——高力士以“潜通逆党”的罪名被流放巫州；陈玄礼被勒令致仕；玉真公主也出居玉真观。此时的唐玄宗，什么都没有了，只剩下这只香囊。他守着这只香囊，在空寂无人的太极宫里，孤独地走向生命的终点。

[1]〔北宋〕司马光：《资治通鉴》，第三册，第 2685 页，北京：中华书局，2009 年版。

第五章

澶渊：

战争与和平

第　一　节

瀛州之战

公元1003年秋天，河北的小麦丰收了。

麦浪金黄的景象，与1000多年后的今天没有什么区别，人们习惯用麦浪来形容那些连成一片的麦穗，是因为风起的时候，它们看上去的确像浪一样，波澜起伏。在夜晚，大地安静下来，如果有人穿过麦田，会听到一种奇异的声效——因为麦田过于辽阔，所以，当风吹过的时候，麦穗发出的声音不是均匀的，而是这里响一下，那里响一下，时远，时近，那种“哗、哗”的声音，仿佛在麦穗上弹跳着跑来跑去。20世纪70年代，在“文革”中的干校，我第一次见到麦田，那种神奇的声响令我惊异不已，风过的时候，我觉得连自己也变成了一棵麦秆，连头发上都会开出麦穗。

这一年，大宋王朝已经走过了43个年头。大地仿佛一块神奇的模板，使这样好的年景被一再复制，这自然与大宋结束了五代十国的混乱、开创了一个安定团结的政治局面关系甚大，也要归功于宋太祖赵匡胤、宋太宗赵光义（继位后改名赵炅）两位开国皇帝正确的农业政策，赵匡胤虽然是高干子弟出身——他的父亲，是后唐皇帝李存勖的宠将，但是那个血光四溅的时代，还是给赵匡胤带来深深的恐惧，其中最大的恐惧，不是死亡，而是饥饿。21岁开始，赵匡胤就开始了他的流浪生涯，饱受了来自精神和胃部的双重折磨，所以，建立大宋之后，没有什么事情像粮食这样引起赵匡胤的高度重视。新国家成立的第二年起，朝廷就派官员丈量土地，疏浚河道，修筑河堤，大搞农田水利建设，提高广大农村的抗灾减灾能力，据不完全统计，北宋初年，耕地面积只有295万顷，到宋真宗时代，已经达到525万顷，上等田亩产可达五六石。[1]

河北麦田的芳香，被风吹到了辽国。那是来自他们眼皮底下的诱惑，他们不能不动心。早在公元 916 年，契丹领袖耶律阿保机就通过血腥的征伐，征服了草原上的部落，契丹人填补了匈奴人消亡之后的空白，建立了大辽王朝，到 1003 年，辽朝已经有 87 年的历史。正当大宋国力蒸蒸日上的时候，辽朝也接近鼎盛时期，除了占据了大半个蒙古高原，它的南部边疆，已经推进到桑干河以南的河北地区，这不仅因为大辽几代皇帝的励精图治，大宋建立 24 年之前的五代时期，后唐的节度使石敬瑭为了当皇帝，就把幽云十六州（又称"燕云十六州"）作为礼物献给了辽国，以换取辽国的军事支持。这十六个州是：幽州（今北京）、顺州（今北京顺义）、儒州（今北京延庆）、檀州（今北京密云）、蓟州（今天津蓟州区）、涿州（今河北涿州）、瀛州（今河北河间）、莫州（今河北任丘北）、新州（今河北涿鹿）、妫州（今河北怀来）、武州（今河北宣化）、蔚州（今河北蔚县）、应州（今山西应县）、寰州（今山西朔州东）、朔州（今山西朔州）、云州（今山西大同）。听到这些地名，有历史常识的人立刻会意识到，大宋在与草原帝国的对峙中，处于比之前的汉朝、之后的明朝更为不利的地位——草原帝国的势力已经伸展到长城以南，而中原王朝已经不可能再把长城当作自救的屏障。在石敬瑭与辽国的这笔政治交易中，大宋成为最大的受害者——它的衣襟仿佛被撕开一个巨大的缺口，露出赤裸的胸膛，等待着草原帝国的致命一击。

只有大宋的皇帝对和平心存幻想。此时的大宋皇帝，已经不是太祖太宗这一对亲兄热弟，而是宋太宗的第三个儿子赵恒。赵恒这个"生在新社会，长在红旗下"的皇帝，天生患有严重的战争恐惧症，有关战争的任何讯息都会令他不寒而栗。公元 1004 年，大宋的京师发生了一场地震，辽阔的宫殿里，每一个角落都充满了森然的回响，鹭鸶与白鹤惊飞起来，就连角楼上的风铃也发出不安的叮当声，赵恒的脸色变白了，他知道，这是不祥之兆；六月里，瀛

[1] 参见武玉环、陈德洋：《澶渊之盟与辽宋关系》，见《澶渊之盟新论》，第 59 页，上海：上海人民出版社，2007 年版。

州也震了，城池里到处是倒塌的房屋和血肉模糊的尸体，赵恒又知道，有大事要发生了，这一年，赵恒继位仅仅 6 年。

果然，宋真宗赵恒听到了令他不安的消息——辽国军队在萧太后、辽圣宗的亲自率领下，大举入侵大宋江山了。赵恒慌了，大臣们也慌了，没有人知道该怎么办，他们只知道，与辽军打仗，宋军很少能占到便宜，当年宋太宗北伐，要从辽国手里把幽云十六州抢回来，宋军已经打到幽州了，在今天北京西直门外的高梁河，被辽军打得屁滚尿流，不知有多少尸首噼里啪啦掉进河里，使那条原本清澈的河变成黏稠的肉粥。辽军“追杀三十余里，斩首万余级”[1]，连宋太宗都差点成了辽军的俘虏，逃跑时大腿还中了两箭，就是这两个箭疮，最终要了他的命。雍熙三年，公元 986 年，宋太宗二次征辽，再度铩羽而归。连身经百战的宋太祖、宋太宗都不是大辽的对手，赵恒这个年轻的皇帝，当然谈“辽”色变了。

所幸，大宋还有杨家将。此时，“老令公”杨业在“雍熙北伐”的西路战场中箭被俘，绝食三日而死，他的儿子杨延玉也在那次战役中战死，但杨延昭还在，他是杨家将的精神领袖，也是大宋王朝的主心骨，只要杨家将在，大宋的江山就会屹立不倒。公元 999 年，辽军打到遂城（今河北徐水），城中守军不满 3000，众心危惧，只有杨延昭泰然自若，方寸一点也没有乱。他充分发动群众，让城里的居民壮丁全部登上城墙，披甲执械，日夜护守，一直死守到十月，辽军都没能前进一步，结果，十月里，老天爷来帮忙了，气温骤降，滴水成冰，杨延昭想出了一个办法，他命令城中军民连夜汲水，居高临下，一层一层地泼向城墙，天亮的时候，前营的辽军一下子傻了眼——昨天还黑乎乎的城墙，今天变成了一个坚固光滑的巨大冰块，像一座浩瀚的水晶宫，连神仙都爬不上去。望着那座冰雪的城，萧太后知道，自己的攻城计划泡汤了。天寒地冻，她不准备再耗下去了，决定绕过遂城，向其他城池发动进攻，她没有想到，躲过这一劫对宋军来说已是侥幸，而杨延昭居然还能杀出来，那一天，

[1]〔南宋〕李焘：《续资治通鉴长编》，第一册，第 253 页，北京：中华书局，1992 年版。

《宋真宗坐像》 宋 佚名 台北故宫博物院藏

宋三彩武士俑　故宫博物院藏

飞舞的钢刀追逐着奔跑的腿，就像北方的农民在收获自己地里的庄稼，他们想怎么砍就怎么砍，他们从钢刀砍进肉体的尖厉的声音中获得了极大的快感，伴随着刀的节奏，那些零乱的肢体飞到空中，摆出各种奇怪的造型，仿佛在向上天求救。从那时起，杨家将对于辽军来说就成了一个恐怖的词语。他们纷纷说，那一战，杨家将以“三千打六万”[1]，杨延昭守卫的遂城也从此有了一个坚硬的名字——“铁遂城”。

一般认为，宋代是一个文强武弱的朝代，但宋代同样是爱国主义情绪高涨的朝代，北方强劲的敌人，让杨家将、岳飞、文天祥这些军人有了用武之地，使他们成为像汉代卫青、霍去病那样的战争英雄，他们甚至成为中原人民的精神寄托。

在故宫，我没有找到与杨家将直接相关的文物，但故宫博物院藏宋三彩武士俑，依然透射出宋代军人的威武与勇猛。我们都知道，宋代缔造了中国陶瓷业的高峰，宋徽宗（一说柴世宗）一句“雨过天青云破处”，激发了人们对于汝窑瓷器的绝美想象。出产于宋代的青瓷、白瓷、黑瓷，都成为日常生活

[1]〔南宋〕李焘：《续资治通鉴长编》，第一册，第253页，北京：中华书局，1992年版。

《中兴四将图》 南宋 刘松年 故宫博物院藏

中的最美之物。很少有人注意到，宋代也有三彩，曾经烧出过唐三彩的火力，在经过改良之后，又烧出一种新的三彩。与唐三彩相比，宋三彩不仅色彩上更加丰富，除黄、绿、白、褐 4 种主色外，尚有艳红、乌黑、酱色，并新创一种翡翠釉，色泽青翠明艳，而且在造型上，也不再拘泥于女人与名马，而是扩展到食具、寝具（如三彩孩儿荷叶枕）、花瓶这些日常器皿，造像方面，除了仕女伎乐、菩萨罗汉，还扩展为各色人等，盔甲武士就占有一席之位。

绘画方面，南宋画家刘松年（传）绘有《中兴四将图》，画面所绘将领，虽找不到杨家将的身影，而全部为南宋时期著名将领——岳飞、韩世忠、刘光世、张俊（一说岳飞、韩世忠、吴玠、刘光世），但他们一律身姿挺健、神情威武，体现出大宋的军威。

宋真宗这个悲观主义者无论如何也想不到自己的军队会胜，此前，他还在圣旨中三令五申，“勿与追逐”[1]，他是被辽军打怕了，这一仗赢了，他还怕，

[1]〔南宋〕李焘：《续资治通鉴长编》，第一册，第 253 页，北京：中华书局，1992 年版。

因为在他眼里，即使遂城之战的胜利，也不能扭转宋军的劣势。所以，1004年，当辽国的重举再度打过来的时候，他的内心感到无比地紧张。他没有打过仗，他的心里没有底。

跨过边界，辽军的第一个打击目标是瀛州，就是今天的河北河间。1000多年后的历史学家们在谈论这场战争的时候说，“辽的这次入侵，是为了掠夺财富，并不是为了消灭北宋”[1]，也就是说，中原王朝的丰收富庶，像以往任何一个时期一样吸引着资源相对匮乏的草原帝国，但攻打瀛州则有所不同，辽军打仗，从来都运用灵活机动的战略战术，打得赢就打，打不赢就跑，不计较一城一地之得失，只有在瀛州城下，辽军突然变了脸，摆出了一副与宋军死磕的架势。瀛州是他们的一块心病。本来，瀛州是幽云十六州之一，但后周世宗后来把它抢回来了，宋朝建立后，自然回归了宋朝的版图，周世宗誓死收回瀛

[1] 参见武玉环、陈德洋：《澶渊之盟与辽宋关系》，见《澶渊之盟新论》，第57页，上海：上海人民出版社，2007年版。

州，是因为失去瀛州是中原王朝的耻辱，而对于契丹人来说，划入自己版图已经几十年的瀛州被抢了回去，又何尝不是一种耻辱呢？于是，瀛州城下，一场惨烈的战斗爆发了。

那场战斗，很多年后仍然缭绕在这座城上，变成世代相传的故事，进入河间人的记忆和血液。辽军似乎积攒了强大的势能，像潮水一样冲击着城墙，那种攻势，即使宋军，也从来没有见过。辽军每次攻来的时候，四面都响起震耳的鼓声，巨大的声音像一层壳，把战场包裹住了，最有自控力的人也要疯狂。辽军红着眼睛，举着刀枪，在密密麻麻的飞矢的掩护下，沿梯攀登，向瀛州发起一浪又一浪的攻击。城上的宋军看到人浪从远处席卷而来，在城墙上掀起巨大的浪花，只是浪尖没等冲到最高处，就被宋军的刀和箭截断了。然而，人浪的冲击也没有片刻的停止，即使在夜里也不例外。深夜里，火把照亮了漆黑的城墙，火光中，飞箭如雨点般向城墙砸去，仿佛半空中奔跑着无数只疯狂的老鼠，这样的阵势，连宋军都惊呆了。城上一片只有几寸见方的悬板上，竟然被200多支箭射成了一只刺猬，几日之间，有数十万支辽军的箭矢在城头上栖落。作为回应，宋军也纷纷投掷礌石巨木，于是，火把纷纷飘落，飘落，仿佛飘向深不可测的海底，火把此起彼伏地照亮了那些迸裂的脑浆，像暮春的繁花，大片大片、悠悠缓缓地落下，在凋零中呈现出惊人的美丽。

进攻持续了几十个昼夜，没有丝毫进展，终于，辽军在丢下3万具尸体之后，还是无奈地退去了。

胜利的捷报同样令赵恒大喜过望，不可能，绝对不可能，但战报就在他的手里，真真切切，让他无法不相信。但他的兴奋没有维持几天，愁云就再次笼罩了他的面孔——辽军虽然放弃了瀛州，却向大宋的腹地迅速挺进，距离大宋首都汴梁（今河南开封），只剩下二三百里的距离。

赵恒又慌了，大臣们纷纷献“计”，他们异口同声地说出一个字：跑。

分歧只在于目的地有所不同——参政知事（副宰相）王钦若主张跑到金陵，而枢密院副长官陈尧叟则认为既然跑就跑得更远点，干脆跑到四川去，有意思的是，王钦若是江南人，陈尧叟是四川人，他们对于战时陪都的构想，都包含着对于自己故乡的情谊。

第　二　节

一个重要人物的出场

每逢重大历史关头，都会有一个重要人物出场，这一次也不例外。

这个人的名字叫寇准。

赵恒对于逃往金陵还是跑到四川举棋不定，他叫来寇准，问：你说我是去江南好呢，还是去四川好呢？寇准大惊，很不客气地质问皇帝：究竟是谁，为圣上出了这两个馊主意？赵恒说：你就不要问是谁了，就说去哪里好吧。寇准说：这不行，我得知道是谁，知道了是谁，才能把他们的头割下来，给我开刀祭旗，然后我们痛痛快快地北伐辽军。[1]

听了寇准的话，赵恒不敢吭声了。

很多人是从田连元的评书《杨家将》里最早知道寇准这个名字的。在这部评书中，寇准一嘴山西话，清正廉洁，八贤王去请他的时候，他的家穷到了只有一张三条腿的桌子，满天下也找不到一位穷成这样的县官，他后来被请去审潘杨两家的案子，成了杨家将的保护神，也进而保全了大宋的江山。实际上，寇准不是山西人，而是华州（今陕西渭南）人，杨业公元 986 年战死，寇准公元 980 年才中进士，还是个年轻的地方官，不可能有权力去过问这样级别的案件。但是评书《杨家将》所刻画的寇准的性格，却是极其准确的——刚直得近乎迂腐，有政治眼光而没有政治手腕，以至于有人觉得，“他本是一个诗人，实在应当加入魏晋时代‘竹林七贤’的行列，或者是应当与李

[1] 此语见〔北宋〕魏泰：《东轩笔录》，转引自王晓波：《宋辽战争论考》，第 163 页，成都：四川大学出版社，2011 年版。

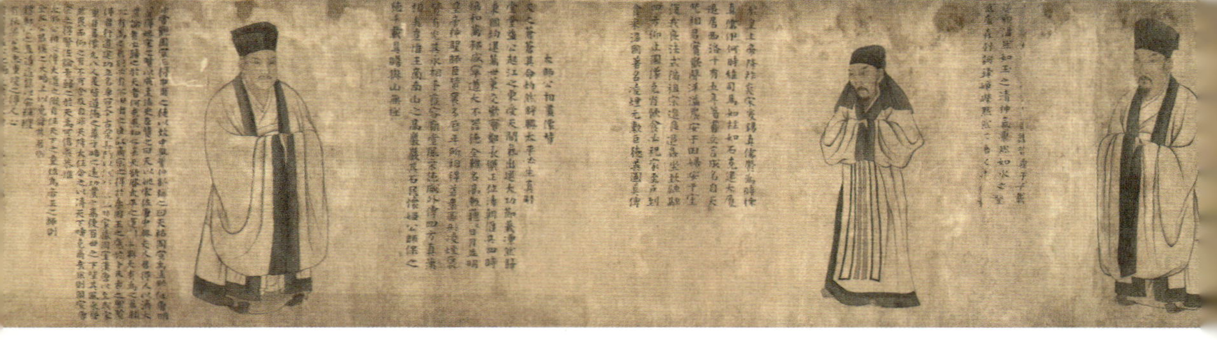

《八相图》 南宋 佚名 故宫博物院藏

白、杜甫为伍。不幸的是，他生活在科举盛行的宋代，昔日那放浪山水，高隐林泉已渐成微音绝响”[1]。

宋代不是隐逸的时代，知识分子在宋代突然面对了一个空前广阔的政治舞台，这是因为赵匡胤在“杯酒释兵权”、大肆驱逐武将的同时，开始大批使用文官，其中的道理并不深奥——那些军功在身的武将们随时可能威胁政权，而文人们最多写篇文章指桑骂槐，赵匡胤不怕他们，所以大幅度地提高了文人的参政权。许多文化大师，诸如范仲淹、王安石、司马光等，都被任命到极高的领导岗位上，尽管大宋朝廷对士大夫不乏贬谪流放这些惩罚措施，但他们很少像商鞅、李斯那样被杀死，或被处以像司马迁那样的酷刑，这样的政治待遇，在秦汉、魏晋都是不可想象的，连隋唐也没有达到这样的程度，唐代固然为职业官僚留下了一片天空，但唐代文化大师，如李白、杜甫、白居易、王维、杜牧、李商隐，却被隔绝在政治系统之外，与此相比，宋代士大夫自然要幸福得多。“半部论语治天下”，就是赵匡胤的宰相赵普的名言。

从南宋《八相图》中，我们可以目睹宋代官员的标准形象。根据画上文字，所谓“八相”，是指“周室汉唐以至我宋重臣画像凡八人”，分别为：周公旦、张良、魏征、狄仁杰、郭子仪、韩琦、司马光和周必大，后三人为宋代名相。有人认为最后一人并非周必大而是秦桧，推断这一画作是朝奉大夫

[1] 王瑞来：《左右天子为大忠——兼论寇准在澶渊之盟前后的作为》，见《澶渊之盟新论》，第151、152页，上海：上海人民出版社，2007年版。

（仅宋代有此官职）陈抟（tuán）为秦桧寿辰而创作的马屁之作[1]——被后人推崇的“名相”里，没有寇准却有秦桧，这算是历史的玩笑吗？

绘有岳飞的《中兴四将图》、绘有秦桧的《八相图》，都藏在故宫博物院，对照品读，别有一番意味。

总之随着文官体制的成熟，知识分子越来越承担起社会理性的使命，以儒家的仁义道德学说，驯服桀骜不驯的皇权，使它朝着遵天命、顺民意的方向发展，皇帝的行为，也纳入群臣士大夫的监督规范之中，皇帝不可能再像夏桀商纣那样野蛮血腥，再像秦皇汉武那样暴用民力了，尽管失控的现象时有发生，比如在朱元璋、朱棣父子身上，野兽本性一次次地暴露，制造出骇人听闻的残酷，却仍须以仁义道德做自己的面具，用谎言遮挡自己的耻部，把儒学挂在嘴边，年年讲，月月讲，天天讲，而清代皇帝，自幼所受的训练就更加严酷。如果说，公元后的第一个一千年是尚武的时代，那么从赵匡胤时代开始，第二个一千年，基本是崇文的时代，这一特点在宋代和明清两代表现得都比较鲜明——除了少数开国皇帝，这一千年中的大部分皇帝，都善于吟诗作画而不善于舞刀弄枪，连曾经威风八面的满洲子弟最终都不能扛枪打仗了。从大历史的角度看，这是文明的进步，认识到这一点，我们便无须对宋以来那些文弱的皇帝有太多的指责，但从局部看，却是王朝的悲剧，因为这些文质彬彬的

[1] 参见许浩然：《一幅南宋绍兴年间的秦桧画像——故宫博物院藏〈八相图卷〉考辨》，原载《中华文史论丛》，2015 年第 3 期，此文首次提出了第八位名相为秦桧的观点，并作了相关考辨。

朝代，始终没能摆脱凶悍民族的纠缠，被它们打得满地找牙。

寇准就是在赵匡胤缔造的文官体制内青云直上的。寇准 19 岁中进士，30 岁进入朝廷领导层，33 岁成为副宰相，成为大宋王朝最年轻的权臣，可谓少年得志。宋朝有“簪花”的时尚，就是把花戴在帽子上或者发髻上，从台北故宫博物院藏《宋仁宗后坐像》轴上，可以看见曹皇后两侧站立的宫女，幞（fú）头上花枝高簇，中间装点着珠翠所制的花朵，与《梦粱录》所说“有珠翠花朵，装成花帽者”相一致。从韩城宋墓壁画中的人物簪花图像上，我们可以看见伶人簪花的样子。官员插戴花卉的多寡、材质的优劣，也成了标明身份高低的标志。有一年春天，宋太宗和大臣们一起在皇家园林里饮酒赋诗，看到宫女们端出一盆盆的鲜花来给大家分戴，就选了最漂亮的一朵，赐给寇准，还说：“寇准年少，正是戴花饮酒时。”[1] 可见宋太宗对寇准的垂爱。在宋朝的春天，在“戴花饮酒时”，最美的花朵、最香的醇酒、最锦绣的前程，都已经摆在寇准面前了。对于一个刚过而立之年的年轻人来说，从古至今，人生得此机遇者几人？这一方面得益于宋朝的科举制度，得益于宋朝崇文轻武的风格，也得益于宋太宗个人的赏识、提拔。此外，我们还知道了，寇准并非评书里描述的那样，一副寒酸相，而是一个风流倜傥的“簪花少年”。

还有很多史料可以证明寇准的生活品质，曾任大宋王朝翰林学士和户部尚书的叶梦得在晚年所写的《石林燕语》中记载，寇准后来贬官凤翔时，以歌舞训练自家的柘枝舞女，还亲自为歌舞作词，只要请客，她们就会表演柘枝舞，寇准也因此落下一外绰号——“柘枝颠”。[2] 透过优美的歌声，曼妙的舞姿，我们可以体会到宋代文人士大夫的优雅、闲适与富贵，这样的情况在前朝很少，在后代也不多见，明代更以官员低薪而闻名，贪腐也因此而成为明代官场普遍流行的法则。

“簪花少年”的时代，可以说是寇准一生中最辉煌的时代，那时的寇准，

[1] 〔南宋〕吴曾：《能改斋漫录》，第 395 页，上海：上海古籍出版社，1979 年版。

[2] 〔南宋〕叶梦得：《石林燕语》，第四卷，第 60 页，北京：中华书局，1984 年版。

《宋仁宗后坐像》 宋 佚名 台北故宫博物院藏

不知是否对日后的坎坷有足够的准备。即使在宋太宗的宽容、保护下，“体制内”的日子依然是不好混的，尤其对于寇准这样的人来说。如同所有朝代一样，大宋的政坛也是一潭浑水，遵循着劣胜优汰的法则，最终被淘汰的，只能是像寇准这样有政治洁癖的人。宋真宗即位的时候，寇准早已被罢免了参知政事一职，外放邓州做了地方官，在邓州，他写了一首诗，算是一种人生表白：

世间宠辱皆尝遍，身外声名岂足量。

闲读南华真味理，片心惟只许蒙庄。

但是在我看来，他的这份潇洒是装出来的，他是不甘心的，他是不会像李白那样，“天子呼来不上船”，宋代也早已不像唐代那样“形而上”。宋代是入世的，更讲究尘世中的安顿，知识分子也更渴望在现实政治中施展抱负。然而，尽管寇准在赵恒继承帝位的关键时刻起了关键性的作用，但赵恒登基后，并没有马上把他唤回朝廷，除了朝中阻碍的力量甚大，更重要的是，赵恒怕寇准，怕他的刚直、单纯、不会拐弯，水至清则无鱼，他怕他的洁癖把朝廷弄个鸡犬不宁。像寇准这样的人，最好只做一个精神上的偶像，而不参与实际工作，那样的话，朝廷会把他树成榜样，只要他不来“捣乱”。在明代，海瑞难以得到重用，连同为圣人之徒的张居正都不用他，也是因为同样的原因，但是寇准的命运，比起海瑞不知好了多少，就在寇准唉声叹气、感到前途无望的时候，辽军来了——入侵的辽军救了他。此时的大宋帝国，第一代统治者死的死、老的老，只有寇准，仰仗年龄优势，还年富力强——1004 年，辽军大兵压境，宋真宗不用寇准，实在是没人可用了。于是，就在辽军南下的马蹄声中，寇准在经过三司使这一过渡性职务之后，匆匆忙忙地就任帝国宰相——当然，是两位宰相之一，另一位是 66 岁的毕士安。这一年，寇准只有 43 岁。

不知此时的寇准，是否会想起自己 8 岁时以华山为题写的一首诗，他在诗中赞叹这座山：“只有天在上，更无山与齐。”这首诗与其说是献给华山，不如说是献给 30 多年后的自己。

赵恒与寇准，就这样为了一个共同目标走到一起来了。然而，寇准之于赵恒，不同于管仲之于齐桓公、商鞅之于秦孝公、李斯之于秦始皇、魏征之于唐太宗——这几种组合，无一不是强强联合，寇准之于赵恒，倒有点像诸葛亮之于刘备——一个强势的宰相辅佐一个弱势的皇帝，明代的内阁首辅张居正之于万历，清代鳌拜之于少年康熙、曾国藩之于咸丰，也大抵如此。这样我们才发现，自宋代开始，相权开始增加，对君权进行约束，使皇帝不能再像以前那样桀骜不驯、为所欲为，而是要把原本充满野性的武夫，改造为符合帝国要求的、内圣外王的标准帝王。如果说宋代是中国古代王朝由尚武走向崇文的转折点，那么，宰相对于皇帝的引导、改造与规训，也是一个具体的体现，因为宰相是文官，代表的是儒家知识分子的思想和行为规范，而不再是战国、秦代强者为王的武人哲学。自寇准之后的许多朝廷重臣，如司马光、富弼，都曾用十分刺激的语言给皇帝上疏，比如司马光曾经不客气地要求深宫里的皇帝睁眼看一看“老弱流离，捐瘠道路，妻儿之价，贱于犬豕，许颍之间，亲戚相食”[1]的惨淡现实。历史学家指出，“在太宗后期，事实上这种君主改造过程已经基本完成，但君主的行为依然处于群臣士大夫的监督规范之中”，“这种对创业君主的规范改造的行为，都对后世继统君主起到正面的示范作用。而君主自律意识的增强，无疑为逐渐强化的宰辅专政消除了阻碍”。[2]

然而，相权的增加是有极限的，君权神授的体制是不能打破的，否则，宰相的地位就岌岌可危。宰，就是主持、主宰；相，就是辅佐。无论怎样，宰相主持或者主宰的，是政府日常工作，目的是为了辅佐皇帝，不能超越于皇帝之上。君臣权力的倒挂，可能给宰相招致灭顶之灾。皇帝用他，是因形势所迫，一旦皇帝自己的翅膀硬起来，就可能对宰相进行报复性惩罚。张居正、鳌拜下场都很惨，寇准晚年“贬死雷州”，也似乎可以看见苗头。宰相需要拿捏好分寸，功高盖主的曾国藩能够全身而退，就是因为他分寸拿捏得好，扫灭太平天国以后，主动让湘军解体，自废武功，这是大智慧，寇准是一根筋，只知道如何进，不知道如何退，所以等待他的，只有“地雷阵”和万丈深渊。

果然，“只有天在上”的寇准，臭脾气一点没改，人生的坎坷也一点没让他学得“聪明”。或者，他压根儿就没打算学“聪明”。他欣赏自己的“傻”，珍惜自己的“傻”，甚至陶醉于自己的“傻”，因为只有“傻”，他才能凭借自己的意愿做事，而不必对他人察言观色。当王钦若、陈尧叟异口同声地提出他们的逃跑主义主张，寇准甚至没兴趣打探一下皇帝的心思，就单刀直入地要斩这两位大臣的首级，他是不准备给皇帝留退路，他不认为皇帝的好恶比国家

---

[1] 《上皇帝疏》，《温国司马文正公文集》，卷三十四，四部丛刊本，第1、2页。

[2] 王瑞来：《左右天子为大忠——兼论寇准在澶渊之盟前后的作为》，见《澶渊之盟新论》，第163页，上海：上海人民出版社，2007年版。

的兴亡更加重要。

大敌当前，寇准没有过多地想自己，他与逃跑主义思想针锋相对，力主皇帝亲征，认为只有皇帝亲征，才能鼓舞士气，一举歼灭敢于来犯之敌。

野史对此的记载更有戏剧性：辽军南下的时候，前线的急报一晚上来了5封，而寇准则谈笑风生，一封文件也没有签发，有人沉不住气了，率先向宋真宗打了小报告，宋真宗一听，吓坏了，急忙让寇准把情报送来，展开一看，发现全是十万火急的，他浑身都起了一层鸡皮疙瘩，连毛发都一根根竖了起来，问寇准："这到底是怎么回事？"寇准说："陛下想把这事儿解决了吗？"他的语气，好像在说一件无足轻重的琐事。皇上说："国家危难到了这个地步，谁想让它长此以往呢？"寇准说："既然皇上想把它结束，我想最多不过就是5天的事吧。"然后，寇准就把皇帝亲征的设想和盘托出了，宋真宗沉默了，他不知该如何回答，大臣们也都把头低下去，宫殿里一片尴尬，终于，皇帝想到了退朝，只要退了朝，回到了后宫，他就可以不回答寇准的问题，自己就安全了，寇准看破了这一点，连这个机会都没有给他，而是说："陛下退朝还宫，大臣们回到自己府上，第一件事就是收拾行李，送走自己的妻儿，汴京必会谣言四起，汴京一乱，大势可就去了。"[1]

出发那一天，是十一月二十日，帝国的官方天文台——司天监对天象作出这样的解读："宜不战而却，有和解之象。"[2]两天后，他们到了韦城，前来护驾的河北主力还没有赶到，而辽军则正向大名发起攻击。越往北走，宋真宗越感到自己的单薄和无助。离开宫殿，他仿佛就不再是皇帝了，他对自己的身份产生了怀疑，他第一次发现自己变得那么微不足道，一支来自敌营的响箭，就可以轻而易举地要了他的命，只有宫殿是可靠的，不仅能够保全他的性命，而且能够突出他的威权。他的目光下意识地寻找寇准的身影，心里却想，生存，还是毁灭，这是一个问题。慢慢地，王钦若和陈尧叟的逃跑主义思想

---

[1] 参见〔元〕脱脱等撰：《宋史》，第7774页，北京：中华书局，2000年版。

[2] 〔南宋〕李焘：《续资治通鉴长编》，第三册，第1283页，北京：中华书局，2000年版。

又占了上风，宋真宗忽略的是，辽军此次倾全国之师，绕过瀛州这些河北边境城池，悬师600多里深入大宋腹地，已经处在了十分危险的境地，很容易被宋军“包饺子”，况且它的兵力不及大宋的五分之一，装备不及大宋的十分之一，技术不及大宋的三分之一[1]，以大宋的90万军队，对付大辽的20万军队[2]，是不会轻易言败的，而1003年秋天河北粮食的丰收，更为宋军在河北的作战提供了充足的军粮，因此，当皇帝日夜惦记逃跑的时候，宋军将领则“皆云甲马雄盛，不宜示弱”[3]，趁此机会，与辽军主力进行一场大决战，或许可以像汉朝那样，把匈奴人彻底打垮，根本消除北部边患，但宋真宗不这么想，他没有拼死一决的勇气，他觉得好死不如赖活着，只要自己能继续当皇上，就算是割地赔款，又有什么关系？

---

[1] 〔北宋〕夏竦：《文庄集》卷十三《进策》。

[2] 关于宋辽两军的军力分析，参见王曾瑜：《宋朝兵制初探》，第91页，北京：中华书局，1983年版。

[3] 〔南宋〕李焘：《续资治通鉴长编》，第三册，第1210页，北京：中华书局，1992年版。

第　三　节

澶州的死结

对于那座威武的大城——澶州（俗称澶渊），史书是这样写的："据中国要枢，不独卫之重地，抑亦晋郑吴楚之孔道也。"[1]正因为它是中原要枢，连接晋郑吴楚，所以，这里是天然的"古战场"，夏商之际的"昆吾之战"、春秋晋楚的"城濮之战"、秦末"项羽、章邯之战"等著名战役，都发生在这里，仅后梁、后唐，就在这里交战20余次，自从石敬瑭把幽云十六州割给辽国，长城的防守意义就消失了，一旦战争爆发，宋朝只能进行城市保卫战。没有了长城，处北道之会、扼大河之津的澶州城对中原王朝的屏障作用，就更加突出了，澶州若丢，前面就是一马平川，包拯曾说：

澶渊据北道之会，扼大河要津，朝廷素择重臣以镇之。[2]

二十六日这一天，刺骨的寒风中，宋真宗的车驾终于晃晃悠悠抵达了澶州，他鼓起的勇气也到了尽头。为安全起见，他打算停留在位于黄河南岸的南城，而不敢渡过黄河到北城去。实际上，此时黄河已经结冰，契丹骑兵随时可能越过黄河，不过黄河，对于宋真宗来说，只是一种心理安慰而已，而对于宋军的心理瓦解，却是显而易见的。寇准说："陛下不过河，则人心危惧，也不能打击敌军的气焰，不能起到鼓舞士气、战胜敌军的作用。况且王

[1] 〔清〕顾栋高：《春秋大事表》卷二《澶州》，《景印文渊阁四库全书》，经部，第一七三卷，台北：台湾商务印书馆，1983年版。

[2] 〔北宋〕包拯：《包孝肃奏议集》卷六《论李昭亮》。

超带兵，驻扎在中山，扼住了敌军的面门，李继隆、石保吉摆出了大阵，扼住了敌军的左右肘，正在赶来的援军，一日可达，陛下又担心什么呢？”[1]

寇准的苦口婆心，并没有让皇帝下定决心不怕牺牲，排除万难，去争取胜利。他再一次陷入沉默。寇准无奈，只好暂时离开皇帝驾前。出来的时候，他遇见一个人，这个人，就是目不识丁却晓达军政的大将高琼。寇准说：“太尉深受国恩，今天愿意报效吗？”高琼回答：“琼乃一介武夫，愿意为国效死。”寇准听了他的话，立即转身，重新回到皇帝面前，说：“陛下如果不相信微臣的话，可以问问高将军。”高琼说：“宰相的分析，都是正确的。”[2]并且进言：“跟随圣驾的战士们的父母妻子都在汴京，必定不会丢下家眷逃往南方，如果圣上一定要去南方，他们十有八九会半路逃跑。请陛下一定亲征澶州，我们都愿誓死效忠，一定会战胜敌人！”[3]

此时的宋真宗，一定从高琼的话里，闻到了浓浓的火药味，再固执下去，弄不好会激出兵变，当他把求救的目光投向侍卫时，侍卫居然也站到了寇准和高琼的一边，他没有办法了，只好硬着头皮，勉强同意渡过黄河。关于宋真宗渡河，有多种版本的记录，一种版本说，寇准给高琼使眼色，让他带着皇帝的侍卫部队先渡河，自己则亲自牵着皇帝骑的马，硬把他拉过了黄河浮桥[4]。

所谓黄河浮桥，当时是一座由七七四十九只大船连成的浮桥，黄河把澶州分成南北两座城池，中间以浮桥相连，如果不是在冰冻季节，当敌军占领北城，宋军烧掉浮桥，则敌军很难渡过黄河。王安石在诗中描述澶州时写道：

去都二百四十里，河流中间两城峙。

❶ 参见〔元〕脱脱等撰：《宋史》，第7774页，北京：中华书局，2000年版。

❷ 参见〔元〕脱脱等撰：《宋史》，第7774页，北京：中华书局，2000年版。

❸〔南宋〕李焘：《续资治通鉴长编》，第三册，第1285页，北京：中华书局，1992年版。

❹《五朝名臣言行录》卷四之二《丞相莱国寇忠愍公（准）》。

南城草草不受兵，北城楼橹如边城。[1]

当皇帝的黄龙旗出现在北城城楼上时，“诸军皆呼万岁，声闻数十里，气势百倍”[2]。历史发展到这里，算是扭成了一个死结——双方相持不下，谁都输不起，无论对谁来说，战败，都是万劫不复。所以，无论宋真宗，还是萧太后与辽圣宗，夜晚想必是十分难熬的。大敌当前，他们都需要在夜里养精蓄锐，然而，夜，又是杀机四伏、危险丛生的。澶州的夜晚，就这样到来了，在可怕的寂静中，覆盖了所有的惊惧与忧伤。

宋真宗赵恒还是不踏实，他把宝全都押在了寇准身上。他派人去寇准那里打探虚实，发现寇准不是在呼呼大睡，“鼻息如雷”，就是在与杨亿饮酒酣歌，除了鼾声和笑声，再也没有其他的声音了。赵恒终于把心放到了肚子里，说：

“准如此，吾复何忧？”[3]

有人把寇准比作东晋淝水之战时阵前下棋的谢安，实际上，寇准不过是故作潇洒，做样子给皇帝看的，兵临城下，他并不像谢安那样气定神闲，也没有曹操那样横槊赋诗的雅兴，他的神经一刻也没有放松过。

辽军比宋真宗早两天，也就是二十四日抵达澶州城外，就在那一天，发生了一个偶然的事件，使整个局势突然朝着有利于宋军的方向发展了。这个偶然事件是，由于宋军守城不出，辽军主将萧挞览（又作萧挞凛）沉不住气了，出来侦察地形，埋伏已久的宋军军官张瑰瞄准了很久，扣动了手里的机弩，连

[1] 〔北宋〕王安石：《澶州》，《临川文集》卷五，见《景印文渊阁四库全书》，集部，第四十四册，第42页，台北：台湾商务印书馆，1983年版。

[2] 〔南宋〕李焘：《续资治通鉴长编》，第三册，第1287页，北京：中华书局，1992年版。

[3] 参见〔元〕脱脱等撰：《宋史》，第7775页，北京：中华书局，2000年版。

续发出的利箭，挟带着恐怖的风声，直奔萧挞览的面门[1]，他没有躲过，甚至没有来得及叫一声，就断了气，鲜血顺着他的额头，汩汩而下，像一层厚厚的血色面具，遮覆了他狰狞的表情。萧挞览是辽军南下最核心的将领，当年杨业在雁门关金沙滩一战中箭被俘，就是被萧挞览所俘，在望都之战中擒获宋将王继忠的，也是萧挞览。从某种意义上说，萧挞览是辽军的军魂，萧挞览的尸体被抬回辽军军营的时候，萧太后痛哭失声，史书这样写下了这一笔："太后哭之恸，辍朝五日。"[2]

萧太后一下子就泄了气。就在宋真宗忐忑不安的时候，他或许不会想到，真正心惊肉跳的，不是自己，而是萧太后。萧太后孤军深入，本身就十分危险，又先折了大将，澶州可能成为她的死地。活路只有一条，那就是议和，唯有大宋同意议和，她和她的军队才能全身而退，但是，大宋皇帝会同意吗？

[1] 参见〔元〕脱脱等撰：《宋史》，第 7774 页，北京：中华书局，2000 年版。

[2] 参见〔元〕脱脱等撰：《辽史》，第 893 页，北京：中华书局，2000 年版。

第　四　节

曹利用的三根手指

萧太后没有想到，她通过王继忠传达的议和请求，宋真宗爽快地答应了。

战争首先是一场心理较量，只有内心强大的人才能取胜，诸葛亮的空城计，靠的就是强大的内心，兵临城下，他面不改色心不跳，才使司马懿葸（xǐ）步不前。宋真宗的心理不够强大，两军对峙，他先乱了阵脚，所以一旦对手高唱和平，他立刻积极响应。此时，唱空城计的是萧太后，宋真宗忘记了一点，大辽向来好战，“亡我之心不死”，它主动言和，一定是它对战胜没了把握，这，正是自己乘虚而入的大好时机。

寇准急了，他的酒饮不下去了，歌唱不下去了，白日梦做不下去了，他的美梦不是被辽军而是被大宋的皇帝打断的。他立刻上了一道策论，并把自己的战略蓝图和盘托出，这道策论没有保存下来，我们无法知道它的具体内容，只知道寇准向皇帝信誓旦旦地保证：

> 如此，可保百年无事。
> 不然，数十岁后，戎且生心矣。[1]

从这句话中，我们可以体会到，寇准是决心彻底解决“北患”的，他是不准备再让萧太后活着回去了，否则，北部边患，将像噩梦一样，没完没了地纠缠着大宋，使朝廷上下的歌舞升平成为彻头彻尾的自欺欺人。在河北守关的

[1]〔南宋〕李焘：《续资治通鉴长编》，第三册，第1298页，北京：中华书局，1992年版。

杨延昭与寇准不谋而合，他给皇帝打报告说："敌军主力现在在澶州北面，已经深入边境一千里，人困马乏，他们抢来的粮食物资，都驮在马上，行动不便。所以，敌军虽然为数众多，但是很容易打。请皇上命令我们的军队，扼守各交通要道，对辽兵进行伏击。只要歼灭这一支辽军主力，就可趁势夺回（幽云十六州中的）幽州、易州了。"[1]

杨延昭的报告，消失在皇帝案前的奏折堆里，他甚至没有正眼看上一眼，对于寇准，赵恒则说出了一句至今仍被史学家们争论的话：

> 数十岁后，当有能扞御之者。
> 吾不忍生灵重困，姑听其和也。[2]

对于宋真宗与萧太后来说，澶渊之盟的背后，都找得出他们个人的逻辑——比如，宋真宗的懦弱，萧太后的无奈，然而，盟约一旦签订，这些个人因素就都不重要了，历史只看重结果——和平协议签订后，为宋辽双方都赢得了一百多年的和平发展时期，百姓获益，边贸也活跃起来，连宋刻版书籍和文人诗赋也流入辽国，促进了契丹民族的汉化——懦弱也好，无奈也罢，一旦与人民的利益扯上关系，就立刻显得很正经，连伶牙俐齿的寇准，在这份冠冕堂皇面前也变得理屈词穷。

这一次，寇准这个"一根筋"没有跟皇帝较真，或许也反映了他内心的纠结。所以，和谈开始的时候，他没有阻拦，只是觉得皇上给谈判代表"百万以下皆可许也"的授权，太大方了，于是召来谈判代表曹利用，指示他：

> 虽有敕旨，汝往所许毋得过三十万。

[1]〔南宋〕李焘：《续资治通鉴长编》，第三册，第1298页，北京：中华书局，1992年版。

[2]〔南宋〕李焘：《续资治通鉴长编》，第三册，第1298页，北京：中华书局，1992年版。

过三十万，勿来见准，准将斩汝。[1]

这是地地道道的“威胁”，如果战争赔偿超过30万，曹利用的脑袋就要搬家。

曹利用回来的时候，宋真宗正在用膳，不便见人，心里又急于知道结果，就派内侍问曹利用，曹利用回答说：“这是国家机密，只能当面上奏皇上。”宋真宗心里打鼓，又派了一个内侍去询问，曹利用还站在门口，依然坚持保密原则，一个字也不肯说，只是打了个哑谜，把三个指头放在脸上，算是回答。内侍回到真宗面前，回禀道：“三根手指头贴在脸上，不会是三百万吧？”宋真宗吓了一跳，说：“太多了！”想了一下，又说：“先把事了了，就这么办吧。”

皇上的御膳就在他的惴惴不安中草草收场了，立刻宣曹利用觐见。曹利用一见皇上，连忙把头狠狠地磕在地上，头颅在地砖上咔咔作响，然后把心一横，向皇帝禀报：“臣有罪，答应给契丹的银绢太多了。”

真宗忙问：“多少？”

此时的他，已经做好了300万的心理准备。

当曹利用说出“30万”的数额时，宋真宗简直是大喜过望了。所谓的“30万”，是10万两银和20万匹绢的总和。对于大宋来说，这点小钱，简直是九牛一毛。宋真宗后来把曹利用视为有功之臣，提拔到更重要的岗位上，他没有想到，曹利用的功绩，是在寇准的“威胁”下建立的。

澶渊之盟，当时叫作“誓书”，可见双方对它的看重，它的主要内容，完整地保留在《续资治通鉴长编》里，是难得一见的古代外交文件，其主要内容如下：

一、辽宋为兄弟之国，辽圣宗年幼，称宋真宗为兄，后世仍以世以齿论。

二、以白沟河为国界，双方撤兵。（辽归还宋遂城及涿、瀛、莫三州。）此

[1]《五朝名臣言行录》卷四之二《丞相莱国寇忠愍公（准）》。

后凡有越界盗贼逃犯，彼此不得停匿。两朝沿边城池，一切如常，不得创筑城隍。

三、宋方每年向辽提供“助军旅之费”银 10 万两，绢 20 万匹。至雄州交割。

四、双方于边境设置榷场，开展互市贸易。

我想，拿到这一条约的文本，宋真宗一定是乐开了花。

第　五　节

120 年的辉煌

宋真宗赵恒是地道的和平主义者，倡导和平共处，从来不对打倒契丹王朝心存幻想，不论用什么方法，只要能让辽军撤兵，不再闹事，大宋的繁华之梦能够持续，他就心满意足了。对他来说，30 万岁币，实在是小菜一碟，根据后来的宰相王旦的计算，这笔支出不及战争军费的百分之一[1]，如果按宋朝政府的年度全部财政收入计算，还占不到 0.4%[2]，用这点代价结束战争，使百姓得以“生育繁息，牛羊被野，戴白之人（白发长者），不识干戈”，实在划算，在澶渊结盟这一年出生，后来官至开封府推官、知谏院的富弼评论说：“澶渊之盟，未为失策。”

辽国也没有亏，因为摆在他们面前的，原本是一场没有胜利指望的战争。此时，盟约签订，辽国也算是“不战而屈人之兵”，而且每年都能拿到真金白银，有了稳定的财政收入，不失为一个利好的消息。

持续了 25 年的战争结束了，长达 120 年的和平局面开始了。澶渊之盟，在中国历史上第一次以和平协议的方式结束战争，而不是以战止战，或者以和亲的方式谋求暂时的平安。因此，澶渊之盟的意义，无论怎样估价都不过分。李纲、张戒、王绘等宋代政治家都对澶渊之盟做出了极高的评价，《剑桥中国辽西夏金元史》说：“这一条约取得了非凡的成功，非常有助于整个 11 世纪

[1]〔南宋〕李焘：《续资治通鉴长编》，第三册，第 1569 页，北京：中华书局，1992 年版。

[2] 据汪圣铎：《两宋财政史》附《宋朝财政收支概况表》，第 679 页，北京：中华书局，1995 年版。

两国长期稳定和经济与文化的进步。”[1]

河北的农民不必再为他们的丰收而感到恐慌了，他们可以放心地收割田野里的庄稼，而不再像往常那样，在战事发生时背井离乡，在滨州、齐州、青州、潍州、邢州、洺州、相州、濮州、澶州、滑州、卫州等数十州之间奔走呼号，此时，他们已经得到来自朝廷的抚慰。

120 年的和平意味着什么？从 1004 年的澶渊之盟至 1126 年闰十一月完颜宗弼（金兀朮）在漫天大雪中攻破大宋都城汴梁的“靖康之耻”，历经真宗、仁宗、英宗、神宗、哲宗、徽宗、钦宗 7 位皇帝，北宋王朝 9 位皇帝，只有开国皇帝宋太祖和宋太宗没在这 120 年生活过。就在这 120 多年中，大宋王朝通过一系列庄严的礼仪，重建了国家权威，恢复与重建了知识、思想与信仰世界的有效性，恢复了生活秩序、重建了民族自信。政权的合法性，也不再只依赖赤裸裸的武力来维持，而更依靠文化的力量，知识、思想与信仰成为崇拜的对象。就在这 120 年历史夹缝中，突然出现了一大批政治家、思想家、文学家、艺术家，如同文艺复兴时期的意大利，在短时间内释放出强劲的文化能量，他们是：柳永（约 984—1053）、范仲淹（989—1052）、晏殊（991—1055）、欧阳修（1007—1072）、苏洵（1009—1066）、邵雍（1011—1077）、周敦颐（1017—1073）、司马光（1019—1086）、张载（1020—1077）、王安石（1021—1086）、沈括（1031—1095）、程颢（1032—1085）、程颐（1033—1107）、苏轼（1037—1101）、苏辙（1039—1112）、黄庭坚（1045—1105）、李清照（1084—1155？）、张择端（1085—1145）……把儒家文化推向一个新的高峰，对中国后 1000 年的文明走向产生至为深远的影响。

新千年伊始，大宋王朝的文化中心——洛阳，群星荟萃，“相逢各白首，

---

[1] ［德］傅海波、［英］崔瑞德编：《剑桥中国辽西夏金元史》，第 109 页，北京：中国社会科学出版社，1998 年版。

《瑞鹤图》 北宋 赵佶 辽宁博物馆藏

共坐多清谈”[1]，邵雍一句“老年多病不服药，少日壮心都已灰”[2]，引来富弼、王拱辰、司马光、程颢等人的唱和，那样的文化光景，可以用空前绝后来形容了。只是他们闲雅从容，不再是魏晋狂士的不合作主义，虚无高蹈，而是面对汴梁的政治舞台，跃跃欲试，在一种近乎亢奋而紧张的心情中，构建一种从心性本原一直推衍到宇宙终极道理的知识、思想与信仰世界，来通释社会、自然与人类的“理”，从而把儒家学说向前大大地推了一步，这才有了后来思想史与文学史上的两次鹅湖之会（1175 年朱熹和陆九渊；1188 年陈亮与辛弃疾），同时，他们因为独占着对“理”的诠释、理解和实践的能力，而拥有了一种批判和指导现实的力量，酝酿着对社会政治的深刻改革，连皇帝都不能拥有对“理”的审判的豁免权，必须直面士大夫及其代表的文化。1000 年后的我们也不得不惊叹，那 120 年，是一个最富于思想活力的世纪，“理学中关于宇宙与人心的讨论也恰在最自由、最富于想象力的时代”[3]。

这样一个繁华的时代，被宋徽宗自信满满地画进《瑞鹤图》里。宋徽宗是宋朝第八位皇帝、宋神宗第十一子、宋哲宗之弟，公元 1082 年生，1135 年死，元符三年（公元 1100 年）即位，在皇帝位上，度过了 27 年的无忧岁月，直到靖康二年（1127 年）三月，汴京被金人攻下，与钦宗赵桓被金人掳去，他华美精致的生活才终止，长达 120 年太平岁月才走向它的终局。宋徽宗是一个享受过安稳岁月的皇帝，也是亲手把它葬送的皇帝。他既见证了和平的美好，又亲身承担了战争的惨痛。

但在画《瑞鹤图》时，靖康元年（1126 年）冬天的那场大雪还没有到来，宋徽宗还是那个浪荡奢侈、任性自负、热爱文艺的皇帝。政和二年（公元 1112 年）上元之次夕（正月十六日），都城汴京上空忽然云气飘浮，低映端门，群鹤飞鸣于宣德门上空，久久盘旋，不肯离去，两只仙鹤竟落在宫殿左

[1] 〔北宋〕邵雍：《闲吟四首》之三，见《伊川击壤集》，卷一，《道藏》太玄部，贱一，第 23 册，第 490 页。

[2] 〔北宋〕邵雍：《自和打乖吟》，见《伊川击壤集》，卷九，《道藏》太玄部，贱九，第 23 册，第 527 页。

[3] 葛兆光：《中国思想史》，第二卷，第 219 页，上海：复旦大学出版社，2009 年版。

右两个高大的鸱吻之上，引皇城宫人仰头惊诧，行路百姓驻足观看。空中仙鹤竟似解人意，长鸣如诉，经时不散，后迤逦向西北方向飞去。[1]

宋徽宗看到祥云伴随仙鹤飞临宫殿上空的神奇景象，无法按捺住兴奋的心情，欣然命笔，将这一幕神奇的景象绘于绢素之上，还写下了题跋与题诗，于是有了中国绘画史上的经典之作——《瑞鹤图》。

《瑞鹤图》，其实就是宋徽宗进行表扬和自我表扬的图，因为仙鹤飞临宫殿上空，无疑是帝国的吉兆，象征着宋徽宗统治的正确伟大。宋徽宗急不可耐地把这样的景象画进《瑞鹤图》，希望将这种极端的景象以绘画的形式凝固下来，让自己的正确伟大永远被人目睹。但宋徽宗无论如何不会想到，白鹤迁徙到中原，是气候转寒的标志，因为白鹤一般在早春二月从鄱阳湖北迁，集成一百至二百只的群体沿京杭大运河北上，在黄河三角洲作短暂停留，而后抵达东北地区，经过黑龙江扎龙、三江平原、小兴安岭，飞越黑龙江，最后到达西伯利亚东北部。而仙鹤在上元节（正月十五）前后就到达黄河流域，在汴京的皇宫里飞翔流连，表明天气反常，凛冬已至，鸟的迁徙周期提前了，北方少数民族政权生存环境恶化，也将挥戈南下，掠取资源了。内外交困，将使北宋政治的黄金时代走向终结。

这样一个繁华的时代，被徽宗时期（1100—1126 年）供职翰林图画院的画家张择端一笔一画地画进那幅著名的《清明上河图》中。在这幅图画中，我们看到了北宋末年一个春天里的宁静的乡村、繁忙的汴河、热闹的虹桥、忙碌的店铺、威武的城楼和繁华的都市。在这样浩大的场景中，骑驴者穿过荒郊的树林；载满货物的大船无声地靠岸，沿河的店铺里，店主手里握着一个雪白的馒头，向挑夫招揽生意；许多撑篙者撑着一条大船，向虹桥的桥洞缓缓靠拢；高高拱起的桥背上则人满为患，挑担者、骑驴者、坐轿者、步行者一应俱全，桥背的两侧，有搭棚做生意的小贩，也有站在桥上看风景的，像卞之琳的诗，看风景的人也终成了风景；进入城墙，繁华的城市街景中，店铺、酒楼、

[1] 参见《劫后余生的北宋〈瑞鹤图〉》，原载《广州日报》，2014 年 6 月 3 日。

《清明上河图》（局部） 北宋 张择端 故宫博物院藏

茶馆、理发摊、肉铺、说书摊、医院，生意红火，用今天的话讲，购销两旺，拥挤的人群中，不仅有三教九流、五行八作，还可以看到僧人、士大夫的儒雅形象，供我们展开对于宋儒们穿越城市街景的美好想象。这幅美术名作，不仅是对北宋城市发展和消费状况的最直接的写照，使我们远在千年之后仍然能够顺利完成对那个时空的重访，也是对澶渊之盟的历史功用的最佳注解。只不过这份承平与繁华，也将成为过眼云烟。从这个意义上说，《清明上河图》描绘的是盛世景象，也是末世景象。

汪晖认为："宋朝被视为一个典型的中国王朝，一个用清晰的民族意识界定出来的早期民族国家，一个在文化上'更为中国的'（亦即更为儒教主义的）中国，而上述要素是以一种区别于汉唐帝国模式（以及元、清帝国模式）的郡县制国家或早期民族—国家为政治的和社会的构架的。"[1] 甚至有学者以宋代为起点，以中国的宋朝、14 世纪的朝鲜和 17 世纪的日本德川时代为轴心，建立起一个"东洋的近世"的概念，作为一个独立于西洋的近代的概念，与以

[1] 汪晖：《现代中国思想的兴起 · 上卷 · 第一部：理与物》，第 6 页，北京：生活 · 读书 · 新知三联书店，2003 年版。

欧洲为中心的近代过程相抗衡。也就是说，产生了经济上的“资本主义萌芽”与文化上的“启蒙思想”的宋代，被1000年后的学者们追认为东方近代的真正开始，这个近代化的开端，不是迟至7个多世纪以后的鸦片战争才出现，从这个意义上说，这120年的繁荣，历史意义就更加重大。

这一切，都要感谢澶渊之盟的“屈辱”“卖国”。然而，任何事情都有它的两面，如同澶渊之盟带来的正面效应一样，它的负作用也同样显而易见，并对中国后世的历史产生深刻的影响——从这一天起，这个重文轻武的王朝，更加相信退让求和所换来的温饱与安全，与版图的蜕化同步，汉唐朝代睥睨四方、君临万国的磅礴之气，在宋代再也无法复现了，它的政权，真的只剩下“中国”地区，即汉族区域（它的北方先后有辽、金、蒙古政权，西有西夏政权），连宋太祖对“一榻之外皆他人家也”[1]的忧患都没有了。尽管这暂时掩盖了皇帝的懦弱，但这个懦弱的基因，还是被一代代生长于深宫的皇帝们发扬光大，懦弱成为宫殿对他们进行的胎教，帝国越是繁华、富庶，他们

[1]〔北宋〕邵伯温：《邵氏闻见录》，第一卷，第4页，北京：中华书局，1983年版。

就越是失魂落魄、惧怕战争。他们相信钱的力量，相信钱可以摆平一切，所以他们赔款割地，越来越大方，除了元朝的短暂插曲以外，这一习惯，一直延续到清末，在柏杨称为“倾盆大雨”的敌人面前，赔得破了产，赔成了“赵光腚”，最终彻底亡国。陶希圣之子、历史学家陶晋生教授在他的专著《两个天子：宋辽关系研究》中写道：

盟约至少部分地代表了一种息事宁人，反映了一种外交上的退缩——尽管是暂时的——从华夏强势立场退到转而寻求安稳保全的姿态。随着时间的流逝，中国人越来越习惯于安逸的生活而不再热衷于采取活跃的对外政策了。苏轼曾经评论说，澶渊之盟可能是中国王朝曾经采取的最坏的政策，只要容忍西部和北部的两个强敌的存在，中原王朝就不可能达到真正的“治”。一些现代历史学家也有同感，他们认为导致宋朝最终亡于蒙古的原因可以追溯到宋朝的初期。颓势在宋朝早期已显露端倪，当时君臣对于如何处理中国北部边境长期遭受外族威胁的问题普遍束手无策。[1]

120 年过去了，到了靖康元年，公元 1126 年，金人南侵，兵临汴梁城下，徽宗望风而逃，慌慌张张地把皇位让给了儿子赵桓，即宋钦宗。宋钦宗上台，第一把火就是与金议和，赔付金帛、牲畜，尊金帝为伯父，割让中山、太原、河间三镇，遣宰相、亲王为人质，来求得苟安，他没有想到，他的慷慨没能阻止金人南下的脚步，转眼之间，玉碎宫倾，他和他的父亲都成了战俘，被禁上京会宁[2]，最终抵达北国边陲小镇五国城[3]，双双客死他乡。

宋钦宗正是出于对议和的迷信才贻误了战机，并上了金国的当，沦为战

---

[1] 陶晋生：《两个天子：宋辽关系研究》，第 24 页，菲尼克斯：亚利桑那大学出版社，1988 年版。

[2] 今黑龙江省阿城县南。

[3] 今黑龙江省依兰县。

俘。有意思的是，被自己的兄长、钦宗赵桓选为人质的亲王赵构，一俟创建了南宋，对付金国的法宝只有两条，一是逃跑，二是议和。在逃跑方面，赵构表现出惊人的天赋，金军攻入扬州那一天，公元1129年二月三日，他凌晨还抱着美女，寻欢之后松弛地酣睡，听到消息，立刻以迅雷不及掩耳之势，一口气跑到瓜洲，又到了建康[1]，也就是从今天的扬州一路跑到南京，堪比马拉松冠军，夜幕垂下来的时候，他望着扬州方向的火光，心里没有惭愧，反而充满了庆幸。在议和方面，赵构更是不惜工本，甚至连大宋皇帝的脸面也舍了进去，以哀怨的语气央求道："我现在守则无人，奔则无地，所以只求阁下可怜我。我愿削去旧号，使天地之间尽为大金国所有，这样也可免去阁下劳师远涉，大动干戈了。"终于，宋绍兴十一年，公元1141年，在秦桧等人的力促下，赵构如愿以偿，金宋翻版当年辽宋的澶渊模式，达成"绍兴和议"。

"绍兴和议"的内容主要有，宋向金称臣，划定东以淮河中流、西以大散关[2]为界，宋每年向金纳贡银、绢各25万两（匹）。如同当年的澶渊之盟一样，它用割地赔款换来了大宋的半壁江山，使南宋与金形成南北对峙的局面长达135年，直到1276年，蒙古军队攻占临安[3]，生擒了5岁的宋恭宗，属于南宋的时代才宣告终结。135年的和平，使南宋有机会发展成一个巨大的经济动物，创造了1.6亿的国家年度财政收入，后来的明朝即使在国力强盛时期，也只达到了它的十分之一，而清朝咸丰年间，拥有南宋四五倍的人口，年度财政收入却只有三四千万两。有学者甚至提出，南宋的经济总量占到了当时世界的75%[4]；与经济实力相当，南宋在科技、文化方面的成就，也丝毫不逊于任何一个朝代，火药、活字印刷、耐旱水稻这些科技成果已被广泛使用，更不可思议的是，在大陆上一筹莫展的南宋，居然大胆地向海洋进军，开拓海外贸易，使

---

[1] 今江苏省南京市六合区东南。

[2] 今陕西省宝鸡市西南。

[3] 今浙江省杭州市。

[4] 参见司徒尚纪、许路、钟言：《海底沉船复原中国"大航海时代"》，原载《中国国家地理》，2010年第10期。

得海外通商的国家和地区由20多处猛增到60多处，范围也从南海、印度洋拓展到波斯湾、地中海和东非，成为世界第一海洋强国，为后来的郑和下西洋奠定了基础，也比荷兰、英国、西班牙这些海上强国至少领先了5个世纪，这一切，都有赖于“绍兴和议”对于和平的许诺，也使我们对于这个曾经被唐朝的强光所掩盖的朝廷刮目相看，只是南宋过于依赖和议的作用，武备松弛，还自毁长城，杀害了岳飞、岳云父子。南宋皇帝忘记了，只有拥有一支强大的常备军，和平才有保证。金钱可以买到一切，却买不到野心，当草原帝国的目标不再是钱而是地盘的时候，所谓的和平协议，就是一张一文不值的废纸。因而，澶渊模式是有效的，但它的有效性却是有限度的，南宋相信它的效力，却忘记了它的限度，执着于澶渊模式，反而加剧了南北两个政权在军事上的马太效应，使强者更强、弱者更弱，最终一败涂地。“绍兴和议”使宋朝永久失去了原来北宋的山西和关中的马场，从此岳家军的一万骑兵成为绝唱，这个王朝只能靠步兵和北方游牧民族的精骑对阵，直到彻底覆灭。

第　六　节

寇准的末路

突如其来的和平，对于饱受边患的宋朝人来说，无疑是奢侈的。连寇准都掩饰不住自己的成就感。他要享受这份奢侈。根据《续资治通鉴长编》的记载，那段时间，他经常把帝国的高级官员召到自己家里，通宵达旦地狂饮。我们心里的寇准，早已与评书塑造的那个廉洁自律、不骄不躁的寇准分道扬镳，我们看到的，是一个得意忘形、烂醉如泥的寇准。

没有寇准的强硬，就没有1004年以来安定团结的大好局面；如果没有寇准的强势，赵恒的和平之梦就会永远成为白日梦。寇准本来准备彻底打垮契丹王朝的，最终以很小的经济补偿换来和平，虽然有些失落，却也算是“取法乎上，得乎其中”。宋仁宗时代的参知政事范仲淹评价寇准说：“寇莱公当国，真宗有澶渊之幸，而能左右天子，如山不动，却戎狄，保宗社，天下谓之大公。”[1]

范仲淹把“能左右天子”而不是唯天子之命是从视为“天下大公”，他用强制皇帝的手段，为皇帝求得了利益的最大化，这才是真正的“忠”。这样的观念，也始于宋代，甚至始于寇准的时代，以至于许多后世官僚，都将此视为自己的终极理想。即使没有进入政治操作系统的人，也仍然保持着高调的理想主义激情。然而，水大终究漫不过船去，士大夫对皇权的驯服，很快就遭遇了它的极限。

[1]〔北宋〕范仲淹：《杨文公写真赞》见《范文正集》，卷五，见《景印文渊阁四库全书》，集部，第二十八册，第61页，台北：台湾商务印书馆，1983年版。

当宋真宗赵恒对寇准感恩戴德的时候，他还是甘于被“左右”的，大臣们发现，每逢散朝的时候，宋真宗经常会用欣赏敬爱的眼神目送寇准的背影，甚至有人唆使一个名叫申宗古的平头百姓诬告寇准谋反，真宗都没打算动寇准的一根毫毛，但是，一旦赵恒不再把澶渊之盟视为自己的一场胜利，寇准的地位就岌岌可危了。

赵恒还真是这样一个矛盾体，1004 年，他一方面同意亲征，另一方面还时刻惦记着逃跑；此后几年，他一方面把澶渊之盟视为自己的丰功伟绩，另一方面又觉得它是一种无法言说的隐痛。他觉得澶渊之盟，大宋有些亏了，亏的不是钱，他不在乎那点钱，亏的是脸面。在皇帝的观念中，“普天之下，莫非王土”，整个天下就是皇帝的，怎么可能与“狄夷”平起平坐呢？时间越是推移，朝廷中非议澶渊之盟的声音就越大，宋真宗赵恒的内心也就越不安宁。这是因为宋朝的国力上升，而辽国则政治凋敝，所以才有了越来越多的马后炮，但他们忘记了一点，宋朝国力的上升，正是得益于澶渊之盟，群情激昂中，因果关系变得含混不清了。

王钦若，那个差点因为逃跑主义思想而成为寇准刀下鬼的人，还没有忘记旧仇，就在这个节骨眼上，向寇准发出了恶毒的一击。他向皇帝进言说：“澶州一役，陛下不以为耻，反而认为寇准对国家有功，当年让契丹人堵着城门签订誓书，这不是城下之盟是什么？世界上还有比这更耻辱的事吗？”[1]一句话戳到了宋真宗的心窝子里。对此，寇准没有丝毫的心理准备。

沉湎于饮酒的寇准太托大了。他没有想到自己在有意无意间已经得罪了许多朝臣，连晏殊都遭到了寇准的打击，原因仅仅是他是南方人。《续资治通鉴长编》记载说：“准性自矜，尤恶南人轻巧。”[2]他的偏见、跋扈和自负，终于害了他，终于，澶渊之盟之后仅仅两年，一纸圣旨，把寇准贬到了陕州。与他同年考入进士的副宰相王旦，接替了他的权力。

---

[1] 〔南宋〕李焘：《续资治通鉴长编》，第三册，第 1389 页，北京：中华书局，1992 年版。

[2] 〔南宋〕李焘：《续资治通鉴长编》，第四册，第 1920 页，北京：中华书局，1992 年版。

又过了两年，日益心虚的宋真宗玩了一个把戏——他伪造了一份“天书”，“表扬”真宗是一个杰出的皇帝，赵家的天下会延续七百代，作为他标榜“盛世”的广告，又前往泰山，进行封禅大典，用来强化他的盛世意识形态，扫去澶渊之盟给他心里投下的阴影。那时，寇准正在大名任知府，契丹派往宋都汴梁的使节在经过大名时，当面奚落寇准：“相公不在汴京辅佐皇帝，跑到大名干什么呢？”寇准则回答：“眼下朝廷平安无事了，而大名府是大宋的北门，正需要重臣把守，还有谁比寇准更适合这一职位吗？”他回答得坦然，但他的内心是焦虑的，他心有不甘，没有一天不在梦想回到大宋的政治中心，他在诗中写道：“魂梦不知关塞外，有时犹得到金銮（luán）。”[1]

机会，就在他最伤心失望的日子里，突然降临了。王钦若弄权，得罪了宋真宗，被罢免了枢密使一职，1015 年，寇准突然接到了朝廷任命，他被升为枢密使、同平章事，虽非宰相，却与宰相有着同等的地位，只不过主管军事而已，人称“枢相”。寇准重回中央领导集体，得自宰相王旦的力举，这个寇准的继任者，对他的前任没有丝毫芥蒂，而且看准时机提携寇准。然而，寇准的性格劣势再度暴露出来——他光明磊落，却依旧爱得罪人，参知政事丁谓起初一心想把寇准拉为同党。在一次宴会上，寇准的胡须沾了些菜汤，丁谓马上起身上前，撅着屁股为寇准擦须。寇准不但不领情，反而十分恼火，当场训斥丁谓有失大臣之体。丁谓恼羞成怒，发誓要报复寇准。对于王旦，患有重度政治洁癖的寇准也没讲一点情面，对于公文中不符合规定的小错，寇准都揪住不放，上告皇帝，以至于皇帝都为王旦抱不平：“你说寇准好，可是他专说你的坏话！”王旦说：“本来就应该如此。”人们说“宰相肚里能撑船”，至少王旦当之无愧吧。

果然，不到一年，寇准就“下课”了，离开汴梁，辗转洛阳、永兴军[2]等地做地方官，1017 年，王旦病重，奄奄一息。宋真宗让人把王旦抬进宫里，

---

1 〔北宋〕寇准：《初到长安书怀》，见《忠愍集》卷中，见《景印文渊阁四库全书》，集部，第二十四册，第 687 页，台北：台湾商务印书馆，1983 年版。

2 今陕西省西安市。

望着面色苍白的王旦，问："卿万一有不测，朕将把天下事托付给谁呢？"王旦婉转地回答道："知臣莫若君。"真宗无奈，只好一一列举人名，王旦没有丝毫的反应。真宗急了，说："卿就直言吧。"王旦这才嗫嚅着，从牙缝里挤出两个字："寇准。"宋真宗犹豫了，沉默良久，才说："寇准个性刚毅褊狭，还是选别人吧。"王旦说："除了寇准，不再有别人了。"[1]

1019年，寇准取代他的老对手王若钦出任宰相，此时的他并不知道，等待他的，将是一场更大的悲剧。我们已经无法判断寇准的悲剧，究竟是性格悲剧，还是命运悲剧。性格即命运，性格与命运，已经牢牢地粘连在一起，分解不开，这一点，在寇准的身上表现得尤为明显。只是这次跌落将使他一落千丈，直至人生的谷底，远走他乡，成为孤魂野鬼，他大起大落的人生也将画上最后的句号，他再也没有反手的机会。

此时，寇准的所有政治对手都已经在暗中集结起来，在丁谓的领导下，准备向寇准发出致命的一击。宋真宗赵恒病重，刘皇后已经代行了皇帝的职权，批示奏折，并把丁谓当作自己的主心骨，朝廷上下似乎嗅到了当年武则天篡政的味道。围绕着皇权的归属，大宋王朝的政治局势，突然间紧张起来。

寇准有条不紊地制订了自己的战略计划，那就是把皇权交给十岁的太子，病重的宋真宗为太上皇，由寇准辅佐太子行使皇权，杀丁谓、曹利用等，倘若计划成功，寇准不仅会扫清自己的政敌，自己也会成为拥立两朝君主的元勋。寇准的计划，不可谓不严密，然而百密一疏，"疏"还是"疏"在他的那张嘴上，他饮酒忘情，不慎失言，泄露了天机，被丁谓的党羽听到，报告了丁谓，丁谓立刻做了精心的准备，事态就这样在瞬息之间翻转了。

第二天上朝的时候，寇准还没来得及开口，宋真宗就宣布了罢免寇准的制书。这是寇准一生中听到的最令他匪夷所思的圣旨。宋真宗这个矛盾体，再一次显示了他翻手为云、覆手为雨的功力。

至于丁谓怎样促使皇帝改变了对寇准的态度，只有宋真宗和丁谓两个人

[1] 参见《五朝名臣言行录》卷二之四《丞相王文正公（旦）》。

知道，我们只能看到结果——丁谓很快如愿当了宰相，丁谓与寇准之间的这一场恶斗，丁谓笑到了最后。当年宽容和保护寇准的毕士安、王旦两位宰相都死了，连宋真宗也在1022年驾崩了，朝中的掌权者除了还不懂事的宋仁宗，就只有刘太后（即从前的刘皇后）和丁谓这两个死敌。丁谓没有浪费手里的权力，为了将寇准置于死地，把他一贬再贬。1022年，寇准被放逐到大陆最南端的雷州去当司户参军，官级只有八品，等于被发配到那个“到海只十里”的烟瘴之地去充军劳改。

志得意满的丁谓做梦也想不到，螳螂捕蝉，黄雀在后，刘太后此后把他贬到比雷州更远的崖州，也就是今天的海南岛去。道理很简单，扳倒了寇准，丁谓这个“工具”也就失去了价值。

到雷州的第二年，寇准的身体就垮下来。那一年，寇准62岁。重病中，他突然想起一件事，立刻派人前往洛阳家中，取回一条腰带——那是宋太宗当年赐给这个“簪花少年”的腰带。拿到腰带那一天，寇准沐浴更衣，穿上朝服，系上这条腰带，颤颤巍巍地向北方行跪拜之礼，然后，又艰难地爬到床上，安安静静地躺好，闭上了眼睛，再也没有睁开。

第六章

欲望与恐惧

第　一　节

完颜亮的“三大志向”

完颜亮是在燕京的良乡城[1]接到金熙宗的诏书的。诏书上说，要他立刻返回上京。

上京会宁在今天黑龙江省阿城南白城，张广才岭西麓大青山脚下，阿什河左岸。这支女真部落就是从那里出发，开始了他们南下征服中原的旅程的。公元 1115 年正月，完颜阿骨打正式称帝，定都会宁，国号“金”。完颜阿骨打对他的国号作出如下解释：

> 辽以镔铁为号，取其坚也。镔铁虽坚，终亦变坏，惟金不变不坏。金之色白，完颜部色尚白。[2]

这位金朝的太祖从一开始就把他的崭新王朝坚硬的质地，作为他的信念。正像完颜阿骨打所描述的，与这个满怀新锐之气的新王朝相比，那个已经维持了 200 年的契丹王朝，无论在型号还是品质上，都已显示出衰败之态。而所有王朝即将土崩瓦解的征兆之一，就是道德的彻底崩溃。

辽的后院起火，辽帝就在这一年对金国进行亲征，战马的嘶鸣，再度弥漫了宁静的草原。辽军在达鲁古大败而还。1117 年，辽军经历了又一次败仗之后被迫大规模撤退之后，完颜阿骨打在自己的营帐里接见来自汴梁的大宋使

---

1. 今北京市房山区良乡镇。
2. 〔元〕脱脱等撰：《金史》，第 18 页，北京：中华书局，1999 年版。

骑马武士砖雕

臣——他此行的目的，名义上是买马，实际上是与金建立统一战线，共同抗辽。大宋希望通过这种联合，从辽的手中收回燕云十六州，而金则发现，他们与辽作战，根本不需要宋的帮助。他们很快将辽赶出了它的西京大同府[1]、中京大定府[2]，而且在1122年年底，还攻下了辽的南京——燕京[3]。一年后，完颜阿骨打在节节胜利的凯歌里去世，其弟完颜晟继位，为金太宗。又过了两年，溃逃的天祚帝在山西应州被金兵重重包围。天祚帝凄然一笑，跳下马背。马鞍上的王朝，在他的下马动作中，悄然终结。

我曾在山西侯马董明墓目睹了契丹人的武士英姿。那是一件金明昌七年（公元1196年）的骑马武士砖雕，武士全身甲胄，骑着战马，双手挥鞭，上下飞舞，那份速度与激情，似乎要从砖石的束缚中冲决而出。

柏杨说："似乎是上帝注定的，每一个强大的国家，都会有一个同样强大

[1] 今山西省大同市。

[2] 今内蒙古宁城西大明城。

[3] 今北京。

的敌人。敌人的个体可能随时更换，但敌人不变。西汉王朝时代的敌人是匈奴汗国，唐王朝时代的敌人是突厥汗国跟吐蕃王国，宋王朝时代的敌人是辽帝国和金帝国，明王朝时代的敌人是女真，清王朝时代的敌人犹如倾盆大雨，更不得了：英法美德俄日，以及小如绿豆的比利时、荷兰。”[1]

此时，金军正以胜利者的姿态长驱直下，矛头指向辽国从前的敌人——大宋。伐宋的队列中，有一个身影是后人格外熟悉的，就是金太祖完颜阿骨打的第四子、完颜亮的四叔——完颜宗弼，他还有一个名字——金兀朮（zhú）。对于金兀朮的勇猛，在《金史》里有详细的记载，比如辽帝在鸳鸯泺行猎的时候，金兀朮随同完颜宗望等一起去伏击，射完了所有的箭矢，就从辽兵的手里夺枪，一人杀死八人，还生擒了五人。[2]

有一次，金兀朮读到宋朝词人柳永的《望海潮》，开头的“东南形胜，三吴都会，钱塘自古繁华”这些词句仿佛棒喝，将他打醒，接着读到“烟柳画桥，风帘翠幕，参差十万人家。云树绕堤沙”，他情不自禁地诵出声了，当读到“有三秋桂子，十里荷花。羌管弄晴，菱歌泛夜”时，金兀朮忍不住掷下了书，大声说：“如此胜地，不去枉为人间一遭也。”从这一刻开始，他就下定决心，要兵取大宋江山。一代词人柳永做梦也不会想到，自己描绘江南盛景的诗词，竟给大宋带来一场巨大的变故。

钱塘潮自古就被称为天下奇观，每年夏历八月十六至十八日是钱塘江的大潮日，海宁一带涌潮尤盛。海水逆江而上，丈余高的浪头如“玉城雪岭，际天而来，大声如雷霆，震撼激射，吞天沃日，势极雄豪”，南宋迁都临安后，观潮于是成为朝野一年一度的盛大活动。《武林旧事》中说，潮涌之日，“京尹出浙江亭教阅水军，艨艟（méng chōng）数百，分列两岸，既而尽奔腾分合五阵之势，并有乘骑弄旗、标枪、舞刀于水面者，如履平地”。又有“吴儿善泅者数百，皆披发文身，手持十幅大彩旗，争先鼓勇，溯迎而上，出没于鲸

[1] 柏杨：《楚汉相争·匈奴崛起》，《柏杨白话版资治通鉴》，第2卷，第155页，沈阳：万卷出版公司，2011年版。

[2] 〔元〕脱脱等撰：《金史》，第1161页，北京：中华书局，1999年版。

《钱塘观潮图》 南宋 李嵩 故宫博物院藏

波万仞中，腾身百变，而旗尾略不沾湿，以此夸能。而豪民贵宦，争赏银彩。江干上下十余里间，珠翠罗绮溢目，车马塞途，饮食百物皆倍穹常时，而僦（jiù）赁看幕，虽席地不容间也”。

钱塘潮的澎湃浩荡、观潮人群的喧哗盛大、南宋大都市的耀眼繁华，不仅收留在柳永的词句中，也被记录在画家的笔下。以观潮为题材的绘画颇为流行。但多数画家都是描写“倾城出观，车水马龙”，“岁岁观潮乐”，借以歌颂“太平盛世”，唯有画家李嵩的《钱塘观潮图》卷，反其道行之，只以简括的笔法，于薄雾树影之中，写出成片的建筑瓦顶，茂林中三面围墙的宽大空场，或许就是南宋的宫室所在，却把更大的画面，留给秋月下的江水，浩瀚的钱塘江兀自咆哮奔流。

如同张择端《清明上河图》卷一样，李嵩《钱塘观潮图》也是一卷含义复杂的绘画，它一方面展现了钱塘潮的强大气势，另一方面，整个调子却有些悲凉沉郁，而不是热热闹闹的，因为国家局势危急，在作者的心头涌动，给他心头带来了强烈的压抑感与焦虑感，即使在这盛大喧哗的节日里，依然挥之不去。所以，元人张仁近在后纸的题跋中写下这样的句子：

雕阑玉槛照东海，贪看秋色忘黍离。
中原不复民易主，百万貔貅（pí xiū）宿沙渚……

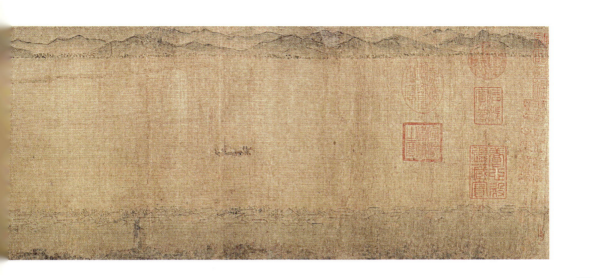

张仁近是真正读懂了这幅画。画面上涌动的是钱塘潮水，画面背后涌动的却是作者不可抑制的爱国激情，正是这双重的"涌动"，使李嵩《钱塘观潮图》展现出巨大的艺术魅力，成为同主题绘画中最杰出的经典。

李嵩还有一幅《月夜看潮图》页，同样描绘了宋时临安（今浙江杭州）中秋夜观海潮的情形，册页以楼阁台榭入手，取构小半一角；将大面积的空间留给海潮。咫尺千里，远山如痕，夜潮奔涌而来，如同一线卷起。又有一远帆点缀其间，一实一虚，一静一动，相映为妙。这种对感官经验的细腻捕捉，是南宋绘画最精致之处。画上有宋宁宗杨皇后题字："八月十五看潮"。

金兀朮随着伐宋的大军南下，黄河边那座苍茫的城从地平线上浮现出来，那就是被《清明上河图》所夸耀的大宋帝国的首都——东京汴梁。那正是金兀朮弯刀所指的方向。一片喊杀声中，金兀朮率领三千精兵冲入这座辉煌的城。金军于天会四年（公元 1126 年）闰十一月的漫天大雪中攻破汴京，之后，于第二年花开的季节带着他们的收获——宋朝的两位皇帝（宋徽宗和宋钦宗）和貌美如花的嫔妃宫娥等 3000 余人，以及宋廷库藏金银、绢帛、图籍、珍宝古玩，甚至苑囿里的奇石（就是《水浒传》里描写的花石纲），心满意足地踏上班师还朝的道路。

大宋王朝曾经让南唐后主李煜忍受投降的屈辱——投降的时候，这位风花雪月的皇帝要像乞丐一样裸露上身，跪下来接受占领者的傲慢；如今，同样

《月夜看潮图》 南宋 李嵩 故宫博物院藏

风花雪月的皇帝，要以同样屈辱的姿态面对金军，从此开始长达30年之久的囚徒生涯。

雕栏玉砌应犹在，只是朱颜改……

灭北宋后，公元1142年，赵构派使臣向金熙宗进誓表，称臣纳币割地，金宋的边界，向南推至秦岭淮河一线。

接下来，就是一个重要人物的出场——完颜亮。完颜亮是金太祖完颜阿骨打庶长孙，完颜宗干次子。完颜宗干还收养了一个义子，名字叫完颜亶（dàn）。公元1135年，金太宗完颜晟去世时，继承皇位的，不是自己的亲生儿子完颜亮，而是义子完颜亶，这令完颜亮十分失望。

完颜亶，就是金熙宗。如同所有新登基的皇帝一样，完颜亶在开始时志存高远，但由于完颜亮得到皇后裴满氏的赏识和支持，出任都元帅，掌握了金王朝的军事指挥权，同时由于裴皇后干预朝政，使金熙宗大权旁落，他的宏伟志向很快灰飞烟灭，他所能做的事，除了借酒浇愁，就是滥杀无辜。

1148 年冬天，金熙宗的刀刃在宫殿里疯狂地飞舞，在先后杀死 10 余名亲王、大臣和嫔妃之后，他自己的皇后裴满氏也倒在血泊中。

举朝震惊，纷纷远离了这位皇帝，他的面孔令他们感到恐怖和狰狞。

《金史》在评论这位皇帝时，说他“末年酗酒妄杀，人怀危惧，所谓前有谗而不见，后有贼而不知，驯致其道，非一朝一夕故也”。[1]

金熙宗没有将残忍进行到底，他没有杀掉完颜亮，而是将他贬为汴京[2]领行台尚书省事。完颜亮就在这时起了造反的心。

就在做地方官这段时期，完颜亮给人题扇面时曾写道“大柄若在手，清风满天下”，野心跃然纸上；后来当上宰相，完颜亮对令史高怀贞说过自己的“三大志向”：一是“国家大事，皆自我出”，二是“帅师伐国，执其君长，问罪于前”，三是“得天下绝色而妻之”。他的野心一览无余。

他与留守中京的萧裕相约，如果他在河南起兵，萧裕则结纳猛安军接应。完颜亮就是在进入良乡城时接到金熙宗的诏书，他被风呛了一口，心怦怦地跳，以为自己的阴谋已经败露。回到上京，才知道金熙宗决定改任他为平章政事，留京供职。他暂时松了一口气，除掉金熙宗的计划，需要重新考虑。

十二月初九日，月黑风高，在金熙宗的寝宫，一片雪白的刀刃砍入金熙宗柔弱的身体。杀人者，完颜亮和他串通好的秉德、唐括辩、乌带、忽土、大兴国、阿里出虎、李老僧等人——《金史》记载，是阿里出虎砍了第一刀，忽土砍了第二刀，完颜亮砍了第三刀，在这一系列的流水作业之后，金熙宗已经变成一个浑身是血的血葫芦。除了完颜亮，这些人后来全部被列入《金史》的《逆臣传》。

完颜亮夺回了迟到的帝位，改元天德，史称“海陵王”。这一年，他 27 岁。

---

1 〔元〕脱脱等撰：《金史》，第 57 页，北京：中华书局，1999 年版。

2 今河南省开封市。

第　二　节

迁都燕京

登基伊始，完颜亮大肆屠杀异己、封赏亲信，至此，他人生的第一个理想“国家大事，皆自我出”已经实现。另外两个理想：“帅师伐国，执其君长，问罪于前”和“得天下绝色而妻之”，他一步步地逼近。

与中原王朝的帝王们根深蒂固的保守本性不同，完颜亮的治国理念中体现出强烈的动态取向。房山那条面向中原敞开和延伸的平原大道，给了他强烈的入主中原的愿望。只要顺着那条大道一路向南，他就可能成为整个中国的统治者。他被这种巨大的可能性煽动着，寝食不安。为了实现入主中原这一目标，他一方面扫灭金熙宗的政治势力，另一方面却延续了金熙宗的汉化政策，通过与汉人的交往，他也养成了许多汉族习惯，比如下棋和饮茶，在制度层面，他废除世袭万户职，以改变贵族“子孙相继”、专揽威权状况；他仿照中原王朝制度，设国子监以教育生员，对科举进行改革等等，以提高金王朝的文明水准和综合国力。

《剑桥中国辽西夏金元史》精辟地分析道：“海陵王是多么想成为中国的统治者而不仅仅是一个女真族的首领。他把自己看成全中国未来的皇帝，并且认为自己对中国的统治将会像宋朝的统治一样正当，但他的这种抱负，可不是凭他那些汉文化措施就能成为现实的。”

他还需要推出更加大胆的举措。此时，他脑子里闪出一个比金熙宗推行的汉化政策更加激进的念头，就是迁都，使金王朝的都城，不再偏安于草原深处的祖地，而是要迁往燕京，背靠山林草原，面向华北平原、中原沃野。

完颜亮时代的大金疆域，东拥库页岛，北至外兴安岭，西望青海湖，南眺武当山；而当时的上京在今天的黑龙江南部阿城，地处东北一隅，作为首都有诸多不便。

公元 1153 年 4 月 17 日，已经成为金帝国第四任皇帝的完颜亮到达燕京，4 月 21 日下诏，正式自上京迁都到燕京，改元贞元，改燕京为中都大兴府。北京的建都史，也从这一天拉开了序幕。

于是，在尚书右丞张浩主持下，朝廷征发 80 万民工、40 万军匠，在莲花池水系周边开始了大规模的宫殿建设。这座崭新的都城的中轴线，正是后来的明清北京城外城西墙的位置。现在西二环路南段，广安门滨河路一线，正与昔日金代都城的中轴线紧紧相依。这个新的都城，早已不像上京那样简陋，或许北宋汴梁城的宏伟豪华给他们留下了太深的印象，它使这个草原王朝的都城毫不犹豫地采用了中原政权的宫殿形制，一座在汉文化的礼制精神调教下产生的大城，在北方的天际线下铺展开它的翼翅。金中都不仅永远地站立在华北平原上，在山与海的怀抱中，而且成为这个草原帝国全面接受汉文化的物化象征。

这座都城，城墙周长 37 里有余。中央的宫城，四周长 9 里 30 步。宫城的南门叫应天门，从应天门向南，出皇城南面的宣阳门，直达大城南面的丰宜门，贯通三门的是相当于全城中轴线的一条御道。御道两旁，从应天门直到宣阳门内，有千步廊东西并列，各约 200 余间，分为三节，每节有一门。千步廊止于宣阳门内东西两侧的文武楼，文楼在东，武楼在西，左右对称。千步廊北端，在应天门横街南侧，又分别各有百许间，直到应天门东西的左右掖门为止，中间形成一个“T”字形广场。[1] 尽管这座气势恢宏的大城后来在蒙古军队的一把大火中化为灰烬，但后来明成祖朱棣修建的明北京城，复制了历史对城市的记忆。直到 20 世纪 50 年代以前，它的结构依然没有变化，人们可以从现有的城，推想那座业已消失的城。

金的都城复制了汴京的绚烂豪华，当然令范成大心有芥蒂，但这也说明这座辉煌的城给他的震撼。此时的金国，依然沿袭着五京之制，它们是：上

[1] 参见侯仁之主编：《北京城市历史地理》，第 85 页，北京：北京燕山出版社，2000 年版。

京会宁府[1]，东京辽阳府[2]，北京大定府[3]，西京大同府[4]，中都大兴府[5]，南京开封府[6]。

而金国的奇石，也穿越了北方的平原大道，跨过玻璃河在内的一条又一条的河流，抵达金中都的离宫，其中包括著名的“艮岳”——宋徽宗在汴梁城用各地征集来的花石纲堆砌的假山。据说，现在北海公园白塔山上的许多玲珑剔透的太湖石，就是当年金军从汴梁城劫运到中都的“艮（gèn）岳”的一部分。

巨大的宫殿，3年而成。海陵王贞元元年（公元1153年）三月二十六日，金正式迁都。

海陵王想建造他心中的桥，他的理想，无一不是通过杀人来贯彻的，如《剑桥中国辽西夏金元史》对他的评价：“对他来说，杀掉对手简直就是在履行一道手续，哪怕这个对手是本族的宗室成员也在所不惜。”[7]《金史》形容他“淫嬖不择骨肉，刑杀不问有罪”[8]。他不仅杀光了金太宗的子孙70余人，使太宗绝了后[9]，甚至连自己的母亲、金王朝的太后，他都焚尸烧骨，弃之水中。以至于他的目的和野心，都被他血淋淋的手段掩盖了，“宋朝与金朝的史料异口同声地将他说成是一个嗜血的怪物”[10]。

---

1. 今黑龙江阿城南。
2. 今辽宁省辽阳市。
3. 今内蒙古宁城西大明城。
4. 今山西省大同市。
5. 今北京市。
6. 今河南省开封市。
7. ［德］傅海波、［英］崔瑞德：《剑桥中国辽西夏金元史》，第247页，北京：中国社会科学出版社，1998年版。
8. 〔元〕脱脱等撰：《金史》，第76页，北京：中华书局，1999年版。
9. 参见〔元〕脱脱等撰：《金史》，第1150页，北京：中华书局，1999年版。
10. ［德］傅海波、［英］崔瑞德：《剑桥中国辽西夏金元史》，第247页，北京：中国社会科学出版社，1998年版。

至此，海陵王还没有罢手，他在酝酿一个更加大胆的计划——把先祖的陵墓，由东北老家迁到北京。显然，他和他的政权再也不打算退回到东北的白山黑水了，只要把祖陵迁到中都，就会让女真的南迁得以固化，彻底断绝保守势力北归的理由。

第　三　节

蓬蓬勃勃的造陵运动

就在迁都这一年，海陵王到良乡城郊狩猎，“封燎石岗神为灵应王”[1]。

据说，就在这时，一个名叫大红谷的山谷吸引了他。大红谷是现在大房山山脉九龙山下的一条山谷，因谷口外岩石裸露处的石头和沙土呈现红色而得名。皇家选陵，对山水的要求是十分苛刻的。此时，亿万年前燕山运动在房山的大地上留下的这笔山水遗产，照亮了完颜亮的目光。金史专家王德恒认为，九龙谷的得名可能更早，“因为这 9 条山的山脊奔腾而下，正中一条高于其他 8 条，‘龙头’处也雄伟挺拔，龙头下有一宏伟寺庙，史书记载此寺名曰‘龙衔寺’，这一名称很符合这里的地理形势。至于‘云峰寺’，是文人们因其背倚云峰山而起的名。据传说，海陵王正行猎，纵马入山，进了大红谷，他所追踪的一头小鹿突然失去踪影，前面是一座金光闪闪的寺院。海陵王走进寺庙时，看见的不是佛像，而是他祖父完颜阿骨打、叔祖完颜吴乞买和叔父金兀朮（完颜宗弼）坐在供案之上。他回京后，便下令把金太祖、金太宗、宗干、金兀朮的陵墓从东北迁来，把佛像的肚子凿开，安放上面 4 位的牌位，在寺基上掏洞挖穴，安放了他们的灵牌。从此，便有了金陵”[2]。

海陵王营造金陵的大胆设想，与祖先的启示有关，但九龙山的风水之盛，却是他底气的来源。山的雄健，将庇护远道而来的灵魂，使它们在这里高枕无忧。

九龙山又称云峰山，当地百姓则称之为“皇陵尖”。根据王德恒的叙述，

---

[1]〔元〕脱脱等撰：《金史》，第一卷，第 63 页，北京：中华书局，1999 年版。

[2] 王德恒：《明清帝王与皇陵文化》，第 38 页，北京：京华出版社，2007 年版。

这里流泉幽咽，怪石嶙峋。“沿主峰而下，延伸 9 条鲤鱼背似的山脊，奔向山间平地。两旁高山如屏，屏下两股清澈的流泉终年不断，正中一道石门，只有一口可以出入，峰顶正前方遥相对应的是一排千仞绝壁。当地百姓叫这里为龙门口……九龙山对面的石壁山，是金陵的‘影壁山’……石壁山中央有凹陷，堪舆学将其附会成皇帝批阅公文休息时搁笔之处，故又称‘案山’。金陵的主陵——太祖陵，就坐落在九龙山主脉与‘影壁山’凹陷处的罗盘子午线上。占地面积约 65000 平方米。”[1]

金陵以龙门口为中心，背倚九龙山，向两翼扩展，长达 60 公里，在以后的岁月中共埋葬了金太祖至金章宗 17 个皇帝、后妃及诸王。金帝陵的陵墓主要分为 3 个等级：帝陵陵区；埋葬后妃的坤厚陵；诸王兆域，陵区以神道为中轴线，两侧对称布局，由石桥、神道、石踏道、台址（鹊台、乳台）、东西大殿、陵墙、陵寝等结构组成。

清代完颜麟庆所著的《鸿雪因缘图记》中，曾有一幅 147 年前绘制的《房山拜陵图》和一篇游记。它详细描绘和记录了他所目睹的金陵的风貌。在《房山拜陵》这篇游记中，麟庆记述了他于道光二十五年（公元 1845 年）八月游金陵的所见所闻。随同前往的有他的两个儿子、当地的猎户和宏恩寺（即迎风六里南面的那座磐宁宫）的僧人裕泉。他们“携竹片及火器，寻路诣陵”。因麟庆是金世宗的旁支二十四代孙，所以在叩拜金陵之后，连连感叹“始伸夙愿”。正在他们兴致勃勃地游览时，“大风忽来，木叶簌簌有声，陵户呼曰：‘虎至’。急登台望之，遥见一羚羊窜过西岭，一虎下饮于溪。陵户曰：‘此守陵神虎也，不可惊。’须臾，返风虎去”。

由此可以想见，昔日的金陵环境葱茏，植被茂盛，所以还有巨兽，比如老虎、羚羊在丛林中出没。从陈朗斋、汪惕斋依麟庆游记描述而绘制的《房山拜陵图》中，可以看到当时金陵的享殿、围墙及碑亭的情景。

如同远古的北京直立人选择龙骨山、静琬和他身后的僧人们选择白带山一样，大房山脉中的九龙山就这样被历史选中。他们的骄傲，掩藏在房山的骄

---

[1] 王德恒：《明清帝王与皇陵文化》，第 33 页，北京：京华出版社，2007 年版。

房山拜陵图

傲里。房山就这样，报道着中国历史的一个个璀璨时刻。它像一个焊点，把异质文明牢牢地焊接在一起，使它们在聚合中发出强烈的闪光，房山又像是古老文明的缝纫师，用文明的碎片，缝制出华美的衣裳。也正因如此，中华文明在历史长河中，才始终凝聚成一个整体，一路流传到今天。

作为文明交融的结果，金陵的营建，打上了强烈的中原文化烙印。女真人建立的金朝，在开国之前没有严格的丧葬制度。金陵的建造，仿照了汉族的以山为陵的文化传统。背山面水，既符合风水理念，又可以避免后人盗掘，在感官上达到宏伟壮观的气势。金陵也是如此。此外，金陵还严格遵循了昭穆制度。中国传统文化十分讲究长幼尊卑。《周礼》当中已经有昭穆制度的记载。按照礼制规定，皇家陵寝以始祖居中，二世、四世、六世皇帝的陵墓位于始祖左侧，称为“昭”。三世、五世、七世位于始祖右侧，称为“穆”。依此类推。

大房山主陵区内，在方圆不足百亩的区域，依照昭穆制度，埋葬着5位帝王，陵寝分布之密集，超过历代皇陵。陵区以神道为中轴线，两侧对称布局，由石桥、神道、石踏道、鹊台、乳台、东西大殿、陵墙、陵寝等结构组成。格局承袭了汉唐以来帝王陵园的基本要素。

1154年3月，海陵王下令开始修陵，5月份便把金太祖完颜阿骨打、金太宗完颜晟的灵柩自黑龙江上京迁来，葬到龙衔寺寺基之上。从这以后，其他皇帝灵柩也陆续迁来，先后共有 18 位金朝皇帝安葬在这里。过去，当地百姓一直称金陵为“金兀朮坟”，因为金兀朮能征善战，长期与岳家军对垒，名声早已家喻户晓。文献记载，金兀朮是陪葬金太祖陵的两个人之一。金兀朮不是皇帝，本不该葬于金陵，但海陵王对于他的叔父金兀朮十分尊崇，便把他祔葬于太祖陵附近一侧了。

金陵，是中国大地上现存为数不多的北方少数民族皇陵，是北京地区年代最早、规模最大的帝王陵，也是后代皇陵的典范，比列入《世界遗产名录》的明十三陵早 200 多年。在以后的世纪中，元朝采取秘葬制，成吉思汗的陵墓至今仍是不解之谜，只有清朝的陵墓，至今完好地留存。

蓬蓬勃勃的造陵运动与宫殿的修建几乎同时展开，成为两种相对的运动——后者是建立生者的宫殿，而前者则是寻找死者的归宿。与建造宫殿相比，帝王们建造陵墓的心情更加迫切，因为他们的死亡，远比生存更加漫长。

于是，“帝王们在建立功业的同时，就开始了艰巨的造陵工程。也就是说，他们自从登基那一天起，就在为自己的死亡做准备。他们掌握着人间最高的权力，同时感到了自己在死亡面前的无能为力，他们的神圣与荣耀在时间面前将全部失效。时间将把一位至高无上的皇帝变成一具腐烂丑陋的尸体。这使他们陷入深深的恐惧。恐惧与权力成正比。权力给皇帝带来的最大伤害是它不可能永恒。人们对皇帝匍匐在地是因为他们忽略了皇帝威武的外表下脆弱的内心世界——皇帝常常比我们更加不堪一击，他们敏感、多疑、经不起风吹草动。作为他们生命中的极端行为之一，把坟墓建成巨大的堡垒，便映照出他们内心的荒凉”[1]。

海陵王是心中怀有深深的恐惧的人。他对权力的欲望，与他的恐惧紧紧联系在一起，就像他的功业，与他的暴行紧紧联系在一起，以至于我们今天面对这样的帝王，一时难以做出准确的评价。他迁都、兴建宫殿、营造陵墓、重

[1] 祝勇：《谒陵手记》，《祝勇作品集》之《北方：奔跑的大陆》，第 231 页，北京：中国文联出版社，2009 年版。

振了这个正走下坡路的王朝，应当说，他是一个有魄力的政治家，另一方面，他嗜血，他杀人如麻，甚至连自己的母亲、金王朝的太后，他都焚尸烧骨，弃之水中。太后被杀的原因只有一个：反对他挥师南下，一统中原。而他所嗜好的战争，则使他的嗜好上升为国家行动。他在他的诗中发泄他的壮志豪情：

万里车书一混同，江南岂有别疆封。
提兵百万西湖侧，立马吴山第一峰。

海陵王制造骇人听闻的残酷，并非完全出自丧失理智的野蛮，而是为了炫耀自己具有制造残酷的能力，如同马基雅维里在《君主论》中所说："君主进行斗争必须既像人又像兽"，"如有必要，君主应随时抛弃传统道德"，因为"令人畏惧比受人爱戴更安全"。马基雅维里在后一句话里道出了权力的隐秘核心，即：让自己安全。也就是说，让别人恐惧的根本原因，是权力者自己恐惧，而他所有伟大的事业，归根结底是为了维护自己的安全感。秦始皇修建万里长城的气魄背后，正是他心底那点可怜的安全感，海陵王，以及后来北京城的营建者朱棣，概不例外。

海陵王的恐惧并非空穴来风。在明代，因后金政权在东北的白山黑水间再度崛起，天启皇帝认为后金兴起与金陵"气脉相关"，于是拆毁了金陵地上建筑。那个中原政权，再度成为这个游牧政权的克星。尽管那个女真部落终于打败了明朝，建立了自己的帝国——清，对金陵的部分陵墓进行了修葺，还特设守陵户，春秋致祭，但金陵后来还是遭到严重损坏，其地上建筑销声匿迹。

这条神道的两边，已是荒草萋萋，山谷间平面铺展的浩大建筑已去向不明，只有零零散散的碎片，仿佛只言片语，述说着它们昔日的荣耀。这是金太祖睿宗的陵碑，这是金兀朮墓遗址，这是残存的龙纹栏板和牡丹纹栏板。精心布局的陵墓，在时间中退化成原始的石头。金朝不是输给了元朝，而是输给了时间。在时间中，它们都是胜者，也都是败者。所有朝代的胜利都是一时的胜利，而它们的失败，则是永久的失败，而所有不可一世的帝王将相，最终也不过是荒山野岭间的一抔烂泥而已。

第　四　节

完颜亮之死

宫殿与陵墓建成以后，劳民伤财的海陵王决定挥师南下，于 1161 年从琉璃河石桥上再度通过，沿着山海间那条曾经给这个王朝带来无数次胜利的平原大道，大举进攻如诗如画的南宋江山。

理想固然可歌可泣，而他，却依然沿用了残暴的手段。《金史》形容当时的场面道：“南征造战舰江上，毁民庐舍以为材，煮死人膏以为油，殚民力如马牛，费财用如土苴，空国以图人国。”[1] 转眼间，真州、庐州、扬州等繁华之地就成了金军的囊中之物，金军饮马长江。这一年十一月初八，海陵王完颜亮亲自指挥大军强渡长江。然而，他没有想到，在南岸登陆的金兵全部被宋军消灭，停泊于江中的其他战船也被宋军水师截断，金军大败。

完颜亮更没有想到，就在他率部亲征的时候，自己的后院起了火，留守东京的完颜雍已被拥立为帝，将完颜亮废为庶人。完颜雍，即金世宗。二十七日，冬日稀薄的晨光中，完颜亮逆光看见几名部下闯入他的营帐，这一幕令他似曾相识，他或许会想起自己斩杀金熙宗的一幕。他还没有来得及作出反应，飞舞的刀刃就在他的身上戳出了无数个深深浅浅的血窟窿，有人上来，把一条绳索套在他的脖子上，很快，他就什么都看不见了。他的尸体被用大毯裹起来，一把火烧了。

他甚至没有看清，领头的是浙西兵马都统制完颜元宜。杀他的人，都是被他杀死的人的部下。他们是受完颜雍的指使，杀掉完颜亮的。完颜亮当年

---

[1] 〔元〕脱脱等撰：《金史》，第 76 页，北京：中华书局，1999 年版。

杀尽宗室，完颜雍却安然无恙，是因为他的妻子乌林答氏给他出主意，让他送一些奇珍异宝给完颜亮，以讨得他的欢心。后来完颜雍被任命为东京留守，完颜亮让乌林答氏入京做人质，乌林答氏深知完颜亮好色成性，在走到距离中都 70 里时，自杀身亡。从那一天起，完颜雍就决心杀掉完颜亮了。

杀死了海陵王，金世宗又将当年随同海陵王杀死金熙宗的大兴国处以凌迟。凌迟是在金熙宗的陵寝前进行的，而唐括辩、乌带、忽土、阿里出虎、李老僧等，则早已被海陵王以谋反罪名相继处死，至此，协助海陵王政变的“功臣”，无一善终。

而完颜亮的死，在他的疯狂与暴虐中，早就注定了。

他试图建立一个跨文明的大帝国，但他没有成功，他内心的桥，轰然倒塌。

因为没有了道义，这座桥就没有了桥墩。

《金史》把他当作反面典型，引以为戒。《金史》说他“身由恶终”，还说“天下后世无道主以海陵为首。可不戒哉，可不戒哉”。[1]

今天的大房山，至今流传着宋金之战的故事。在这些传说中，完颜亮、金兀朮，也一律是以反面形象出现的。他们发动的战争，固然给百姓带来极大的苦难，但另一方面，他们没有偏安于北方草原，而是表现出强势进攻中原的动态取向，也表明了他们根深蒂固的“大一统”思想，表明了中华民族的整体性。

他死去那一年，刚好 40 岁。

沿着那条熟悉的路，金兵回来了，经过琉璃河时，他们抬头看见了房山的青山碧水、瓦舍茅屋，看见大河两岸善良、淳朴、开朗和豪放的村民，那是他们的热兄热弟。

而海陵王并没能安葬在他亲手创建的金陵中，在朝臣的反对下，他被安葬在金陵 40 里外的平民坟茔中。

[1] 〔元〕脱脱等撰：《金史》，第 76 页，北京：中华书局，1999 年版。

在故宫看见中国史

少年版2

祝勇 著

作家出版社

目

录

第七章・一半是海水，一半是火焰

第一节・开始或结局 – 229
第二节・一半是海水，一半是火焰 – 233
第三节・帝国的账单 – 237
第四节・海上的敦煌 – 248
第五节・失忆的大海 – 258

第八章・岩中花树

第一节・地图角落里的中国 – 269
第二节・紫禁城的大门 – 278
第三节・通向紫禁城的道路 – 286
第四节・文明的限定性 – 291
第五节・遥远的孤儿 – 298

第九章・袁崇焕与明代绞肉机

第一节・锦衣卫的黑牢 – 307
第二节・反间计 – 311
第三节・帝国的最后救星 – 316
第四节・平台召对 – 322
第五节・错杀毛文龙 – 327
第六节・凌　迟 – 333

第十章·曾国藩的“二十二条军规”

第一节·地主阶级最厉害的人物 - 341
第二节·楚人一炬，可怜焦土 - 348
第三节·二十二条军规 - 354
第四节·围攻曾国藩 - 364
第五节·“曾剃头”的两次抗旨 - 367
第六节·太平军最恐怖的劲敌 - 371

第十一章·孤军

第一节·一个半世纪以前的那场雨 - 379
第二节·小村徐家汇 - 382
第三节·李鸿章入都 - 384
第四节·富人们的恐慌 - 391
第五节·两位同龄人 - 394
第六节·“大裤脚蛮子兵” - 401

第十二章·1894，悲情李鸿章

第一节·“世界第三伟人” - 405
第二节·日本也有“李鸿章” - 418
第三节·“清国的水兵事件” - 426
第四节·啊！海军 - 431
第五节·鬼子来了 - 449
第六节·海宇升平日 - 454
第七节·“此血可以报国也” - 461

第七章

一半是海水，一半是火焰

第　一　节

开始或结局

公元 1430 年，在大海停止之处，郑和第一次觉得自己老了。

那一年，他 60 岁。

我们无缘目睹郑和 60 岁的肖像，只能根据明代御用相士、中书舍人袁忠彻记述，大致了解他的面容：

> 郑和“身长九尺，腰大十围，四岳峻而鼻小，眉目分明，耳白过面，齿如编贝，行如虎步，声音洪亮……”。[1]

不过，那一副英雄气概，已是 1405 年郑和第一次下西洋之前的模样，那时的郑和，只有 30 多岁，当朱棣把他派遣出使西洋的使臣人选交给相面的术士裁定时，袁忠彻毫不犹豫地回答：“三保[2]姿貌、才智，内侍中无与比者，臣察其气色，诚可任。”[3]从那时起，郑和六下西洋，但我们已经很难知道，6 次航行回来的郑和，是否依旧“行如虎步，声音洪亮”？史书只记录那些宏伟

---

[1]〔明〕袁忠彻：《古今识鉴》，转引自郑鹤声、郑一均编：《郑和下西洋资料汇编》，第 21 页，北京：海洋出版社，2005 年版。

[2] 郑和出生于明洪武四年（1371 年），原名马三宝。洪武十三年（1381 年）冬，明朝军队进攻云南。马三保 10 岁，被掳入明营，被阉割成太监，之后进入朱棣的燕王府。在靖难之变中，马三保在河北郑州（在今河北任丘北，非河南郑州）为燕王朱棣立下战功。永乐二年（1404 年）明成祖朱棣认为马姓不能登三宝殿，因此在南京御书“郑”字赐马三保郑姓，改名为和，任为内官监太监，官至四品，地位仅次于司礼监。宣德六年（1431 年）钦封郑和为三保太监。

[3]〔明〕袁忠彻：《古今识鉴》，转引自郑鹤声、郑一均编：《郑和下西洋资料汇编》，第 21 页，北京：海洋出版社，2005 年版。

的事业，而从不关注这些细枝末节，但从他后来的举动推测，那时的郑和，突然失去了从前的底气，他不再一往无前，而是开始瞻前顾后——他的想法开始变多、变得复杂起来，终于，他做出了一个即使在今天看来也至关重要的决定：刻碑。

1430 年闰十二月初六，郑和率领他的船队从南京龙江关出发，二十一日到达太仓刘家港，在那里停留了一个月，为的就是修缮刘家港的天妃宫，并在那里立碑。第二年的春天，那块石碑在郑和的期待中镌刻完成了，就是《娄东刘家港天妃宫石刻通番事迹碑》，立在天妃宫内。这座《娄东刘家港天妃宫石刻通番事迹碑》，回顾了郑和船队前 6 次下西洋的过程，表明了他们在“鲸波接天，浩浩无涯”的海洋风流中“云帆高张，昼夜星驰”，“涉沧溟十万余里”的气概，以及擒获海盗陈祖义、打败苏门答腊伪王苏干剌、打通海上丝绸之路的伟业。碑上的字迹在跨越 5 个多世纪后依然清晰，以它状若初年的语调，将郑和所经历的一切徐徐道来，它不是给当世人看的，而是一种面对未来的申诉，它是写给 500 多年后的我们的，碑文的语气冷静平和，细细体味，我们却分明可以感觉到这个“成功者”的愤懑与痛苦，它们对郑和所有事迹的表述都暗含着对某种现实的反抗，我们甚至可以把它们看作郑和的遗嘱——没有遗嘱名义的遗嘱，他的一生、他所有想说的话，都深深地镌刻在石头里了。600 多年后，正是借助这些坚硬的文字，我们才能复原他一生的旅程：

第一次（1405—1407 年），到达占城、爪哇和苏门答腊，另一支分宗船队到达印度西海岸的锡兰[1]和古里[2]；第二次（1407—1409 年），到达印度柯枝和古里；第三次（1409—1411 年），到达印度古里、忽鲁谟斯[3]、阿丹[4]、祖

---

[1] 今斯里兰卡。

[2] 今印度西海岸的卡利卡特（科泽科德）。

[3] 今波斯湾霍尔木兹海峡的伊朗格什姆。

[4] 今也门的亚丁。

法儿[1]、木骨都束[2]、天方[3]；第四次（1413—1415 年），越过了印度，抵达忽鲁谟斯和天方，这一次，船队开辟了横渡印度洋的新航线，使航程由 10 万余里缩短到 3 万余里；第五次（1416—1419 年），到达索马里和肯尼亚；第六次（1421—1422 年）最为复杂，有人认为分宗船队甚至抵达了好望角，甚至绕过好望角，进入大西洋，实现了环球航行。[4]

1431 年二月二十六日，第七次出发的郑和船队抵达福建长乐太平港，全体下洋官兵在这里停留了 8 个多月，等待东北季风的来临。1412 年，郑和第四次下西洋，历史性开辟了横渡印度洋的新航线，为了感谢天妃的保佑，船队归来时，曾经在这里建造天妃的南山行宫，然而，明成祖朱棣死后，禁海成为朝廷的主流，经过多年的禁海之后，出现在郑和面前的南山行宫已经一片荒芜，甚至连行宫旁那座建于宋朝的南山塔寺也已香火残落，似乎暗示着郑和的伟业已成明日黄花。郑和从残碑断石中走过，荒草覆盖了他的来路，也遮蔽着他的去向。他知道，朱棣死后，自己的事业已经气若游丝，朝不保夕，但他并不甘心，他决定在这里再刻一座碑，那就是《天妃灵应之记》碑，为刘家港天妃宫的那座碑留一个备份。刻完碑，郑和的心才放下来，似乎这件事比出洋本身还重要。

已经年老的郑和知道，自己不过是大海里的一朵飞沫，只有大海是超越时间的，大海可以把一切揉碎，然后埋葬，更不用说一个人、只有一个甲子的生命，在大海面前，更是不值一提。郑和把一生交给了海，此时，他要把这份记忆留下来，让后人知道。他知道，如果不借助石头的支援，他所做的一切，都将烟消云散。

---

1. 今阿曼的佐法尔。
2. 今索马里的摩加迪沙。
3. 今沙特阿拉伯的麦加。
4. 综合［英］李约瑟原著，［英］柯林·罗南改编：《中华科学文明史》，第 3 卷，第 143—144 页，上海：上海人民出版社，2002 年版；孔远志、郑一钧：《东南亚考察论郑和》，第 57—115 页，北京：北京大学出版社，2008 年版。

这是郑和一生中最后一次远航。

也是中华帝国的最后一次大规模远航。

是中国航行史上最壮丽的一幕，也是一次辉煌的谢幕。

自此以后，属于中华帝国的航海时代，结束了。

大海恢复了它原始的荒蛮与沉寂。

第　二　节

一半是海水，一半是火焰

对此，郑和或许没有想到，或许早有预感。郑和真正担心的，并不是自己再也回不来，自从他把自己的生命交付给大海，他就已经做好随时死去的准备，他就像《老人与海》中的老渔夫桑地亚哥，坚强、乐观、仁慈、充满爱心，即使面对不可逆转的命运，仍然是精神上的强者，如海明威所写："他身上的一切都显得古老，除了那双眼睛，它们像海水一般蓝，是愉快而不肯认输的。"自从这个10岁少年在洪武十三年、也就是1381年冬天明朝军队进攻云南的时候成为明军的俘虏，被送到宫中，在燕王朱棣的府中一天天地长大，他的命运，就和这个未来的皇帝紧紧地绑定在一起了。这个色目人的后裔，在出洋之前，尽管未曾见过大海，但他遗传了阿拉伯人的航海天赋，他的血液天生具有大海的腥咸味道，所以一听到海的声音，他就义无反顾了。郑和出身于伊斯兰教世家，祖父和父亲都是虔诚的穆斯林朝圣者，曾到天方朝圣。明成祖选择郑和出任船队的统帅，除了郑和的忠诚，一个重要的因素就是他的血统。穆斯林一向重视商业，具有从商和航海双重传统。先知穆罕默德本人就出身于经商世家。他们是海的儿子，他们从不拒绝海的召唤。

自从郑和在1405年被朱棣授予出使西洋的神圣使命，他没有一刻惧怕过大海。他是一个天生的水手，大海使他兴奋，使他血脉偾张，如同一个骑手，一跨上马背，一股豪情就会在身体的内部涌起。反反复复的航行，他一次次地穿越风暴，每当风暴企图把帆船举向空中，再抛向深渊，巨大而宽阔的宝船仿佛一座稳定的建筑，对强风的暴虐无动于衷。郑和宝船有着世界上一流的平衡系统。船首两侧有沟槽通向里面的隔舱。当方形的船头斜插进大浪时，海水呼啸而入；当船首露出水面，海水又流出来。随着海面上竖起两道冲天的水柱，宝船两侧的浮锚被抛进大海，左右摇摆的船身变得更加稳固。此时，如有一只海鹰从天空掠过，它一定会把巨大的宝船误认为一片人头攒动的陆地。

郑和也不怕海盗，不仅因为他勇敢，在“靖难之役”的关头为朱棣冲锋陷阵，也因为郑和船队配备了当时世界上最先进的火炮。我查阅过 16 世纪的中国兵书，了解到了当时中国海军的武器装备情况。可以得到确认的火器，就有二三百种。有一种近似于火焰喷射器的“飞天喷筒”，可以喷出燃烧的火药，杀伤敌人；而“火药筒”和“火砖”，则是将火药与纸筒压实、浸过毒药而制成的抛射火球。有一种致命的火球，以金属弹丸、粉状火药充填，杀伤力极大，明代战船上的许多士兵，都是操纵这种火器的专家。[1] 中国的海军力量，已经具备称霸海洋的实力，美国学者李露晔说：“当时世界的一半已经在中国的掌握之中，加上一支无敌的海军，如果中国想要的话，另外的一半并不难成为中国的势力范围。”[2]

即使如此，郑和在航行中也很少动用武力，那些威力无穷的火炮，在更多时候，只是船上的装饰品。即使 1406 年六月底，郑和船队第一次抵达爪哇，当他们登陆上岸，准备与当地人进行贸易交换时，刚好赶上爪哇西王与东王之间展开一场激战，战斗像一场猝不及防的旋风，把上岸的 170 名水手卷了进去，他们还没来得及明白怎么回事，就被爪哇西王都马板手下的兵刃穿透了身体。海潮的声音吞没了他们临死前的叫喊，等郑和上岸时，看到的只是海滩上那些狼藉的尸体。

许多史料都记载了这场杀戮。离开祖国仅仅数十天，就已有这么多水手死于非命。这一事件，为这支即将远行的船队笼罩了某种不祥之兆。郑和目睹自己的船员掩埋了那些尸体，心底燃起一团怒火。

西王显然知道自己闯下了大祸，这让他感到无比恐惧，终于，在反复思量

---

[1] ［美］李露晔：《当中国称霸海上》，第 106 页，桂林：广西师范大学出版社，2004 年版。

[2] ［美］李露晔：《当中国称霸海上》，第 2 页，桂林：广西师范大学出版社，2004 年版。

以后，他决定派出使节，向大明王朝谢罪，以求“坦白从宽”。

郑和知道，“不可欺寡，不可凌弱”，是明成祖朱棣一开始就为他制定的八字方针，翻译成今天的话，就是“打不还手，骂不还口”，不是因为中国太弱，而是因为中国太强，那些挑衅者，实在是禁不起一打，只要郑和一声令下，分秒之间就可以把爪哇夷为平地。费正清先生说：“中国人在15世纪已具有向海外扩张的能力，但它却没有去进行扩张。”[1]中国人不喜欢示强，与其把火药变作杀人的武器，中国人更愿意看到火药在夜空中绽放成绚丽的花朵。终于，郑和没有冲动，他取消了“兴师致讨”的计划，决定和平解决这一事件。但西王都马板显然错误理解了郑和的善意，等郑和船队一走，就把交纳赎金一事抛到九霄云外了，一直到郑和第二次航行时重返爪哇，他才真正畏服，于1408年十二月庚辰（初七），乖乖交纳了黄金万两，向大明王朝谢罪。那一天，明成祖在禁紫城对爪哇使节说：你们只要知罪就可以了，我朝不在乎你们的金子，那些赔偿，就免了吧。

大明王朝的宽宏大度，令爪哇西王心悦诚服，“自后比年一贡，或间岁一贡，或一岁数贡”[2]。

只有对付海盗陈祖义那一次，郑和开了杀戒。陈祖义本是明朝洪武年间一个逃亡的杀人犯，在潜逃到南洋以后，选择旧港——一座位于印尼苏门答腊岛北岸的巨型港口，古人称这里为“三佛齐”——作为自己的发迹之地，从地图上我们不难发现，这里扼守着马六甲海峡最关键的位置。在这里，他杀人越货，抢夺财物，在很短的时间内，已经发展成一个不容忽视的海盗集团。陈祖义的存在改变了海峡的性质，使它由一条沟通东西方的捷径，变成布满阴谋的陷阱。

从印度古里满载而归的郑和船队让陈祖义红了眼，他显然低估了袭击大明船队的风险，他没有想到，噩运正潜伏在自己的贪欲里。他采取了诈降的老

[1]〔美〕费正清编：《剑桥中华民国史》，上卷，第15页，北京：中国社会科学出版社，1994年版。

[2]〔清〕张廷玉等：《明史》，第5628页，北京：中华书局，2000年版。

办法，表示接受郑和招降的手谕，归顺大明天子，显然，这是一个圈套，当两支船队接近的时候，陈祖义企图利用郑和的麻痹发动突然袭击。他们彼此进入对方的射程，大海突然沉默了片刻，紧接着，便爆出惊天动地的巨响。

大海在震耳欲聋的火炮声中不停地颤抖。陈祖义的那点武力，在大明船队面前显得太小儿科了，这是一场没有悬念的战斗，南京静海寺的一块残碑，记录着这场战斗的结局：

> 永乐四年，大宗船驻于旧港，即古之三佛齐。……（擒匪）首陈祖义、金志名等，于永乐五年七月内回京。

似乎没有什么危险是郑和没有经历过的，他不惧怕任何来自前方的挑战，他最担心的，是身后的暗算，是自己的航海事业被否定、被误解、被消灭，是大明帝国在他的手里积累起来的海上优势，被彻底断送。

第 三 节

帝国的账单

对郑和远航的非议，实际上早就存在了。

1420 年的一个早晨，朱棣读到了翰林院侍读李时勉和侍讲邹辑的上书，他们在这份上书中抱怨说："连年四方蛮夷朝贡之使相望于道，实罢（疲）中国。宜明诏海外诸国，近者三年，远者五年一来朝贡，庶几官民两便。"[1]

李时勉和邹辑的措辞十分巧妙，他们把终止航行的理由说成是由于郑和下西洋，改善了与周边国家的关系，使他们不断派遣使节进京朝贡，搞得有关接待部门应接不暇，总之，是送礼的客人太多，令人不厌其烦，不如少招惹他们，以免劳民伤财。

这份奏折，背后是否有夏元吉指使，我们不得而知。1406 年，夏元吉任户部尚书，朱棣派郑和下西洋，费用以亿万计，财政的重担，全压在夏元吉的肩上，实在是难为他了。他设立盐务衙门，以盐卡收税，谨防贪官，即使如此，仍难负担郑和下西洋带来的经济负担。夏元吉也因此成为郑和下西洋的最大反对者，也成为反对派的领袖。

关于郑和下西洋的费用，我们可以从明人王士性的记载中窥知一二：

> 国初，府库充溢，三宝郑太监下西洋，赍银七百余万，费十载，尚剩百余万归。[2]

[1] 《明实录》第八册，《太宗实录》，卷一百二十，"中央研究院"历史语言研究所校印。

[2] 《广志绎》卷一。

这段话的意思是说，建国之初，国库还是充盈的，但郑和下西洋 10 年之后，国库就只剩下 100 余万两白银，据此，我们可以得出结论，郑和远航，净亏损白银 600 万两。

让我们回到郑和第一次下西洋之前的 1403 年，这一年，在经过了历时 4 年的“靖难之役”后，朱元璋的儿子、燕王朱棣从他的侄子、建文帝朱允炆的手里夺取了政权，在南京登基，建元“永乐”。一个充满雄心的皇帝的上台，意味着一系列不朽事业的开始。几乎在他上台的同时，朱棣就已经下定了迁都北京，以及重新疏浚在元代业经废弃的大运河的决心。这两件事情的“内在”联系是，由于北京已成他的常驻之地，因而他每年要“将 400 万石（每石合 107.4 公升）从南方各省征集的‘税粮’漕运到北方，漕运的数目相当于全国土地税收的七分之一”[1]。公元1411 至1415 年，仅清理山东境内的河床，就动用民工 16.5 万人[2]。与此同时，朱棣动用三千文士，历时 3 年，编纂总字数多达 3.7 亿的《永乐大典》。两年后，他派遣郑和组建一支前所未有的庞大船队，驶向埋伏着巨大风险的茫茫大海。

实际上，朱棣时代，大明王朝每年的支出，常常是实际岁入的两至三倍。所以著名史学家黄仁宇先生才有了“永乐初年之通货膨胀，仍变本加厉”[3]之说。无奈之下，政府只能通过增加徭役，来有限度地缓解国库的压力。在郑和出发的第二年，即公元 1406 年，朱棣便修改了由他父亲朱元璋制定的规则，将农民在农闲季节服 30 天徭役、工匠服 3 个月徭役的指标一律延长至 6 个月，而 1410 年的政府报告则显示，这批服役者在一年之后，仍未归来。

《剑桥中国明代史》说：“在整个永乐年间，国家每年所收田赋的粮食在 3100 万至 3400 万担之间，平均每年定额超过 3200 万担，因此至少比其父皇治下的定额高 10%。这使人民背上了沉重的负担，特别是在洪武年间每年已

[1] ［加］卜正民：《纵乐的困惑》，第 40 页，北京：生活 · 读书 · 新知三联书店，2004 年版。

[2] ［加］卜正民：《纵乐的困惑》，第 40 页，北京：生活 · 读书 · 新知三联书店，2004 年版。

[3] 黄仁宇：《放宽历史的视界》，北京：生活 · 读书 · 新知三联书店，2004 年版。

臣上表贺。”

麒麟是神话中的动物，中国人把它与龙、凤、龟并称为四神兽。据说，它身如麋鹿，额如狼，蹄如马，尾如牛，并且如同独角兽一般，头顶长有一只角。传说中的麒麟从不食肉，走起路来也避免踩到任何有生命的东西，甚至连草叶也不例外，因此，它在中国成为仁德的象征，只有在清明之地或者圣人出现的时候，它才显露真身。

台北故宫博物院藏有一幅《明人画麒麟图沈度颂》轴，作者为明翰林学士沈度。画上的所谓麒麟，实际就是长颈鹿。长颈鹿本是产于今东非埃塞俄比亚的热带动物。早在宋代，中国人可能就已听闻了长颈鹿，南宋李石所著《续博物志》称有一种动物“皮似豹，蹄类牛，无峰，项长九尺，身高一丈余”，应该就是长颈鹿。埃及马姆鲁克王朝苏丹曾经向榜葛剌国王赛弗丁赠送过长颈鹿，长颈鹿经阿拉伯人之手来到亚洲。此后，长颈鹿又经上述契机，首次以实物进入中国。这只中国人从未见过的动物，不仅在形象上几乎完全与中国人对于麒麟的想象相呼应，甚至索马里人对长颈鹿的称呼“Girin”，也与麒麟的发音相同。

榜葛剌，即今日孟加拉国，是明朝郑和每次远航下西洋必经之地。郑和七下西洋及与之直接有关的海上“麒麟贡”大约前后有 7 次。永乐十二年（公元 1414 年）九月吉日，榜葛剌贡使觐见永乐帝，献上长颈鹿，皇帝大悦，诏翰林院修撰沈度绘制麒麟图，并将《瑞应麒麟颂》以工笔小楷抄在图上。

连最反对郑和下西洋的户部尚书夏元吉也写了一篇《麒麟赋》：“永乐十二年秋，榜葛剌国来朝，献麒麟。今年秋麻林国复以麒麟来献，其形色与古之传记所载及前所献者无异。臣闻麒麟瑞物也，中国有圣人则至。”

来自印度尼西亚、印度半岛以及阿拉伯地区、东非的外国使节随船同来，他们穿着不同的服装，操着不同的语言，从紫禁城的一扇门，走向另一扇门，一直走到中国皇帝的跟前，匍匐在地，虔诚地表达他们的敬仰之情。朱棣在宫殿里接见了来华的全部外国使节，会见在亲切友好的气氛中进行。他们带来自己国家的奇珍异宝，《娄东刘家港天妃宫石刻通番事迹碑》上，依然留着这些奢侈品的清单。碑文中描述诸国“各进方物，皆古所未闻者”。郑和在

《麒麟图》（局部） 明 佚名 台北故宫博物院藏

福建长乐的天妃宫内刊刻的《天妃灵应之记》中，也记述“若乃藏山隐海之灵物，沉沙栖陆之伟宝，莫不争先呈献”。

大明帝国的光辉照亮了整个世界，朱棣和郑和，也在这一年走向了他们一生事业的顶峰。然而，即使这份傲人的成绩单，也没能使朝廷里反对出洋的声浪有一时的减弱，即使在辉煌的光环下，那些反对的声浪也如一团乌云，笼罩在郑和的心头。政治上的胜仗，与经济上的捉襟见肘形成鲜明的反差，户部尚书成为整个朝廷中最难堪的角色。尚书夏元吉经常将户口、府库、田赋等数字写成小条，放于袖中，以便随时参阅，迅速回答朱棣的询问。对于皇帝大兴土木、遣船出海以及挥师北征等决策，以户部尚书夏元吉、兵部尚书方宾为代表的官员集团始终固执地坚持着反对的态度。朱棣不高兴，后果很严重，夏元吉被下狱，然而抄家时，人们发现他家中除皇帝的赐钞外，只有几件布衣瓦器，他虽手握朝中财政大权，却廉洁奉公，清贫如水。

在这些反对派官员看来，所谓的帝国荣耀，不过是一场愚蠢的自娱自乐。为了维护朝贡制度，天朝对朝贡者实行物质刺激，将他们带来的货物以高出原价数倍的赏赐予以回报，于是，朝贡便成为天底下最划算的买卖，朝贡者得到了利益，而大明帝国则得到了虚荣。

就在朝廷大员们反对的声浪中，郑和的船队在1421年第六次起航了，这一年，距离朱棣离世，只有3年，郑和忧心忡忡，他知道，这支舰队完全靠朱棣的固执在支撑着，它因人而起，也将因人而灭，没有任何体制能够保证帝国航海事业的延续。就在这份忧心忡忡中，郑和船队又创造着新的奇迹。英国业余历史学家、退休潜艇指挥官加文·门西斯在他那部引起轰动的著作《1421——中国发现世界》中甚至认为，由于对天球的透彻了解，诱使由洪保、周满率领分宗船队无所顾忌地向南行驶，抵达了当时地图上所标示的极限位置——好望角，并绕过好望角，进入大西洋。门西斯在《1421——中国发现世界》一书中用上百条证据来证实他的设想。他认为郑和的分宗船队在加纳、科特迪瓦、利比里亚海岸乘洋流，搭了1500公里的便车，沿非洲西海岸北上。洋流消失时，他们已经到达塞内加尔海岸。此时的东北信风又把他们吹向西南的绿角群岛，这一论证，刚好与威尼斯马尔西亚那国家图书馆收藏的一幅《毛罗世界地图》的记录遥相对应——1448 年，意大利传教士毛罗（Fra Mauro）受威尼斯参议院的委托绘制这幅地图，并于 1553 年完成。此后，他应葡萄牙国王阿丰索五世（AlfonsoV）邀请绘制了一个副本，但可能在送往里斯本的途中丢失了。

《毛罗世界地图》尺幅巨大，直径有 1.9 米，细节用天青石色和金色树叶加以强调，“兼顾了恢宏壮丽的美感、高度精确的绘制，以及有价值的信息”，“证实了威尼斯作为一个强大的政治和经济中心如日中天的地位”，被称为“那个时代最伟大的地图之一”[1]。在这张《毛罗世界地图》的一条注记中，记录了一项重要的史实——大约在 1420 年左右，有一条大船或称“印度的中国式帆船”横越印度洋，通过迪布角外的男岛、女岛，绕过好望角，取道绿色群岛和暗海，向西和西南方向连续航行 40 天，约 2000 海里，但见水天一色，别无他物，便在第 70 天回到上述迪布角。在注记旁边，毛罗还画了一艘中国帆船——那艘神秘的中国帆船，或许正是来自郑和的分宗船队。

李约瑟博士在他的《中华科学文明史》中提到了《毛罗世界地图》，并且认定中国帆船已经驰骋于岬角周围的阿加勒斯（Agulhas）的风流中，比达·伽马更早地发现了好望角，但他认为，由于发现前面并无陆地，中国船队于是掉转航向，原路返回[2]；而门西斯则认为中国船队不仅没有返回，而且顺洋流抵达巴西海岸，到达南美洲最南端的火地岛，并通过现在的麦哲伦海峡，进入太平洋。洪保甚至向南越过德雷克海峡，在南极洲泊岸，并登上南设得兰群岛的冰原。此后，洪保船队掉头东返，沿南纬 52 度 40 分的航线航行，在澳大利亚停泊。而周满的船队在通过麦哲伦海峡之后，则进入南太平洋，抵达澳大利亚。双方的航线沿着相反的方向，合拢成一个封闭的圆圈。此后，洪保与周满从澳大利亚北部和西部分别按不同的航线回到中国。英国

---

[1] ［英］杰里米·哈伍德：《改变世界的 100 幅地图》，第 56 页，北京：生活·读书·新知三联书店，2010 年版。

[2] ［英］李约瑟原著，［英］柯林·罗南改编：《中华科学文明史》，第 3 卷，第 151 页，上海：上海人民出版社，2002 年版。

弗拉·毛罗地图　意大利威尼斯马尔西亚那图书馆藏

《每日电讯报》2002 年 3 月 4 日报道说，倘若这一新说证据确凿，“23 个国家的历史都将需要改写”。

中国人不仅比哥伦布更早发现美洲大陆，比达·伽马更早发现好望角，而且比麦哲伦更早实现环球航行，这听上去仿佛一场荒诞的虚构，危言耸听却又丝丝入扣。但是，在通常被认为中国人不可能到达的美洲东海岸，不仅发现了大量的青花瓷器，而且发掘出了当地土著不可能制造的巨型铁锚。

实际上，郑和的远航，并非全然没有经济回报，诸如青花瓷器、丝绸、茶叶这些商品，正是通过郑和船队，大量输出到西方，成为阿拉伯，甚至欧洲贵族的奢侈品。这本是一种以国家为后盾的经济推广行为，可惜的是，朱棣制定的“厚往薄来”的政策，是一种无偿献血的行为，经济上的输出，远远高于经济上的输入，比如，帝国“从朝鲜获得1600两黄金和1万两白银，从安南获得了千余两黄金和2万两白银，但对于一个庞大的中国来说，这一切也难以称为丰厚收入”[1]。这个重农轻商的国度没有也不屑于抓住郑和下西洋这个巨大的商机，更没有充分利用郑和下西洋产生的广告效应，培育出包括官方和民间在内的多层次的贸易空间，大陆的子民也不曾想到，空旷的大海比肥沃的土地更能带来高额的回报。对于这个以农牧业为主的民族而言，凶险莫测的大海不像陆地那样忠实可靠，可以随时给自己带来果实和利益。梁启超先生说：“中国何以不能伸权力于国外？那是因为平原膏腴，足以自给，不像古希腊时代的腓尼基及近代的英吉利，必恃国外交通以为生活，所以不能养成冒险远行的性质。”[2]这种倾向在乾隆1793年给英国国王的著名敕令中表现得很明显，他在这道敕令中禁止西方派代表驻在中国国内，并且告诉英国人，我们是“无所不有”的。有专家说：“在郑和航海的过程中，虽然通过扩大海外贸易给国家增加了财富，但当时的经济基础还是绵延几千年的小农经济，具有很大的封闭性。”[3]根据儒家伦理，经商是一种低等的、有损荣誉的和与文人身份不相符的职业，商人属于社会最底层的人士。所以，让郑和船队远航胡夷人地区去经商，这是中国朝廷、高官和文人们绝不会允许的，皇帝更不会亲自参与此事。明政府也明令禁止王公及其后裔们从事经商行为，这些人在破落后，宁可做文人、艺人，甚至为匪作盗，也不肯经商。此后几个世纪的历史证明，商业利益是推动人类航海事业的最大动力，而此后产生的海权意识，以及海军的诞生，无不是商业利益的直接结果，海权论的提出者马汉说：“如果不重振商业航运，会有这样一支海军吗？这是值得怀疑的。历史已经证明：一位独裁君王可以组建起一支纯军事性的海上力量，正如路易十四所作所为那样。

---

[1] Dominique Lelièvre, Le Dragon de lumière, les grandes expéditions des Ming au début du XVe Siècle, Editions France-Empire, 1996.

[2] 转引自郭双林：《西潮激荡下的晚清地理学》，第60页，北京：北京大学出版社，2000年版。

[3] 孔远志、郑一钧：《东南亚考察论郑和》，第389页，北京：北京大学出版社，2008年版。

然而，尽管表面上看，这样一支海军威风凛凛，不可一世，经验显示，他的海军就如同没有根系的植物一样，不久就会枯萎。”同理，没有商业支撑的郑和远航，就是一株没有根系的植物，它必将枯萎，缺乏商业的支持，是郑和的事业难以为继而西方人的海上冒险却日益兴隆的根本原因。

在人治社会里，一切可能都会存在。果然，没有朱棣的大明王朝，从一开始就对郑和的远航采取了断然否定的态度。

而那个坚决反对郑和下西洋的户部尚书夏元吉，也迎来了个人命运的转机。据说明成祖朱棣在榆木川病逝前曾经悔悟，对左右说："夏元吉爱我。"朱棣驾崩的第三天，47 岁的朱高炽亲到监狱看望夏元吉，他呼唤着夏元吉的名字，痛哭流涕地把朱棣去世的噩耗告诉了他，夏元吉听后，伏地痛哭，不能起身。不久，朱高炽颁布大赦令，赦免夏元吉，复任户部尚书。接下来，夏元吉采取财政紧缩政策，请求仁宗朱高炽多收钞、少发钞，以减低通货膨胀压力，同时压缩政府开支，取消了郑和的海上远航，下西洋的所有宝船，都被封停在江苏太仓刘家港，正在修造海船的各地船厂一律停工，船队的官员也被勒令回到北京，征调的官兵回到原部队，招募的船工也被遣送回原籍。应当承认，夏元吉这一系列的组合拳，使国家财政、社会经济迅速恢复了稳定。

就这样，郑和开始了他长达 6 年的南京守备生涯。在帝国的官场上，这只是一个跑龙套的差事，只相当于一般守备军，遇到大兴土木，还要被调去“打杂”。这 6 年中，郑和大多数时间是在“久闲”中度过的，这对曾经挑战过惊涛骇浪的郑和来说，无疑是一种煎熬，他的骨头都快生锈了。尽管郑和没有给我们留下只言片语，但我们仍然不难想象他内心的苦涩。他会前往刘家港，去看望那些被海风一天天剥蚀的宝船吗？那些在大洋上威风凛凛的宝船，在海滩上正变成一堆残破不堪的布景。结实的船体上生出霉疮，船板如同老年人的牙齿，松动，然后脱落。风回旋着，仿佛无数只尖叫的老鼠，在船的漏洞中窜来窜去。一支称雄大洋的船队，没有遭遇敌人，却在自行毁灭。如果郑和能够目睹这样的场景，我猜他一定会感到一阵阵的锐痛，理想与现实两方面的撕扯一定让他难以忍受，船体上发生的大面积的溃烂，都真实地发生在他的身体上。

第　四　节

海上的敦煌

一位潜水员回忆说："从一片嘈杂声中，向大海中纵身一跃，身体周围突然一片静寂，仿佛跳进另一个世界。"[1]那的确是另一个世界，不仅属于另一个空间，也属于另一个时间，只要从那一片湛蓝的旋涡中穿过，眨眼的工夫，就可以抵达遥远的宋代了。

"南海一号"是一艘南宋时期福建泉州特征的木质古沉船，沉没于广东阳江市东平港以南约 20 海里处，是目前发现的最大的宋代船只。这艘沉没海底近千年的古船船体保存相当完好，船体的木质仍坚硬如新。海难发生时，它并非侧翻，而是缓缓地沉入海底，并在短时间内被大量淤泥所覆盖，避免了氧化破坏，才被最大限度地保存下来。它像一个庞大的生命体，记录着南宋时代的生命特征——绚丽、饱满、活跃、丰盈。宋代一向被视为一个内敛、孱弱的朝代，不像唐代那样狂妄和奔放，在黄仁宇所说的"第二帝国"（唐宋）中，宋代显然居于一个弱势的地位，躲在唐代的强光后面，形象模糊。但很多人或许没有想到，宋代的紧张、内敛背后，却潜伏着一种征服世界的更加强大的冲动。屡遭诟病的"澶渊之盟"，却使宋朝摆脱了与北方游牧民族的纠缠，在海上放开了手脚。那条"海上丝绸之路"，尽管在汉代即有记载，却在宋代迎来了它最繁忙的时期，原因很简单，随着宋室南迁，中国的经济中心也南迁到东南沿海，连许多一流的手工艺人也随着宋室一起投奔南方，长安的传统地位被取代了，那条陆上丝绸之路，也让位给了"海上丝路"，那么，在这条

[1] 司徒尚纪、许路、钟言：《海底沉船复原中国"大航海时代"》，原载《中国国家地理》，2011 年第 10 期。

“丝路”上，“海上敦煌”的被发现，就不是什么意外的事情了，甚至有专家认为，“宋元以来，仅中国沿海地区就可能沉没了约10万艘船”。欧洲考古学家雷纳克曾经感叹：“古代世界最丰富的博物馆就坐落在海底。”[1]“南海一号”汇集了德化窑、磁灶窑、景德镇、龙泉窑等宋代著名窑口的陶瓷精品，品种超过30种，总量超过8万件。与这些瓷器年代、工艺相当的一个瓷碗，此前在美国就卖出了数十万美元，而这里却是整船、成批地出现，所以，一些历史学家以“海上的敦煌”来评价它的考古价值，连故宫博物院的陶瓷鉴定泰斗耿宝昌都惊叹：“搞了一辈子的瓷器研究，却从未见过如此多的瓷类珍宝，很多连听都没听说过！”

我们需要重新审视宋代了，在我们的记忆中，这个朝代是由赵佶、赵构、秦桧这一系列不堪的形象所承担的，即使苏轼、辛弃疾、陆游式的豪放，似乎也无力挽回这个朝代的颜面。但这个朝代还有另一批人不被我们注意，那就是商人和航海者，有人把他们称为“牧海人”，宋神宗早就指示“东南利国之大，舶商亦居其一焉”，宋孝宗也认定“市舶之利最厚”，于是，宋朝颁布了鼓励航海通商的政策，对影响“舶商”的官员一律降职查办，还大兴基础设施建设，在海岸线上每隔30里建立灯塔导航系统，整个海岸线全部开放。赵佶这位艺术家皇帝，曾经创作了一个行为艺术，就是派遣巨型海船出使高丽，引来“倾城耸观”“欢呼嘉叹”，来自南宋的大舶，以它的磅礴与美丽征服了世界——“舟如巨室，帆若垂天之云，柂（duò，古代同“舵”）长数丈，一舟数百人，中积一年粮，豢豕酿酒其中”，“上下四层，公私房间极多，无不设备周到”。南宋拥有世界上最先进的造船业和航海技术，环中国海、西太平洋和印度洋都成了中国船的天下。14世纪阿拉伯大旅行家伊本·白图泰在游记中写道：“当时所有印度、中国之间的交通，皆操于中国人之手。”在元代，波斯湾、红海和非洲东海岸都留下了中国船的帆影。

20多年前，有一部纪录片把华夏文明总结为黄色文明，把西方文明总结

[1] 司徒尚纪、许路、钟言：《海底沉船复原中国“大航海时代”》，原载《中国国家地理》，2011年第10期。

为蓝色文明，作为一种艺术化的表达，未尝不可，但这种意象化的提炼无法概括历史的复杂性。《国语》中早就表达过“陆人居陆，水人居水”这样的观念，但拥有漫长海岸线的中国人，到底算是“陆人”，还是“水人”？显然是二者兼而有之。《剑桥中华民国史》写道：“在新石器时期，确凿无疑地能够进行相当规模的海上航行。从这些事实上来看，沿海的中国和大陆的中国，是同样的古老。”[1] 中国从第一帝国的秦汉，到第二帝国的唐宋、第三帝国的元明，都未曾与蓝色文明彻底切割，这一点在南宋表现得尤为典型——屡受诟病的南宋，居然是当时世界上首屈一指的经济大国和海洋强国，仿佛一个害羞、文弱的少年，只要换个角度观察，就会发现他奔放和强悍的一面。在那个时代，美洲还在酣睡之中，欧洲也在中世纪的黑暗里裹足不前，而在南宋，却发生了“三大革命”，分别是：“产业革命”，大量的劳动力流向非农业领域；“金融革命”，宋代开始普遍使用纸币，甚至有人认为，辽国被灭，正是因为北宋发动了货币战争——大辽放弃了货币发行权，全国继续使用大宋的货币，连大辽皇帝本人也觉得只有大宋的钱才是硬通货，大宋皇帝通过铸币，实际掌握了北方的财政权，最终使辽国在经济上彻底破产了；还有就是“科技革命”，宋代是一个发明创造十分密集的时代，指南针虽是前代发明，却在宋代运用在远洋船舶上，从而实现了科学技术与生产实践的完美结合。正是这种提前发生的资本主义萌芽与海外冒险的强大欲望，使得 20 世纪的东亚学者将公元 10 世纪前后的宋代命名为东洋近代的起点。

拿不动兵器的南宋，却有远见卓识，它“文攻武卫”，以不同于任何朝代的方式——一种更加文明的方式征服世界。据说，荷兰、葡萄牙商人最早将瓷器贩运到欧洲时，瓷的卖价几乎与黄金相等。据赵汝适《诸蕃志》记载，宋代的瓷器被运往全球 50 多个国家，最远的包括非洲的坦桑尼亚等地。宋瓷的使用成为阶级和身份的象征，甚至还影响了他们的生活习俗。据记载，东南亚一些国家在中国陶瓷传入以前，多以植物叶子为食器。宋瓷输入后，他们改变了过

[1] ［美］费正清编：《剑桥中华民国史》，上卷，第 14 页，北京：中国社会科学出版社，1994 年版。

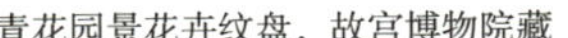

青花园景花卉纹盘，故宫博物院藏

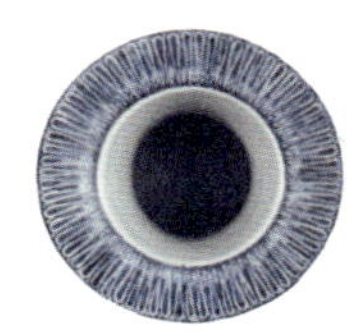

青花阿拉伯文无当尊，故宫博物院藏

去“掬而食之”的饮食习俗，用上了精美实用的瓷器作为食物器皿。如今在印尼国家博物馆，依然摆放有许多产自宋代德化的“喇叭口”大瓷碗。

郑和下西洋，瓷器是不可或缺的主打出口物资。今天的故宫博物院，仍然收藏着许多大明瓷器，记录着永乐时代的荣光。一件永乐年代的青花园景花卉纹盘，足径 48.6 厘米，口径 63 厘米，这种大盘，在国内十分罕见，是为照顾伊斯兰国家用大盘盛饭、大家围盘席地而坐、用手抓饭而食的习俗，而为伊斯兰国家特别定制的，在伊朗和土耳其博物馆里都有收藏。

一件青花阿拉伯文无当尊，造型十分奇特，中部呈束腰圆筒状，中间有一周凸起，通体青花装饰，口内沿及足外沿皆绘有菊瓣纹，口外沿绘朵花，筒身分三层纹饰，上下皆在卷草纹上书写阿拉伯文，中间绘有菊花，出口定制商品的特征明显。此尊原来是仿自西亚阿拉伯地区黄铜器皿，可能是用来放置其他物品的底座，也有学者认为是阿拉伯地区使用的烛台。

还有一件青花缠枝花纹背壶，同样是仿自阿拉伯地区的黄铜器皿。壶体扁平，通体施青白色釉，釉下青花装饰，正面中心凸脐上以海水为地，绘八角锦纹，八角星中心绘折枝莲纹，外圈环绕着海水纹。壶的侧壁上，绘有缠枝莲纹。壶颈弦纹上、下分别绘有缠枝莲纹和海水纹。叶蔓清雅，造型别致，有浓郁的西亚风格，尤其缠枝莲的叶子，画成舒展的锯齿状，在中国传统画法

青花缠枝花纹折沿盆，故宫博物院藏

青花缠枝花纹背壶，故宫博物院藏

青花描金缠枝苜蓿花纹碗，故宫博物院藏

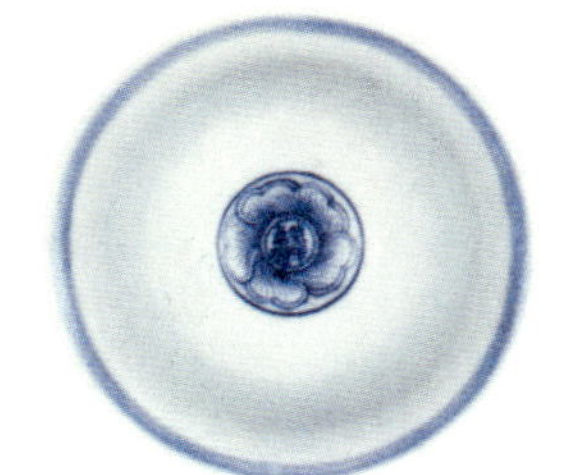

青花缠枝莲花纹压手杯，故宫博物院藏

青花茶花纹如意耳扁壶，故宫博物院藏

青花枇杷绶带鸟纹花口盘，故宫博物院藏

中不曾见过。

类似的精皿美器，在故宫博物院可以见到太多（故宫博物院设有陶瓷馆进行系统展示）。比如青花茶花纹如意耳扁壶、青花缠枝花纹折沿盆、青花枇杷绶带鸟纹花口盘、青花描金缠枝苜蓿花纹碗，青花缠枝莲花纹压手杯……

所谓压手杯，其实是一种小巧的杯子，执之手中，微微外撇的口沿与舒张的虎口刚好吻合，由于胎体自上而下逐渐加厚，使杯的重心向下，因而带给人一种沉沉的压手感。明朝谷泰《博物要览》记下了永乐年间生产的青花压手杯的主要特征：内底绘有团花，花心署有“大明永乐年制”或者“永乐年制”的篆书底款；也有的不绘团花，而是绘有双狮滚球，或者鸳鸯，球心或者鸳鸯心，也都署有“大明永乐年制”或者“永乐年制”的篆书底款。但今日所见的真品，却是少之又少，故宫博物院也只有四件，其中三件完好无损，一件残缺修补。

故宫四件压手杯，三件均在内底绘有五瓣团花，花心署青花篆体“永乐年制”四字双行款，另一件则在内底绘有双狮滚球，球心款识依然是“永乐年制”。而内底绘制鸳鸯心的压手杯，还没有人见过。

这件精美器物，承载着永乐时代的工艺水准，是那个年代里的“中国制造”，在海上丝绸之路，成为所向披靡的“硬通货”。在东南亚，它甚至超出了实用的范围，被一些部族当作地位、财富的象征，犹如今天的名车名表。缅甸人会把中国瓷罐埋在地下，或送到佛寺里供奉。菲律宾人把青花瓷当作尊贵的器皿，过节时才取出来使用。青花瓷器有时也用作装修材料被镶嵌的房子里，供人们观赏。在波斯，青花瓷已经成为礼器，供伊斯兰教徒净手、朝觐之用……[1]

无论怎样，郑和的远航事业，得益于宋朝积累的技术与能力，但在他的时代，航海已经变成一种非商业行为而失去了商业的驱动，明人王圻说：

[1] 参见胡廷武、夏代忠主编：《郑和史诗》，第 347 页，昆明：云南人民出版社，2005 年版。

贡舶为王法所许，司于市舶，贸易之公也。

海商为王法所不许，不司于市舶，贸易之私也。[1]

也就是说，只有郑和的船队是合法的，拥有远航异国的垄断权力，而对于其他任何船只来说，航行海外都是为王法所不许的。贯穿了宋代几百年的商业狂热，突然从波涛涌动的海上退潮了，大海再度变得空洞起来，像一个华而不实的谎言。如果说宋代皇帝是贵族，那么明代的皇帝则大多是地地道道的农民，在他们心里，只有脸朝黄土背朝天的劳作才能带来实实在在的回报。这种短视的实惠观，无不来自底层文化的赐予，对他们来说，大海不再意味机遇，而成为凶险的同义词。其中，乾隆的见解颇有代表性，他说：

海外有吕宋、噶喇吧等处，常留汉人，自明代以来有之，此即海贼之薮。[2]

在他的心里，海外居然成为“海贼之薮”，自然要退避三舍。更重要的，与散漫甚至任性的宋代皇帝不同，明清两季的帝王更希望他们的帝国是一个看得见摸得着的固体，这样，他们的权力才是真实可感的，因此，他们喜欢用草格子固沙法，把帝国的每一个臣民都固定在原有的位置上，漂泊不定的商人将增加他们统治的难度，是“秩序”中的异类，所以要坚决取缔，唯有如此，才能统一思想，统一行动，构建一个同质化的帝国。如果以成化十三年（公元1477年）刘大夏烧毁郑和航海档案为拐点，到1840年英国军舰打到大清帝国的海岸，大海被空弃了363年，正是在这300多年中，欧洲人迅速填补了中国人留下的海上真空。1430年，郑和第七次下西洋，是中国人面对海洋的一次庄严的告别，这就是我们今天面对郑和的辉煌心情复杂的原因。

---

[1] 转引自萧春雷：《中国的制海权是怎样一步步丧失的》，原载《中国国家地理》，2011年第10期。

[2] 转引自萧春雷：《中国的制海权是怎样一步步丧失的》，原载《中国国家地理》，2011年第10期。

第　五　节

失忆的大海

宣德五年（公元 1430 年）正月，户部尚书夏元吉去世了，终年 65 岁。夏元吉先后经历了洪武、建文、永乐、洪熙、宣德 5 个朝代，掌握帝国财政长达 27 年，特别是在明仁宗、宣宗时期，尽心竭力辅佐朝政，尽心尽责，鞠躬尽瘁，颇有名臣风范。夏元吉政绩卓著，深受百姓的爱戴和皇帝的器重，为中国历史上的一代名臣。《明史》称赞夏元吉为“股肱之任”“蔚为宗臣”，称他的一生可“树人之效”。如果从儒家正统观点来看，夏元吉无疑是一个廉洁奉公、勤政爱民的模范干部，完全符合儒家的道德要求，几乎无可挑剔，这样的好干部，在中国历史上并不少见，仅在明朝，就可以举出海瑞、轩輗、秦纮（hóng）等多位典型，夏元吉就是他们中的一员，在他们眼里，郑和无疑是离经叛道、胡作非为之徒，他异想天开，轻举妄动，动摇了大明王朝的根基，然而，我们今天所诟病的，不是郑和，却恰恰是夏元吉。这表明所谓的对与错、真理与谬误都是相对的，在一个时代确信无疑的价值，未必会得到另一个时代的承认，拿一时一地的标准去套整个历史，一定可笑。儒家的价值体系标榜夏元吉的价值，然而一旦儒家价值体系不再占垄断性地位，夏元吉的价值就打了折扣。夏元吉不知大航海时代已近在眼前，所以他越是顽固地阻挠郑和，他的得分就越低。所谓的道德完美、人格高贵、真理在握，都不能挽回他的历史声誉，整个世界都在转型，这时的大明王朝，最需要开阔的视野和开放的思维，朱棣这个暴君，一手策动镇压反对派的大屠杀，一手则通过一系列伟大的事业建立自己的执政合法性，他同样没有意识到人类大航海时代的来临，仅凭“天下一家”的乌托邦之梦开启了这一时代的序幕，歪打正着地踏在了历史的节拍上，他性格暴戾、狂妄自大、好高骛远，却似乎比起夏元吉这个道德至上主义者更值得称道，历史本身的复杂性，再度让一元化的历史观哑口无言。中国近代以来的落后挨打，并不是因为缺乏按圣人之言严格要求自己的官员，而是缺乏能够顺应世界大势的清醒者。到了清代，只有李鸿章对这一点看得清楚，所以他从来都不喜欢所谓的“清流”，在他看来，所谓的“清流”，实际上是“不入流”，他们大多思想僵化，喜欢卖弄过时的大道理，空话连篇，不务实际，早就脱离社会，成了死水一潭的“大儒”，他敏锐地意识到“数千年未有之变局”，对“中国士大夫沉浸于章句小楷之积习”无比痛恨，他意识到儒家思想提供的静态理想化社会图景已经不合时宜，他对士人的评价标准只有一条，就是看他是否能够“与国际接轨”、是否能够“与时俱进”。

无论怎样，随着夏元吉这位死对头的死去，郑和在南京漫长的等待终于熬到了头。

这一年，明宣宗朱瞻基已经 32 岁，他 14 岁的时候，朱棣曾经给他出过一个对联，上联是“万方玉帛风云会”，朱瞻基对出的下联是“一统山河日月明”，从中可以看出朱瞻基同他的祖父一样不甘平庸。在朱瞻基上台后第五年的六月初九，即公元 1430 年 6 月 29 日，他颁布《遣太监郑和等赍（jī）诏往谕诸番国诏》，命令郑和第七次奉诏出海。

第一缕季风把旗帜展开的时候，许多船员都兴奋得叫了起来。他们从自己的故乡出发，跟随着郑和，一次次地远行，到马六甲、到古里、到忽鲁谟斯、到麻林，一次比一次走得更远，一直走到了海天茫茫的“际天极地”，把大明帝国的福音传给远方的人们。季风对于水手，就像狼烟、战鼓对于士兵，是一种刻不容缓的召唤，让他们激情高涨、热血沸腾，季风一起，他们的心就痒了起来，心早已飞到了遥远的大洋。在一片欢呼声中，我想郑和的表情一定沉静似水。船队荒废 10 年后的第一次出航，有兴奋，有庆幸，也有忧虑，他已经老了，已经不再像从前那样经得起风浪，更重要的是，如果他死了，这个朝廷还有谁能继续他的事业？他从来没有想过这些问题，然而此时，他不能不想这些问题。他想得最多的，可能不是即将开始的第七次航行，他或许会想到自己的一生，怎样跟在朱棣身后，浴血疆场，又在“洪涛接天，巨浪如山”的大海上，创造了自己的奇迹。他感谢朱棣，因为正是这个狂妄的皇帝给了他机遇，使他完成了这番惊天动地的伟业，这是他的幸运，然而，任何事物都有两面性，朱棣成就了他，而朱棣的死，又将他抛入前所未有的凶险之中，在朝廷上下一片斥骂声中，他百口莫辩。“一个人的生命价值和尊严，竟然不是自我所能左右，而是常常受到所连属的社会粗暴而蛮横的威胁，一个人，常常会突然陷入外部情势所造成的精神陷阱之中。”[1] 即使有明宣宗朱瞻基为他撑腰，但他知道属于自己的时代已经过去了，他老了，大明帝国的雄心，也老了。

在南京时，郑和步履沉重地登上牛首山，沿着崎岖的山路，走到兜率岩，又走到辟支佛洞前，沉思了片刻，好像突然想起了什么，对碧峰寺住持宗谦禅师说：“我下西洋经过番邦各国，往返平安，心里非常感戴皇上、佛天的呵护。已出资命工匠铸造金铜佛像一十二尊、雕妆罗汉像一十八位，还有古铜炉瓶及钟磬乐师灯具等物，现安放在家里，但考虑到以后乏人奉祀，等我此次从西洋回来，就将它们一起都送到小碧峰寺退居[2] 供奉，以为永远香火，早晚焚香修行。”[3]

郑和所说的“碧峰”，如今在雨花台实验小学内，是一座假山，上面“碧峰”二字仍清晰可见，孩子们放学后，会围着这座假山追逐奔跑，他们被奥数和各种兴趣班所折磨，当年碧峰寺这座唯一的遗存对他们来说，只是一个好玩的玩具而已。很少有人讲给他们，碧峰寺是一座在洪武年间敕建的寺庙，曾经有恢宏的大雄宝殿、天王殿、石塔和僧院，里面的非幻庵，因它的住持非幻禅师而得名。

---

[1] 张宏杰：《大明王朝的七张面孔》，第 279 页，桂林：广西师范大学出版社，2006 年版。

[2] 寺庙里的退居指住持居所。

[3] 这段话录于《非幻庵香火圣像记》，原文为：“吾因经番邦诸国，其往返叨安，感戴皇上佛天之呵护，出己缗，命工铸金铜像一十二躯，雕妆罗汉一十八位，并古铜炉瓶及钟磬乐师、灯供具等，今安于宅，尚虑后之乏人崇侍。逮吾西洋回还，俱送小碧峰退居供奉。以为永远香火，旦夕梵修，及有暖床，送尔安寝，不至纤毫有失及擅移他处。”引自孔远志、郑一钧：《东南亚考察论郑和》，第 118 页，北京：北京大学出版社，2008 年版。

碧峰寺、非幻庵，郑和在南京最后的足迹留在了这里，也只有这寺、这庵，最能了解郑和的心境。明代人罗懋登在他的长篇小说《三宝太监西洋记通俗演义》中透露，碧峰寺里曾有一篇《非幻庵香火记》[1]，在如今的雨花台实验小学，不可能找到这篇重要的记文，没有人知道，它究竟说了些什么。有研究者循着这条线索，终于在国家图书馆，从明万历刻本《三宝太监西洋记通俗演义》中找到那篇全文收录的《非幻庵香火圣像记》，这篇记文中果然暗藏着一个重要的史实——郑和于各支分船队在古里集合的时候，在印度古里病逝了。[2]这篇记文没有标明作者，却标明了写作时间为1457年，距离1433年只有24年，被一些专家认为是可信的。专家还考证，郑和去世的时间，应该在这一年的三月十一日至二十日之间，更准确地说，他去世的日子，是1433年4月上旬。[3]

宗谦禅师是接替非幻禅师住持碧峰寺的。那天，在辟支佛洞前，郑和对他说这番话的时候，他并没有意识到，这可能是郑和在交代后事了——明朝宦官最为相信因果报应之说，崇佛之风极盛，死后营葬的坟墓必在佛寺左近，或在卜为寿藏的吉域之侧创建梵刹，此时的郑和分明在暗示，他死后要长眠在这里。

根据《非幻庵香火圣像记》的记载，得到郑和的死讯，宗谦禅师陷入无比的悲伤。此时的他才意识到，郑和当年的嘱托，“有深旨哉”。悲伤中，他多次率领徒子徒孙到郑和家追悼。两年后，郑和的族人与同郑和一起下西洋的杨惠泉等人共同商议，决定遵从郑和遗愿，将他提到的圣像等物全部送到寺中，“专祈冥福，追悼神魂，超跻净界，次冀福址，荫庇生存”[4]，而现在牛首山下的郑和墓，应当说也和他与宗谦禅师的这段感情不无关系。[5]

---

[1] 即《非幻庵香火圣像记》，见〔明〕罗懋登：《三宝太监西洋记通俗演义》，第100回。

[2] 孔远志、郑一钧：《东南亚考察论郑和》，第117、118页，北京：北京大学出版社，2008年版。

[3] 孔远志、郑一钧：《东南亚考察论郑和》，第119页，北京：北京大学出版社，2008年版。

[4] 孔远志、郑一钧：《东南亚考察论郑和》，第118页，北京：北京大学出版社，2008年版。

[5] 参见王聿诚：《郑和与碧峰寺三高僧》，原载《南方日报》，2011年1月15日。

那座郑和墓，位于牛首山南麓，南唐二陵西侧，据说是一个衣冠冢，康熙《江宁县志》记载："三宝太监郑和墓，在牛首山之西麓……此则赐葬衣冠处也"，墓前原有一批神道石刻和巨碑石座，今已无存。墓的东、北、西三面有祖堂、牛首、翠屏、岱山、吴山环抱。墓前可眺长江滚滚东流水，那里，是他的出发之地，也是他最后的归宿。[1]

从长乐出发那一刻，郑和长久地站立在船甲板上，远远地望着南山，像一尊木雕。此时的南山，杂花生树，天妃宫和南山塔寺被层层叠叠的苍松翠柏围拢着，一点点地变小，变小，直至与青山融为一体。他的眼睛湿了，我猜他此时的心底定会生起一股前所未有的离愁。他知道自己是为大海而生的，却不知为什么这一次，对这片土地如此眷恋。他向那片越来越模糊的土地挥手，他的胳膊酸了，那只手却迟迟不肯放下来。

1433 年，船队归来，带来了古里、柯枝、阿丹、锡兰、佐法尔、甘巴里、加异勒、忽鲁谟斯的使者——他们的朝贡，差不多已经中断 10 年了，然而，人们没有看到郑和，没有人知道，这个制造了那个时代的远航奇迹的人，到底去了哪里。

从古里出发，到达太仓，需要 3 个月的时间，船队显然无法在炎热潮湿的南洋地区，在如此漫长的航行中装载郑和的尸体，这注定了郑和无法回到他的祖国，入土为安。我们不妨作出这样的推测——在船队归航的途中，船员们根据穆斯林习俗，为他举行了海葬。我考察了穆斯林的丧俗，发现它并不复杂——人们在清洗遗体之后，裹上白布，一边祷告，一边将死者抛向大海。郑和一生曾经到达世界许多地方，但没有人能说清他消失于何处。他以一种沉默的方式告别了这项恢宏的事业，告别了他的船队和帝国。

他归身于大海，对他绝对不是一种惩罚，相反，是犒赏，是一种充满诗意的寂灭，一种最恰当的自我完成。

---

[1] 也有人认为，牛首山明宣德所建弘觉寺塔下，埋葬着郑和的骨灰，是郑和的归葬处，综合葛晓康：《南京牛首山弘觉寺郑和德塔考证》，原载《中国历史文物》，2008 年第 5 期；蔡震：《专家 15 年破解考古悬案郑和骨灰葬在南京牛首山》，原载《扬子晚报》，2008 年 11 月 28 日。

从此以后，郑和的名字，渐渐从明朝的官方文献和随员笔记中销声匿迹了。

44 年后，成化十三年（公元 1477 年），郑和最担心的事情发生了，一个名叫刘大夏的兵部侍郎，为了彻底打消帝国重新启动远航事业的决心，干脆利索地把郑和船队的所有档案一把火烧了。刘大夏得意于自己的“成功”，因为他的动作比主张重启航海事业的兵部尚书项忠要麻利得多，当项忠入库查检旧案时，郑和船队的所有档案已经在宫殿的某个角落化作一片灰烟。火光映红了刘大夏的脸，浪花在他的面前消失了，变成清澈透明的火花，以不断膨胀的体积，表明着自身的威力。终于，26 年辛苦积攒起来的航海资料变成一个丑陋的黑色空洞，风一吹，就什么都不剩了。

在贪腐成风的帝国官场，刘大夏绝对是一个不可多得的另类——面对“糖衣炮弹”的进攻，他从来不为所动。他在担任广东布政使时，当地官府的钱库巧立一种名为“羡余”的小金库，从来不记在账上。以前担任布政使的也都“顺理成章”地把这笔钱塞进自己的腰包，没有人认为这有什么不妥。刘大夏刚上任时，打开府库清点，恰巧有他的前任没有拿完而剩下的一些“羡余”。管库的小吏便把这种成例向他报告，说这笔钱不必记入账簿。刘大夏听后沉默了好一会儿，突然大声训斥他：“我刘大夏平时读书，有志于做好人，怎么遇上这件事，就想了这么长时间？实在愧对古代贤人，算不得一个大丈夫了！”在金钱的诱惑面前，他“狠斗私字一闪念”，命令管库小吏把这笔钱全数入账，作为正式支销，自己分文不取。

刘大夏是在正统元年（公元 1436 年）出生的，他出生的时候，郑和已经去世多年，也就是说，刘大夏并没有见过郑和，他焚毁郑和档案的时候，已经 40 多岁。刘大夏与郑和，远日无冤，近日无仇，为何对郑和的事业如此痛恨，以至于要烧毁郑和的航海记录，不使大明的航海事业死灰复燃？

项忠在盛怒之下对主管官员进行鞭笞，责令他 3 天之内找回遗失的档案，但仍然一无所获。项忠问：“库中案卷，宁能失去？”此时，刘大夏向他的顶头上司和盘说出了他痛恨郑和的缘由：

三保下西洋，费钱粮数十万，军民死且万计，纵得奇宝而回，于国家何益！此特一时敝政，大臣所当切谏也。旧案虽存，亦当毁之，以拔其根，尚何追究其有无哉！[1]

刘大夏是一个光明正大的人，烧毁郑和的航海档案，他也做得理直气壮。如同夏元吉一样，他是出于对朝廷的“责任心”来阻止出洋事业的，在他看来，郑和下西洋，非但不是帝国的荣耀，相反，是帝国的沉重包袱，而那些所谓的航海记录，则是内容“虚构夸大了、人的耳目无法证实的奇闻怪事”[2]。有意思的是，刘大夏并非财政部（户部）的官员，而是国防部（兵部）官员，屁股决定脑袋，一般来说，国防部从来都是力主增加国防开支的，只有财政部官员是天生守财奴，一毛不拔，此时，刘大夏本属于国防部的屁股坐在了财政部的板凳上，说明这件事已经超越了一般事务性工作，而成为决定帝国命运的头等大事。刘大夏决心坚持真理，纵然飞舞的廷杖把他那不屈不挠的屁股打成蜂窝煤，他也在所不惜。

刘大夏继承了夏元吉未竟的事业，或者说，他是另一个夏元吉。一个夏元吉倒下了，千万个夏元吉站起来，在以后的历史中，夏元吉层出不穷，把郑和远航的光环层层叠叠地压住了。罗荣邦先生在他的著作中记录了明朝海上实力变化的数据：在郑和航海事业之初，明朝的强大水师拥有 3500 艘各型船只，仅浙江一省，就拥有超过 700 只船组成的船队。及至正统五年（公元 1440 年），浙江的船只数量已经下降到不及原来的一半。到 15 世纪中叶，该省船队仅为原来的一小部分。孝宗弘治十三年（公元 1500 年），皇帝下令，“军民人等擅造二帆以上违式大船，将带违禁货物下海入番国买卖”者，正犯处以极刑，全家发边卫充军；嘉靖四年（公元 1525 年），朝廷又下了一道圣旨，“将沿海军民私造双桅大船尽行拆卸，如有仍前撑驾者即使擒拿”。龙江

[1]〔明〕严从简：《殊域周咨录》，第 307 页，北京：中华书局，1993 年版。

[2]〔英〕李约瑟原著，〔英〕柯林·罗南改编：《中华科学文明史》，第 3 卷，第 163 页，上海：上海人民出版社，2002 年版。

船厂在短短20年间已经衰落到难以想象的程度，嘉靖三十年（公元1551年），李昭洋主持这家国营船厂时，发现连当年郑和船队宝船的数据都不存在了。

以上只是一些关于船只数量的数据，在质量方面，从15世纪起，意大利的大型商船便能载1000吨的货物。而中国船的木板则很薄、钉子与捻缝不足、使用二手材料、技工缺乏。葡萄牙人在地理和技术（造船、海图、天文航行、绕行非洲）方面，都在大力向前推进，很快就远远地超越了大明王朝。

故事以禁海派的完胜而告终。从某种意义上说，郑和在远航的途中悄然离世，并且被埋葬于海洋深处，应当说是一种幸运，否则，他的身后之事将不堪设想。

郑和最担心的事就这样成为现实——他创造的海上奇迹被彻底归零。在经历了15世纪的航海高潮之后，中国人开始对漫无边际的大海沉默不语，那些创造过奇迹的巨轮，也在南方的海岸朽烂和沉没。

作为传统的海上强国的中国最终完成了内陆化的转型。“随着满洲人统治在中国最终的建立，本于大陆而轻于航海的观点又重新被确定下来。”[1]直到英国人用4000人的微弱兵力征服了整个中国以前，大清王朝始终没有认真打量过自己的海岸线，更不会想到，自己的国土将成为西方人航线的终点。拉铁摩尔认为：“17世纪满族入关，逐步统一全国，是长城边疆上起伏不定的、自上古以来即对中国历史发生决定作用的潮流的最后一浪。到了19世纪，从海上涌进中国的势力已不可抗拒。”[2]

中国的儒生们把全部的精力用于应付科举考试，他们热衷于记诵传统经典，用礼仪教化治理国度，并企图以此来“绥服”他国，和谐共处成为中国人的理想境界。与此同时，进化论正使强者消灭弱者成为世界的真理。就在刘大夏面对飞舞的廷杖慷慨陈词10年之后的1487年，葡萄牙人迪亚士发现了好望角；1492年，意大利人哥伦布在西班牙王室的资助下，从西班牙启程，

---

[1] ［美］费正清、刘广京编：《剑桥中国晚清史》，下卷，第142页，北京：中国社会科学出版社，1985年版。

[2] ［美］拉铁摩尔：《中国的亚洲内陆边疆》，第4页，南京：江苏人民出版社，2005年版。

横渡大西洋，抵达今天美洲的古巴和海地，发现了新大陆；1497 至 1498 年，葡萄牙人达·伽马沿着迪亚士开辟的新航路奋勇前进，与郑和的路线逆向而行，航行到东非索马里和印度古里，找到了通往东方的新航线；1519 年，葡萄牙人麦哲伦奉西班牙国王之命，率领船队用 3 年时间完成了环球航行。

1494 年，大不列颠女王签署一份特许状，宣布殖民者享有英国自由公民的所有特权，此后，英国人不再盲目地向外冒险，而是积极建立永久殖民地，为未来的日不落帝国开辟道路。支持海上事业，成为欧洲各国王室一本万利的投资。

一个崭新的全球化时代，夹杂在呛人的火药味和浓重的血腥中，向封闭的中国步步逼近。

法国汉学家多米尼克·勒列夫尔（Dominique Lelièvre）在《启蒙之龙——15 世纪初叶明朝的远航》一书中写道：“当西方正准备冲向全球的时候，中国却自我退缩。15 世纪末，也就是在郑和最后一次下西洋的近半个世纪之后，车轮开始转动，地图开始流通。欧洲走出了长期的封闭，挽回了其工艺技术的长期落后，抛弃了其小卒子的角色，在远东得以立足。一旦摆脱束缚之后，它便冲向了可供侵占的土地（美洲、菲律宾）和可供掠夺的市场。中国却由于受其僵化制度的支配，错过了世界第一次向现代化冲刺的有利时机，也错过了由郑和远航打开国际贸易的有利时机。”[1]

这场轰轰烈烈的海上盛典最终以悲剧收场，在以后的日子里把到手的优势拱手让人，连黑格尔都在感叹：“中国没有分享海洋所赋予的文明。”很多年后，一位历史学家以“失忆的海洋”来感叹中国蓝色历史的追溯之难。

1840 年，当西方的军舰载着它们的真理抵达中国海岸的时候，中国已经失去了为自己的真理辩解的能力。

船，突然变得重要起来，一如当年的马。它们同样可以被武装起来，就

---

[1] Dominique Lelièvre, Le Dragon de lumière, les grandes expéditions des Ming au début du XVe Siècle, Editions France-Empire, 1996.

像彪悍的铁骑。空阔的海洋无法阻挡它们的步伐。这些流线型的船只，像一条条穿梭的鱼，在别人的畏途里获得自由。当中国军队把全部注意力用于防范蒙古人的进攻时，毁灭性的打击却来自海上。突然间从天而降的外国船队废除了万里长城的用途，这条工时高达2000多年的军事设施，在关键时刻沦为一堆垃圾。这个“占优势的成年文明，突然发现自己在世界上处于未成年的地位”[1]。自1840年以后，中国受到外国军队的海上侵犯共达84次。连蕞（zuì）尔小国日本，也居然在1874年仗着两艘买来的铁甲舰出兵侵占台湾，从此开始了它长达71年（至1945年）的侵华史。

在海权的战略意义迅速飙升的时代，明朝的倒数第二个皇帝明熹宗朱由校——这位至高无上的宫殿木匠——正沉迷在一种“木傀儡戏”中。他最喜欢表演的节目就是《三宝太监下西洋》。据说他为这个节目设计了精巧的布景，喷水机关能让水势逆飞，如同瀑布泻下，又直冲上去，如同玉柱。可以凭水势托起一个镀金木球，盘旋不落。这一游戏令他乐此不疲，甚至将批阅奏折这类无聊事务一律托付他人。此时的大明王朝已经国库空虚，气数将尽，不到20年，这个曾经睥睨万邦的朝代便和它所创造的海上奇迹一同消失了。

[1] ［美］费正清编：《剑桥中华民国史》，上卷，第1页，北京：中国社会科学出版社，1994年版。

第八章

岩中花树

第　一　节

地图角落里的中国

明万历十一年（公元 1583 年），当几名大明帝国的官员看到世界地图在他们面前缓缓展开的时候，他们所有人的脸上都露出了疑惑的表情——他们第一次发现，自己的帝国，并不处在世界的中央。

在教堂接待室的墙上，挂着一幅用西洋文字标注的世界全图。这幅地图，是意大利传教士利玛窦应肇庆知府王泮的请求绘制的。光绪二年刻本的《肇庆府志》记载："王泮，字宗鲁，山阴（今浙江绍兴）人。万历二年（公元 1574 年）进士，八年（公元1580 年）知肇庆府。"[1]任中，主持建跃龙窦、崇禧塔、引沥水（今星湖一带）入江，后来任湖广参政，居官廉洁，焚香静坐若禅室。诗辞冲雅，书法遒丽，宗二王，善小楷，大幅草书，如龙蛇夭矫，世皆宝之，著有《山阴志》《分省人物考》等著作。王泮为官时期，除了上述政绩外，他对历史的贡献直到几百年后才显露出来，其中，请利玛窦绘制世界地图，就是他政治生涯中最光彩的一笔。但在当时，对于这幅犹如铁屋中的天窗一般的世界地图，王泮的想法非常简单，他只想知道，他眼前这个洋人眼里的世界到底是个什么样子。利玛窦是幸运的，因为他眼前这个帝国官员是一个不可救药的地图爱好者，利玛窦凭借一张地图，轻而易举地获得了这位帝国官员的友谊。

对于利玛窦来说，中国仿佛石头，一块没有沐浴基督光辉的冥顽不灵的顽石。在上帝的视野中，遥远的中国还处于没有福音的蛮荒中。这里是葡萄牙

[1] 《肇庆府志》，卷一六，光绪二年刻本。

境内一个毗邻大西洋的海岬——罗卡角（Cabo da Roca），也是欧亚大陆的最西端点、西方世界的“尽头”。这座岛上有一块石碑，上面刻着葡萄牙著名诗人贾梅士（Luis Vaz de Camões,c. 1524—1580 年）的诗句：“陆止于此，海始于斯。”[1] 寻常人等会在这里止步；而勇敢者的旅程，则恰好从这里开始。15 世纪初开始，已经相信地圆说的欧洲人不断从这里勇敢地下海，认为自己向西同样可以找到通往东方的道路。随着葡萄牙帝国的势力范围在印度、马来西亚，在亚洲各地的迅速膨胀，一代代的传教士，手捧《圣经》抵达东方，企图向信仰伊斯兰教和佛教的东方国度传达上帝的意志。

他后来写道：

> 中国人自己过去曾以许多不同的名称称呼他们的国家……这个国家在一个时候称为唐，意思是广阔；另一个时候则称为虞，意思是宁静；还有夏，等于我们的伟大这个词。后来它又称为商，这个字表示壮丽。以后则称为周，也就是完美；还有汉，那意思是银河……
>
> 从目前在位的朱姓家族当权起，这个帝国就称为明，意思是光明；现在明字前面冠以大字，因而今天这个帝国就称为大明，也就是说大放光明。
>
> 与中国接壤的国家中，很少有知道这些不同名称的，因此中国境外的人民有时就称它这个名称，有时又称它另一个。……今天我们通常称呼这个国家为中国（Ciumquo）或中华（Ciumhoa），第一个词表示王国，另一个词表示花园。两个字放在一起就被翻译为“位于中央”。我听说之所以叫这个名称是因为中国人认为天圆地方，而

[1] 原文为：Onde a terra se acaba e o mar começa。传说贾梅士（一译卡蒙斯）曾经到达澳门。参见洛瑞罗：《史学家之谜》。转引自黄一农：《两头蛇：明末清初的第一代天主教徒》，第 1 页，上海：上海古籍出版社，2006 年版。

中国则位于这块平原的中央。[1]

但他们的脚步声在大明帝国的国门前戛然而止。这个东方帝国以石头般的坚硬对抗着岁月中的天敌。嘉靖三十一年（公元 1552 年），负有宗教钦使特权的传教士沙勿略（B. Franciscus Xaverius），在靠近广东的一个小岛——上川岛上，面向着那片遥远的陆地，心有不甘地死去。死前，他绝望地向陆地的方向喊道："岩石岩石，你何时才能裂开？！"[2]

而对于中国人来说，利玛窦则是窗户。尽管郑和船队抵达西天极地已经将近两个世纪，但随后执行的禁海政策，使大多数中国人对外部世界几乎一无所知。他们认为中国几乎就是世界的全部。

"在所有大国中，中国人的贸易最小；确实不妨说，他们跟外国实际上没有任何接触，结果他们对整个世界是什么样子一无所知。他们确乎也有与这幅相类似的地图，据说是表示整个世界，但他们的世界仅限于他们的 15 个省，在它四周所绘出的海中，他们放置上几座小岛，取的是他们所曾听说的各个国家的名字。所有这些岛屿都加在一起还不如一个最小的中国省大。因为知识有限，所以他们把自己的国家夸耀成整个世界，并把它叫作天下，意思是天底下的一切，也就不足为奇了。"[3]

一直到清代，还有许多帝国官员认为那些"乱七八糟的国名"是洋人胡编出来吓唬人的。他们说："西班有牙，葡萄有牙，牙而成国，史所未闻，籍所未载，荒诞不经，无过于此！"

归航的海船最先露出来的是桅杆的顶部，在船桅的启发下，西洋人逐渐相信地球是圆的。他们用三维的眼光看待世界，所以，他们的世界，比中国人多了一个维度。与他们相比，中国人的扁平思维，仍然像他们的宫殿建筑一

---

1 [意]利玛窦、金尼阁：《利玛窦中国札记》，第 5、6 页，北京：中华书局，1983 年版。

2 孙尚扬：《利玛窦与徐光启》，第 6 页，北京：中国国际广播出版社，2009 年版。

3 [意]利玛窦、金尼阁：《利玛窦中国札记》，第 179、180 页，北京：中华书局，1983 年版。

样，忠实地匍匐在大地上。与此同时，哥特式教堂犹如不断升高的探针，此起彼伏地升向天空，探寻着上帝的高度，仿佛要以一个极端的立场，表达对于上帝的敬意。

在利玛窦展示给王泮的世界地图里，藏着他的故乡——意大利安柯那（Ancona）省的马塞拉塔（Macerata）。在这里，他开始了最初的神学修习。1571 年 8 月 15 日圣母升天节这一天，19 岁的利玛窦在罗马加入了耶稣会。

他知道他父亲心里对他另有安排，就寄了一封信回家，请求他父亲同意他的做法。这封信惊动了他的父亲，所以父亲马上动身去罗马，决心要让自己的儿子退出耶稣会的望道期。[1]

父亲要求他的儿子继续研修法律。如果父亲实现了他的愿望，就永远不会有一个传教士利玛窦出现在东西方历史的衔接点上。利玛窦的事业还没有开始就要结束了，就在这时，情况突然发生了变化。

赴罗马途中，他在行程的第一天就在多伦蒂诺（Tolentino）病倒；他相信自己的病是出自天意，所以返回家里并给他儿子一封信，说他所做的决定很有道理，明显地符合上帝的圣意。[2]

利玛窦决定加入教会的时候，宗教的黄金时代已经远去。83 岁高龄的教皇保罗四世，已经在一声漫长的叹息中溘然离去。随着人文主义的兴起，宗教裁判所被洗劫一空。世界正在急速变化，而利玛窦，却从欲望浮动的世俗街景中转身，走向背负恶名的修道院——那空阔、冰冷、顽固的旧日殿堂。与那些跃跃欲试的身体相比，他更热衷于沉默无语的教会和修道院，在他看来，克己、苦行、冥想、祈祷、独身、斋戒、甘于贫困，都是超越人的动物性本能的必经之途，只有踏上这条必经之途，信仰、启示以及上帝的拯救才能纷至沓来。

明神宗万历六年（公元 1578 年），26 岁的利玛窦传教士，从大地终结之

[1] ［意］利玛窦、金尼阁：《利玛窦中国札记》，第 37、38 页，北京：中华书局，1983 年版。

[2] ［意］利玛窦、金尼阁：《利玛窦中国札记》，第 38 页，北京：中华书局，1983 年版。

处出发，从海路到达印度果阿。4 年后，利玛窦开始了他穿越岩石的旅程，抵达葡萄牙人已经取得居住权、处于岩石的边缘地带的小城——澳门，在那里学习汉语。他的命运会比沙勿略幸运吗？

对于地图另一端的景象，王泮一无所知，但这丝毫不影响他的好奇心，这样的人，在大明帝国的版图内并不多见。当时的帝国内部，延续着四书五经为主要内容的传统的知识系统。尽管早在 14 世纪末，大明王朝就绘制了《大明混一图》，描述了东方人想象中的世界。

《大明混一图》，是现今所存最早的中国人绘制的世界地图，彩绘绢本，图幅尺寸为 386×456 厘米，作者与年代不详。依据图上两个关键地名“广元县”和“龙洲”推定，此图绘于明洪武二十二年（公元 1389 年），原藏故宫博物院，现藏中国第一历史档案馆。

这幅明代世界地图，以大明王朝版图为中心，东起日本，西达欧洲，南括爪哇，北至蒙古，是我国目前已知尺寸最大、年代最久远、保存最完好的古代世界地图。

《大明混一图》全图没有明显的疆域界线，仅以地名条块的不同颜色，来区别内外所属。图中着重描绘了明王朝各级治所、山脉、河流的相对位置，镇寨堡驿、渠塘堰井、湖泊泽池、边地岛屿以及古遗址、古河道等共计 1000 余处。

在《大明混一图》上，欧洲和非洲地区描绘得都很详细，绘制得也很规整，而且笔法流畅。非洲大陆位于这幅地图的左下方，其中河流的方位非常接近尼罗河和奥兰治河，突出部分的山地与德拉肯斯山脉的位置吻合。地图中还显示在非洲大陆的中心有一个大湖，这可能是根据阿拉伯的传说绘制的。因为在传说中曾写道“撒哈拉沙漠以南更远的地方有一个大湖，其面积远大于里海”。地图上南部非洲的好望角，海陆线条精美，形制一目了然。[1]

10 多年后，建文帝又命人绘制了《混一疆理历代国都之图》，并在跋文中

---

[1] 参见百度词条《大明混一图》。

写道："天下至广也，内自中邦，外薄四海，不知其几千万里也"。然而，当时的中国人，目光依然向内，他们的地理知识，依然来源于1000多年前的《尚书》《山海经》这些著作，这些古代著作对大地的描述，通过科举考试承续下来，被当时的知识分子深信不疑。就在利玛窦向王泮第一次展示世界地图的5年后，一个未来的地理学家在南直隶江阴（今江苏省江阴市）出生，他的名字叫徐霞客。他拒绝科举的诱惑，从20岁开始他的大地考察计划，纠正了《明统一志》关于西南地区水道的诸多错误，并彻底颠覆了《尚书·禹贡》中有关"岷山导江"的观念，证实金沙江是长江的源头。

当他们听说中国仅仅是大东方的一部分时，他们认为这种想法和他们的大不一样，简直是不可能的，他们要求能够加以研读，以便作出更好的判断。

他们认为天是圆的，但地是平而方的，他们深信他们的国家就在它的中央。他们不喜欢我们把中国推到东方一角上的地理概念。他们不能理解那种证实大地是球形、由陆地和海洋所构成的说法，而且球体的本性就是无头无尾的。

这幅将中国推到世界角落里的地图，会引起中国人的敌意吗？对于中国人的敌意，利玛窦并不陌生。中国人对经验以外的世界怀有斩钉截铁的怀疑态度。关于佛郎机人的各种可怕传说在南方的海岸线上神出鬼没，他们拥有所有的恶行，不仅杀人放火，而且如海中怪兽，专吃童男童女。在中国人的常识中，佛郎机国与狼徐鬼国对面，狼徐鬼国"分为二洲，皆能食人"。佛郎机，就是葡萄牙。

肇庆人相信有关佛郎机人吃人的传闻。这是最初的转折。传闻还说，洋人从那位受洗者的面容中，看出他的脑子里有一颗宝石，他们照料他，是为了可以占有他的尸体，并把那颗无价的宝石取出来。不久，第一颗石头飞向教堂的屋顶。在这颗石头的带动下，越来越多的石头义无反顾地飞向教堂。利玛窦看不见投掷石头的人，只能听见那些石头在屋顶发出尖锐的声响。利玛窦透过窗子往外看，飞翔的石头令他感到一阵眩晕。

仆人很快抓住了扔石块的孩子。孩子的同伙迅速向孩子的父母报信，父母又纠集了更多的人。一个可怕的信息在人群中传递——洋人给孩子吃了一种奇特的药，使他无法喊叫，然后，要把他运到澳门，卖作奴隶。这个信息一经传出就无法阻拦，愤怒被传染，并将成为一颗决定性的石头，砸向利玛窦的教堂。群情鼎沸的百姓已经同时包围了衙门，要求官府出面，讨回被捉去的孩子。所有人的情绪都接近了燃烧点。利玛窦对于突如其来的危险毫无准备，他甚至对人们愤怒的原因一无所知，因为那时，他对于佛郎机的传说闻所未闻。他惊呆了，辩解被嘈杂的哭喊所淹没，他不知所措。

那个所谓的讼师，把孩子当作自己的弟弟，教给他应该说什么话，带着他一起到公堂去。一路上为使百姓更加相信，他们穿过城里人烟最稠密的地区，两人都披头散发，唉声叹气，从一条街走到另一条街，向上天和官员们呼喊，要求惩罚洋鬼子的罪行。

在长官面前，上诉人以惊人的奸猾诉说他的案情，把一切都说得仿似有理，尤其是他谈每个细节都有人证。这些证人完全可以信赖，因为他们都是邻居并以诚实闻名。对这一突然袭击，除了进行祈祷而外，实在找不到什么帮助或支援。[1]

利玛窦和几名祖父立刻被带到衙门的公堂上。当时的利玛窦十分担心，自己多年的努力会因这一事件而付诸东流。

公堂上挤满了深信会定罪的好奇群众，他们急于看到邪恶的外国人因这一滔天罪行而被处以什么惩罚。[2]

然而，令利玛窦意外的是，官员很快看出原告的破绽，下令对他们进行严厉的拷打。犯人当即被剥去外衣，趴在地上，按照习惯由廷尉用结实的大竹棍在腿和屁股上狠打。祖父跪在长官前，不断弯腰叩头触地，请求免予刑罚。对他请求的回答是，这种罪不应宽恕，因为它损害了无辜者的名声，甚至使无辜者有受重刑的危险。[3]

---

❶ ［意］利玛窦、金尼阁：《利玛窦中国札记》，第 176 页，北京：中华书局，1983 年版。

❷ ［意］利玛窦、金尼阁：《利玛窦中国札记》，第 177 页，北京：中华书局，1983 年版。

❸ ［意］利玛窦、金尼阁：《利玛窦中国札记》，第 178 页，北京：中华书局，1983 年版

那名官员随即贴出告示，通告百姓，外国人在这里的居住得到了总督大人的批准，不许欺侮他们，违者将被送上公堂严惩。这名官员，就是王泮。

利玛窦的传教事业，每一步都充满风险。一个小小的不慎，就可能引发中国人的愤怒，将利玛窦彻底推入死角。

所以，在确定展开地图的那一刻，利玛窦紧张地盯着王泮。王泮的表情没有丝毫的变化，他像开始时一样，被这幅地图所吸引，好像一个孩子，以好奇的目光打量世界。

他只要求利玛窦做一点小小的改动：把大明帝国，重新放回地图的中央。

“这位地理学家因此不得不改变他的设计，他抹去了福岛的第一条子午线，在地图两边各留下一道边，使中国正好出现在中央。这更符合他们的想法，使得他们十分高兴而且满意。”[1]

王泮把这幅地图命名为《山海舆地图》。这是中国历史上第一幅近代意义上的汉文世界地图。王泮亲自督促刊印，“把它当作重礼，赠送给中国有地位的人”[2]。这些“有地位的人”，包括一位名叫王应麟的镇江知府。王应麟又把这幅地图转赠给应天巡抚赵可怀，赵可怀最终把它刻在苏州的一块石碑上，同时刻上自己的序文，因他并不知道绘图者是利玛窦，故而没有刻上利玛窦的名字。如今，这幅地图没有流传下来，那块石碑也消失无踪。我们只能在光绪年刊刻的《苏州府志》上，查到相关的记载。[3]

就在这一年，葡萄牙人巴布达（Luis Jorg’E De Barbuda）为欧洲绘制了一幅中国地图，欧洲的第一幅中国地图正式出版。

为了宣传宗教，利玛窦趁机在图上的注文中，以中文加进“有关中国人迄今尚不知道的基督教神迹的叙述。他希望在短时期内用这种方法把基督教的

---

[1] ［意］利玛窦、金尼阁：《利玛窦中国札记》，第 180 页，北京：中华书局，1983 年版。

[2] ［意］利玛窦：《利氏致罗马总会长阿桂委瓦神父书》，《利玛窦全集》，第 3 卷，第 60 页，台北：光启出版社、辅仁大学出版社，1986 年版。

[3] 《苏州府志》记载：“《山海舆地图》，中丞赵宁宇刻，在姑苏驿。”同治《苏州府志》，卷 141，光绪八年江苏书局刻本。

名声传遍整个中国”。[1]

作为回报，官府给利玛窦送来一些钱物，使利玛窦得以在肇庆完成自己在中国的第一座教堂。为了不引起佛教徒的反感，王泮建议他们用一个中国化的名字——“仙花寺”。他还送了一幅匾额，让他们挂在中堂，匾额上写：“西来净土”。

这座教堂没有露出哥特式建筑尖挺的外形，而是遵循了中国的建筑语法，像所有中国房子一样蹲伏在地上，质朴得近乎寒碜。尽管受到耶稣会的严厉批评，但在利玛窦看来，这是他的一个巧妙的权宜之举。

正是由于这一权宜之举，使那块坚硬的石头，裂开一条不易察觉的缝隙。

与那些漂流在小岛上、面对大明帝国的海岸线无计可施的传教士相比，利玛窦无疑是幸运的。因为他到达肇庆，遇到了一位具有开放思维的知府，小心翼翼地建起了第一座教堂，他的传教事业，有了一个可靠的基点。他可以从这里开始，一步步地深入中国腹地，他平静的外表下隐藏着一个野心，那就是：把中国皇帝，变作教会的一员。

[1] ［意］利玛窦、金尼阁：《利玛窦中国札记》，第180、181页，北京：中华书局，1983年版。

第　二　节

紫禁城的大门

然而，对于自己的真实目的，利玛窦秘而不宣。这一目标对于这个水土不服的洋人来说，无异于蚍蜉撼树。此时，利玛窦并不知道，当他向中国人艰难地宣传他的宗教的时候，他绘制的世界地图却在遥远的江南延续着它的旅程。这里是上海徐家汇。晚明文渊阁大学士、著名科学家徐光启曾在此建农庄别业，从事农业实验并著书立说，逝世后亦安葬于此，其后裔在此繁衍生息，初名“徐家厍（shè）”，后渐成集镇，因地处肇嘉浜与法华泾两水汇合处，故得名“徐家汇”。1597 年曾经在乡试中高中解元的徐光启，在随后的会试中名落孙山，只好回到老家上海，一面开馆教学，一面静心读书。就在这段宁静岁月中，应天巡抚赵可怀手里的那幅《山海舆地图》，突然为徐光启打开了另一个世界。

徐光启意识到，在那幅地图的背后，是一个与华夏文明迥然不同的文明系统。与中国传统的“天圆地方”之说相对，早在古希腊时期，即公元前 600 至前 200 年，古希腊人就提出世界是个球体。[1]古罗马帝国的臣民、出生在上埃及的托勒密绘制于公元 2 世纪的《托勒密世界地图》中，地中海地区、欧洲部分地区和近东的轮廓，与现在的地图几乎没有差别，只有细微的遗漏和误差，只是在当时，托勒密和所有欧洲人一样，不知道美洲的存在。当世界的形象在西方人的视野中一步步演变到 16 世纪初，1507 年，伴随着地理大发现，

[1] ［英］杰里米·哈伍德：《改变世界的 100 幅地图》，第 21 页，北京：生活·读书·新知三联书店，2010 年版。

托勒密绘制于公元 2 世纪的《托勒密世界地图》

在瓦尔德塞弥勒（Martin Waldseemüller）所绘的那幅著名世界地图中，美洲终于出现，人们头脑中的世界，终于连成了一个整体。有人猜测，利玛窦展现在肇庆所绘制的《山海舆地图》，正是以瓦尔德塞弥勒世界地图为蓝本。

张岱后来很可能就是在苏州的那块石碑上看到《山海舆地图》的。周旋于读书与享乐之间的张岱，对于这幅地图不屑一顾："山海经舆地图，荒唐之言，多不可闻。"[1] 然而，利玛窦所描述的海外世界，却令热爱夜航船的张岱神往。"张岱对利玛窦笔下所写的欧洲很感兴趣：西方人用阳历，而非阴历。交易通货使用银币，喜爱玉和宝石的人并不多。……欧洲有机械钟，每 15 分钟敲小钟，整点敲大钟——利玛窦带了几座自鸣钟当贡品。……张岱记载，西人有一种横摆的琴，宽一公尺余，长近两公尺，内有 70 条弦，以精铁铸成，

[1]〔明〕张岱：《石匮书》，重印本，卷 320，第 207 页。

AT THEVS RICCIVS MACERATENSIS QVI PRIMVS E SOCIETAE
V EVANGELIVM IN SINAS INVEXIT OBIIT ANNO SALVTIS
1610·ÆTATIS 60.

利玛窦

弦与琴等长，连接到外部的键盘。……”[1]

与他带来的西方文明在明代士人中所引起的好奇相比，利玛窦的传教事业进展十分有限。1589 年，利玛窦被新任总督刘继文驱逐出肇庆。利玛窦应该庆幸他在王泮执政期间抵达这里，如果他在一开始就与刘继文相遇，那么他将会像沙勿略一样，无法涉足这块土地。利玛窦心情黯然地移居韶州，1595 年5 月，又从韶州北上，向大明王朝的南方首都——南京前进。

在南京，利玛窦得知他在广东时的朋友徐大任已经在这里升任工部侍郎，利玛窦曾经送给他一个天球仪和一只沙漏。于是，利玛窦又把希望寄托在他的身上。他换上一身士人的衣服，备好了礼物，迫不及待地求见徐大任。然而，他得到的，却是一个完全意想不到的结局。

金尼阁：利玛窦以奉承的方式回答说，他非常想看到他，为此他从兵部侍郎那里取得了旅行南京的护照，并且说他想在他的特殊保护之下在城里建立一个驻地。这个可怜的家伙一听这话，吓得要命，他先倒抽一口冷气，然后大声嚷叫，告诉他的客人说，他到这城来是打错了主意。[2]

利玛窦从徐大任的表情中看到了自己的绝路，这位明哲保身的官员不仅没有给利玛窦提供丝毫的帮助，反而决定将利玛窦立刻轰出南京。利玛窦的命运，又经历了一次过山车似的转折。

利玛窦的地图，无法记录他旅途的艰辛。在地图上，从南昌到南京，只需移动几厘米；在现实中，进入南京这座石头城，竟比登天还难。

利玛窦的事业再度陷入低谷，连他自己都看不到，自己的前途在哪里。中国这块坚硬的岩石，令他感到无比的绝望和痛苦。这个帝国，已经成为一

[1] ［美］史景迁：《前朝梦忆：张岱的浮华与苍凉》，第 94 页，桂林：广西师范大学出版社，2010 年版。

[2] ［意］利玛窦、金尼阁：《利玛窦中国札记》，第 290 页，北京：中华书局，1983 年版。

个至为严密的体系，一块质地均匀、密度极高的岩石，拒绝任何成分的改变，一个外部的力量想要进入它的内部，成为它的一部分，都是不可能的，更遑论改变它的性质。就连利玛窦的朋友李贽，也对利玛窦传播天主教的可能性持怀疑态度，尽管这样一位明朝的离经叛道的思想家，他本人也对正统的儒家学说持批评态度，但他认为天主教取代周孔之学是完全不可能的。李贽在自己的书中不客气地说："但不知到此何为，我已经三度相会，毕竟不知到此何干也。意其欲以所学易吾周孔之学，则又太愚，恐非是尔。"[1]

这个受耶稣会的派遣，不远万里，来到中国的外国人，面对一片遥远而陌生的大陆，他此时的心境会是怎样？年轻的意大利人在油灯下写信，讲述他的无奈与寂寥。耶稣会创始人罗耀拉曾在修会的章程中规定，修会的上下级之间必须经常通信，以便在欧洲总会的耶稣会士们能够了解远方传教的进展以及当地的社会政治、经济和文化状况，然而，对于这些身在异国、孤立无援的传教士来说，写信似乎更是一种内心的需要。他需要与人交谈，即使他看不见对谈者的脸，写信，就是这样一种交谈方式。尽管茫漠的海洋延缓了谈话的周期，他的话，要过好几个月，甚至一年半载，才有反馈，但对方是存在的，他不是对着一片虚空在说话，这多少令他感到踏实。他的倾谈对象，是耶稣会的教士们，一些与他同样寂寞、贫穷而坚韧的人。在他看来，即使在意大利，也只有他们，能够听懂自己的语言。

然而，利玛窦没有死心，他不愿意再退回到自己的原点——广东，于是退至不远处的南昌，寻求着返回南京的机会，没想到在那里，一住就是 3 年。那 3 年中，利玛窦绘制了另一幅世界地图——《舆地山海全图》。这幅地图无论是刻本还是绘本，现在都已失传，但有一种摹本保存在章潢的著作《图书编》中，这是我们目前能够见到的最早的利玛窦世界地图摹本之一。

章潢，利玛窦在南昌结识的新朋友，南昌人，明代理学家，名闻海内的王学大师。那一年，他已经 68 岁。《明史》在评价他时，说他从小到大没有讲

---

[1] 〔明〕李贽：《续焚书》，第 35 页，北京：中华书局，1980 年版。

过一句不好的话，没有做过一件不好的事，没有结交过一位不好的朋友，也没有读过一本不好的书。[1]时任庐山白鹿洞书院山长的章潢甚至安排利玛窦这位西方人登上了白鹿洞书院讲堂，宣讲西学。通过章潢，利玛窦结识了众多的民间士人，包括一大批东林党人。这些民间士人对利玛窦的宗教兴趣寡然，对他传播的科学的魅力，却无法抵御。这使利玛窦确定了自己利用知识来传教的策略。“他确信：在荒野中，他已经找到了一条唯一可行的道路。”[2]

这一次，利玛窦的命运发生了根本性的扭转。在这里，他又见到了时任江苏总督的赵可怀，并受到他的热情接待。在他们相处的几天中，赵可怀与利玛窦长时间地谈论数学和西方文明。为了使利玛窦有一种亲近感，赵可怀甚至将自己的房间布置成近似礼拜堂的样式，以便利玛窦居住在这里能做祈祷、读每日的祈祷书。[3]3 年之后，这位视野开阔的官员，在任湖广巡抚期间，因得罪楚王朱华奎，遭楚王宗人府官员殴打致死。

在南京，利玛窦又完成了一幅《舆地山海全图》。这幅世界地图是他应南京吏部主事吴中明之请完成的，对以往的世界地图做了修改。

> 他（吴中明）说他想一份挂在他的官邸，并放在一个地方供公众观赏。利玛窦神父非常乐于从事这项工作，他大规模地重新绘制了他的舆图，轮廓鲜明，便于检查。……
>
> 他的官员朋友对这个新舆图感到非常高兴。他雇了专门刻工，用公费镌石复制，并刻上了一篇高度赞扬世界舆图及其作者的序文。这幅修订的舆图在精工细作上和印行数量上都远远超过原来广东的那个制品。它的样本从南京发行到中国其他各地，到澳门甚至到日

[1] “自少迄老，口无非礼之言，身无非礼之行，交无非礼之友，目无非礼之书。”《明史》，卷 171。

[2] ［美］邓恩：《从利玛窦到汤若望：晚明的耶稣会传教士》，第 30 页，上海：上海古籍出版社，2003 年版。

[3] ［美］邓恩：《从利玛窦到汤若望：晚明的耶稣会传教士》，第 40 页，上海：上海古籍出版社，2003 年版。

本；他们还说各地都印有其他各种复本。……

所有这一切，我们有关科学知识的叙述，都成为未来丰收的种子……[1]

中国人眼中的世界，就这样在利玛窦的引导下，一点点地展开。

吴中明刊刻的这批世界地图，有一个忠实的读者，他，就是徐光启。

1600 年，新世纪来临的时候，39 岁的徐光启由上海出发，前往北京参加会试，途经南京时，他决定前往拜会这位让他崇敬的西洋传教士。他们在一起讨论的问题，包罗万象，既有东西方道德伦理内容，又有天文、历算、地理等科学问

徐光启像

[1] ［意］利玛窦、金尼阁:《利玛窦中国札记》，第 355、356 页，北京：中华书局，1983 年版。

题。我们无法判断徐光启那时受到利玛窦多大程度的影响，只能通过徐光启后来的记载，知道在他心中，利玛窦是“海内博物通达君子”[1]。那时利玛窦也不会想到，眼前这位比自己年轻整整10岁的年轻人，日后将成为帝国的礼部尚书兼殿阁大学士，在自己以后的生命中，扮演重要的角色。

这一年，徐光启的科考再度以落第告终。当他回到南京，准备再度与利玛窦见面的时候，不久前经历过一次进京失败的利玛窦，与刚从澳门来的西班牙籍传教士庞迪我同行，毅然开始了第二次前往北京的行程。他们相向而行，却错身而过。相遇是一种巧合，但只要相向而行，这种巧合终会发生，只是在此之前，他们还都需要经历一些曲折，无论对于徐光启和利玛窦，还是对于中国与西方，都是如此。利玛窦希望这一次能够叩开紫禁城的大门，为这个国家的神圣君主施洗，那样，他的传教事业，才能取得突破性的进展，整个大明帝国，才能真正被上帝的光芒所照耀。他为中国皇帝带去了数十件贡品，其中包括一座大自鸣钟、一幅绘制精美的圣母像，一台西洋琴，而最引人注目的一件，则是一册《万国图志》。[2]

利玛窦或许并不知道，在道路的尽头，帝国的金銮殿已经如废墟一般荒芜，大臣们已经找不到他们的皇帝。除了疯狂地炼丹，在后宫隐身的万历已经变成一堆行尸走肉。这个以光明命名的帝国，正向黑暗的深渊，跌落。

---

[1] 〔明〕徐光启：《跋二十五言》，见《徐光启集》，上册，第86页，上海：上海古籍出版社，1984年版。

[2] 利玛窦奏疏，见黄伯禄编：《正教奉褒》，第5页，上海：上海慈母堂第3次排印，1904年。

第　三　节

通向紫禁城的道路

1600年5月18日，对于利玛窦来说是一个全新的开始，到达中国18个年头之后，他终于有机会带着给皇帝的文书和贡品，和庞迪我等人一道从南京出发，沿着大运河扬帆北上，一步步靠近他梦中的帝都。他需要一个支点来撬动这个庞大沉重的帝国，那个支点，只能在紫禁城。整个路程都显得风平浪静，地图上标注的地名，正以明亮和强大的视觉形象进入利玛窦的视野。船过山东时，他们受到漕运总督刘东星和老朋友李贽的款待。刘东星不止一次邀请利玛窦在自己的府上做客，刘总督甚至以中国的方式，亲切地将利玛窦称为“玛窦”。利玛窦离开时，总督派手下一名官员跟随，命令其他船只为利玛窦让道，使利玛窦乘坐的大船迅速通过了一段狭窄的河道。一切看上去都很顺利，岩石般坚固的大门，会为这个梦想芝麻开门的人而开吗？

然而，此时的帝国，已经病象丛生，一个名叫马堂的太监，正在临清忙于搜刮民财，利玛窦一行所携带的珍贵礼物，刚好成为他猎取的对象。它们很可能永远也无法到达皇帝的手中。随着张居正这位具有道德完美主义倾向的内阁首辅的离世，朝廷中的各种腐败集团又沉渣泛起，马堂，这个张居正时代的漏网之鱼，又有了游刃有余的施展空间。黄仁宇在著名的《万历十五年》中写道：“张居正的不在人间，使我们这个庞大的帝国失去重心，步伐不稳，最终失足而坠入深渊。它正在慢慢地陷于一个‘宪法危机’之中。在开始的时候这种危机还令人难于理解，随着岁月的流逝，政事的每下愈况，才真相大白，

《明神宗（万历）坐像轴》 明 佚名 台北故宫博物院藏

但是恢复正常步伐的机会却已经一去而不复返了。”[1]

临清道钟万禄对利玛窦的告诫，令利玛窦心中一沉。

他后来回忆说：当谈到了太监马堂时，他（钟万禄）变得很低沉地说：“你别想不受损失就逃出他的手心。他那一类人现在正得皇帝的宠，皇帝只和他们商量。甚至最有权力的大臣也受他们的残害，所以一个外国人怎么可能逃脱他们的伤害呢？”他告诫利玛窦神父要心甘情愿地出示所有的物品，并感谢太监竟肯来访的恩情。“至少，”他说，“这种做法也许还有点希望。”随后他又补充说：“要想找个人能阻止他是徒劳的，而且这样做会带来很大的危险。”[2]

与钟万禄的告诫相对应，马堂名副其实。一艘体积巨大、装饰豪华的船，在靠近利玛窦的船时，迅速遮挡了利玛窦眼前的阳光，它巨大的阴影，像一件黑色的教袍，从利玛窦的头上，一直披挂到全身。

“在冗长的寒暄中，马堂提出要帮助神父们把礼物献给皇帝；然后，他命令把礼品转移到他的船上，以便仔细地检查它们。”[3]

那些来自西方的礼物，包括那册马堂毫无用处的《万国图志》，都被搬到马堂的府上，成为他的私人收藏。利玛窦再三解释，这些钟表器械如果没有人照看，就很容易损坏，他们要保留雕像是因为他们要在雕像前祈祷，求上帝保佑他们的事业。马堂思索了片刻，把一些必需品还给了他们。此后，在给皇帝的上奏中，马堂写道：

路过临清的一只船上有一个外国人名叫利玛窦，据报是要向皇帝贡献礼物的。由于这个欧洲人看来心地善良，所以马堂本人想要帮助他。因为担心他所乘的船会遇到某种不测——港口里的船只太多——他便把这个外国人转移到自己的船上，好好地护送他去天津城，在那里等待答复，希望答复不会拖得

[1] ［美］黄仁宇：《万历十五年》，第 89 页，北京：生活·读书·新知三联书店，2006 年版。

[2] ［意］利玛窦、金尼阁：《利玛窦中国札记》，第 389、390 页，北京：中华书局，1983 年版。

[3] ［意］利玛窦、金尼阁：《利玛窦中国札记》，第 390 页，北京：中华书局，1983 年版。

太久。[1]

在万历的炼丹事业如日中天的日子里，马堂的这份奏折就这样悄无声息地消隐于那堆积如山的奏折中。

冬天临近的时候，利玛窦保护着他的贡品，艰难地抵达了天津。此时，河水就要封冻，利玛窦却只能在这里等待消息，心里暗暗渴盼着万历皇帝能够批阅那份奏折。然而，利玛窦还是意识到，那个声称他的“请求在上奏皇帝的第二天就能得到处理”的太监马堂不会给他们带来任何好的消息，但他无论如何没有想到马堂会给他们带来灾难。那天，200 多名衙役一片乌云似的包围了利玛窦，马堂阴郁的面孔出现在这支队伍的最后，像一个恰如其分的总结。马堂说，利玛窦隐藏了一批宝石，不想把它献给皇帝，要求当场查验。衙役们就在利玛窦无效的阻拦中，把所有辎重搬到院子里，翻箱倒柜的声音在冬日干燥的空气中显得焦灼和杂乱。那些精致的礼品在士卒们粗暴的动作中被撞得叮当作响，有的还被士卒们不耐烦地掼在地上。于是，耶稣会为中国皇帝精心准备的礼物，就在皇帝仆人的手中，在刺耳的尖叫中，纷纷化为碎片。

马堂回临清去了，把利玛窦等人在天津关押起来。寒冬里，他们全部变成囚犯。没有人知道他们在哪里。教会不会知道，帝国内部的官员不会知道，皇帝更不会知道。他们很可能在某一个深夜毫无价值地死去。这时利玛窦才发现，初到南京的岁月，并非他传教事业的最低谷，眼前才是他来华以来最倒霉的日子。

此时，马堂正在为利玛窦等人构思新的罪名。他很快有了灵感：他们的罪名是企图用毒药谋害皇帝。他派人迅速地把这样的消息传遍全城，还表示要用镣铐把他们押送回国。有官员悄悄地劝告利玛窦，要尽快想办法回到广东去，只有这样，才能保全性命。至于那些贡品，最好全部丢掉，在这个国度里，只有丢掉它们，才能确保安全。

---

[1] ［意］利玛窦、金尼阁：《利玛窦中国札记》，第 393 页，北京：中华书局，1983 年版。

利玛窦感到一阵恐惧。他能够听见血液汩汩地往自己的心脏里流，又汩汩地向四肢漫溢开来。他趴在石墙上，望着冬天里的枯枝，心里想到了自己的故乡与同伴，突然有了一种恍惚感，甚至不知道自己为什么出现在这个遥远的地方。他并不知道，就在他山穷水尽的时刻，在香烟缭绕的后宫乜着眼睛的万历皇帝，突然睁开了他的眼睛。他想起了一份奏折，那份奏折里，埋伏着几个外国人的命运。万历之所以想到那份奏折，是因为一个问题正困扰着这位皇帝：他宫中的西洋钟坏了，只有外国人能够把它修好。于是，对朝政已经生疏的万历皇帝从那摞闲置已久的奏折中准确地找到那个留中未发的奏折，批道：

天津税监马堂奏远夷利玛窦所贡方物暨随身行李，译审已明，封记题知，上令方物解进，利玛窦伴送入京，仍下部译审。[1]

公元1601年1月25日，明神宗万历二十八年十二月二十二日，历尽劫难的利玛窦终于向浩大的宫殿走去。那些紧扣的门，终于为利玛窦一一打开，宫殿仿佛花朵，在利玛窦的眼前一层一层地开放。在花芯的位置上，坐着孩童一样无辜的中国皇帝。利玛窦把封面烫金、装订精美的地图集《地球大观》送给万历皇帝，告诉他，从这部地图集上，可以看到他从西方来到中国途经的路径。

[1] 《明神宗实录》，卷三五四。

第 四 节

文明的限定性

那条逶迤的路，终于伸进紫禁城的内部了，但是，到达这里的时候，他才发现，这里距离他的目标，更远了。中国皇帝不需要十字架，更不需要世界地图。中国皇帝只需要一个修表匠。他的使命，仅限于“我在故宫修文物”。宫殿修改了利玛窦的意义，使他的价值出现了耐人寻味的偏移。

“北京的皇宫整整被四座大墙所环绕。在白天，除了那些剃了发的僧人外，任何男人都可以通过第一、二座墙。妇女任何时候都被拒于墙外。第三道墙以内只允许皇宫的太监们进入。夜间只有士兵和太监允许停留在外墙之内。神父们获准通过第二道外墙，但不能再往里去。”[1]

利玛窦被一层层的宫墙所围困，他几乎什么也做不了。此时，他不会想到，如同他的地图在帝国内部的旅行一样，他的那些信件，也在欧洲引起广泛的回响。随着国际邮政服务的兴起，明信片在欧洲流行起来，许多明信片上都印着中国的自然和人文风光。在西方视野中，有关中国的讯息逐渐凝聚成一个完整而庞大的形象、一种真切的观念力量、一个无法回避的事实、一个尺度、一种视角、一个无法超越的“他者”。16 和 17 世纪，几乎在欧洲所有中等以上城市，都可以见到结集出版的耶稣会士的东方书简。中国书简已经开始以“新闻简报”的形式，在欧洲所有县团级以上的地区广为传播。人文主义者们——莱布尼茨、伏尔泰、孟德斯鸠——正是在这些信息的声援下，完成了关于中国的科学性的总结著作。

---

[1] [意]利玛窦、金尼阁:《利玛窦中国札记》，第 403 页，北京：中华书局，1983 年版。

法国思想家蒙田 1581 年在罗马梵蒂冈图书馆发现“一本中国书；印的是奇怪的字，书页材料比我们的纸要轻得多，更透明，而且，因为纸不能经受墨汁，只有用一面印字，书页是双的，外沿边叠起，连在一起；他们认为那是用某种树皮制成的”。蒙田用一连串复杂的法语描述的，正是在中国司空见惯的线装书。此后，蒙田在一篇名为《谈马车》的随笔中谈到中国时，语气中依然充满惊奇与惶惑：

> 即使我们知道的历史记载都是真的，其数量与未被知晓的事相比，真是微乎其微。而有关我们生活在其中的这个世界的面貌，我们——包括求知欲最旺的人——的认识又是多么贫乏和简单！且不说那些经造化之手变成千古传颂或儆戒的个人事件，就连那些伟大文明和伟大民族的情况，我们未能知道的也比我们知道的多百倍！我们对自己发明的大炮和印刷叹为奇迹，殊不知，其他民族，远在世界另一边的中国一千年前便已使用。倘若我们看到的与我们看不到的东西一样多，那么，可以相信，我们会发现层出不穷、变化万千的事物。[1]

1588 年，明万历十六年，英国的海盗舰队历史性地打败了由 132 艘巨舰组成的西班牙“无敌舰队”，双方制海权此消彼长。这一年，第一位进入中国的耶稣会士罗明坚返回欧洲，对中国的回忆与怀念伴随他在意大利那不勒斯故乡的田园中度过他一生中最后的时光。与此同时，隐居在法国波尔多郊外城堡中的大思想家蒙田，默默完成了他的不朽之作《随笔集》。

在宗教统治下禁锢已久的欧洲在“对外开放”的历史机遇中首先看到了中国。中国，于是以一个强大的“他者”形象，令整个西方世界自惭形秽。耶稣会士们似乎没有想到，他们的“东方来信”，将他们所信奉的《圣经》置

[1] ［法］蒙田：《蒙田随笔全集》，下卷，第 144 页，南京：译林出版社，1996 年版。

于一个无比尴尬的境地。一个简单的事实不可回避地呈现出来：中国人在上帝缺席的情况下创造了伟大的世俗文明，这表明上帝的存在无足轻重。对于一向自命不凡的西方人而言，这一常识对他们形成了强烈的刺激。作为对于这种刺激的反应，他们对教会的仇恨更加势不可挡。于是，耶稣会士制造的舆论，刚好被启蒙主义者加工成刺向教会胸膛的利刃。启蒙与理性，由此占据了西方的历史舞台，而接踵而至的工业革命，正是对这种理性精神的最佳注解。

然而，利玛窦带来的礼物，在岩石般的帝国内部产生的回响却十分有限。尽管利玛窦带来的自鸣钟、地球仪令他们惊奇不已，但它们并没有从时间和空间两个维度上，把中国与世界连接起来。西方巨变的波幅，在漫长的传导中被削弱为零，中国皇帝丝毫没有与世界核准时间的意图，也不准备根据经纬线调整自己的坐标。那些纵横交织的经纬线，并没有像利玛窦期望的那样，变成使不同的大陆肌体相连的血管神经。很多年后，大清官员杨光先仍然在一篇名为《不得已》的檄文中，对曾受顺治皇帝恩宠的耶稣会士汤若望发出如下质问：如果你说地球是圆的，那么地球上的人站立，侧面与下方的怎么办？难道像蝶虫爬在墙上那样横立壁行，或倒立悬挂在楼板之下？天下之水，高向低流，汤若望先生喜欢奇思怪想，你是否见过海水浮在壁上而不下淌？中国人都立在地球上，西洋在地球的下方，淹没在水中，果真如此，西洋只有鱼鳖，汤若望先生就不是人了。上帝创造世界等于说天外造天，那么，上帝又是谁造的呢？宇宙万物、虚空众生，无始无终。如果说耶稣是天主，那么汉哀帝以前的世界就是无天的世界，如果说亚当是人类的始祖，岂不把中国人都变成西洋人的子孙了？……[1]

文明意味着限定性。文明的冲突实际上为不同的文明系统提供了新的检验尺度，使任何一种文化都有可能通过其他文化来检验自身。西方人对此心领神会，他们在东方文明的启迪之下创造自己的新历史；反过来，传统的强大

[1] 参见周宁：《中西最初的遭遇与冲突》，第 261 页，北京：学苑出版社，2000 年版。

却使中国人染上了文化自闭症，对体系之外的一切事物都有着强烈的排异反应，而文化误读，当然是这种反应的直接症状。

即使像岩石一样坚硬的帝国里，变量仍然是存在的。在成群结队的聋子中间，李贽是罕见的倾听者，他听懂了利玛窦述说的每一个字符。他早就对中国居“四海之内”世界中央的说法提出过质疑，所以，他当年从利玛窦口中第一次听说“天体若鸡子（即鸡蛋），天为青，地为黄，四方上下皆有世界”[1]时，大有找到了同志的感觉。1603 年，这位中国第一思想犯，昏昏沉沉地躺在门板上，由御林军押解，悄无声息地返回京城。未久，他在狱中从侍卫手中夺过剃刀，一把插在自己的脖子上。

无独有偶，就在利玛窦抵达北京这一年，一个名叫冯应京的帝国官员也被押解到京。冯应京，湖南一位廉洁的官员，在这个道德底线已经崩溃的帝国内，仍然坚守着他内心的准则，他为官清廉，铁面无私。在劣胜优汰的官场环境中，冯应京因为第一个上书弹劾湖广的收税官陈奉而身陷囹圄。然而，押解至京，却给了他与利玛窦相识的机会。当他听说利玛窦已经到达北京的消息时，立即让自己的学生前去拜访他。利玛窦立刻急匆匆地赶到冯应京的囚禁地，在狭小的狱室内，他们交谈了一个小时，分别时，他们已经成为莫逆。

利玛窦又开始专注于他的地图了。那个广阔的宏观世界，现在已经成为他内心中精妙的微观世界。利玛窦把自己绘制的《世界舆地两小图》（*doi mappamondi piccolo*）送给冯应京，冯应京如获至宝，这份地图后来被他刻板，广为发行。

1604 年，那个名叫徐光启的士人仍然在科举的道路上锲而不舍，一年前，他在南京接受了传教士罗如望的洗礼，成为有举人功名的天主教徒。仿佛得到了上帝的保佑，终于，芝麻开门，4 月 13 日发榜之日，徐光启从密密麻麻、共 311 人的进士名单上找到了自己的名字，列第 88 名。他用手在胸前划了一

[1]《游居柿录》卷四第一〇二条，载《珂雪斋集》。

个十字，虔诚地祷告。在老师黄体仁的推荐下，徐光启进入翰林院，考选为翰林院庶吉士。

1604年，冯应京仍在监狱服刑。但他对“天学”的痴迷不改，认为它是“经世致用”的“实学”，而不是虚无高蹈的假学问。在狱中，他为利玛窦的《两仪玄览图》作序，我们今天能够从辽宁省博物馆找到它的藏本。这幅地图为纸地版刻墨印，添着彩色，共8幅，高2米，宽4.42米，在晚明被辽宁都指挥司所有，有可能在明朝军队对后金的战斗中起到过作用，后被努尔哈赤缴获，藏于沈阳故宫。本来贴在内府翔凤阁屏风之上，1949年从屏风上揭下来，重新装裱。[1]冯应京还将利玛窦在南京时所写的伦理学著作《二十五言》酌加润色并付刻。这一年的十月，万历皇帝因为对一场星变的迷信而释放囚徒，释放者中，包括冯应京。研究“天学”真相的冯应京的命运，因迷信而扭转，这仿佛是历史的玩笑。当冯应京走出牢狱时，他看见一个人，身穿官服，站在不远处等待着他。他，就是刚刚入仕的徐光启。

1606年秋天，徐光启对利玛窦来京以后著述甚少表达了不满，意在以基督教归化中国的利玛窦，似乎正被中国所归化。宫殿仿佛钟表，它内部的每一个都只是其中的一个零件，连利玛窦这样的西洋传教士也不例外。宫殿如同一个巨大的黑洞，把他们带来的所有新知识都吞噬掉了，他们的科学，最终只能作为一种技术活儿，成为钟表的润滑剂。

一天，徐光启与利玛窦谈到几何学，谈至兴奋，他们立刻决定翻译欧几里得的几何学。对于一个只会背诵四书五经的传统儒生来说，翻译的难度可想而知。利玛窦对徐光启说，这部著作十分难译，连他自己几次努力都坚持不下来。徐光启说：“先正有言：‘一物不知，儒者之耻。’”又说，我们回避困难，困难自然发展壮大；我们迎难而上，困难就会退缩。我们一定会成功。[2]

---

[1] 王庆余：《记新发现的明末〈两仪玄览图〉》，转引自黄时鉴、龚缨晏：《利玛窦世界地图研究》，第156、157页，上海：上海古籍出版社，2004年版。

[2] “吾避难，难自长大；吾迎难，难自消微。必成之”。〔明〕徐光启：《译〈几何原本〉引》，见《徐光启著译集》，第5册，第6页，上海：上海古籍出版社，1983年版。

Ly mà teú sí tái
Siú quam pao lǒ hiven hú
IHS
IHS

此时的利玛窦，尽管备受争议，但利玛窦与徐光启还是迎来了彼此合作的黄金时期。

将利玛窦带来的与中国传统迥异的天文学和地理观输入坚硬的岩石，使它们像血液一样在岩石的内部流动，没有人知道，这样的事业，在明朝有多大的成功率。徐光启、冯应京和利玛窦，三个人的生命从此紧密地结合在一起，从那一天开始，西方科学如汁液般一点点在这块岩石中渗透，包括地圆说、水晶球体系的宇宙学理论、经纬度的测量方法、五大气候带的划分、以投影的方法制作地图、世界地理新知识与大量地名的汉译等等，在《坤舆万国全图》中，五大洲当时的译名——欧逻巴、利未亚、亚细亚、亚墨利加和黑瓦蜡泥亚第一次出现在中国人的知识谱系中，大西洋、地中海、罗马、古巴、加拿大等名称，第一次为中国士人所知悉。利玛窦世界地图与今天的世界地图的重要区别，还在于他在地图上写了大量注文，介绍世界各地不同的自然地理、物产资源、风土人情、宗教信仰等，世界的面目，因此在中国人的视野中清晰起来。除佛学自魏晋时期传入以来，明清之际西方“天学”的传入，是中国的学术思想与域外学术的再一次大规模接触。

1607 年春，徐光启将一部他认为其价无限的科学译作交付刻印，这部书，就是《几何原本》。

此后，二人又联合翻译了《测量法义》。一株美丽的花树，就这样把岩石当作土壤，在石缝间悄然生长。

第　五　节

遥远的孤儿

就在他们准备在引介西学领域一展宏图的时候，徐光启收到了父亲去世的噩耗，他只能告别利玛窦，回到上海老家守孝 3 年。就在 3 年期满，徐光启准备回京，与利玛窦继续合作的时候，另一则噩耗不期而至——利玛窦离开了人世。

利玛窦有一部中文著作《畸人十篇》。1610 年，这位在《畸人十篇》中劝导中国人平和对待死亡的西方传教士，平静地迎来了自己的死亡。

他（利玛窦）在 5 月的第三天得病，就在那一天信徒李之藻博士派了给他自己看病的医生来照料利玛窦神父。几天以后，他的药方不见有效，神父们就又找来城里最著名的 6 位医生。会诊中他们没有得出一致的结论，而且留下 3 种不同的药，使神父们弄不清应该用 3 种之中的哪一种。[1]

5 月 11 日，58 岁的利玛窦在重病 7 天之后，要求行临终涂油礼。他仿佛对自己的大限了如指掌。耶稣会在场的 4 位成员请他做最后父亲般的祝福，他分别单独和他们谈话，勉励他们继续实践宗教的德行，并说，这会儿的感觉是再好不过了。他对神父们说：

“我把你们留在一个大门洞开的门槛上，它可以引向极大的报偿，但必须是经过艰难险阻才行。”

又嘱咐说：“要对欧洲来的神父始终关心和仁爱，不仅像你们平常的那种关心，而是要特别爱护，使他们从你们每个人身上都能找到他们在国内时从教

---

[1] ［意］利玛窦、金尼阁：《利玛窦中国札记》，第 612 页，北京：中华书局，1983 年版。

友相聚中所得到的那种安慰。”[1]

临近黄昏时，他坐在床上，慢慢闭上眼睛。夕阳的余晖涂抹在他的脸上，把他变成一幅油画，那种在宗教绘画里常见的侧光，使他瘦削的面孔轮廓清晰。他的表情就在这幅油画里逐渐定格，定格，不再醒来。

庞迪我神父给皇帝写了一份奏疏，奏疏中说：

“年老的利玛窦神父因病故去，仿佛是留下了我成为遥远国土的臣民和孤儿，其处境备极艰难，足以引起普遍的同情和怜悯。运送他的遗体返回故国将意味着从事长途的航行，水手们都很害怕在船上装载尸体，我将不可能把他的遗体运回他的故土。……

“作为来自异域的人，我和我的同伴怎么能希望超出我的卑微的地位之外的东西呢？我们一想起我们连一块埋葬同伴的坟地都没有，就十分伤心，我们含着热泪请求您施恩赐给我们一块土地或一块田产，使一位从远方来到这里的人的遗体得以入土。”[2]

一个月以后，万历帝批准了庞迪我的请求，将平则门外二里沟一所杨姓太监私人建造的寺庙赐作利玛窦墓地，地基 20 亩，房屋 38 间。没有人比神父们更加清贫，他们买不起木棺，两天后，他们才在利玛窦的最后一名皈依者李之藻的帮助下，购买了棺木。他们把遗体放入棺材，移到教堂，在那里做了弥撒，祷歌在教堂中悠扬响起，像天国的召唤。尽管丧事被耽搁，但利玛窦的遗容没有丝毫变化，静穆庄严。11 月 1 日，利玛窦的灵柩下穴于御赐墓地。那是一个中西合璧的墓地，坟墓是欧式的，而墓碑却是中式的。高大的汉白玉碑体上方，镌刻着龙的造型，并有代表耶稣会的标志——十字架。金尼阁说：这次远征的创始人和主动人利玛窦神父是在这个国家找到长眠之地的第一人。

为了他的传教事业，利玛窦一生锲而不舍，然而，他的生命中充满了阴

---

[1] ［意］利玛窦、金尼阁：《利玛窦中国札记》，第 613 页，北京：中华书局，1983 年版。

[2] ［意］利玛窦、金尼阁：《利玛窦中国札记》，第 619、620 页，北京：中华书局，1983 年版。

差阳错。他寄回欧洲的书简，旨在加强与耶稣会的联系，而这些书简所携带的大量中国信息，却为欧洲启蒙主义提供了论据，使教会的势力变成一座正在融化的冰山；而在中国，他试图借助西方科学的征服力来传播西方宗教，而大明帝国的士大夫阶层，在被他的科学打开了一扇窗的同时，却对他的宗教感到漠然——直到利玛窦去世的时候，整个大明帝国的基督教徒也只有区区几千人——不知利玛窦是否想到，有妾是晚明士大夫考虑受洗入戒的最大障碍，因为该行违反“十诫”。因此，教徒的影响远远比不过科学的信奉者，在万历朝至天启初年的进士和考官当中，已知对西学抱持友善态度者，要远超过拒斥之人，在他们当中，东林党人更占多数。[1]

遗憾的是，徐光启所开辟的科学主义传统，在中国并没有引起广泛的社会革命，民间知识分子仍然身陷党争，对科学的关注仅限于兴趣，对理性精神的启蒙却始终气若游丝，未能把中国引入工业革命的轨道。当培根在启蒙主义影响下，为 17 世纪以后欧洲科学思维开启了一条以实验哲学为基础的道路，培根的同时代人徐光启却在板结僵硬的帝国内部苦苦求索。如同汉代的张骞一样，徐光启也是凿空者，只是张骞是地理上的凿空者——他打通了丝绸之路，而徐光启是科学的凿空者。他

Tome II. Pag. 93.
ihs
der Pater Matth

利玛窦、汤若望、南怀仁像

[1] 参见黄一农：《两头蛇——明末清初的第一代天主教徒》，第 126 页，上海：上海古籍出版社，2010 年版。

der Pater Adam. Schaal.　　der Pater Ferdinand Verbiest.

银镀金浑天仪

凿壁偷光，那光源，就是来自利玛窦所代表的西方世界。然而，历史的限定性毕竟是无法超越的，如陈乐民先生所说："与培根相比，徐的心境何等的不同：一个关注明天，一个戚戚于君父天恩；一个正跨越近代，一个囿于古世。二人生当同一世纪，却有古今之别。"16、17世纪之交的西方与中国，通过利玛窦实现了信息互换，而双方的敏感性，却截然不同。"假如徐光启先生在16世纪的伦敦，也许他会成为培根；假如培根先生在16世纪的上海，他也难免成为徐光启。论才智，光启不弱于培根，只是所处的历史条件和文明阶段完全不同。至今，培根的名言'知识就是力量'，人人皆知；徐光启超前的思想和警语，即在吾国中人，又有多少人知晓呢？"[1]

16和17世纪，整个世界——无论西方还是中国——都处在一个共同的拐点上，拐点的出现，与利玛窦的到来密切相关。热衷于世界地图的利玛窦或许不会想到自己在世界历史上的独特地位，只是他的地位，与他所希望的，判若云泥。

倘以最简短的语言总结利玛窦的一生，那就是：错位。他一生都没有摆脱梦想与现实、目的与结果的错位，而恰恰是这样的错位，成就了利玛窦一生的英名。

为了迁就宫殿的语法，使他们的教义在中国更有说服力，1662年，传教士汤若望在天文观测报告中加入迷信内容，以增加"可信度"。他在报告中写道："……（四月）初十壬戌，巳时候至午时，观见日生晕，围图赤黄色鲜明，良久渐散……谨按观象玩占，占曰：……五谷不成，人饥，天下有兵色。"[2]

汤若望没有想到，这一次弄巧成拙，即将大祸临头。不久，荣亲王的生母董鄂妃和顺治皇帝相继归天，全部责任，都要由这位外国预言家来承担。杨光先上《请诛邪教疏》，参劾汤若望"内勾外连，谋为不轨""传妖书以惑

[1] 陈乐民：《超前而寂寞的徐光启》，原载《科学文化评论》，2007年第4卷第1期。

[2] 《钦天监前三朝题本》，中国第一历史档案馆藏。

天下之人”“于时宪历敢书‘依西洋新法’五字，暗窃正朔之权”三大罪状。终于，一纸判书飘然而至，血一样黏滞的字迹令汤若望大惊失色，他被处以这个国家最残酷的刑罚——凌迟。

正当针对汤若望的宣判了结的时候，一场地震突袭北京。人们还没有从恐惧陷阱中挣脱出来，一场大火又将皇宫吞没。不可一世的天子，在他无法抵挡的力量面前，终于束手无策。天怒必有人冤，皇帝想起一件事——或许，那名西洋和尚真的怀有不凡的法术。于是，对汤若望的凌迟处决，就这样取消了。心有余悸的人中，只有汤若望对这场灾害心怀感激。死有余辜的，轮到了上书弹劾汤若望的杨光先。罪人的席位不会空缺，而皇帝则永远正确。但汤若望的开释并不意味着教案的结束，当汤若望重返天主堂的时候，各地传教士共 26 人已被押解到京——上帝的使者被一网打尽，集体沦为阶下囚，他们的教堂不是被封，就是被拆。这些耶稣会士有一人死在北京，其余 25 人又被解送广州，软禁起来。

1666 年八月十五日，汤若望在福音事业最为惨淡的时刻溘然长逝，死后，葬于利玛窦墓地旁边。在他最后的岁月里，耶稣会士已所剩无几，好在年轻的南怀仁神父始终陪伴着他。从南怀仁年轻的脸上，即将前往天堂的汤若望看到了人世间最后的福音希望。

南怀仁监制的银镀金浑天仪至今还留在故宫博物院里。这是他为皇宫造办处监制的较早的一件天文仪器。这是一件中西合璧的科学仪器，外形很似中国传统的浑天仪，但环面刻度却采用西洋新法。在仪器的一侧，刻有这样的铭文：“康熙八年仲夏臣南怀仁等制”。而康熙恢复汤若望、南怀仁的名誉后，南怀仁为表达感激之情而制成的大型天文仪器，至今仍安放在北京建国门古天象台上。

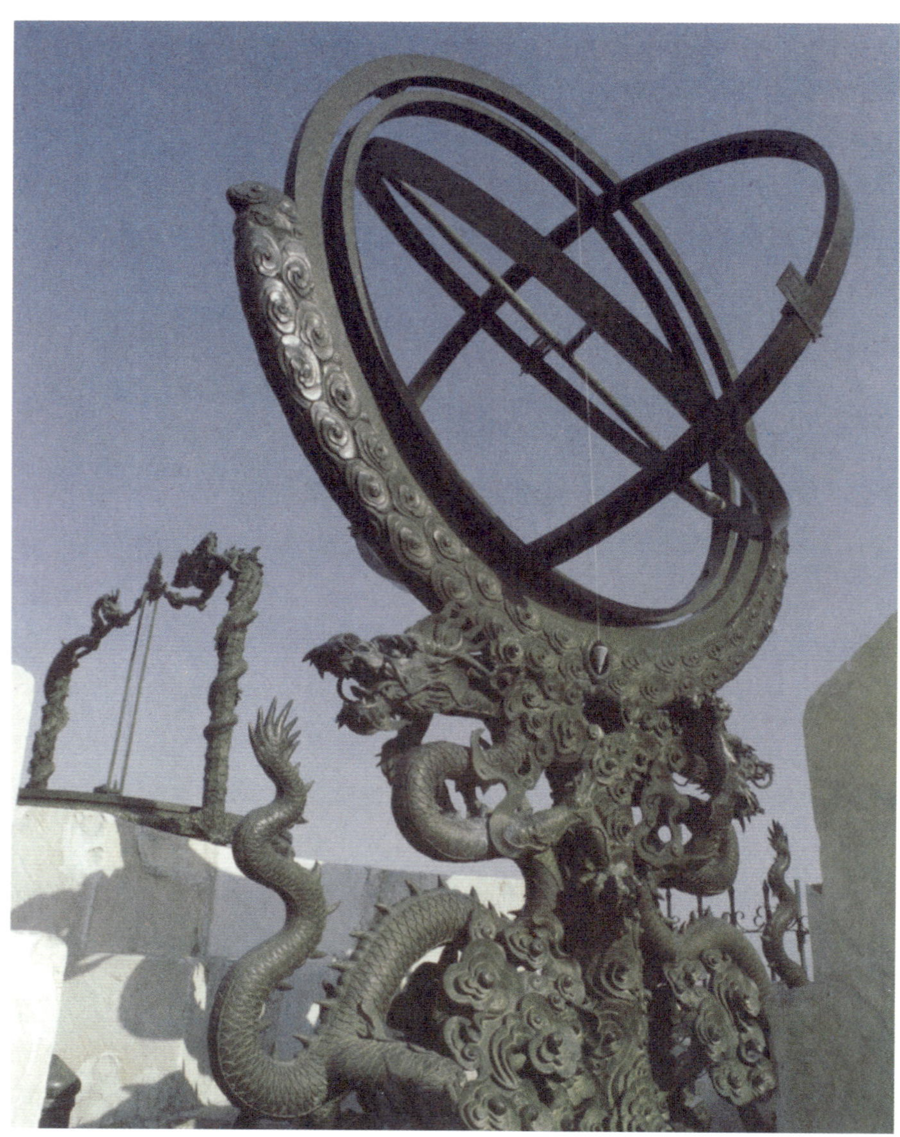

观象台黄道经纬仪

就在利玛窦去世这一年，法国传教士金尼阁（Nicolas Trigault）[1] 参加了中国传教团，在利玛窦的遗稿里，发现了大量的日记。1614 年，金尼阁从澳门回国时，他带回了这批以意大利文书写的手稿，并为它的内容所吸引，在途中就开始把它们翻译成拉丁文。

金尼阁说：尽管海上旅程漫长，天气晴朗，大海安详，翻译工作却仍然不是一件容易的事；而且我深感我所努力完成的这件事需要有比一群吵闹水手所常有的更多的闲暇和安宁。然而不管这些，我相信我会在旅途终结之前把书弄完，假如我能继续正常地在海上航行的话。[2]

金尼阁还根据利玛窦的书信，以葡萄牙文和拉丁文对书稿进行了增补。感谢上帝，这些珍贵的文稿没有被大海吞没。1615 年，这部名为《耶稣会士利玛窦神父的基督教远征中国史》的著作拉丁文本在德国奥格斯堡出版，随即轰动欧洲，此后，4 种拉丁文本、3 种法文本、1 种德文本、1 种西班牙文本、1 种意大利文本、1 种英文本相继出版，而中文本，直到 3 个多世纪后的 1983 年，才在改革开放的中国，由中华书局出版。

当录下利玛窦在生命最后时刻没有说完的话时，金尼阁流泪了。那是一句来自《圣经》的格言：

一颗种粒如果没有落在地下，就永远只是一颗；如果埋进土里，就会萌芽、生长，孕育出更多的种粒。[3]

---

[1] 金尼阁（1577—1629 年），字四表，原名尼古拉·特里戈，1577 年 3 月 3 日生于今法国的杜埃城，它位于佛兰德斯境内。金尼阁生活的时代处在西班牙统治下。1615 年，金尼阁在德意志的奥格斯堡出版他翻译并增写的利玛窦中国札记《基督教远征中国史》时，在封面上就明确自署“比利时人”。金尼阁的故乡杜埃在其去世半个多世纪后被法国征服并划入法国版图，因而金尼阁被看作法国人。

[2] 耶稣会士加莱格尔：《16 世纪的中国，利玛窦札记，1583—1610 年》，第 XIII 页，纽约：蓝登书屋，1953 年版。

[3] 原话为：“直到那颗麦粒掉落在地上……”见［美］邓恩：《从利玛窦到汤若望：晚明的耶稣会传教士》，第 90 页，上海：上海古籍出版社，2003 年版；余三乐：《徐光启与利玛窦》，第 50 页，北京：中华书局，2010 年版。

第九章

袁崇焕与

明代绞肉机

第　一　节

锦衣卫的黑牢

崇祯二年（公元 1629 年）十二月初一日，大明王朝的南镇抚司——那座容纳了太多血肉模糊的身体的巨大容器里，又多了一名人犯。他，就是当时明军的最高统帅袁崇焕。

如果说明代的监狱至为恐怖，那么锦衣卫的下属监狱——镇抚司，就是恐怖的极致。严格地说，它不是一个司法机构，而是一个直接服务于极权政治的暴力机构，因为他抓人、杀人，既不需要证据，也不需要审理，只要想杀，就可以杀。对它来说，杀一个官员，比杀一只鸡还要简单。当年，“胡惟庸、蓝玉两案，株连且四万”[1]，就见证了锦衣卫的“工作成绩”。它由皇帝直接领导，可以处理牵扯朝廷官员的大案，并直接呈送皇帝，朝中的其他官员都无权过问。它像一个生长在极权政治体内的器官，疯狂地嗜血，并因吸吮了太多的鲜血而变得更加疯狂。它无疑是一个怪胎，这个怪胎的亲生父亲叫朱元璋，朱元璋因恐惧权力被开国功臣们抢走，而亲手孕育了这个怪胎，并凭借它，开始有计划、有步骤地诛杀开国功勋的行动。然而怪胎的成长壮大，连朱元璋自己都感到恐惧了，于是下诏焚毁锦衣卫刑具，废除了他们的特权，他没有想到，潘多拉的魔盒一旦打开，就无法关上。每一代皇帝，都深知锦衣卫之凶险祸国，又都对锦衣卫深深地眷恋，锦衣卫就这样，一次次地濒临绝境，又一次次死灰复燃，直到崇祯时代，依然屹立不倒。原因很简单，帝王要想巩固政权就得不停地杀人，而锦衣卫，则是帝国绞肉机上最锋利的刀刃。

---

[1]〔清〕张廷玉等：《明史》，第 1550 页，北京：中华书局，2000 年版。

一个皇帝，身边没有狗腿子，怎么混得下去？那一套看似体面的司法系统，对皇帝来说无疑是绊脚石，需要它时，可以装点一下门面，不需要它时，就索性把它一脚踢开，唯有锦衣卫的存在，使他得心应手，大幅度地提高了杀人效率，将残酷进行到底。

关于袁崇焕下狱的情形，史书并没有记载。从袁崇焕在这一天下狱，到他被凌迟处死，中间有 9 个月的时间。也就是说，袁崇焕在锦衣卫南镇抚司的黑牢里，总共度过了 9 个月。这 9 个月，是历史的盲点，锦衣卫不会为自己的残酷留下任何案底，计六奇《明季北略》等民间史书也没有记载。

皇上没有把袁崇焕打入刑部监狱，而是锦衣卫的南镇抚司，已经注定了他未来的命运凶多吉少。如果我们把明代政治比喻成一台巨大的绞肉机，那么，袁崇焕的一腔热血，终将成为绞肉机上的润滑剂。

然而，比起肉体折磨更加残酷的，却是内心的折磨。在南镇抚司的每分每秒，他都会对自己命运的急转直下困惑不解——直到此时，他都不知道自己罪在何处。或许，在黑牢里，他的脑子里在不断闪回着十二月初一，崇祯皇帝在平台召见他时所说的每一句话。

本来，袁崇焕在宁远、锦州一线把篱笆扎得紧紧的，意图南犯的后金军队即使插翅也闯不进来，但就在不到一个月前，皇太极率领他的军队与蒙古兵约十万之众，避开袁崇焕苦心孤诣打造的防线，绕道辽西，选择明朝边防最薄弱的环节，突破喜峰口以西的长城边隘大安口、龙井关、马兰峪，大举入侵，史称“己巳之变”。后金军队几乎没遇到任何抵抗，就攻下遵化。风声鹤唳之中，袁崇焕从宁远经山海关、中后所昼夜兼程，回京勤王。崇祯“谕兵部各路援兵俱令听督师袁崇焕调度”[1]，把全部的勤王军交给他指挥，以表明对他的绝对信任。袁崇焕在蓟州重兵布防，想别住马腿，没想到皇太极根本没有攻打蓟州，而是绕过蓟州，一路杀进北京东面的屏障三河、香河、顺义等县，至于他们如何越过蓟州，史料中查不到任何细节，曾经在袁崇焕身边当过旗鼓官

[1] 《明实录》，第九十三册，《崇祯长编》，卷二十八，第 1586 页，“中央研究院”历史语言研究所校印本。

的周文郁在《辽师入卫纪事》中只用了简单的四个字“潜越蓟西”，就把这一重大历史段落一笔带过了。蓟州防线的失守，对袁崇焕心理上的打击是巨大的。宁远、锦州、蓟州这些防线的不战而失，他一而再、再而三地被敌人抄了后路，让他一下子失了底气，此时的他，只想牢牢地抓住最后一点本钱，使自己不会全部输光，别的什么都不想了，那最后的本钱，就是京城，就是朝廷。只有退到北京，保住都城，心里才踏实。于是，袁崇焕决定放弃迎敌于北京外围的战略，他以斩钉截铁的口吻力排众议，说：

> 逆奴狡诈异常，又如蓟州显持阴遁，不与我战。倘竟逼都城，则从未遇敌之人心，一旦摇动，其关系又不忍言。必我先兵至城下，背障神京，面迎劲虏，方是完策。

他忘了，崇祯的底线，恰恰是敌军不闯入北京。不让敌军打进首都，世界上没有一个皇帝的底线比这更低了。崇祯曾经对刘策明确说过：“以匹马不入为功，若纵入内地，以失机论。”但袁崇焕偏要自己做主，在皇帝的眼皮底下，在德胜门和广渠门下拉开了城市保卫战的序幕，让宫殿里的崇祯皇帝心惊肉跳。所以，当十一月二十三日[1]，皇帝在紫禁城平台召见他和满桂、祖大寿、黑云龙等官员时，袁崇焕有点心虚和紧张，他做好了最坏的打算，身穿青衣、戴玄帽进宫。当他步履沉重地走上宫殿的台阶，看见皇帝迎风站在台基上，脸上没有丝毫异常的表情，就渐渐地放下心来。一场狂风之后，初冬干冷的大气中没有回荡着温厚而辽远的物质，也嗅不到混合着花香、陈酿、麦垛和腐叶败草的复杂气息，却飘来一股呛鼻的硫黄味。是从城墙上飘过来的气味，他们说话的时候，不断有士兵在城墙脚下倒下去。崇祯说话的时候，没有丝毫的慌乱和怨怒，还脱下自己身上的貂裘大衣，披在袁崇焕的身上，表示对他的绝对信任和无微不至的亲切关怀。

[1] 关于这次召对的具体日期，史料说法不一。《国榷》记载是二十三日，《辽师入卫纪事》记载是二十四日。

带着皇帝体温的貂裘大衣，让袁崇焕感到血脉偾张。作为臣子，除了感恩戴德，他只能下定决心，不怕牺牲，排除万难，去争取胜利。他没有想到，所有的信任与关怀，并不是白白支付给他的，日后都将收取高额的利息。

温文尔雅的崇祯，转瞬间就露出凶恶的毒牙。只过了 7 天，同样在平台，皇帝再度召见他时，态度突然发生变化，一脸愤怒地质问他与皇太极有什么密约，不等袁崇焕回答，就历数他擅杀毛文龙、引皇太极入京、指使手下人射伤满桂等一系列"罪行"。袁崇焕一时蒙了，还没弄明白怎么回事，皇帝就着锦衣卫将他拿下，押送南镇抚司了。《明季北略》写道："校尉十人，褫（chǐ）其朝服，杻押西长安门外锦衣大堂，发南镇抚司监候。"[1] 由座上宾到阶下囚，他的命运，就像初冬里的这场战事一样急转直下。不仅他百思不得其解，300 多年后，历史学家们仍为其中的玄机而争论不休。

[1] 〔清〕计六奇：《明季北略》，上卷，第 119 页，北京：中华书局，1984 年版。

第　二　节

反间计

一个流传已久的说法是，崇祯中了皇太极的反间计。皇太极围攻北京，久攻不下，就照搬了《三国演义》中“蒋干盗书”的计谋。《崇祯长编》记载，皇太极在广渠门兵败，撤军到南苑，俘虏了明朝的马房太监杨春和王成德，第二天，他们将杨春和王成德带到德胜门外，命副将高鸿中、参将鲍承先等人加以监守。高鸿中、鲍承先等夜里回营，坐在两个太监卧室的隔壁，做耳语状。耳语的内容，从《清史稿·鲍承先传》中可以找到记载：“今日撤兵，乃上计也。顷见上单骑向敌，有二人自敌中来，见上，语良久乃去。意袁经略有密约，此事可立就矣。”《清太宗实录》所记录的耳语内容几乎与此一模一样。杨春和王成德假装酣睡，侧耳倾听。之后，高鸿中、鲍承先等找机会故意放走二名太监。太监回去后，立刻向崇祯皇帝报告这一重要“情报”，崇祯皇帝听后大怒，就把袁崇焕下狱了。

如果上述文献记载可靠，那么，袁崇焕就是以“通敌谋叛”的罪名下狱的。既然他是叛徒、汉奸、卖国贼，那么他下地狱、受酷刑都是活该，是罪有应得。清代文人李伯元在《活地狱》中借狱卒之口说：“凡到我们这里的，都是犯了罪的，你们只好怪自己不是。进得此门，就得服我们的管……都要叫你吃点苦，受点罪。皇帝家王法如此，谁叫你犯他的法呢？”

几乎所有关于袁崇焕的传记都认同了这一点，崇祯在平台的突然变脸，以及袁崇焕的突然下狱，也都顺理成章。然而，即使是历史的定案，也是有漏洞的。仔细思量，上述史料中的漏洞也是明显的，我们至少可以从以下几个方面进行怀疑：

第一，杨春和王成德这两名太监是怎么被皇太极的军队俘虏的呢，按照当时的制度，皇帝的贴身太监是很难有机会接触到满洲人的，同理，双方在城下交战，城门应当是关死的，那么，他们又是如何神奇地回到城里的？莫非他们有飞檐走壁的功夫？对于这些细节，史料都含糊其词，没有交代。

第二，从耳语内容看，并不能说明“袁经略”与皇太极“语良久乃去”，是谈什么内容，他们究竟是在秘密联系见不得人的勾当还是在议和，即使能够传递给太监，所得也已十分有限。

第三，通敌谋叛是死罪，如果崇祯相信袁崇焕通敌，当时就会处死他，将袁崇焕留了 9 个月，表明了崇祯在对待袁崇焕问题上的犹豫不决。

第四，如果崇祯相信袁崇焕与后金密谋献城或叛逆，那么这件事是不可能完全由袁崇焕独立完成的，直接领兵的祖大寿必然参与其中，以崇祯的智力，怎么可能只让袁崇焕一人下狱，却把祖大寿等袁崇焕的亲信将领放回军营？那岂不是放虎归山？接下来的事情更说明问题，袁崇焕被打入镇抚司黑牢，让祖大寿伤心至极，愤怒之下，带着部队返回辽东，置危险中的北京城和皇帝不顾，朝野全都傻了眼。崇祯急忙命袁崇焕写信安抚他，孙承宗也派遣特使，星夜疾驰，上演一出月下追韩信，终于在距离锦州还有一日路程的地方追上了祖大寿的部队。祖大寿下马，接过袁崇焕在狱中写的手书，在塞外寒风中发出凄厉的长叫，今天我们很难想象祖大寿当时的心情，有悲痛，有愤怒，也有绝望。全军皆哭，悲号震天。祖大寿的八十老母在军中同行，见到此景，说：“事情到了这个地步，全是因为你们失去了袁督师，但袁督师并没有死，你们为什么不杀敌立功，来赎袁督师的命呢？”祖大寿仿佛在突然间猛醒，全军也振作起来，此后奋勇杀敌，连克永平、迁安、滦洲、遵化等重镇。[1]这已经非常有力地证明袁崇焕及其手下将领没有通敌，即使崇祯一时受到反间计的迷惑，也有充足的时间澄清事实，而不会铸成袁崇焕的冤案。

第五，崇祯多疑，这是事实，这样的性格，缘于他懵懂醒事以来的最早记

[1] 〔明〕余大成：《剖肝录》，原载《袁督师事迹》（《岭南遗书》）。〔明〕谈迁：《国榷（què）》，卷九十，崇祯二年十二月丁巳，北京：中华书局，2005 年版。《仁祖大王实录》，八年四月癸丑（见吴晗辑《朝鲜李朝实录中的中国史料》，第九册）。

《思宗书九思二字轴》 明 朱由检 故宫博物院藏

忆，就是客氏、魏阉的专权，是如履薄冰的深宫生涯赋予他的。九重宫殿在焚烧着瑞脑、椒兰的云霞氤氲中屹立着，以久远的沉默显示着深海般的寒冷与岑寂。这样一个幽深莫测的子宫，使他天生遗传了自我防范的本能。但倘说他是白痴，就未免冤枉他了，因为在宫殿中，胆小怕事是活不下去的，倘要生存，就需战斗。魏忠贤是何等的心狠手辣、诡计多端，崇祯一上台就与魏忠贤掰手腕，需要何等的胆识与魄力，废除魏忠贤，证明了他并非等闲之辈（详见拙著《故宫六百年》）。崇祯手书的"九思"二字笔力十足，最为著名。"九思"二字，取自孔子的名言："君子有九思——视思明，听思聪，色思温，貌思恭，言思忠，事思敬，疑思问，忿思难，见得思义。"从书法角度上看，他字迹遒逸秀润、龙盘虎踞，堪称精湛奇伟、有帝王之相。

单从书法上看，我更喜欢的是他的《行书七言联》："花发南枝新栋宇，庭生瑞桂壮飞翚。"此件书法高近两米，宽近四十厘米。远观之，结体之大方、用笔之痛快、线条之凝练厚重、气势之宏伟磅礴，无不透露出他的力道与雄心。

但从行动上看，"九思"二字，一方面可以证明他的多疑，另一方面也可以证明他的慎重，凡事要思来想去，对于所谓的"通敌"之说，想必也要深思熟虑，不会贸然下结论。

第六，崇祯公布的袁崇焕罪状，是“托付不孝、斩帅以谋款、开市资敌、屯兵不战、携喇嘛僧奸侵入城”，根本没有“通敌谋叛”这一条，处死袁崇焕时，罪名也与私通后金无关。《国榷（què）》记载了他对袁崇焕“问题”的定性：

> 壬子……谕各营曰。袁崇焕自任灭胡。今胡骑直犯都城。震惊宗社。夫关宁兵将。乃朕竭天下财力培养训成。远来入援。崇焕不能布置方略。退懦自保。致胡骑充斥。百姓残伤。言之不胜痛悼。……[1]

> 丙辰……谕孙承宗曰。朕以东事付袁崇焕。乃胡骑狂逞。

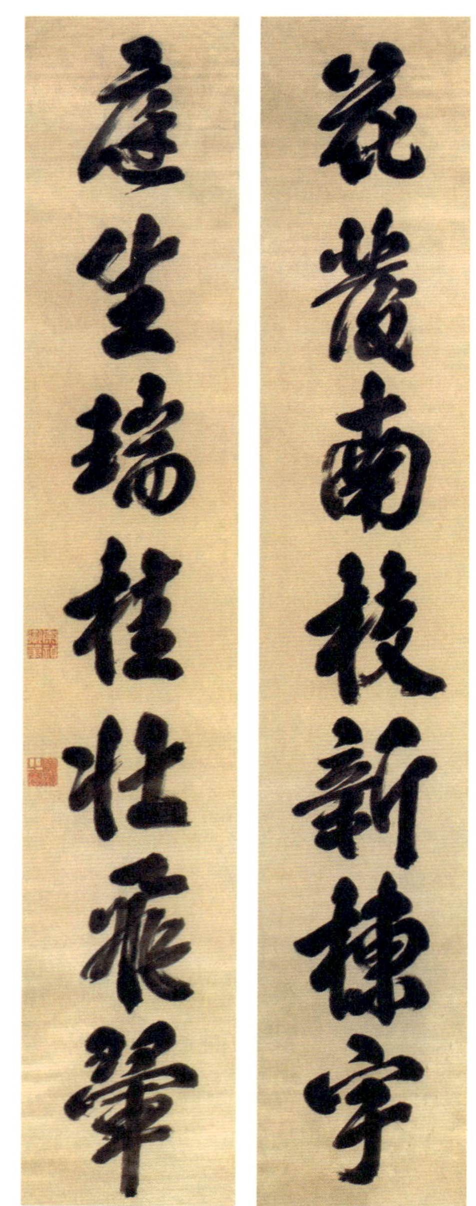

《行书七言联》 明　朱由检　故宫博物院藏

[1] 〔明〕谈迁：《国榷》，第 5506 页，北京：中华书局，1958 年版。

崇焕身任督师。不先行侦防。致深入内地。虽兼程赴援。又钳制将士。坐视淫掠。功罪难掩。暂解任听勘。[1]

也就是说，最让他无法忍受的，是袁崇焕御敌不力，无能，自保，致使百姓残伤。至于上述的史料为什么众口一词地证明崇祯被一个简单的计策欺骗，原因也不难找到——上述史料，诸如《明史》等，都是清人所撰，当然代表着清人的政治立场。在反清复明的强大压力下，把明朝皇帝塑造成一个无道昏君，当然是政治上的绝对正确。只需塑造袁崇焕一个汉民族的英雄，就可调动所有汉人的共鸣，震撼每一个人的心灵。把袁崇焕送上神坛，就等于把崇祯推向地狱，所有相信这个故事的人，都会自然而然地得出一个结论：明王朝如果不灭亡，天理难容！反清复明的道德基础，也就荡然无存了。于是，他们用心良苦地对崇祯皇帝进行妖魔化描述，当然，崇祯无论如何也算不上一位高瞻远瞩的好皇帝。

[1] 〔明〕谈迁：《国榷》，第5507页，北京：中华书局，1958年版。

第　三　节

帝国的最后救星

“与皇太极有什么密约”，在漆黑的监狱里，袁崇焕一定不断反刍着这句话，似乎通过这种反刍，能够为自己找到一丝光明。或许，一切都出于小人的构陷——倘如此，他还有生还的希望，因为在他心里，崇祯绝对是一位不可多得的英明君主，他拥有一双慧眼，可以不受小人的蒙蔽，一年前，正是这位英明君主，给曾遭阉党构陷的自己带来转机，重新提拔到兵部尚书、右都御史督师蓟辽兼督登莱天津军务这一重要岗位上来。是什么，使他的态度，发生了根本的转变？

两年前，公元 1627 年八月，紫禁城里的超级木匠、天启帝朱由校驾崩，把一个内忧外患、摇摇欲坠、阉党横行的帝国交给了他的五弟、信王朱由检。咽气前，他只说了一句话：“来，五弟当为尧舜也。”

此时，没有人知道朱由检——即后来的崇祯皇帝是否真的能够成为尧舜，但至少，年轻的崇祯是怀着尧舜之心的。上台伊始，他主要抓了三项工作，一是稳准狠地粉碎了魏忠贤阉党集团，铲除了长期困扰帝国政治良性运行的政治毒瘤；二是拨乱反正，平反冤假错案，为杨涟、左光斗、魏大中等被魏忠贤迫害致死的官员平反昭雪，对拘押、拷打、诬陷甚至杀害上述仁人志士的凶手李实、李永贞、刘若愚、许显纯等，一律追究问罪，这一奖一惩，使朝廷上正气压倒了邪气；三是抓好国防建设，彻底扫平辽东边患。

那场漫长的战事是在万历四十四年，也即公元 1616 年点燃的，那一年，努尔哈赤在统一建州女真各部之后，以“杀我父祖”等“七大恨”为由，起兵造反，建立大金王朝，正式开始与大明王朝分庭抗礼。为了与历史上的金朝相区别，史称后金。那一年，崇祯只有 6 岁，而他的爷爷万历皇帝——明

《明熹宗坐像》 明 佚名 台北故宫博物院藏

神宗朱翊钧，则沉迷在他的“醉梦之期”，不能自拔。孟森在《明清史讲义》中称神宗晚期为“醉梦之期”，并将此期神宗的特点总结为“怠于临朝，勇于敛财，不郊不庙不朝者三十年，与外廷隔绝”。神宗委顿于上，百官必然党争于下，官僚队伍中党派林立，门户之争日盛一日，互相倾轧。东林党、宣党、昆党、齐党、浙党，如雨后春笋，层出不穷。正如梁启超说，明末的党争，就好像两群冬烘先生打架，打到明朝亡了，便一起拉倒。这样的恶果，未尝不是由神宗的荒怠造成的。《明史》对于明神宗的评论是："论者谓：明之亡，实亡于神宗。"赵翼《廿二史札记·万历中矿税之害》中重复了这样的观点："论者谓明之亡，不亡于崇祯而亡于万历。"

大金王朝成立两年后，万历四十六年，公元1618年，萨尔浒之战以努尔哈赤的胜利告终，后金取得了大明王朝的辽东重镇辽阳，让大明王朝开始正视这个对手。于是，一个名叫熊廷弼的忠臣良将挺身而出了。这位新任辽东经略抵达山海关的时候，那里刚好被一场大雪所覆盖。兵士们在朔风中瑟瑟发抖，整个边塞，正处于无饷无粮的状态中。更大的陷阱，正对熊廷弼虚位以待。这个陷阱，就是党争。它使熊廷弼出师未捷，就遭弹劾。片刻之前还满怀深情厚意的皇帝，眨眼间就板起了面孔，在百官的呼吁下，对熊廷弼下诏免官。熊廷弼第二次去职。大敌当前，书生出身的袁应泰仓促应战，辽沈失陷，其间70余城，竟不战而下，方圆百里，逃得空无一人。

熊廷弼第三次复任时，党争仍在继续。此时，对于身为辽东经略的熊廷弼，最大的威胁不是来自努尔哈赤，而是他的同僚们。朝廷的党争此时已经是一条大河，波澜壮阔，支汊纵横。它的支流，渗入王朝的每一个细小的局部，即使走到天边，也无法逃脱它的纠缠。广宁巡抚王化贞，就是熊廷弼身边最大的绊脚石。

对于熊廷弼提出"以守为战"的方针，王化贞提出强烈反对，宣称"不战必不可守，不过（辽）河必不可战"，王化贞早就投靠在内阁大学士叶向高门下，而叶向高的后台，正是阉党首领魏忠贤。他反对熊廷弼，并非出于个人意见不同，而完全是为了党争。广宁兵13万，熊廷弼关上却没有一兵一卒，辽东经略，已成光杆司令。

王化贞的牛皮，在西平堡的刀光剑影中显然不堪一击。1622年正月，在经过了认真的休整和充分的备战之后，努尔哈赤率大军向广宁附近的西平堡和镇武堡杀过来了，在这场激战中，王化贞听信宠将孙得功，调集所有兵力倾巢而出，集中阻击努尔哈赤。在平阳桥上刚一交锋，孙得功领头便跑，口中大呼："败了！败了！"溃散一旦发生，就无可救药。士兵们无心恋战，然而他们溃逃的速度终于敌不过后金军队箭矢飞行的速度，他们的逃命实际上是在奔向死亡。

孙得功逃回广宁，到处向军民宣扬剃发投降，还命令手下封锁府库，以待后金军。整个城池都乱了阵脚，人流向城门涌动，企图夺门而出。王化贞对此竟毫无察觉，他像平日里一样，早起后慢腾腾地展开文书。这时，他卧室的门被突然撞开，出现在他面前的，是手下参将江朝栋。江朝栋的声音已带着几许哭腔："大事不好，快走！"

王化贞只带着少数随从，向闾阳驿逃奔，遇到从右屯前来救援的熊廷弼。熊廷弼悲愤地问他："你不是说 6 万军队，可以一举荡平努尔哈赤，现在怎么样？"王化贞的嘴张了半天，却说不出一个字。[1]

广宁失守，几乎已将大明王朝推向绝路。这一历史责任，应当由王化贞和他背后的阉党担负，然而，由于当时阉党正处于猖獗之时，刑部尚书王纪、左都御史邹元标、大理寺卿周应秋审理熊王一案，却将熊廷弼与王化贞同罪论处。当时恰逢与熊廷弼交好的东林党六君子也都入狱，于是，阉党虚构了六君子之首杨涟收受熊廷弼贿赂的案情，"追赃"审讯以残酷的方式进行。熊廷弼倾家荡产，家破人亡，他的长子也在"追赃"的压力下，自杀身亡。而熊廷弼的头颅，被剁下来之后，还被心理失衡变态的皇帝，下诏"传首九边"。而真正的罪魁祸首王化贞，却在熊廷弼死后，又苟活了 5 年。

熊廷弼尸骨未寒，继任者孙承宗就已经迫不及待地开始了他从头收拾旧山河的庞大计划。孙承宗一到任，马上精简京师部队，抽调兵力，开始修筑蓟镇长城，巩固山海关老龙头长城。他起用了袁崇焕、祖大寿、赵率教、满桂等一批卓越将领，收复了大量失地，至天启五年（公元 1625 年），由山海关、宁远至锦州的宁锦防线正式形成，长城的防卫系统，仍然发挥着巨大的作用。然而，如同熊廷弼命运的翻版，他还是败了，并且，还是败在魏忠贤的

[1] 〔清〕张廷玉等：《明史》，第 4481 页，北京：中华书局，2000 年版。

手下。与魏忠贤的交锋，使他的宏伟大业中途夭折，无疾而终。

此时万历已死，时间到了天启五年，一直将孙先生称为“吾师”而从不敢直呼其名的天启皇帝下谕，免除孙承宗的一切职务，由高第——魏忠贤的党羽接任。孙承宗在辽东的多年经营，被怯懦无能的高第很快挥霍一空，把山海关外所有防务一律撤除，因此辽西一线，只有宁远城孑然仅存。[1]

宁远（今辽宁省兴城市）是座不大的古城，边长只有 800 多米，十字街道将城内分成四块，每面城墙正中设有城门，上面建有砖木结构的城楼。每座城门外侧均有半圆形瓮城，它的中心是一座钟鼓楼，白天报时，遇到敌情时报警，现在它仍是古城的标志性建筑。城内还有诸多庙宇、牌坊。从各个角度上讲，这都是一座精致的小城。但战略位置极其重要，当大明王朝在关外的本钱丧失殆尽之后，宁远，已成为辽东这个巨大棋盘上剩下的最后一粒棋子。

孤城一片万仞山，袁崇焕就在这样苍凉的布景下隆重出场。就在孙承宗下台后的第二年，即明天启六年、后金天命十一年（公元 1626 年）正月十四，努尔哈赤统领 13 万大军，号称 20 万，开始向宁远发起总攻。密集的剑戟如同黏稠的冰河般缓缓流淌，在北方的原野上，发出巨大的光芒。

大战将至，袁崇焕脸色严峻地召集部下。那些全副铠甲的将士们，就这样以他为圆心，形成一个正在缩紧的旋涡。突然间，旋涡中心的那个人，身子向下一伏，跪下了。他的身体向下沉落的时候，人们听到了一阵风声。没有了圆心的旋涡立刻骚动起来，人们听到在那旋涡的内部，发出一阵低沉的言语。袁崇焕说，大兵压境、外无援兵，宁远已经被当作垃圾，被彻底抛弃了。但是对一个帝国军人来说，不战而逃是一个巨大的耻辱，所以，他不准备放弃，他要与宁远城共存亡。他还说，他已经派人给山海关守将杨麒送信，不是想要援兵，而是要他坐镇，把从宁远城逃出去的溃兵一律杀掉，一个也不留。接下来，人们看见一道白光从眼前划过，袁崇焕拔出佩刀，在手臂上划开一道长长的血痕，浓稠的鲜血，像一条黏软的虫子，趴在他坚硬的手臂上。

---

[1] 〔清〕张廷玉等：《明史》，第 4481 页，北京：中华书局，2000 年版。

他用手指朝那血迹抹了抹，虫子的形状立刻模糊起来，而身边的一块白布、一份血书却变得眉目清晰。那份血书立刻就点燃了所有将士们的热血，让他们的身体不再感到颤抖。他们高呼与城池共存亡，声音响彻城墙内外，或许，会传到努尔哈赤的耳朵里，让他浑身一抖。

总攻于 24 日发起，后金军队以战车覆盖生牛皮，下伏勇士，用斧椎凿城。有的披双重铁铠，推双轮车进攻。袁崇焕指挥城内守军，以炮火猛轰敌阵，投掷药罐、礌石，放火烧战车。技术含量的提高，使得战斗更加惨烈。血液与脑浆在城的上方飞溅，把城墙染得红白蓝绿，异常鲜艳。城墙仿佛有了神奇的再生能力，每被炸开一个口子，它的伤口都会立刻愈合——是士兵们的尸体堵了上去。古城的骨头，似乎都被枪炮声震酥了，但两天后，当飞扬的尘土渐渐落定，人们发现，它依然完好，安然无恙。无奈之中，努尔哈赤只好留下 500 具尸体，黯然撤军。[1]

这是袁崇焕在历史中的崭露头角，也是明军一次久违的胜利，史称“宁远大捷”。当失败、自杀已成为习惯，胜利的旗帜就显得更加耀眼，它的荣誉归于它的指挥者、辽东巡抚袁崇焕。正是从他的身上，这个被失望和无奈笼罩的帝国，看到了一缕久违的希望之光。天启帝提升袁崇焕为右佥都御史；而一世英雄努尔哈赤，则在这场战斗中被明军的红夷大炮击伤，“大怀愤恨而回”[2]，在宁远战后 8 个月，不治而死。[3]

连清朝人编修的《明史》都不得不承认：“我大清举兵，所向无不摧破，诸将罔敢议战守，议战守自崇焕始。”[4]

在大明王朝的长城防线像多米诺骨牌一样接二连三地倒下之后，袁崇焕就这样从血泊中树起了自己的旗帜，成了大明帝国最后的救星。

---

[1] 《清实录》，第一册，《太祖武皇帝实录》，卷四，第 134 页，北京：中华书局，1986 年版。

[2] 《清实录》，第一册，《太祖武皇帝实录》，卷四，第 142 页，北京：中华书局，1986 年版。

[3] ［朝鲜］李肯翊：《燃藜室记述》卷二十七引《春坡堂日月录》。

[4] 〔清〕张廷玉等：《明史》，第 4485 页，北京：中华书局，2000 年版。

第　四　节

平台召对

崇祯皇帝在上台第二年（也就是崇祯元年）的七月十四日，在紫禁城的平台第一次接见袁崇焕的时候，袁崇焕的形象或许会令他有些许失望。因为出现在他面前的那位帝国英雄并不像他想象中的那样威武高大。关于袁崇焕的相貌，《崇祯长编》里记载有大学士钱龙锡的一个奏折，称袁"容貌丑陋"。张岱在《石匮书后集》里也写道："袁崇焕短小精悍，形如小猱，而性极暴躁。"[1] 所幸崇祯并不以貌取人，"宁远大捷"之后，袁崇焕又如法炮制，取得了"宁锦大捷"，但在大明王朝这个巨大的绞肉机内，他的命运并不会比熊廷弼、孙承宗好出多少，阎崇年说："袁崇焕的每一个军事胜利，都把仇神召唤到自己的周围。"[2] 两大战役的胜利，换来的依旧是嫉妒与迫害，在魏忠贤阉党的弹劾下，袁崇焕被昏庸的天启皇帝罢职，返回自己的故乡——广东东莞水南村，为重修的三界庙写下一块匾额："诚不可掩"。这四个字，透露出他心里的不甘。只有崇祯皇帝能够意识到袁崇焕的巨大价值，他要把袁崇焕当作帝国官场上的最后一根稻草，紧紧地抓住。兵部署部事左侍郎吕纯如的一纸上疏，正中他的心愿，上疏中写："臣持议必欲朝廷用崇焕者，只认定'不怕死，不爱钱'与'曾经打过'十个字耳"。意思是朝廷中只有袁崇焕具有"不怕死，不爱钱"的高风亮节和丰富的战斗经验，还进一步说："强敌压境，人方疾呼而望援兵，而崇焕乃置母妻于军中。纸上甲兵人人可自命也，而实实

---

[1] 〔明〕张岱：《石匮书后集》，第 94 页，北京：中华书局，1959 年版。

[2] 阎崇年：《袁崇焕传》，第 182 页，北京：中华书局，2005 年版。

从矢石锋刀中练其胆气而伎俩较实，此臣所以谓始终可用也。”[1] 对于吕纯如的判断，崇祯皇帝深信不疑，在他看来，在帝国内部，再也找不出一个像袁崇焕这样深受崇祯皇帝宠信的官员了。于是，在扫平魏忠贤阉党之后，崇祯皇帝在第一时间召见了袁崇焕。

故宫里的中国史，不只存在于故宫博物院收藏的文物中，也深藏于紫禁城巨大的空间中。故宫博物院收藏文物超过 186 万件，但这 186 万件文物，并没有包括它收藏的最大文物，那就是紫禁城本身。六百年的紫禁城，这中国现存唯一的皇家建筑，才是故宫博物院真正的“镇馆之宝”。2012 年，故宫博物院全院员工投票选出“我最喜爱的故宫文物”，不仅含纳了绘画、法书、陶瓷、玉石、青铜器、金银器、织绣、珐琅、玺印等门类，也包含了紫禁城的建筑。后者不仅是历史的证物，更是历史的参与者，是无数悲喜剧上演的剧场，也是天朝战士们决斗的杀场——许多人的生死荣辱，都因它而改变，比如明朝某一天的崇祯与袁崇焕。

在三大殿的台基上，隐着一个不起眼的场所——平台。平台，当然是一个平平的台子，这个台子就在保和殿东西两侧的台基边沿外（一边是指保和殿东侧平台上的空地）。平台召对是明朝的一项制度，明朝万历中期以后，不理朝政，平台召对制度就荒废了，崇祯上台之后，励精图治，重新开始平台召对，经常在那里接见臣僚，所谓“昨朝暖阁问边计，今日平台议用人”。崇祯和袁崇焕的命运，都紧紧地扭结在上面。出现在袁崇焕面前的崇祯，只有 17 岁，宽大的龙袍套在他的身上，使他的身子略显瘦弱，但他表情坚毅，看到那张脸，袁崇焕就看到了帝国的希望。

那一天，皇帝的召见一定令袁崇焕无比激动。他顺着台阶一步步走上宫殿，然后绕过一层一层的廊柱，来到平台。崇祯一见袁崇焕，就开门见山地问他：建部[2] 跳梁，已有十年，封疆沦陷，辽民涂炭。卿万里赴召，忠勇可嘉，

[1] 《明实录》，第九十一册，《崇祯长编》，第 424 页，“中央研究院”历史语言研究所校印本。

[2] 即建州女真，亦即后金。

所有平辽方略，可具实奏来！

袁崇焕有点受宠若惊了，当即向皇帝拍了胸脯，保证 5 年即可恢复全辽。

他过于自信了，这份自信可能来自他自 35 岁中举以来，仕途顺利，没有大的挫折，也可能来自他宁远、宁锦的两场大胜，于是不把后金放在眼里了。但最重要的，还是他轻狂自傲的性格。这性格是娘胎里带来的，他意识不到，自然也无法校正。

袁崇焕很善于将自己逼到死角，而浑然不觉。可惜的是，皇帝相信了他的话。这是因为此时的皇帝，犹如一个病入膏肓的病人，对于医生的任何许诺都深信不疑。如果他不相信那些承诺，就等于认同了死路。诺言炮制了一个巨大的幻觉，唯有在幻觉中，他才能看见自己的活路。

内阁辅臣们听罢欢欣鼓舞，纷纷称赞："崇焕肝胆意气、识见方略，种种可嘉，真奇男子也！"[1]

崇祯毕竟年轻，阅历轻浅，被袁崇焕一忽悠，有些忘乎所以了，脸上立刻多云转晴，喜笑颜开地说：五年复辽，便是方略。朕不吝啬封侯之赏，望卿努力，以解天下倒悬之苦，卿子孙也可世享其福。

此时的袁崇焕正在兴头上，滔滔不绝地发表他的施政演说，对帝国的绞肉机性质没有丝毫的防范。他忘记了熊廷弼是怎么死的，也忘记了自己是怎么被陷害罢官的。他以为魏忠贤死了，帝国政治就昌明了。他不会想到，这个巨大的绞肉机，在魏忠贤死后，会运转得更加疯狂，变本加厉。据不完全统计，崇祯皇帝在位 17 年，换了 50 位大学士、14 位兵部尚书——这 14 位兵部尚书中，王洽下狱致死，张凤翼、梁廷栋服毒而死，杨嗣昌自缢而死，陈新甲被斩首，傅宗龙、张国维革职下狱，王在晋、熊明遇革职查办。此外，崇祯杀死或逼死的督师或总督，共计 10 人，杀死巡抚 11 人、逼死 1 人。袁崇焕不会想到，在崇祯一朝官员的非正常死亡的名单上，还会加上自己的名字，而自己的家人并没有沾上他的光，相反，崇祯在宣布处死袁崇焕的那一

[1]〔清〕计六奇：《明季北略》，上卷，第 92 页，北京：中华书局，1984 年版。

天，还宣告了他家人的命运："家属16（岁）以上处斩，15（岁）以下给功臣家为奴。"

来自帝国绞肉机的血色恐怖并没有阻挡英雄的道路。他们的固执，在江河日下的明朝，堪称一道风景。在明朝，特别是明末的历史上，从中央到地方，不知有多少忠义之士，履行着他们飞蛾扑火的义务，令人感到敬佩、晕眩和不解。

听了袁崇焕的汇报，崇祯皇帝心满意足地到便殿休息去了，兵部给事中许誉卿疑惑，袁崇焕的底气是从哪里来的，莫非他真的成竹在胸？于是向袁崇焕虚心讨教，没想到袁崇焕回答说："聊慰上意！"意思是先让皇帝宽宽心。这样的回答让许誉卿心头一紧，他知道，袁崇焕闯祸了。如果诺言不能兑现，袁崇焕一定死得无比难看。

许誉卿善意地提醒袁崇焕：皇上英明至极，你岂可浪对？到时按期责功，怎么办？

直到这时袁崇焕才意识到，问题严重了，站在殿门外，有些焦躁不安，宫殿里的香炉传出来的焚香的气息，让他感到略微的晕眩。等崇祯再次出现时，他立刻上前，为"五年复辽"这一提法附加了许多条件，说，辽东之事是40年积累下来的局面，原本不易了结，但皇上励精图治，正是臣子枕戈待旦之秋，所以，臣尽心竭力五年复辽。进而，他提出，五年之中，事变难料，因而，必须在钱粮、武器、人事等方面，给他充分的保证，尤其人事方面，当用之人选与臣用，不当用之人罢斥。崇祯没有含糊，一一同意了，并指示户部侍郎王家桢、工部侍郎张维枢、吏部尚书王永光、兵部尚书王在晋等相关部门的领导，一切按袁崇焕意见办，积极配合他的工作，甚至下旨，直接调回了辽东督师王之臣，以免重蹈"经抚不和"的覆辙。袁崇焕或许担心再度遭到构陷，又对朝廷的舆论导向也提出要求，希望皇上不要听信谣言，"不以权力掣臣肘，亦能以意见乱臣谋"[1]，崇祯回答他："卿无疑虑，朕自有主持。"袁崇焕

[1]〔清〕张廷玉等：《明史》，第4488页，北京：中华书局，2000年版。

听到皇帝这么说，就不好再说什么了，就表决心说：臣如不能马到成功，收复故土，还有什么脸面见皇上！大学士刘鸿训等提议皇上赐给袁崇焕一把尚方宝剑，把王之臣、满桂的尚方宝剑撤回，使袁崇焕拥有至高无上的权力，统御全军，崇祯同意了，赐给袁崇焕一些美酒佳馔，就退朝了。他几乎满足了袁崇焕的一切要求，这是好事，也是坏事，因为袁崇焕彻底没有退路了。

一位学者用梦呓来形容平台召对中袁崇焕“五年复辽”的豪言壮语，说：“事实上，明与后金力量对比，早在万历末年萨尔浒之役后，即已发生根本性转变，明朝控阻后金凶猛攻击已属不易，更遑论收复失地。”[1]

袁崇焕的轻言吊足了皇帝的胃口，让皇帝把帝国的一切希望都押在了他的身上。他给皇帝制造了垂死前的幻觉，却没有给自己留丝毫的后路。或许就在这一刻，袁崇焕惨死的结局已确定无疑。

[1] 王昊：《崇祯帝与袁崇焕之死》，原载《史学集刊》，1993 年第 1 期。

第　五　节

错杀毛文龙

假设皇太极在北京城下临时想出来的反间计真的存在，那么，袁崇焕后来的所作所为，却给那项空洞的罪名添加了许多实实在在的“证据”，让人不相信都难。

据说在宁远外边有一个前屯卫。前屯卫附近有个南台堡，就在那里，袁崇焕跟蒙古人做起了生意。其实，早在他想开市的时候，也曾上报给崇祯皇帝过，但是崇祯皇帝不批，进而指出满洲人有可能利用开市来囤积粮食。结果袁崇焕再三打报告担保，开市只是为了安抚附近的蒙古人。最终崇祯皇帝勉强答应他了，但是讲明，出了事儿全由袁崇焕负责。历史经验证明，崇祯皇帝的判断是正确的，开市以后，当时朵颜三卫的蒙古人不断来买粮，这些粮食很大一部分都是替后金买的。

明末的气候，正处于小冰河期（Little Ice Age），天象异常，灾荒不断。这一时期，自公元 1580 年起，一直持续到 17 世纪中期，基本对应着万历、天启和崇祯三朝。这一个半世纪中，太阳黑子消失长达 70 年之久，宇宙射线的流量显著降低，气候变得十分寒冷，并导致降雨区南移，帝国北方遭遇连年旱灾。崇祯元年（公元 1628 年），陕北地区首先遭遇大旱，从此，大旱几乎连年不断，蔓延面积也越来越大，赤地千里，川竭井涸，蝗灾和瘟疫乘势而起，几乎席卷整个帝国，一直持续到明朝灭亡。据《明季北略》记载，崇祯二年（公元 1629 年），一个名叫马懋才的行人司行人给崇祯上了一道《备陈大饥疏》，向皇帝汇报了百姓争食蓬草、树皮，甚至石块的惨象：

臣乡延安府，自去岁一年无雨，草木枯焦。九八月间，民争采山间蓬草而食，其粒类糠皮，其味苦而涩，食之仅可延以不死。至十月以后，而蓬尽矣！则剥树皮而食，诸树惟榆皮差善，杂他树皮以为食，亦可稍缓其死。迨年终而树皮又尽矣！则又掘其山中石块而食，石性冷而味腥，少食辄饱，不数日则腹胀下坠而死……[1]

在他的奏疏里，明代文人津津乐道的乡野风光早已荡然无存，帝国的农村，只有惨不忍睹的人吃人的场景：

更可异者，童稚辈及独行者，一出城外，便无踪迹。后见门外之人，炊人骨以为薪，煮人肉以为食，始知前之人，皆为其所食。而食人之人亦不免，数日后面目赤肿，内发燥热而死。于是死者枕藉，臭气熏天……[2]

这一次，人相食，是实实在在地上了史书的。地处东北的满洲，情况也没有好出多少。满洲人之所以要倾巢出动毁坏边墙，到内地来掠夺，与李自成在土地龟裂的黄土高原上树起义旗是一回事，最简单的说法，是求一条活路，至于争夺江山，在开始时是不切实际的。但崇祯确实倒霉，不仅要背负前几任皇帝的欠债，还刚好撞上小冰河期，一腔热血却只能面对冰冷的现实，说是天灭大明，也不为过，连崇祯自己都发出了那句著名的慨叹："朕非亡国之君，事事乃亡国之象。"[3]在这样一个粮食歉收的年代，应该绝对禁止粮食出口。可是袁崇焕却慷慨地把帝国的粮食卖掉，让大明帝国宝贵的粮食，通过蒙古人，大量外流到后金人的手中，固然不排除拉拢蒙古人这一良好愿望，但朝廷如果认真起来，他无论怎样辩解，都是无力的，仅这一点，他就死有余辜了。

---

[1]〔清〕计六奇：《明季北略》，上卷，第106页，北京：中华书局，1984年版。

[2]〔清〕计六奇：《明季北略》，上卷，第106页，北京：中华书局，1984年版。

[3]〔明〕李清：《三垣笔记》，第194页，北京：中华书局，1982年版。

但他还没有罢手的意思，继续一意孤行，开始与后金议和。议和的目的，是为了缓兵。尽管取得了“宁远大捷”和“宁锦大捷”，但没有人比袁崇焕更了解明朝军事力量之虚弱，而且前面的胜利，全凭“坚城以用大炮”，并未与八旗军短兵相接，以议和争取时间，可见袁崇焕对形势的判断是清醒的。但他采取的方法，却依旧是先斩后奏。后来锦衣卫对袁崇焕的审讯记录里，袁崇焕承认，议和一事，袁崇焕曾致书向内阁辅臣钱龙锡、兵部尚书王洽等人请示，但他们二人从未答应。连首辅与本兵都没有表态，皇帝就更不知道了，于是，袁崇焕决定踢开组织闹革命，自己做主，与后金展开谈判。我们能够理解他的用意——唯有如此，才能抓住时机，排除反对派的干扰。然而对于官僚体制来说，正确的程序比正确的动机更加重要，他的做法，无疑是把小辫子送到别人手里。宁远之战，努尔哈赤被红夷大炮所伤，不治而死，身为宁远前线最高指挥官的袁崇焕竟然在没有朝廷授权的情况下，自作主张地派人前往吊唁，同时庆贺皇太极继位，刚愎自用、不拘小节的性格暴露无遗。擅入敌营，这是朝廷大忌，他派出的特使受到皇太极的“高规格接待”，还得到1峰骆驼、5匹马、28只羊的赏赐，对方还向袁崇焕赠送了人参、貂皮、玄狐、雕鞍等礼物，这是名副其实的瓜田李下，但袁崇焕我行我素，毫无顾忌。

袁崇焕的议和之举在朝廷果然引起轩然大波，那个被从辽东火线调回的督师王之臣，就迫不及待地参了袁崇焕一本，他用精美的文言写道：“我若顿忘国贼，与之议和，彼必离心，是驱鱼爵于渊丛，而益敌以自孤也。”帝国的绞肉机已经做好了准备，对袁崇焕虚位以待了，但袁崇焕浑然不觉，向着自己的深渊高歌猛进，其中最为人诟病也最令崇祯耿耿于怀的，就是杀死毛文龙。

毛文龙，是帝国的一大功臣，也是朝廷对付后金的一大撒手锏。他万历三十三年（公元1605年）从军，当了宁远伯李成梁的亲兵，后金的崛起，给了他成长的机遇，在明朝的边防部队中不断升迁。万历四十七年（公元1619年），熊廷弼经略辽东，毛文龙屡立战功，深受其赏识，被升为都司。天启元年（公元1621年），升为游击，受辽东巡抚王化贞派遣，率领一百九十七名勇士，深入敌后，收复二千里海岸线。不久，又收复了被李成梁放弃的宽奠、叆阳、大奠、新奠、永奠、长奠六堡，军声大振，升为副总兵。随后，以皮岛及宽叆山区为根据地，多次深入后金腹地，屡挫敌锋。天启二年（公元1622年）六月，升为平辽总兵官，挂征虏前将军印。天启三年（公元1623年）二月，赐尚方剑，加都督佥事衔。八月，派遣部将张盘收复金州、旅顺、望海堡、红嘴堡。九月，率部攻打后金故都赫图阿拉的外围要塞，先后取得了“牛毛寨大捷”“乌鸡关大捷”，受到了督师孙承宗的高度赞赏。十月，再命张盘收复复州、永宁。天启四年（公元1624年），努尔哈赤派人向毛文龙议和，毛文龙将来使绑送京师，朝廷升其为太子太保、左都督。七月，取得“分水岭大捷”。天启五年（公元1625年）一月，派部将林茂春收复旋城、传铁峪城。天启七年（公元1627年），后金皇太极即位，为解除心腹之患，派遣贝勒阿敏、济尔哈朗等率大军攻打毛文龙和朝鲜，史称“丁卯之役”。毛文龙“五战而五胜”，重创后金担任进攻主力的镶蓝旗，使之失去战斗力，两年后未能随皇太极南下。崇祯元年（公元1628年）十月，说服后金大将刘兴祚归正，派部将耿仲明、曲承恩等悬师千里，深入后金要塞萨尔浒，与刘兴祚弟弟刘兴治等里应外合，攻破城池，“斩级三千，擒生六十九人”，大胜而归。

袁崇焕杀掉毛文龙的动机很复杂，毛文龙也曾上疏参过袁崇焕“从古有款虏之事，独此奴决不可款！”，也曾在宁远、宁锦两役时，面对袁崇焕的困境，拥兵不救，但这些都不是杀他的根本原因。最主要的原因，还是他个性孤傲，不好合作，由于朝廷官员时常贪污他的饷银，因此对朝廷十分不满，又占据皮岛，孤悬海外，拥兵自重，被袁崇焕视为祸害。在袁崇焕看来，只有杀了毛文龙这个地方实力派，才能树立他个人的威信，解决辽东的“人事问题”，使自己成为号令全军的唯一主帅，进而实现五年复辽的宏愿。所以对袁崇焕来说，问题不是杀不杀毛文龙，而是何时杀、怎样杀。

为了逼毛文龙就范，袁崇焕策划断绝东江粮饷8个月之久，饿死东江镇军民无数。毛文龙自感时日无多，写信给妻子诀别，无限感慨地写道：“外有强敌而内有公卿，必死不久。”

袁崇焕知道毛文龙有崇祯庇护，所以决定试一下自己的尚方宝剑，再来一个先斩后奏。崇祯二年（1629年）六月初五，袁崇焕以议饷之名抵达毛文龙驻扎的皮岛（一说双岛），罗列毛文龙“十二大罪”，然后假冒皇帝的名义，将其杀死。

据说毛文龙真的以为是皇帝要处死他，所以，尽管他并不服气，但还是跪着请死，没有任何反抗，可见他对皇帝毫无二心。毛文龙也有尚方宝剑，如果他用这把宝剑对付袁崇焕，袁崇焕亦将难以自保，但他并没有萌生这样的念头，他如同相信皇帝那样相信袁崇焕，他用自己的死证明了他对帝国的忠诚。

毛文龙就这样成为在帝国绞肉机上引颈就戮的又一个牺牲品。而袁崇焕或许没有想到，此时的他已经成为绞肉机上的一个齿轮，一举一动都和机器的运行严丝合缝。他以枉杀忠臣的行动，成就了绞肉机的意志，绞肉机也在鲜血的润滑和齿轮的配合下变得无坚不摧，无论多么坚硬的骨头，都会被它碾压成一堆粉末。它没有情感，也不会辨识身份，对所有人都一视同仁，终有一天，袁崇焕会像毛文龙一样，用自己的血肉去充填绞肉机巨大的腹部。

袁崇焕未经请示，擅自杀死一名大帅，紫禁城里，崇祯听到这一消息，脸色立刻大变，《明史》的记载是“帝骤闻，意殊骇”[1]。问题很严重，皇上很生气。一个好好的毛文龙，到底妨碍了袁崇焕什么，为什么要被袁崇焕平白无故地杀掉，对此，崇祯百思不得其解。直到反间计出现，袁崇焕“通敌谋叛”的传闻甚嚣尘上，一切才都变得好解释了——原来他是个混进革命队伍里的阶级敌人，是后金的“卧底”，是为了后金而杀掉毛文龙的。

许多史料都直言不讳地表明了这层意思：

《国榷》记载：“建虏以（毛文龙）扼其背，甚忌之。阴通款崇焕，求杀文龙。而崇焕中其计不觉也，惜哉。”[2]

《明季北略》记载：“先是降将李永芳献策於大清主曰：‘兵入中国，恐文龙截后，须通书崇焕，使杀文龙，佯许还辽。’大清主从之。崇焕答书密允，

[1] 〔清〕张廷玉等：《明史》，第 4490 页，北京：中华书局，2000 年版。

[2] 〔明〕谈迁：《国榷》，第 5488 页，北京：中华书局，1958 年版。

复以告病回籍，乃寝。至是，再任，思杀文龙则辽可得。”[1]

又记：“崇焕既杀文龙，密报于清议和。清主大喜，置酒高会。”[2]

《石匮书后集》记载：“崇焕以女直主殂，差喇嘛僧往彼议和，杀毛文龙以为信物。”[3]

甚至把袁崇焕直接比喻为杀害岳飞的秦桧：“崇焕捏十二罪，矫制杀文龙，与秦桧以十二金牌矫诏杀武穆，古今一辙！”

袁崇焕显然低估了杀死毛文龙所引起的政治后果，也没有想到帝国绞肉机上疯狂的刀刃会伤到自己。毛文龙之死，使他五年复辽的宏大志向变得愈发遥不可及。有毛文龙在，后金对明朝的军事行动都很短暂，不敢举兵深入。而毛文龙被杀后，后金欣喜异常，额手称庆，直接导致了“己巳之变”——皇太极起倾国之兵，入关直扑北京。正是在那里，袁崇焕的神话彻底破灭了，并为此付出了生命的代价。

[1]〔清〕计六奇：《明季北略》，上卷，第93页，北京：中华书局，1984年版。

[2]〔清〕计六奇：《明季北略》，上卷，第117页，北京：中华书局，1984年版。

[3]〔明〕张岱：《石匮书后集》，第93页，北京：中华书局，1959年版。

第　六　节

凌　迟

崇祯何时由无保留的爱转变为咬牙切齿的恨，史书中没有记载，我们只知道，这一转变，发生在崇祯二年（公元 1629 年）十一月二十三日至十二月初一日，皇帝两次在紫禁城平台召见袁崇焕之间。态度的转变，与其说是中了皇太极的反间计，不如说是受了敌军兵临城下、形势日益恶化的刺激。反间计可以识破，但只要这种刺激存在一日，他对袁崇焕的怨怒就一日不会消失。不仅不会消失，反而会在危情的刺激下日益高涨。应当说，袁崇焕入狱时间长达 9 个月，是因为起初崇祯还没有打算置他于死地，甚至还存着一张底牌，就是有朝一日重新起用袁崇焕，但后来形势的发展让他彻底失望了，“五年复辽”的誓言墨迹未干，“必不令越蓟西一步”的承诺言犹在耳，首都转眼就成了战场，帝国的统治也摇摇欲坠，他当然要惩治“元凶”。这个责任人，非袁崇焕莫属。

到了这个当口，“托付不孝、斩帅以谋款、开市资敌、屯兵不战、携喇嘛僧奸侵入城”，都成了袁崇焕的罪状，到了一起清算的时候。上述罪状，如果孤立来看，似乎都没有问题，但若联系起来看，问题就大了。连民族英雄徐石麒弘光年间所上的反对与清朝议和的著名奏疏中都写道：

> 崇焕阳主战而阴实主款也，甚至杀东江毛文龙以示信。嗣先帝之不许，遂嗾奴阑入胁款，仍戒以弗得过蓟门一步，崇焕先顿甲以待。是夕敌至，牛酒犒劳。夜未央，敌忽渝盟，骑突薄城下，崇焕师反殿其后。先帝于是逮崇焕诛之，而款议再败。

袁崇焕的形迹，不仅处处可疑，而且环环相扣，自成系统。你看他通过边贸将粮食转卖给后金，使后金南侵有了足够的物资保证；他擅自吊唁努尔哈赤、祝贺皇太极登基，与敌首秘密勾结；他屯兵不战，坐失战机；他擅杀毛文龙，为后金军队南下解除了后顾之忧；后金军队南下后，他又放弃外围抵抗，直接退至帝国首都，难怪都城百姓都议论袁崇焕是有意召敌[1]；他不仅退回帝都，甚至要皇帝打开城门，让他的部队进城休整——不在城外御敌而偏要进城，更令人心生疑窦，幸亏皇帝英明，已将京城和皇城的警卫置于自己的直接领导之下；平台召对，他居然在朝臣面前公然放言"东人此来要做皇帝，已卜某日登极矣！"，他胆子太肥了，嘴巴太没遮拦了，竟然在大明王朝的金銮殿说后金要在这里登极，所有人听了他的话，都目瞪口呆，户部尚书毕自严的舌头伸出许多都缩不回来；在京城保卫战中，他的部下甚至炸伤了英勇作战的明军将领满桂……

在朝廷看来，上述种种，哪里是"失误"，分明是精心的谋划，即使是谋划，也很难像这样细致、缜密、招招见血。"事实胜于雄辩"，已经不需要皇太极的反间计了。或者说，假设真有反间计存在，它所起的作用，也不是决定性的。

如果历史给袁崇焕自我辩护的机会，他一定会说，他所做的一切，都是从王朝的利益出发。宁远、宁锦大捷，他稳定了溃败的防线；开放米市，是为了拉拢蒙古人，避免其与后金联手对付大明；与皇太极议和，是为了争取时间备战；杀毛文龙，是统一全军意志；退守帝都，是为确保皇帝的安全，不至于有所闪失；在金銮殿上放言"东人此来要做皇帝"，是要提醒满朝文武，敌势强劲，应力促议和……

与袁崇焕的一系列失误相比，他在战斗中的表现，却是值得一书的。广渠门一战，袁崇焕跃马横刀，在敌阵中奋力冲杀，浑身中箭，"两肋如猬，赖有重甲不透"，夜幕降临，他还亲往营地探望伤兵，"一一抚慰，回时东已白

[1] 原文见〔清〕谷应泰：《明史记事本末》，第四册，第1488页，北京：中华书局，1977年版。

矣”，连皇太极都禁不住慨叹：“十五年来，未尝有此劲敌也！”他对得起后世的褒奖。他是真豪杰，不是假英雄。

但是他的英勇，已经无力挽回他的名声。此时皇太极军队蹂躏京畿（jī）的行为已引起全城怨怒，百姓风传袁崇焕通敌、召敌，也不是空穴来风。众口铄金，袁崇焕不可能有自我辩护的机会，即使有，也没有人相信他。更何况此时阉党又活跃起来，企图借袁崇焕案为自己翻案，排挤东林党。魏忠贤的遗党、吏部尚书王永光直言“欲借崇焕狱，株连天下清流”，他们企图打倒内阁辅臣钱龙锡，于是便有御史高捷上疏，称钱龙锡是袁崇焕通敌和祖大寿出走的幕后黑手，袁崇焕案成为宫廷政治斗争的导火索，终于形成了以周延儒、温体仁为首的反东林新内阁。他们要把袁崇焕这只“死老虎”批倒批臭，彻底打翻在地，再踏上亿万只脚，让他永世不得翻身。仅温体仁一人，就曾五次上书，请求崇祯杀掉袁崇焕。这些上疏，字字见血，比皇太极的反间计要毒辣得多。袁崇焕即便躲得过皇太极的反间计，也躲不过这些明枪暗箭。袁崇焕像陷入了一个巨大的黑洞，他的所有努力似乎都在证明那些如山的参劾奏疏中的指控，帝国的绞肉机对他的血肉已经如饥似渴。袁崇焕越是努力，就在黑洞中越陷越深。如果他不是这般精忠报国，他就不会死得这样难看。他的心中不乏正义、理想和激情，缺乏的是现实运作能力，缺乏与体制磨合的耐心与技巧，他孤傲自信、不拘小节、一意孤行、不考虑后果、难与人合作——包括与皇帝合作，这样一来，他的理想就只能成为空中楼阁，中看不中用。他不怕死，却不知保护自己。他是那么合绞肉机的胃口，他那一身皮囊，就是为绞肉机准备的美味佳肴。从某种意义上说，他是另一个毛文龙。崇祯杀他，就像他杀毛文龙一样顺理成章，合情合理。所以，《明史》感叹道：“初，崇焕妄杀文龙；至是，帝误杀崇焕。”[1]他是一个典型的悲剧英雄，既是命运悲剧，也是性格悲剧。

回想起袁崇焕“万千宠爱于一身”的政治待遇，仿佛只是昨天的事情。

---

[1]〔清〕张廷玉等：《明史》，第4490页，北京：中华书局，2000年版。

第一次平台召对，崇祯就要求各部首脑全力配合袁崇焕的工作。这一年十一月，袁崇焕一到辽东，就向皇帝打报告，说朝廷拖欠饷银70多万两，崇祯爽快地把这笔钱拨给了袁崇焕，但崇祯皇帝毕竟不是印钱机器，户部尚书也承认自己是“仰屋无计”，意思是整天望着天花板无计可施。然而，尽管朝廷也陷入了无比困厄之境，崇祯皇帝也一再下诏减膳，要艰苦奋斗，奋发图强，但对于袁崇焕的要求，崇祯几乎没说过半个不字。皇帝给了袁崇焕莫大的关怀、莫大的支持、莫大的鼓励，可谓“仁至义尽”了，是袁崇焕辜负了皇帝的期望，处置袁崇焕的潜台词是：皇帝是没有责任的，责任全在袁崇焕的身上。

然而事实并非如此，对于袁崇焕所犯的一系列“政治错误”，崇祯也是难辞其咎。当袁崇焕卖粮食给蒙古人，崇祯便开了一条口子：“其有饥困，查明部落多寡，计口量许换米，不得卖与布帛米粮及夹带禁品”。意思是说，如果真是为了拉拢蒙古人，可以根据人口，向他们发放救济粮，有多少人，换多少粮，但不能进行布帛和粮食交易，以免粮食落入敌手，没想到此口一开，便给袁崇焕大肆卖粮大开了方便之门，谁也拦不住了。即使对于擅杀毛文龙这样性质恶劣的行径，崇祯也索性充当了一个和事佬，不愿意“得罪”袁崇焕，他这样批示：“卿能声正法，事关封疆安危，阃（kǔn）外原不中制，不必引罪，一切布置遵照敕谕，听便宜行事。”[1]这种纵容，实际上是鼓励了袁崇焕的冒险、不按“规则”行事，放大了他刚愎自用的缺点，一旦失败，这些就全部成了他的罪过。犹如足球场上，对球员的屡屡犯规，裁判既不进行口头警告，也不出示黄牌，使球员的胆子越来越大，认为裁判不会追究，而某一次“平常”的犯规，却被裁判突然出示红牌将其罚下，让球员丈二和尚摸不着头脑，不知“标准”在哪里。平时百般纵容，一旦大祸临头就翻脸不认人，这无疑是另一种形式的陷害、一种诱杀。一个爱惜英雄的皇帝，与一个忠心报效的英雄，相互之间没有形成互补，相反却强化了各自的性格缺陷，层层推演，彼此互动，陷入恶性循环而不可救药，仿佛一场恶劣的婚姻，没有人能侥幸从厄运

[1] 《明实录》，第九十二册，《崇祯长编》，第1396页、1397页，“中央研究院”历史语言研究所校印本。

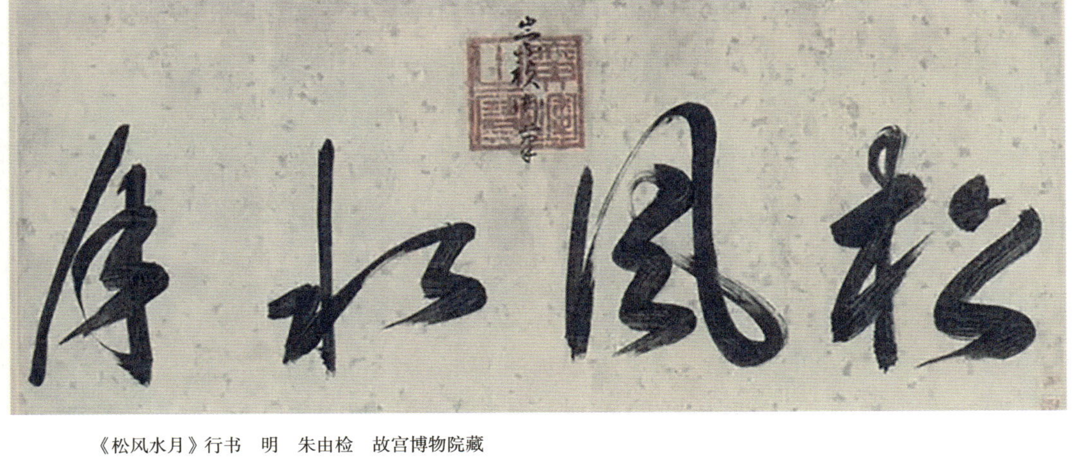

《松风水月》行书　明　朱由检　故宫博物院藏

中逃脱。

但崇祯并不这么想。此时，崇祯就像一个怨妇，把自己的爱毫无保留地交给一个人，却空劳期盼，所有的甜言蜜语，原来都是空头支票。站在他的角度上想，由爱生恨，这是必然的结果。爱和恨，像一对连体婴儿，紧密地联系在一起，难解难分。

当崇祯把自己乃至整个帝国的命运都押在袁崇焕一个人的身上，怎能不输？而对于袁崇焕来说，无上的荣耀里，就已经埋伏了巨大的凶险。最终，袁崇焕不仅把自己的命运输得精光，也把帝国的命运，彻底赔进去了。

他不下地狱，谁下地狱？

巨大的情感落差，很容易让人失去理智，比如一个赔光了感情的怨妇，或者一个把裤子都输掉的赌徒。更何况崇祯本来就是一个极度敏感、阴郁的人，情绪极不稳定。这与他的书法所呈现出的器宇轩昂大相径庭。崇祯皇帝的书法，所流传者不多，但大多数都算佳品。在故宫博物院，还可见他以遒劲从容的行书写下的四个字："松风水月"。

总之崇祯对袁崇焕的态度只有两极，没有中间地带，用张岱的说法，叫"黑白屡变"。然而，崇祯毕竟不是一个普通的怨妇，他是皇帝，有至高无上的权力，可以送人上天堂，也可以送人下地狱，所谓"君要臣死，臣不得不死”。他把大兵压境的恐惧感和江山危急的挫败感全部发泄到袁崇焕身上，崇祯三年（公元1630年）八月，崇祯再度驾临紫禁城平台，正式宣布处死袁崇焕的决定，对这位卫国功臣处以最残酷的刑罚——凌迟。

凌迟，别名“陵迟”，曾用名“寸磔”，俗名“千刀万剐”。它的意思是，处决犯人时，将犯人身上的肉一刀刀割去，使受刑人痛苦地慢慢死去。

崇祯如此凶狠，是因为他的心被仇恨填满了，他恨，他心里一定在呼喊：“袁崇焕误朕！”唯有凌迟，能纾解他心头之恨。耐人寻味的是，袁崇焕死后，他心头的恨并没有减少，反而与日俱增，只不过主语换了，变成了“诸臣误朕”。一切都是他人之过，而领导永远正确。于是，他杀，杀，杀，像精神病人一样，歇斯底里，甚至扬言“文臣个个可杀”，他举起屠刀，把宫廷变成一片血海，最终无人可杀了，他只好在绝望之际，跑上煤山，将一条白练抛在树杈上，自己杀死了自己。

刽子手的刀刃落下来的时候，长城，还有长城上所有的将士，一定在万里之外，关注着这一幕。当刀片向袁崇焕的胸膛刺去，长城一定会感到一阵痉挛。

袁崇焕死前，口占一绝：

一生事业总成空，半世功名在梦中。
死后不愁无勇将，忠魂依旧守辽东。

但他的希望，落空了。

铁打的营盘，流水的将军，在严峻的现实面前，帝国英雄如走马灯般轮番出场，但他们的英勇拼杀，却救不了这个帝国，只能接二连三地成为帝国官场的牺牲品和润滑剂。只是，这个王朝在将袁崇焕送入帝国的绞肉机之后，就再也找不出像样的忠臣了。

他们的心，凉了；血，也凉了。

明崇祯十七年，公元1644年，著名的甲申年，四月二十二日，己卯时分，山海关总兵吴三桂开始剃发，正式降清，在他看来，随着一个个忠臣良将在绞肉机的碾压中发出凄厉号叫，大明王朝所标榜的那一套君臣忠孝伦理早就破产了。在经历了血淋淋的撕裂与麻木之后，他终于相信“人不为己，天诛地灭”原是人世间的最高真理。就在他终于低下他桀骜不驯的头颅，任绺绺长发随风飘落的时候，山海关的东门，历史上第一次打开了，大清军队如潮水般涌进来。

关内苍茫大道两旁，野花盛开，到处弥漫着春天的气息，只是这一年的花花草草，比任何一年都生长得恣意和茁壮，这是因为有太多的血、肢体和骨骼被深埋在地下，变成泥土和肥料。有人纵身下马，深吸一口气，贪婪地嗅着那缕亘古未变的芬芳。

第十章

曾国藩的“二十二条军规”

第　一　节

地主阶级最厉害的人物

很多年中，曾国藩的面孔，仿佛被历史的风尘一层一层地蒙住了，又像是一张没有聚焦的老照片，眉目含糊不清。在我早年的记忆中，这个面孔清瘦、身体孱弱、长着一对三角眼的小老头，是作为朝廷鹰犬、镇压太平天国运动的刽子手出现的。《清史稿》形容他："国藩为人威重，美须髯，目三角有棱……"[1]曾国藩三角眼，很像"鹰犬"的嘴脸。他的长相，似乎只有那一缕美髯，还值得一观。

我记得读中学的时候，读到曾国藩1854年统率西征军在靖港与太平天国水师交战，被彻底击溃，羞愤交加的曾国藩两度投水寻死，两次都被随从救起；第二年石达开火攻湘军水营，曾国藩座船被俘，"文卷册牍俱失"，曾国藩一气之下，要驱马奔赴敌营送死，后经罗泽南、刘蓉力劝才作罢，对这只漏网之鱼逃脱惩罚而痛惜不已。后来读到唐浩明先生的三卷本小说《曾国藩》，十分诧异，因为中国当代的历史小说，基本上都是给正面人物树碑立传的，比如《陈胜》《李自成》，曾国藩算是正面人物吗？仅从书名看，这就是一部特立独行的小说。翻来翻去，慢慢地，站立在眼前的，竟然是一个以瘦小之躯肩扛社稷重任的儒生形象。

似乎很少有人像曾国藩这样引人争议，在他死后的一百多年间，一面被戴上独夫、民贼、汉奸、刽子手的帽子，另一面又被推崇为修身、齐家、治国、平天下的完美典型，"为天地立心，为生民立命，为往圣继绝学，为万世

[1] 赵尔巽等撰《清史稿》，第三十九册，第11917页，北京：中华书局，1977年版。

开太平”的儒家模范人物，大变局夹缝中的精英，中国封建士大夫最后一尊精神偶像，甚至是“古今第一完人”。有人用一副对联概括曾国藩的一生：“立德立功立言三不朽，为师为将为相一完人”。

蒋介石说：“曾公乃国人精神之典范。”他把《曾胡治兵语录》当作教导高级将领的教科书，自己又将《曾文正公全集》常置案旁，终生拜读不辍。据说，他点名的方式，静坐养生的方法，都一板一眼地模仿着曾国藩。

毛泽东也说：“愚于近人，独服曾文正，观其收拾洪杨一役，完满无缺。”但他后来又换了种说法：“曾国藩是地主阶级最厉害的人物。”

罗尔纲在《太平天国史》中说：“在革命的扫荡中，清朝常备军绿营已经腐朽不可用，八旗更不消说了。原有的当权人物，从皇帝起以至军机大臣、大学士、驻防将军、各省总督、巡抚等，都不能成为反农民革命的团结中心。在这种情况下，出现了曾国藩和他的湘军。”[1]

这至少从反面证明了曾国藩的价值，破船将沉他一人补，大厦将倾他一人扶，对于王朝来说，他是一个力挽狂澜的人物，是历史转折中一个不可或缺的节点人。

在故宫博物院，藏有《清代名人像册》，像册中，有《曾国藩像》一幅，终于让我看清了曾国藩的相貌。因为画像作者为清朝人（具体姓名不知），所以，它的可信度是高的，类似于今天所说的“写真”。画像为纸本，设色，纵47厘米，横34厘米，左侧题写着：

> 赠太傅、原任武英殿大学士、两江总督、一等毅勇侯、谥文正，曾国藩

画像中的曾国藩，的确如《清史稿》所言，“美须髯，目三角有棱”，目光坚毅而表情平和，隐藏了“为人威重”的一面，假如忽略了身上的黄马褂，

[1] 罗尔纲：《太平天国史》，第一册，第62页，北京：中华书局，1991年版。

《曾国藩像》 清 佚名 故宫博物院藏

看上去更像是一个面貌平常的瘦老头儿。

正是这样一位貌不惊人的读书人，在荒草杂芜、风雨如晦的帝国版图上孑然独立，踽踽独行，居然开出一条路来，让这个在迷顿中走向末日的王朝，有了起死回生的机会。

曾国藩，公元 1811 年出生，字涤生，湖南湘乡人。罗尔纲在《太平天国史》中，立场鲜明地为曾国藩划分了阶级成分：“他出生于湖南湘乡县荷塘都[1]的一个小地主家庭[2]。”这有些言过其实，实际上，曾家祖辈以务农为主，

[1] 今湖南省娄底市双峰县荷叶镇大坪村。

[2] 罗尔纲：《太平天国史》，第一册，第 62 页，北京：中华书局，1991 年版。

只不过祖上辛苦打拼，积累下一份殷实的家业罢了。据赵烈文《能静居日记》透露，曾国藩出生时，家中共有一百多亩土地，家中人口有祖父母、父母、叔婶、大姐，加上新出生的曾国藩，共八口人，人均十二亩半，曾国藩另外七名弟、妹出生后，人均占有率还有下降，生活水平，也远不至于天天喝酒吃肉。曾国藩的祖父曾玉屏，还需每天早起锄地、夜晚施肥，养猪养鱼，多种经营，样样都亲自动手，就像《白鹿原》里的白嘉轩那样，兢兢业业地经营着自己的家业。只有如此，他才吃得香甜，睡得安稳。这样的家庭，纵使提前进入了小康社会，且不乏书香传统，在帝国的土地上实在像一块泥巴一样不引人注目。

曾国藩说："吾曾氏家世微薄，自明以来，无以学业发名者。"[1]祖父曾玉屏虽少文化，但阅历丰富；父亲曾麟书身为塾师秀才，作为长子长孙的曾国藩，自然得到二位先辈的伦理教育。曾国藩肩扛祖辈、父辈的重望，立志有朝一日金榜题名，功成名立，正说明了这个家族却依旧是一个边缘家族，科举成名，"鲤鱼跳龙门"，是当时社会为每个像曾国藩这样的普通人确定的唯一上行路线，也是这个家族光宗耀祖的唯一希望。从这个意义上说，曾国藩如同今日的学童们一样，被父辈们"望子成龙"的愿望所绑架，《清史稿》说他"自小研读《周礼》《史记》《文选》……深受儒学精义陶铸"[2]。儒家的价值观，自小就注入他的体内，甚至是他的遗传基因里就有的。所幸，年轻的曾国藩没有辜负家族的希望。道光十二年（公元 1832 年）、曾国藩考取秀才，并与欧阳沧溟之女成婚。接下来，虽然连考两次会试不中，但他在科举这条路上坚持不懈，终于在道光十八年（公元 1838 年）、虚龄 28 岁时殿试考中了同进士，从此之后，他一步一步地踏上仕途之路，也一步步走进我们的视野。

但曾国藩自己，却被自己立德立功立言三不朽的追求所绑架，虽成为"古今第一完人"，为王朝的事业完成了惊天逆转，却是一生节欲，过着圣徒

---

[1] 〔清〕曾国藩:《大界墓表》，见《曾国藩全集》（修订版），第十四卷，第 367 页，长沙：岳麓书社，2012 年版。

[2] 《清史稿 · 曾国藩传》。

式的生活，把生活需求下降到最低，个人生活了无色彩。这来自孔子的教诲："饭疏食，饮水，曲肱而枕之，乐亦在其中矣。不义而富且贵，于我如浮云。"[1]意思是：吃粗粮，喝白水，弯着胳膊当枕头，乐趣也就在这中间了。用不正当的手段得来的富贵，对于我来说就像天上的浮云一样。"富贵于我如浮云"，是对孔子内心世界的精确表达，也是后世文人志士的精神支柱，杜甫曾在诗中写道："丹青不知老将至，富贵于我如浮云。"

人被置于一个广大无边的空间之中，在这种空间中他的存在似乎处在一种孤独的尽头。他被一个不出声的宇宙所包围，被一个对他的宗教情感和他最深沉的道德要求缄默不语的世界所包围。

这段话只是大意，出自某位圣哲。用它来概括曾国藩的精神世界，或许是准确的。曾国藩对于儒家价值，就怀着一种宗教性的信仰。他吃得了苦，担得起挫折，不怨天尤人，打落牙齿往肚里吞，以一种百折不挠的倔强去接近自己的理想，这种苦修与牺牲，与佛教的苦度精神已经十分贴近。

在儒家思想的训诫下，曾国藩形成了强烈的人格洁癖，无法容忍个人品格中藏污纳垢。在"不为圣贤，便为禽兽；莫问收获，但问耕耘"的信条下，不断进行"灵魂深处闹革命""狠斗私字一闪念"，决心把灵魂深处的欲念彻底清除，不留一点渣滓，像李敬泽评论的孟子，"他一辈子不能留任何缝隙让苍蝇下蛆，他没有私人生活，只活在宏大意义里；如果碰上了弗洛伊德，弗大夫一定会说这是病"。[2]

曾国藩家守病妻，在其他官僚那里目睹妻妾成群、千娇百媚，也不免幡不动心动，心猿意马，"目屡斜视"，回家后听见卧病在床的妻子呻吟不已，心绪更是烦躁。然而，等到夜深人静，曾国藩开始反省，他就开始与内心深处的欲念斗争，责骂自己"真不是人，耻心丧尽，更问其他"。

他为自己的人格修炼制定了一套严格的程序，最主要的，是曾国藩的

[1]《论语·大学·中庸》，第 80 页，北京：中华书局，2011 年版。

[2] 李敬泽：《小春秋》，第 51、52 页，北京：新星出版社，2010 年版。

“课程十二条”：敬、静坐、早起、读书不二、读史、谨言、养气、保身、日知所亡、月无亡不能、作字、夜不出门。

比如“早起”：他黎明即起，醒后绝不沾恋。

比如“读史”：他坚持念“三史”（即《史记》《汉书》《后汉书》），每日圈点十页，即使事忙，也从不间断。在学术上，他认为要有“旧雨三年精化碧，孤灯五夜眼常青”的精神。

比如“保身”：他主张节劳、节欲、节饮食。曾国藩成长于帝国乡村，因此颇能吃苦，生活节俭，即使身居高位，依旧“每食只蔬菜一品，决不多设，虽身为将相，而自奉之啬，无殊寒素，时人以其每食具菜一品，因乎之为‘一品宰相’云”。

比如“日知所亡”：他每日读书，记录心得。[1]哪怕戎马倥偬，他都坚持每天写日记，并且写得相当细致。记下白天的一切，以求不断反省、不断改过、不断求知、不断进取。这才有了皇皇130万字的曾国藩日记摆在我们面前，不仅是他的忏悔录，仅观他的书法，亦是一大享受，这份日记，因此也是历史罕见的一部巨型书法作品。他的字，或“着力而取险劲之势”，或“着力而得自然之味”。透过他刚柔相济的楷书和遒俊华美的小行书，可见他笔落纸页时的那份谨严与安静。

有人说，刻苦自励，赢得“直声”，积累一定的声誉资本，也是仕途起步时的一种做法。但随着历练增加，人们相信这样的人最终都会融入官场大秩序中去，而且可能比别人混得更“明白”。[2]但曾国藩如此跟自己过不去，不是表演，也不是形式主义，而是一种自我的要求。在他看来，即使形式本身也很重要，它不仅是内容的容器，有些时候，形式也是内容本身。尤其在礼崩乐坏的年代，只有通过形式的教化，通过仪轨的庄严与理性，才能表达礼学家关于礼、仁的全部理想，在真正的儒家那里，礼不只用于规范人的外在

---

[1] 参见〔清〕曾国藩：《课程十二条》，见《曾国藩全集》（修订版），第十四卷，第377页，长沙：岳麓书社，2012年版。

[2] 张宏杰：《大明王朝的七张面孔》，第132页，桂林：广西师范大学出版社，2006年版。

行为，也是一种内心修为，“把社会秩序与人的德行、品质、信仰紧紧固结在一起……于是，一方面是整齐的秩序，一方面是整齐的秩序包含的人性与人情”[1]，是修身的重要课程，是管束和纠正人性恶的成分的最佳方案。曾国藩希望自己能够真正地践行圣人之道，接续圣人的火把，再一次照亮世界。

曾国藩是一个被儒家精神武装到牙齿的人，儒家精神已经渗透到曾国藩的每一个毛孔。他真诚地相信，而不是装蒜，因为装蒜装不了一生，而且很容易露出破绽。在腐败横行的大清官场上，曾国藩无疑是个十足的怪物。因为绝大部分官员满口仁义道德、一肚子男盗女娼，身上的每一个细胞都被欲望填满，对于曾国藩这样的“道德模范”，他们可以敬慕、仰视，但绝不会效仿，相反，正是由于这种“道德模范”的存在，才让他们感到尴尬和难堪。因此，他们可以口口声声地拥护“道德模范”，又认认真真地挖陷阱、使绊子，让他们死无葬身之地。这无疑是一个悖论——正是由于这样的官场生态，才需要“道德模范”出现，来正本清源，但在这样的官场生态下，任何一个“道德模范”又都会遭到无情扼杀。他们敬慕抽象的“圣人”，却可能厌恶一个具体的“圣人”。不用说孔子、孟子，连海瑞这样的清廉之士，在大明王朝的官场体系内都难以生存，他的出路，唯有挂冠而去，在天高皇帝远的老家海南归隐。他更适合被制成牌位，供奉在祠堂里，供人们瞻仰和学习，而不适合在官场厮混。

曾国藩不仅折腾别人，而且首先折腾自己，这又很像李敬泽评价孟子时所说：“一个人，在这俗世中宣布自己是普救苍生的圣人，他必然会有无穷烦恼。”[2]对于曾国藩而言，那不只是烦恼，甚至可以说是风险，因为官场世界，是一个“少数服从多数”的世界，像曾国藩这样的人，永远只是“少数”。海瑞的前车之鉴正召唤着他，他所面对着的，是整个矫饰的社会。他的思想一定程度上超越了时代，而他的行为却被同一时代所遏止。最后，他带着“名已裂矣，亦不复深问”的复杂心情，冥心孤往地走向历史为他安排好的结局。

---

[1] 扬之水：《诗经名物新证》，第 469 页，北京：北京古籍出版社，2000 年版。

[2] 李敬泽：《小春秋》，第 50 页，北京：新星出版社，2010 年版。

第　二　节

楚人一炬，可怜焦土

曾国藩似乎早就预见了自己的结局，对未来，也就少了些许恐惧。他的初衷，一生未改。

人性如脱缰野马，唯有控制住自己，才能控制一支庞大的军队。罗尔纲在《太平天国史》中说："他继承孔子提出的'礼'，要'举天下古今幽明万事而一经之以礼'。他尽力叫嚣董仲舒宣传的'三纲'，'是地维所赖以立，天柱所赖以尊'。他是从孔子、董仲舒、朱熹一脉相承传下来的门徒，汇集了他的先师们的反革命伎俩，成为中国近代最凶狠的反革命巨魁。"[1]

的确，曾国藩一步步走向大清政坛、准备一展身手的年代，刚好是大清王朝"内忧外患"、礼乐崩坏的年代。康雍乾的清明盛世已经渺不可及，眼前是一片不辨黑白、不辨日夜的混沌。那是一个丧失了尊严和标准的年代，一个大多数人在黑暗和睡梦中自慰的年代。对于19世纪下半叶的大清帝国来说，它国土上的道路和历史的线索一样模糊不清，曾国藩却对眼前的王朝景象洞若观火。

他痛恨那些流连于琴棋书画、置民生于不顾的士人阶层，把所谓的风雅一律当成低级趣味，沉湎其中，就不能成为"一个高尚的人、一个纯粹的人"。他相信孔子所说的，"不知命，无以为君子"。在他看来，这个命，既是天命，也是使命，是面对家国天下，一个士人所应担负的一份责任。他认为"士大夫习于忧容苟安"，"昌为一种不白不黑、不痛不痒之风"并对之

[1] 罗尔纲：《太平天国史》，第一册，第63页，北京：中华书局，1991年版。

"痛恨次骨"。他更恨那些贪赃枉法、渔民肥己的官吏，认为，"吏治之坏，由于群幕，求吏才以剔幕弊，诚为探源之论"，一定要予以严惩。

与官场上那些嫉贤妒能之辈相反，曾国藩求贤若渴。他的一部《冰鉴》，被称为纵横中外的人才学教科书，一部关于识人、相人的经典文献，是曾国藩总结自身识人、用人心得而成的一部传世奇书，是曾国藩体察入微、洞悉人心的心法要诀，它因具有极强的实用性、启迪性和借鉴性，至今受到各界人士的重视和喜爱。他认为，"行政之要，首在得人"，危急之时需用德器兼备之人，要倡廉正之风，行礼治之仁政，反对暴政、扰民。

咸丰二年（公元 1852 年）一月，42 岁的曾国藩向朝廷呈上一份《备陈民间疾苦疏》，呼吁咸丰皇帝关心民间疾苦。得人心者得天下，失人心者失天下，这个道理无比浅显，人人皆知，却没人敢说。曾国藩说了：

> 臣窃闻国贫不足患，惟民心涣散，则为患甚大。自古莫富于隋文之季，而忽致乱亡，民心去也；莫贫于汉昭之初，而渐致乂安，能抚民也。我朝康熙元年至十六年，中间惟一年无河患，其余岁岁河决，而新庄高堰各案，为患极巨；其时又有三藩之变，骚动九省，用兵七载，天下财赋去其大半，府藏之空虚，殆有甚于今日。卒能金瓯无缺，寰宇清谧，盖圣祖爱民如伤，民心固结而不可解也。我皇上爱民之诚，足以远绍前徽。特外间守令，或玩视民瘼（mò），致圣主之德意不能达于民，而民间之疾苦不能诉于上。臣敢一一缕陈之……[1]

曾国藩一入仕途，就成了一个魏征、海瑞式的敢于直谏的官员，对朝廷事业殚精竭虑。他一眼就看到了这个帝国的软肋：银价太昂、盗贼太众、冤狱

[1] 〔清〕曾国藩：《备陈民间疾苦疏》，见《曾国藩全集》（修订版），第一卷，第 40 页，长沙：岳麓书社，2012 年版。

太多。他既要坦陈时弊，同时又要在一片歌舞升平中照顾皇帝的体面与尊严，不能得罪皇帝，只好循循善诱："国以民为本，百姓之颠连困苦，苟有纤毫不得上达，皆臣等之咎也。区区微诚，伏乞圣鉴。"[1]

但耽于酒色的咸丰绝不是个从谏如流的皇帝，曾国藩的一番苦心，并没有换来咸丰对于民生问题的丝毫重视。他把曾国藩的奏折一丢，只随便夸奖了几句，就抛在脑后了。曾国藩先后一百多次上疏都成了泥牛入海，曾国藩后来在给友人胡大任[2]的信中愤懑地说：

> 自客春求言以来，在廷献纳，不下数百余章，其中岂乏嘉谟至计，或下所司核议，辄以"毋庸议"三字了之；或通谕直省，则奉行一文之后，已复高阁束置，若风马牛之不相与。……而书生之血诚，徒以供胥吏唾弃之具。每念及兹，可为愤懑。[3]

这一年六月，曾国藩被朝廷派往江西担任乡试主考官，并获准考试结束后可回乡探亲。当他行至安徽太和县小池驿时，接到了母亲江氏已于一个多月前去世的消息。[4]清廷强调"以孝治天下"，要求官民"移孝作忠"。曾国藩自从道光十八年（公元 1838 年）、虚龄 28 岁时考中了同进士，授翰林院庶吉士，那一年的年底乞假还乡之后，在朝廷中历任翰林院检讨（公元 1840 年）、翰林院侍讲（公元 1843 年）、翰林院侍讲学士（公元 1845 年）、内阁学士兼礼部侍郎（公元 1847 年）、礼部右侍郎（公元 1849 年）、兵部右侍郎（公

---

[1] 〔清〕曾国藩：《备陈民间疾苦疏》，见《曾国藩全集》（修订版），第一卷，第 40 页，长沙：岳麓书社，2012 年版。

[2] 胡大任（1804—1891 年），字莲舫，湖北监利人，道光年间进士。咸丰初期在籍办团练。1855 年主持汉口捐输转运局。1863 年赴广东办理厘务。1867 年署山东布政使，旋任河南按察使。

[3] 〔清〕曾国藩：《复胡大任》，见《曾国藩全集》（修订版），第二十二卷，第 70 页，长沙：岳麓书社，2012 年版。

[4] 参见〔清〕曾国藩：《谕纪泽》，见《曾国藩全集》（修订版），第二十卷，第 206—207 页，长沙：岳麓书社，2012 年版。

元 1849 年）等官职，很少有机会还家，此次赴江西主考，本来可以取道探母，没有想到老母竟没能等到他衣锦还乡，这令他肚肠寸断。孤馆残灯，他握着那纸丧讯，眼泪扑簌而下，记忆里那个温暖的家，在他的视野里模糊了。

他一夜没睡，在灯下给儿子曾纪泽写信，说："一出家辄十四年，吾母音容不可再见，痛极痛极！"[1]

曾国藩面色肃然地褪下官袍，换上一身缟素的孝服，准备由九江改道西上，回乡奔丧。朝廷之所以允许他回乡守制压倒朝廷公务，是因为大清王朝"以孝治天下"，要求官民"移孝作忠"。小池泽距离长江还有二百里，曾国藩雇了一乘小轿，走旱路，抵达湖北黄梅，自黄梅登船，溯江而上，到武昌不过六七百里，再由武昌抵达长沙，不过千里，八月中秋之后，可望到家。行至武昌，他才得知一个惊天的消息：两年前（公元 1850 年）在广西金田起事的太平军于去年（公元1851 年）闰八月初一攻克永安[2]，在永安分王之后，今年（公元 1852 年）五月初二，趁着湘江初涨，从全州乘船，顺流直下，直指长沙城。长沙知州江忠源带领着清军据守西岸，扼守蓑衣渡，用木头在江水中立桩，以阻挡太平军的长驱直入。太平军于是烧毁自己的船只，丢弃辎重，改变进攻策略，向南进军，攻克了道州、郴州等城，在扼守湘鄂的商业重镇、商贾辐辏的郴州城美美地做了休整之后，又精神抖擞地杀回长沙城外，开始了持续八十余日的围城，这一次围城，使"城内居民半受疮痍"[3]。连绵的战事，让急于还乡的曾国藩变得无比焦虑。距离血肉横飞的长沙还有千里，他给儿子的信中写道："长沙被围危急，前路梗阻，行旅不通，不胜悲痛，焦灼之至。"[4]

---

[1] 〔清〕曾国藩：《谕纪泽》，见《曾国藩全集》（修订版），第二十卷，第 207 页，长沙：岳麓书社，2012 年版。

[2] 今广西蒙山县。

[3] 〔清〕曾国藩：《与省城绅士书》，见《曾国藩全集》（修订版），第二十卷，第 214 页，长沙：岳麓书社，2012 年版。

[4] 〔清〕曾国藩：《谕纪泽》，见《曾国藩全集》（修订版），第二十二卷，第 98 页，长沙：岳麓书社，2012 年版。

无奈之下，他从岳州[1]弃舟登岸，改走旱路，取道湘阴、宁乡，经过近一个月的旅途颠簸，才踉踉跄跄地回到故乡白杨坪。

此时，他记忆里那个青山绿水、耕读渔樵、自给自足的农耕世界，已经被战火和鲜血刷新了一遍，无数的祠堂寺观、学宫考棚、园林藏书楼被烧毁，变成一股股粗重的烟尘，在半空中缓缓地上升，又被连绵的雨浇透，淅淅沥沥地落下来，变成一团不辨形状的、黏糊糊的物体，覆盖在农田碧野之上，变得无比泥泞。到处都川流着披麻戴孝的人们，哀嚎四起，悲声遍地，明亮的阳光中，黄色的纸钱像游魂一般地飘浮着，让那片充满灵性和诗意的土地变成一个恐怖的世界。

“戍卒叫，函谷举，楚人一炬，可怜焦土。”

就在曾国藩迈入自己的腰里新屋、痛哭其母的时候，太平军已如一个不断膨胀的怪兽，势力迅速扩大，利刃所指，清军不是一触即溃，就是望风而逃。太平军仿佛虎兕出柙，一路高歌猛进，势如破竹，在不到一年的时间里，就转战千里，占岳州、取武昌、下南京，攻城略地，如入无人之境，推翻清王朝获取全国政权的日子似乎是屈指可数、行将不远了。面对太平军迅猛的发展势头，当时就有人指出：

> 依大势看来，粤今乱清，犹昔清之乱明耳。……当是时也，清之败明，势如摧枯，然清今受困于粤，与明初受困于清者，势之相出（去）不远矣。[2]

此时朝野一片惊慌，咸丰帝清醒地认识到，清廷所倚重的军事力量——八旗、绿营，早已是烂泥扶不上墙，不堪平叛重任，王朝只能加大兴办民间团练的力度。自咸丰二年（公元 1852 年）十月至咸丰三年（公元 1853 年）初，

---

[1] 今湖南岳阳。

[2] 〔清〕李汝昭：《镜山野史》，见中国近代史资料丛刊《太平天国》，第三册，第 10—11 页，上海：上海人民出版社，1957 年版。

两三个月间，朝廷就任命团练大臣 43 名，奉旨兴办团练的共达十余个省份。所谓团练，又称乡兵、练勇、乡团、民壮等，是地方乡绅自行筹办的临时性武装组织。作为正规武装的一种补充，团练负有守卫家乡故土之责。

一匹快马穿越荒野，带着一份圣谕，自一个驿站传递至另一个驿站，自北方奔向江南，送到了丁忧在家的曾国藩的手中。谕旨说，朝廷要曾国藩帮办湖南团练。被军国机要压得喘不过气的朝廷，居然没有忘记他这颗棋子，此时，要动用这颗过河卒子了。

曾国藩凝望着这份谕旨，内心无限感慨。一介儒生，投笔从戎，舍身报国的机会到了，曾国藩紧紧地抓着它，不肯放松。然而，他只是一介书生，连刀枪都未曾摸过，如今要他马上转换身份，带领一群以农为业的普通乡民，与清廷正规军都难以对付的太平军厮杀，稍稍想想，就让人心惊胆战。一番犹豫之后，曾国藩写了一份奏疏，准备请辞谕旨。

第　三　节

二十二条军规

然而，就在奏疏正待发出的时刻，又一个身着青衫、面孔清寒的儒者，跨越帝国辽阔的旷野，一路风尘地抵达湖南，准确地出现在曾国藩的身边。他，就是曾国藩的好友郭嵩焘。

那时已是咸丰三年（公元 1853 年）春节，帝国的府县村庄，正浮现出淡淡的节日气氛，有人在自家门楣上贴了春联、门板上贴了门神，远远近近，还响着爆竹声，星星点点，并不热烈。人们的心头，仿佛缭绕着一层挥之不去的愁云。郭嵩焘本来是回湖南湘阴老家探亲的。在家乡，他亲眼看到农民抗租、抗捐、闹风潮；又听到湖南民间秘密反清组织天地会也公开活动起来，并有部分会众结伙投奔了太平军。一片纷乱中，郭嵩焘决定连夜奔赴湘乡，到大界里去找曾国藩商量办法。

当他见到曾国藩，才知道曾国藩已在春节前接到那份谕旨。一片黝黑中，曾国藩看到郭嵩焘的脸上突然泛起一层亮色。终于，郭嵩焘开腔了："今不乘时而出，拘于古礼，何益于君父？且墨绖从戎，古之制也。"意思是说，今日如不趁此时机，挺身而出，而于被古礼所限，如何面对君王和父亲？况且投笔从戎，古已有之。言下之意，这绝不是离经叛道之举。

一句话击中了曾国藩的软肋，因为"本有澄清天下之志"的曾国藩，拯救社稷苍生的抱负一天也没有在他的胸中泯灭。他想起汉代班超、唐代岑参、宋代辛弃疾投笔从戎的那份豪迈，眼前掠过"大漠风尘日色昏，红旗半卷出辕门"的那份壮美。但奏疏已拟，骑虎难下。何去何从，曾国藩突然陷入沉默。黑暗中，似乎有两股相反的力量在角力，互不服输。看着曾国藩阴沉的面庞，郭嵩焘知道他在想什么，于是又让曾国藩的父亲曾麟书出面劝说儿子。终于，曾国藩作出了他一生中最重要的一次决断——组建乡武，投身报国。

果然，曾国藩登高一呼，他身边的理学经世派群体自然呼应汇聚，走出书斋，“赫然奋怒以卫吾道”。湘军由此奠定了由书生为基础的领导班底，湘军将领中，有名有姓可以考证的书生出身者占58%。湖湘书生们高歌出征，开始艰难百战之行。

“好男不当兵，好铁不打钉”，之所以有如此众多的读书人跟随在曾国藩的身后，放下纸笔，拿起刀枪，是因为洪秀全等人靠神权巫术等维持的太平天国政权，未必比当时已经腐朽到无药可救的清王朝更进步，甚至在野蛮性和盲目性上犹有过之。据统计，清末全国绅士人数约有145万，政府官职及头衔仅能容纳15万，闲居乡里的绅士至少有130余万。对于士人来说，通过“学而优则仕”的道路进入政府，成功的概率只有十分之一，但这机会无论如何渺茫，它总是存在的，太平军却把它变成零。他们彻底斩断了民间士人的上行路线，必然遭到士人们的集体围攻。

更重要的是，太平天国用它那套东拼西凑、粗制滥造的神权理论，摧毁了华夏大地上延续了几千年的精神伦理。纲常名教对于资产阶级人权思想是落后的，但对于神权政治来说却是进步的。从这个意义上说，如果统一中国的是洪秀全，那就要把中国拉回到西方的中世纪，使中国的近代化推迟几个世纪。连远在欧陆的马克思都看破了这一点，说：“他们给予民众的惊慌比给予老统治者的惊慌还要厉害。他们的全部使命，好像仅仅是用丑恶万状的破坏来对立停滞与腐朽，这种破坏没有一点建设工作的苗头。”甚至有学者认为，太平天国一旦成功，破坏力将不下于波尔布特的红色高棉。

于是，三湘大地悲愤的读书人们，纷纷站到了曾国藩“维儒护法”的大旗之下。他们脱掉斯文的长衫，与来自山野村寨的黑脚杆健壮农夫们一起日夜操练、百折不挠。其中包括像罗泽南、江忠源、李续宾、李续宜这些道学家。罗泽南是专门讲学的道学大师，学者称他为罗罗山先生。曾国藩发出了建军的号召，罗泽南率领他的学生前来和他合作，而且他自己和学生李续宾都先后战死了。这不能说都是出于私人的交情，他们有一个共同的目标，出于共同的激愤。面对太平军，这些道学家们居然威风八面，以至于太平军中传唱着这样的歌谣："破了锣（罗泽南），倒了塔（塔齐布），飞了凤（周凤山），杀了马（马继美），徒留（刘于浔）一个人也没用。"这从反面证明了他们的价值，而他们的精神领袖曾国藩，则成为清朝以书生报国的第一伟大人物。

曾国藩自出山第一天起，就已做好杀身成仁的准备。他在给江忠源（湘军初期统帅）的一封信中说：

> 大局糜烂至此，不欲复执守制不出之初心，能尽一份力必须拼命效此一分，成败利钝，付之不问。

在征剿太平天国的历次战阵中，曾国藩两次自杀，多次留下遗嘱，随时做好自杀效命的思想准备，有学者说他是"提着脑袋'干革命'"[1]。

中国近代历史的汹涌河流，也因曾国藩这一人生的重大转折，拐了一个大弯。

一份由曾国藩亲自拟写的"动员令"，以朴实的"白话文"，宣讲着"从军的光荣"：

> ……本部堂招你们来充当乡勇，替国家出力。每日给你们的口粮，养活你们，均是皇上的国帑。原是要你们学些武艺，好去与贼人打仗、拼命。你们平日如不早将武艺学得精熟，将来遇贼打仗，你不能杀他，他便杀你；你若退缩，又难逃国法。可见学的武艺，原是保护你们自己性命的。若是学得武艺精熟，大胆上前，未必即死；一经退后，断不得生。此理甚明，况人之生死有命存焉。你若不该死时，虽千万人将你围住，自有神明护佑，断不得死；你若该死，就坐在家中，也是要死。可见与贼打仗，是怕不得的，也可不

[1]《大变局夹缝中的精英——曾国藩》。

必害怕。[1]

那些面色黝黑、身材枯瘦的湖南子弟，就这样因为历史的机缘，站到了同一队列里，锻造成兵，然后冲向血腥惨烈的战场，与另一群面色黝黑、身材枯瘦的农家子弟，展开殊死的搏斗。在当时，没有人知道谁将是胜者，没有人知道，自己的生命会在哪一刻被一把突如其来的刀刃斩断，但在太平军日益猛烈的攻势下，已经没有时间考虑这些，那片本应响起琅琅书声的土地上，回荡起阵阵的呐喊声。

湘军的募集原则是：统领由曾国藩挑选，营官由统领挑选，哨弁由营官挑选，什长由哨弁挑选，勇丁由什长挑选。这样层层挑选，大抵又都是通过同乡、同族、亲友、同学、师生等一层一层的私人隶属关系，形成了环环相扣的整体。一营之中，指臂相连，全军服从曾国藩一人。这样就彻底改变了八旗绿营那种兵不识将、将不识兵，打起仗来各不相顾的混乱局面。

总之从他们当兵的那一天起，他们的命运乃至日常生活都发生了根本的变化。在十日一循环的训练计划中，他们每逢三、六、九日的上午都要练习武艺和阵法，曾国藩就站在阵前观看；每逢一、四、七日上午，主管军官则向兵勇演示阵法，并观看他们的抬枪、鸟铳打靶练习；每逢二、八日上午，主管军官带领着士兵到城外跑坡、抢旗、跳坑；每逢五、十日上午，士兵们在军营中演练连环枪法；每天下午，他们则在军营中练习拳、棒、刀、矛、耙、叉，无论风霜雨雪，从无间断。[2]

开始练兵的那些日子，天空始终阴沉，寒风时常席卷着冰霰，抽打着人们的脸颊和衣裳。但无论天气怎样变化无常，也无论时局如何吃紧，曾国藩的表情却从来不曾变过。那是一种没有表情的表情，永远铁青着，没有笑意，

---

[1] 参见〔清〕曾国藩：《晓谕新募乡勇》，见《曾国藩全集》（修订版），第十四卷，第385页，长沙：岳麓书社，2012年版。

[2] 参见〔清〕曾国藩：《晓谕新募乡勇》，见《曾国藩全集》（修订版），第十四卷，第386页，长沙：岳麓书社，2012年版。

没有焦虑，也没有忧伤。没有人能够猜出，在那张脸的后面，潜伏着怎样的情绪。它就像练兵的章程，简单、刻板、乏味。

那时的曾国藩绝然不会想到，自己将从这里登台，一步步走向帝国舞台的中心，由一个手无缚鸡之力的文人，变成一个掌握千军万马、杀人如麻的统帅，由时代的旁观者，变成时代的主角。

在军事方面，曾国藩对于绿营兵官气深重、投机取巧、迎合钻营的腐败风气深恶痛绝。为了从根本上解决这个问题，曾国藩规定，不用入营已久的绿营兵和守备以上的军官，选将必须注重“纯朴之人”，对于“油头滑面，有市井气者，有衙门气者，概不收用”[1]。

对于士兵的个人军事技能，曾国藩既要求能舞刀弄棍、开枪放炮，更要求他们成为一个能够为战略战术服务的整体，通过演练鸳鸯阵、三才阵等阵式，使整支队伍进则同进，站则同站，行动一致，如同一人。为了确保“练”的成效，曾国藩访求武师和猎户，请他们教兵勇武术和射击。曾国藩之所以要如此强化训练，就是要让湘军兵勇熟练掌握各种技艺和阵法，以提高他们的作战能力。他说，练兵的目的“总不外一熟字：技艺极熟，则一人可敌数十人；阵法极熟，则千万人可使如一人”[2]。

在纪律方面，曾国藩制定了铁血军规，奖惩分明，黑脸白脸，他一人兼做。无论是谁，只有在战场上建立军功，才能提拔任用。为此，他规定了严格的量化考核标准：临阵有能杀贼一名者，功赏银十两，并赏八品军功；杀贼二名者，功赏银二十两，并赏六品军功；杀贼三名以上者，除功赏银三十两外，随即奏请发营，以千把总补用；拿获长发贼[3]，每名赏银二十两，短发贼，每名赏银十五两；拿获贼马一匹，即以其马充赏，如不愿要马，将马缴呈，赏银十两；抢获火药，每桶赏银五两；抢获铅子，每桶赏银三两；抢获

---

[1] 〔清〕曾国藩：《初定营规二十二条》，见《曾国藩全集》（修订版），第十四卷，第 406 页，长沙：岳麓书社，2012 年版。

[2] 《曾国藩全集》，第 6484 页，长沙：岳麓书社，2012 年版。

[3] 清廷对太平天国起义者的蔑称。

大炮一尊，赏银十两，小炮一尊，赏银五两；抢获鸟铳一杆，赏银三两；抢获刀、矛、旗帜，每件赏银二两；打仗奋勇当先，虽未得功，亦随时酌给赏号；打仗阵亡者，赐恤银五十两，烧埋银十两；伤分三等——头等赏银三十两，二等赏银二十两，三等赏银十两。

反之，如以己物诈功冒赏者，查出捆责四十棍，开除军籍；临阵退缩者，斩；假冒功者，枭首示众。[1]

此后，曾国藩又将营规更加细化，定各种纪律几十条，最著名的，当数他亲手拟定的《初定营规二十二条》《营规》等。这些军规包括：严禁将士吸食鸦片、赌博及奸淫。“营中有吸食洋烟者，尽行责革”，甚至“营外有烟馆卖烟者”，也要“尽行驱除”[2]。在他看来，“凡打牌、押宝等事既耗钱财，又耗精神，不能起早，不能守夜，断无不误军事之理”；吸烟、赌博“全是一种暮气”，暮气必败，故必严禁。曾国藩反复告诫将领“居官以不要钱为本”，所有将士不得“强掠民夫，强占民房”。如有违抗者，“即行指名禀明，军法从事”。[3]

曾国藩深知，胜利不能只凭军事，而在于民心，于是痛下决心，改变过去“兵不如匪”的形象，认为“用兵之道以保民为第一义”[4]，将湘军打造成一支“人民子弟兵”。他认为：“若不禁止骚扰，便与贼匪无异，且或比贼匪更甚，要官兵何用哉？”[5]为了严肃军纪，他还亲自创作了一首白话诗体的《爱民歌》：

---

[1] 参见〔清〕曾国藩：《晓谕新募乡勇》，见《曾国藩全集》（修订版），第十四卷，第386—387页，长沙：岳麓书社，2012年版。

[2] 〔清〕曾国藩：《营规》，见《曾国藩全集》（修订版），第十四卷，第409页，长沙：岳麓书社，2012年版。

[3] 参见《“卫道”与“创新”：曾国藩的理学思想》。

[4] 〔清〕曾国藩：《营规》，见《曾国藩全集》（修订版），第十四卷，第409页，长沙：岳麓书社，2012年版。

[5] 〔清〕曾国藩：《营规》，见《曾国藩全集》（修订版），第十四卷，第409页，长沙：岳麓书社，2012年版。

三军个个仔细听，行军先要爱百姓。
贼匪害了百姓们，全靠官兵来救人。
百姓被贼吃了苦，全靠官兵来做主。
第一扎营不贪懒，莫走人家取门板。
莫拆民房搬砖头，莫踹禾苗坏田产。
莫打民间鸭和鸡，莫借民间锅和碗。
莫派民伕来挖壕，莫到民家去打馆……[1]

这一时期，曾国藩为军歌填词的热情空前高涨。身为文人，他深知宣传动员的作用，因此，他放下身段，不去吟诗作赋，而是用大白话，写了一批军歌，除了《爱民歌》，还有《保守平安歌》《水师得胜歌》《陆军得胜歌》《解散胁从歌》等。

湘军之骁勇，一部分归因于湖南男子的阳刚血性，另一部分则需归因于曾国藩的管理艺术，尤其是他的物质刺激政策。湘军的薪饷和奖励都远远超过清军[2]。这些粮饷，当然是湘军自筹的，朝廷必然一毛不拔。筹饷之难，溢于言表：

此时请饷于上，既屡请而不应，即派捐于乡，亦必有穷乏不应之时。盖去年既有摊捐之案，今秋又值大旱之后，各乡素号殷实者，虽告贷于人而无门可入。[3]

赤地千里，曾国藩即使借钱，也无处可借。于是，曾国藩连家中诸事还

1 〔清〕曾国藩：《爱民歌》，见《曾国藩全集》（修订版），第十四卷，第398页，长沙：岳麓书社，2012年版。

2 湘军中，陆军营官每月50两，另加办公银150两，而哨官每月9两，哨长6两，什长4.8两，亲兵护勇4.5两，正勇4.2两，伙勇3.3两，长夫3两。可是，清军中的绿营兵平时每月薪饷只有1两，出征作战时也仅1.5两，比湘军的长夫还少，分别只及湘军正勇的四分之一和三分之一。

3 〔清〕曾国藩：《与刘蓉》，见《曾国藩全集》（修订版），第二十二卷，第90页，长沙：岳麓书社，2012年版。

没有料理好，就匆匆奔走于乡邑，向绅耆们苦口婆心地讲述保家卫国的道理，伸手要钱。

一个名叫杨江的士绅雪中送炭，给曾国藩送来了两万两白银。这让曾国藩大喜过望，连忙给咸丰皇帝上疏，请求朝廷将他的祖父、已故湖北巡抚杨健列入祀乡贤祠，但是宫廷中的皇帝无法了解筹饷之苦，板着面孔教导曾国藩“名位不能轻易予人”，训斥曾国藩“所奏荒谬之至”，大骂他“袒护同乡，以私废公，显背圣旨，可恶已极”。并要将他“着交部议处”。部议的结果，竟然是要将曾国藩革职查办。曾国藩的事业，差一点夭折，所幸咸丰及时清醒过来，只将曾国藩降职（由二品降为三品）了事。

曾国藩不准备轻易打扰皇帝了，他打算一切靠自己，先干起来再说。他一点点地完善他的后勤保障体系，逐步设立了各种各样的后勤机构办理军需。他设立捐局、筹饷局、厘金局等专门筹措军饷；用这些钱建立了衡州造船厂、湘潭造船厂、安庆内军械所等来造船制炮，建立粮台总管后勤供应和转运，下设文案所、内银钱所、外银钱所、军械所、火器所、侦探所、发审所、采编所八所，是湘军的后勤总机关。为湘军水师制造船只的衡州造船厂和湘潭造船厂、生产枪炮弹药的安庆内军械所，成为中国最早带有近代化色彩的军用企业，后来轰轰烈烈的洋务运动，就这样被他无意识地拉开了序幕。

曾国藩不仅初创陆师，同时开始大力筹办水师，犹如一个高超的棋手，招招都有预见性。大清王朝虽有水师，但久已废弛，是一盘豆腐渣，根本无法进行水战。太平军在益阳、岳州获得大批民船后，便建立起一支强大的太平军水营。定都南京后，则完全控制了千里长江的水营权。在这种形势下，曾国藩认识到非创办一支力量强大的水师不可。然而，一无资金、二无技术、三无人才，让他一筹莫展。而没有水师，要想与太平军争雄，不过是一句自欺欺人的空话而已。进亦忧，退亦忧，大清王朝办事之难，让曾国藩痛入骨髓。但他还是凭着一股韧劲，一步步顽强地施行自己的计划：先是购买钓钩之类的民船进行改造；后奏请到一笔四万两的饷银设立制造总厂，自造战船；然后花重金从广东购置大批洋炮。

两年后，那群经过武装和训练的湖南人，以一副崭新的军人形象出现在帝国的战场上。在清廷任命的数十位团练大臣中，唯有曾国藩打破了办团练的传统套路，组建了一支新的军队——湘军。这支湘军，分为水陆两军。陆军分为大营、小营，湘乡人编入各大营，外地人编入各小营，分属湘军各大营，共5000多人，由塔齐布和罗泽南率领。水军有大小战船361艘、大小火炮470门，由褚汝航、褚殿元、杨载福、彭玉麟统领。湘军水师在技术与装备上已经大大超过太平军的内河水师，将把放荡不羁的长江牢牢地掌控在手心。有学者感叹：湘军成为一支具有正规军规模的反革命武装。[1] 罗尔纲则说："追溯中国近代军阀的形成，便是从这个反革命军队起源的。"[2]

清代经学家、文学家王闿（kǎi）运写有《湘军志》一书，完整记录了湘军的历史，是曾国藩之子曾纪泽出面力邀王闿运主修的。为写此书，他除亲身经历及走访口碑外，还设法借

《曾国荃像》 清 佚名 故宫博物院藏

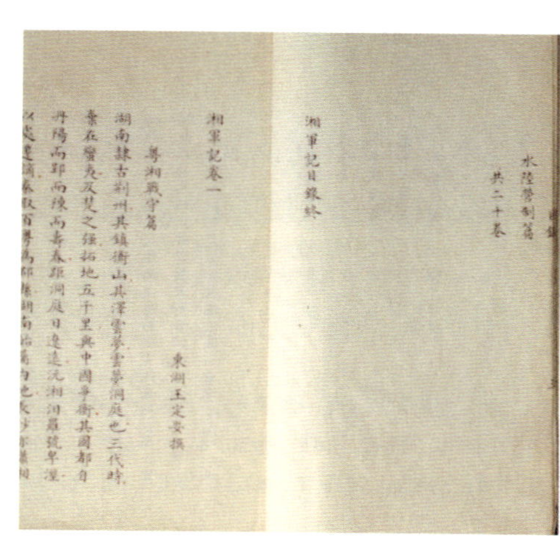

水陸營制篇
共二十卷
湘軍記目錄終
湘軍記卷一
粵湘戰守篇
東湖王定安撰
湖南隸古荆州其鎮衡山其澤雲夢雲夢洞庭也三代時
棄在蠻夷及楚之强拓地五千里與中國爭衡其國都自
丹陽而郢而陳而壽春距洞庭日遠遠沅湘洞庭就卑溼

《湘军记》旧抄本 北京大学图书馆藏

---

1. 参见《大变局夹缝中的精英——曾国藩》，冬青：《传统史学家评曾国藩》，原载《山东师范大学学报》，1983年第1期。
2. 罗尔纲：《太平天国史》，第一册，第64页，北京：中华书局，1991年版。

阅了军机处的大量档案，并请人制作了地图，先后花了7年时间才完稿。王闿运自认为最得意的史学著作，但书中却不乏对湘军的讥讽之辞，对曾国荃非议尤多，尤其对曾国荃攻破江宁后纵军掳掠、吞没财物的情况都不加掩饰，一一加以叙述。所以此书一刻印就遭到一些湘军将领的攻击，认为它是“谤书”，迫使王闿运将原版交郭嵩焘毁掉才得以免祸。

曾国荃是曾国藩的九弟，湘军主要将领之一，因善于挖壕围城有“曾铁桶”之称。那一册《清代名人像册》中，亦绘有《曾国荃像》，与曾国藩长相酷似。曾国荃因剿灭太平天国有功，后来官至礼部尚书、两江总督兼通商事务大臣、太子少保。所以《曾国荃像》上写：“太子少保、头品顶戴、两江总督、一等威杀伯曾国荃”。

曾国荃后来又请幕僚王定安另撰《湘军记》，作为抗辩之书。在北京大学图书馆，藏有《湘军记》旧抄本。《湘军记》虽然记事详尽，可补《湘军志》的缺略和偏颇，但它对曾氏兄弟一味奉承，故意回避或弥缝各方的矛盾，因而无论是真实性，还是叙事的简洁、文笔的雄健都比不上《湘军志》。为此，后代有学者称《湘军志》“文笔高朗，为我国近千年来杂史中第一声色文学”，“是非之公，推唐后良史第一”。

第　四　节

围攻曾国藩

坐在衡州的公馆里，曾国藩的内心颇不宁静，一种不安的感觉向他袭来。

那时的曾国藩，没有办公地点，公馆临时设在巡抚衙门的射圃里，与巡抚骆秉章的办公室仅一墙之隔。

曾国藩赤手空拳地打造湘军，最先感到威胁的，不是太平军，而是清朝的绿营。显然，湘军动摇了绿营的地位，这等于跟他们过不去，摸他们的老虎屁股。这支军队早已丧失了灵魂、丧失了精神力量，也丧失了起码的战斗力，曾国藩对他们厌恶到了极点，甚至骂他们“丧尽天良”。但他们没有丧失自尊心，当有人动了他们的奶酪，这支一盘散沙的队伍却会表现出惊人的团结，众志成城地进行反击。帝国内部这种根深蒂固的政治生态，无论是曾国藩，还是步其后尘的李鸿章，都必须去面对。

李鸿章后来在筹办北洋水师时所经历的一切，完全是对曾国藩遭遇的重演。

曾国藩不过是为李鸿章做了一次预演、一种示范。

突然，他觉得，绿营军会闹事。

果然，操场上传来兵戈相撞的不祥之音，有人来报，两军会操，终于打成一团。

绿营与湘军一起在操场上“会操”，这是曾国藩悉心的安排，目的是为了提高绿营的战斗力。但事与愿违，作为正规军的绿营看不起湘军这支民团武装，湘军子弟也看不起绿营这些纨绔子弟，他们寻了个借口，就彼此“打成一片”。

带头闹事的叫清德，是太平军攻打湖南时叛逃过来的，现在是长沙绿营的副将。他一身痞气，不服曾国藩。曾国藩没有客气，一纸奏折，送到皇帝面前。皇帝御笔一批，把清德革职了。

这是曾国藩与湖南官场的第一次“正式冲突”。

但事情还没完。这时，清德的上司、湖南提督鲍起豹挺身而出了。说起来，这位鲍起豹也是一个骁勇之辈。他 19 岁就袭云骑尉世职，咸丰元年（公元 1851 年），咸丰皇帝诰封 57 岁的鲍起豹为振威将军，特简云南提督。就在鲍起豹赴任途中，赶上太平军进攻湖南，清军吃紧，朝廷又调他前往湖南，担任提督之职。此时，太平军已经用大炮在长沙城墙上轰开几个大大的缺口。长沙眼看着守不住了，鲍起豹急了，手持长枪，冲在最前面。那一仗，打得无比惨烈，敌人的血溅满了他的脸，几乎粘住他的眼睛，还在他的刀刃上源源不断地飞淌，使那把刀看上去仿佛在喷血。81 天后，长沙还在清军手中。但他与湖南巡抚张亮基有过节，而张亮基[1]，正是曾国藩的后台。

在长沙城处于摇摇欲坠之时，长沙外围一支清军被太平军围困，那支队伍的首领派人进城，向鲍起豹求援。鲍的部下说：“你是朝廷封疆大员，不可擅离职守。”后来，这支清军战败，张亮基一纸奏折递送到皇帝面前，参鲍起豹见死不救。

鲍起豹看不起曾国藩，有张亮基这层过节在，也有他看不起曾国藩这个书生的纸上谈兵，更因为他知道唇亡齿寒的道理——他知道，清德的革职，对自己意味着什么。八月初四，鲍起豹的卫队又找了个机会，把湘军士兵痛打了一顿，然后，开始围攻曾国藩的公馆。

那时的曾国藩正坐在公馆里批阅公文。他听到窗外的嘈杂声，头也没有抬，继续平心静气地写字。他知道，朝廷大员的驻地，士兵是绝不能擅闯的。这一次，他书生意气了。那些绿营士兵根本不顾规矩，居然踢开了院门，气

[1] 张亮基（1807—1871 年），字采臣，号石卿。江苏铜山（今徐州）人。道光举人。曾为内阁中书、侍读。1846 年，出任云南临安知府，复调署永昌。后升任云南按察使、云南巡抚、云贵总督等职。1861 年年底开始，在昭通、东川府境内对抗太平军石达开部。1863 年 1 月，改以总督衔署贵州巡抚兼署提督，赴贵州镇压苗民、号军和斋教起义。1865 年，被以“玩兵侵饷，纵暴殃民”所弹劾，后被褫职。同治十年（公元 1871 年）卒。光绪三十四年（公元 1908 年）追谥惠肃。有《张惠肃公奏议》。

势汹汹地冲过来。曾国藩只好起身，把毛笔放回笔架上，然后遁向隔壁的院落，在骆秉章的门前，敲了敲门。

骆秉章不紧不慢地打开房门，对于外面发生的一切，他早就听得清清楚楚，但面对曾国藩，他故意露出一副吃惊的表情。

由于骆秉章出面干预，这场闹剧总算草草结束了，曾国藩毫发无损，但他的尊严却受到极大的挑战。这座城里，上至文官武将，下至贩夫走卒，都对曾国藩表现出鄙夷和讥讽的神色。很久以后，曾国藩在灯下给友人吴文镕写信，依然愤愤不平地说："司道群官皆窃喜，以谓可惩多事矣。"

一个半世纪后，在《南方人物周刊》的"曾国藩家族"专号上，我读到这样的话："太平天国是一面镜子，它在照出清军的腐朽无能的同时，也照出了勇营的大有可为。凡有识之士，都可以看出只凭改造八旗和绿营已经不可能也来不及扑灭太平天国点燃的熊熊烈焰，形成鲜明对比的是在团练基础上发展起来的勇营武装，既有虎虎朝气，又有着许多经制兵所不具备的优势。特别是曾国藩一手训练出来的湘军，竟然抵挡住了风头正劲的太平军西征军，并一举杀出两湖，俨然形成了'踞上游之势'直下南京的局面。"[1]

可惜这段话，曾国藩读不到了。

骁勇的湘军却从此汇集成一条波涛汹涌的大河，穿越迷乱的帝国土地，冲向洪秀全在南京的安乐窝。曾国藩也从此得到一个绰号："曾剃头"。

[1]《百年家族系列：曾国藩家族》，原载《南方人物周刊》。

第 五 节

“曾剃头”的两次抗旨

咸丰三年（公元1853年）十月二十九日，太平军逼近武昌，而武昌兵力薄弱，仿佛秋风落叶中的一粒果实，即将落到太平军的手里。这让宫殿里的咸丰皇帝躁动不安，给正在衡州练兵的曾国藩降旨，要他率兵马上前往武昌救援。

武汉位于中国腹地的中心、长江与汉江交汇处，号称“九省通衢”，交通四通八达。从此东去上海、西抵重庆、南下广州、北上京城，距离均在一千公里左右，更有长沙、郑州、洛阳、南昌、九江、合肥、南京、杭州等大型都市散布在四周。纵横的河道密如掌纹，河上越舲吴艚，风帆雨楫，舳舻相衔，千里不绝。而武汉，正处于那掌纹的中心，控制着帝国的命运线。假如站在武汉的视角看天下，则似乎天下尽在掌握，不像北京，面对南方的动乱，鞭长莫及。在今天，一个旅行者，倘从武汉出发，不管向哪里走，一天之内，必会遭遇华夏风景名胜，在交通远不如当今发达的19世纪，扼守长江与汉江十字路口的武汉，其重要性不言而喻。自春秋战国以来，武汉一直是一颗重量级的石头，沉甸甸地压在帝国的版图上。春秋楚国在这里趁势而起；东吴孙权在蛇山筑土石城；宋代岳飞屯军鄂州[1]，使武昌成为全国水师基地；明代朱桢受封楚王，兴建的楚王府坐拥半座武昌城，宫殿建筑群规模之浩大，笑傲整个长江流域。清初刘献廷《广阳杂记》称：“汉口不特为楚省咽喉，而云贵、四川、湖南、广西、陕西、河南、江西之货物，皆于此焉转输。虽欲不雄于

[1] 今武昌。

天下，而不可得也。”很多年后的洋务运动、辛亥革命、北伐战争，武汉都是至关重要的一环。得武汉者得天下，武汉的分量，曾国藩自然掂量得出。

紫禁城里，咸丰皇帝的目光紧紧地锁住武汉城，须臾不敢离开。那是死穴，亦是活穴。

在雨雾飘零的南方，曾国藩面沉似水。铜香炉里，他点上一炷沉香，香篆缥缈，漫漶成片。

烟雾后面，是一张苦苦思索的脸。

对策还没有思定，第二道、第三道圣旨又在十一月三日和五日接踵而至，鼓点一般密集。皇帝的旨意，是命曾国藩亲自带兵，增援苟延残喘的武昌城。皇帝的口气不容置疑，严厉急促，犹如宋高宗的十三道金牌。只有曾国藩知道，湘军刚开赴衡州，阵容不整，训练也不够系统，贸然出征，无异于肉包子打狗。

氤氲的青烟中，曾国藩让自己的思路沉淀，再沉淀。烟向上升，他的心绪却仿佛热水中的一片茶，缓缓落定。他“课程十二条”中的静坐功底，在这关键时刻显示出价值。空气中没有一丝声响，如果有，那也是茶叶沉落的声音，无比地微弱，略近于无。终于，一个清晰的想法浮现出来——与其白白送死，不如消极待命，守在自己的窝里观望，以静制动。

曾国藩的这一冒险果然胜了——太平军又像退潮的海水一样撤退了。潮水退后，武昌城安然无恙。

曾国藩干脆把圣旨放在一边，再也不看上一眼。

十二月十二日，皇帝“六百里加紧谕令”又递到曾国藩的营中，这一次是催促他带兵驰援安徽。曾国藩觉得火候还没到，反复思量之后，决定“以船炮未齐，不能草率成行覆奏”[1]为由拒绝，气得咸丰帝大骂曾国藩不知好歹，自以为是，并发狠地说：既然你想自担重任，朕成全你，不过“言即出诸汝口，必须尽如所言办与朕看！”。

[1]《曾国藩全集》，第5255页，长沙：岳麓书社。

42 岁的曾国藩，比 22 岁的咸丰皇帝更沉得住气。

曾国藩两次抗旨，他不肯轻易附和于人的性格暴露无遗——哪怕是皇帝，也不例外。他平生最恨官场上那些势利世故、嫌贫羡贪、趋炎附势、阿谀奉承之徒，他有责任感，所以他有棱角，连皇帝都会被这尖锐的棱角剐伤。他自己，当然也要为此承担后果，一不留神，让皇帝动了天怒，就会把他拉出去杖毙，他骨头再硬也会全身骨折，只不过当时的朝廷除了用他，无人可用，他才得以“苟全性命于乱世”。这要感谢洪秀全。没有洪秀全，就没有他在皇帝心目中无法撼动的地位。这就像后来的袁世凯，在慈禧去世后转危为安，平步青云，要全仗革命党的起义。

但对于身边的下属，尤其是他千挑百选的有能力的下属，曾国藩则是另一番面目——与其说是一位威严的统帅，不如说是一个循循善诱、关怀备至的兄长。李榕在外带兵期间，他悉心训迪，不遗余力：

今既受统领重任，务祈绌己之聪明，贬己之智术，……处处出于至诚，则人皆感悦，而告之以善矣[1]；

凡与诸将语，理不宜深，令不宜烦，愈易愈简愈妙也[2]；

凡临敌观气色，有二可虑：骄气则有浮淫之色；惰气则有晻滞之色，望体察而补救之……[3]

李瀚章在江西负责报销局时，曾国藩也嘘寒问暖，体贴入微：

报销开局，总以迅办为妙，早一日有一日之益，速一日省一日之费。局用不可太啬，饮食须丰洁。从前办数年苦粮台，此际宜办数

[1]《曾国藩全集》，第 5467 页，长沙：岳麓书社。

[2]《曾国藩全集》，第 5443 页，长沙：岳麓书社。

[3]《曾国藩全集》，第 5441 页，长沙：岳麓书社。

月廿报销。[1]

那支由湖南的文人书生和泥脚杆子共同组成的湘军，之所以能够在历史的地平线上脱颖而出，固然有湖南人血勇敢战，曾国藩组织严密，建立了一整套行之有效的军事制度、训练制度和后勤保障制度的原因，最根本原因，在于曾国藩对人才有一种本能的关爱。“惟楚有材，于斯为盛”，湖南本来就是一个人才大本营，在曾国藩的呵护下，他们就像风中的纸鸢，鼓胀起翅膀，展翅高飞。“凡法律、算数、天文、机器等专门家，无不毕集，几乎举全国人才之精华，汇集于此。”[2] 如薛福成、容闳、李善兰、华衡芳、徐寿等思想家、科学家、学者，都因知遇曾国藩而得到充分发挥自己才能的机会。

李鸿章后来回忆自己在曾国藩身边做幕僚的经历时，曾经满怀深情地说：

“在营中时，我老师总要等我辈大家同时吃饭；饭罢后，即围坐谈论，证经论史，娓娓不倦，都是于学问经济有益实用的话。吃一顿饭，胜过上一回课。他老人家又最爱讲笑话，讲得大家肚子都笑疼了，个个东歪西倒的。他自家偏一些不笑，以五个指头作耙，只管捋须，穆然端坐，若无其事，教人笑又不敢笑，止又不能止，这真被他摆布苦了。”[3]

李鸿章后来被称为“合肥老母鸡”，其实他是在不知不觉间，承袭了老师的衣钵。

就在湘军组建这一年（公元 1853 年），曾国藩向新任安徽巡抚江忠源推荐安徽士绅、官员，其中就包括李鸿章。

他在推荐信里写：“李少泉[4]编修，大有用之才，阁下若有征伐之事，可携之同往。”[5]

---

[1]《曾国藩全集》，第 5381 页，长沙：岳麓书社。

[2]〔清〕李瀚章、李鸿章：《曾文正公全集·杂著》，第 338 页，长春：吉林人民出版社，1995 年版。

[3]〔清〕吴永：《庚子西狩丛谈》，第 109 页，湖南：岳麓书社，1985 年版。

[4] 李鸿章，字渐甫，号少荃（一作少泉）。

[5] 参见《曾国藩全集》，第 5229 页，长沙：岳麓书社。

第六节

太平军最恐怖的劲敌

咸丰四年（公元1854年），曾国藩终于意识到，时机成熟了。这一年正月十二日，春节的气氛还没有消散，一场春雪不期而至，空气中还飘动着寒冷的冰霰，一直在衡州隐而不出的曾国藩，像一只蛰伏已久的巨兽，突然间睁开眼睛，或像一只掩蔽已久的狼，猝不及防地亮出它的利爪。他集合了他的全部军队，然后纵身上马，面色铁青，向着岳州、武汉的方向进发。在他身后，跟随着一万七千名湘军子弟，战旗猎猎，火枪森森，脚步下荡起滚滚的尘烟。他们即将成为太平军最恐怖的劲敌。

出征前，曾国藩伏在案上，沉吟良久，然后笔走龙蛇，潇潇洒洒写了满篇文字，曰《讨粤匪檄》，全文如下：

为传檄事：逆贼洪秀全杨秀清称乱以来，于今五年矣。荼毒生灵数百余万，蹂躏州县五千余里，所过之境，船只无论大小，人民无论贫富，一概抢掠罄尽，寸草不留。其掳入贼中者，剥取衣服，搜括银钱，银满五两而不献贼者即行斩首。男子日给米一合，驱之临阵向前，驱之筑城浚濠。妇人日给米一合，驱之登陴守夜，驱之运米挑煤。妇女而不肯解脚者，则立斩其足以示众妇。船户而阴谋逃归者，则倒抬其尸以示众船。粤匪自处于安富尊荣，而视我两湖三江被胁之人曾犬豕牛马之不若。此其残忍残酷，凡有血气者未有闻之而不痛憾者也。

自唐虞三代以来，历世圣人扶持名教，敦叙人伦，君臣、父子、上下、尊卑，秩然如冠履之不可倒置。粤匪窃外夷之绪，崇天主之教。自其伪君伪相，下逮兵卒贱役，皆以兄弟称之，谓惟天可称父，此外凡民之父皆兄弟也，凡民之母皆姊妹也。农不能自耕以纳赋，而谓田皆天王之田；商不能自买以取息，而谓货皆天王之货；士不能诵孔子之经，而别有所谓耶稣之说、《新约》之书，举中国数千年礼义人伦诗书典则，一旦扫地荡尽。此岂独我大清之变，乃开辟以来名教之奇变，我孔子孟子之所痛哭于九原，凡读书识字者，又乌可袖手安坐，不思一为之所也。

自古生有功德，没则为神，王道治明，神道治幽，虽乱臣贼子穷凶极丑亦往往敬畏神祇。李自成至曲阜不犯圣庙，张献忠至梓潼亦祭文昌。粤匪焚郴州之学官，毁宣圣之木主，十哲两庑，狼藉满地。嗣是所过郡县，先毁庙宇，即忠臣义士如关帝岳王之凛凛，亦皆污其宫室，残其身首。以至佛寺、道院、城隍、社坛，无庙不焚，无像不灭。斯又鬼神所共愤怒，欲一雪此憾于冥冥之中者也。

本部堂奉天子命，统师二万，水陆并进，誓将卧薪尝胆，殄此凶逆，救我被掳之船只，找出被胁之民人。不特纾君父宵旰之勤劳，而且慰孔孟人伦之隐痛。不特为百万生灵报枉杀之仇，而且为上下神祇雪被辱之憾。

是用传檄远近，咸使闻知。倘有血性男子，号召义旅，助我征剿者，本部堂引为心腹，酌给口粮。倘有抱道君子，痛天主教之横行中原，赫然奋怒以卫吾道者，本部堂礼之幕府，待以宾师。倘有仗义仁人，捐银助饷者，千金以内，给予实收部照，千金以上，专折奏请优叙。倘有久陷贼中，自找来归，杀其头目，以城来降者，本部堂收之帐下，奏受官爵。倘有被胁经年，发长数寸，临阵弃械，徒手归诚者，一概免死，资遣回籍。在昔汉唐元明之末，群盗如毛，皆由主昏政乱，莫能削平。今天子忧勤惕厉，敬天恤民，田不加赋，户不抽丁，以列圣深厚之仁，讨暴虐无赖之贼，无论迟速，终归灭亡，不待智者而明矣。若尔披胁之人，甘心从逆，抗拒天诛，大兵一压，玉石俱焚，亦不能更为分别也。

本部堂德薄能鲜，独仗忠信二字为行军之本，上有日月，下有鬼神，明有浩浩长江之水，幽有前此殉难各忠臣烈士之魂，实鉴吾心，咸听吾言。檄到如律令，无忽！[1]

在这篇檄文中，曾国藩当仁不让地站在了道德的制高点，登高一呼，令无数士人豪气冲天，参加到与太平军作战的行列中。

曾国藩命褚汝航为水军统领，塔齐布为陆军先锋，率大小船舰 240 艘，水陆大军 17000 人，挥师东下。咸丰四年（公元 1854 年）三月，岳州战事不利，曾国藩退长沙。四月，在靖港水战中又被太平军石祥贞部击败，于是发生了曾国藩投水自尽的一幕——应该说是两幕，曾国藩两次投水都幸被部下救起，没有死成，却因战事不利，被朝廷革职。

七月二十五日，曾国藩重整水陆各军，出师攻占岳州，击杀太平军曾天养，并攻克城陵矶，曾国藩一举翻身，朝廷赏他三品顶戴。

咸丰六年（公元 1856 年），太平天国内讧“天京事变”爆发，太平天国遭到重创。十月二十二日，湘军终于攻占了武昌、汉阳。清人绘《武昌省城战图》，记述了当时交战的情景。此图为纸本，设色，纵 50.5 厘米，横 87.5 厘米，原题《克复武昌省城图》，系《清军奏报与太平军交战图》之一。这一战，使曾国藩因功赏二品顶戴，署湖北巡抚，赏戴花翎。曾国藩辞而不受，又赏兵部侍郎衔。十二月二日，曾国藩攻陷田家镇，杀人数万，焚舟五千，进围九江。曾国藩因调度有方，赏穿黄马褂。

清廷画家绘有《平定粤匪战图》组画，记录了曾国藩率领湘军“从胜利走向胜利”的历程。所谓“战图”，就是以描绘战争场面为主的纪实性绘画，是清朝宫廷绘画中的一个重要门类。在故宫博物院，收藏着乾隆时代以来大量的以描绘战争场面为主的“战图”，这一绘画门类在此前的宫廷绘画中甚为少见。《平定粤匪战图》就是咸丰、同治两朝的宫廷画家仿照乾隆时期绘制的

[1] 《曾国藩全集》（修订版），第十四卷，第 139—141 页，长沙：岳麓书社，2012 年版。

《武昌省城战图》 清 佚名 中国国家博物馆藏

"战图"绘制的以平定太平天国为主题的绘画作品。这组"战图"曾全部藏于故宫博物院，后部分交拨中国第一历史档案馆。

比如《怀桐战图》，为《平定粤匪战图》之十二，记录的是咸丰十年（公元 1860 年），湘军围攻安庆，太平军陈玉成会合捻军增援桐城，双方作战的场面。

这一年四月，当天王洪秀全沉浸在天京解围胜利的幸福感里，曾国藩已派出曾国荃，带领湘军进围安庆。罗尔纲先生的《太平天国史》中写："（湘军）内攻安庆，外拒援兵，于七月二十六日以地雷攻陷安庆。守将叶芸来、吴定彩率领将士二万人巷战，全军壮烈牺牲。从此天京上游屏蔽尽失，敌人（指湘军）控制了整修长江交通，从安庆进犯天京。"[1]

[1] 罗尔纲：《太平天国史》，第一册，第 145 页，北京：中华书局，1991 年版。

《怀桐战图》 清 佚名 中国国家博物馆藏

占领了安庆，才有曾国藩的门徒李鸿章率领淮军，自安庆沿长江而下，进入上海，与太平军血战，最终占领上海，又以上海为基地，攻下苏州，又有曾国荃率领湘军从安庆沿长江而下，直犯天京。作战的激烈场面，都分别绘在《苏州省城战图》和《江宁省城战图》上了。

同治三年（公元 1864 年）六月初六，洪秀全病死，天京城破，湘军把天京抢光，四处放火，大火八日不绝。

同治七年（公元 1868 年）二月，因平定太平天国而立下不世之功的两江总督曾国藩奉调直隶总督，十二月十四日入朝觐见慈禧。那一天，他缓步走入养心殿东间，皇上面向西坐，两宫太后坐在黄幔之内，慈安太后在南，慈禧太后在北。曾国藩进殿三步后，先跪下自报家门，恭请圣安。奏毕脱帽叩头谢恩，礼毕起身，前行数步，跪于坐垫上。等所有的礼节结束，慈禧开始问话了：

“汝在江南事都办完了？”

曾国藩答道："办完了。"

"勇都撤完了？"

"都撤完了。"

"遣散几多勇？"

"撤的二万人，留的尚有三万。"

"何处人多？"

"安徽人多，湖南人也有些，不过数千，安徽人极多。"

"撤得安静？"

"安静……"

一切看上去都风平浪静，其实语言的背后波涛汹涌，让曾国藩感到凛冽的杀气。慈禧太后的意思再明白不过：你手里没有军权了吧？洪秀全的军队差点把大清给灭了，这样一支强悍的军队都叫你给灭了，你的湘军解散了吗？解散的时候没有闹事吧？你弟弟曾国荃的情绪还算稳定吧？实际上已经明白无误地告知曾国藩，曾国荃有不满情绪我是知道的，叫他消停着点，大家都好过些。

那时听政已经七年，慈禧太后秉政有年，对朝廷政治的把控早已闲庭信步。

曾国藩进京前准备了一大套治国安邦的话题，还没说就咽了回去。

此刻他知道，慈禧太后最关心的，终归还是她的权力。"养心莫善于寡欲"，慈禧是寡妇，却并不寡欲，她的欲，是权力。这让他的所有治国之策都显得多余，甚至成了一个笑话。

那天北京城异常寒冷，曾国藩的心更是拔凉拔凉的，那个笑话，也必定成为一个不折不扣的冷笑话。那一刻，曾国藩或许会想起半年多前（同治六年六月二十日天黑后），自己与赵烈文密谈时赵烈文所做的预言：

不出五十年，清朝必亡。

《苏州省城战图》原题为《克复苏州省城战图》为《平定粤匪战图》之十三　故宫博物院藏

《江宁省城战图》为《平定粤匪战图》之十九　故宫博物院藏

第十一章

孤军

第 一 节

一个半世纪以前的那场雨

那一场大雨已经过去了整整一个半世纪。

一个半世纪中，在这个地域广大的国度里，从南到北，由东到西，不知道总共下了多少场大雨。这是一个永远无法统计的数字。这一方面是因为它的数量太多，尤其那个风雨如晦的年代，在我的想象里，一定会有无数场暴风骤雨接踵而至，冲刷着那些倾斜的屋顶，使帝国的版图呈现出一派模糊不清的景象，以至于当我在一个半世纪以后回想它们的时候，它们几乎已经像受了潮的黑白胶片一样，密密麻麻地粘在一起了；另外，也因为它们是那么地微不足道——这一个半世纪中，这个国家发生了太多撼天动地、开天辟地、翻天覆地的大事，与它们比起来，天地之间的一场风雨，实在是不值一提，即使经历过这场雨的人，也会将它忘记。它会被岁月一层一层地遮盖起来，严严实实，密不透风，最终它就融化了，消失了，仿佛根本没有存在过。我查遍那一年的史籍，从大年初一查到大年三十，找不出关于它的只言片语。

公元 1862 年的上海，还没有气象记录。3 年以后，上海才有气象记录，而徐家汇观象台的气象记录从 1872 年开始一直持续到今天，即使经历了经济萧条、外敌入侵和反反复复的革命，也没有中断过一天，这是一件多么不了起的大事。帝国与民国、中国人与日本鬼、国民党与共产党、革命派与走资派……我不知道那些气象台台长们是如何达成这样的默契，又如何在艰难的岁月里固守这份共同的契约的。难道他们的职业精神，真的可以超越彼此的政治立场甚至民族大义？我找不出答案，整整一个半世纪后，2012 年，在上海气象档案馆，摆在我面前的，只有一连串久远的气象记录，甚至还有一张发黄的东亚地面天气图，那是中国历史上第一张东亚地面天气图，是 1895 年，整个帝国还沉浸在甲午战败的悲痛气氛里时，徐家汇观象台绘制的，仿佛洋务运动在猝死前留下的最后的遗书。但在我此时讲述的那个雨天，洋务运动的主角，还没有主宰王朝命运的能力。他初出茅庐，刚刚组建了一支有 11 个营的军队——淮军，就怀着初生牛犊不怕虎的勇猛，带着这支草根部队，到上海与太平天国的王牌军拼命去了。

在上海人密如蛛网的气象记录里，找不到 1862 年那场大雨的记录。它就像一个漏网之鱼，从历史的天空下逃脱了。那场雨因此对我们来说显得无比神秘。它像一个迷宫，逼迫他就范，但他不会那么轻易就认输，只有穿越这个迷宫，他才能走向帝国的权力舞台，开始那场刻骨铭心的洋务运动，我们也才能从各种历史资料的字里行间，查寻到他的下落。那场大雨里，暗藏着鸡生蛋、蛋生鸡的复杂因果。

只有李鸿章记得那场雨，直到将近 40 年后，他在北京一个荒寒的寺院里咽下最后一口气，他都没有忘记那场大雨。他的整个人生，似乎都是从那场大雨开始。假如没有那场雨，他就只是故乡安徽的一个团练头目，固然家世“根红苗正”，自己也年少之际就连中秀才、举人、进士，但在帝国的版图上，这样的有志青年不知能找出多少。他的远大志向，不仅会被帝国铁板一般牢不可破的官场体制活活闷死，在革命形势如火如荼的帝国南方，他那颗坚守儒家传统价值观的坚硬头颅，也很可能被革命者锋利的钢刀毫不迟疑地剁下来，他越是顽固，钢刀就越有快感。

总之，在他所处的那个时代，他极有可能腹背受敌，两头不是人。他开始挣扎，充满了积极进取的精神，他相信皇天不负有心人。那时的他，是多么地天真。他还不知道帝国的官场是一个深不可测的泥潭，他越是挣扎，陷得就越深，最终陷入不可自拔的境地。他后来的结局，果然是他最怕的一种，里外不是人——甲午战败，朝廷让他背了黑锅，满朝皆曰“李鸿章可杀”，垂死之年，仍在体制的压榨下苟延残喘；而在革命者眼中，他更是罪大恶极，是不折不扣的“卖国贼”“镇压太平天国运动的刽子手”。

那几乎是一场令人绝望的大雨，几乎把他枯瘦的身体彻底浇透。雨中生起一片寒烟，那片斑驳的雨烟在冷凝的空中不断变幻着形状，让他捉摸不透。他试图往远处看，但是那层雨烟总是让他的目光半途而废。他看不出很远，看不见未来。如果能够预见未来，虚龄四十的李鸿章，不知是否还会勇往直前。

第　二　节

小村徐家汇

2012年，假如我把自己试图在上海寻找当年战场的意图透露给上海人，他们一定会笑，他们会认为我像周立波一样富于幽默感。这位“海派清口”的创始人，不会写《暴风骤雨》，却凭一张嘴打天下，梳着油光可鉴的小分头，穿着得体西装，以不正经的口吻，评述着爱情、婚姻、家庭、事业、财富这些正经问题，成为一个别具一格的时代评论员。在这个物质化的年代，每个人都在战场般凶狠的商场上厮杀，早已经没人关心那片血腥的古战场了，新的生活早已在它的上面涂上一层层的沥青、盖上一层层的水泥、压上一层层的楼房，让它永世不得翻身了。历史把地理涂改得一塌糊涂，没有人能够确认当时战场的准确位置。史料在透露出徐家汇这个简易的地名之后，就变得守口如瓶。

那时的徐家汇与现在不同。徐家汇原本是个人烟稀少的小村庄，蒲汇塘、肇家浜和法华泾三条河流在这里相汇。明代徐光启曾在这里建农庄，从事农业实验，撰写学术著作。这位中国近代科学的开拓者，出生于距这次战斗整整三百年前，即公元1562年，71岁时离世，官至文渊阁大学士兼礼部尚书。为了纪念他一生的事业，大明王朝的末代皇帝崇祯为徐光启建立了一座牌坊，在位于徐家汇的徐光启墓前，还建了两排长长的石象生，一路延伸到牌坊的前面。

同治十二年（公元1873年），由法国传教士商镐发起，在肇嘉浜岸边创建一座平房式的天文台，成为中国沿海的第一座天文台。崇尚实学的李鸿章一生事业从这里发迹，或许是巧合，或许在徐光启、利玛窦等人共同奠基的明代实学与李鸿章、张之洞领导的西化运动之间，本身就存在着某种必然性的联系。1862 年，当李鸿章带领他的淮军弟兄出现在这里的时候，这里依然是一片乡村风光。在它的北面，还没有延安高架——每次从上海虹桥机场进入市区，延安高架是必经之路，车窗外，摩天大楼浩瀚如海，遮覆了从前的乡野景象；没有地铁一号线和九号线从这里交叉而过——当年李鸿章办洋务修铁路，就已被视为破坏风水、居心叵测，他被逼无奈，以一纸《蒸汽动力运转奏折》挺身捍卫，同时对满朝文武进行一次科学普及；连著名的徐家汇天主教堂，也要在清光绪二十二年（公元 1896 年）才开工建造，宣统二年（公元 1910 年）才建成。这座仿法国中世纪哥特式建筑，这座教堂红色的砖墙、洁白的石柱、青灰色的石板瓦顶、两座南北对峙的高大钟楼，使它成为徐家汇的标志性建筑，许多电影都曾把这里作为外景地。当年这座高大建筑在一片广阔的田野中挺立，该是怎样震撼的景象。如今，它已被一些高楼大厦密密匝匝地围起来。今天的徐家汇，港汇广场、汇金广场、上海实业大厦、建汇大厦、汇银广场、嘉汇广场这些超级建筑挺拔高耸，远远超过了教堂的高度，它们以居高临下的姿态宣布“上帝已死”，也消解了中国传统的矩形平面建筑所确立的秩序伦理，遍布其中的购物、娱乐、办公、商贸、休闲、住宿、餐饮设施则是“大资”“小资”们的汇聚之地，声情并茂地宣讲着俗世里的各种幸福。如果李鸿章此时来上海这座大城市旅旅游，这位靠上海起家的晚清政治家，必定会满面茫然、走投无路。

李鸿章的面孔隐匿在那场大雨的背后了，对于李鸿章来说，上海的那场雨足有一个半世纪那么长，前不见古人，后不见来者。连李鸿章精力旺盛的面孔上，都露出一丝无法遮掩的疲惫。在那疲惫的后面，则是一层冷酷的杀气。

他的表情，比雨还冷。

第　三　节

李鸿章入都

年轻的李鸿章自安徽合肥老家出发，过黄河，登泰山，千里迢迢来京寻找曾国藩的时候，曾国藩因肺病发作，正在北京城南报国寺里静心养病。那一年，是道光二十三年（公元 1843 年）。

李鸿章比曾国藩小一轮，属羊。因为曾国藩于道光十八年（公元 1838 年）殿试时考中了同进士，而李鸿章的父亲李文安也在这一年考中进士，同是戊戌科[1]。李文安朝考入选后，分发刑部任职，后官至督捕司郎中，记名御史。因此，李鸿章只能算是曾国藩的晚辈。那时的曾国藩，还没有成立湘军，没有在长江上与太平天国展开血腥厮杀，去成就自己一世的英名和骂名；而李鸿章更是没有成立淮军，没有在帝国的残阳中困兽犹斗，成为近代史教科书上的那个李鸿章。那一年，曾国藩只有 33 岁，正在京城担任翰林院侍讲，负责讨论文史、整理经籍，备皇帝顾问；而李鸿章虚岁才有 21 岁，已在庐州府学被选为优贡，平生第一次走进京城，自江淮之间的合肥老家“北漂”入京，不是来大城市旅旅游，而是为了寻找父亲的朋友曾国藩，向他求教仕进和诗文之道，并准备参加第二年的顺天恩科乡试。

报国寺，位于北京城南，广安门在西，著名的杀人场菜市口在东，报国寺就在这条广安门内大街的路北。这座寺庙始建于辽代，但当时规模很小，“有寺无额”，世称小报国寺。

明成化二年（公元 1466 年）重修，改名慈仁寺，俗称报国寺，有七层殿

[1] 公元 1838 年为农历戊戌年。

房，错落有致，寺后建有“毗卢阁”，高达 36 级，几乎是当时京城最高建筑，站在毗卢阁四周长廊上，临风远眺，目光可以越过庙墙，望见西山黛青色的山影，假若向西南方向眺望，则可以望见横卧在永定河上的卢沟桥，连桥上的行骑都“历历可数”。曾经在明朝崇祯年间北上京师、来到报国寺的竟陵派散文家刘侗在他的《帝京景物略》中，留下这样的悠扬文字：“每日霁树开，风定尘短，指卢沟，舆骑载负者，井井。”[1] 曾为《聊斋志异》作序的“山左大诗人”高衍，在京城任吏部侍郎时，就常常寓居在报国寺，登临毗卢阁，留下这样的诗句：

野色横古今，西风满帝州。
山寒云外出，水运日边流。

报国寺中，风满禅林，院深市远，一老击钟，几人面壁。有清一代，无数地方官员、文人和科考举子们，或骑着瘦马，或背负书箧，风尘仆仆地行走在古道上，跨过河水初涨的永定河，奔赴这座庄严、浩大的城，投向宣武门南那一片会馆、试馆云集之地，许多亦在报国寺内的客舍落脚。这座宏伟的寺庙，也因此成为文人荟萃之地。无论内阁大学士，还是烧饼店里的吃客，都会在寺墙外的书铺、花市、庙会上，聆听到文人们五花八门的外地口音，目睹名士的身影出没。清朝康熙年间，著名诗人王士祯官至刑部尚书，他在入值紫禁城南书房时，经常到报国寺来逛书市。孔尚任《庙寻王士祯》一诗写：

弹铗归来抱膝吟，侯门今似海门深。
御车扫径皆多事，只向慈仁庙里寻。

意思是说，自从王士祯入值南书房，出入大内，想见他一面，真难如登

---

[1] 〔明〕刘侗、于奕正：《帝京景物略》，第 157 页，上海：上海古籍出版社，2001 年版。

天，所幸他有逛报国寺书市的习惯，只要去报国寺书市，就定然会寻找到他的身影。

道光二十三年（公元 1843 年），曾国藩选择报国寺作为自己养病之地，除了深爱它幽雅隽洁的气质，和数百年不易的文脉，或许还与一个人有关，那个人，就是明末清初著名思想家、史学家和语言学家顾炎武，人称“亭林先生”，与黄宗羲、王夫之并称为明末清初三大儒，虽曾投身南明朝廷，任兵部司务，参加昆山抗清义军，却因精通国家典制、郡邑掌故、天文仪象、河漕、兵农及经史百家、音韵训诂之学，尤其主张“知行合一”“明道救世”，依旧是曾国藩的精神偶像。顾炎武在清顺治十五年（公元 1658 年）来京，就寄居在报国寺内，每日除了浏览书市，就潜心著述和学术研究。他的理论，已经深入曾国藩的骨髓，成为曾国藩终生不渝的信条。

我是在公元 2013 年的春天前往报国寺的，试图透过纷繁的市象，找寻曾国藩、李鸿章当年会面的痕迹。那时距离曾、李的初次见面，刚好过去了 170 年。居京近 30 年，我居然从来没有去过这座千年古刹。它，170 年，对于经历了剧变的中国来说，如今是以经营书籍、邮票、钱币为主的文化市场。高高耸立的“毗卢阁”，还有阁外环饰的游廊，在清代已经坍毁。只有明宪宗御制建寺碑和清代御制重修报国寺诗碑。

我们只能从李鸿章赴京前写的诗中，窥测他的心情。李鸿章一生诗文极少，且成就不高，这段时间，他却一口气写下《入都》组诗十首，首首精彩，只好从《李鸿章全集》中全部翻检出来，抄录于下：

丈夫只手把吴钩，意气高于百尺楼。
一万年来谁著史，三千里外觅封侯。
定将捷足随途骥，那有闲情逐水鸥。
笑指泸沟桥畔月，几人从此到瀛洲？

频年伏枥困红尘，悔煞驹光二十春；
马足出群休恋栈，燕辞故垒更图新。

遍交海内知名士，去访京师有道人；
即此可求文字益，胡为抑郁老吾身！

黄河泰岱势连天，俯看中流一点烟；
此地尽能开眼界，远行不为好山川。
陆机入洛才名振，苏轼来游壮志坚；
多谢咿唔穷达士，残年兀坐守遗编。

回头往事竟成尘，我是东西南北身；
白下沉酣三度梦，青山沦落十年人。
穷通有命无须卜，富贵何时乃济贫；
角逐名场今已久，依然一幅旧儒巾。

局促真如虱处裈，思乘春浪到龙门；
许多同辈矜科第，已过年华付水源。
两字功名添热血，半生知己有殊恩；
壮怀枨触闻鸡夜，记取秋风拭泪痕。

桑干河上白云横，惟冀双亲旅舍平；
回首昔曾勤课读，负心今尚未成名。
六年宦海持清节，千里家书促远行；
直到明春花放日，人间乌鸟慰私情。

一枕邯郸梦醒迟，蓬瀛虽远系人思；
出山志在登鳌顶，何日身才入凤池？
诗酒未除名士习，公卿须称少年时；
碧鸡金马寻常事，总要生来福命宜。

一肩行李又吟囊，检点诗书喜欲狂；
帆影波痕淮浦月，马蹄草色蓟门霜。
故人共赠王祥剑，荆女同持陆贾装；
自愧长安居不易，翻教食指累高堂。

骊歌缓缓度离筵，正与亲朋话别天；
此去但教磨铁砚，再来唯望插金莲。
即今馆阁需才日，是我文章报国年；
览镜苍苍犹未改，不应身世久迍邅。

一入都门便到家，征人北上日西斜；
槐厅谬赴明经选，桂苑犹虚及第花。
世路恩仇收短剑，人情冷暖验笼纱；
倘无驷马高车日，誓不重回故里车。

曾国藩与李鸿章家族背景和生活道路相似，都出身书香世家，自幼苦读诗书，以求仕进，他们的科举之途也都走得格外顺利，无疑是那个时代的宠儿。假如这个帝国没有沉入越来越浓重的暮色，展现在这两个年轻人面前的，应该是锦绣的前程。英国人布兰德说：“由于他身边是深邃的黑暗，他的光辉显得格外明亮——他满怀勇气与爱国的热情；他身心的能量都非同寻常；他的潜力无限，不论是在灾祸还是在泰福之中，他都发挥了许多令人钦佩的品质。”[1]

道光、咸丰时代的中国，虽然天朝大国那份盲目的狂傲被英国战舰修理一番，已经衰象毕现，但紫禁城里的皇帝像一个在圣殿中主持仪式的大祭司一般高高在上，王朝政治依旧遵循着千年不易的程序运转着，以一种不可思议的固执，对抗着世界的变迁。

布兰德说：“在李鸿章事业早期的中国，本质上还是古代的中国——一种凝结的社会结构，通过时好时坏的运气，扛住了造反与入侵的无数次打击，完整地保持着其辉煌的文明，以及生来就有祖先崇拜与家长制一神论的农业人口的固有传统。”[2]

更可悲的是，在这个标榜儒家道德的国度内，率先挑战伦理纲常的，竟然是皇帝自己。道光皇帝在六阿哥奕䜣和四阿哥奕詝（zhǔ）之间作了艰难的选择，最后放弃了精明强干却锋芒毕露的奕䜣，选择了才能平庸却老成持重的奕詝。然而，正是这位咸丰皇帝，“体多疾，面常黄”[3]，却轻伤不下火线，终日娱情酒色，纵然“洪杨[4]之势日炽，兵革满天下，清兵屡战北，警报日有所闻”[5]，依旧置之不顾。他甚至不顾皇帝的斯文体面，把京城四大名妓杏花春、武陵春、海棠春和牡丹春抬进了圆明园供他淫乐。与此同时，咸丰皇帝展现出全面的性爱好，男女通吃，时常抱着男人或者太监一起睡觉，连御史陆懋宗宦养的昆曲男角朱莲芳也被他抢了去，天天陪皇上睡觉，陆懋宗冒险进谏，咸丰读罢折子，笑了，批了如下几个字：“如狗啃骨，被人夺去，岂不恨哉！钦此。”对于自己的无耻，他十分欣赏。

《明史》说：“明之亡，实亡于神宗。”[6]这句话假如套用在清朝，则可说：

---

[1] ［英］布兰德：《李鸿章传》，第 3 页，长沙：湖南文艺出版社，2011 年版。

[2] ［英］布兰德：《李鸿章传》，第 11 页，长沙：湖南文艺出版社，2011 年版。

[3] ［清］天嘏：《清代外史》，见《清代野史》，第一辑，第 137 页，成都：巴蜀书社，1987 年版。

[4] 指太平天国运动领导人洪秀全、杨秀清。

[5] ［清］天嘏：《清代外史》，见《清代野史》，第一辑，第 137 页，成都：巴蜀书社，1987 年版。

[6] ［明］张廷玉等：《明史》，第 195 页，北京：中华书局，2000 年版。

"清之亡，实亡于文宗。"清文宗咸丰的父亲道光，虽然经历鸦片战争的重创，但以儒家的尺度衡量，却不失为一位勤政爱民的好皇帝。他艰苦朴素，厉行节俭，继位之初就下旨减少皇帝的娱乐活动，将皇家文工团——升平署一再缩编，甚至想干脆把它裁撤掉，以节约政府开支。他使用的只是普通的毛笔、砚台，每餐不过四样菜肴，衣服穿破了就打上补丁再穿，宫室营造仅限于维修水平。只有在平定张格尔叛乱之后，他喜不自禁，决定"奢侈"一次，大宴有功将领，但也只是加了几道小菜，将领们一扫而光，然后面面相觑，无所适从。[1]

与明神宗万历、清文宗咸丰比起来，两朝的末世皇帝，如崇祯、光绪（清朝末代皇帝宣统三岁继位，六岁退休，暂且不论），堪称励精图治，希望能够力挽狂澜，无奈王朝的衰运早已在前世奠定，他们奋力挣扎，却已无力回天。

汉史氏《清代兴亡史》对咸丰皇帝有这样的评说："观其初政，非不思振作有为，曾不数年，宴安如故。……宫中楹联，撰为'万方欢乐入歌谣'之句，一若不念时艰之孔亟也者，此所以清室之将至于倾覆也。"[2]

曾国藩所崇信和坚守的儒家价值观，那一套三纲五常、克己忠君的逻辑，在咸丰皇帝声色犬马、纵欲无度的生活映照下显得无比可怜和荒谬。他的学生李鸿章，就在这样一个荒谬的时代里长大成人。那时，帝国的城池与乡村被这个王朝的最后一丝光亮照耀着，反射着一种宁静的光，让人感到慵懒和迷顿，几乎没有人意识到，这个王朝正一天天地逼近它的末日，布兰德所说的运气将不再帮助这个古老的国度，庄严的紫禁城正日益沦为一座华丽的孤岛，不出半个世纪，就会沉入幽深的海底。公元1900年，全世界即将被新世纪的光芒照亮，而中国的慈禧太后却带着光绪皇帝、隆裕皇后和一批皓质秀项的绝代佳人们辞别宫阙，慌忙逃生，消失在烟尘滚滚、霜冷露寒的咸阳道上。这座外表华丽的大厦，垮塌的速度太快，以至于李鸿章只比曾国藩晚出生了12年，命运却已判若云泥。

[1] 参见朱诚如主编：《清朝通史》，第十一卷道光朝，第56页，北京：紫禁城出版社，2003年版。

[2] 汉史氏：《清代兴亡史》，见《清代野史》，第一辑，第50页，成都：巴蜀书社，1987年版。

倘若换一个时代，他们可能成为魏征、王安石、张居正，他们的命运仿佛过山车，以一种不可阻挡的势能冲向权力的高峰，又迅速坠落下来，最终悒郁而终。

两年后，23 岁的李鸿章参加恩科会试，本科会试同考官，正是他的恩师曾国藩。李鸿章的试卷，我们已无从找到。但以曾国藩的人格，不会因为李鸿章是自己的弟子就网开一面。这次会试，李鸿章落第了，但他的诗文，却给曾国藩留下了深刻的印象。

如前所述，曾国藩的识人之术独步古今。有些人只要见过一面，曾国藩基本就能断定这是一个什么样的人，能不能重用。他常从细节来判定一个人的品性、意志。这门学问，蒋介石学了一辈子，后来为他立下赫赫战功的名将，都是这样被他发现、提拔的。比如决心创出一番伟业的浙江人陈诚，一入黄埔军校，他矮小的身材就被操场上密密麻麻的学员身影淹没了，像一颗石子沉入湖底，再也浮不上来，直到有一天，他在宿舍里，借助着微弱的烛光读书，被夜晚查哨的校长蒋介石撞见。蒋介石推门进去，把书拿过来一看，原是孙文的《三民主义》，再看读书的学员，虽相貌寻常，眉宇间却透露出一股英气，神态自然，毫不惊慌。一问，得知是自己的浙江同乡。第二天，蒋介石就宣布陈诚为少尉排长。陈诚自此起步，一路走向国民革命军一级上将、台湾省政府主席、中国国民党副总裁、“中华民国行政院”院长、“副总统”的显赫位置。

还有胡宗南，原本只是一个小学教师，因为争夺校长一职失败，愤而投军。后来胡宗南发现蒋介石是一个爱早起的人，每天天不亮准时到操场跑步，风雨无阻。胡宗南于是决定比蒋介石起得更早。果然，蒋介石每天跑步，操场都是空无一人，此时居然发现有人比他还早，这令他感到无比诧异。他私下调阅了胡宗南的案卷，发现这也是一名浙江同乡，于是有了培养之意。胡宗南也从这个操场出发，走向沙场，逐渐成为蒋介石最宠爱、最重要的军事将领，被称为“天子门生第一人”，戎马倥偬，历经黄埔建军、东征、北伐、内战、“剿共”、抗战，直到 1947 年指挥进攻占领延安，转战西北，官至第一战区司令长官、西安绥靖公署主任，手握几十万重兵，成为名震一时的“西北王”。

第　四　节

富人们的恐慌

我从清咸丰十五年（公元 1865 年）出版的《上海租界图》里看见 19 世纪 60 年代的上海街巷，想象着那些街巷里浮现的焦虑面孔。从公元 1861 年年底开始，上海就陷入巨大的恐慌中，而这种恐慌，又是滋长各种小道消息的最佳土壤。此前，江浙一带的富商巨贾们早已经纷纷逃往上海避祸，但尽管身处外国人的租界，他们的心理防线依然像官军的阵地一样不堪一击。有人说，不久前（清咸丰十一年、公元 1861 年十一月），太平军再次围困杭州，使这座孤城陷入援尽粮绝的境地，死人肉成为商品，被炒到了 160 文一斤，绝望的人们不得不打开城门，向太平军投降。[1] 也有人说，有一个秘密会党准备与太平军里应外合，一举拿下上海，届时，他们将以缚红布为标记，上海市场上红布畅销，似乎证明了这一流言。公元 1862 年 1 月 10 日，上海道台吴煦向麦华陀发去了正式通告，李秀成的军队正从苏州和杭州向上海挺进，城厢和租界都加强戒备，以防万一。

这样的恐慌，随着一个名叫罗孝全的传教士的到来而变得势不可挡。罗孝全，美国浸礼会真神堂教士，当年在广州曾拒绝为洪秀全施洗。此时，他正以权威的口吻发布着有关太平天国的消息，他告诉那些惊恐万状的人们，洪秀全是一个彻头彻尾的“狂人”“疯子或是一个傻瓜”，“没有成立一个有组织的政府”，妄杀臣民，反对商业[2]。

---

[1] 参见［葡］裘昔司：《晚清上海史》，第 123 页，上海：上海社会科学院出版社，2012 年版。

[2] 罗尔纲：《太平天国史》，第四册，第 2335 页，北京：中华书局，1994 年版。

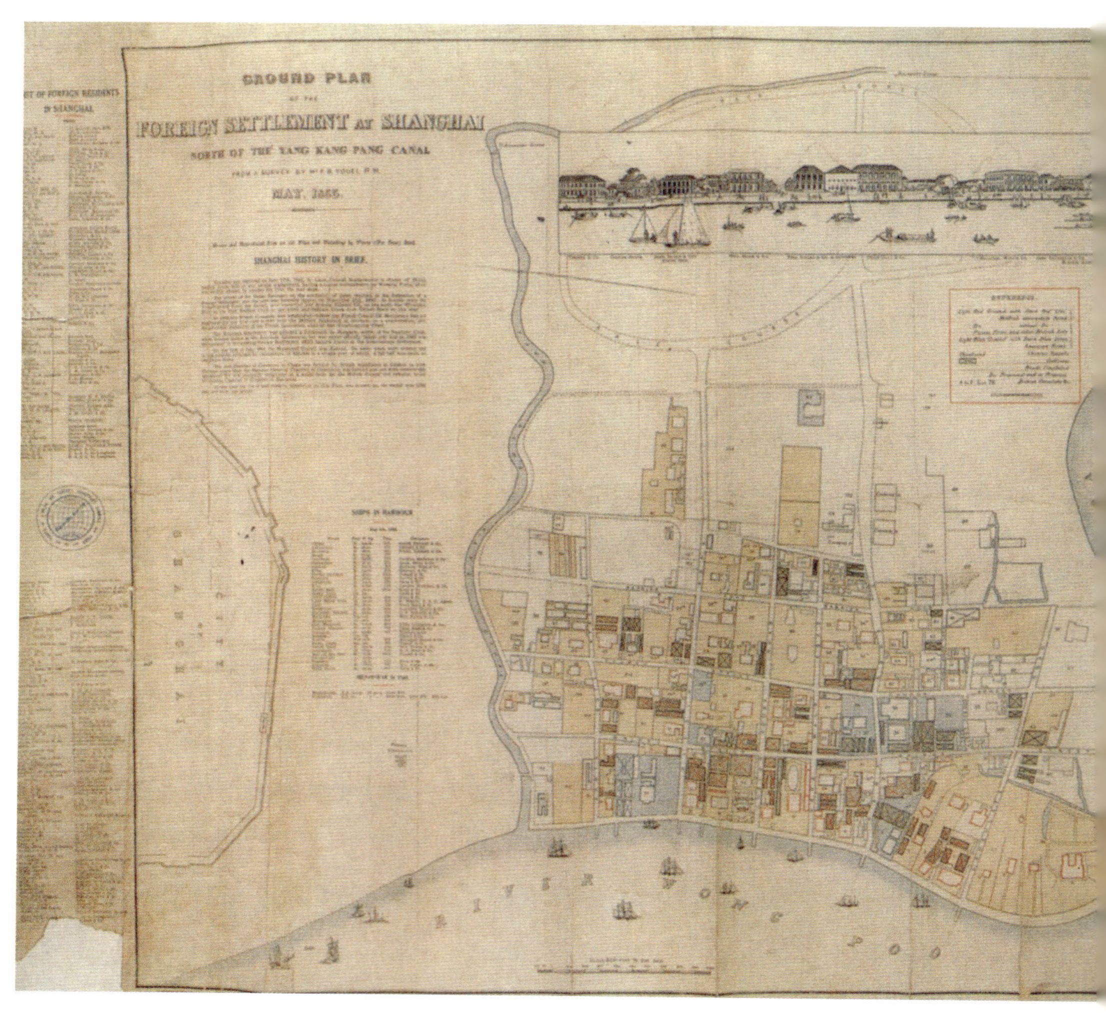

1865 年出版的《上海租界图》上海博物馆藏

他给美国驻华公使蒲安臣写了一封信，信中说：

仅仅被天王用来提高他自己，传布他自己的政治宗教，并说他和基督是平等的，由此同天父、他本人及他的儿子一道，共同形成统治一切的主宰！如果他有意利用我这个传教士（毋宁说，要我做一个政客）为他服务的话，他的目的是要我为他宣传他自己的政治宗教，至

于他是否把我看成一个传教士，我现在已很怀疑。正因如此，洪乃派出他的官员来指导我，请我研究他的著作，要我向其他外国人宣扬他的宗教。我从广州带来的中国人助手，曾受到干王的嘱咐，不要传播与天王的政治宗教相出入的宗教，否则他将会丢掉脑袋。[1]

公元1862年，从第二次鸦片战争中抽出身来的英国不再中立，就在这一年元旦，太平天国与英国政府彻底翻脸。一月二十日，停泊在天京江面上的一艘名为“狐狸”号的英国军舰给罗孝全送来一封密信，要他立即离开天京，否则一旦开战，他就无法脱身了。这一天又是洪秀全的生日[2]，整个天京都沉浸在领袖生日的喜庆气氛中，没有人注意，罗孝全只身穿越那些沸腾的人海，悄悄登上了“狐狸”号军舰。就这样，他神不知鬼不觉地逃回上海，他带来的已不再是“小道消息”，而是一个亲历者的回忆：由于曾国藩统率清军重新围困了天京，被围的太平军已饿红了眼，他们会把抓来的无辜者绑在树上，然后一口一口地吃掉。[3]他们流溢着血液的牙齿激发了上海士绅们的恐怖想象，只要有人站出来抵抗太平军，他们就会不遗余力地支持。

1. 原载《北华捷报》，第六〇六期，1862年3月8日；转引自罗尔纲：《太平天国史》，第四册，第2333页，北京：中华书局，1994年版。
2. 根据太平天国纪年，洪秀全生日为十二月初十，本书中纪年均为公历和农历纪年。
3. 参见［葡］裘昔司：《晚清上海史》，第126页，上海：上海社会科学院出版社，2012年版。

第五节

两位同龄人

在阵地的另一头，李鸿章望不到那个同龄人的面孔。他只知道，在望不到边的雨幕背后，站着一位劲敌。敌军的统帅也姓李，更神奇的是，他竟然与李鸿章同岁，都是出生于道光三年（公元1823年）。他叫李秀成。一年后，当李秀成功败垂成，做了曾国荃的阶下囚，李鸿章还心有余悸地在给曾国藩、曾国荃兄弟的信中反复叮咛，李秀成“最多狡谋”[1]，“狡猾异常”[2]，他的判断与老师曾国藩不谋而合，曾国藩因此“力主速杀，免致疏虞，以贻后患”[3]。

李秀成是广西藤县大黎里新旺村人，出生于一个贫苦的农民家庭，到了二十六七岁，还是一个一文不名的穷帮工。洪秀全改变了他的命运。在广西浔、郁两江流域的穷乡僻壤，他听说有一个洪先生在教人敬拜上帝，“凡拜上帝的，无灾无难，不拜上帝的，蛇虎伤人”[4]，于是义无反顾地加入洪秀全的拜上帝会，两年后，太平军从广西桂平突围，经平南、藤县向永安州进军，路过李秀成的家乡，李秀成和全村的贫下中农一道参加了太平军，临走时一把火把全村的屋舍烧得精光，从此在太平天国的战场上纵横驰骋，一路上升为重要将领。

---

[1] 〔清〕李鸿章：《分路规取苏州折》，同治二年五月十一日，《李文忠公全集》，奏稿卷三。

[2] 〔清〕李鸿章：《复曾国藩信》，同治二年十二月二十七日，《李文忠公全集》，朋僚函稿卷四《复曾沅帅》。

[3] 〔清〕曾国藩：《复奏李秀成等囚未能槛送京师已先就地处决情由及洪逆三印已早解送军机处片》，见《曾国藩全集》（修订版），第七卷，第330页，长沙：岳麓书社，2012年版。

[4] 罗尔纲：《太平天国史》，第四册，第2021页，北京：中华书局，1994年版。

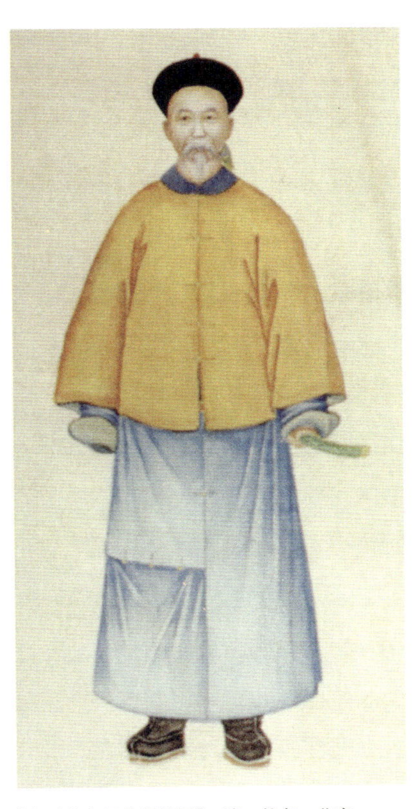

《李鸿章克复苏州战图》 清 佚名 北京大学图书馆藏

而李鸿章的先世本姓许，自江右湖口迁至合肥。父亲李文安于公元1834年中举，4年后又中进士，到刑部任职，官至督捕司郎中。李文安有6个儿子，分别为：瀚章、鸿章、鹤章、蕴章、凤章、昭庆。

李秀成与李鸿章出生那一年，曾国藩12岁、洪秀全9岁，那时，欧洲大陆的革命风潮已经退潮，一世枭雄拿破仑战败已经5年，在圣赫勒拿岛上了此残生。战火渐渐从欧洲大陆上消散了，瓦特已经发明了蒸汽机，提高了船只的航速，苏伊士运河也成功开通，缩短了东西方的航路，欧洲诸强于是把目光投向东方。梁启超在论及这段历史时说："西力东渐，奔腾澎湃，如狂飚，如怒潮，啮岸砰崖，黯日蚀月，遏之无可遏，抗之无可抗。盖自李鸿章有生以来，实为中国与世界始有关系之时代，亦为中国与世界交涉最艰之时代。"[1]

公元1840年，鸦片战争爆发，大清帝国坚硬的海岸线被划开了一个巨大的创口，这一年，17岁的李鸿章考中秀才，岁试时被滋园学使拔取第一。公元1842年，年届20的李鸿章，生得身材颀长，精悍之色露于眉宇。这一点，他到老都没有改变。

中国的史书不愿意"以貌取人"，所以对身高、外貌这些细枝末节很少详

[1] 梁启超：《李鸿章传》，第11、12页，天津：百花文艺出版社，2000年版。

述。《清史稿 · 李鸿章传》，几乎没有一句提到李鸿章的外貌。李鸿章生逢中国历史上最黑暗、最动荡的年代，无论身高、外貌如何，都会被无数场风雨、无数个晨暮一层一层地遮盖起来，变得无足轻重。

李鸿章给人最直观的印象，首先是他的身高。从清人绘《李鸿章克复苏州战图》上，大致可以看出他瘦高的身材。此图为绢本，设色，纵 54.7 厘米，横 28.1 厘米，李鸿章面孔清癯，目光炯炯地伫望着前方。但那只是单人画像，没有参照系，无法真正了解李鸿章的身高。

在同时代外国人的记录中，还残留着他的碎影流光。英国驻华外交官、李鸿章在世时就出版一部《李鸿章传》的道格拉斯勋爵（Sir Robert Douglas，1838—1931 年）说"李鸿章身材高大，比一般的中国人要高出一头，足有六英尺多"[1]，换算过来，至少有一米八三，这在那些出生于中国南方的士人中显得格外引人注目。美国驻华外交官何天爵后来在《中国人本色》一书中这样描述李鸿章："他的身材要比一般的中国人高大，声音粗哑而充满饱满的精神，给人感觉非常平民化，易于接近。"曾经以《泰晤士报》记者的身份访问过李鸿章的英国人布兰德在《李鸿章传》里则记载了 74 岁的李鸿章在一个英国人眼里的形象："当我走出下院时，我忽然迎面遇见了李鸿章，他急匆匆地走进去听一场辩论。他个头极高，一脸和善的表情，作为一个来自另一世界的陌生人，穿着一身蓝色的袍子，显得光彩夺目，步态与风度颇有尊严，嘴角挂着谦和的微笑，表明他对见到的一切都很欣赏。就外表特征而言，很难想象这一代或上一代的任何人能够亲近李鸿章，并不是因为他给了你功勋卓著或大权在握的印象，而是因为他的风采中散发出一种高贵的人品，如同半神半人的自我满足和超然物外，而又老于世故，向劳苦大众屈尊降贵。"[2]

这些对于李鸿章的描述，都不曾忽略他的身高，这显然是因为李鸿章的高大身材，与他们印象中的"东亚病夫"截然不同。晚清时代，李鸿章应是在

---

[1] ［英］罗伯特 · 道格拉斯：《李鸿章传》，第 8 页，杭州：浙江大学出版社，2013 年版。

[2] ［英］布兰德：《李鸿章传》，第 1 页，长沙：湖南文艺出版社，2011 年版。

国际舞台上亮相最多的中国人，或者说，他的脸，是当时中国人中最具“国际化”的脸。一个外国人，不会知道中国皇帝长的什么样，但他很可能对李鸿章的形象印象深刻。梁启超先生说：“李鸿章之名出现于世界以来，五洲万国人士，几于见有李鸿章，不见有中国。一言以蔽之，则以李鸿章为中国独一无二之代表人也。”[1]

对身高格外敏感的日本人，在他们出版的明信片上，把李鸿章列为世界五大伟人中的第三位。欧洲雕塑家卡登堡为当时世界三大伟人制作了一尊雕像，这三大伟人分别是：俾斯麦、李鸿章、格兰斯顿。

除了身高，道格拉斯勋爵还写道：“他的双目锐利、明亮、闪着光芒，并且从未因为渐增的年纪而稍显暗淡。他的举止平和而冷静，你从他的容貌就可以看出他的精干和坚韧。”[2]

通过这些描述，我们大抵可以想象李鸿章年轻时的模样。公元1843年，李鸿章在庐州学府被选为优贡，北上入都，准备参加来年的乡试。在北京，他第一次谒见了身为翰林的曾国藩，正是这位比他大12岁的老师，改变了他一生的命运。

在曾国藩的指导下，李鸿章在公元1847年会试中列为二甲第13名进士，从此开始了自己的士宦生涯。当李秀成率领太平军与曾国藩的湘军在安徽血战的时刻，李鸿章也在帝国的官僚体制内悄悄地完成着自己蛹变蝴蝶的嬗变。

李鸿章与李秀成，两位同龄人，带着各自的信仰，在公元1862年的上海狭路相逢。在彼此的视线里，他们都是难以战胜的劲敌。这为他们各自的事业都增加了难度，也凸显了彼此的价值——从这个意义上说，他们相互成就了对方，因为没有对方，自己的壮志豪情和平生功业就没有了支点。然而，如果从一个更大的视角上看，他们进行的刚好是一场零和游戏，无论他们多么非凡，他们的功业都刚好会被对方抵消。因此，纵然在他们各自的评价体系

[1] 梁启超：《李鸿章传》，第2页，天津：百花文艺出版社，2000年版。

[2] ［英］罗伯特·道格拉斯：《李鸿章传》，第8页，杭州：浙江大学出版社，2013年版。

中他们的价值可以被放大到无限，但若从整个国家的视角上看，二者相加，刚好等于零。

两年前，公元1860年，几乎在一场相同的暴雨中，李秀成率领他的部队，撤出了久攻不下的上海。大雨掩盖了他的疲惫与无奈。之前，李秀成率太平军以轻兵袭取杭州，待清军从江南大营发兵杭州解救，李秀成则声东击西，击溃了兵力空虚的江南大营，为官军重重围困中的首都天京杀出了一条活路，天王洪秀全大喜过望，经过廷议，确定了攻取苏州、杭州、上海的计划，待苏、浙既定，再取湖北，使长江流域重新回到天国的版图上。

李秀成的军队如约取下了常州和苏州，青浦也已在太平军的控制之下，上海，已经仿佛唾手可得的果实，瓜熟蒂落。六月里，李秀成在苏州得到了洋枪队攻陷松江又攻打青浦的消息。青浦位于上海西部，黄浦江上游，距上海县城90里，与松江到上海的距离差不多。李秀成坐不住了，他知道上海对于太平天国意味着什么。19世纪70年代，上海业已成为大清帝国最繁忙的港口和最重要的商业中心，“对于北方诸省而言，它是重要的运输口岸，而对于扬子江沿岸的城市和商埠来说，它的战略地位尤为突出。李秀成清楚地意识到，一旦拥有了上海，他就能与外面的世界保持连通，并与南京及其他太平天国所占据的城市形成更为顺畅的联系”[1]。

他带上三千轻骑飞奔青浦，远远地就听到一阵阵刺耳的鸣枪声划破初夏郊野的宁静，洋枪队向据守城中的太平军猛烈射击，太平军则奋力还击，双方的火力交织成无数条火红的弹道，彼此纠结缠绕，从青绿的田野上呼啸着划过。每当那些灼热的弹道与士兵的身体相遇，那些血肉之躯都会绽放出鲜红的花朵。洋枪队的首领华尔仗着攻陷松江的余勇，看不起太平军用的抬枪，欺负此枪打得不远，就索性站在距青浦城墙根不到一百米的阵地前沿指挥战斗，后来的史料清楚地记载，那场战斗中，华尔中了5枪，被从战场上抬了下

[1] ［美］罗伯特·道格拉斯：《李鸿章传——一位晚清在华外交官笔下的帝国“裱糊匠”》，第9页，杭州：浙江大学出版社，2013年版。

来。洋枪队的伤亡达到了三分之一。白齐文带着剩下的士兵退守松江。

这一次，李秀成守住了青浦，又夺回了松江，但他始终不能向上海县城前进一步。李秀成进攻上海的总指挥部，正是设在徐家汇。那时的李秀成不会想到，两年后，他第二次进攻上海时，李鸿章会在这里成为他的劲敌。李秀成原本制定了里应外合的完美计划，唯独没有考虑到天气因素。就在大军向上海急进的时候，天空突然变色，几声霹雳之后，原本晴朗的天空立刻变得漆黑一团，大风起兮，裹挟着大地上的渣滓，拍打着人们的面颊，几乎睁不开眼睛。李秀成试图抬起脸，疑惑地打量着天空，就在这时，暴雨像憋足了劲，犹如千军万马，哗的一声倾泻而下，迷乱了人们的视线。人们抵挡不住，四散奔逃。城里的内应部队不知道城外的军队永远不会冲进来了，他们按照预定计划发起了攻击，结果全部被清军斩杀在城内，无一生还。大雨浇透了他们的尸体，也浇凉了李秀成的心。

两年后，李秀成又回到了原点。这中间，他经历了无数次战斗，江浙一带的城池频频易手，他有得有失，天国的版图也如水母一般有伸有缩，唯独他占据上海的心愿没有丝毫的改变。为了上海，他甚至放弃了安庆，使天京上游屏障尽失，史学家认为，这是李秀成的一个大错。

公元 1862 年，李秀成再克杭州，兵围上海，驻守上海的清朝官员派代表前往安庆，向曾国藩求救，曾国藩于是派三万大军进军上海。清军与华尔率领的常胜军等军队在松江、泗泾、青浦、嘉定、宝山等地连营一百多座，布下了天罗地网，等待着太平军的到来。

4 月 19 日，沉默率先在太仓打破，太平军向华尔的部队发起冲击，起初是李秀成的军队取得了胜利，力破敌阵。在奉贤南桥镇，太平军士兵还打死了法国海军提督卜罗德。接下来，嘉定、青浦、泗泾、松江，如多米诺骨牌，一一倒下。

李秀成后来成了曾国藩的阶下囚，在回忆这场战事时，依然得意地说："那时洋鬼并不敢与我见仗，战其即败。"

曾国藩当然深知上海的重要，为了稳妥起见，他曾经派他的弟弟曾国荃去上海与太平军作战，但曾国荃不去。可惜曾国荃没有曾国藩的眼光，他一心要夺得攻克“天京”的头功，不愿与李秀成交锋，千里奔袭，孤军深入到“敌后”去与太平军作战。

他忘记了，干大事者，都是在险中求胜。这个选择，足以让曾国荃后悔一辈子。

曾国荃率领湘军从安庆出发，接连攻陷芜湖，巢县，无为，运漕，和州，东、西梁山，太平关，直犯天京。洪秀全急了，一天之内下了三道诏旨，要李秀成停止在上海的进攻，救援天京。

这时，该李鸿章出场了。

第　六　节

“大裤脚蛮子兵”

对于这个脏活累活，李鸿章主动领命，以至于他的老师曾国藩的脸上都露出了惊异的神色。此时的李鸿章，手里只有招募不到 3 个月的淮军，6500 人。

公元 1862 年 3 月 4 日，刚刚成立的淮军在安庆北门集合，接受曾国藩、李鸿章的检阅。这次检阅，标志着在中国近代史上威风八面的淮军的正式成立。

上海方面租借了 7 艘外国船只，承担为淮军运兵的任务。

这无疑是一次冒险的航行，因为从长江上游向下游运兵，漫长的运输线，难保不走漏消息。运兵途中到处是太平军的营垒，一旦遭遇太平军的阻击，救援上海的计划将全部落空。7 艘船只在太平军控制的地盘内行驶了 3 天，对于李鸿章来说，这几乎是他生命中最为煎熬的 3 天。3 天中，他一刻也没有合眼，脸上洋溢着冷酷的杀气。船上的官兵也都屏住呼吸，大气不敢喘一口，周遭只能听见船上马达运转的嗒嗒声，在江边的山谷间空洞地回响。一个半世纪后，一名共和国的军人在讲到这一战例时写下了这样的话：

“一支全副武装的近万人的队伍，在未发一枪一弹的情况下，于太平军严密封锁之地成功地进行了千里大穿越，这是那个战乱年代里的一个奇迹。此举不仅是一次大规模军事移动的范例，更重要的是，帝国军队的这次移动终于使太平军在军事上开始走向被动。”[1]

当李鸿章率领他的士兵出现在上海码头的时候，他们成了上海滩的绅士和洋人们取笑的对象。他们既没有统一的武器，也没有统一的军装，而是脚穿

[1] 王树增：《1901》，第 509、510 页，北京：人民文学出版社，2011 年版。

草鞋，头裹破布，满口安徽土话，虽然拥有劈山炮和抬枪，更多的却是大刀长矛，看上去不像一支军队，而更像是一群土匪。人们轻蔑地称他们为“大裤脚蛮子兵”。

就像一群狼冲向荒原，这一支其貌不扬的军队，就这样冲上了与太平军交战的战场。他们是在太平军连续作战、已陷入疲乏的时候冲上去的。这是淮军成立以来的第一次作战，开始的时候，他们对战场还不完全适应，每当身边的兄弟中枪倒下，有人就会迟疑一下，被打烂的脑壳、炸飞的四肢以及瞬间喷涌的鲜血都会让这些年轻的安徽子弟悚然心惊。这些年轻的农民，从来未曾目睹过如此大面积的死亡，片刻的涣散使他们在太平军猛烈的火力下很快溃不成军。

就在这时，那场旷古绝今的大雨倾泻而下了，雨滴密集，砸在人们的脸上、手上，力道十足。转眼之间，地上就形成了无数道沟渠，像史前的洪水，冲刷着血污的大地。那些横七竖八的尸体在水流中摆动着腰身，似乎马上就要从地上重新爬起来，投入战斗。雨声覆盖在枪声之上，汇合成一种巨大而空茫的声响，大地苍茫，发着铁皮似的青光，令人恐怖。人们睁不开眼睛，辨不清敌我，交战双方似乎都失去了对战斗的掌控，骑虎难下。

李鸿章面无表情地审视着战场上的形势。实际上，他的眼前一片浑浊，他的目光被雨幕遮蔽了，只有那些溃散的士兵，从战场上撤下来，身影由淡变浓，直到辨得出眉眼。李鸿章不甘心坐以待毙，他知道，如此恶劣的作战条件，对双方都是同等的，这是一次公平的竞赛。既然战斗还没有结束，就不到认输的时候。眼看自己的子弟就要站不住阵脚了，他突然间抓起一杆大旗，沿着与逃散的士兵相反的方向冲向阵地。这一招让士兵们惊呆了，他们的血性被激发出来，片刻的迟疑过后，农民就又变成狼，跟在李鸿章的身后冲了上去，那阵势犹如江河转弯处急剧的回流。

李鸿章举着大旗，向着雨幕发出撕心裂肺的呼喊，但他的呼喊立即就被枪声雨声吞没了。战场如血盆大口，具有吸食一切的力量。李鸿章，这个道光二十七年（公元 1847 年）进士、“辛勤读五车”的书生，战场改变了他、成就了他，也最终毁灭了他，把他一生的努力归零。但此时，千钧一发之际，李鸿章还想不了那么多。对谁来说，战争都是一场赌博。他初上战场，就把一切都押上去了。

李鸿章自己也不会预见到，这一仗，奠定了自己长达40年的宦海生涯，大清王朝进入了“李鸿章时代”。

第十二章

1894，

悲情李鸿章

第　一　节

“世界第三伟人”

1894年7月9日，甲午年八月初九，中日两军在朝鲜剑拔弩张，双方都闻到了战争的气味。就在这时，一颗“炸弹”却在紫禁城引起轩然大波：江南道监察御史张仲炘弹劾直隶总督、北洋大臣李鸿章，罪名骇人听闻——腐败、通敌。

在这篇《奏陈北洋情事请旨密查并请特派大臣督办天津团练折》中，向以敢言著称的张仲炘，除了指控李鸿章在军事布置上“举动乖张、机宜坐失”、私放日本间谍石川伍一外，还指控李鸿章资敌：

> 至海上有事，米煤例不准出口，乃李鸿章之子李经方，在上海以米三千石售于倭人，候补道张鸿禄为之经手，绝不避讳。倭商定开平煤三万吨，战事以兴，局员拟不售给，而李鸿章乃谓订买在未失和之先，且促其速交，满载而去。其畏敌乎？其媚敌乎？反复思之，竟不知其是何意见。

张仲炘进一步指控李鸿章的儿子李经方与日本王室攀亲，说李经方此前出使日本时，曾认日王之女为义女，此后甚至商议将此女聘为儿媳妇。李经方在日本还开了一家洋行，资本800万，盛宣怀在其中亦有股份，至今仍在经营。

张仲炘承认这些都是风闻，“始闻之而诧，继而不能无疑，如果属真，则自无怪乎纵容奸细、售买米煤之种种乖谬矣”[1]。

接到张仲炘弹劾奏折第二天，军机处便给出了处理意见，除了指控张士珩涉嫌采办军械时以劣充好、因关系到军务大事应稳妥查证外，其余所谓李鸿章纵释日本间谍、李经方向日本人出售米煤以及与日王攀亲等各项指控，“皆系影响之词，暧昧之事，碍难查办”。

查阅李鸿章八月初九电报，我们发现，就在受到弹劾的时刻，身在直隶总督衙门的李鸿章总共发出 9 封电报，密切关注着朝鲜半岛的局势。其中给刘公岛北洋水师提督丁汝昌两封、金州铭军统领刘 1 封，威海抚台吴 1 封，作战争部署，行文急促，透着大战临头的紧张感。

李鸿章，一介江淮儒生，道光二十七年（公元 1847 年）进士，36 岁入曾国藩幕府，在剿灭太平天国的战争中，他放下笔杆子，拿起枪杆子，仿照曾国藩创立的湘军，照猫画虎地创立了淮军，上海一役，在大雨中向太平军阵地发起冲击，这些脚穿草鞋、头裹破布、满嘴安徽土话、被人瞧不起的“大裤脚蛮子兵”，居然以 7000 敌 10 万而胜，太平军死者万众，浦东一带尸堆如山，一举扭转了帝国大军在东南战场上屡战屡败的被动局面，李鸿章也一战成名，42 岁就被任命为江苏巡抚，封肃毅侯、一等伯爵，戴双眼花翎。48 岁，他接替了自己的老师曾国藩，任直隶总督，后兼任北洋大臣，可谓雄心勃勃，1894 年，为了体现皇恩浩荡，朝廷又赐他三眼花翎，这是汉族官员前所未有的崇高荣誉，这一年，72 岁高龄的李鸿章，几乎到达了他一生事业和名誉的顶峰。

年过七旬的李鸿章，“不论冬夏，五点钟即起，有家藏一宋拓兰亭，每晨必临摹一百字，其临本从不示人。此盖养心自律之一法”[2]。这是梁启超的说法，吴永则说他“每日起居饮食，均有常度。早间六七点钟起，稍进餐点，即检阅公事”，只有中午多吃一点，“饭后，更进浓粥一碗、鸡汁一杯”，所以他体

[1] ［澳］雪珥：《绝版甲午——从海外史料揭秘中日战争》，第 2 页，上海：文汇出版社，2009 年版。

[2] 梁启超：《李鸿章传》，第 109 页，天津：百花文艺出版社，2000 年版。

态清瘦，只是掉了好几颗右牙，所以面颊呈左满右陷状，但他超过一米八的身板，常常只穿一袭单衣，“非严寒冰雪，不御长衣”[1]，别有一番风骨，代表大清出现在国际舞台上，丝毫不见“东亚病夫”的迹象。梁启超说：“李鸿章接人常带傲慢轻侮之色，俯视一切，揶揄弄之。……与外国人交涉，尤轻侮之，其意殆视之如一市侩，……崇拜西人之劣根性，鸿章所无也。”[2]

我们目前能够看到的李鸿章的最早一幅照片，拍摄者是19世纪后期苏格兰著名的旅行摄影家，1862年到1872年的10余年间，他携带着笨重的摄影器材，经印度、柬埔寨来到大清帝国，使用湿版法拍摄了大量风光和人物照片。从这张李鸿章的全身照上，我们可以看到李鸿章刚刚主掌直隶和北洋大权时的精明干练和踌躇满志。据说拍摄这张照片时，李鸿章先后换了几次装，表明他对摄影这门“高科技”的认可和重视，这在把摄影视为“摄魂”之术的帝国官员中，实不多见。这张照片20多年后刊登在美国弗吉尼亚州的杂志《卡斯莫莱廷》上，发表的这一年，刚好是1894年。

如梁启超所说：“李鸿章之名出现于世界以来，五洲万国人士，几于见有李鸿章，不见有中国。一言以蔽之，则以李鸿章为中国独一无二之代表人也。”[3]

1894年，李鸿章已经接近了帝国冰山的顶峰，这个精明清醒又从来不失勇气的政治领袖，突然感到一种莫名的悲凉。站在高处，他能清晰地看见冰山的裂缝，他知道那座冰山随时可能坍塌下来，“即使攀爬到最高处，最后的结局依然是毁灭，而不是达到永恒的幸福之源”[4]。

李鸿章亲眼看见自己的老师曾国藩是怎样一步步靠边站的，尽管他的这位老师一向谦虚谨慎、戒骄戒躁，但他凭借一己之力创建湘军，横扫太平天国，

[1] 〔清〕吴永：《庚子西狩丛谈》，第169页，桂林：广西师范大学出版社，2008年版。

[2] 梁启超：《李鸿章传》，第109页，天津：百花文艺出版社，2000年版。

[3] 梁启超：《李鸿章传》，第2页，天津：百花文艺出版社，2000年版。

[4] 张宏杰：《无处收留》，见《大明王朝的七张面孔》，第276页，桂林：广西师范大学出版社，2006年版。

其实力，不可能不引起朝廷的忌惮。所谓出头的椽子先烂，所谓木秀于林，风必摧之；所谓狡兔死，走狗烹；无论从哪一条原则出发，太平天国的灭亡，都预示着他自己的末路。

尽管早在康熙时代，就十分注重任用汉族官员，但有清一代，汉族官员的处境却十分尴尬，他们一方面希望通过建功立业来兼济天下，另一方面却要时时受到朝廷的猜忌和节制，大清以武力夺取天下，而且夺取的是汉人的天下，所以将兵权控制在汉人的手中，朝廷无论如何是不放心的，“兵者，不祥之器也”，身怀利器，杀心必起，这也是大清帝国不积极发展军力的原因之一。无论朝廷，还是汉官，都处于一种悖论中，朝廷不甘心任用汉官，而不用汉官又无以治天下；汉官有心报效，却被视为“政治上不可靠”，这才是范仲淹所说的，“进亦忧，退亦忧”。但与知难而退的曾国藩相比，李鸿章的责任感更重，明显是那种“居庙堂之高则忧其民，处江湖之远则忧其君”的好干部，“血

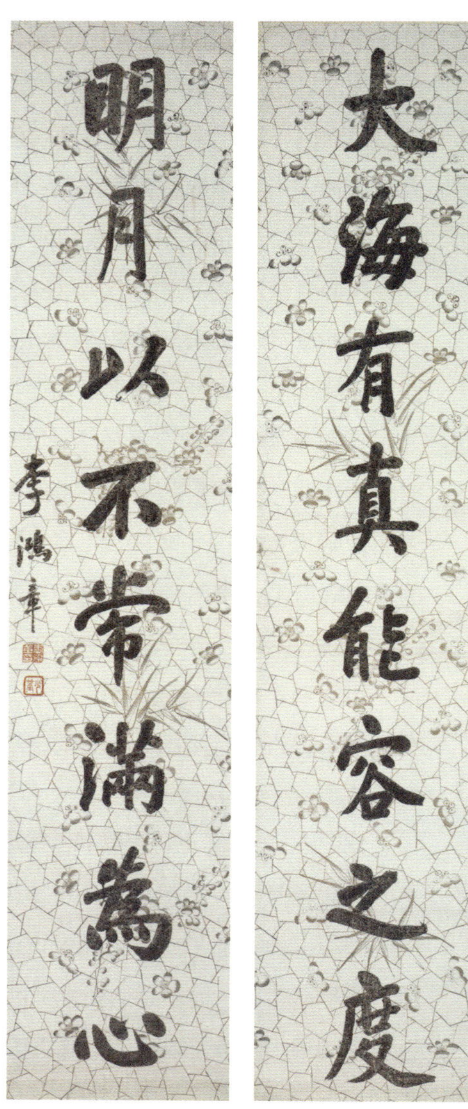

《行书八言联》 清 李鸿章 台北故宫博物院藏

气甚强，无论若何大难，皆挺然以一身当之”[1]。纵然如此，接替曾国藩直隶职务的李鸿章，也只能重蹈老师的覆辙；而在“后李鸿章时代”，这样的夹缝终于让袁世凯不堪忍受，亲手把这个王朝送进了坟墓。

李鸿章曾经在私下里抱怨：“我办了一辈子的事，练兵也，海军也，都是纸糊的老虎，何尝能实在放手办理？不过勉强涂饰，虚有其表，不揭破犹可敷衍一时。如一间破屋，由裱糊匠东补西贴，居然成一净室。虽明知为纸片糊裱，然究竟决不定里面是何等材料。即有小小风雨，打成几个窟窿，随时补葺，亦可支吾对付。乃必欲爽手扯破，又未预备何种修葺材料，何种改造方式，自然真相败露，不可收拾，但裱糊匠又何术能负其责？”[2]

在大清官场上，李鸿章绝对不是一个清官。关于李鸿章的经济问题，世上有种种传说，梁启超说：“世人竞传李鸿章富甲天下，此其事殆不足信，大约数百万金之产业，意中事也。招商局、电报局、开平煤矿、中国通商银行，其股份皆不少。”[3]梁启超的意思是说李鸿章算不上亿万富翁，但他凭借行政资源可以掌握许多原始股，似乎在暗示李鸿章的钱，并非贪污所得。据说李鸿章访问欧洲时，经常问对方有多少家产，随行人员告诉他，这样问不礼貌，李鸿章不管那套，照问不误。有一次，李鸿章访问英国一家大型企业，看见一个工头，突然问他一年的收入是多少。工头回答，除了薪水，没有别的收入。李鸿章慢慢地指着他戴的钻石戒指问：那这个戒指是从哪里来的呢？令对方十分尴尬。这一事件，被欧洲人传为奇谈。[4]

此时的帝国，早已成为贪腐之国，大官大贪，小官小贪，无官不贪，举国皆贪，腐败早已成为官员们的日常工作，诸如海瑞、夏元吉、刘大夏这类清官，在明代已是凤毛麟角，到了清代，曾国藩或可以圣人自居，始终坚持着艰

---

[1] 梁启超：《李鸿章传》，第 105 页，天津：百花文艺出版社，2000 年版。

[2] 〔清〕吴永：《庚子西狩丛谈》，第 170 页，桂林：广西师范大学出版社，2008 年版。

[3] 梁启超：《李鸿章传》，第 110 页，天津：百花文艺出版社，2000 年版。

[4] 梁启超：《李鸿章传》，第 110 页，天津：百花文艺出版社，2000 年版。

苦朴素的作风，曾氏之后，严于律己、一心为公的官员就彻底灭绝了。这是一个典型的笑贫不笑娼的时代，官员们只管创收，以行政资源换取个人利益，没有人去在乎钱的来路。1889 年，日本间谍荒尾精向日本参谋本部提交的第一份情报《复命书》就指出：大清帝国“上下腐败已达极点，纲纪松弛，官吏逞私，祖宗基业殆尽倾颓”。[1]

在这样的官场生态下，要求李鸿章一个人当圣人，实在近乎奢望。但李鸿章与其他官员毕竟不同，他是一个想办事的官。李鸿章深信：“人生如朝露，倘及时得手，做成一二件济世安民顶天立地事业，不更愈于空言耶？”他清醒地觉察到此际的大清正处于“数千年未有之变局”，“当李鸿章和他的淮军乘着从英国商行租来的轮船通过太平军控制区，沿长江顺流而下时，他在船上待了三天，因而有机会思考西方技术的价值。李鸿章从上海不断地写信给曾国藩，赞扬外国军队遵守纪律和外国枪炮的巨大破坏力。他在评论一次战役时说：‘洋兵数千枪炮并发，所当辄（zhé）靡。其落地开花炸弹真神技也！’”。在与太平军作战中，通过与洋人的合作，他对西洋的坚船利炮深深地沉迷，那只写惯了奏折、曾经凭借区区六百字的《参翁同书片》就要了翁同龢（hé）的长兄翁同书的命的著名刀笔，居然也写起了科学论文——他所写的《蒸汽动力运转奏折》，可视为中国最早的科普文章，文中的许多词汇，都是当时的新词，在古文中未见，让人重见徐光启当年经营西洋实用之学的风采。1864 年，他在一封奏折中，说出了当时许多官员想说而不敢说的话：

鸿章窃以为天下事穷则变，变则通。中国士夫沉浸于章句小楷之积习，武夫悍卒又多粗蠢而不加细心，以致所用非所学，所学非所用。无事则嗤外国之利器为奇技淫巧，以为不必学；有事则惊外国之利器为变怪神奇，以为不能学；不知洋人视火器为身心性命之学者已数百年。……鸿章以为，中国欲自强，则莫如学习外国利器；欲

[1] ［澳］雪珥：《绝版甲午——从海外史料揭秘中日战争》，第 76 页，上海：文汇出版社，2009 年版。

学习外国利器，则莫如觅制器之器；……欲觅制器之器与制器之人，则或专设一科取士。士终身悬以富贵功名之鹄，则业可成、艺可精，而才亦可集。[1]

李鸿章为后人诟病的原因之一，是他领导的洋务运动只重器物，不重制度。实际上，兴办工厂、创建海军、培养人才，在当时已经算是离经叛道了。当洋人决计在大清的国土上开设电报业务的时候，朝野上下无不惊慌失措，认为“电报之设，深入地下，横冲直撞，四通八达，地脉既绝”，而李鸿章，则迅速抛弃了传统的风水观，支持在大沽口至天津之间开通了第一条电报电缆线。早在1864年，李鸿章就写道：“今昔情势不同，岂可狃于祖宗之法！必须尽裁疲弱，厚给粮饷，废弃弓箭，专精火器，革去分汛，化散为整，选用能将，勤操苦练，然后绿营可恃。海口各项艇船、师船，概行屏逐，仿立外国船厂，购求西人机器，先制夹板火轮，次及巨炮兵船，然后水路可恃。”[2] 1870年又在函稿中写道：“惟练兵、制器相去甚远，正须苦做下学工夫，做到那处，说到那处。吾师弟在位一日，不得不于此致力一日耳。”[3] 对于这个暮气十足的帝国来说，丝毫的改变都犹如蚍蜉撼树，何况李鸿章如此大踏步地学习西方运动？何况，器物从来不是孤立存在的，它们无一不是观念的载体，中国人重器物，也不仅限于器物本身，比如商周的青铜器，就是国家权力和礼仪的象征。犹如电报电缆瓦解了传统的风水观，和洋务运动中的西洋器物一起进来的，当然是西方的科技、西方的思想。正是由于他倡导的物质革命，导致了科举的终结、新式教育的兴起，进而促使了传统社会的彻底解体。

李鸿章委派上海海关道丁日昌负责在上海虹口督察筹划江南制造局，终

[1]《同治三年四月戊戌总理各国事务恭亲王等奏》，《筹办同治夷务》，卷二十五，第1—10页。

[2] 中国史学会主编：《洋务运动》，第三卷，第591页，上海：上海人民出版社、上海书店出版社，2000年版。

[3] 中国史学会主编：《洋务运动》，第一卷，第267页，上海：上海人民出版社、上海书店出版社，2000年版。

江南制造总局

于，在经历了第一、第二次鸦片战争的大清帝国，在只生长庄稼的土地上，巨大的厂房和遮天蔽日的烟囱在人们的视线中一天天地拔高，让上海郊区满面尘土的农夫们感到无比惊愕，也让李鸿章这样的改革派生起巨大的成就感。每天早晨6时，江南制造局的上空就会响起“嘟嘟——”的汽笛声，与曼彻斯特、埃森、匹兹堡这些西方大工业城市里的汽笛声完全一致，工人们便在汽笛声中，各就各位，开始一天的工作。高亢的汽笛声，似乎在大清帝国与世界之间建立了联系。江南制造局不仅生产洋枪、洋炮，甚至制造军舰，至1868年，共生产炮船16艘、小铁壳船5艘、舢板船30艘，共计51艘。

故宫博物院收藏着数万张清代、民国照片，上起道光末年，下至民国晚期，有些还是玻璃底片，2015年5月，为纪念故宫博物院成立90周年，在神武门展厅特别举办一次“光影百年——故宫藏老照片特展”，展出300余张代表性的旧藏照片。故宫博物院这数万张照片中，不乏对洋务运动兴业图强的历史记录，其中就有《江南制造总分局各厂机器图》。对于李鸿章所带来的变化，西人高斯特在回忆中写道：

> 60多年前在英国，当人们建议筑造第一条铁路时，全国吵闹反对。如果那些喜欢嘲笑中国人害怕蒸汽机工厂和铁路运营的人们，能回忆一下这件事情，不是没有好处的。那时英国各阶级的知识人士所提出的反对，比今天中国人所表示的厌恶，可笑得多了。中国人不喜欢他们的墓地受到侵害，或是他们风水的规条受到破坏。但是在英国，一个著名的律师说，在有狂风的时候是不可能使蒸汽机运转的，就是"搅拨火炉，或是增加蒸汽的压力到汽锅要爆炸的程度"，也是没用处的；医学家们说，隧道的暗淡与潮湿，汽笛的尖叫、机器的飞转，火车头凄怆地睨视着人们，都将给公共卫生带来很大的损害，他们将这种损害描绘成一幅可怖的图画。人们说，机车通过时的火花将引起房屋的火灾，或是使房屋被倒塌的防堤打碎。乡下的士绅们对他们的猎场的前途感到忧惧，因为火车头将穿过他们的地产，放出毒烟，破坏了他们的猎场；他们坚信他们的牛将受惊慌而永远不再想吃饲料，他们的母鸡在新情况之下将不再下蛋；有许多人甚至表示他们怕那些可怖的怪物——工厂所吐出的烟雾将使青天变得完全暗淡无光。……当我们想一想，欧洲人和中国人在生活上、在文化上、在思想的方式上是有巨大的差别的时候，我们对中国从1860年的战争到1895年间猛迅的进步，实不能不感到惊异。[1]

钢花飞溅，巨轮下水，锣鼓喧天，鞭炮齐鸣，此时的帝国上下，一片欣欣向荣的大好局面。19世纪60年代至90年代，即第二次鸦片战争之后到甲午战前，也就是同治、光绪统治时期，大清帝国并不像想象的那样黑暗，一系列的改革措施，让帝国的臣民们看到了希望，除了江南制造局，包括福州船政局、天津机器局等一系列大型军工企业相继创办投产，天津机器局甚至于

---

[1] 中国史学会主编：《洋务运动》，第八卷，第427、428页，上海：上海人民出版社、上海书店出版社，2000年版。

1880年试制潜水艇，如果没有甲午战争，这个帝国完全有可能“和平崛起”，后人将这一时期称为“同光中兴”。

由于自造军火成本高、周期长，为了快速装备帝国海军，李鸿章、沈葆桢等开始考虑外购军火。1866年7月27日，李鸿章参观了德国最著名的军火集团克虏伯公司，4年后，他一口气向克虏伯买下328门各种口径的大炮，布防在大沽口、北塘、山海关等炮台，首先确保帝都北京的防务安全，李鸿章也在无意之中，成为中国炮兵的创始人。

1881年8月3日，清朝政府投资65万两白银的“超勇”和“扬威”号铁甲舰，终于在英国纽卡斯尔港下水，在200多名大清海军官兵和30多位英国官员、军火商的注目中，1862年制定的帝国国旗——飞龙戏珠旗帜缓缓地升起，现场鸣放礼炮，每个中国人，都流出了激动的眼泪。两周后，两舰启程回国，这是郑和下西洋之后，中国海船第一次巡航世界，也是中国军舰第一次穿越北大西洋—地中海—苏伊士运河—印度洋—西太平洋航线，船舷上的中国水兵，列队整齐，头颅高昂，军姿挺拔，军服上的每一个铜扣，都在阳光下熠熠发光，沿途各国也无不鸣放礼炮，表达敬意。[1]

这一年10月3日，李鸿章急不可耐地奔赴旅顺口，准备亲自验收“超勇”“扬威”两艘巡洋舰。显然，当这两艘巡洋舰即将在中国海岸出现的时候，李鸿章已经按捺不住兴奋的心情，连为军港选址这样的细节，这位被称作“合肥老母鸡”的北洋大臣，也要亲自看过，亲自决定。4日一早，李鸿章就顺着旅顺西官山的羊肠小路蜿蜒而上。尽管李鸿章一生戎马生涯，但是登山，对于这位老人而言，就像他的北洋大业一样，实在不是一件轻松的事情，何况李鸿章当时的心情有几分急迫，他的步履，也因而显然有些忙乱和匆促。但是，当他攀到山顶的时候，他所有的困顿都被一扫而光，清新的海风吹透了他孤瘦的身体，使他身上宽大的官袍像旗帜一样摆动。他的身体显得那么敏感、

---

[1] 〔清〕李鸿章：《定购快船来华折》（光绪七年十月十一日），见《李鸿章全集》，第9卷，第507页，合肥：安徽教育出版社，2008年版。

兴奋和年轻，仿佛那波澜壮阔的大海在他的身体内部注入了无尽的能量。那里是他的铁甲舰将要驰骋的疆场，翻滚的海浪中暗藏着无数的杀机，李鸿章就像他的老师曾国藩一样不习水战，海上的一切都是神秘的和不确定的，但是，“扬威”“超远”两舰将如约而至，抵达旅顺这个海陆位置绝佳的军港，在不久的将来，已经订购的“定远”“镇远”“康济”“威远”的主力舰，将使大清的海军变得无比强悍，其实力，将远远超于日本之上，这不能不使他感到一阵阵的兴奋。他不愿看到这个国家的未来在穿越那些雕花考究的鸦片枪之后，化作一缕缕的青烟。在这片文治已久的优雅国度里，他试图再造一支狼的军队，具有草原狼的野性、锐利和力量，只有这样，才能在这个强盗丛生的世界上，有一片立足之地。李鸿章感到一阵心跳，那心跳与大海的节拍相对应。他向大海的方向伫望良久，说：“旅顺口居北洋要隘、京畿门户”，“为奉直两省海防之关键啊”。[1]

19 世纪中叶，刚好是世界海军从木质帆船向铁甲舰转变的历史时期，关于铁甲舰时代的特征，英国著名的海战史专家理查德·希尔在《铁甲舰时代的海上战争》一书中作了言简意赅的概括：“包覆装甲的舰壳，蒸汽动力系统，主要武器装备是可发射爆炸弹的大炮。”[2]1855 年，拿破仑三世在克里米亚战争中，以木制舰壳外包裹铸铁装甲板的铁甲舰，向俄军阵地实施抵近射击，规模浩大的锡诺普海战，是欧洲帆船舰队的一次集体谢幕，第二年投入战争的法国海军“拿破仑”号旗舰，是第一艘用螺旋桨推进的蒸汽—风帆战列舰，它在这场海战中充分显示了铁甲舰的威力，为铁甲舰做了一次最有力的形象宣传，也宣告了铁甲舰的到来。1862 年，美国独立战争爆发，南北双方分别以“弗吉尼亚”号铁甲舰和“莫尼特”号新型铁甲舰在切萨皮克湾的汉普顿锚地展开激烈的对射，这是铁甲舰之间的真正的对话，一次势均力敌的争吵，它们以震耳欲聋的狂喊宣告了古典风帆时代的彻底终结。

---

[1] 转引自季福林、韩宗凯：《黄金涌岸风流歌》，第 111 页，沈阳：辽宁教育出版社，1995 年版。

[2] ［英］理查德·希尔：《铁甲舰时代的海上战争》，第 17 页，上海：上海人民出版社，2005 年版。

1840年的鸦片战争，让大清领教了西方坚船利炮的厉害，20年后，那些船，那些炮，几乎已经在世界范围内遭到淘汰，这一次，大清起了个大早，不仅没有掉队，而且傲视亚洲。1884年成立的南洋水师和1888年成立的北洋水师，是当时世界上最先进的铁甲舰队，它的建立，得到欧洲军火商的大力协助——李鸿章在他"以夷制夷"的梦想里纵横驰骋，直到庚子国变，八国联军进北京，"以夷制夷"理论的信仰者才蓦然发现，要想制夷，只能依靠中国人自己。在中欧关系的"蜜月期"，1877年，李鸿章向克虏伯公司的老板阿尔弗雷德·克虏伯提出要求，对中国留学生进行免费培训，阿尔弗雷德·克虏伯答应了，他不能回绝眼前这个大主顾。李鸿章不仅要鸡蛋，还想要那只下蛋的鸡。

李鸿章、张之洞等洋务派的成功，必然引起清朝权贵的疑心，他们担心李鸿章拥兵自重，担心他中饱私囊，于是，反腐，就成为他们对付李鸿章的撒手锏。以李鸿藻等为首的军机处成员，自诩"清流"，继承历史上儒家知识分子抨击时弊、敢于直言的传统，以刚直不阿、主持清议为己任，对洋务派横加指责，但他们对军事力量、武器装备一无所知，对枪林弹雨、杀人如麻的战场也完全隔膜，却占据道德制高点，居高临下，站着说话不腰疼。比如那个以反对洋务著称的刘锡鸿，乘坐轮船从天津开往上海途中，曾激烈反对一位同船的外国人有关中国要修铁路的言论，并苦口婆心地教育他，中国人的道德观一向强调"尚义不尚利，宜民不扰民"，不失全心全意为人民服务的豪迈气概，甚至有人指责李鸿章"竭中国之国帑、民财而尽输之洋人"[1]。曾任李鸿章幕僚的晚清著名学者吴汝纶说过，"近来世议，以骂洋务为清流，以办洋务为浊流"[2]，两派势同水火。就在张仲炘上折弹劾李鸿章11天后，给事中洪良品再度弹劾李鸿章，指控李鸿章：

---

[1] 《光绪元年通政使于凌辰奏折》，见《洋务运动资料》，第一册，第121页。

[2] 〔清〕吴汝伦：《与陈右铭方伯》（光绪二十一年闰月十一日亥刻），《吴汝伦尺牍》，第70页，合肥：黄山书社，1988年版。

在英、法、日本各国皆有商号；其在天津、上海等处则为汇丰洋行，亦有李鸿章资本；其在日本有洋行，有茶山。洋行经商系李鸿章自雇贾人，亦有倭伙。茶山则李鸿章与倭合伙，其资本计六百万金。其子李经方前充出使日本大臣，倭王之女拜伊为义父，情意亲密。其不欲战皆以资本在人手中之故。

如同张仲炘一样，洪良品也承认以上指控为“风闻”，但“道路纷纷如此传说，未必无因”。此时的所谓反腐已经脱离了本来的意义，而变成了党同伐异的一种手段，而帝国的监察部门，也不过是权力者手里的一张牌而已。屡遭弹劾的李鸿章曾激烈指责：“言官制度，最足坏事。故前明之亡，即亡于言官。”[1]他愤愤不平地说：

当此等艰难盘错之际，动辄得咎，当事者本不敢轻言建树，但责任所在，势不能安坐待毙。苦心孤诣，始寻得一条线路，稍有几分希望，千盘百折，甫将集事，言者乃认为得间，则群起而讧之。朝廷以言路所在，有不能不示加容纳。往往半途中梗，势必至于一事不办而后已。大臣皆安位取容，苟求无事，国家前途，宁复有进步之可冀？[2]

就在李鸿章接到弹劾指控这一天，为了便于指挥同中国的战争，日本政府把大本营由东京移到广岛。

---

❶〔清〕吴永：《庚子西狩丛谈》，第170页，桂林：广西师范大学出版社，2008年版。

❷〔清〕吴永：《庚子西狩丛谈》，第171页，桂林：广西师范大学出版社，2008年版。

第　二　节

日本也有“李鸿章”

光绪二十年（公元 1894 年）那年难熬的夏天，就在弹劾李鸿章的奏折成群结队地飞向军机处的时候，李鸿章正在焦急地等待着来自日本的消息。与日本人的和谈已经进行多日，是战是和，局势还不明朗。

大清帝国驻日公使汪凤藻一纸电报，给李鸿章带来了坏消息——日本人照会说，他们不准备撤军，反而决定增兵。这是日本人的“绝交书”，也可以被视为“宣战书”，大清帝国没有退路了。

这纸口气强硬的照会，让李鸿章的表情变得严峻起来。他在心里反复掂量着它的后果。然而，他万万没有想到的是，当汪凤藻心急火燎地把照会交给译电员，让他用密码电报迅速发出时，一个更加严重的后果出现了。汪凤藻忽略了一个细节——日方的照会，不是用日文写的，而是一反常态地用中文写的，日本人只要将自己手里的底稿与汪凤藻发出的密电加以对照，就可以轻而易举地破译大清的密电码。远在北京的帝国官员当然不知道这一细节，于是在整个战争期间一直没有改变电报密码，这意味着帝国所有的军事秘密都是向敌方公开的，甚至战后谈判时清方的底牌，都无一遗漏地暴露给日方。

对于这场战争，他们做了精心的准备。他们等待已久。

明治维新以前，对日本产生影响最大的一本书，是中国人魏源写的《海国图志》。魏源无论如何不会想到，这本旨在唤醒中国人海洋意识的著作，唤醒的却是日本人，并因此给未来中国造成无尽的灾难。日本文明史学家加藤周一说：这是因为“鸦片战争给日本带来了很大的冲击，甚至可以说带来的冲击要远远大于中国。……对于日本来说，几千年以来都是学习中国的，中国如同是日本的老师，中国意味着世界的中心，按照日本人的思维就是头部。学习了一千多年的国家，这样的国家都被打败了，那么对手应该是十分强大的”[1]。

那时的日本还处于愚昧的幕府时代，此前200多年，幕府就已经宣布了锁国令，与明清政府的禁海政策不分伯仲。1633年至1639年中，德川幕府第三代将军德川家光——日本著名电视剧《大奥第一节》及SP篇《樱花落》里的男一号——更是接连五次下达锁国令，堪称丧心病狂。他不仅全面禁止外国船只前往日本，要求各藩加强检查航行船只，并对提供外国船只走私入境线索的人悬以重赏，对于葡萄牙、西班牙的船只更是严加巡查，违者处斩，而且对于本国人也毫不客气，日本人出海航行，或者从海外归来，都要处以极刑。这使四面环海的岛国日本真的孤悬海外，对世界的变化一无所知。这表明了封建幕府对未知世界的恐惧心理，与中华帝国的统治者们如出一辙。日本学者和辻哲郎在《锁国——日本的悲剧》一书中，对这段历史痛心疾首，认为禁海政策使日本失去了进行海外殖民的最佳良机。正因如此，郑和的船队横跨大洋之际，日本人对海外的事情一无所知，甚至近在咫尺、早在明朝永乐元年（公元1403年）就完成命名的钓鱼岛，日本人直到1885年才听说，并组织秘密调查。

日本的“鸦片战争”发生在公元1853年，比中国晚了13年，日本人叫“黑船事件”。这件事与中国的联系是，美国东印度舰队司令佩里准将率领的4艘军舰，也就是日本人所说的“黑船”，正是在鸦片战争之后已经被迫开放的门户——上海完成编队，直指日本江户湾[2]的浦贺港的。与鸦片战争不同的是，美国舰队没有开炮，因为这个弹丸小国，实在是不禁一打，也就没有必要开炮，他给日本幕府的国书傲慢地说：“你们可以选择战争，但胜利无疑属于美国。”他甚至送给幕府一面白旗，告诫他们，一旦爆发战争，他们要学会投降，简直是羞辱到家了。只是吓唬了一下，孝明天皇就天颜大失，一筹莫展了，江户城也乱成一团，“城外大小寺院内钟声齐鸣，妇孺凄厉地哭喊，有

[1] 中央电视台《大国崛起》节目组：《日本》，第5页，北京：中国民主法制出版社，2006年版。

[2] 今东京湾。

钱人准备逃往乡间，更多的人拥进神社，击掌祷告神灵，乞求‘神风’再起，摧毁‘黑船’”[1]。“落后就要挨打”，终于，这个积贫积弱的岛国在西方列强的逼迫下，签订了一系列丧权辱国的不平等条约。比如1854年，俄国强迫日本签订《下田条约》，要求日本开放箱根、下田、长崎三港为对俄商埠。同年6月，美国又强迫日本签订《日美友好通商条约》，迫其开放神奈川（后改名为横滨）、长崎等五个通商口岸，降低关税，规定出口税为5%，美国货的进口税除酒类为35%以外，其他绝大多数为5%，等等。

1862年，作为“尊王攘夷”的积极分子，21的伊藤博文，就在40岁的李鸿章率领淮军兵勇冲进上海的时候，也和几位同仁趁着夜色靠近品川御殿山新建的英国公使馆，神不知鬼不觉地锯断木栅栏，潜入进去，扔出自制的燃烧弹。这是一次成功的恐怖活动，他们全身而退，返回住处，彻夜狂饮。

但伊藤博文第二年就转变了。那时，他已经和其他4名年轻人一起，受长州藩藩主的秘密派遣，留学于英国。他来到了李鸿章控制下的上海，看到停泊在吴淞口的西方军舰，傻了眼，到了欧洲，其工业的现代化，更令他大惊失色。他不再夜郎自大，而是明白了一个简单的道理，只凭“宁为玉碎，不为瓦全”的血性救不了日本，还需要“理性”，对于日本来说，这个“理性”就是谁厉害就拜谁为师。眼下是英国人厉害，所以不仅不应该与英国人为敌，还应该拜英国人为师。与坚守儒家精神价值的中国人不同，“在‘町人根性’影响下，日本人不承认唯一正确的价值体系，也不认为有绝对正义”[2]，谁厉害，谁就代表正义，他们没有儒家“仁者爱人”的人道主义精神，也没有中国人特有的文化优越感，他们所信奉的武士道，与血淋淋的丛林法则刚好配套，无论多么精深的文化，在他们眼中都会被分解为至为简单的两种：有用的和没用的。在伊藤博文眼里，西方文化是有用的，而以中国为代表的东方文化则已经过期作废，日本人不准备跟亚洲人玩儿了，决定“脱亚入欧”。日本“启蒙

---

[1] 转引自［澳］雪珥：《绝版甲午——从海外史料揭秘中日战争》，第70页，上海：文汇出版社，2009年版。

[2] ［澳］雪珥：《绝版甲午——从海外史料揭秘中日战争》，第173页，上海：文汇出版社，2009年版。

思想家”福泽谕吉发明了“三个世界”理论，与毛泽东“三个世界”的划分不同，福泽谕吉把世界划分为最文明国家、半开化国家和野蛮国家“三个世界”，其中，“以欧洲各国和美国为最文明的国家，土耳其、中国、日本等亚洲国家为半开化的国家，而非洲和澳洲的国家算是野蛮的国家”[1]。进而发出号召：“如果想使本国文明进步，就必须以欧洲文明为目标，确定它为一切议论的标准，而以这个标准来衡量事物的利害得失。”[2]在著名的《脱亚论》中，福泽谕吉更不客气地指出：“与恶友交亲者难免共有恶名，我应自内心谢绝亚细亚东方之恶友。”福泽谕吉为日本贡献的“脱亚入欧”4个字，在日本民众中迅速普及。日本当代思想家沟口雄三说：“诸如此类的‘亚洲论’在日本，尤其是日清战争[3]以后普及开来，渗透到了一般的民众层面。”[4]因此一举奠定了他在日本启蒙史上的地位，也因此，今天一万元日币的头像不是明治天皇，不是伊藤博文，而是小帅哥福泽谕吉。1887年，日本参谋本部陆军部第二局局长小川又次在《清国征讨方略》中一针见血地指出：“今日乃豺狼世界，完全不能以道理、信义交往。最紧要者，莫过于研究断然进取方略，谋求国运隆盛。”[5]

此时，长州藩的反抗激怒了英国，1864年，正当英国准备联合法国、美国、荷兰，一举灭掉长州藩的时候，伊藤博文急匆匆地回国，在千钧一发之际，面见毛利敬亲，力劝他不要与四国联军冲突。当毛利敬亲的脸上露出轻蔑的表情时，终于，他听见毛利敬亲下达了命令，长州藩的兵勇向联军猛冲，联军的炮响了，长州藩瞬间出现无数个炸点，飞扬的火光仿佛一阵阵的旋风，夹杂着人破碎的肢体和哭喊，飞舞着，风歇时，那些破碎的肢体像一阵暴雨，噼里啪啦地砸在大地上，溅起一片血光。

这一次，长州藩被打得体无完肤，还是缔结了城下之盟，拆除下关炮台，

---

1. ［日］福泽谕吉：《文明论概略》，第9页，北京：商务印书馆，2010年版。
2. ［日］福泽谕吉：《文明论概略》，第9页，北京：商务印书馆，2010年版。
3. 即中日甲午战争。
4. ［日］沟口雄三：《中国的冲击》，第5页，北京：生活·读书·新知三联书店，2011年版。
5. ［澳］雪珥：《绝版甲午——从海外史料揭秘中日战争》，第173页，上海：文汇出版社，2009年版。

赔款 300 万元。

丧权辱国。

伊藤博文，则被愤怒的日本人视为卖国求荣的“日奸”，遭到追杀。

所幸的是，在血的教训面前，毛利敬亲“清醒”了，他相信了伊藤博文的话，不仅向英国服了软，而且与同样“觉悟”的萨摩藩藩主一起，成为反对“尊王攘夷”、发起倒幕运动的主力。4 年后的 1868 年，明治天皇在倒幕派武士的支持下，宣布王政复古，开始“明治维新”。

日本的“鸦片战争”比大清帝国的“鸦片战争”来得要晚，损失也小得多，而日本的“觉醒”却比大清帝国更加迅速，具体行动措施也更为有效。日本明治政府于 1875 年 4 月发布诏书，承诺建立立宪政体。1889 年（明治二十二年）2 月 11 日，日本颁布《大日本帝国宪法》，它是以 1850 年《普鲁士宪法》为蓝本的钦定宪法，依次由天皇、臣民权利和义务、帝国议会、国务大臣及枢密顾问、司法、会计和补则七个章节组成，共 76 条。而它的邻居大清帝国，尽管早在明治维新以前的 1866 年，大清帝国的张德彝等人就介绍了欧美议会制度，尽管 1901 年 1 月 30 日，在惊恐万状中逃至西安的慈禧太后出人意料地发出一道谕旨，宣布实行“新政”，1908 年，以慈禧为代表的清朝最高当局下诏预备立宪，但千呼万唤之中，那个海市蜃楼般的君主立宪的“宪法”，直到 1912 年皇帝退位，也无人见到它的庐山真面目。

看不起大清帝国的福泽谕吉，自然也看不起大清帝国轰轰烈烈的“洋务运动”。在《文明论概略》一书中，福泽谕吉一针见血地指出：

中国也骤然要改革兵制，效法西洋建造巨舰，购买大炮，这些不顾国内情况而滥用财力的做法，是我一向反对的。这些东西用人力可以制造，用金钱可以购买，是有形事物中的最显著者，也是容易中的最容易者，汲取这种文明，怎么可以不考虑其先后缓急呢？必须适应本国的人情风俗，斟酌本国的强弱贫富。某人所谓研究人情风俗，可能就是指此而言。关于这一点，我本来没有异议，不过，某人似乎只谈文明的外表，忽视了文明的精神。那么，究竟所谓文明的精神是什么呢？这就是人民的“风气”。这个风气，既不能出售也不能购买，更不是人力所能一下子制造出来的，它虽然普遍渗透于全国人民之间、广泛表现于各种事物之上，但是既不能以目窥其形状，也就很难察知其所在。我现在愿意指出它的所在。学者们如果博览世界历史，把亚欧两洲加以比较，姑且不谈其地理物产，不论其政令法律，也不问其学术的高低和宗教的异同，而专门寻求两洲之间迥乎不同之处，就必然会发现一种无形的东西。这种无形的东西是很难形容的，如果把它培养起来，就能包罗天地万物，如果加以压抑，就会萎缩以至于看不见其形影；有进退有盛衰，变动不居。虽然如此玄妙，但是，如果考察一下欧亚两洲的实际情况，就可以明确知道这并不是空虚的。现在暂且把它称作国民的“风气”，若就时间来说，可称作“时势”；就人来说可称作“人心”；就国家来说可称作“国情”或“国论”。这就是所谓文明的精神。使欧亚两洲的情况相差悬殊的就是这个文明的精神。因此，文明的精神，也可以称为一国的“人情风俗”。由此可见，有人说要汲取西洋文明，必须首先研究本国的人情风俗这句话，虽然在字句上似乎不够明确，但是，如果详细加以分析，意思就是：不应单纯仿效文明的外形而必须首先具有文明的精神，以与外形相适应。我所主张的以欧洲文明为目标，意思是为了具有这种文明的精神，必须从它那里寻求，所以两种意见是不谋而合的。不过，某人主张寻求文明应先取其外形，但一旦遇到障碍，则又束手无策；我的主张是先求其精神，排除障碍，为汲取外形文明开辟道路。[1]

福泽谕吉嘲笑大清，学习西方虚有其表，时至今日，我们不得不叹服于他眼光之犀利。然而，大清国毕竟不同于日本，在当时像日本明治维新那样“全盘西化”，是根本不现实的。彼时的大清，倘能循序渐进，摸石头过河，

[1] ［日］福泽谕吉：《文明论概略》，第12、13页，北京：商务印书馆，2010年版。

已难能可贵，否则，再宏伟的改革蓝图，都会半途夭折。这一点，已经在后来的戊戌变法中得到充分的证明。戊戌变法的激进，带来的不只是改革的停滞，更是大幅度的倒退。在日本，改革者的命运要幸运得多，福泽谕吉提出要学习西方的文明精神，他认为“从国民的一般智德，可以看出一个国家的文明状况”[1]，甚至让我们尝出几分“改造国民性”的味道，而中国能够与之匹敌的思想者，唯有鲁迅，而且迟至20世纪20年代才思考这一问题。这也很可能缘于鲁迅留学日本期间受到了包括福泽谕吉在内的启蒙思想家的影响，而“改造国民性”，未必是他的原创。

几乎与明治维新同时，在遥远的俄罗斯，也在进行着一场政治改革。沙皇亚历山大二世清醒地意识到，与其等待农奴以革命的方式自下而上地解放自己，不如主动通过自上而下的改革，以渐进的方式争取贵族对废除农奴制的支持。1861年2月19日，亚历山大二世颁布了《关于农民脱离农奴依附地位的总法令》。从这一天开始，古老荒蛮的俄罗斯咸鱼翻身，完成了自己的近代化转型，就在大清帝国开始建设海军的19世纪80年代，俄罗斯完成了工业革命，一举由落后国变成先进国。

维新仅仅一年后，日本就从美国购进铁甲舰“东”舰，海军建设开始起步。1870年，兵部大辅前原一诚提出扩建强大海军的计划，建议用20年时间，建造200艘大小军舰，其中铁甲舰50艘，以7年为一期，分三期实施。1874年，日本海军羽翼未丰就开始了侵略战争，把大清帝国的领土台湾当作它的第一个目标。当时日本并不是大清对手，但大清帝国正沉浸在“同光中兴”的盛世中，致力于“和平崛起”，加之俄国人在新疆的牵制，于是，在占尽优势的前提下，采取了息事宁人的态度，签订《北京专条》，向日本服软，赔偿50万两白银。这让日本人第一次尝到了战争的甜头，也看到了大清帝国的外强中干，从此消除了对它的恐惧。

《北京专条》的签订，让李鸿章无比失望。他挥笔，给哥哥李瀚章写信，

---

[1] ［日］福泽谕吉：《文明论概略》，第59页，北京：商务印书馆，2010年版。

愤愤地说："甘允'保民义举'，不指以为不是，犹要出50万，犹以为了结便易，庸懦之甚，足见中国无人，能毋浩叹！"[1]在他看来，不教训日本也就罢了，还倒贴50万，以为这样就能一了百了，荒唐可笑至极。他不服，甚至打算不认账，决计"翻改前约"。

从那一天开始，日本人开始考虑征服大清的具体步骤了。1885年，明治天皇颁布《整顿海陆军》诏书，提出了一个以10年为期、以中国为"假想敌"的扩军计划。两年后，1887年，日本参谋本部制定了《征讨清国策》，规定"以五年为期作为准备，抓住时机准备进攻"，准备进行一场以"国运相赌"的侵华战争。1890年，山县有朋出任日本首相，提出"保卫利益线"理论，标志着近代日本"大陆政策"（即由辽东半岛入侵中国，进而占领整个亚洲地区的政策）的正式出台。[2]

如果说毛利敬亲是抵抗英军的"林则徐"，那么伊藤博文就是力促日本"师夷长技"的李鸿章。只不过伊藤博文对日本的改革更加彻底，不是"日学为体""西学为用"，而是"体""用"全部西化。既然被西方人打服了，就丝毫不再打算为自己的文化辩护。他主张把"欧美各国之政治制度、风俗习尚、教育、生产"的"开明风气"移入日本，使日本进入"开明诸国之行列"。1881年，就在李鸿章沉浸在收获"超勇""扬威"两艘巡洋舰的巨大幸福感中的时候，伊藤博文则受到明治天皇的派遣，前往欧洲考察宪政。而大清，直到甲午、庚子两战失利后的1905年，才派遣端方、戴鸿慈率领官方考察团前往西方考察宪政。在购买军舰方面领先于日本的大清帝国，在政治改革方面整整落后了24年，而有着200多年历史的大清帝国的国运，正是被这20多年决定了。通过考察，伊藤博文对德国宪法推崇备至，认为适合日本国情；回国后，他积极推动立宪，成为明治宪法之父，此后4次组阁，任期长达7年，就是在这7年任期内，他发动了令中国人没齿难忘的甲午战争。

---

[1] 〔清〕李鸿章：《致李瀚章》（同治十三年十月初三日），见《李鸿章全集》，第31卷，第120页，合肥：安徽教育出版社，2008年版。

[2] 详见朱诚如主编：《清朝通史》，光绪宣统朝分卷，第237、238页，北京：紫禁城出版社，2003年版。

第　三　节

“清国的水兵事件”

光绪十年（公元1884年），继“超勇”“扬威”两艘巡洋舰之后，大清帝国有了“定远”“镇远”两艘铁甲舰，这两艘姊妹船也是中国海军历史上仅有的两艘铁甲舰，是李鸿章手里的王牌。李鸿章不懂铁甲舰，就委派当时最懂西方海军和造船技术的李凤苞、徐建寅，与英、德海军部反复研究，根据大清的国情独立设计，委托德国伏尔铿造船厂制造。这两艘巡洋舰的主要技术参数为：舰长94.5米，宽18米，吃水6米，排水量7335吨，航速14.5节。[1]它吸取了欧洲主力战舰的长处，射击扇面较大，正向射击火力极猛；装甲防护，采用“铁甲堡”式，装甲厚12至14英寸，坚不可摧。

或许是“定远”“镇远”两舰的加盟让李鸿章的腰杆硬了，或许是《北京专条》让李鸿章余怒未消，李鸿章决定派这两艘当时亚洲最先进的战舰到日本走一趟，向日本人炫耀武力。于是，1886年8月，北洋水师提督丁汝昌率领包括“镇远”和“定远”在内的4艘军舰，以修船为名，驶进了日本的长崎港。这一年，距离中日海军的甲午决战还有8年。

本来，丁汝昌率领北洋四舰，完全可以像当年的佩里一样，送给日本天皇一面白旗，让他投降，但中国没有这样的需求，李鸿章早就明确指出：“我之造船，本无驰骋域外之意，不过以守疆土，保和局而已。海外之险，有兵船

[1] 关于定远、镇远两舰的技术参数，记载各有不同，此处参照姜鸣：《龙旗飘扬的舰队——中国近代海军兴衰史》，第128、129页，北京：生活·读书·新知三联书店，2002年版。

巡防，而我与彼亦共分之。或不让洋人独擅其利与险，而浸至反客为主。”[1]

然而李鸿章万万不会想到，日本人决不会被大清国的船坚炮利吓住，也不会像郑和时代的西南诸国一样向天朝进贡，相反，“定远”“镇远”来到家门口耀武扬威，大大地刺激了日本人的民族自尊心。曾有过海军经历的作家张承志说：“日本正处在侵略大潮的最上风头，如一个肆虐四乡未遇敌手的恶棍。他们正狗咬刺猬无处下嘴、发愁找不出下一个寻衅的借口，李鸿章却从海参崴跑来长崎修船！……莫说只是徒手的水兵拳头弯刀，即便镇远定远真不吃素，主炮侧炮一齐猛轰，把长崎炸个遍地瓦砾——此事最终也不会占上风。据说，有一个德国人曾经听到李鸿章讲过一句话：‘正此时可与日本一战！’但是战与不战，对于中国人来说，是一种需要长久迟疑的事情。战么？否也。和乎？难也。这可不是剿灭长毛弹压和卓，中国军队的本色，是欺负老百姓强、抗击侵略者弱。中堂大人把玩棋子，品着香茗，沉吟踌躇。一方侥幸另一方热狂，一方抱着中央大国的虚荣，另一方沉湎取而代之的狂想。一方是空洞的尊大，一方是疯痴的野心。一方是举止轻佻，一方则出手阴狠。直至甲午炮声响起，甚至直到今天，日本朝野仍然喜欢把长崎清国水兵事件解释为一次‘国辱’。”[2]

作为这一事件的反弹，还发生了一场长崎“清国水兵事件”。

当时《长崎快报》对事件作了如下报道：“有一群带有醉意的水兵前往长崎一家妓馆寻乐，因为发生纠纷，馆主前往警察局报告。一日警至，已顺利将纠纷平静，但由于中国水兵不服，不久乃有 6 人前往派出所论理。非常激动，大吵大闹，引起冲突。日警 1 人旋被刺伤，而肇事的水兵也被拘捕，其他水兵则皆逃逸。”英国驻长崎领事在一份报告中则称：“有一中国水兵与妓馆的仆人在街上争吵，警察前来干预，水兵遂将之刺伤，但那水兵也受了轻伤。”

---

[1] 〔清〕李鸿章：《复宁绍台道薛》（光绪十二年十月二十五日），见《李鸿章全集》，第 34 卷，第 119 页，合肥：安徽教育出版社，2008 年版。

[2] 张承志：《三笠公园》，原载《鸭绿江》，2008 年第 3 期。

这一事件很快扩大化了，15日，舰队放假，数百水兵上街观光，丁汝昌鉴于前日的冲突严饬水兵不许带械滋事，但在广马场外租界和华侨居住区一带，水兵遭到日本警察有预谋的袭击又发生大规模冲突，结果双方死伤80余人，其中中方水兵死亡人数多于日本。当时数百名日本警察将各街道两头堵塞，围住手无寸铁的中国水兵挥刀砍杀。当地居民在歹徒煽动下从楼上往下浇沸水、掷石块，甚至有人手拿刀棍参与混战。中国水兵猝不及防，又散布各街，结果吃了大亏，被打死5名，重伤6名，轻伤38名，失踪5名。日本警察被打死1名，伤30名，此外当地市民负伤多名[1]。

事件后，共32名日本警察受到政府嘉奖。

"定远""镇远"两舰，不仅没有给李鸿章露脸，反而为他闯了祸，李鸿章在天津的直隶总督府里接到来自日本的电报，脸气得煞白，他气愤地说："争杀肇自妓楼，约束之疏，万无可辞"[2]。但他又说："弁兵登岸为狭邪游生事，亦系恒情。即为统将约束不严，尚非不可当之重咎，自不必过为急饰也"；"武人好色，乃其天性，但能贪慕功名，自然就我绳尺"[3]。这一方面是为大清的水兵辩解，为他们挽回一点脸面；另一方面，在李鸿章看来，这类冲突只能算是鸡毛蒜皮，算不得什么军国大事。

面对日本人咄咄逼人地"讨说法"，李鸿章只好硬着头皮，开始与日本驻天津的领事应付周旋。"双方各执一词，细节彼此相悖。纠缠良久，最后双方发表了文告，以官面文章宣称言语不通彼此误解云云，另外互相给对方的死伤者提供些许抚恤，此案就算了结了。"[4]

大清的军舰，就这样灰溜溜地离开了日本的海港。

几十年后，当伊藤博文的遗著《机密日清战争》出版时，人们才知道，这

[1] 姜鸣：《龙旗飘扬的舰队——中国近代海军兴衰史》，第330、331页，北京：生活·读书·新知三联书店，2002年版。

[2] 〔清〕李鸿章：《筹议制造轮船未可裁撤折》，《李文忠公奏稿》，卷十九，第47页。

[3] 〔清〕李鸿章：《筹议制造轮船未可裁撤折》，《李文忠公奏稿》，卷十九，第47页。

[4] 张承志：《三笠公园》，原载《鸭绿江》，2008年第3期。

一事件对历史的深刻影响，不仅在于它丢了人，培养了日本人的自信心，而且丢了一样非常重要的东西——大清帝国用汉字译电的密码本，一个名叫吴大五郎的日本人捡到了这个密码本，本子里的汉字纵横两侧，标注着0、1、2、3、4、5、6、7、8、9的小数字。凭着这个密码本，日本人很快找到了译电本中数字组合的方法。由于1894年汪凤藻再度暴露帝国的密码，日本人将两次泄密事件结合起来，轻而易举地破解了大清帝国电报的秘密。遗憾的是，对于这两次重大泄密事件，大清帝国的官员们既不知情，也没有采取任何补救措施。

不可理喻的是，5年后的1891年6月30日，以“定远”和“镇远”为首的北洋舰队，又回来了，只是它们这次的停泊地，是神户港。

大清舰队再一次在日本高调亮相，入港时，“定远”鸣礼炮21响，负责接待的“高千穗”舰亦鸣21响礼炮作答，港中英、美军舰，皆鸣13响礼炮，向丁汝昌致敬。

7月8日，《东京朝日新闻》以《清国水兵的现象》为题发表了观感：

> 登上军舰，首先引人注目的是舰上的情景。以前来的时候，甲板上放着关羽的像，乱七八糟的供香，其味难闻之极。甲板上散乱着吃剩的食物，水兵语言不整，不绝于耳。而今，不整齐的现象已荡然全无；关羽的像已撤去，烧香的味道也无影无踪，军纪大为改观。水兵的体格也一望而知其强壮武勇。惟有服装仍保留着支那的风格，稍稍有点异样之感。军官依然穿着绸缎的支那服装，只是袖口像洋人一样饰有金色条纹。裤子不见裤缝，裤裆处露出缝线，看上去不见精神。尤其水兵的服装，穿着浅蓝色的斜纹布装，几乎无异于普通的支那人。只是在草帽和上衣上缝有舰名，才看出他是一个水兵。……

就这样，经过大清帝国自己的大肆宣传，“定远”和“镇远”这两艘船的名字——ちんえん、ていえん——在日本已经家喻户晓，“市井酒肆之间，无

论老妇小儿，满嘴念叨的都是‘ちんえん、ていえん’”[1]。“定远”和“镇远”，已经成为日本对华一战的最佳动员。后来在甲午海战中担任浪速号舰长的东乡平八郎，当时还只是个海军大佐，他跑到港口观察“定远舰”，当他看见定远主炮上晾满刚洗的湿衣服，说：“这么松懈！说不定可以打败它！……”

日本没有“定远”“镇远”，但它有击败大清帝国的野心和决心。为了超过“定远”“镇远”，明治天皇节省宫内开销，捐钱购买军舰。皇太后也把自己珍藏的全部首饰捐献给海军……

早在日本侵台3年之前的1871年，李鸿章就敏锐地意识到，在明治维新中脱胎换骨的日本“日后必为中国肘腋之患”，但没有人相信这个不起眼的东洋小国，会对大清帝国构成什么挑战。

军事学家金一南说：“真正的战争，永远发生在战争开始之前！失败往往首先从内部开始。”

[1] 张承志：《三笠公园》，原载《鸭绿江》，2008年第3期。

第 四 节

啊！海军

两只蟋蟀在奋力拼搏，用你死我活的厮杀换取慈禧太后的笑脸。不知有多少日子了，这位中国最高统治者，都是在她的园子里打发时间。这位昆虫爱好者对于东北亚国际关系毫无兴趣。光绪亲政之后，她醉心于自己丰富多彩的退休生活，整个朝廷，也为她支付了一笔昂贵的退休金。光绪二十年（公元 1894 年），是慈禧太后的六十大寿，为了迎接这个节日，政府编订了远比编练海军更加详细的财政计划，按照这项计划，在庆典期间，紫禁城、西苑（今中南海）、颐和园、万寿寺等处的殿宇、门座均用彩绸装饰，这项"形象工程"的预算是 144150 两白银，在巡游回宫的路上，还耗资 460870 两白银，搭建 20 多座彩殿、彩棚，此外，还耗资 240 万两白银装修庙宇，搭建彩棚，安装宫灯，建造点景楼、音乐楼、灯游廊、牌楼等工程无数，不算为太后修建颐和园的费用，仅这些"形象工程"的费用，就能购买 3 艘"吉野号"，足以把日本海军打个稀烂，待日本人割地赔款之后，再办庆典不迟。而实际的情况是，北洋舰队自 1888 年以后竟不再有钱买船；光绪十八年（公元 1892 年），中国政府公开宣布，因老佛爷寿庆需款，海军正式停购军舰。这一决定给日本人吃了一颗定心丸，既然大清帝国乐于把海军战舰化成金辇银桥和湖光山色，甲午一战，就没有不输之理了。

在故宫博物院，曾收藏有许多慈禧太后赏戏班的银单，后来作为清宫档案，全部划拨给了中国第一历史档案馆。众所周知，老佛爷爱看戏，而且出手阔绰，动不动便拿出上千两赏银，恩渥优伶，正应了李白的那句诗：

珠玉买歌笑

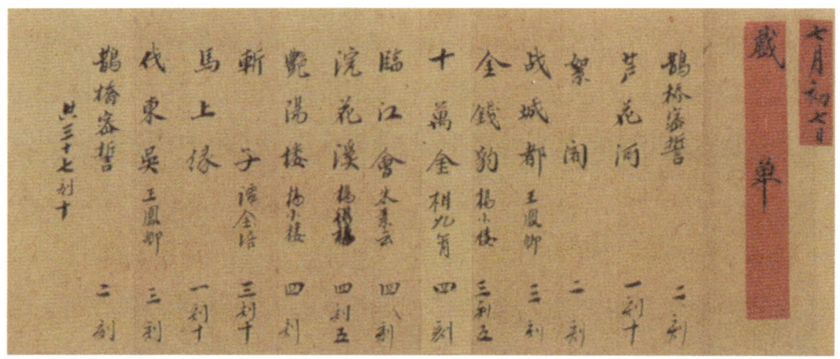
十月十五日共
賞銀一千五百一兩
長霖交下

七月初七日
戲單
鵲橋密誓 二刻
蘆花河 一刻十
絮閣 二刻
戰城都 王鳳卿 三刻
金錢豹 楊小樓 三刻五
十萬金 四刻
臨江會 朱素云 四刻
浣花溪 四刻五
艷陽樓 楊小樓 四刻
斬子 譚鑫培 三刻十
馬上緣 一刻十
伐東吳 王鳳卿 三刻
鵲橋密誓 二刻
共三十七刻十

慈禧太后赏戏班的银单　中国第一历史档案馆藏

糟糠养贤才[1]

李鸿章虽然被赏了三眼花翎，但他一点也开心不起来。在日本的步步紧逼面前，大清荒于军备，不进反退，起了个大早，赶了个晚集，这让他忧心如焚。这一年刚好是北洋水师三年大阅之年，5月里，李鸿章检阅了这支他亲手缔造的海军，又乘海晏轮，风尘仆仆地检阅了旅顺口、大连湾、威海卫、胶州澳等地的舰艇部队、海岸炮台、船坞厂库和军事学堂，好像一个勤劳的农民一点一点地过目自己的收成，只是这一次，他没有像当年接收自欧洲驶来的舰船那样充满底气，而是忧虑地向朝廷报告：

[1] 〔唐〕李白：《古风五十九首》，见《李太白全集》，上册，第94页，北京：中华书局，2011年版。

臣鸿章此次在烟台、大连湾亲诣英、法、俄各铁舰详加察看，规制均极精坚，而英尤胜。即日本蕞尔小邦，犹能节省经费，岁添巨舰。中国自十四年[1]北洋海军开办以后，迄今未添一船，仅能就现有二十余艘勤加训练，窃虑后难为继。[2]

光绪二十年这次阅操的图册，依旧收留在故宫博物院的文物库房里，称作:《渤海阅师图册》。图册全部手绘，绢本，设色，每开纵 40.5 厘米，横 57.6 厘米，真实地记录了光绪二十年（公元 1894 年）北洋海军在渤海湾举行的大规模阅操行动，自光绪十年（公元 1884 年）至光绪二十年，北洋海军举行过五次阅操，光绪二十年阅操是规模较大的一次，历时近 20 天，调集了南北洋军舰 21 艘，是近代海军史上规模最大的一次阅兵行动。

此时的李鸿章，已向英吉利国订购主力巡洋舰一艘，这艘速度快，射程远，为亚洲海军所未有，只是由于经费缺乏，英国人迟迟没有交货，前不久，日本国会经过激烈辩论，已通过决议，要抢先购买此舰，并命名为“吉野”号。此舰若落入日本海军之手，将来清日一旦爆发海上战争，决定胜负的，可能正是这艘军舰。此外，北洋水师所用煤炭，皆为开滦煤矿产煤，但因水师经费缺乏，已长期拖欠煤款，开滦煤矿已停止供煤，转而以高价售予煤商，故此，北洋水师动力能源，已被切断。总之，经费奇缺，已使水师处于不利位置，如果大清再度战败，必将万劫不复。

帝国海军发展的步伐突然放缓，还有一个原因，那就是来自“清流”的反对与压力。在与李鸿章的争斗中，一个重量级的人物——翁同龢挺身而出了。翁同龢经历道光、咸丰、同治、光绪四朝，身膺同治、光绪二帝老师，历任军机大臣、总理衙门大臣、户部尚书、协办大学士等要职，主管全国财政。翁同龢与李鸿章，是帝国两支最有杀伤力的笔，可惜的是他们的杀伤力不是用在

[1] 即 1888 年。

[2]〔清〕李鸿章:《校阅海军事竣折》（光绪二十年四月二十五日），《李文忠公全集》，卷七十八，第 16 页。

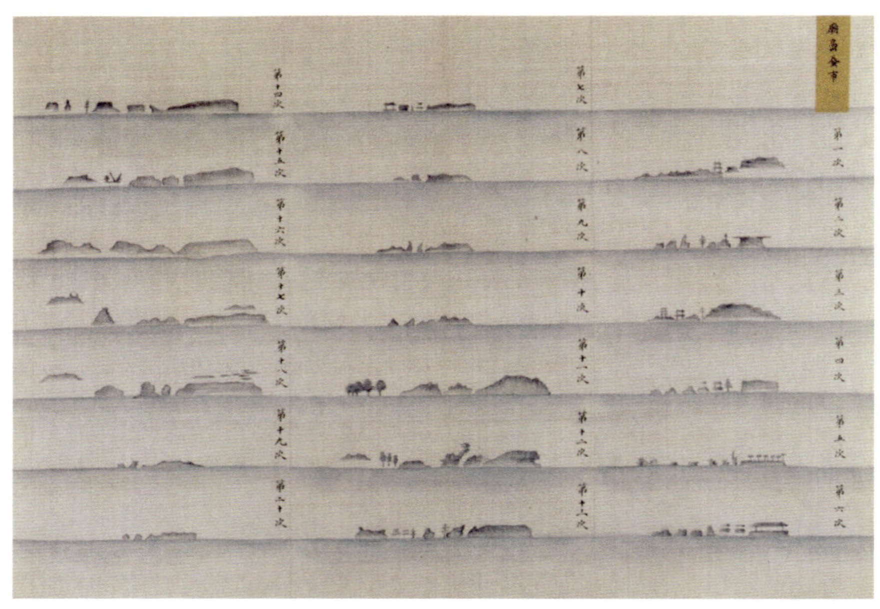

《渤海阅师图册》 清 佚名 故宫博物院藏

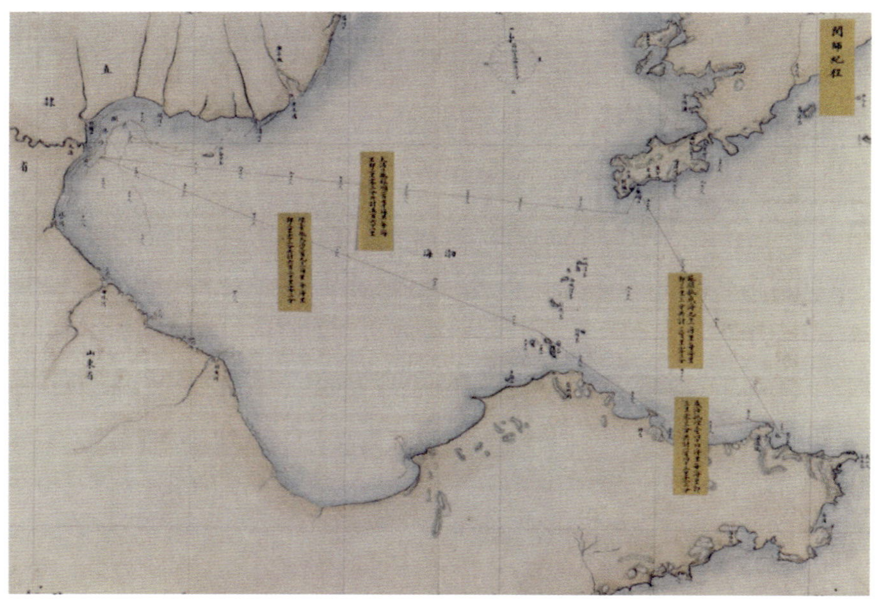

《渤海阅师图册·阅师纪程》 清 佚名 故宫博物院藏

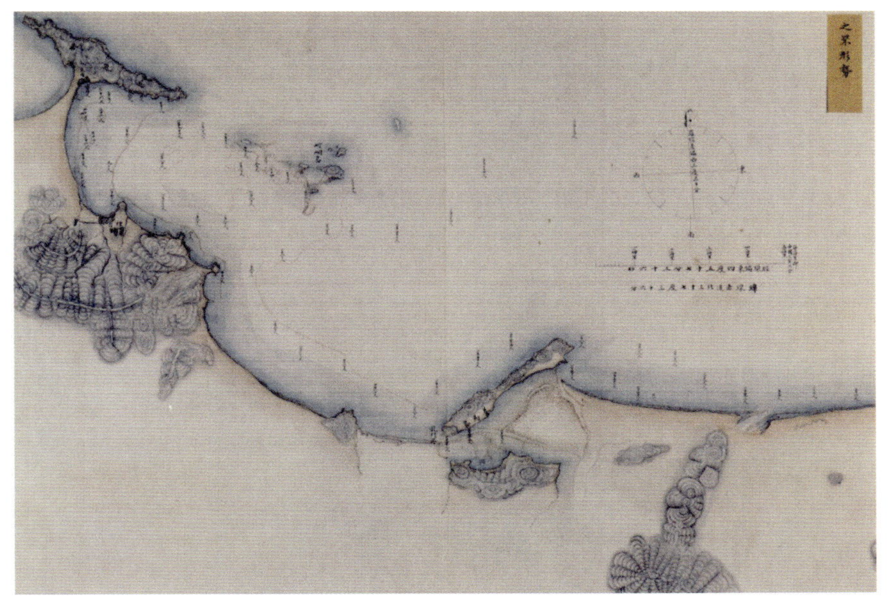

《渤海阅师图册·之罘形势》 清 佚名 故宫博物院藏

《渤海阅师图册·威海水道》 清 佚名 故宫博物院藏

《渤海阅师图册·威海船操》 清 佚名 故宫博物院藏

《渤海阅师图册·旅顺水操》 清 佚名 故宫博物院藏

《渤海阅师图册·海军布阵》 清 佚名 故宫博物院藏

《渤海阅师图册·兵船悬彩》 清 佚名 故宫博物院藏

《渤海阅师图册·烟台大会》 清 佚名 故宫博物院藏

《渤海阅师图册·登州振旅》 清 佚名 故宫博物院藏

对付外敌，而是相互攻讦，在奏折上针锋相对，甚至以对联相互讥骂。翁同龢曾经给出这样一个上联：

宰相合肥天下瘦

李鸿章对的下联是：

司农常熟世间荒

翁同龢是户部尚书，相当于古代大司农之职。此联巧妙地把李翁二人的籍贯、别号、官位搭配得浑然天成，堪称绝对。

光绪二十年（公元 1894 年）的寿庆活动，掩盖了所有的党争，把安定团结的大好局面粉饰得天衣无缝。农历正月初一，光绪皇帝奉慈禧太后懿旨，对王公大臣、总督、巡抚、提督、总兵、内廷、满汉六部、八旗子弟分别加封。或许，对于他们而言，这一切都代表着某种吉兆。整个国家都在承受着太后的恩泽。

而对于日本人来说，1894 年则是一个决定性的年份。他们的"大陆政策"执行得太早不行，强大的北洋舰队是他们无法逾越的障碍；执行得太晚也不行，中国的政治处于巨大的变局中——1905 年，清朝政府正式推行因光绪被废黜而一度中断的新政；1911 年，中国成立共和政府。1894 年，可以说是命运送到日本人手里的唯一一次良机。这一年，刚好是《整顿海陆军》诏书提出的"十年准备期"的最后一年。

当一群乐师正在紫禁城的一角认真演练万寿庆典的主题曲——《海宇升平日之章》时，日本人正期待着与大清国决一死战，所缺少的，只有一个战争的借口。这一年，朝鲜的东学党起义，应朝鲜政府的请求，李鸿章派总兵聂士成率 900 清兵进入朝鲜，帮助朝鲜平定叛乱。日本人终于看到了机会，迅速派兵入侵朝鲜。浩瀚的大海中，朝鲜半岛仿佛是为日本进入中国大陆而准备的一个天然的跳板。中日军队，终于在半岛上狭路相逢。日本人已经做好了战争的一切准备，而李鸿章还梦想着“外交解决”。

李鸿章不敢打，一说是他想保存实力，因为在大清官场，实力就是本钱，此说固然有理，但当年李鸿章率淮军攻打太平天国，一路冲锋陷阵，为何不保存实力？因此，最重要的原因，是他看到了大清海军的实力已经不是日本的对手，日本已经购得的“吉野”号，航速高达23节，而北洋舰队航速最快的“致远”号，航速只有18节，电影《甲午风云》最后，弹尽粮绝的“致远”号要“开足马力，撞沉吉野”，实际上，这一幕根本不可能发生。“吉野”号上的6英寸口径速射炮，每分钟发射5至6发炮弹，4.7英寸口径速射炮，每分钟发射8至10发炮弹，而大清舰队，速射炮极少，多数火炮只能几分钟发一炮。这些枯燥的数字，到了战场上，就意味着生灵涂炭。对这些数字，太后不感兴趣，皇上不感兴趣，翁同龢不感兴趣，只有李鸿章心知肚明。大清帝国如同当年黑船压境的日本，以匹夫之勇，逞一时之快，断然不会有好果子吃，所谓君子报仇，十年不晚，即使日本在天地、地利、人和都不利的19世纪70年代能成功避免战争，那么大清也应当如法炮制。如此，保存实力，就是策略，而不是自私怯战了。

当然，消极避战还有一个重要原因，在于李鸿章发展海军的指导思想，是以防御为主，因此，北洋海军一从娘胎里出来，就没有攻击性。美国著名海军战略理论家艾尔弗雷德·塞耶·马汉在《海军战略》一书中，将舰队分成“要塞舰队”和“存在舰队”两种类型。前者将全部重点都放在要塞上，使舰队成为要塞的附庸，除协助要塞之外别无存在的理由；后者则完全抛开要塞，将要塞视为只是供舰队诸舰进行加煤、修理和人员休整的临时庇护所。前者单独依靠设防工事对国家海岸线进行防御；另一个则是独自依靠舰队进行实际防御。在马汉看来，要塞舰队象征防御思想，而存在舰队象征进攻思想[1]，中日两军，刚好分别是“要塞舰队”和“存在舰队”的典型，截然不同的治军理念，导致了双方相反的命运。

[1] ［美］艾·塞·马汉：《海军战略》，第360、368页，北京：商务印书馆，1994年版。

而翁同龢，则以主战派的姿态出现了。如同以李鸿藻等为首的“清流派”官员一样，翁同龢不懂军事，没有像当年的李鸿章，在战场上摸爬滚打，从死人堆里爬出来，他们只知讲大道理，纸上谈兵。养兵千日，用兵一时，这个大道理谁都懂，在翁同龢嘴里，更是义正词严。历史上主战派最好当，他们只需要动动嘴，就可以博得满堂彩，占领道德制高点，反正炮灰有别人去当。打胜了，证明他们正确；打败了，自然有别人背黑锅。《蜷庐随笔》中记载了翁同龢的一句名言：“正好借此机会让他（李鸿章）到战场上试试，看他到底怎么样，将来就会有整顿他的余地了。”这句话让人毛骨悚然，显然，当年李鸿章以一纸奏折杀死翁同书，这份杀兄之仇，并未在翁同龢的心头泯灭，但他绑架了国家的命运，却有违他所标榜的儒家道德标准。

如果没有日本人掺和进来，那么“清”“浊”两派的争斗不过是历代党争的重演而已，然而他们生逢“三千年未有之变局”，党争的意义就有所不同，在日本的对照下，传统官僚政治的弊端就一目了然了——“在日本的明治维新时期，现代化的推进者们不忙于意识形态上的唇枪舌剑，而埋头于扎实的制度建设”[1]，只谈问题，不争主义，扎扎实实搞建设，一心一意谋发展，不论黑猫白猫，能打败大清就是好猫，而与大清帝国日益衰退的政府权威比起来，日本的天皇，既超脱于实际事务，又恰到好处地起到了动员、整合和凝聚社会力量的功能，于是，日本的宪政，带来安定团结的大好局面；而大清精英阶层的分裂与争斗，则成了帝国内部的致命伤。这应验了美国著名学者汉斯·库恩的名言：“没有人民主权观念作为先导，民族主义是不可想象的。”

清代党争，把洋务运动、把大清王朝、把李鸿章本人，都推向了绝路。

梁启超在《李鸿章传》中颇有感慨地引用西方报纸的评论说：“日本非与中国战，实与李鸿章一人战耳。”[2]

1894 年 6 月，北京天气酷热，6 月下旬开始，时常飘上一阵小雨，用翁

---

[1] 孙立平：《现代化为什么受挫》，原载《读书》，1991 年第 5 期。

[2] 梁启超：《李鸿章传》，第 57 页，天津：百花文艺出版社，2000 年版。

同龢的话说，叫“乍雨乍止”[1]，与阴晴未定的政局十分吻合。7月里，犹如天瓢翻转，翁同龢夜里时常在床上辗转反侧，无法入眠，天刚刚放亮，就去上朝，街上到处水流成河，“滑不留足”[2]，一不留神，就会陷入泥淖。黏稠的雨，让紫禁城的地面泛出黝黑的光，甚至分不清白天与黑夜。翁同龢的日记里，从6月26日开始，至7、8月间，几乎日日有雨，无雨的日子，又“毒热郁蒸”，“热不可支”[3]。

25日，就在李鸿章也在为日本人的“绝交书”一筹莫展的时候，传来了消息，挂英国国旗的“高升”号运兵船，在“济远”“广乙”两艘军舰的保护下，将1150名大清陆军官兵紧急运往朝鲜，被游弋在海上寻找战机的日本军舰“吉野”“浪速”“秋津洲”在朝鲜牙山口外丰岛附近逮个正着，向大清舰队发起突然袭击，不宣而战。

据史料记载，“高升”号运兵船在被日舰击沉前，被要求跟随“浪速”驶向日本，也就是说，全船官兵，都要成为日本人的俘虏。船长高惠悌的答复是：“如果你命令，我没有别的选择余地。但是我抗议。”[4]然而，船长的这一决定遭到全船官兵的一致反对，这样的情绪令高善继十分激动，说：“我辈自请杀敌而来，岂可贪生畏死？吾家身受国恩，今日之事，有死而已。”[5]

“浪速”舰长东乡平八郎得知清军的这一最后决定，用信号通知“高升”号上的欧洲人立即乘小艇离船，而后，右舷5炮同时轰鸣，炮弹击中“高升”的锅炉，一声惊天动地的巨响之后，锅炉爆炸了，刺眼的火光之后，船的一部分变成无数的铁片、黑烟飞上了天，遮天蔽日。整个船体剧烈地震动着，迅速开始下沉。

---

[1] 陈义杰整理：《翁同龢日记》，第五册，第2711页，北京：中华书局，1997年版。

[2] 陈义杰整理：《翁同龢日记》，第五册，第2709页，北京：中华书局，1997年版。

[3] 陈义杰整理：《翁同龢日记》，第五册，第2711页，北京：中华书局，1997年版。

[4] 转引自姜鸣：《龙旗飘扬的舰队——中国近代海军兴衰史》，第354页，北京：生活·读书·新知三联书店，2002年版。

[5] 池仲祐：《海军实纪·高大令次浦事略》，《清末海军史料》，第367页，北京：海洋出版社，1982年版。

“这是一个可怕的时刻”[1]，一百多年后，当史学家在图书馆里搜寻这一段史料时，仍然忍不住摇头叹息。由于是运送陆军的船只，所以许多人不会水。那些会水的人接二连三地跳向大海，不会水的人，便自动集结在尚未沉没的高处，用步枪射击日舰。一艘日本小艇驶来。它只搭救落水的欧洲人，并向水中游泳的中国士兵开枪射击。乌黑的枪管一个一个地对准了海水里的脑袋，就像执行枪决一样，从容不迫地射击。子弹像海风一样流畅地滑进他们的大脑里，冲过脑浆的阻力，又从头颅的另一端欢畅地飞出来。那些愤怒的面孔变得扭歪、狰狞起来，然后就消失在海水里了，留下一团团五彩缤纷的水沫，绽放如花。[2]

丰岛战役爆发前一天，翁同龢晨起无事，兴致勃勃地出东便门，登上小船，沿通惠河到二闸看水。他在日记中写道：“徜徉野店看闸，水声如雷鼓。”[3]

在李鸿章的幻想、翁同龢的闲适中，战争，就这样“猝不及防”地到来了。

8月1日，光绪皇帝在斋戒三天之后，前往太庙行礼，而后，驾还养心殿，这天晚上，慈禧太后在纯一斋看戏[4]，就在宫殿的祥和气氛中，中日两国同时宣战。仗是不能不打了，但打了两个星期，李鸿章深知不能硬拼，硬件方面自不是对手，软件方面，李鸿章亦深感“陆军无帅，海军诸将无才，殊可虑”[5]，于是心里仍然想着通过外交途径和平解决这一争端。本着“以夷制夷”的精神，他主张把“高升”号所属的英国扯进来做外援，搞抗日国际统一战线。此议却遭到翁同龢的断然拒绝。李鸿章不甘心，又派他的英文秘书罗丰

---

1 姜鸣：《龙旗飘扬的舰队——中国近代海军兴衰史》，第354页，北京：生活·读书·新知三联书店，2002年版。

2 关于这段史实，张荫麟曾参考中外记载18种，写成《甲午中国海军战绩考》，原载《清华学报》十卷一期。

3 陈义杰整理：《翁同龢日记》，第五册，第2711页，北京：中华书局，1997年版。

4 《清代起居注册光绪朝》，第50册，第25343、25344页，台北：联经出版事业公司，1987年版。

5 〔清〕李鸿章：《寄译署》（光绪二十年六月初七日酉刻），见《李鸿章全集》，第24卷，第267页，合肥：安徽教育出版社，2008年版。

禄到日本领事馆，通知日方，李鸿章将派他为秘密特使，到东京面见日本首相伊藤博文，“忠诚希望和睦解决，并安排如何就朝鲜问题开展谈判”[1]。

在展开外交斡旋的同时，李鸿章不得不传达总理衙门的意见，要海军往仁川截击日本运兵船。他再次强调“速去速回，保全坚船为要”[2]。2日，丁汝昌遵照李鸿章的指示，率6舰第二次巡弋朝鲜大同江的洋面，连只鸟都没有看到，就“速去速回”地回到了威海。朝廷电诘李鸿章：“威海僻处山东，并非敌锋所指，究竟有何布置，抑或借此藏身？”5日，朝廷又来电质问：“倘日久无功，安知不仍以未遇敌船为诿卸地步？近日奏劾该提督怯懦规避，偷生纵寇者，几乎异口同声。若众论属实，该大臣不行参办，则贻误军机，该大臣身当其咎矣！”[3]皇上不高兴，后果很严重，李鸿章给丁汝昌布置了任务，要他每月带队往返威海与大同江口两次，相机击逐日舰及运兵船，并就近前往鸭绿江口巡查，使日舰不敢肆行窜扰，以稳定局面。

至9月上旬，近一个月中，丁汝昌率舰队来去匆匆，奔波往返于威海、大同江、旅顺一线，不敢行驶出北纬37°线以南地区，更不敢前往日本舰队锚地隔音群岛，名为搜索日舰，实际竟像有意捉迷藏，以回避主力决战。这种行为，使得激进的士大夫大为不满。李鸿章办洋务以来产生的“清流”与“浊流”之间的矛盾，又一次引爆。李鸿藻在给翁同龢的信中说“海军船只一无所用，真可杀也”[4]，反映了当时人们的普遍情绪。礼部右侍郎志锐，御史安维峻、钟德祥，翰林院编修张百熙，侍读文廷式等纷纷弹劾，清议汹涌，力主撤换丁汝昌。这批人以翁同龢为领袖，松散地云集在皇帝周围，常被后人称

---

[1] 《伍廷芳致盛宣怀函》（光绪二十年六月十九日），陈旭麓等主编：《盛宣怀档案资料选辑之三·中日甲午战争》，上册，第59页，上海：上海人民出版社，1982年版。

[2] 〔清〕李鸿章：《寄刘公岛丁军门》（光绪二十年七月初一日午刻），《李鸿章全集》，第二册，第836页，合肥：安徽教育出版社，2008年版。

[3] 《译署来电》（光绪二十年七月初五日酉刻到），《李鸿章全集》，第二册，第853—854页，合肥：安徽教育出版社，2008年版。

[4] 《李鸿藻致翁同龢函》（光绪二十年八月十四日），《中日战争》（中国近代史资料丛刊续编），第六册，第442页，北京：中华书局，1989—1996年版。

作“抵抗派”。[1]

学者姜鸣指出：“无论皇帝，无论‘抵抗派’中的激烈分子，对于如何正确使用海军，其实都无把握。23 日，军机处直接电令丁汝昌，称威海、大连湾、旅顺口为北洋要隘、大沽门户，海军各舰应在此处来往梭巡，严行扼守，不得远离。勿令一日船阑入。倘有疏虞，定治丁汝昌重罪。这道训令表明，朝廷对于海军的使用，与李鸿章并无二致。同日，李鸿章派汉纳根前往襄助海军防剿事宜。汉纳根与丁汝昌相商，称因无快船可以飞驶查看敌舰动向，且敌舰不免还要前来窥伺，所以‘水师现在不能甚做大事’[2]。”[3]

北洋海军不去主动寻找战机，争夺黄海制海权，日本就抓紧时间往朝鲜运兵。从 7 月 25 日到 9 月 12 日，在联合舰队护航下，分 4 次向朝鲜运送了 2800 余名官兵。[4]就在朝廷上下一片手足无措中，9 月 16 日，平壤失守。第二天一大早，翁同龢得知消息，当场怒斥李鸿章贻误战机，并促使光绪帝颁谕，“著拔去李鸿章三眼花翎，褫去黄马褂”。

9 月 17 日上午 11 时 55 分，将大清军队和物资运至鸭绿江口大东沟之后，北洋军舰上的将领们正在吃“烧白鸽”，一个将校突然冲进餐厅，说发现西南方向天水线上遥遥升起几缕黑烟，像是日本舰队。将士们都跑出去看，看不出更多情况，决定边用餐边商量，同时为轮机的蒸汽锅炉生火准备。当他们看清来船时，发现船上悬挂着美国国旗。

25 分钟后，来舰已越来越近，清兵们发现，对方船上突然换成日本国旗。

在日本军舰上的水兵眼里，北洋军舰也越来越近，日本舰队指挥官伊东佑

---

[1] 姜鸣：《龙旗飘扬的舰队——中国近代海军兴衰史》，第 361 页，北京：生活·读书·新知三联书店，2002 年版。

[2] 〔清〕李鸿章：《寄译署》（光绪二十年七月二十四日戌刻），见《李鸿章全集》，第 24 卷，第 267 页，合肥：安徽教育出版社，2008 年版。

[3] 姜鸣：《龙旗飘扬的舰队——中国近代海军兴衰史》，第 361 页，北京：生活·读书·新知三联书店，2002 年版。

[4] 姜鸣：《龙旗飘扬的舰队——中国近代海军兴衰史》，第 365 页，北京：生活·读书·新知三联书店，2002 年版。

亨从望远镜里看到，清国军舰上，“两臂裸露而呈浅黑色的壮士，一伙一伙地伫立在大炮旁，正准备着这场你死我活的决战”。他怕一向对日本海军缺乏信心的水兵临战畏惧，特别下令准许“随意吸烟，以安定心神”。[1]

中午12时50分，难耐的沉寂终于被打破。双方舰队相距五六十米时，刘步蟾下令“定远”号上射程只有5000米的大炮开火。但这一炮并没有击中目标，30.5厘米口径的巨弹，随着轰然巨响，从日军头顶飞越，在吉野舰侧500米的海面上，炸起高达数丈的火花，北洋官兵扼腕息，但日军却以为清军是有意给他们一个下马威。桥本海关在《清日战争实记》中写道：“是为黄海海战第一炮声，盖此炮声唤起三军士气也。”[2]“镇远”舰和北洋各舰也纷纷发起炮击。炮弹在距离日舰更远的地方坠入海中，在北洋指挥官们的望远镜里，日本舰队已被无数朵巨大的白色水花所吞没。但那些水花如昙花般一闪即逝，水花消失之处，日舰完好无损。

战争似乎一开始就朝着不利于清军的方向发展。突然的炮击，似乎于我方的损害更大。北洋舰队的实际统帅丁汝昌所站的飞桥被突然开火的大炮震塌，日本还没开炮，清军旗舰就已受重创，北洋水师的主帅也从上面重重跌下，身负重伤。清朝政府无钱修船，战争一开始，就遭到报应。

日军在沉默3分钟后，才发炮还击。显然，日本人很沉着，而射程的计算也更加精准，决不轻易浪费炮弹。这一天，对于日本人来说，是渴盼已久的，“定远”“镇远”等大清军舰带给他们的耻辱，都将在这一天洗刷，它们就在前方的海上，在他们的射程内，把它们击沉，是日本海军的唯一使命，所以，以“吉野”号为首的日舰，显得格外兴奋。它凭借自身的航速和射速优势，集中火力攻击我舰队右翼的“超勇”“扬威”二舰，这两艘装载着李鸿章的荣誉和梦想的军舰被很快击沉，变成水面上一堆零乱的泡沫。而“定

[1] 弘治、张金典、孙大超：《盛世之毁——甲午战争110年祭》，第197、198页，北京：华文出版社，2004年版。

[2] 弘治、张金典、孙大超：《盛世之毁——甲午战争110年祭》，第197、198页，北京：华文出版社，2004年版。

远”“镇远”这两艘铁甲舰没有让中国人失望，它们经过奋力拼杀，破坏了日本舰队的整体阵形，将它们拦腰切断，并给“比睿”“扶桑”“西京丸”“赤城”4舰狠狠打击，将这4舰轰得不知去向。直到战争结束后，日本舰队才在远方海面上找到它们，其中“西京丸”被炸得体无完肤，已成废船，电影《甲午战争》中，有一枚150毫米炮弹，击中了“西京丸”而没有爆炸，这发炮弹是从“平远”舰上射出的，“西京丸”得以苟延残喘；“松岛”被“定远”打得遍体鳞伤，虽挣扎着返回本国港口，但已失去修复价值，而退出日本海军战斗序列。如果北洋舰队以强大火力咬住它们，击沉这4舰，则甲午海战至少可以打成平局。可惜由于旗舰被毁，整个舰队已失去统一指挥，整个舰队也因此而失去战机。

“定远”在追击“松岛”时，“吉野”“浪速”等4艘日舰转舵，开始围攻“定远”。120毫米口径炮弹如雨般在“定远”的甲板上落下，溅起一片血花。但“定远”始终坚持战斗。因“定远”桅杆被炸断，“靖远”号主动担负起旗舰使命，“定远”“镇远”“来远”“广丙”“平远”纷纷向旗舰聚拢。

日舰方面，“桥立”号也充任临时旗舰，日军开始向旗舰集合，清军以为日军要整军再战，没想到日军向西南来路会合后就一去不回。北洋舰队受自身航速所限，没有追击，便拖着残躯离开血海，驶向旅顺休整。

这次鏖战的结果如下：北洋海军损失5艘军舰，日方有5舰受重创，但没有一艘军舰被击沉；我军阵亡1000余人，日军为600余人，其中，我军阵亡舰长4人，对方仅一人，即赤城坂本，从战果看，日本取胜，但北洋水师实力尚存，还有还手的余地。

那艘被日本人视为眼中钉的“镇远”舰，最终还是成了日本海军的战利品，驶入日本，编入日本海军战斗序列，直到1911年，它因无法跟上军备更新的步伐而被日本海军除籍，船体被肢解，它的铁锚和十个大炮弹至今安放在东京上野公园，将中国人的耻辱公开展览。

而那颗打中了“西京丸”而没有爆炸的炮弹，也成了日军的战利品和“神明保佑”的象征，静静躺在日本本州岛冈山县吉备津的神社里，供人瞻仰。如此弹爆炸，“西京丸”必遭灭顶之灾。

黄海之战，我军官兵作战英勇，“镇远”在作战中，主炮中弹，一个炮手的头骨当场被炸碎，脑浆像柳絮一样在海风中飘过，在他倒下的地方，另一炮手及时填补上来；“来远”水手王福清在搬炮弹时，脚跟被炮弹削去，竟依然奔跑如飞，直到他看见甲板上拖出的长长的血迹，才发现自己受伤。

100 多年后，国人在日本大阪的玉造车站附近的一座神社旁，发现了 6 名大清水兵的墓地。这里本来是 1945 年以前在战争中死亡的日军官兵的墓地，在密集的草木中仔细辨认，居然发现 6 块石碑上，镌刻着大清帝国水兵的名字，分别是：

清国　刘得起　　清国　吕文凤　　清国　刘汉中

故清国　杨永宽　　故清国　西方诊　　清国　李金福

这些草木掩映的名字，令人怦然心动，那些被太阳晒得黧黑的面孔，似乎在一瞬间真实地浮现出来，清晰生动。他们是随“镇远”号被捕到日本，又在交换战俘前死在大阪陆军临时医院的。可爱而又可怜的大清水兵，用他们的死，为这个腐烂透顶的帝国赢回了最后一点尊严。刘汉中在临死前留下的最后一句话是：“把我的官职刻在墓碑上。”这个朴素的愿望里，包含着帝国军人的荣誉感。

只有“济远”“广甲”临阵脱逃，“济远”管带方伯谦称，“济远”漏水，火炮皆毁，不能出战，所以退出战场。它返回旅顺港时，才把海战的消息，带给岸上的人们。

李鸿章就在这时获得了关于海战的电文，但关于战果，他一无所知。没有人比他更加焦急，等待着最后的结局。他知道，自己的身家性命，都维系在这场战斗中。终于，海战结束了，李鸿章的手里，攥着丁汝昌在伤痛中给李鸿章写下的一纸避重就轻的战况汇报。他心绪难平，除了为死难的邓世昌、林永升、陈金揆（kuí）、黄建勋、林履中请恤，他决然奏请方伯谦即行正法。24 日晨，方伯谦还在睡梦中，就被从床上拖下来，穿着一身茄青色纺绸睡衣，押到黄金山下大船坞西面的刑场上，还没完全明白怎么回事，人头就落地了。

第 五 节

鬼子来了

甲午战争的第二阶段以陆战的形式进行。一切都是依照日本军方的计划书进行的，严丝合缝。大清王朝的战争发言权实在有限。而陆上的局面，也不过是海上战局的翻版而已，这个渴盼奇迹的王朝最终未能如愿。

本来，大清王朝对陆战是做了准备的。当朝鲜东学党事起，光绪帝向自己的属国朝鲜调兵时，就命令主动请战的黑龙江将军依克唐阿进驻奉天。同时，光绪还谕电李鸿章，调驻守旅顺的宋庆，率军与已在大东沟登陆的刘盛休铭军等部，向“奉省门户”九连城一带集结，加强沿江纵深的防御力量，并电令东三省练兵大臣定安和盛京将军裕禄，命其派兵“前往鸭绿江，并举办乡团，添募猎户炮手，随时防堵”。这表明这位年轻的皇帝的先见之明，和对局势的把握能力。而且，他已经把目光投向正规军以外的民间武装，表明他已具有“全民抗战”的思想。在黄海海战开始的同时，在奉省东边到鸭绿江沿线，已经集结 70 多营 3 万余人的中国防军，而新组建的乡团、民勇还不计在内，从而构成了以九连城为中心，左翼伸到长甸，右翼达安东（今辽宁省丹东市）及大东沟的鸭绿江防线。完成这些布防，不知心力交瘁的光绪，是否可以回到寝宫，睡一个安稳觉。

此时，光绪也接到了翁同龢的建议：“宜调东三省兵，而急设大粮台，派大员经理，又于鸭绿江岸筑土炮台等数事”。翁同龢的主战思想，终于有了用武之地，战事的发展，也“证明”了他的“先见之明”。果然，11 月 3 日，翁同龢被补授军机大臣。凭着一腔热血和三寸不烂之舌，翁同龢终于进入帝国政治的中枢。

日本与大清争夺海洋，目的还是争夺陆地，如果大清能够阻止日军登陆，也算亡羊补牢，然而，所有这些计划，都是纸上谈兵。此时的大清帝国，仿佛浑身的关节都已经脱节，纵然头脑清醒，也无法做出有效的动作。而日本人，则计划周密，行动有力。甲午年九月二十六日（公元 1894 年 10 月 24 日）早晨 6 点 30 分，日军在辽东半岛南岸的一个不太引人注目的登陆点花园口登陆的时候，清军竟然毫无察觉。清军之所以没有设防，是因为这里海岸较浅，大船不能抵达，“花园口锚地距海岸约 4 海里，登陆部队需换乘汽艇牵引的舢板，还得在满潮时行驶运送。且海湾内礁岸环立，地势复杂，确实不是一个理想的地点。日军分三批在此登陆，整个行动延续至 11 月 7 日方才结束，前后共达半个月，共运送登陆人员 24049 名，马 2740 匹”[1]，都没有得到清军的丝毫阻止。

清军就这样，稀里糊涂地把日本人放了进来，一旦他们发起进攻，毫无防备的清军立即兵败如山倒。在左翼，日军占领安平，依克唐阿败走宽甸；在九连城城东，聂士成苦战之后，虎山失守；而整个九连城，在挣扎了 4 天之后，落入敌手。宋庆退往凤凰城，驻守安东的部队也向岫岩溃逃，整个鸭绿江防线全面崩溃。

自此以后，辽东战场的节节溃败，已像多米诺骨牌一样，无法扭转。在山县有朋指挥日本第一军侵犯辽东的同时，大山岩指挥第二军，在日本联合舰队的掩护下，在花园口登陆，向辽南的咽喉金州进犯。像所有的忠臣良将一样，徐邦道以死相拼，但他的抗敌决心仍没能化为胜利，金州于 11 月 5 日失守，此时，日军几乎可以带着度假的心情，轻松前往大连和旅顺了。守卫大连的铭军将领赵怀益早已做好了逃亡旅顺的准备，日军几乎兵不血刃地进入大连。赵怀益还送给日军一份不菲的见面礼，那就是大连的所有军械储备。史家评价：“我海疆炮台，大连湾式最新炮亦最利”，“经营布置，凡历六载，最称巩固”[2]。现在，它们所起的作用，仅仅是加强了敌人的实力。

---

[1] 姜鸣：《龙旗飘扬的舰队——中国近代海军兴衰史》，第 388 页，北京：生活·读书·新知三联书店，2002 年版。

[2] 王芸生：《六十年来的中国与日本》，第二卷，第 134、135 页，北京：生活·读书·新知三联书店，2005 年版。

旅顺，此时已成为最后的孤城。这一军港，李鸿章曾投巨资，经营16年之久。但是，再坚固的堡垒，也帮不上清军的忙了。日军步兵整齐的行军声，在秋日的半岛上回荡，有条不紊地向南方挺进。而此时的清军，已经杂乱不堪，只有徐邦道，在退却途中，对日军进行一些有限的骚扰。随着日军的逼近，各路清军纷纷溃逃，留下一个不设防的城市，给日军屠杀。

屠杀开始于1894年11月21日，4天之后，这座城市只剩下了36名中国人——日军之所以没有杀掉他们，是为留下他们以便掩埋尸体。他们的帽子上粘有“勿杀此人”的标记，才得以幸存。[1]

关于这场屠杀，作为目击者，英国海员阿伦在其《在龙旗下——甲午战争亲历记》一书中写道：

> 致命的复仇和杀戮，使惊慌失色的人们涌向街道。我向前走时，传来越来越大的步枪声、盛怒日军的叫喊声和受害者临死前的尖叫声。
>
> 我直奔旅店，四周都是仓皇奔逃的难民。此刻，我第一次看到日军紧紧追赶逃难的人群，凶狠地用步枪和刺刀对付所有的难民，像魔鬼一样刺杀和挥砍那些倒下的人们。
>
> 日军很快向全城各方推进，凡他们撞见的人都给射杀了。几乎在每一条街上，人们开始被满地的尸体弄得寸步难行，而撞见一群群杀人魔鬼的危险每时每刻都在增加。[2]

前所未有的灾难就这样降临了，这座濒海临风的美丽城市就这样沦为一片

---

[1] 胡兰德：《关于中日战争的国际公法》，转引自戚其章：《甲午战争史》，第211页，上海：上海人民出版社，2005年版。

[2] [英]阿伦：《在龙旗下——甲午战争亲历记》，第78—93页，伦敦，1898年版，James Allan,*Under The Dragon flag*,London,1898,P.78—93。有人怀疑阿伦《在龙旗下》的真实性。史学家戚其章考证，阿伦的记述无可怀疑。例如，其中所述黄海海战、旅顺街道、炮台名称和位置，都准确无误。特别是记述清军奖励活捉倭人的告示，不见于其他记载，却与日谍向野坚一的《从军日记》所述一致，更可证明阿伦若非亲历，是写不出这本回忆录的。详见戚其章：《旅顺大屠杀真相再考》，原载《东岳论丛》，2001年第1期。

血海。根据阿伦的记载，即使在深夜，屠杀也未曾停止，刽子手从来没有如此敬业。他们提着纸灯，寻找着他们的猎物，在飘忽的纸灯的照耀下，他们的面孔忽明忽暗，更显狰狞。那种微弱的底光打在脸上，标明了他们魔鬼的身份。

大屠杀中，美国纽约《世界报》记者克里尔曼、英国《泰晤士报》记者柯文、《黑白画报》记者兼画师威利阿士等，都发出现场报道。

日本官方显然不希望自己在全世界面前丢丑，各种亡羊补牢的掩饰活动相继展开。这表明日本人并非没有是非观，他们显然清楚自己的暴行有违人类基本价值，为人类社会所不容，但在他们眼里，这些所谓价值只是一块破抹布，只有在需要遮羞的时候，才拿出来遮掩一下，不需要的时候，则把它们像扔垃圾一样，统统抛到九霄云外。

外务大臣陆奥宗光代表日方致电《纽约报》“辟谣”，称：“请记住：在向部内及他处有关人员提供资料时，务必运用以下诸点：（1）逃跑的中国士兵将制服丢弃；（2）那些在旅顺口被杀的身着平民服装的人大部分是伪装的士兵；（3）居民在打仗前就离开了；（4）一些留下来的人受命射击和反抗；（5）日本军队看到日本俘虏被肢解尸体的残酷景象（有的被活活烧死，有的被钉在架子上），受到很大的刺激；（6）日本人仍然遵守纪律；（7）旅顺口陷落时抓到大约 355 名中国俘虏，都受到友好的对待，并在几天内送往东京。”[1]

联想到日本人于 1937 年在南京的暴行，以及今天日本右翼势力对靖国神社的态度，我们会吃惊于日本人对待历史问题惊人的一致性。面对这样一个民族，中国人首先要做的，就是记住历史，特别是自己的惨痛历史，就像犹太人一样，不让“以史为鉴”流于口号。一个民族是否成熟，首先取决于它从自己的记忆里提取有价值东西的能力。早在南京大屠杀之前 40 多年，旅顺就已经经历了一次血腥的屠城。我们的内心应该能够在穿越无数个绚烂或者平静的岁月之后，抵达那个恐怖之夜。血城里的亡魂时刻向我们提醒着他们的

[1] 转引自弘治、张金典、孙大超：《盛世之毁——甲午战争 110 年祭》，第 212、213 页，北京：华文出版社，2004 年版。

存在。我们的心将因此而痉挛。领袖说，忘记过去就意味着背叛。背叛谁？就是背叛那些无辜的亡魂。

旅顺“万忠墓”，是无法推翻的不朽证据。日本人命中国抬尸者把尸体集中到花沟张家窑，浇油焚烧。十几天后，大火仍然没有熄灭。这种令人作呕和窒息的气息纯属日本制造，与这座海边城市的水光天色格格不入。后来，一片惨白的骨灰出现了，被装进四口大棺材，这些就是曾经在这座城市里存在过的几乎所有生命，现在，他们消失了，连他们自己都不清楚自己的生命是怎样被剥夺的。他们消失之后，整个城市变成一座空城，只有风和杀红眼的魔鬼，像幽灵一样，从街巷中穿过。

自诩“文明国”的日本认为，这不过是“以血还血的报复而已”，那些“以为日本人回复到野蛮状态的说法是荒谬可笑的”[1]。而《大公报》总编辑、被誉为“名世大手笔”的中日关系学者王芸生则说：“日本开战的手段是非常恶劣的。海上的丰岛之战，陆上的牙山之战，都是以偷袭的手段，把战争强加给对方，中国方面才不得已而仓促应战。日本军队的纪律之坏及其凶残嗜杀，在这次战争中大为暴露。像旅顺的四日屠城，简直是灭绝人类的暴行，应为日本民族之羞。”[2]

占领辽东半岛后，日军又以海陆军协同作战的方式，进犯山东半岛，威海的陆上炮台被日本陆军占领，李鸿章苦心经营的火炮对准了北洋舰队，1895 年 2 月 17 日，日本正式占领威海卫，北洋舰队除一部分舰艇引爆自沉外，共有 11 艘舰艇成为日军战利品，丁汝昌等将领大部分自杀殉国，“志节凛然，无愧舍生取义”[3]，北洋水师全军覆灭。

[1] ［澳］雪珥：《绝版甲午——从海外史料揭秘中日战争》，第 157 页，上海：文汇出版社，2009 年版。

[2] 王芸生：《六十年来的中国与日本》，第二卷，第 3 页，北京：生活·读书·新知三联书店，2005 年版。

[3] 弘治、张金典、孙大超：《盛世之毁——甲午战争 110 年祭》，第 314 页，北京：华文出版社，2004 年版。

第　六　节

海宇升平日

1894 年 10 月 30 日，金州形势危急的时候，慈禧太后的万寿庆典仍在有条不紊地进行当中。排除一切干扰，将庆典进行到底，已经成为慈禧胸中不可动摇的信念。不知这是出于对日本军队的藐视，还是出于对战争的无知。

也许，在慈禧太后看来，只有把她的万寿庆典办成团结的大会胜利的大会，才能真正向世界展示大清帝国的国威。也许，在慈禧心里，内忧外患早已是她年轻时的往事，这漫长的时间，使她内心的伤痛早已结痂、愈合，在经历了所谓“同光中兴”之后，大清帝国这辆残破的老车，已经驶过最危险的路段，等待它的将是一片坦途，国破家亡的记忆已经渐渐隐退，被繁华世象所取代，像郑观应《盛世危言》、康有为《上清帝第一书》、孙文《上李鸿章书》这样的文字，纯属酷爱清议的文人墨客们在故弄玄虚、危言耸听和哗众取宠，除了可以不时用于打击政敌之外，这些清议狗屁不是。笼罩在紫禁城内的这种“和合精神”，使大清帝国像一只在大鼎温水中怡然自得的蛤蟆，一边独享着飘香的温泉，一边幻想着海宇升平的天鹅梦，而大鼎下，却是烈火猛烧。

于是，那支亚洲第一的海军止步不前，船开不动，炮打不响，国难之际，大清帝国国库里的黄金白银，都化作颐和园中的湖光山色、游船画舫。万寿山上宫殿重重、帷幕层层遮住了外面的世界，这个朝廷的女主人对外面的世界一无所知。戏台上的刀光剑影，只为博得老佛爷一笑。品茶听戏，成为她的主要工作，她的艺术品位日益提升，而现实中的战争，却丝毫引不起她的兴趣。中国的皇帝壮志在心，但是只要与现实相遇，他就会发现自己的雄心毫无用处。“坐到了驭手的位置上后，皇帝发现在很大程度上是车在操纵他，而不是他在操纵车。亲政以后，……帝国政治如同一架上好了发条的钟表，一

在皇极门外。慈禧自金辇上下来，可谓雍容富贵、仪态万方。这个养尊处优的老太婆，素以观世音自居，我们至今可以从外国人拍摄的照片上，看到她以观音造型拍摄的照片，但她对百姓的命运不闻不问，充其量只是个冒牌的观音。在内侍的簇拥下，她由西门步入，从东边的石阶进入皇极殿。她悠缓的步态，仿佛这个国家真的国泰民安。慈禧在御座上坐定，巨大的宫殿变得一片肃静，听得见风撩动大臣长袍的声音。这时，嗓门最大的太监开始朗读贺表，为慈禧太后歌功颂德。欺骗有时具有巨大的魅力，甚至会让人上瘾，慈禧就是一个喜欢骗局，并且乐于享受骗局的人。

读毕，光绪皇帝高举贺表，进入宁寿宫，把贺表交给内侍后，退出，这个皇帝在这一时刻表现出足够的谦卑。这样的皇帝，在中国历史上也并不多见。在光绪皇帝的率领下，后妃、王公和满朝文武三跪九叩，山呼万岁，数千人跪伏在凹凸不平的石板地上，像潮水一样起伏跪拜。那曲《海宇升平日之章》也悠然响起，在宫殿庭院间回荡。这一系列庄严的仪式只起到一种作用，就是让慈禧见证了自己的权威，她是这个庞大帝国的无冕之王，她笑了，她的微笑是以辽东战场上成千上万人的生命为代价的。

慈禧万寿庆典的整个过程，显然经过了一丝不苟的计划，它的周密程度，远比辽东半岛的备战计划周密得多。这表明这个王朝具有强大的组织能力，但这个王朝只有在孝敬皇太后时，才能表现出惊人的团结和创造力，除此之外，整个王朝都是一盘散沙。

熬过了冗长的庆祝程序，翁同龢等官员心急如焚地返回巡防处，准备办理军机要务，这时，来自慈禧的一道令人吃惊的懿旨下达了：赏赐皇帝和王公大臣听戏3日，一切军国大事一概放下停办，还说："今日令吾不欢者，吾将令其终生不欢。"那么，这道懿旨，并非出自对日理万机的君臣们的亲切关怀，而是把他们当作陪自己娱乐的道具，如果他们让她不爽，她将让他们一生不得安宁。

锣鼓响处，武生们在戏台上闪展腾挪，彼此厮杀得难解难分，舞台下面，王公们神态自若，如痴如醉，气氛轻松，天下太平。

翁同龢只陪慈禧听了半个时辰的戏，就匆匆忙忙溜了出去。第二天子夜，当慈禧和王公大臣们带着庆典方式之后的兴奋、疲惫或者郁闷之类的复杂心情昏然入睡的时候，翁同龢等军机大臣被一阵急切的敲门声惊醒，他们得到来自旅顺的急电。

此时，前线告急的电报像雪片一样飞到军机大臣们手中，令他们应接不暇。每张电报纸，都像敌方的利刃，刺入老臣们的心窝。所以，翁同龢打开电文的手，既急迫，又迟疑。那些沾满血泪的文稿，令他心有余悸。皇帝不等读到电文，就能从军机大臣们的脸色上，猜想到底发生了什么。9日，翁同龢到慈禧那边稍微应付了一下，就悄然退出，午饭后，他又赶到慈禧听戏处走个过场，又匆匆赶往巡防处，此时他得到北洋于丑时发来急电，南关岭已失，徐邦道败退，旅顺仅半月余粮，他一拳击在桌案上，闭上眼睛，他的喉咙里发出一道沉闷的声音："此绝症矣。"

面对接连的惨败，翁同龢就像一个明天就要考试而自己一点准备都没有做的小学生一样，临时抱佛脚，提出了"悬破格之赏，不次之迁，以作将士之气"的建议，当然没有任何用处。当他得知清政府派赴日本的谈判代表竟被日本政府无理驱往长崎的消息后，又发出"近于辱矣"的慨叹。2月13日，清廷改派李鸿章为赴日议和全权大臣。22日，光绪接见李鸿章时，军机大臣中，孙毓汶认为"必欲以割地为了局"，翁同龢则坚决反对，而且申明"台湾万无议及之理"，可惜对于这个惨败的国度来说，他所说的，都是正确的废话。

13日，日本在为进攻旅顺这座最后的孤城做积极的准备。这一天，慈禧巡游，在乐队的先导下，乘辇返回西苑，初冬的阳光照亮了南海的水面，令她心神为之一爽。她牵挂已久的庆典，终于成功举办了，她向大臣们慷慨行赏，此时，没有什么令她感到不满足的了。

11天后，日本在旅顺进行的大屠杀令举世震惊。不久之后，在全世界的同声谴责之外，一场声势浩大的庆典，在日本国内举行。这场庆典的规模，丝毫不逊于慈禧的万寿庆典，而且，这场庆典的参加者，绝大多数是自发参加的民众。来自前线的捷报令他们大喜过望，这份胜利，足以将这个弹丸小国置于翻江倒海的狂喜之中。《纽约时报》为此作了详细报道：

至少有40万人参加了在上野公园举行的庆祝仪式。铁路公司降低了各地到东京的火车票价。铁路公司为了满足乘客需要，不得不加班加点地增开列车。旅馆和客栈也迅速挤满了来自四面八方的人群，甚至有许多私人住宅也变成了旅馆。……

大游行拉开了庆典的序幕。参加游行的人数如此之多，以致街上的游行队伍根本分不清谁是谁了，完全变成乱糟糟的人海。打头的游行队伍已经到达上野公园很长时间后，队尾还聚集在日比谷动弹不得，人的长河足足延续了四英里。

由各行业工会的工匠们、学校的学生们、工厂的工人们、商业公司的职员们，还有许多上流社会人物汇集而成的人群，伴随着乐队的节奏行进。成百上千只喇叭和号角的吹奏声、喧天的锣鼓声，游行队伍和站在游行队伍两旁看热闹的人们那此起彼伏的欢呼声混合在一起，震耳欲聋。各式各样书写着稀奇文字的旗帜、横幅、军旗满天飞舞；在马车上身着节日装束的神父们、欣喜若狂的孩子们、市议会的议员们、来自内地的代表们喜气洋洋地走过去了；装饰成各种样式的花车在人们的簇拥下开过来了，有的车上用竹竿挑着纸糊的或用柳条编成的人头，表示被斩首的清国人，摇摇晃晃地开过来，引起人们的哄笑。各种新鲜的有趣的物件在游行队伍中随处可见。当队伍到达皇宫时，人们的欢呼响成一片，声震云霄。他们到底在叫嚷什么，谁也听不清。

皇宫外摆放了很多明治天皇和皇后的肖像，许多悬挂条幅的气球放飞到了天空。人们一边行进一边唱着名为《君之代》的颂歌，这首歌是由日本著名诗人福井先生谱写的。在上野大街上竖立了一道巨大的拱门，游行队伍必须从下面穿过。在这道拱门上满缀着帝国之花——菊花，黄色的花朵在绿色的背景上面组成了如下的文字：“武运长久”和“大日本帝国万岁”。……[1]

[1] 《节日盛装的东京欢庆战争胜利》，原载《纽约时报》，1895年1月14日，转引自郑曦原编：《帝国的回忆——〈纽约时报〉晚清观察记》，第241、242页，北京：生活·读书·新知三联书店，2001年版。

这一庆典，与此前慈禧的万寿庆典，具有一种神奇的呼应关系。这并非巧合，而是互为因果的。没有慈禧的万寿庆典，北洋未必会败，北洋不败，就没有日本的举国同庆。此前，清军已经在中法之战中取得了对外战争的首胜，大清军队，并非总是一堆烂泥。战胜日本，再办庆典不迟。如果赔款的是日本，那么北洋为慈禧贡献十个颐和园都绰绰有余。无钱买船，有钱赔款，王朝的逻辑，没人能够理解。慈禧的庆典给了日本一个机会，一个千载难逢的好机会，好像她的万寿庆典，是专门为日本人办的。停办海军修建颐和园，大清皇太后成了日本人的卧底。日本人的庆典，包含在慈禧的庆典中。失败乃成功之母，清国的失败，刚好造就了日本的成功。根据《纽约时报》的说法："是日本人打开了世界的眼界，让人们看到大清帝国真正的无能。1894 年因为朝鲜问题在这两个东方国家之间爆发了战争，大清国没过几个月就不得不向日本求和，《马关条约》终于给清国人带来了和平。可是，所有西方列强们立即把贪婪的目光投向大清国，并且开始谋划割让大清国领土，以及获得商贸特权。"[1]

而末代皇帝溥仪的英国师傅庄士敦则说："中国孤立无援地被打倒在那个一贯被她鄙视和怠慢的小岛国脚边。这既非第一次，也不是最后一次。"[2]

---

[1] 《慈禧太后生平》，原载《纽约时报》，1908 年 11 月 16 日，转引自郑曦原编：《帝国的回忆——〈纽约时报〉晚清观察记》，第 159、160 页，北京：生活·读书·新知三联书店，2001 年版。

[2] ［英］庄士敦：《紫禁城的黄昏》，第 1 页，济南：山东画报出版社，2007 年版。

第七节

“此血可以报国也”

又轮到李鸿章登场了。1895 年 4 月，日本人迎来了战后第一次樱花盛开。樱花的芳香弥漫了整个日本。刚刚抵达日本马关的李鸿章，显然没有赏花的心情。因为他此行的目的，是来与日方签订城下之盟。在行馆里，他将自己苍凉的心境化为一首诗：

劳劳车马未离鞍，临事方知一死难。
三百年来伤国岁，八千里路吊民残。
秋风宝剑孤臣泪，落日征旗大将坛。
寰海尘氛纷未已，诸君莫作等闲看。[1]

李鸿章一向端庄谨严的字迹，在这一刻变得黏着滞重。仿佛他手腕间的力量已经完全被抽空，他枯瘦的身体已经变成一个空壳，再也拉不动朝廷这艘破船了。不主战的是他，被逼出战，战之不胜，所有的黑锅都背在他的身上。黄海战后，翁同龢曾受慈禧之命，乘一小轿，前往天津的直隶总督府，给李鸿章带去了慈禧和光绪的谕旨——拔去三眼花翎，褫（chǐ）去黄马褂，以示惩罚。那天，面对气势逼人的翁同龢，他除了“缓不济急，寡不敌众”8 个字外，就再也没说一句话，只有“唯、唯”而已[2]。此时，他只能忍受命运的

[1] 高拜石：《南湖录忆》，第 332 页，台北：达昌出版社，1965 年版。

[2] 陈义杰整理：《翁同龢日记》，第五册，北京：中华书局，1997 年版。

嘲弄，连死都成了一种奢望——所谓“临事方知一死难”。微风掀动着纸页，他朝那首诗默视良久，没有说一句话。

应当说，甲午战争的失利，对这位 73 岁的老者，对大清朝廷中的改革力量，乃至对这个在同光中兴之后重新燃起复兴希望的王朝，打击都是毁灭性的。英国观察家 J. 罗伯茨在《19 世纪西方人眼中的中国》(*China through Western Eyes:The Nineteenth Century*)一书中甚至做出了中国即将解体的预言：“1894—1895 年的中日战争无情地宣告了中国‘自强’企图的破产。军事上的失败促使人们对中华帝国能否生存下去这个问题发出疑问。西方人开始预言中国将要解体，这在西方列强和日本联合争夺租借地时更为明显。到(19)世纪末，中国的大半壁江山都落入西方列强的魔掌之中。清帝国海关总税务司赫德爵士是惊呼中国行将灭亡的人士之一。”[1]

会谈地点有一个诗意的名字：春帆楼。1895 年 3 月 20 日下午，李鸿章与伊藤博文在这里相对而坐。尽管伊藤博文受长州藩藩主的派遣经由上海去欧洲时，经过了李鸿章的地盘，但当时名不见经传的伊藤博文自然无缘与大清帝国的政坛新星李鸿章见面。1885 年，伊藤博文以日本全权大臣的身份到天津，与李鸿章谈判《天津条约》，44 岁的伊藤博文第一次见到 62 岁的李鸿章，那次会面后，李鸿章对眼前的这个年轻人十分赞赏，专程向总理衙门提交一份秘密报告《密陈伊藤有治国之才》，指出伊藤博文“实有治国之才”，并预测“大约十年之外，日本富强，必有可观”。此次见面，刚好 10 年过去，而李鸿章的预判，也完全应验，李鸿章眼光之毒，由此可见。

有人称李鸿章为“中国的伊藤博文”，也有人称伊藤博文为“日本的李鸿章”，这说明两人具有一定的相似性——既有改革的冲动，也有改革的魄力，这个春天里的春帆楼，或许正是两位改革家促膝而谈的好地方，中日战前，李鸿章也确曾萌生出中日“同文同种”、联手对付西方的天真幻想，然而，19 世纪末的历史，注定了他们只能成为敌人，一张谈判桌，分开了截然不同

[1] ［英］约·罗伯茨：《19 世纪西方人眼中的中国》，第 140 页，北京：时事出版社，1999 年版。

的命运，一为刀俎，一为鱼肉，改革路径的深度的差异，使双方走向不同的结局——明治维新大获全胜，而洋务运动彻底破产。

孙郁说："他知道大清帝国衰微的结局，但一面又在修补着那个世界，竭力挣扎在东西方文化之间。他在受辱和自尊间的平衡点里，重复了古中国庙台文化与市井文化的精巧的东西"，"内心的体味一定复杂是无疑的了"。[1]说白了，就是死马当活马医罢了。

然而驴死了，架子不倒。李鸿章虽为战败国代表，然而毕竟是大清帝国的一根擎天柱。戎马关山、死去活来，帝国几十年的历史浓缩在他枯瘦的身体上，使这个貌似平常的老者拥有了一种不凡的气势，即使在人群里，也一眼能看出他的不同。他的表情，在雍容与凡俗之间划出了一条永远无法逾越的鸿沟。这个世界上没有一个人能够扮演李鸿章，他们可以穿上中堂的衣服，模仿中堂的神态，但一举手、一投足，就和李中堂差出了十万八千里。

或许正是因为这个原因，两年后，李鸿章漫游欧美，抵达纽约时，纽约50万人涌向街头，争睹李鸿章的风采，《纽约时报》报道说："曼哈顿西街挤满了人，有许多人清晨就开始赶来。到中午时分，黑压压的人群已挤满美航码头附近的两个街区，并排在通往炮台公园的道路两边。码头上所有包装货箱上、米袋上和一切能越过人群占有瞭望优势的突出物上，都挤满了汗流浃背等候多时的人们。人要穿过街区是很不容易的，街上汽车的行驶也极为困难。"[2]"这是李总督访问纽约期间最引人注目的一天，有50万纽约人目睹了他身着长袍代表国家尊严的形象"[3]，"李总督的面庞有一种引人注目的慈祥表情，他双眼明亮，闪烁着睿智的光彩"[4]。

---

[1] 孙郁：《李鸿章旧影》，原载《前线》，2009年第1期。

[2]《李鸿章纽约访问记》，原载《纽约时报》，1896年8月29日，转引自郑曦原编：《帝国的回忆——〈纽约时报〉晚清观察记》，第313、314页，北京：生活·读书·新知三联书店，2001年版。

[3]《李鸿章拜谒格兰特将军墓》，原载《纽约时报》，1896年8月31日，转引自郑曦原编：《帝国的回忆——〈纽约时报〉晚清观察记》，第334页，北京：生活·读书·新知三联书店，2001年版。

[4]《李鸿章纽约访问记》，原载《纽约时报》，1896年8月29日，转引自郑曦原编：《帝国的回忆——〈纽约时报〉晚清观察记》，第310页，北京：生活·读书·新知三联书店，2001年版。

李鸿章乘坐的“圣·路易斯”号轮船到达纽约的时候，他的船从列队的美国军舰中穿过，美国军舰“纽约”号鸣礼炮19响，还进行了精彩的水上表演，欢迎这位“世界三大伟人”之一，但李鸿章的目光始终没有通过舷窗向外面瞟上一眼。李鸿章是个见过大世面的人，一生不知见过多少外国政要，除日本首相伊藤博文外，还有俄罗斯总理维特、德国“铁血首相”俾斯麦、美国总统格兰特等。离开纽约时，他的手里多了一根手杖。根据李鸿章任直隶总督时在他手下工作的怀来知县吴永透露，美国总统格兰特生前访问大清帝国时，曾经答应送给李鸿章一根手杖，没想到格兰特回国不久就去世了，李鸿章听说“其夫人尚在，独居某处”，出于和格兰特的交情，专程去拜访。李鸿章的到来让格兰特夫人格外感动，临别时，特别送给他这根手杖，以完成她丈夫的夙愿。那是一根用大小钻石镶嵌的手杖，“晶光璀璨，闪闪耀人目”，增加了他走路的气势。从这一天开始，他顷刻不离这根手杖，吃饭或者写字时，把它放在座位一边，爱如至宝。

李鸿章访问伦敦期间，《伦敦新闻图片报》刊登了一张李鸿章会见英国前首相、自由党领袖格莱斯顿的图片，格莱斯顿因在1840年反对发动鸦片战争而博得了李鸿章的好感，专程前往哈瓦登城堡与他见面。从这张图片上我们可以看到，格莱斯顿用手搀扶着李鸿章，而李鸿章在气势上，丝毫不输于他。

此时，在弥漫的花香中，伊藤博文和李鸿章见面，自然感慨万千。除了对条约讨价还价，还有一些“闲谈”，其中两人以“换位思考”的方式对中日改革所作的对比，最能引起我的兴趣。

李鸿章说：“我若居贵大臣之位，恐不能如贵大臣办事之卓有成效！”

伊藤博文说：“若使贵大臣易地而处，则政绩当更有可观。”

李鸿章说：“贵大臣之所为，皆系本大臣所愿为；然使易地而处，即知我国之难为有不可胜言者。”

伊藤博文说：“要使本大臣在贵国，恐不能服官也。凡在高位者都有难办之事，忌者甚多；敝国亦何独不然！”

显然，伊藤博文十分清醒地认识到，李鸿章要在中国那种更为险恶的政治环境中生存下来，需要多大的成本和勇气，也无怪乎伊藤安慰李鸿章，甲午之败，绝非安徽人的问题（李是合肥人），而是中国的问题。

梁启超曾经对李鸿章与伊藤博文做过一番对比，认为伊藤博文只有一事占足上风："曾游学欧洲，知政治之本原是也。此伊所以能制定宪法为日本长治久安之计，李鸿章则惟弥缝补苴（jū），画虎效颦（pín），而终无成就也。"[1]梁启超认定李鸿章"不识国民之原理，不通世界之大势，不知政治之本原"[2]。遗憾的是，李鸿章后来漫游欧美，考察西方政治制度时，已经远离了帝国的政治中枢，他对戊戌变法持同情态度，在慈禧太后追究他时，坦白承认自己就是"康党"，后来出任两广总督时与张之洞联手策动"东南互保"，在八国联军的铁蹄下"自顾自"地保全了帝国的南方，甚至还和孙中山眉来眼去，除了对慈禧老佛爷的怨怼，是否意识到在落后的国有形态和社会制度下，任何强大的军事组织和其装备精良的武器，都只能是先进的敌军的活靶子？

甲午战败直接促发了1898年的"百日维新"，那一年，伊藤博文以私人身份"漫游"中国。面见光绪皇帝和康有为，提供改革方针。就在他受到光绪皇帝召见的第二天（9月21日），戊戌政变发生，梁启超逃入日本使馆，日本公使林权助尚未得到东京任何指令，不知所措。根据林权助的回忆录，正在现场的伊藤表态说："那么就救他吧！救他逃往日本，如至日本，由我来照顾他。梁这位青年，对中国来说，实在是宝贵的人物。"于是，林权助便先斩后奏，将梁启超秘密送往日本。返回日本后，伊藤博文于12月10日在东京帝国饭店发表演说，主题为《远东的形势与日本的财政》，在谈到中国之行时，他指出："中国的改革并不是不可能的。但是在那么广大的国家里，对于几乎数千年来继承下来的文物制度、风俗习惯，进行有效的改革，绝不是一朝一夕所能办到的。要想决议改革，我认为一定要有非常英明的君主及辅弼人物，像革命似的去彻底改革才可。"

在第二次会谈结束后，李鸿章在返回行馆的路上，突然看见一个日本人

[1] 梁启超：《李鸿章传》，第108页，天津：百花文艺出版社，2000年版。

[2] 梁启超：《李鸿章传》，第3页，天津：百花文艺出版社，2000年版。

从围观的人群中冲出，冲到轿子跟前，举起一支枪，扣动了扳机。行刺地点，竟然是在日本为保护李鸿章安全而设立的宪兵支部门前。目击者记录当时的情况是："总督（指李鸿章）没有被枪击吓住，而是端坐不动，冷静地要一个轿夫给他手帕来止血。"[1]

事后得知，凶手名叫小山丰太郎（后改名小山六之助），年 27 岁，他显然希望杀死李鸿章。这一点，在其被捕后的口供中得到证实。他在荒寒遥远的北海道服了 15 年徒刑，1907 年出狱，1938 年出版回忆录《旧梦谭》，讲述他谋杀李鸿章的动机：

> 李鸿章不管怎样说是东洋之豪杰，终究是这样的支那人。媾和委员伊藤、陆奥两氏，对他待以前辈之礼，当作东洋之豪杰，以如同对待飞入怀中的穷鸟的温情相待之时，此人搞不好会露出支那特有的本来面目，在归途下关的海上遥遥睥睨东京的方向，吐出红色的舌头，嘿嘿地奸笑吧。这么一想象，就不由得气炸了胸膛。
>
> 伊藤、陆奥两氏在当时的日本，是第一流的大政治家。尽管应该不会真有什么疏失，但万一为支那特有的权变所惑，已垂一年的日清战争，就这样意外告终的话，遗憾与惋惜实在是难以言表。在他们思考的时候，只要再加一把劲，国民像国民一样忍耐，军人像军人一样奋发的话，连战连胜的结果是指日可待的。一路追击毫无骨气的支那兵，铁鞭遥遥北指，用不了吹灰之力。用不了半年，就能让四亿支那人在北京城的日章旗之下跪倒了。[2]

总之，是对"支那"（中国）的仇恨，要为伊藤、陆奥两氏助力的愿望，

[1] 转引自吉辰：《昂贵的和平——中日马关议和研究》，第 163 页，北京：生活·读书·新知三联书店，2014 年版。

[2] ［日］小山丰太郎：《旧梦谭》，转引自吉辰：《昂贵的和平——中日马关议和研究》，第 343 页，北京：生活·读书·新知三联书店，2014 年版。

以及在半年内让四亿支那人跪倒的狂妄，这些乱七八糟的因素混杂在一起，驱使他向李鸿章的头颅射出了那颗子弹。

下关的日本军医在检查后，给李鸿章出具了如下诊断证明：

清国

钦差头等全权大使　李

年龄七十三岁

检查创伤部位，距左下眼窝缘中央下方1厘米处有口径的8毫米之射入口，口缘皮肤稍稍烧焦变褐，呈锯齿状。左眼睑浮肿，呈紫红色，眼裂之为变狭，眼球无异常。左鼻腔及上唇有少量凝血附着。以探针插入，上颚骨有口径约1厘米之创口，深约4厘米。稍向内下方，又以奈拉顿氏探针探测创底，不能触知弹丸。体温37度3分，脉搏78，无脑症状。

明治二十八年三月廿四日

下之关要塞病院长陆军二等军医正　吉宇田信近（印）[1]

令凶手意想不到的是，面部中枪的李鸿章，居然没有死。只不过由于年事已高，无法做手术，李鸿章面颊内的子弹，将伴随他度过生命的最后岁月。第二年李鸿章出使欧美，在德国拍了一张X光片，那粒子弹，依然深深地嵌在他的面颊内。

或许，这个帝国重臣的使命还没有结束，他的死，还为时尚早。6年后，还有一个更大的屈辱等待着他。1901年，朝廷要与八国联军缔结城下之盟，尽管甲午战后被夺了实权的李鸿章与此事一点关系也没有，但这一“重任”，再次历史性地落到他的肩上。《辛丑条约》签订之后，李鸿章才怀着忧愤之心，离开了这个耗去了他所有才华和梦想的朝代。他知道，他签下的不是一个普

[1] 《司法史料》，第232号，第68页，东京：司法省调查部，1937年版。

通的名字，是千古骂名，但既然别无选择，就只能义无反顾。那是他代表他的国家所做的最后一笔也是最大的一笔卖国合同，他卖掉了帝国整整十年的财政收入——连本带息，共九亿八千二百二十三万两白银，从此以后，这个国家再也没有什么可卖的了。但现在他还不能死，他还要为了帝国，跟日本人周旋。

李鸿章生逢大清帝国最黑暗、最动荡的年代，他的每一次出场无不是在帝国“存亡危急”之时，帝国要他承担的无不是“人情所最难堪”之事。难怪变法英雄梁启超都哀叹“吾敬李鸿章之才，吾惜李鸿章之识，吾悲李鸿章之遇”[1]了。

回到行馆后，李鸿章逐渐苏醒过来。日方安排医生诊治，由于李年事已高，动手术取子弹有危险，只好不取子弹，直接将伤口缝合。李鸿章还特别命令侍从不要洗他换下来的血衣，他要永久保存，他说：“此血可以报国也。”

身负重伤的李鸿章在床榻上读到了日本拟订的和约草案，这令他的内心比伤口更加疼痛。草案内容主要有：

朝鲜自主；

将奉天以南领土、台湾及澎湖列岛割让给日本；

赔偿兵费3亿两白银；

修订通商条约，使日本在华的通商地位与欧美列强相同；

增加北京、重庆等七个通商口岸，允许各国输入机器直接在华生产，等等。

形势迫使李鸿章必须带伤坚持工作。4月10日，李鸿章面缠绷带，又回到谈判桌前。双方唇枪舌剑，有攻有守，伊藤博文看到李鸿章受了枪伤，做了一亿两白银的让步——李鸿章苦笑，这一枪挨得值。但李鸿章仍不甘心于

[1] 梁启超：《李鸿章传》，第1页，天津：百花文艺出版社，2000年版。

此。关于赔款，李鸿章说："赔款二万万，为数甚巨，不能担当。"

伊藤博文说："减到如此，不能再减。再战则款更巨矣……中国财源广大，未必如此减色。"

李鸿章说："财源虽广，无法可开。"

伊藤博文说："中国之地，十倍于日本。中国之民四百兆，财源甚广，开源尚易。国有急难，人才易出，即可用以开源。"

李鸿章说："中国请你来做首相怎样？"

伊藤博文说："当奏皇上，甚愿前往。"

李鸿章说："奏如不允，尔不能去；尔当设身处地，将我为难光景细为体谅。果照此数写明约内，外国必知将借洋债方能赔偿，势必以重息要我。债不能借，款不能还，失信贵国，又将复战。何苦相逼太甚。"[1]

很多年后，作家张承志愤懑地说："大约那时全日本的国民都翻着一幅小学生地图。随手指画之处，尽是割让之地——而李鸿章拼死顽抗着。台湾不能让，辽东不能割，他衰弱地呻吟，哀求着争辩。他只剩下一张老脸几句推辞，除此再无任何交涉进退的本钱了。"[2]

这次会谈后，日本觉得需要给清廷施加点压力了，于是又做出了派兵舰出兵大连湾的态势。14 日，李鸿章收到来自总理衙门的电报，要求他与日订约。4 月 15 日，双方举行最后一轮会谈。李鸿章仍要求日方减让赔款总款。经一番讨价还价后，日方同意每年贴兵费为 50 万两。17 日，即光绪二十一年三月二十三日，日清双方全权代表在日本马关春帆楼举行签约仪式，李鸿章的枯手，在犹疑许久之后，在条约上签下了自己的名字。

《马关条约》中有关辽东半岛的条款如下：

下开划界以内之奉天省南边地方以鸭绿江溯该江以抵安平河口，

---

1 弘治、张金典、孙大超：《盛世之毁——甲午战争 110 年祭》，第 266、267 页，北京：华文出版社，2004 年版。

2 张承志：《三笠公园》，原载《鸭绿江》，2008 年第 3 期。

又以该河口划至凤凰城、海城，及营口而止，划成折线以南地方。所有前开各城市，皆包括在划界线内。该线抵营口之辽河后，又顺流至海口止，彼此以河中心为界。辽东湾南岸及黄海北岸，在奉天省所属诸岛亦一并在所让界内。[1]

有关赔款的条款是：

中国约将库平银二万万两交与日本，作为赔偿军费。[2]

翁同龢在日记中写：

惟李相频来电，皆议和要挟之款，不欲记，不忍记也。[3]

这笔白银对日本意味着什么呢？两亿两白银，加上后来由于“三国干涉还辽”追加的3000万两白银，约合3.472亿日元，而日本政府的年度财政收入只有8000万日元，也就是说，这笔赔款，相当于日本4年多的财政收入总和。前外务大臣井上馨说：“一想到现在有三亿五千万日元滚滚而来，无论政府或私人都觉得无比地富裕。”[4]日本人从此怀着暴发户的豪迈，陷入到战争的赌博中不能自拔。

风帆战舰时代持续了200年，铁甲舰时代只持续了50年——1905年出现的用统一口径主炮武装的无畏舰，在设计上实现了革命性的进展，从而中

[1] 弘治、张金典、孙大超：《盛世之毁——甲午战争110年祭》，第270页，北京：华文出版社，2004年版。

[2] 弘治、张金典、孙大超：《盛世之毁——甲午战争110年祭》，第270页，北京：华文出版社，2004年版。

[3] 陈义杰整理：《翁同龢日记》，第5册，第1794页，北京：中华书局，1997年版。

[4] 戚其章主编：《甲午战争九十周年纪念论文集》，第19页，济南：齐鲁书社，1986年版。

止了铁甲舰的时代。在这短暂的50年时间里，由铁甲舰编队进行的决战极少，但这些为数不多的海上决战，无一例外地起到了决定性的作用。中日甲午海战，就是其中之一。黄海之战，是亚洲历史上第一次现代化的海战，使中日在东亚政治格局中的地位彻底逆转。这一胜利，挟带着“文明国”战胜“不文明国”的自豪。1900年庚子事变时，日本已成西方列强之一，带着他们的枪炮和“文明”，率先冲到天安门前。

学者认为：“甲午战争对世界局势的影响远远不仅限于第一次世界大战和后来的第二次世界大战。在100多年后的今天，其影响仍然深刻存在，甚至可能再次空前激烈地爆发出来。”[1]

李鸿章神情黯然地踏上了归国的船只，发誓从此不再踏上日本国土。两年后从欧美归来，路过日本需要换船，他让随从在两船之间搭上板桥，从上面直接走过，兑现了自己的诺言。

此刻，他表情呆滞地长时间伫望着翻滚的海浪，仿佛他的魂魄，已经丢在了海里。青缎的官袍，被海风紧紧地裹在他瘦弱的身体上，使他更显落魄和苍老。不知他此时是否会想到邓世昌，想到那些葬身大海的北洋官兵，想到当年北洋水师操练时用英文发出的口令。他像一个输光的赌徒一样失魂落魄，只是他输掉的不是个人的家当，而是他终生报效的国家。他知道，他的政敌们早已为他准备好了各种型号的明枪暗箭，各种不同的罪名正等着他去认领，但是，在他被国人的唾沫淹死之前，他的内心已经被自责的利刃所穿透。他在大沽上岸时，不知是否会下意识地向北方张望一眼，是否会想到那个他苦心孤诣地缔造的旅顺军港，从此将不再属于他的帝国。

---

[1] 戚其章主编：《甲午战争九十周年纪念论文集》，第19页，济南：齐鲁书社，1986年版。